PEÇA-ME
o que
QUISER
e eu te darei

MEGAN MAXWELL

PEÇA-ME
o que
QUISER
e eu te darei

Tradução
Monique D'Orazio

6ª reimpressão

paraLeLa

Copyright © 2015 by Megan Maxwell

Grafia atualizada segundo o Acordo Ortográfico da Língua Portuguesa de 1990, que entrou em vigor no Brasil em 2009.

Título original
Pídeme lo que quieras y yo te lo daré

Design de capa
Departamento de Arte y Diseño, Àrea Editorial Grupo Planeta (España)

Foto de capa
Silver Spira/ Arts/ Shutterstock

Preparação
Roberta Pantoja

Copidesque
Ligia Azevedo

Revisão
Renata Lopes Del Nero e Luciane Gomide

Dados Internacionais de Catalogação na Publicação (CIP)
(Câmara Brasileira do Livro, SP, Brasil)

Maxwell, Megan
      Peça-me o que quiser e eu te darei / Megan Maxwell ;
tradução Monique D'Orazio. — 1ª ed. — Rio de Janeiro :
Suma de Letras, 2016.

      Título original: Pídeme lo que quieras y yo te lo daré.
      ISBN 978-85-5651-010-5

      1. Ficção espanhola I. Título.

16-04434	CDD-863

Índice para catálogo sistemático:
1. Ficção : Literatura espanhola 863

[2022]
Todos os direitos desta edição reservados à
EDITORA SCHWARCZ S.A.
Rua Bandeira Paulista, 702, cj. 32
04532-002 — São Paulo — SP
Telefone: (11) 3707-3500
editoraparalela.com.br
atendimentoaoleitor@editoraparalela.com.br
facebook.com/editoraparalela
instagram.com/editoraparalela
twitter.com/editoraparalela

*Para Jud, Eric, Mel e Björn, que me fizeram entender
que as coisas que valem a pena na vida nunca são simples.
E para as Guerreiras Maxwell,
por me receberem sempre de braços abertos.*

Mil beijinhos.

1

Que calor... Minha nossa!

Eric Zimmerman, meu amor, meu marido, meu desejo, meu tudo, me olha de um jeito brincalhão.

Rodeados de gente, tomamos um drinque no balcão da boate lotada.

Estamos felizes. A última passagem de Eric pelo oftalmo, depois que voltamos das festas de fim de ano com minha família, em Jerez, foi excelente. Ele tem uma doença degenerativa nos olhos, que vai se agravar com o passar dos anos; mas, por enquanto, está sob controle.

— A você e a seus lindos olhos, meu amor — digo, levantando a taça.

Ele sorri e encosta a taça dele na minha. Então murmura com a voz rouca:

— A você e a seus gemidos maravilhosos.

Eu sorrio... ele sorri.

Amo meu marido!

Faz cinco anos que estamos juntos, e a paixão que sentimos é intensa, ainda que, nos últimos meses, meu ranzinza favorito ande ocupado demais com a Müller, sua empresa.

Neste momento, Eric me quer. Eu sei. Eu o conheço. Vejo o tesão em seus olhos quando ele encara minhas pernas. Esse tesão me deixa louca.

Sei o que ele quer, o que anseia, o que deseja; e, sem dúvida, não vou negar. Não quero esperar mais. De forma provocante, sentada na banqueta, subo a saia do vestido preto e abro as pernas para ele. Para o meu amor.

Eric sorri. Adoro seu sorriso sacana! Antes que ele pergunte, sussurro:

— Estou sem.

Ao saber que estou sem calcinha, seu sorriso se alarga. Safado! Ele se aproxima, roça os lábios nos meus e murmura, acendendo meu fogo:

— Adoro quando você não usa.

Suas mãos percorrem minhas coxas em um gesto possessivo e firme. Estremeço.

Minha respiração acelera, meu corpo acende e, quando sinto as mãos que adoro se deslocarem pela parte interna das minhas pernas, fecho os olhos e solto um gemido.

Eric sorri... Sorrio também e estremeço na banqueta quando seu dedo separa os lábios da minha vagina e entra em mim.

Adoro quando ele faz isso!

Fecho os olhos, extasiada pelo momento e pelo jogo. Esse jogo excitante, quente e apaixonado que, agora que somos pais, nos permitimos menos do que gostaríamos. Mas, quando temos oportunidade, curtimos loucamente.

— Pequena... — Pequena... Hm! Adoro quando ele me chama assim. — Pequena, olha pra mim — insiste Eric, com sua voz sensual, tirando o dedo de dentro de mim.

Sua voz... Adoro sua voz rouca e fascinante, com um leve sotaque alemão. Sem vacilar, faço o que me pede e olho para ele.

Estamos no Sensations, uma casa de swing que frequentamos sempre que podemos. É onde nossas fantasias levantam voo, onde alimentamos nossos desejos mais luxuriosos.

Marcamos de nos encontrar aqui com Björn e Mel, nossos grandes amigos, com quem compartilhamos a vida e a sexualidade, embora nunca tenha acontecido nada entre mim e Mel e nunca vá acontecer.

Eric olha o relógio. Faço o mesmo. São dez e vinte.

Vinte minutos de atraso. Sem pensar duas vezes, ele pega o celular com a mão livre, pois a outra continua entre minhas pernas, e faz uma ligação rápida. Assim que desliga, guarda o telefone no bolso da calça escura.

— Eles não vêm.

Não pergunto por quê, já que mais tarde vou ficar sabendo.

Meu único desejo é curtir o prazer que a mão de Eric entre minhas pernas provoca. Esse prazer aumenta quando o vejo olhar para um grupo de homens. Sei o que está pensando. Sorrio.

No Sensations há muitos conhecidos com quem compartilhamos sexo, mas também há desconhecidos, o que torna tudo mais interessante. Fixo o olhar em um homem alto, de cabelos escuros e sorriso bonito. Sem hesitar, faço minha escolha.

— O moreno de camisa branca, que está com Olaf.

Eric o observa durante alguns segundos. Sei que o está analisando. Por fim, com uma expressão cheia de malícia, pega sua taça e me pergunta:

— Eu e ele?

Faço que sim e continuo sentada na banqueta. Começo a sentir calor. Segundos depois, o moreno, que é muito gostoso, atende ao aceno de Eric e vem até nós.

Quem frequenta o Sensations entende esse tipo de sinal. Durante alguns minutos, ficamos os três conversando. O nome dele é Dênis; é amigo de Olaf e tem um leve sotaque. Embora a gente nunca tenha se visto antes, ele nos diz que já esteve aqui algumas vezes.

Depois que Eric e eu decidimos que sua companhia nos agrada e que ele pode entrar no nosso jogo, meu amor coloca a mão na minha coxa e Dênis, sem pensar duas vezes, toca meu joelho. Massageia. Eric observa o que ele faz, e diz em um tom íntimo:

— A boca é só minha.

Dênis concorda, e sei que chegou o momento pelo qual nós três estávamos esperando.

Desço da banqueta. Eric segura minha mão com força e me beija.

Caminhamos em direção aos reservados, e os gemidos sensuais e excitantes das pessoas que já estão lá dentro chegam aos meus ouvidos.

Gemidos de prazer, de gozo, de deleite, de regozijo, de êxtase, de felicidade, de luxúria, de diversão.

Quem frequenta o Sensations sabe o que quer. Todos procuram fantasia, prazer, entrega. Todos.

No caminho, sinto a mão de Dênis na minha bunda. Ele a acaricia e eu deixo. Quando chegamos a um reservado com um cartaz escrito SALA PRATA na porta, nos entreolhamos e assentimos. Não precisamos de palavras.

É a sala dos espelhos. Um ambiente maior que os outros, com várias camas redondas e lençóis prateados. Ali dentro, não importa para onde a pessoa olhe, sempre se vê refletida em mil posições diferentes.

Não sou nova nisso, mas, cada vez que entro em um lugar assim, fico arrepiada, molhada, e sei que vou curtir loucamente.

Dentro do quarto, comprovo que a luz é mais suave do que no resto da boate. Vemos outras pessoas transando. Sexo excitante, quente, pecaminoso. Um tipo de sexo que muita gente não entende, mas que eu encaro com naturalidade, porque é o que gosto de fazer e o que espero continuar fazendo com meu marido durante muito tempo.

Mal fechamos a porta e vemos dois homens e uma mulher se divertindo no fundo do quarto. Ouvir seus gemidos e seus corpos se chocarem e se libertarem me excita. Eric me agarra pela cintura de um jeito possessivo e murmura no meu ouvido:

— Fico louco só de pensar em comer você assim.

Ah… As coisas que ele me fala…

Faz anos que estamos juntos, mas continuo sob o efeito Zimmerman.

Ele me deixa louca.

Excitada pelo momento, sorrio. Sem soltar minha mão, Eric caminha até uma das camas redondas, onde há preservativos. Ele se senta e me olha.

Fico em pé na frente dele, enquanto Dênis, que está atrás de mim, se aproxima e me agarra pela cintura, colando o corpo ao meu. Sua ereção sob a roupa revela o quanto ele me deseja. Suas mãos se perdem dentro do meu vestido. Ele me toca. Seios, sexo, bunda. Eric fica só observando. Seu olhar discreto de prazer diante da cena me deixa louca.

— Gostei que você está sem calcinha — diz Dênis ao meu ouvido.

Mal consigo desviar os olhos de Eric, que nos observa. Ele está gostando do que vê, tanto quanto estou gostando das sensações que o jogo me provoca.

Nossa relação nos permite tudo isso. Não existe ciúme por esse homem me tocar, ou por outra mulher tocar Eric nessas experiências sexuais, porque sempre fazemos tudo juntos. Claro, fora do jogo, no dia a dia, o ciúme provocado por qualquer um que simplesmente olhe ou sorria para um de nós provoca umas brigas enormes. Somos estranhos, eu sei. Mas somos assim.

Depois de percorrer meu corpo com lascívia, Dênis tira as mãos de debaixo da minha roupa e solta um gancho fininho na lateral da minha cintura, abrindo meu vestido. Segundos depois, o tecido cai aos meus pés. Fico completamente nua.

Sem calcinha e sem sutiã. Sei muito bem aonde vou e o que quero.

Os olhos de Eric se estreitam de desejo. Sorrio. Olho para ele e ouço sua respiração acelerar quando vê o que exibo sem nenhum pudor. Sem perder um segundo, ele se levanta da cama e começa a tirar a roupa. Perfeito!

Primeiro tira a camisa.

Meu Deus… como amo meu marido.

Com um sorrisinho que me esquenta até a alma, ele tira os sapatos e desabotoa a calça. Depois de tirá-la, a cueca vai ao chão também.

Diante de mim está meu amor. Estremeço só de ver sua ereção.

Se estivesse no Facebook, daria "Curtir" muitas e muitas vezes.

Sinto Dênis se mover atrás de mim e sei que está tirando a roupa.

Ótimo, porque quero que me comam.

Quando estamos os três nus, Dênis e Eric se colocam na minha frente, orgulhosos de seu corpo. A expressão no rosto deles diz tudo. Dou um passo à frente, me ajoelho diante deles, pego os pênis duros e os passo delicadamente pelo rosto.

Vejo como estremecem com meu gesto. Logo eles serão meus, e só meus.

Logo depois sinto a mão de Eric na minha cabeça; então a de Dênis. Eles massageiam meu couro cabeludo, me encorajando a brincar com o que tenho

10

nas mãos. Coloco um pênis por vez na boca úmida e quente e derreto de prazer.

Percebo que eles tremem, se arrepiam, vibram com o que minha boca e minha língua fazem. Adoro isso. Faz com que me sinta poderosa.

Sei que neste instante sou eu quem tem todo o poder. Ficamos assim vários minutos, até que solto os membros mais do que duros. Eric me ajuda a levantar, e nos encaramos.

— Me dá sua boca... — sussurra ele, excitado. — Agora.

É o que eu mais quero.

Minha boca é dele. Só dele.

Sua boca é minha. Só minha.

No sexo, nos unimos e nos tornamos uma só pessoa. Totalmente entregue aos meus desejos, Eric passa a língua por meu lábio superior, depois pelo inferior, e me dá uma mordidinha que me faz sorrir. Enquanto isso, as mãos de Dênis passeiam por todo o meu corpo, mergulhando em cada recanto.

— Está gostando? — murmura Eric.

Faço que sim. Como não ia gostar?

Logo as mãos do meu lindo marido e as desse estranho unem esforços. Juntos, eles me tocam devagar até me deixar louca.

— Dênis, senta na cama e oferece minha esposa pra mim. — Ouço Eric dizer.

Dênis faz conforme ordenado.

Ele me põe sentada em seu colo, de frente para Eric. Dobra minhas pernas, passa as mãos pelas minhas coxas e me abre para ele.

— Depois também vou oferecer você a ele. Tudo bem? — pergunta Eric, sem desviar os olhos do meu sexo.

Balanço a cabeça. Sim, sim, sim!

Enlouqueço de tesão. Com Eric ao meu lado, vou adorar ser oferecida para quem ele quiser.

Um arrepio percorre meu corpo quando sinto Eric se aproximar, flexionar as pernas para ficar na minha altura e, com um movimento forte, me penetrar.

Grito de prazer. Gostamos de sexo um pouco mais forte e, para facilitar, Dênis me ergue com firmeza enquanto Eric se aperta contra mim em busca desse prazer extremo que nos alucina e nos faz ser quem somos.

Meus mamilos estão duros, meus seios balançam a cada investida. Gostando do que vê, Dênis diz coisas no meu ouvido que me deixam ainda mais excitada, coisas que eu desejo que ele faça.

Sem descanso, Eric continua com as investidas. Sete... oito... doze...

Nosso olhar se funde e eu o incito a meter, a me foder como sei que nós dois gostamos. E é o que ele faz. Eric gosta disso, aproveita tanto quanto eu.

Sinto que vou explodir de prazer enquanto observo seu autocontrole.

Mesmo tomado pela excitação, Eric sempre mantém o autocontrole. Não é como eu, que perco a cabeça quando a luxúria me possui. Sorte minha. E sei que ele gosta que nesses instantes eu seja louca, desinibida, exagerada e insensata.

Porém, no tempo em que estamos juntos — apesar da minha personalidade espanhola, completamente oposta à do meu alemão —, aprendi a me controlar, de certa maneira, dentro do meu descontrole. Sei que é difícil entender o que estou dizendo, mas é verdade. A meu modo, eu já controlo.

O tempo passa e meus gemidos ficam cada vez mais altos. Eric, desvairado, me agarra pela cintura e me arranca das mãos de Dênis, me suspendendo no ar. Não desvia o olhar do meu e faz de mim o que quer, metendo sem parar.

Ninguém sabe me possuir como Eric.

Do jeito que posso, me agarro a seu pescoço, esse pescoço alemão duro e forte, que me deixa maluca.

Um... dois... sete... Tremo.

Oito... doze... quinze... Gemo.

Vinte... vinte e seis... trinta... Grito de prazer.

O calor que as investidas produzem me queima por dentro.

Ao me ouvir e ver minha expressão, Eric enlouquece de prazer. Eu sei. Ele está adorando. Eu o deixo a mil.

Basta notar seu olhar para saber que ele está gostando do que vê, do que sente, do que dá e do que recebe. Quando, segundos depois, meu sexo encharcado contrai de tesão, meu corpo convulsiona e solto um grito de gozo incrível, Eric sabe que cheguei ao clímax.

Cheio de orgulho, ele para e me observa. Gosta de ver meu prazer. Quando consigo retornar ao meu corpo, depois de subir ao sétimo céu, olho para ele com um sorriso que me preenche a alma.

— Tudo bem, pequena? — pergunta Eric.

Confirmo com a cabeça. Não consigo falar. Eric continua:

— Adoro ver você gozar, mas agora vamos gozar os três, tudo bem?

Confirmo de novo, sorrindo. Eric murmura em meio a um beijo:

— Você é o que existe de mais lindo na minha vida.

Suas palavras...

Seu charme...

Sua maneira de me amar, de me olhar, de me seduzir me aquece de novo até a alma.

Ele sabe e sorri, mordendo o lábio inferior. E, quando ele move os quadris, volta a se aprofundar em mim. Grito de novo. A Jud safada voltou. Cravando as unhas em suas costas, os olhos fixos nos dele, sussurro ofegante:

— Peça-me o que quiser.

Essa frase...

Essas palavras enlouquecem a nós dois. Desejo que ele me enlouqueça ainda mais, e completo:

— Quero que os dois me comam.

Meu amor concorda, e percebo seu lábio tremer de luxúria. Minhas terminações nervosas se ativam novamente em décimos de segundo, e toda a potência viril de Eric me faz entender que ele, e só ele, é o dono do meu corpo e da minha vontade.

Aproveitando, sem sair de dentro de mim, Eric olha para Dênis e diz:

— Em cima da cama tem lubrificante. Pode se juntar a nós.

Quando ouço isso, minha vagina se contrai, apertando o pênis de Eric. Agora é ele quem prende a respiração.

Dênis coloca um dos preservativos que estão em cima do colchão, então pega o lubrificante. Meu amor continua dentro de mim, e eu me penduro em seu pescoço. Não nos mexemos, ou não conseguiríamos parar. Esperamos Dênis.

Também querendo se divertir, ele dá dois tapas na minha bunda. Arde, mas Eric sorri. Dênis abre o lubrificante, passa na minha bunda e coloca um dedo em mim.

— Estou louco para comer esse cuzinho lindo — diz ele.

Eric e eu nos entreolhamos. Logo ele separa minhas nádegas e me oferece a Dênis, que enfia a cabeça do pênis ali.

— Cuidado... com cuidado — murmura Eric.

O membro grosso de Dênis se introduz em mim pouco a pouco. Respiro pela boca. Eric, um controlador, me observa para ter certeza de que está tudo bem. Não há dor. Meu ânus está dilatado e, segundos depois, os dois já me penetraram por completo. Um pela frente e o outro por trás. Ser possuída assim, de pé, é algo que fiz pouquíssimas vezes. Quando Eric começa a se mexer, eu grito de prazer e me permito ser dominada.

Quero que mexam comigo...

Quero que me façam gritar de êxtase...

Quero gozar...

Eric e Dênis sabem muito bem o que estão fazendo. Sabem qual é o limite do jogo e, acima de tudo, sabem que sou importante e que se eu sentir a mínima dor devem parar.

Mas a dor não existe. Só o gozo, o prazer, a vontade de jogar.

— Não goza ainda, Jud — pede Eric, ao ver como estou trêmula.

— Espera a gente — pede Dênis, em voz baixa.

Minha respiração está ofegante… Não é nada fácil o que eles pedem!

Meu corpo se rebela. Quer explodir!

Estou à beira do orgasmo, mas tento achar meu autocontrole, quero esperar os dois. Vou conseguir. Sei que, chegado o momento certo, o êxtase vai ser mais arrebatador. Mais devastador. Mais inebriante.

Durante vários minutos, nosso jogo inquietante continua.

Eu tremo… Eles tremem.

Eu arquejo… Eles arquejam.

Meu corpo se abre para receber esses dois deuses gregos cheios de luxúria. Me entrego e deixo que façam de mim o que quiserem.

Ah, que delícia!

Como gosto do que fazem e como gosto de me sentir preenchida assim. Isso. É isso o que eu quero. É disso que eu gosto. É isso que eu desejo.

Sem descanso, eles se movimentam em busca da satisfação, me dão prazer, gemem ofegantes, até que ambos, quase em uníssono, dão um grito de êxtase e metem fundo em mim. Sei que o momento chegou e, por fim, também me permito explodir.

Meu corpo relaxa, meu grito me liberta e sinto que nós três subimos ao paraíso da luxúria, vibrando em êxtase. Sem sombra de dúvida, conseguimos o que procurávamos: prazer ardente, lascívia, fantasia e sexo. Muito, muito sexo.

Durante horas, nos deixamos levar, sem limitações, por tudo aquilo de que gostamos, que nos acende e que nos excita. Depois de uma noite repleta de volúpia e sensualidade no Sensations, eu e Eric nos despedimos de Dênis e fico sabendo que ele é brasileiro.

Quando saímos da boate e caminhamos até o carro, pergunto por Björn e Mel. Eric torce o nariz e me explica que invadiram de novo o site do escritório. Isso me surpreende. É a terceira vez em menos de um mês. Nunca vou entender os hackers.

O que ganham fazendo isso?

Às três da madrugada, chegamos à nossa casa em Munique. Estamos exaustos, porém felizes.

Assim que estacionamos na garagem, Susto e Calamar, nossos cães, vêm nos cumprimentar como se não nos vissem há meses. Como são exagerados!

— Esses cachorros nunca vão mudar — protesta Eric.

Meu alemão os adora, mas, de vez em quando, todo esse alarde é muito para ele.

Algumas coisas nunca mudam. Embora eu saiba que Eric não poderia viver sem eles, sempre reclama quando o enchem de baba e prefere ficar dentro do carro enquanto eu saio e acaricio os dois.

De repente, ouço música saindo do carro e, sem olhar, sorrio. Ele sabe que adoro "A que no me dejas", cantada por Alejandro Sanz e Alejandro Fernández, dois gigantes.

Quando o ouço abrir a porta do carro, volto meu olhar para Eric e digo em um sussurro divertido:

— Quer dançar, Iceman?

Ele sorri. O sorriso mais lindo!

Esses momentos bobos, essas dancinhas românticas de que tanto gosto, não acontecem com a frequência que eu gostaria, mas, quando olho meu amor, perco todas as inibições e sorrio como uma boba. Sem dúvida, quando quer, Eric cumpre seu papel muito, muito bem.

Adoro vê-lo se aproximar de mim, o rosto sério. Fico excitada. Ele desvia de Susto e Calamar, pega minha cintura em suas mãos grandes, me puxa para ele e começamos a dançar.

Envoltos pela música incrível, vamos nos movimentando pela garagem e devorando um ao outro com os olhos, cantarolando o refrão em meio a sorrisos. A música me lembra de que não vou deixá-lo, nem ele vai me deixar. Discutimos, brigamos dia sim e outro também, mas não podemos viver um sem o outro. Nos amamos de uma maneira louca e desesperada, como nunca amaremos ninguém.

Quando a música termina, Eric me beija. Estremeço, excitada. Sua língua percorre o interior da minha boca de forma possessiva. Quando damos por finalizado o beijo apaixonado, Eric murmura com os lábios colados aos meus:

— Te amo, pequena.

Balanço a cabeça. Sorrio e, extasiada pelas coisas incríveis que ele me faz sentir sempre que dá uma de romântico, murmuro:

— Eu te amo mais.

Depois de nos recompor, nos despedimos de Susto e Calamar. Eric me dá a mão para entrar em casa, mas preciso tirar os sapatos antes.

— Me dá um segundo. Os saltos estão me matando.

Eric sorri e, como sou uma pluma para ele, me pega nos braços e sobe a escada comigo no colo. Rimos. Lá em cima, ele para em frente ao quarto de Flyn e abre a porta. Vemos que está dormindo. Sorrimos orgulhosos do nosso adolescente de catorze anos.

Como as crianças crescem rápido!

Ontem mesmo ele era um menino baixinho de cara redonda e pôsteres do *Yu-Gi-Oh!* nas paredes. Agora é um jovem comprido, magro, com pôsteres da Emma Stone no armário, arredio com a gente. Coisas da idade.

Depois, vamos para o quarto que Eric e Hannah dividem. Abrimos a porta e Pipa, a babá que nos ajuda com eles, se levanta da cama e diz:

— Estão todos dormindo como anjinhos.

Eric e eu sorrimos.

Anjinhos… De anjinhos eles não têm nada, mas não os trocaríamos nem pelos melhores anjinhos do mundo.

Com amor, observamos o pequeno Eric, que já tem quase três anos e é um diabinho que quebra tudo em que põe a mão, e a pequena Hannah, que tem dois e é uma chorona, mas nos sentimos os pais mais sortudos do mundo.

Alguns minutos depois, Eric e eu entramos em nosso quarto, nosso oásis particular. Ali nos despimos e vamos direito para o chuveiro, onde trocamos carinhos e nos beijamos com adoração. Depois vamos para a cama, deitamos e dormimos abraçados, esgotados e felizes.

2

Na manhã seguinte, estou acabada. Eric me acorda e tenta me fazer levantar.

Por que antes eu conseguia passar a noite acordada, na farra, e agora, quando saio, demoro tanto para me recuperar?

Como diria minha superirmã Raquel: "Maninha, a idade não perdoa!".

É verdade.

Até algum tempo atrás, meu corpo se recuperava depressa, mas agora, cada vez que viro a noite, passo o dia seguinte quebrada.

Estou ficando velha!

As crianças, que já acordaram, estão nos esperando com Pipa e Simona na cozinha.

— Vamos, dorminhoca. Levanta — diz Eric, me observando enquanto se veste.

Bufando, olho no relógio.

— Mas só são nove e meia, querido.

Mesmo com os olhos semicerrados, vejo-o sorrir e se aproximar de mim.

— Está bem. Continue dormindo, mas depois não reclame quando eu te contar as gracinhas que a Hannah fez ou como o Eric deu risada no café.

Pensar neles me reanima. Nós cinco só conseguimos tomar café da manhã juntos nos fins de semana. Adoro meus filhos, então me levanto.

— Tá bom — murmuro. — Me espera.

Eric me observa sorrindo enquanto vou até o banheiro.

Eu me olho no espelho. Meu aspecto deixa muito a desejar: cabelo desgrenhado, olhos inchados, expressão exausta. Mesmo assim, em vez de voltar para a cama, lavo o rosto, escovo os dentes, prendo o cabelo e volto ao quarto.

— Quero meu beijo de bom-dia — exige Eric.

Feliz com o pedido, eu o beijo e beijo. Minha respiração acelera.

— Não queria parar, mas as crianças nos esperam — diz Eric com carinho.

As crianças! Com filhos e com Eric tão ocupado na empresa, os momentos como o da noite anterior, dançando na garagem, quase viraram fumaça. Mas eles ainda são os melhores!

Começo a dar risada. Por que meu marido me excita a qualquer hora do dia?

Com olhar travesso, eu me afasto dele e visto um robe. Não é a coisa mais sexy do mundo, mas é o que tem pra hoje.

Assim que ficamos prontos, Eric me dá passagem para que eu vá na frente. Quando saímos do quarto, ele me dá um tapa na bunda, e o encaro.

— A noite foi boa, não? — diz ele, baixinho.

Faço que sim.

— Sempre aproveitamos — respondo, apaixonada como uma adolescente.

Ele sorri… Eu também sorrio e, de mãos dadas, descemos para a cozinha.

Assim que entramos, Flyn, o mais velho, protesta quando tento enchê-lo de beijinhos, porque acha isso ridículo.

— Mãe, por favor — diz, fugindo dos meus braços.

— Me dá um beijo, preciso de um — insisto, para provocá-lo.

Em plena puberdade, ele me olha e rebate com tom irritado:

— Que droga, para com isso!

Sua cara me faz rir.

De quem ele puxou esse temperamento ranzinza e sério?

Em seguida, chego perto do meu pequeno Eric, esse loirinho que algum dia vai ser um cara durão como o pai, e o encho de beijos. Ele também vira o rosto. Não gosta que o abracem demais, mas não estou nem aí. Amasso o dobro!

Com o rabo do olho, vejo que Simona e Pipa estão sorrindo. Continuam sem entender meu jeito espanhol. Então vou direto para Hannah, que sorri ao me ver.

Mil beijos!

Apesar de ser muito manhosa, Hannah tem o sorriso mais lindo do planeta. É moreninha como eu, mas tem a mesma expressão intrigante de Eric, o que me encanta. Me emociona. Me fascina.

Depois de amassar meus três amorzinhos, sento-me à mesa da cozinha.

— A farra foi boa, hein, mamãe? — comenta Flyn. — Sua cara diz tudo.

Ouvir isso me faz sorrir.

Se ele soubesse!

Não tenho dúvida, ele presta atenção em tudo. Quando Eric pega Hannah para beijá-la, respondo:

— Só posso dizer que me diverti muito.

— E você, papai? Também se divertiu? — pergunta Flyn, curioso.

Eric olha para ele. Fica imóvel. Ao ver sua cara de desconcerto, respondo por ele:

— Tanto quanto eu, Flyn. Isso eu te garanto.

Eric me olha e sorri. Dou uma piscadinha de cumplicidade enquanto tiro a chupeta de Hannah.

Durante um bom tempo, apesar de Pipa e Simona estarem lá, Eric e eu nos encarregamos de dar o café da manhã às crianças. Os três são muito fofos, mas meu instinto materno faz com que eu foque em Flyn. Percebo que ele me observa. E parece inquieto.

Ora, ora… O que ele fez desta vez?

Faz alguns meses que a atitude de Flyn em geral mudou. Passa o dia inteiro grudado no celular e no computador, nas redes sociais. Isso tira Eric do sério, e de vez em quando acaba discutindo com Flyn. Mas o menino costuma escapar com uma resposta evasiva e continua fazendo suas coisas.

Enquanto dou o café da manhã ao pequeno Eric, tenho consciência de que tem alguma coisa acontecendo. Flyn está escondendo algo, sei pelo seu olhar.

Com cautela, observo meu marido. Por sorte, está tão concentrado nas brincadeirinhas de Hannah que nem reparou no mais velho.

A colher na minha mão quase cai. O pequeno Eric — Superman, como diz Björn — me deu um tapa. Belisco sua bochechinha e me levanto para pegar uma colher limpa antes que Simona ou Pipa me entreguem uma. Isso me dá a oportunidade de me aproximar de Flyn.

— O que foi? — cochicho.

Ele não me olha, mas responde:

— Nada.

— Brigou com a Dakota?

Seu semblante fica sério. Dakota é sua namorada, uma menina encantadora da escola.

— Dakota já é passado — responde ele, para minha surpresa.

Olho para Flyn boquiaberta.

— Mas… o que aconteceu?

Flyn me olha como se eu fosse um bicho esquisito. Tenho certeza de que está pensando que sou a última pessoa do universo a quem ele contaria o que aconteceu.

— Nada.

— Mas Flyn…

— Mãe… Não quero falar disso. A Dakota é sem graça, careta demais e…

— Flyn Zimmerman — interrompo. — Como você pode dizer uma coisa dessas de uma menina tão legal?

Filho da mãe. "Careta demais"… Homens!

Estou a ponto de continuar, mas ele diz com rosto sério:

— Para sua informação, agora estou saindo com a Elke.

— Elke? — pergunto, perplexa. — Quem é ela?

— Caralho.

— Você disse "caralho"? — protesto, disposta a repreendê-lo.

— O que vocês dois estão cochichando? — Ouço Eric perguntar.

Flyn e eu olhamos para Eric ao mesmo tempo. Com a maior cara de inocentes, dizemos em uníssono:

— Nada.

Sem desviar os olhos de nós, Eric sorri e, antes de dar outra colherada de papinha à Hannah, murmura:

— Vocês e seus segredinhos.

Acho graça no comentário, porque ele tem razão. Embora Flyn já não me conte mais tantas coisas como antes, sei que ele me vê como sua principal aliada. Por mais que Eric goste disso, sei que no fundo fica um pouco incomodado.

Quando terminamos de dar o café da manhã às crianças, Flyn me olha e sugere:

— Vamos?

A pergunta me faz sorrir.

Sempre saímos para passear de moto e nos divertir no campo aos sábados pela manhã. Olho para Eric e digo:

— Você vem?

Ele crava o olhar em mim. Depois olha para Hannah e Eric. Quando Flyn sai, ele diz:

— Hoje não. Tenho que fazer algumas ligações e…

— É sábado, Eric! Hoje você não trabalha.

Ele sorri e revira os olhos.

— Vai ser rápido. Além do mais, prefiro ficar com os pequenos.

Concordo. Não entendo por que ele tem de ficar trabalhando, mas compreendo que queira ficar com as crianças. Fico a semana inteira com elas e sair no sábado de manhã para andar de moto me distrai um pouco. Dou uma piscadinha para Eric.

— Tudo bem. Flyn e eu vamos.

Pipa me substitui rapidamente com o pequeno Eric, enquanto meu marido me pega pela mão e me olha com seriedade.

— Tome cuidado.

Faço que sim. Dou uma piscada e corro para o quarto para me trocar. Ao chegar lá, pego meu macacão. Como sempre, visto com um sorriso na cara. Depois de calçar as botas e fechar as fivelas, desço a escada de dois em dois degraus e corro até a garagem. Flyn está me esperando, com seu macacão azul. Falo com Susto e Calamar e depois olho para meu filho.

— Você tem que me contar quem é essa tal de Elke.

— Não.

Ultimamente, suas negações me deixam um pouco contrariada, mas, como quero me divertir com ele, cochicho:

— E essa Elke não é careta?

Seu olhar Zimmerman me perfura.

— Tá bom, tá bom... — Suspiro. — Isso é assunto seu, mas você pelo menos vai me contar o que aconteceu com a Dakota?

Sem responder, Flyn coloca o capacete, olha para mim e pergunta:

— Hoje que o papai não vem, vamos à pista?

Isso tem sido legal. Quando Eric nos acompanha, costumamos passear com as motos pelo campo e fazer poucas loucuras, porque ele fica doente de nos ver correndo riscos. Mas, quando ele não vem, Flyn e eu vamos a uma pista de motocross próxima para nos divertir. Meu filho não é tão ousado como eu na hora de saltar, mas um saltinho ou outro ele dá, e eu o aplaudo quando vejo sua cara de satisfação.

Subimos nas motos e saímos da garagem. Pego no bolso da jaqueta de couro vermelha e branca o controle que abre o portão.

Repreendo Susto. Ele é muito travesso e sempre quer sair correndo quando o portão abre, mas, quando me ouve gritar, se senta junto de Calamar e não se mexe. Fofo!

Flyn e eu damos partida e saímos. Esperamos até o portão se fechar para ter certeza de que os cães ficaram do lado de dentro. Depois, aceleramos a toda velocidade para chegar a um terreno plano ali perto. Durante um bom tempo, brincamos com as motos pelo campo, até nos aproximar da pista de motocross. Ali, como sempre, eu me divirto e clareio as ideias. Preciso disso. Ficar a semana inteira com as crianças em casa me estressa de uma maneira...

Adoro meus filhos. Não os trocaria por nada no mundo, mas gostaria que Eric entendesse que preciso trabalhar. O problema é que sempre que toco no assunto acabamos discutindo. É estranho.

Segundo Eric, eu não preciso trabalhar, porque ele me dá tudo. Mas quero fazer algo mais do que criar os filhos. Em nossa última discussão, defini uma data limite para eu voltar a trabalhar, e o dia está se aproximando. Imagino que vamos ter uma bela briga.

Esgotada depois de várias voltas pela pista e de saltar obstáculos, finalmente paro a moto, tiro o capacete e espero Flyn.

Quando chega ao meu lado, ele também para e tira o capacete. Abro uma pequena mochila e pego garrafinhas de água. Estamos morrendo de sede. Uma vez saciados, me apoio na moto e pergunto:

— Muito bem. Pode me contar. O que aconteceu com a Dakota?

Meu filho bufa — isso ele aprendeu comigo. Percebendo que não desvio o olhar, responde:

— A Dakota é criança… Só isso. — Sua resposta me surpreende, mas, antes que eu possa dizer alguma coisa, ele continua: — E, se não se importa, não estou a fim de falar sobre isso.

— Eu me importo — replico em tom seco.

Fico olhando para ele, à espera de que me conte. O sem-vergonha então diz:

— Caralho, mãe! É particular.

Irritada pelo tom, mais do que pelo palavrão, contesto:

— É a segunda vez esta manhã que você diz uma palavra que não aprovo, e gostei menos ainda do seu tom. Se estou perguntando pela Dakota, é porque a conheço. Ela é uma boa menina e…

— Ela me entediava. O que quer que eu diga?

Está bem… Está claro que a Dakota já era. Que pena. É uma menina muito legal, eu gostava de bater papo com ela. Quero entender o que está acontecendo, por isso insisto:

— Muito bem. Não vamos falar da Dakota. Quem é Elke? Nunca ouvi falar dela.

A expressão de Flyn se suaviza e, com um meio sorriso, ele murmura:

— A Elke é incrível. É bonita, divertida e toda gostosa.

A última parte me deixa louca, mas procuro parecer tranquila quando pergunto:

— É aluna nova?

— Não.

— E de onde saiu?

— Repetiu de ano. Antes que pergunte, foi porque os pais dela se separaram no ano passado e ela teve problemas.

Vê-lo defender a menina me faz sorrir. Por fim, dou um gole na água e murmuro:

— Flyn, eu me preocupo com você porque te amo.

Ele balança a cabeça. Não sorri. Sem dar valor ao momento de intimidade, coloca o capacete e diz, sem olhar na minha cara:

— Que bom. Escuta, que tal você ficar dando uns saltos e eu voltar daqui a uma hora?

— O quê?!

Meu choque evidente por ele querer se livrar de mim o faz acrescentar:

— Vou ver a Elke agora, mas não quero que você venha comigo. Não sou mais criança e não preciso de babá.

Veja só o adulto!

Acho graça, mas não vou deixá-lo sair de moto sem supervisão, ou Eric poderia me esfolar viva.

— Sinto muito, bonitão, mas quando você está de moto sou sua sombra. Se quiser ver a Elke, vamos pra casa, você troca de roupa, deixa a moto e...

— Caralho, mas que mala!

Sua falta de educação me incomoda. Agarro Flyn pelo braço e o obrigo a prestar atenção em mim.

— Você está passando dos limites!

— Deixa de ser chata.

Sua resposta volta a me ofender. Desde que começou no colégio novo, Flyn está mudado.

— Escuta aqui... — digo em um grunhido enfezado. — Faça o favor de ter um pouco de respeito por mim, que sou sua mãe, não sua amiga! O que está acontecendo com você ultimamente?

Noto a tensão em seu corpo. Conheço esse olhar desafiador. Nada bom, nada bom... Não quero provocá-lo, então coloco o capacete e digo:

— Vamos pra casa. Acabou o motocross por hoje.

3

Na segunda-feira, quando Eric sai para o trabalho e Flyn vai para o colégio, minha semana começa de novo.

Filhos... Filhos... Filhos... Eles me deixam com a cabeça cheia!

Qualquer um que me escute falar assim vai pensar que não sou uma boa mãe, mas se engana.

Eu cuido deles, eu os mimo, eu os beijo, mas sinto que preciso fazer algo mais, ou vou enlouquecer.

Esta noite, estou com vontade de ficar com meu alemão, então preparo um jantarzinho especial. Peço que ele não chegue tarde, e Eric garante que não vai demorar. Apesar disso, às dez da noite, cansada de esperar, com a comida fria e depois de ter bebido sozinha uma garrafa inteira de champanhe, me enfio na cama e durmo. É melhor assim, porque, se vir o babaca chegar, vou matá-lo.

No dia seguinte, quando me levanto, Eric já saiu e me deixou um bilhete em cima da mesa.

Desculpe, pequena... Foi impossível fugir do trabalho. Você estava tão linda dormindo que não tive coragem de te acordar. Te amo.
Seu babaca

Leio e sorrio. Ele me conhece tão bem que sabia que eu o estava achando um babaca.

Por sorte, tenho uma amiga incrível que se preocupa comigo tanto quanto eu me preocupo com ela. Ligo para Mel quando saio da cama e marcamos de nos encontrar para fazer compras.

Ela perdeu o emprego depois de trabalhar por alguns meses em um estúdio de design gráfico, e está tão cansada de ficar em casa quanto eu. Estou pensando em Eric e em como ele me deixou plantada ontem à noite, com o jantar na mesa, quando Mel me pergunta:

— O que você acha desse?

Sua voz me faz retornar à realidade. Vejo o que ela aponta e pergunto:

— Enfermeira?

Com humor e se fazendo de travessa, Mel baixa a voz e murmura:

— Sei que é muito comum, mas, com o que a gente faz, não fica muito tempo no corpo. Quem se importa?

Sorrio. A fantasia é para uma festa no Sensations daqui a alguns dias. Pego outras peças que chamam minha atenção.

— Escuta... E se a gente for de anjo e diabo? — proponho.

Mel dá uma gargalhada e deixa a fantasia de enfermeira de lado.

— Eu quero a de diabo. Prefiro ser maligna e abusada.

Entre risadas, provamos as roupas. O vestido vermelho e preto, as luvas pretas até o cotovelo, os chifres e o tridente são para Mel. O vestido e as luvas brancas, a auréola e a varinha branca são para mim.

Achando graça, nos olhamos no espelho.

Ficamos lindas!

— A gente pode usar botas altas, as suas brancas e as minhas vermelhas, aí alcançamos a perversão total — sugere Mel.

— Parecemos duas piranhas — murmuro ao nos observar.

— Mas de classe — diz Mel, rindo e balançando os cabelos curtos.

— De muuuita classe — confirmo, achando graça.

— Nossa... Quando o Björn me vir... Ele adora que eu me fantasie...

Rimos. Fico imaginando a cara do Eric quando me vir vestida de anjinho. Ele vai adorar!

Modéstia à parte, fico superatraente e sexy no vestidinho curto. Nem dá para notar os quilinhos a mais que se acumularam na minha barriga e que às vezes me chateiam.

Depois de definir nossas fantasias, rapidamente escolhemos as dos maridos. Eles preferem assim, e decidimos que um vai de bombeiro e outro de policial.

Vão ficar maravilhosos!

Quando acabamos as compras e saímos da sex shop, pegamos meu carro.

— É sério que o Eric deixou você de novo plantada esperando para jantar?

— Isso mesmo que você ouviu. Acontece cada vez com mais frequência. Para fechar com chave de ouro, quando levantei tinha um bilhetinho dele me pedindo desculpas e dizendo que já tinha saído. Será que esse homem nunca descansa?

Mel bufa e tira a franja do rosto.

— Olha, Jud, tanto Eric quanto Björn são ambiciosos. Por mais irritante que seja, é a cara deles levar trabalho para casa.

— Odeio quando ele faz isso.

— Eu também. Mas eu amo Björn, então acabo suportando.

Ouvir isso me faz sorrir. No último ano, a empresa consumiu Eric mais do que nunca e, embora eu lhe diga que temos dinheiro de sobra, ele não me escuta e trabalha cada dia mais.

— Pior que tenho um jantar não sei que dia com os chatos do escritório onde Björn quer trabalhar — comenta Mel.

— Que chatice! — murmuro, em solidariedade.

— Nada me daria mais sono.

— Entendo. Tenho os mesmos jantares com os executivos tediosos da Müller de vez em quando.

Sorrimos. Sem dúvida, jantar com desconhecidos ou com pessoas com quem não temos muita afinidade e ainda manter as aparências é superchato.

O celular da Mel toca. Ouço-a falar durante alguns segundos. Quando desliga, ela me diz:

— Eric e Björn estão juntos.

— Ah é? — pergunto, surpresa.

— Pelo visto, ele e Eric tinham que conversar de assuntos jurídicos da Müller e estão nos esperando para almoçar. O que acha?

— Perfeito!

Sorrio, feliz por saber que vou ver meu lindo marido.

— Ótimo, porque marquei com eles à uma e meia, na Trattoria do Joe. Mas antes temos que ir buscar o vestido que encomendei para o batizado dos bebês do Dexter. Melhor a gente correr, porque esses dois alemães não gostam de almoçar muito tarde.

Dirigindo pelas ruelas de Munique, comento com Mel o que está acontecendo com Flyn.

— Não leve a mal, mas sempre achei que tanto você quanto Eric protegem e mimam demais o Flyn. Antes que ele peça alguma coisa, vocês já estão fazendo. Ele se acostumou a sempre conseguir o que quer e agora…

— Agora está nos desafiando. Especialmente a mim — completo com a consciência de que minha amiga tem razão.

— Devo ser rígida demais, talvez por causa do Exército, mas um tapa de vez em quando evita muita dor de cabeça, não acha?

— Não… Como vou bater nele?

Mel suspira. Eu bufo. Então ela diz:

— Olha, Jud, entendo que dar um tapa em um garoto que está maior que você não deve ser muito fácil, mas não pode permitir que ele continue te tratando assim.

26

— Nem passou pela minha cabeça bater nele.

— Eric sabe como ele te trata mal? — Nego com a cabeça e ela pergunta: — E por quê?

— Porque Eric tem muito trabalho e eu não quero preocupá-lo ainda mais. Só que ultimamente estou voltando a ver em Flyn o menino mal-educado que conheci há alguns anos e que me fez enfrentar uma barra. Isso me assusta.

Mel afaga meu cabelo. Ela sabe que sou uma mulher forte, mas, no que diz respeito a filhos, sou uma babona.

— Você é a melhor mãe do mundo, e esse moleque algum dia vai perceber. Nunca duvide disso, tá bom?

Faço que sim e sorrio.

Chegamos à loja e Mel vai provar o vestido encomendado.

— Ficou lindo de morrer. — Ela é um mulherão. É mais alta que eu, e seu corpo tem proporções perfeitas. — Que inveja! — resmungo, observando sua cintura.

Mel me olha, ergue as sobrancelhas e pergunta:

— Inveja de quê?

Paro em pé ao seu lado, me viro e levanto a camisa.

— Depois da cesárea da Hannah, não consigo eliminar essa barriguinha. Os quilos se recusam a me abandonar, não importa o que eu faça. Quando eu vejo as fotos dessas famosas que acabaram de ganhar bebê e já estão prontas para a passarela me pergunto como elas conseguem.

— Como você é exagerada — responde Mel, e, com a mão no meu ombro, acrescenta: — Pois fique sabendo que eu acho você deslumbrante. E quanto às famosas, imagino que deve ter de tudo: as que fazem cirurgia e as que por um milagre se recuperam em um piscar de olhos. Mas temos que assumir que as humanas, como nós, depois da gravidez ficam com estrias, barriguinha etc.

Suspiro e sorrio.

— Tem razão. Mas me dá muita inveja ver essas fotos de logo depois do parto, elas tão lindas...

— Photoshop, querida. Photoshop!

Damos risadas e, depois de me olhar no espelho, admito:

— A verdade é que Eric gosta da minha barriguinha. Ele adora passar a mão e brincar dizendo que ele, e só ele, criou essa nova curva no meu corpo.

— Se ele adora, sem neura!

Isso me faz sorrir. Às vezes, nós mulheres nos preocupamos com as maiores bobagens, quando existem coisas mais importantes e terríveis na vida, algumas sem solução.

— Tem razão — digo, dando de ombros. — Viva minha pancinha!

Mel paga o vestido, saímos da loja e vamos depressa pegar meu carro. Com desenvoltura, dirijo até chegar ao restaurante onde eles estão.

Entramos e os vejo sentados ao fundo. Sem dúvida, são um deleite para os olhos. Um loiro, um moreno: ambos lindos e atraentes. Assim que nos veem, eles se levantam com um sorriso no rosto. Como sempre, tanto Mel quanto eu temos consciência de que os olhares das mulheres se cravam em nós. Como sempre, também, aproveitamos a atenção de Björn e de Eric.

Eric puxa a cadeira para que eu me sente e beija meu pescoço.

— Ainda está brava comigo?

Eu o fulmino com meu olhar de "vou te matar". Quando ele se senta, murmuro com um sorriso:

— Babaca.

Ao ouvir isso, Eric sorri. O tempo todo ele me diz que tenho a boca suja, mas, em momentos como este, acha tanta graça quanto eu. Afinal, não tem opção.

O garçom vem pegar os pedidos, e decido começar com uma salada. Eric me olha surpreso, pois sabe que salada não é comigo.

— Tem crostini de muçarela e tomate seco — diz ele. — Não quer? — Nego com a cabeça e Eric insiste: — Por quê?

Mostro a marca da barriga na roupa. Ele sorri e olha para o garçom.

— Por favor, troque a salada da minha esposa por crostini de muçarela e tomate seco.

Olho para Eric boquiaberta. Quero protestar, mas ele me beija e acrescenta:

— Você é linda, pequena. Nunca duvide disso.

Sorrio. Eu o encheria de beijos de tão lindo que ele é. Sem me importar com quem possa estar olhando, chego perto e o beijo. Amo, adoro, morro por ele...

Eric se afasta e diz:

— Antes que eu me esqueça, e correndo o risco de você me matar, hoje à tarde tenho algumas reuniões e não sei a que horas vão terminar. Não me espere para o jantar.

— De novo?!

— Jud, é trabalho, não diversão!

Merda! Detesto que ele me diga isso.

Está bem... ser o chefão e dono de uma empresa de sucesso como a Müller exige muitas horas, mas por que ele não delega um pouco, como fazia antes?

28

Quero que Eric me dedique a mesma atenção que dedicava no início do nosso relacionamento. Sou romântica e boba... É impossível! E agora, com filhos, nosso tempo a sós fica cada dia mais limitado. Apesar disso, como não estou a fim de reclamar, digo apenas:

— Está bem.

Eric volta a me beijar e eu, que não quero desperdiçar o momento, sorrio.

Durante o almoço, nós quatro brincamos e conversamos sobre filhos. Sem dúvida, é nosso principal assunto. Björn e Mel falam de Sami, e nós falamos de Flyn, Eric e Hannah. Se alguém nos gravasse durante esses momentos, veríamos a cara de bobos e as risadas que damos por causa disso.

Assim que terminamos a entrada, o garçom vem recolher os pratos. De repente, ouço alguém falar às minhas costas:

— Eric... Eric Zimmerman? É você?

Viro a cabeça ao ouvir uma voz de mulher mencionar o nome do meu marido. Vejo Eric se virar e, depois de um segundo de surpresa, se levantar.

— Ginebra.

Os dois se abraçam e eu fico só olhando. Quem é essa morena?

O abraço é longo demais para o meu gosto. Se sou eu que faço isso com algum cara que Eric não conhece, ele explode. Mesmo assim, sem querer polemizar, sorrio. A expressão de Eric me surpreende. Seu sorriso, quando não é para mim, poucas vezes é tão largo, e o jeito como olha essa mulher me incomoda.

Quem é ela?

Analiso-a minuciosamente: morena, mais ou menos da idade de Eric, cabelos longos como os meus, alta, magra, estilosa e sexy, olhos verdes impressionantes e, claro, sem pancinha à vista. É uma mulher muito bonita, tenho que admitir, dessas que a gente vê em comerciais. E me arrasa dizer que é tudo isso sem Photoshop!

Fico olhando para ela fixamente.

— O que você está fazendo em Munique? — Ouço Eric perguntar.

— Trabalho.

— O mesmo de Chicago?

Como o mesmo de Chicago? O que ela fazia em Chicago?

Ela levanta a mão, toca o rosto do meu alemão e murmura:

— Que bom ver você...

— Você também, Gini.

Gini?! Gini?!

Meu pescoço começa a coçar.

Os dois se olham… se olham… se olham… Quando estou prestes a armar um barraco, ouço a tal Ginebra sussurrar:

— Docinho…

Ai, ai, ai… "Docinho"?!

Ela o chamou de "docinho"?

Como assim, "docinho"?

Com intimidade demais, ela completa com voz rouca:

— Penso sempre em você, meu amor.

Ah, não!

Vou ter um ataque.

Que negócio é esse de ficar pensando nele e de o chamar de "meu amor"?

Observo Eric. Seu olhar intenso me deixa doente. Ele e seus olhares.

Tá, tá, tá…

Respira, Judith… Respira, que eu te conheço e isso aqui vai pegar fogo!

Consigo me segurar por alguns segundos, mas logo concluo que estão me fazendo de palhaça. Começo a sentir calor. Meu pescoço inteiro coça.

Meu coração dispara quando sinto a mão da Mel por baixo da mesa.

Ela sabe o que estou sentindo e, com os olhos, me pede tranquilidade. Por isso, com o mais falso sorriso, olho para ela e mostro que estou bem. Puta da vida, mas bem.

Por alguns segundos, Eric e a mulher ficam se olhando, sorrindo um para o outro, se comunicando com o olhar. Parecem segundos intermináveis. Então ele se vira para mim e diz:

— Ginebra, essa é minha esposa, Judith.

Como é?!

Por que não diz agora aquilo de "linda e encantadora esposa", como sempre faz na frente de todo mundo, especialmente dos homens? Ai, ai…

Meus olhos negros e os olhos verdes dela se encontram. Na hora, Ginebra muda totalmente de expressão e de atitude. Afastando-se de Eric e se aproximando de mim, ela diz, levando a mão à boca:

— Desculpa, desculpa… Não sabia que o Eric tinha se casado. — Ela pega minha mão e insiste: — Não quis chatear você com meus comentários infelizes.

Meu coração bate forte. Não quero recriar o massacre da serra elétrica no restaurante, então tento esboçar um sorriso.

— Não tem problema.

— Claro que tem — insiste ela. — Que vergonha.

Sua franqueza me faz sorrir. Com o nível de ódio mais baixo, afirmo:

— De verdade, Ginebra, não tem problema.

Em seguida, Eric me agarra pela cintura e me puxa para junto dele.

— Judith é tudo o que um homem poderia querer. Por sorte, eu a encontrei, a conquistei e depois a convenci a se casar comigo.

Essa declaração me faz sorrir de novo.

Como sou boba!

— Estes são Björn e Mel, grandes amigos — apresenta Eric.

— Prazer — diz a tal Ginebra, sorrindo, depois pergunta: — Também são um casal?

Björn segura a mão de Mel e balança a cabeça dizendo que sim, então lhe dá um beijo nos nós dos dedos.

— Sem sombra de dúvida.

Mel sorri. Também sorrio quando Ginebra se vira para uma loira, que espera atrás dela pacientemente, e diz:

— Essa é a Fabiola, que me ajuda na produtora.

— Produtora?! — exclama Eric.

— Sim! Consegui! — Ela bate palmas. — Tenho minha própria produtora.

— Você sempre foi decidida e empreendedora — comenta o babaca do Eric.

Ginebra assente, depois pega um cartão da bolsa e entrega a ele.

— Você sabia o que queria e correu atrás. Sempre gostei disso em você, Gini — acrescenta Eric.

Que história é essa de sempre ter gostado de alguma coisa em Ginebra?

Vou pegar a taça de vinho e jogar na cara dele!

Como não quero me aborrecer, sorrio quando Eric pergunta:

— Félix veio com você?

— Claro, mas foi visitar um colega de uma das clínicas veterinárias enquanto eu fazia umas compras — responde ela, rindo e mostrando as sacolas que está carregando.

Todos sorrimos. Quando ela vê um homem lhe fazendo sinal, nos diz:

— Tenho que me despedir. Preciso resolver um assunto do meu marido. — Olhando para mim diretamente, ela pergunta: — Almoçamos outro dia?

Faço que sim, e Eric lhe entrega um cartãozinho da empresa.

— Me liga e marcamos — diz ele.

Ginebra olha o cartão e pergunta:

— Presidente e diretor da Müller? — Eric faz que sim, e ela murmura em sequência, com um sorriso encantador: — Acho que temos muito assunto.

— Sem dúvida.

De novo, sorrisinhos bobos.

Ginebra olha para mim e se despede:

— Foi um prazer, Judith.

— Igualmente.

Instantes depois, ela vai embora com a loira que esperava. Quando vejo que Eric a segue com os olhos, me sento na cadeira e pergunto:

— "Docinho"?!

Björn e Mel sorriem, mas Eric, que me conhece, continua sério.

— Quem é Ginebra e por que você nunca me falou sobre ela?

— É melhor recolher as facas, porque eu conheço essa espanhola — ironiza Björn.

— Quieto! — protesta Mel, que, eu imagino, pensa o mesmo que eu.

Eric sorri. Será que dou um sopapo nele?!

— É a Ginebra que estou pensando? — pergunta Björn.

Eric confirma. Ao ver que estou olhando para ele, à espera de uma explicação, responde:

— Ginebra foi minha namorada na faculdade.

— Olha… que interessante.

Ao ouvir meu tom, Eric abandona o sorriso e diz entre dentes:

— Se bem me lembro, Fernando foi seu namorado por alguns anos.

Sorrio maliciosamente para mim mesma.

— Ele não foi meu namorado, e você sempre soube dele. Nunca escondi nada.

— Nem eu de você.

— Rá! Nunca ouvi falar da *Gini*, *docinho* — retruco, sarcástica.

Vejo que Björn e Mel se entreolham. Estão começando a se sentir constrangidos.

— Vamos ficar calmos — diz Mel. — Todos temos algum ex, não temos?

— Temos, mas os meus, quando me veem por aí, não me chamam de "docinho", nem dizem que pensam em mim, e eu não fico olhando pra eles com cara de boba.

Eric me encara sério. Estou testando sua paciência e sei muito bem disso.

— Foi com Ginebra que fiz meu primeiro ménage e conheci o mundo swinger — explica ele. — Depois, ela conheceu Félix e foi embora para os Estados Unidos com ele, e fim da história até dez minutos atrás. Mais alguma coisa?

Esse "Mais alguma coisa?" me informa que, se eu continuar, vou arruinar o almoço. Olho para o prato na minha frente, sorrio e comento:

32

— Hm... Está com uma cara ótima.

— Parece uma delícia — afirma Mel, para me dar uma ajuda.

Sem falar mais nada, começo a comer como se não houvesse amanhã.

O almoço continua, mas, para meu azar, a tensão permanece no ambiente. Se existe uma coisa que Eric e eu fazemos bem, além de sexo, é discutir. E como!

Disfarçadamente, eu o observo e percebo que não olha nenhuma vez na direção onde está a mulher.

Ao fim da refeição, nos levantamos, nos despedimos e vamos embora. Ele volta para a Müller, pois tem que trabalhar. Björn e Mel vão buscar Sami na escola e eu volto sozinha para casa. Que chato.

Mal abro a porta e ouço gritos. Simona e Flyn. Largo as sacolas às pressas e corro para a cozinha.

— Eu disse que não quero leite — diz Flyn. — Por acaso estou falando grego?

— Eu só estava falando por...

— Estou cagando para o que você fala.

— Flyn! — grito.

A mulher suspira ao me ver.

— Tudo bem, Judith. Não tem problema.

Tem, sim... Claro que tem! Ele merece um tapa, como disse a Mel.

O moleque está passando dos limites. Olho para ele e digo em um grunhido:

— Peça desculpas à Simona agora mesmo, se não quiser ficar de castigo por ser tão mal-educado.

Ele me observa com um olhar de "você me paga!", mas não me intimida. Durante vários segundos, continua me desafiando, até que, finalmente, muda a expressão e diz:

— Desculpa, Simona.

Ela sorri. Como é boazinha! Para Simona, Flyn e os outros dois são como netos. Ela gosta deles tanto ou até mais que meu pai.

Contrariada pela atitude do garoto, sibilo:

— Agora vá pro seu quarto. Já!

Sem me olhar, Flyn sai da cozinha.

— Mas o que ele tem? — pergunta Simona.

— A confusão dos hormônios e a adolescência são muito difíceis, Simona — comento, ao me sentar à mesa. — Sem dúvida é um momento péssimo para ele.

33

Nós nos entreolhamos e concordamos com a cabeça. Quanto trabalho esse jovenzinho nos dá…

Uma hora depois, recebo uma mensagem de Eric para me lembrar de que ele vai chegar tarde. Isso me deixa ainda mais irritada, mas eu me controlo.

Sei o quanto trabalha e não quero pensar na mulher que o chamou de "docinho"!

Duas horas mais tarde, depois de dar o jantar para as crianças e colocar Eric e Hannah na cama com a ajuda de Pipa, vou falar com Flyn. Ele não apareceu toda a tarde e já é a hora do jantar. Ao me aproximar do quarto, ouço Imagine Dragons, sua banda preferida. Bato na porta, abro e o vejo estirado na cama, olhando para o teto.

Entro e, ao ver que ele nem me olha, começo a cantarolar "Radioactive". Ainda me lembro do dia em que eu e Flyn fomos comprar o CD, e de como cantamos no carro a plenos pulmões na volta para casa.

No meio da cantoria, ele se levanta da cama, desliga a música e me encara.

— O que você quer?

Certo… Continua irritado. Não estou com vontade de discutir, por isso digo:

— O jantar está na mesa. Você vem?

— Não estou com fome.

Seu tom cortante é igualzinho ao de Eric. Cada dia Flyn se parece mais com ele. Precisando de um pouco de calor humano, eu me aproximo.

— Vem, Flyn. Desce comigo para jantar. Eric vai chegar tarde e eu não quero comer sozinha. — Ao ver que ele me observa, faço cara de cachorrinho pidão e murmuro com voz de menina: — Por favorzinho… por favorzinho… por favorzinho… Não quero jantar sozinha.

Finalmente ele sorri. Fica lindo quando faz isso.

— Tá bom. — Suspira.

Feliz, dou um beijo em sua bochecha. Flyn faz menção de reclamar da minha demonstração de afeto, mas olho para ele e sussurro:

— Sou sua mãe e quero beijar você.

De novo ele sorri. Quero enchê-lo de beijos!

Apesar do início complicado, o jantar é ameno. Por uns minutos, ele volta a ser o tagarela que só fala de música. Ficou sabendo que o Imagine Dragons vai fazer um show na Alemanha e tenta me convencer a levá-lo. Durante vários minutos, digo que não, mas, no fim das contas, ele consegue meu "sim". Mel tem razão: sou boazinha demais, e ele faz o que quer.

Depois da refeição, vamos nos sentar no sofá. Pego meu laptop e, sem pensar duas vezes, compro os ingressos pela internet, para ele e para mim. Nem pergunto se Eric quer ir, porque ele não gosta de Imagine Dragons. Quando Flyn finalmente consegue o que queria, me abraça e me beija, e eu sorrio como uma boba.

Ele sabe me levar na conversa quando quer!

Depois que vai para a cama, já que no dia seguinte tem aula, fico vendo televisão, mas canso. Entro no Facebook e começo a bater papo com minhas amigas do grupo Guerreiras Maxwell, que é divertido e animado, e lá sempre encontro alegria e positividade.

Às onze, decido ir para o quarto. Passo para ver as crianças, e os três estão dormindo. Feliz por ver meus filhotes tão bem, vou para a cama. Sobre o criado-mudo, tenho um livro sobre um bombeiro e uma fotógrafa, recomendado por uma mãe da escola de Sami. Decido ler enquanto Eric não chega.

Às onze e vinte, a porta do quarto se abre e meu lindo marido entra. Olho para ele com prazer. Eric se aproxima e me dá um beijo, mas não diz nada.

Além de tudo chega zangado...

Pelo espelho, observo-o tirar a gravata e desabotoar a camisa.

— Jud, não gostei do seu comportamento no restaurante quando a Ginebra apareceu.

Ora, ora, ora... Ele não está na sua melhor noite, e agora nem eu estou. Fecho o livro e olho para ele.

— Também não gostei de ver o que vi.

Pronto. Já dei a resposta que queria. Quem procura acha.

Então vamos discutir!

Eric fecha a cara — nada, nada bom — enquanto desabotoa a calça e diz entre dentes:

— E o que você viu?

Consciente do que eu disse, deixo o livro sobre o criado-mudo e respondo:

— Vi Eric Zimmerman reencontrar um antigo amor que o chamava de "docinho" e que o deixou besta, babando como um menino. Foi isso que eu vi. E, sim, estou com ciúmes, admito!

Sua expressão não muda, o que me faz pressupor que não falei nada muito fora da realidade.

— Eu expliquei quem é Ginebra. Qual é o motivo de tanta bobagem? — questiona ele, me deixando ainda mais irritada.

Com mais vontade de discutir do que ele, abro um sorrisinho malicioso. Sei que isso deixa Eric louco, e esse é o objetivo: deixá-lo tão zangado quanto ele me deixa.

— Félix é o marido dela? — pergunto.

— É. E por que falar do marido dela?

— Ela deixou você por causa dele?

Assim que digo isso, me dou conta de que passei dos limites.

Que língua afiada a minha!

Eric estufa o peito. Sem dúvida vai soltar o maior grunhido da história. Porém, de repente, ele murcha.

— Deixou — murmura, com os olhos fixos em mim.

Balanço a cabeça... Meu pescoço começa a pinicar, mas não coço. Mesmo que meu lado fofoqueiro queira saber, outra parte em mim grita para eu não perguntar, para permanecer de bico fechado!

Eric continua tirando a roupa em silêncio. Seu incômodo é palpável, o que me deixa irritada. Por que falar dessa mulher está criando tanta confusão entre nós?

Dois segundos depois, ele se deita na cama e me abraça.

— Pare de pensar em coisas absurdas. Conheço você, Jud.

Nem me mexo. Decido não falar nada, mas, depois de cinco segundos, não consigo.

— É culpa sua que eu pense essas coisas. Queria que tivesse visto sua cara de bobo quando olhou para aquela mulher... a... Gini.

— Jud...

— E quando você disse pra ela "sempre gostei disso em você", ou "decidida e empreendedora"... E vocês pareciam se devorar com os olhos. Eu juro, Eric, que... que...

Ouço sua risada. O mau humor virou fumaça. Filho da mãe!

— Chega, querida... Não invente o que não existe.

— Mas...

Eric coloca um dedo na minha boca para me calar e me olha nos olhos.

— Eu te amo, Jud. Não pense mais nisso. Ginebra é uma mulher do meu passado, assim como existem alguns homens no seu. Só isso.

Não digo mais nada. Deixo Eric apagar a luz e decido não perguntar se ele vai ligar para ela. É melhor ficar calada.

36

4

Quando Mel foi buscar Sami na escola, a pequena correu até ela e perguntou, com uma carinha linda:

— Mami, o Pablo pode ir ao parque com a gente?

Mel beijou sua loirinha e viu Pablo chegar correndo.

— Primeiro temos que ver se a mãe dele não tem outra coisa pra fazer — respondeu, olhando para os dois.

Então Louise, a mãe do menino, se aproximou, tendo entreouvido a conversa.

— Ótimo. Todos para o parque!

Dez minutos depois, Mel e Louise estavam sentadas em um banco vendo os filhos brincarem, quando o celular de Louise tocou.

— Me dá licença um segundo?

Sem se importar que Mel escutasse, a mulher começou uma discussão ao telefone, dizendo coisas horríveis.

— Meu marido e eu vamos de mal a pior — comentou ela, ao terminar a ligação.

— Nossa… Que chato.

Mel não quis dizer mais nada. Quanto menos se metesse nos problemas dos outros, melhor. Mas Louise continuou.

— Três anos de namoro, seis de casamento, e agora que tudo parecia estar indo bem e temos um filho lindo descobri no computador dele fotos de uma festa com os colegas do escritório e prostitutas. Fiquei chocada.

Boquiaberta, Mel segurou as mãos dela.

— Você está bem?

Louise negou com a cabeça. Seus olhos se encheram de lágrimas.

— Não. Não estou bem, mas tenho que ficar, pelo Pablo. Sinto que preciso mudar de vida, e rápido, mas… não sei por onde começar. Nunca imaginei que algo assim pudesse acontecer comigo. Johan me amava tanto… — Então acrescentou, com raiva: — Ainda lembro como estávamos animados quando ele começou a trabalhar naquele maldito escritório de advocacia!

Isso chamou a atenção de Mel.

— Seu marido é advogado?

Louise fez que sim, murmurando logo depois, de um jeito meio sarcástico:

— É. Ele trabalha para Heine, Dujson e Associados. Um escritório cheio de demônios com cara de anjinhos, que fizeram isso com a gente.

Mel a encarou com surpresa. Era o mesmo escritório onde Björn queria entrar como sócio majoritário.

— Por que você diz isso?

— Porque eles se passam por moralistas, defensores da família e do casamento, mas é tudo da boca pra fora — respondeu Louise com o olhar perdido. — Aqueles advogados têm uma vida dupla cheia de vícios e corrupção moral. Vistos de fora, claro, são maridos e pais perfeitos, e as mulheres aceitam tudo para poder continuar a viver como rainhas.

Mel mal acreditou no que estava ouvindo. Se fosse verdade, Björn deveria saber.

— Sinto muito mesmo — disse ao ver que Louise enxugava os olhos com um lenço.

Louise assentiu, secando as lágrimas e se recompondo.

— Eu também sinto, mas estou em um beco sem saída. Johan vive como quer e espera que eu seja a mulherzinha perfeita que o espera em casa, rodeada de filhos, como as outras esposas do escritório. Não posso nem ver minhas amigas mais, porque tenho que ficar saindo com essas mulheres.

— Mas você falou com ele?

Abatida, Louise assentiu.

— Falei, mas não adianta. Johan diz que agora nossa vida é essa. Se eu falo de divórcio, ele me ameaça dizendo que vai ficar com o Pablo, que vai tirar meu filho de mim.

Mel sentiu pena da mulher, mas, como não sabia o que dizer, apenas a abraçou. Ficaram assim por alguns segundos, depois se separaram. Mel não mencionou que Björn tinha planos de entrar naquele escritório, tão renomado. Em vez disso, falou:

— Não somos próximas, mas quero que saiba que você pode contar comigo para o que precisar.

Louise sorriu.

— Obrigada.

Estavam conversando quando Mel ouviu Sami chorar. Assim que olhou em direção à filha, encontrou-a caída no chão. Ela correu até a menina, mas,

38

antes que chegasse, um rapaz de patins passeando com um cachorrinho se agachou para ajudá-la.

Mel já estava abrindo a bolsa para pegar um band-aid das Princesas da Disney, mas a menina parou de chorar e começou a fazer carinho no cachorro.

— Que bonitinha. Qual é o nome dela?

— Leya — respondeu o rapaz. — Ela adorou você. Viu só como está feliz? Mas, se você chorar, ela vai se assustar e chorar também.

Sami sorriu, olhando para a mãe, que a observava com surpresa.

— Mami, quero um cachorrinho como a Leya.

Mel se agachou para erguer a pequena do chão, depois de se assegurar de que tinha sido uma queda simples.

— Vamos pensar, tá?

A menina fez que sim, deu meia-volta e correu para alcançar Pablo, que subia em um escorregador. Feliz por não ter sido nada, Mel agradeceu ao rapaz pelo cuidado e voltou ao banco onde estava Louise. Aquelas coisas aconteciam com crianças.

Naquela noite, quando Sami viu o pai, ficou insistindo por um cachorrinho. Fazia uns meses que sua hamster, Peggy Sue, havia morrido. Depois de contar uma história e colocar Sami na cama, Björn acabou concordando. Só não disse quando nem como cumpriria sua promessa.

5

A droga do despertador toca e eu quero morrer!

Não gosto nadinha de acordar cedo, mas acordo.

Quando Eric se levanta e entra no chuveiro, não falamos sobre o que aconteceu na noite anterior. Tocar no assunto significaria discutir de novo, por isso decido fechar a boca. Não quero me irritar durante os cinco minutos que nos vemos.

Desço para a cozinha e Flyn está terminando o café da manhã. Eu me aproximo e, antes que lhe dê um beijo, ele se levanta. Quando está prestes a sair, eu o chamo.

— Flyn.

— Quê?

Nesse instante, Eric entra na cozinha e eu digo, olhando para o garoto:

— Não vai me dar um beijo antes de ir para o colégio?

Ele me olha, me olha e me olha.

— Ai, mãe, já não sou mais bebê — responde, por fim.

Sem dizer mais nada, dá meia-volta e vai embora. Fico com cara de boba olhando para a porta. Eric se aproxima e me pega pela cintura.

— Vale um beijo meu, amor?

Faço que sim, claro que vale! Ainda mais quando ele me chama de amor!

Feliz, dou-lhe um beijo. Quando nossos lábios se separam, Eric me dá uma piscadinha e prepara um café para ele, fazendo a cara de canalha de que eu tanto gosto.

Dez minutos depois, ele vai para o escritório. Pela janela da cozinha, fico vendo o carro se afastar e me preparo para ficar o dia todo sem ele.

Como em todas as manhãs, depois de dar o café para as crianças, entramos no meu antigo quarto, que agora é o quarto de brinquedos, e brincamos. Passadas duas horas, estou exausta. Hannah chora mais que sorri e, às vezes, não tenho energia para isso.

Por que tenho uma filha tão chorona? O pequeno Eric não chorava quase nada!

Por sorte, Pipa tem uma paciência enorme, e é ela que se encarrega da chorona.

Quando os pequenos tiram um cochilo no meio da manhã, decido colocar um maiô e dar um mergulho na piscina coberta. É um dos grandes prazeres da sra. Zimmerman.

Mergulho, nado, descanso, nado de novo e, quando já me esbaldei, flutuo na piscina, ouvindo, ao fundo, a voz de Michael Bublé em "Cry Me a River". Sorrio. Sempre que Björn ouve essa música e está com Eric e comigo, ele nos olha e cochicha que é a "nossa música".

Flutuando e olhando para o teto da piscina coberta, lembro aquele momento com os dois, anos atrás, na casa de Björn. Fecho os olhos e me sinto molhada só com a recordação de como aqueles dois deuses me possuíram naquele dia, com minha permissão.

Ainda estou pensando nisso quando ouço Simona me chamar. Levanto a cabeça rapidamente e vejo que ela está com o telefone na mão.

— Judith, a sra. Dukwen quer falar com você.

Sem saber quem é, saio da piscina, enxugo as mãos e o rosto e pego o telefone. Simona sai.

— Alô?

— Judith?

— Sim, sou eu.

— Oi, é a Ginebra, amiga do Eric. Nos conhecemos ontem naquele restaurante, lembra de mim?

Merda.

Fico boquiaberta. Sento em uma banqueta para colocar os anéis que tirei para entrar na piscina.

— Sim. Claro que lembro…

— Ah… Que bom, querida. Queria convidar você e Eric para jantar esta noite. Comentei com meu marido que havia conhecido você, e agora ele quer encontrar os dois. Depois do mal-entendido de ontem, achei melhor ligar e falar com você, para evitar problemas.

— Comigo? — pergunto, surpresa.

— Sim, querida, com você.

Um silêncio estranho me paralisa.

— Odeio quando meu marido marca de jantar com alguém que eu mal conheço. Como não quero te chatear, me atrevi a ligar para a sua casa. Lamento muitíssimo o que aconteceu ontem. Não consegui parar de pensar nisso e estou me sentindo péssima. Garanto que, se uma mulher chamasse meu marido de "docinho" ou de "meu amor" na minha frente, eu ficaria muito brava. Por isso, sei que você pode não ter gostado...

— Tá bom, eu admito, não gostei! — digo, por fim. — E aceito suas desculpas.

— Obrigada, obrigada... Você nem imagina o peso que me tirou das costas.

Sorrio sem saber por quê.

— Então vamos jantar esta noite? Se concordar, ligo pro Eric e digo que conversei com você, aí combino direito com ele. O que acha?

Parte de mim não quer, mas meu lado bisbilhoteira, que deseja saber mais sobre ela, me faz responder:

— Está bem. Liga pro Eric e combina com ele.

Depois de nos despedirmos e desligarmos, respiro fundo e solto o ar, bufando. Por que aceitei?

Cinco minutos depois, o telefone volta a tocar. Olho no visor e vejo escrito ERIC TRABALHO. Atendo.

— Sim, querido, falei com a Ginebra e aceitei jantar com eles esta noite.

— Não dá pra entender você. Ontem deu um show porque cumprimentei Ginebra no restaurante e agora combina de jantar com ela?

Seu comentário me faz sorrir. Sem dúvida, sou uma espécie que merece ser estudada.

— Onde vocês marcaram? — pergunto.

— No Nicolau, às sete. Está bom para a senhora?

— Perfeito!

Ouço Eric dar risada, o que me faz sorrir de novo.

— Vai voltar pra casa para trocar de roupa?

— Claro. — Ouço outro telefone tocar no escritório. — Tenho que desligar. Até logo, meu amor.

— Até logo, querido.

Desligo e compreendo o que Eric me falou sobre não dar para me entender. Se nem eu me entendo!

Às sete em ponto, entramos no restaurante. Estou com um lindo vestido azul que adoro, e Eric está com um terno escuro, mas informal. Ele dá o sobrenome ao maître, que confirma nossa reserva e nos leva à mesa do fundo. Fico surpresa ao ver que Ginebra e o marido já estão ali.

À distância, observo o homem. É muitíssimo mais velho que ela, uns vinte e cinco ou trinta anos. Quando Ginebra nos vê, avisa a Félix, que sorri e se levanta.

Eric e ele trocam um aperto de mão afetuoso. Um bom clima! Segundos depois, ele me apresenta. O homem beija minha mão, como um cavalheiro.

— É um prazer te conhecer, Judith.

— Você também, Félix.

Admito que no início do jantar ainda estou um pouco nervosa: não acho muita graça no fato de Eric e Ginebra terem um passado. Mas, aos poucos, meu nervosismo vai se esvaindo conforme percebo que ela não faz absolutamente nada que possa me ofender, esforçando-se para que a noite seja agradável.

Decido ir ao banheiro, e ela me acompanha.

— Você acha que Félix é muito velho para mim — diz ela, quando estamos sozinhas lá dentro. Eu a encaro com surpresa. Ginebra sorri, se apoia na parede e continua: — Imagino que saiba que Eric e eu namorávamos quando conheci Félix.

— Eric comentou.

Ginebra assente e prossegue:

— Quando conheci Félix, eu tinha vinte anos. Era uma menina curiosa por sexo e pelo real significado de prazer. Uma noite, fui com umas amigas a uma festa privada, e o conheci lá.

Balanço a cabeça... Estou ouvindo uma explicação sem ter feito nenhuma pergunta.

— Sabe o que quero dizer com "festa privada"? — Faço que sim de novo. Boba eu não sou. Ela sorri e continua: — Félix era um homem atraente de cinquenta anos. Já era muito velho para mim naquela época, mas, depois daquela noite em que jogamos como eu nunca tinha jogado na vida, não consegui mais me separar dele. Félix me fez encontrar o que eu sempre quis e ninguém tinha me proporcionado.

— Por que está me contando isso? — pergunto, surpresa.

Ginebra sorri e baixa a voz para responder.

— Porque quero que saiba que sou feliz com meu marido e que, apesar da idade, ele continua me proporcionando, entre muitas coisas, o tipo de sexo que me deixa louca. Com ele desfruto do prazer de mil maneiras, coisa que com Eric nunca aconteceu.

Suas palavras chamam cada vez mais minha atenção.

— Por que diz isso?

— Porque sou mulher e sei que você não fica à vontade com minha presença. Vejo no seu olhar que está sempre alerta, mas não precisa ficar.

Sua sinceridade devastadora me agrada e incomoda ao mesmo tempo. Não sei o que pensar.

— Félix é o homem da minha vida. Ele me dá o que eu procuro e eu lhe dou o que ele quer. Juntos, formamos uma boa dupla. Quando estou sozinha, faço o que quero, mas quando estamos juntos eu me entrego a ele com prazer, aos seus caprichos mais sombrios. Sou escrava sexual do meu marido.

Balanço a cabeça outra vez. A pergunta seguinte também me deixa sem palavras:

— Se eu abaixasse sua calcinha neste instante e masturbasse você na cabine do banheiro, acha que o Eric gostaria?

Minha nossa! Meu alemão ficaria irado! Eu deveria dar uma bela bofetada nessa mulher pelo atrevimento. Porém, excitada pela proposta, respondo apenas que não.

Ginebra sorri.

— Por quê?

Encosto o quadril na bela pia de mármore rosado do banheiro e respondo:

— Porque temos regras. E a primeira delas é fazer tudo sempre juntos.

Ginebra faz que sim e retoca o batom.

— Félix ficaria muito feliz se eu masturbasse você, ou o contrário, com a condição de que depois eu contasse para ele se divertir. — Ela baixa mais a voz e conclui: — Se tem algo que eu nunca gostei no Eric é a possessividade e a exclusividade.

— Pois é justamente isso que gosto nele — respondo com firmeza.

Ginebra me olha e sorri de novo.

— Félix e eu temos uma relação muito particular. Adoro ser sua escrava, sua putinha, sua moeda de troca. Fico excitada quando ele me oferece, me força, me obriga, me amarra para os outros. Eric nunca gostou desse tipo de coisa.

Sei bem que isso não o atrai. E não tenho nada a dizer a respeito.

— Ou estou enganada? Eric mudou?

— Não — respondo categórica.

Ginebra balança a cabeça e afasta o cabelo do rosto.

— Não me veja como ameaça, Judith. Amo demais meu marido e sei que encontrar outro como ele é impossível.

Mais surpresa a cada instante, balanço a cabeça para mostrar que entendi.

Merda, pareço uma boba!

— Precisava te dizer isso — completa Ginebra, guardando o batom na bolsinha. — Não quero mal-entendidos entre nós.

Cinco minutos depois, voltamos à mesa. Uma hora mais tarde, depois de uma noite encantadora, nos despedimos e voltamos para casa.

No carro, Eric põe a mão no meu joelho enquanto dirige e pergunta:

— Você se divertiu?

Por mais estranho que pareça, faço que sim. Gostaria de perguntar mil coisas sobre Ginebra, mas sei que no fim eu diria algo que o deixaria zangado e acabaríamos discutindo. Então apenas sorrio e confirmo.

— Sim, meu amor.

Quando chegamos em casa, os cachorros nos recebem com entusiasmo. Subimos para o quarto, então pego Eric pela mão e, sem falar nada, fazemos amor de forma possessiva.

Eu o desejo para mim. Só para mim.

6

Chega a sexta-feira.

Eric ajusta a gravata na frente do espelho do quarto, enquanto eu protesto da cama:

— Eric, por favor. Ano passado não fui à Feira de Jerez.

Ele me observa pelo espelho com o rosto sério.

— Porque você não quis, pequena...

Tá, ele tem razão. Eric tinha uma viagem à República Tcheca e preferi acompanhá-lo.

Ele continua ajustando o nó da gravata enquanto acrescenta:

— Querida, vá à feira e dê esse gosto ao seu pai. Estou muito ocupado. Sabe que estou atolado de trabalho e...

— Por que você não delega parte das tarefas a algum dos diretores?

— Jud, não começa.

— Antes você delegava grande parte do trabalho, e podíamos ficar mais tempo juntos. De que serve o dinheiro se não podemos aproveitar? — protesto, me levantando.

Ele não reage. Estou dizendo algo que o incomoda.

— Olha, Jud, a empresa é minha e eu tenho que cuidar dela. Não posso perder tempo em festinha de Jerez, você precisa entender!

Isso me irrita. Claro que Eric me encoraja a ir à Feira de Jerez, mas eu quero que ele me acompanhe. Poder caminhar de braço dado com meu marido espetacular, passar tempo com ele e contar ao mundo todo como sou feliz. Se eu for sozinha, vai começar o falatório e eu não quero que encham a cabeça do meu pai de preocupação.

Mas já ficou claro que Eric não está disposto a ir. Como não quero discutir, eu me aproximo quando começa a tocar no aparelho de som "Me muero", de La Quinta Estación.

— Vamos, dança comigo.

Eric me encara, mas continua com a testa franzida.

— Jud, estou com pressa.

Não desisto. Cantarolando mentalmente a letra, "me muero por besarte, dormirme em tu boca", insisto:

— Vamos, Iceman, dança comigo.

Que nada! Parece que hoje não é o dia. Eric me fulmina com o olhar.

— Jud, já disse que estou com pressa e que não estou para bobagens.

Ouvir isso me chateia. Por que ele é incapaz de apreciar meu gesto? Por que não morre de vontade de dançar comigo?

— Está bem — murmuro, ao me sentar de novo na cama. — Quem perde é você.

Durante alguns segundos, permanecemos os dois calados, enquanto o observo vestir o paletó. Ele fica incrível de terno.

Ao ver que me observa pelo espelho para conferir se estou zangada pelo que acaba de aprontar, eu me preparo para retomar o assunto de Jerez.

— Escuta, Eric, eu acompanho você todos os anos, sem exceção, à Oktoberfest...

— Jud, não é a mesma coisa!

Isso me faz soltar uma risada debochada.

— Como não é a mesma coisa? — rosno, estreitando os olhos.

— Querida, a Oktoberfest acontece em Munique, e eu não tenho que deixar nada de lado. Para ir a Jerez, preciso cancelar compromissos e viajar para outro país. Você não entende o que estou dizendo?

Sim. Entendo o que ele está dizendo. O que me dá raiva é que ele seja incapaz de se colocar no meu lugar.

— Só quero que entenda que para mim é importante ir à feira da minha terra natal, de braço dado com você, para que a fofoca não deixe meu pai louco. Só isso.

Eric não responde. Sua cara fechada diz tudo. Decido ficar quieta, ou vamos ter uma briga das boas. Estou sendo muito boazinha, principalmente depois da história da dança.

Dez minutos depois, como eu não digo mais nada, meu alemão se aproxima de mim na cozinha, sabendo que deu mancada, e me abraça.

— Vou tentar conseguir uns dias livres para ir a Jerez, mas não prometo nada, está bem, pequena?

Que ele faça isso, ou que ao menos pense em fazer, já é uma vitória.

— Sim.

Eric me beija e, assim que separa os lábios dos meus com um sorriso malicioso, fala baixinho para que ninguém nos ouça:

— É verdade que minha fantasia para esta noite é de policial?

Confirmo. Esqueço nosso desentendimento e murmuro, com um sorriso:

— Espero que você me prenda.

Ele também sorri, balançando a cabeça.

— E a sua, do que é?

Olho para ele do jeito que sei que gosta e que o enlouquece.

— Isso é surpresa — sussurro com os olhos cravados nos dele.

Eric sai para o trabalho e fico observando, pela janela, seu carro se afastar. Sei que ele me ama e que daria a vida por mim, mas, entre os filhos e a empresa, falta tempo para ficarmos juntos. Eu me sinto abandonada. Que merda!

Passo o dia do jeito que posso, mas é um tédio. Amo meus filhos, mas preciso fazer algo além de cuidar deles. A cada dia isso fica mais claro.

À noite, Mel passa em casa para deixar Sami. Nós nos despedimos das crianças, que ficam em casa com Simona, Norbert e Pipa, e vamos para a casa de Mel, onde Björn e Eric nos esperam já vestidos, o primeiro de bombeiro e o segundo de policial. Assim que vemos os dois, não conseguimos segurar as risadas.

Vestimos nossas fantasias de anjo e demônio, que são um escândalo. Quando aparecemos com elas, os homens assobiam para nós. Adoram o que veem.

— Você é o anjinho mais tentador e lindo que já vi na vida — sussurra Eric, me olhando.

Sorrio. É mais forte que eu.

Vestimos sobretudos, para não escandalizar ninguém no caminho, entramos no carro de Björn e vamos para o Sensations.

Como era de se esperar, a festa é divertida. As fantasias me fazem sorrir.

— Oi. — Ouço alguém dizer, de repente.

Ao me virar, vejo Félix vestido de mosqueteiro. Achamos graça e o cumprimentamos. Eric o apresenta para Björn e Mel.

— E Ginebra? — pergunto, por fim.

Félix sorri e pede ao garçom uma garrafa de champanhe.

— Deixei Ginebra entretida no reservado número cinco, enquanto eu vinha buscar um champanhe. — Ele se aproxima mais e murmura: — Pedi a ela para deixar três amigos meus bem satisfeitos.

Balanço a cabeça. Eric também assente.

— Vejo que continuam do mesmo jeito — resmunga ele, logo que Félix se afasta.

Seu comentário me surpreende. Se existe alguém permissivo no sexo, é o meu homem.

— Por que diz isso?

48

Eric me encara, passa o dedo pelo meu queixo, chega mais perto e diz baixinho:

— Porque valorizo você e nunca a usaria como moeda de troca, nem a deixaria sozinha com outros homens e suas exigências. Em nossa relação, quem manda somos nós, e vamos juntos para todos os lugares.

Ele me beija. Eu o beijo. Adoro seus beijos carregados de amor.

Cinco minutos depois, Eric vai conversar com Björn, e Mel se aproxima de mim. Ela aponta alguém e pergunta, disfarçadamente:

— E aquele caubói bonitão com cabelo cacheado, que dança como Ricky Martin? Quem é?

Disfarço e olho para onde Mel está apontando, bem na hora que ele me olha. Abro um sorriso. O homem retribui e se aproxima de nós.

— Oi — cumprimento. — Mel, esse é o Dênis.

Em décimos de segundo, Eric e Björn estão ao nosso lado. Belo par! Dênis os cumprimenta educadamente e beija a mão de Mel.

— Muito prazer — diz ele, em português.

— Não me diga que ele é brasileiro… — Ouço Mel dizer em alemão.

O rapaz faz que sim e, sem saber por quê, eu disparo:

— Bossa nova, samba, capoeira…

Então me contenho. Por que estou fazendo a mesma coisa que as pessoas fazem comigo, com "olé, toureiro, paella"? Por acaso sou imbecil?

Eric me encara, divertido. Vê na minha cara o que estou pensando, por isso sussurra no meu ouvido:

— Querida, faltou dizer caipirinha.

Nós cinco conversamos e rimos. Dênis, além de estar lindo de morrer — vejo que muitas estão de olho nele —, parece uma boa pessoa. Pouco depois, ele se afasta de mãos dadas com uma mulher loira.

— Quer beber alguma coisa? — pergunta Eric, me dando um beijo na testa.

— Uma coca-cola.

— Pura ou com vodca?

Paro para pensar. A noite é uma criança.

— Melhor pura.

Quando ele e Björn se afastam para buscar as bebidas, Mel, que está olhando para a direita, cochicha:

— Caramba… o marido da Ginebra está meio passado.

— É trinta anos mais velho — explico. — Deve ter uns setenta.

Então eu me levanto da banqueta.

— Vem comigo — digo. Ao ver que Eric e Björn nos olham, faço um sinal e explico: — Vamos ao banheiro.

Eles assentem. Desaparecemos atrás das cortinas, mas não estou indo ao toalete.

— Aonde vamos? — pergunta Mel.

— Quero ver uma coisa — afirmo, sem soltar sua mão enquanto seguimos Félix.

Assim que chego ao reservado número cinco e faço menção de abrir a cortina, Mel me detém.

— O que você está fazendo?

— Só quero ver. Eles não colocaram "stop". Está liberado.

Mel sorri, concordando. Abrimos a cortina tranquilamente para observar, curiosas.

No quarto, Ginebra está amarrada a uma cadeira de um jeito que me deixa sem palavras.

Está com as costas no assento, a cabeça pendurada em direção ao chão e as pernas presas ao encosto. Agarrado à cadeira, um homem a penetra sem parar enquanto ela geme e grita de prazer.

Mel e eu observamos quando, de repente, o cara solta um último gemido e sai de dentro dela. Instantes depois, outro homem se ajoelha na frente de Ginebra e, com uma facilidade que me deixa sem palavras, introduz a mão em sua vagina e a faz dar gritos de loucura.

— Está gostando, meu amor? — Ouço Félix perguntar.

— Estou… estou… — responde Ginebra.

Sem descanso, o homem tira e coloca a mão dentro dela.

— Caramba, não curto *fisting* nem um pouco — murmura Mel.

— Nem eu — sussurro sem respirar.

Nesse instante, Félix se agacha e dá a Ginebra um gole de sua taça de champanhe.

— Gosto assim, putinha. Esses amigos querem o que prometi a eles.

Ela sorri, e Félix a beija. Outro homem prende pinças nos mamilos de Ginebra, o que a faz gritar, mas sei que é de prazer.

Eles riem ao ouvi-la. Félix se levanta, se aproxima do pênis de outro homem, o percorre com a língua e derrama sobre ele o resto do champanhe da taça.

— Enfia na boca dela até o fundo — instrui ele.

O homem faz isso, segurando a cabeça de Ginebra. Fico incomodada, mesmo vendo que ela está gostando. Esse tipo de sexo não é a minha. Ver o sujeito obrigando Ginebra a fazer coisas enquanto outro enfia a mão na vagina dela me deixa sem palavras.

A voz de Mel me desperta:

— Vamos procurar os homens.

Concordo. O que vi é suficiente. Ginebra estava certa quando disse que Eric não gostava daquilo. Não gosta mesmo. Nem eu.

Sem dizer mais nada, voltamos, e Eric e Björn nos entregam as bebidas. Eu me sento na banqueta.

Então Diana e Olaf se aproximam de nós. Conversamos até que percebo que Dênis está com a loira no fundo da sala. Ele nos observa, e Eric, que também percebe sua presença, encosta a boca no meu ouvido e diz, se erguendo do banco:

— Anjinho, abre as pernas pro caubói.

Extasiada pelo tesão que isso sempre me provoca, faço como ele pede. É algo que me excita. Vejo que Dênis continua nos observando. É desse tipo de coisa que eu e meu homem gostamos.

Sem dúvida, minhas pernas abertas oferecem a Dênis uma visão bastante interessante. Eric, que sabe disso, que me conhece e que, como eu, está aproveitando o momento, molha um dedo no uísque e depois, com cumplicidade, excitação e malícia, passa pela minha boca e pelos meus lábios. Sem desviar os olhos dos meus, sinto seu dedo descer pelo meu queixo, pelo meu pescoço, pelos meus seios, pelo meu umbigo. Ele me beija e seu dedo vai descendo… descendo… descendo até que o sinto chegar ao centro do meu desejo úmido e latente.

Ai, que calor!

Eric está com os olhos fixos nos meus. Quando seu dedo toca meu clitóris já inchado, prendo a respiração, fecho os olhos de puro prazer e o ouço dizer:

— Olha pra mim, querida… olha pra mim.

Obedeço. Sei como Eric fica excitado quando olho para ele nesses momentos. Com um olhar excitado, solto outro gemido. Ele sorri, beija meu pescoço e murmura:

— Sei pelo seu olhar que você está preparada para jogar.

Concordo. É o tipo de sexo que me agrada. Sem fechar as pernas, beijo meu amor. Eu o desejo. Desejo jogar loucamente. Ficamos assim alguns instantes até que nossas bocas se separam e Dênis, que já se livrou da loira, como um bom jogador, em poucos segundos está ao nosso lado. Eric olha para ele. Palavras são desnecessárias. Segundos depois, a mão de Dênis está na parte interna das minhas coxas.

— Adoro você sem calcinha — sussurra ele.

Eric sorri, eu também.

Então Diana, que viu a jogada e está vestida de mulher das cavernas, comenta:

— Judith, reserva a primeira dança pra mim.

Isso me faz sorrir. Ela está pedindo para ser a primeira a tomar meu corpo. Então Björn, que está com Mel e Olaf, pergunta em tom sexy:

— Quem vem à sala dos fundos?

Todos o acompanhamos. Estamos a fim de nos divertir.

A sala é grande, e há mais gente lá dentro além de nós. Várias camas estão ocupadas por homens e mulheres fazendo sexo. Logo que entra, Björn leva Mel a uma cama livre e ali começam seu jogo com Olaf. Todos observamos, até que Diana, que é uma loba com desejo de sexo, se aproxima de Eric.

— O que acha de eu começar com o anjinho?

Ele me olha, sorrindo. Depois de ver meu olhar de aprovação, concorda.

— É toda sua.

Diana me dá a mão e me leva para outra cama livre. Sem dizer nada, sei o que ela quer, o que a excita e o que eu desejo. Por isso, me deito no colchão. Meu vestido curto de anjinho sobe sozinho, revelando minha falta de calcinha e meu púbis completamente depilado.

Eric, Diana e Dênis me observam. Vejo seus olhares. Todos querem me comer, desfrutar do meu corpo, me saborear. Eric então se aproxima de mim, pega minhas mãos e as coloca nas barras da cabeceira da cama.

— Fique agarrada aí e não solte por nada.

É o que faço. Eric me beija, passeia as mãos possessivamente pelo meu corpo.

— Está excitada, meu amor?

Estremeço e balanço a cabeça.

— Você sabe que sim.

Meu marido acaricia minhas pernas. Tremo. Com firmeza, abre minhas coxas e deixa exposto meu sexo molhado, passando um dedo por ele e o abrindo.

— Adoro você molhadinha.

Instantes depois, a boca de Diana chupa com deleite o que Eric lhe oferece. Sua ansiedade não lhe permite esperar nem um segundo mais. Sinto o movimento de sua língua no meu clitóris. Observo que Eric e Dênis se sentam cada um de um lado da cama.

— Isso, assim, meu amor, abre as pernas pra Diana.

É o que faço, sem pensar duas vezes. Deus, que prazer mais indescritível!

52

Adorando a sensação que ela me provoca, arquejo e me contorço agarrada às barras da cabeceira, com Eric e Dênis nos observando intensamente.

Quando o prazer e a luxúria tomam meu corpo, sou um brinquedo nas mãos de quem quer que seja. Diana sabe muito bem como me manipular segundo seus caprichos, desde a primeira vez que me possuiu.

Sem descanso, ela chupa, lambe, enfia os dedos em mim, me masturba e brinca com meu clitóris, ao mesmo tempo em que Eric e Dênis baixam meu vestido para expor meus seios. Cada homem se concentra em um e o saboreia à sua maneira. Perco a noção do tempo e me entrego, dócil, aos três.

Não sei quanto tempo passamos assim; só sei que, quando retomo a consciência, estou de joelhos na cama, totalmente nua. Diana segura meus quadris com uma das mãos e, com a outra, me masturba de forma rítmica. Ouço o som dos dedos deslizando na umidade da minha vagina.

Eric e Dênis nos observam com o pênis ereto e preparado para mim. Diana se aproxima da minha boca e murmura:

— Isso, anjinho, mexe... Isso... isso...

Louca... Louca de desejo, faço o que ela me pede.

Vou me mexendo em seus dedos e sinto meu corpo todo arder a ponto de explodir. Ouço os gemidos de prazer de todos os presentes. Diana, como mulher experiente em dar prazer, me faz gritar, remexer, cavalgar sobre sua mão úmida de mim, enquanto observo Eric.

Sua expressão. Seu olhar me deixa ainda mais ensandecida, e eu arqueio o corpo, conforme o prazer vai me tomando inteira. Com um último gemido, faço todos saberem que cheguei ao clímax.

Mas Eric e Dênis também querem sexo. Assim que Diana sai de dentro de mim, Dênis a agarra, a põe de quatro e a penetra. Diana grita de prazer no momento em que Eric me levanta, me vira de quatro, me agarra pelos cabelos e sussurra no meu ouvido:

— Você me deixa louco, moreninha... louco.

Com desejo, ele mete até o fundo e me faz sua, como um selvagem. Arquejo e peço mais e mais. Deixo-me levar pela paixão. Como um animal, meu amor, meu marido, meu tudo, me possui e eu me encaixo nele e o faço meu. Essa é a nossa dança. É nossa maneira de ver o sexo. É nosso delírio.

Sem descanso, nós quatro gememos, enquanto o ruído seco dos nossos corpos se chocando uns contra os outros ecoa forte por toda a sala. Uma, duas, três, vinte vezes meu alemão entra e sai de mim. Quando sabe que já não aguento nem mais um segundo, ele se liberta também. Juntos, vivenciamos aquele momento mágico e ardente.

Ao fim dessa rodada, Diana, que é incansável, volta a abrir minhas pernas, depois que Dênis a deixa. Eric se senta na cama, e ela sussurra:

— Me dá mais… me dá mais.

Os dois nos observam. Diana, a insaciável, não se cansa de me saborear e eu permito. Eric se aproxima e me beija.

— Tudo bem, pequena?

Faço que sim… Faço que sim mais uma vez e gemo ofegante, entregue ao prazer, como sei que ele gosta.

Nenhuma mulher me saboreia como Diana. Outras já desfrutaram do meu corpo, mas ela é a que verdadeiramente me fez gozar de puro prazer.

Entregue à sua boca exigente, fecho os olhos e curto o momento. Quando os abro de novo, vejo Ginebra nua diante de nós, com outra mulher. Ambas nos observam. Quando ela percebe que estou olhando, sorri.

Extasiada pelas sensações que Diana me provoca, estendo a mão sem nem saber por quê. Ginebra a pega, e eu a aperto, me contorcendo de prazer. Eric nos observa. Vejo lascívia em seu olhar e, com a mão livre, pego um dos preservativos que há sobre a cama. Entrego para ele.

Meu amor desvia os olhos de mim. Tenta ler meus lábios. Quando entende, abre o preservativo, coloca, puxa Ginebra de lado, agarra a outra mulher, a coloca sentada em seu colo e a come com ferocidade.

De repente, tomo consciência do que acabei de propor, mas Eric não aceitou, e a felicidade disso supera em mim o prazer que Diana causa. Fico me contorcendo.

Quando Diana se dá por satisfeita e me solta, recupero o fôlego por alguns segundos antes de me ajoelhar na cama. Abraço as costas do meu amor e começo a beijar seu pescoço, enquanto seus olhos se cravam na outra mulher.

Eric estremece ao me sentir. Meu contato o agrada tanto quanto o que propus.

Ouço sua respiração entrecortada e a de Ginebra, que está ao lado com outro homem. Entrelaço as mãos no cabelo do meu marido e observo Eric penetrar a desconhecida com força.

Deliciada com a visão, beijo o pescoço largo do meu amor. Então, sinto que Dênis, atrás de mim, entra no jogo. Ele percebe que não o rejeito, por isso murmura no meu ouvido, fazendo com que eu me arrepie toda:

— Seu corpo é samba.

Sua voz melodiosa me excita e me esquenta. Dênis é muito sexy.

Em seguida, ele me lava com uma toalha limpa umedecida. O frescor é uma delícia. Dênis beija minhas costelas, minha bunda, passeia as mãos grandes e suaves pelo meu corpo nu, enquanto observo o que Eric está fazendo; o que meu amor está fazendo.

Ficamos assim vários minutos, até que meu loiro deita a cabeça para trás e procura minha boca. Eu o beijo e devoro, consciente de que Ginebra nos observa.

— Te amo — murmuro entre um beijo e outro.

Eric estremece. Estremeço com ele. Não poderia amá-lo mais.

Dênis, ao me sentir vibrar e notar como minha vagina está molhada, me agarra pela cintura, veste um preservativo e, sem me afastar do meu amor, vai se introduzindo em mim. Remexo os quadris, e ele diz baixinho em português:

— Gosto do seu corpo.

Ouvi-lo falar em sua língua me excita ainda mais. Entendo o que quer dizer e mexo mais os quadris. Sinto Dênis tremer de luxúria.

Prazer por prazer.

O que sinto, o que todos os presentes sentem, me faz fechar os olhos e ofegar como se estivesse possuída. Dênis manipula meu corpo, e eu deixo. Meus seios estão colados às costas de Eric, o que lhe mostra que eu também gosto do que está fazendo.

Abro os olhos. Da minha posição, vejo que Ginebra, mesmo com outro homem, toca o ombro de Eric com a mão livre. Sua boca está próxima, próxima demais, da boca dele. Isso me deixa alerta.

Durante vários minutos, o prazer se apodera de todos nós naquele quarto cheio de luxúria. Ouço gemidos intensos de todo mundo e, claro, os de Dênis e os meus, que vão ficando cada vez mais altos, mas minha concentração está em outra coisa. Eric.

Todos estamos aqui porque queremos.

Todos estamos aqui porque desejamos. Mais uma vez, vejo que Ginebra chega perto demais da boca dele. Tenho consciência de como ela toca seu queixo. Em resposta, estendo a mão e a separo dele.

— A boca é só minha — sussurro.

— É só sua, pequena… só sua — ofega Eric, para que eu ouça.

Sua voz em um momento desses me deixa louca. Dênis se funde totalmente em mim e, segundos depois, chegamos juntos ao clímax. Eric e Ginebra, cada um com seu par, convulsionam e se contraem de prazer.

Essa noite, depois de chegar em casa e tomar banho, deitamos na cama.

— Você teria beijado a Ginebra se eu não tivesse proibido? — pergunto, olhando para Eric.

— Não — responde ele, balançando a cabeça, olhos nos meus.

Não me contento com a resposta, por isso insisto:

— Você teria gostado de fazer sexo com ela?

— Jud…

— Responde.

Eric crava seus grandes olhos azuis em mim.

— Você me ofereceu e eu recusei. Por que essa pergunta agora?

Balanço a cabeça. Não posso reprovar algo que fui eu quem provocou, embora ele não tenha aceitado.

— Eric, só queria mostrar que confio em você. Se mentir pra mim…

Rapidamente meu amor se mexe e se senta na cama, segurando meu rosto.

— Nem sei do que você está falando. Não tenho por que mentir para você, querida. Recusei o que você mesma me ofereceu. O que foi agora?

Sem saber ainda por que fiz o que fiz, pergunto:

— Por que você recusou?

Eric solta um palavrão com os olhos fixos em mim.

— Eu disse que não quero nada com ela, Jud. Nada!

— Então por que você não a afastou da sua boca?

— Não sei, Jud. Talvez porque eu estava no limite. Você mesma viu que depois do que me disse cheguei ao clímax com aquela mulher. Mas, querida, minha boca é só sua, como a sua é só minha. Não duvide de mim, por favor.

Sem vontade de continuar falando, concordo. Beijo seus lábios e me aconchego em seu corpo. Segundos depois, Eric apaga a luz. Não brincamos sobre o que aconteceu, como costumamos fazer. Embora Eric negue, isso me dá o que pensar.

7

Na manhã seguinte, quando acordo, estou sozinha na cama. Olho no relógio: são dez e vinte. Levanto correndo.

Por que Eric não me acordou antes?

Visto a roupa como uma louca. Ponho um jeans, uma camiseta, tênis e saio voando escada abaixo.

Quando chego à cozinha, Simona, Pipa e Eric estão com as crianças, e Flyn está mexendo no celular. Suspiro, entro e pergunto:

— Por que você não me acordou?

Eric se aproxima de mim com um sorriso lindo e me beija nos lábios.

— Porque você precisava dormir. Bom dia, pequena.

Ele está de bom humor, o que me faz sorrir. Sem querer pensar no que conversamos na noite anterior, olho ao redor e pergunto:

— Onde está Sami?

Eric está fazendo barulhinhos com a boca para Hannah e não responde. Flyn me olha e então, com expressão aflita, diz:

— Björn veio hoje de manhã.

De repente, toca o celular do Eric. Ele dá uma olhada no visor, entrega a menina para Pipa e diz:

— É o Weber, são assuntos da empresa. Vou para o escritório falar com ele.

— De novo?

Eric bufa e sai da cozinha sem responder.

Assim que sai, chego perto de Flyn.

— O que foi, querido? — pergunto.

Agora que Eric não está, ele me olha diretamente nos olhos.

Ai... ai... essa cara de cachorrinho abandonado!

O que será que ele fez?

Acostumada ao seu olhar especial, levanto as sobrancelhas.

— Podemos ir no meu quarto? — ele diz, por fim.

Eu sabia!

Sabia que tinha alguma coisa acontecendo!

Convencida de que ele tem algo a me contar, concordo e nós dois saímos da cozinha. Logo em seguida, percebo Flyn lançar um olhar para o escritório. Quando tem certeza de que a porta está fechada e o pai não pode nos ver, ele pega minha mão, me puxa com pressa e diz:

— Vamos.

Subimos a escada de dois em dois degraus, em silêncio. Entramos no quarto, ele fecha a porta e me olha.

— Tenho que contar uma coisa.

Faço que sim. Aí tem coisa. Sento na cama depois de tirar duas camisetas que ele deixou jogadas, como sempre, e pergunto com um suspiro:

— Eu sei. Conheço seu olhar, então desembucha!

Flyn coça o pescoço.

Ora, ora, também vai ter brotoejas.

Depois, ele coça a cabeça e, por fim, vai até o criado-mudo, procura dentro da gaveta e me estende um envelope.

— Não fique brava, mas são as notas.

Ai, meu menino... Pobrezinho, todo preocupado.

Se soubesse como fui uma péssima aluna e como dei desgosto aos meus pais, com certeza me olharia com outros olhos. Mas não, não posso contar isso. Sorrio.

Flyn é um bom aluno, sempre tirou notas altas, excelentes, muito exigente consigo mesmo. Pego o que está me entregando e tento amenizar a questão.

— Vamos, querido, não faz essa cara. Já dissemos muitas vezes que não é preciso que todas as notas sejam excelentes, meu amor. Além do mais, este ano você entrou no ensino médio e mudou de escola, tudo é mais difícil. É normal que suas notas tenham baixado.

O coitado tem olhos de ratinho assustado e eu sorrio de novo.

Como o adoro!

E então, sem abrir o envelope, pergunto:

— Você está preocupado porque não passou em alguma?

Ele faz que sim. Está até pálido...

Sorrio, mas começo a me preocupar.

— Repetiu? — pergunto.

Ele se demora. Fica na dúvida. Olha para o teto.

Xi... Não gosto nada disso!

Seus olhos se dirigem para o armário, onde estão os pôsteres do Imagine Dragons.

Fico realmente assustada!

Em seguida, ele olha para os pés e, por fim, quando vê que estou me mexendo e que vou ter um ataque, sussurra sem olhar para mim:

— Fiquei em seis.

Seis?!

Vou ter um piripaque!

Ouvi direito? Ele disse seis?!

Filho da mãe!

— Seis?! — sussurro antes de gritar. — Você ficou em seis?!

Flyn, ao ver meu rosto e ouvir minha voz, faz cara de coitado.

— Sim... mas... é que...

— Porra, Flyn, seis! — repito sem acreditar.

Meu pescoço começa a queimar.

Como pode ter acontecido, se ele sempre foi um aluno excelente?

Quando *alguém* ficar sabendo disso, a casa vai cair.

O menino não sabe para onde olhar. Muito menos eu!

Como uma louca, abro o envelope com as notas e, com um fio de voz, murmuro:

— Repetiu em história, matemática, filosofia, geografia, inglês e desenho... Mas... mas como você conseguiu repetir até em desenho? Não quero estar na sua pele quando Eric vir isso.

Ele me olha, sabe que tenho razão.

— Como se chama seu orientador mesmo? — pergunto, enfezada.

— Senhor Alves.

Balanço a cabeça e repito, acalorada:

— Na segunda, pode dizer que quero uma reunião com ele para saber o que aconteceu, entendido?

Flyn faz que sim, não tem escolha. Ainda surpresa, murmuro:

— E como vamos contar ao seu pai?

Nesse instante, a porta do quarto se abre. Ao ver que é Eric, escondo as notas atrás das costas.

Esse cara sempre nos pega no flagra!

Eric nos vê desconcertados. Entra, fechando a porta atrás de si, e pergunta:

— O que estão tramando escondidos?

Flyn e eu ficamos mudos. Não sabemos o que dizer.

Quando ele vir aquelas notas...

O silêncio e a postura rígida deixam Eric alerta. Ele nos conhece. Chega perto de mim e diz:

— O que foi, pequena? — Percebendo meus braços para trás, ele olha por cima da minha cabeça e pergunta: — Que papel é esse que está escondendo?

Agora quem está com olhos de ratinho assustado sou eu.

— Papai, são as notas — diz Flyn.

Eric me olha...

Olho para ele...

Eric sorri...

Coço o pescoço...

O vermelhão me denuncia: Eric entende que algo não vai bem. Então, afasta minha mão para que eu pare de me coçar. Depois ele estende a mão e diz:

— Você me mostra as notas, Jud?

Certo. O momento chegou. Antes de entregá-las, eu digo, tentando facilitar o caminho para Flyn:

— Querido, pensa que ele entrou no ensino médio este ano e...

— Anda, Jud, isso eu já sei. Mostra.

Flyn e eu nos entreolhamos.

— Vocês estão me assustando — diz Eric, ainda com bom humor.

Ai, ai, ai... a casa vai cair.

Não podendo adiar mais o acontecimento iminente, eu as entrego.

Salve-se quem puder!

Sem desviar os olhos de Eric, vejo sua expressão passar de um sorriso divertido à surpresa e à irritação, em décimos de segundo.

Diante de nós acaba de aparecer o gélido Iceman, que assusta Flyn. Logo o ouço falar com voz séria e controlada:

— Flyn, vá pro meu escritório e me espere lá.

Num piscar de olhos, o menino desaparece do quarto. Eric me olha e rosna:

— Você ia esconder isso de mim por quanto tempo?

Sua acusação me deixa atônita, mas eu me levanto da cama e pergunto com cautela:

— Como é?

De cara fechada e com o boletim na mão, Eric responde:

— Aqui diz que elas foram entregues no dia dezoito, e hoje é dia vinte e três. Até quando você pensava em esconder isso de mim?

Lá vamos nós. Eric e suas conclusões precipitadas.

Cravo nele meus grandes olhos pretos e protesto:

— Vi isso pela primeira vez há cinco minutos.

60

— Tem certeza?

— Absoluta!

— Não acredito.

— Pois acredite — insisto.

— Jud, detesto quando você mente pra esconder algo sobre o Flyn.

Lá vamos nós!

Por que Eric sempre acha que estou de armação com o menino em tudo?

Chego mais perto dele, sem o menor medo, enfio o indicador em seu peito e digo com os dentes cerrados:

— Olha aqui, *docinho*...

— Jud!

— Quê?!

— Não me chame mais assim! — ele replica, furioso.

Seu olhar deixa claro que ele não acha graça nenhuma. Como não estou disposta a piorar a situação, digo:

— Tudo bem, desculpa. Entendo sua surpresa e sua irritação, mas aconteceu a mesma coisa comigo quando Flyn me mostrou as notas. Agora, o que não entendo é por que você desconfia tão rápido de mim...

— Como não vou desconfiar de você, se sempre está acobertando alguma coisa?

— Mas que merda é essa, seu ba...

Seu olhar duro me faz calar a boca. É melhor não o insultar num momento assim, ou tudo piora. Mas estou certa: por que ele desconfia de mim, quando confio nele plenamente?

Eric se mexe com nervosismo. Para meu azar, quando as coisas escapam do controle, ele pode ser o homem mais desagradável do mundo.

— Por acaso acha que sou idiota e não percebo a infinidade de vezes que você me esconde alguma coisa para que eu não brigue? — insiste.

Porra, ele tem razão.

E se ficar sabendo que comprei dois ingressos para o show do Imagine Dragons a coisa vai piorar!

Reconheço que protejo demais o Flyn em certos momentos, mas faço o mesmo com meus outros filhos, com minha família, com meus amigos e com Eric. Porém, quando vou responder, ele se adianta:

— Não interessa o que você vai dizer, Jud. Como sempre com você, tudo entra por um ouvido e sai pelo outro, não é mesmo? — Ele caminha para a porta e acrescenta: — Vou conversar com Flyn a sós. Preciso de uma explicação para este desastre.

Sem olhar para mim, ele sai do quarto batendo a porta.

Agora já era!

Já foi provado que, quando entramos numa maré de maus momentos... só Deus sabe quando acaba!

Sozinha no quarto, fico olhando para o chão.

Sei que Eric tem razões mais que suficientes para estar aborrecido, mas, como sempre, ele joga a culpa em mim. Fui a primeira a ficar surpresa com as notas, mas tenho certeza de que essa mudança de comportamento de Flyn tem uma explicação. Sem dúvida, a adolescência, os amigos e os amores o estão deixando confuso.

No entanto, como mãe dele, decido ir ao escritório. Quero estar junto quando explicar o desastre. Assim, saio do quarto, desço a escada e me dirijo até lá.

A porta está fechada, mas ouço a voz autoritária de Eric.

O Flyn está enfrentando uma barra!

Conheço Eric, por isso nem me assusto ao ouvi-lo latindo como um cachorro furioso. Sem esperar mais um segundo, abro a porta e entro.

Eric e Flyn me olham. Vejo nos olhos do meu filho algo que nunca vi e que meu pai sempre chamou de indiferença. Não me agrada, por isso me dirijo a Eric, que está com as notas na mão.

— Sou a mãe dele e quero ouvir tudo o que você tem a dizer.

Observo seu peito se agitar e seus olhos se estreitarem...

Em seu olhar, leio que gostaria de me enxotar do escritório, mas sabe que o que estou dizendo é importante para o menino e para todos nós, como família. Eric volta a olhar para o garoto e continua com o sermão.

Como sempre, meu marido faz perguntas e, quando Flyn vai responder, interrompe, então o menino se encolhe. Isso me tira do sério. Eric não o deixa se defender. Fico quieta e decido dizer o que penso quando Flyn não estiver presente.

— Você está de castigo! Está proibido de sair com seus amigos.

— Papai...

— Eu disse proibido! — ele insiste.

— Não sou criança! — grita Flyn.

Ao ouvir isso, Eric suspira impaciente, apoia as mãos na mesa e sibila com a voz controlada:

— Você é meu filho, e por isso posso castigar você.

Vejo em seus olhos que Flyn está desesperado. Ele se vira para mim e diz:

— Na sexta tenho uma festa importante.

— Que festa? — pergunta Eric.

Sem se intimidar, o menino responde:

— É aniversário da minha namorada.

— Pois diga à Dakota que você não vai — dispara Eric.

— A Dakota não é minha namorada, papai. Agora é a Elke.

Eric olha para mim, tão surpreso quanto eu quando fiquei sabendo.

— E quem é Elke?

A coisa vai piorando a cada segundo. Flyn, em busca de apoio, me olha com uma cara que amolece até minha alma.

— Mamãe, me ajuda — suplica. — Tenho que ir à festa da Elke.

— Sua mãe não vai ajudar você, e você não vai. Está de castigo! — insiste Eric.

— Papai...

Suspiro, nervosa. Não vou contrariar Eric, não desta vez, pois sei que ele tem razão. Reúno minhas forças e digo:

— Sinto muito, Flyn, mas como o papai disse, você está de castigo!

Meu filho me olha com expressão incrédula. Não entende por que não o ajudo.

Ai, que sofrimento!

Isso de ser mãe de adolescente é mais difícil do que eu pensava.

Eric me olha com aprovação. Quando Flyn resolve reclamar outra vez, ele dispara:

— E, claro, pode esquecer o computador, o tablet, as redes sociais e o celular.

— Você não pode fazer isso! — grita Flyn.

Eric fica irado com o tom de voz do menino. Aproximando-se, ele replica:

— Posso e é o que vou fazer.

— Mas papai!

O menino vai ficar arrasado sem nada. Pobrezinho!

— E, se protestar de novo ou levantar a voz pra mim, eu juro, Flyn, as consequências vão ser muito mais graves — rosna Eric, furioso.

O menino me olha. Parece um ano. E eu, só com o olhar, sem pestanejar, peço que não abra a boca e nem pense em mencionar os ingressos do show.

Por sorte, ele me entende, faz isso e fica olhando para o chão. Ufa... Menos mal!

Quando Eric se zanga, é o cara mais intransigente do mundo, mas, nesse instante, por mais que eu sinta pena de Flyn, meu marido tem toda a razão.

63

Durante alguns minutos, permanecemos calados, até que finalmente Eric diz:

— Saia do escritório e me traga o laptop, o tablet e o celular. Vou devolver tudo e você vai poder sair com seus amigos depois que passar nas seis matérias, entendeu?

Abatido, Flyn abaixa a cabeça. Sabe que o melhor é obedecer. Por isso, passa ao meu lado sem me olhar e sai do escritório.

Quando finalmente fico a sós com Eric, ele me olha.

Vai sobrar pra mim!

— Desculpa por ter brigado com você — ele diz. — Flyn me contou que você tinha acabado de ver as notas. Desculpa, querida. Mesmo.

Não respondo, simplesmente olho com desagrado e informo:

— Falei pro Flyn avisar ao orientador que quero uma reunião com ele.

— Vamos nós dois — afirma Eric.

Dois segundos depois, a porta se abre e Flyn entra com tudo o que Eric pediu. Sem olhar para nenhum de nós, deixa o computador, o tablet e o celular sobre a mesa e sai.

Eric passa a mão pela cabeça e pergunta:

— O que estamos fazendo de errado, Jud?

Ouvir seu tom de voz abatido me mostra que aquilo doeu mais nele do que em Flyn.

— Não fizemos nada de errado, Eric — digo baixinho, chegando mais perto. — Continuamos sendo os mesmos de ontem, mas ele está mudando e não é mais o menino que se contentava em aprender a andar de skate ou jogar PlayStation com a gente.

— Mas então por que, de repente, ele ficou em seis matérias?

Essa era uma pergunta difícil de responder.

— Não posso entrar na cabeça do Flyn — digo —, mas já tive a mesma idade, assim como você, e…

— Eu sempre fui muito responsável, mesmo com essa idade, Jud — Eric me interrompe. — Sempre soube que deveria ir bem no colégio por mim mesmo e pelos meus pais, mesmo que nem sempre tirasse notas tão boas.

Sorrio. Sem dúvida, Eric era responsável desde pequenininho. Dou de ombros e respondo:

— Sinto dizer que, na idade dele, o que menos me importavam eram os estudos e o que meus pais pensavam. Eu só queria saltar de bicicleta como uma louca, me divertir e ser admirada pelos garotos quando ia à danceteria com minhas amigas.

A confissão faz Eric me encarar, mas percebo que os cantos de seus lábios relaxam.

Estamos indo bem!

Em seguida, ele passa as mãos pela minha cintura e murmura:

— Seus amigos deviam ser cegos se não admiravam você.

Volto a sorrir. Ele é muito fofo quando quer, o maldito!

— Era desajeitada e brigava muito com os meninos — confesso. — Gostava de esportes e me sentia feia em comparação com as outras meninas da minha idade, que eram mais desenvolvidas e mais femininas.

Meu Iceman sorri, o que me tranquiliza. Aproximando a testa da minha, ele murmura:

— Acha que fiz bem com o Flyn?

Olho para ele e me perco em seus olhos.

— Você fez o que qualquer pai preocupado faria pelo filho — afirmo. — Mostrou a ele que toda ação tem um efeito. Agora é o Flyn quem deve se dar conta do que tem de fazer para recuperar seus privilégios. Se isso deixa você mais tranquilo, quero que saiba que eu teria agido exatamente igual.

— Estou me sentindo péssimo — ele insiste.

Não posso evitar o sorriso.

Lembro-me de ouvir meus pais terem essa mesma conversa quando castigavam Raquel e a mim por mau comportamento na infância — o que era frequente.

— Entendo que você se sinta mal, porque eu também me sinto — digo —, ainda mais quando não ajudei o Flyn com a festa da Elke. — Eric bufa ao ouvir isso, mas prossigo: — Até este momento, Flyn sempre tinha ido bem nos estudos e nunca precisamos nos preocupar com ele, mas agora acho que vamos passar uma fase meio complicada até conseguir colocar juízo na cabeça dele de novo.

— Quem é Elke, e quando ele terminou com a Dakota?

— Não faço ideia, amor — digo. Ao ver a confusão em seus olhos, afirmo: — Elke deve ser uma boa menina, como Dakota. — Eric passa a mão nos cabelos e eu continuo: — Querido, tudo isso deve ter várias razões. A idade, a namorada, os amigos, o interesse por tudo que não seja estudo, a rebeldia. Pensa que deixamos de ser os pais perfeitos e nos transformamos no inimigo que deve ser abatido. Essas coisas são assim. É a vida.

Eric suspira com impaciência. Sabe que tenho razão.

— Lembro que meu pai me proibia de sair ou me tirava a bicicleta, em Jerez — continuo. — Isso me deixava brava, mas era a única coisa que me fazia reagir. — Eric sorri. — Mas, por favor, da próxima vez que falar com ele, permita que responda. Não o interrompa o tempo todo, senão ele vai parar de conversar com você e ninguém quer isso, quer? — Ele nega com a cabeça. Eu insisto: — Então presta atenção em mim. Não tem nada mais chato do que querer responder e alguém não deixar.

Eric assente. Sei que da próxima vez que conversar com Flyn vai deixá-lo responder. Ele me dá um beijo e murmura:

— Perdoa esse babaca por tirar conclusões equivocadas sobre você?

Isso me faz soltar uma gargalhada. Feliz, coloco as mãos em seus ombros e, fazendo carinho em seu pescoço, digo:

— Adoro que às vezes você seja um babaca, sabe por quê? — Ele nega, e eu esclareço com divertimento: — Porque adoro fazer as pazes com você.

Seu sorriso fica mais largo.

— Ai, Deus, que sorriso maravilhoso tem meu alemão!

Eric vai me beijar, e sei que vai me deixar sem fôlego, mas somos interrompidos por batidas na porta do escritório.

— Entra — diz Eric.

A porta se abre. É Simona que, com cara de preocupação, explica:

— Desculpe interromper, mas Flyn prendeu o dedo na porta e está morrendo de dor na cozinha.

Eric e eu saímos correndo.

Meu menino!

Quando chegamos à cozinha, nosso adolescente nos olha. Eric se ajoelha às pressas na frente dele, pega sua mão, tira a bolsa de gelo que Pipa colocou e examina o dedo amassado e vermelho.

— Jud, liga pra Marta para ver se ela está no hospital — ele me pede em seguida, aflito.

Sem tempo a perder, nós três vamos para a garagem. Ali, nos encontramos com Norbert, que, embora não saiba o que aconteceu, diz rapidamente:

— Chegamos ao pronto-socorro em cinco minutos.

Lágrimas de dor escapam dos olhos de Flyn, e Eric já não consegue nem respirar.

Como ele fica nervoso com essas coisas!

Falo com Marta. Está no hospital. No caminho, tranquilizo meu marido e meu filho como posso. Não sei quem é mais complicado. Quando chegamos ao pronto-socorro, a irmã de Eric já está nos esperando.

Minha cunhada, que é um amor, fica preocupada quando vê Flyn.

— Você fica aqui — diz então, de olho em Eric.

— Não, eu vou junto — insiste ele.

Marta e eu nos olhamos. Por fim, digo:

— Eric e eu vamos ficar aqui. Flyn, vá com sua tia Marta.

Assim que desaparecem pela porta, Eric me olha tenso, mas, antes que abra a boca, eu digo:

— Você sabe que é melhor não estarmos presentes para que Flyn fique atento ao que Marta e o médico vão dizer. Por isso, nem pense em reclamar. A mãe sou eu e, mesmo preocupada, não estou dando show. Está bem?

Eric faz que sim e não diz nada. Norbert, que já estacionou o carro, entra no pronto-socorro. Assim que nos vê, vem sentar ao nosso lado, e nós três ficamos esperando em silêncio, impacientes.

Quarenta minutos depois, a porta se abre e saem Marta e Flyn. Olho para Eric e vejo seu rosto suavizar. Ele ama o menino loucamente. Sei disso, e só desejo que Flyn também saiba.

Quando ele se aproxima, Eric percebe a mão enfaixada e depois o olha nos olhos.

— Você está bem? — pergunta.

O garoto o abraça e eu me emociono. Sou boba assim!

Marta nos diz que fizeram radiografia e que o dedo não quebrou, mas tem uma pequena fissura no osso. Puseram tala para imobilizar, e ele vai ter que tomar anti-inflamatório. Depois de nos explicar tudo, vejo que ela não está com uma cara boa.

— Você está bem? — pergunto.

Minha cunhada me olha, prende o cabelo num rabo de cavalo alto e responde:

— Estou. É só que não dormi muito esta noite.

Tão logo ficamos sabendo que está tudo bem, apesar do susto, Marta olha para o sobrinho, que está da nossa altura, e lhe diz:

— Você ainda não me contou como prendeu o dedo.

Ele olha para Eric e para mim, que somos o inimigo, e responde:

— Estava bravo, fechei a porta com força e prendi o dedo.

Com carinho, passo a mão em seu cabelo e beijo seu ombro.

— E por que você estava bravo? — insiste Marta.

Flyn olha para o chão. Eric me olha. Marta olha para Eric. Por fim, eu digo:

— Vamos, meu bem, responde à pergunta.

Bufando, meu filho levanta o rosto, olha para a tia e responde:

— Recebi as notas e fiquei em seis matérias.

— Seis?! — grita Marta.

Eric faz que sim. Eu faço que sim. Flyn olha de novo para o chão e Marta dispara, para surpresa de todos:

— Flyn Zimmerman, espero que seus pais tenham castigado você como merece. Sua obrigação é estudar e passar de ano, como a obrigação dos seus pais é cuidar de você, te proteger e cuidar para que não te falte nada.

Atônito, Eric observa a irmã. Estou certa de que esperava qualquer coisa menos isso. Sorrio quando o ouço dizer:

— Obrigado.

Marta dá uma piscadinha compreensiva.

Simona e Pipa estão preocupadas quando chegamos em casa, mas, quando veem Flyn, a preocupação desaparece de seu rosto. Sonia, minha sogra, telefona para falar com o neto assim que Marta a avisa do acidente. Ao saber que já está tudo bem, ela também se tranquiliza.

Após o almoço, Eric conversa com Björn pelo telefone, e então nos sentamos com as crianças na sala. Hannah e o pequeno Eric pegam no sono. Começa a passar na televisão *Os vingadores*. Que bom, porque nós três gostamos desse filme.

Durante vinte minutos, Eric, Flyn e eu assistimos, até que a porta da sala se abre e Simona anuncia:

— Flyn, uma tal de Elke no telefone.

O menino nos olha. Sabe que está de castigo. Não levanto um dedo. Eric, ao ver que não vou abrir a boca e que o menino não desvia o olhar, diz:

— Vai falar com ela, mas lá no quarto.

Flyn dá um salto e corre até o telefone. Abro um sorriso, mas pergunto:

— Ué... Não quer saber o que ele conversa com a namoradinha nova?

Eric nega com a cabeça e responde taciturno:

— A intimidade de Flyn só pertence a ele.

Sorrio. É mais forte que eu. Sem dizer nada mais, me acomodo junto a meu amor e continuamos assistindo ao filme. Os pequeninos continuam dormindo.

O filme é ótimo. Eu adoro, mas, como já vimos, depois de rirmos de uma cena divertida eu pergunto:

— O que disse o Björn?

Eric balança a cabeça e explica:

— Invadiram o site de novo.

— Coitado... é a terceira vez?

— A quarta. Estão tentando localizar o tal Marvel, mas não encontram. Sem dúvida, deve ser um hacker profissional.

Solto o ar em um suspiro. É evidente que Björn está com um problema bem sério.

Ficamos em silêncio durante alguns segundos, até que resolvo olhar de novo para ele e dizer:

— Temos que conversar.

Noto que Eric fica tenso, mas acaba respondendo:

— Querida, se for sobre a Ginebra…

— Não é isso — interrompo. — Confio em você.

Eric balança a cabeça. Gostou do que eu disse e dá um sorriso.

— Então diga o que é — murmura.

Reúno minhas forças e digo sem pestanejar:

— É sobre trabalhar.

Seu rosto se descompõe.

— Judith, por favor.

— Não me chame pelo meu nome, você só faz isso quando se sente contrariado — reclamo.

Ele suspira. Sabe que não pode continuar fugindo do assunto. Fecha os olhos e replica:

— Está bem, já sei que a menina está com dois anos e…

— Eric — interrompo, impassível. — Você sabe que adoro as crianças e você. Dou minha vida por esta família, mas preciso trabalhar, fazer alguma coisa que não seja cuidar dos filhos, dar de comer aos filhos, colocar os filhos para dormir. Ou juro que vou ficar louca como minha irmã Raquel. É o que você quer?

— Não — ele responde rapidamente. — Mas, querida, você não precisa trabalhar. Sabe que me encarrego de todas as despesas e…

— Eu sei, claro que eu sei! Sei quem você é e com quem me casei — respondo num grunhido. — Mas também sei que ou faço alguma coisa ou vou me transformar num ser insuportável.

Eric me olha, e eu olho para ele.

— Quem avisa amigo é — advirto. E, como não estou a fim de ficar quieta, continuo: — Além do mais, ainda não esqueci o que disse à Ginebra, que gostava de mulheres que corriam atrás do que queriam. Eu sempre corro atrás do que eu quero. Que fique bem claro.

Ouço-o bufar. Eric e essa mania! Alguns instantes depois, ao ver que não vou ceder, ele diz:

— Você sabe que, se trabalhar, seu tempo para as crianças e para mim vai ser limitado, não sabe?

— Mas é claro que eu sei. Sei de tudo! — respondo, consciente disso. — Mas você também sabe que não sou mulher de ficar em casa pelo resto da vida à espera do maridinho. — Ele fecha a cara. Não está gostando de nada do que eu digo. Insisto: — Olha só, Eric. Já tivemos esta conversa muitas vezes e não estou disposta a discutir de novo por causa disso. Se convença de uma vez por todas de que sou isto aqui que você vê, sou a Jud! A mulher independente que você conheceu na Müller da Espanha, trabalhando como secretária, e que dava aulas de futebol para crianças à noite. Se não quiser que eu trabalhe na sua empresa porque sou sua mulher, vou procurar trabalho em outro lugar e...

Mas Eric não me deixa acabar. Põe um dedo sobre meus lábios para que eu me cale e retruca:

— Você não vai trabalhar para os outros. Bom... Não ia dizer nada por enquanto, mas existe uma vaga temporária de uns dois meses no departamento de marketing.

Pisco várias vezes.

Ele disse o que acho que disse?

Tenho um emprego?

Devo estar com uma cara incompreensível. Marketing?

— Margerite ficará fora por dois meses. Comentei com Mika a possibilidade de você trabalhar com ela por esse tempo, e ela achou uma boa ideia.

— Marketing?!

Rio alegremente ao pensar em trabalhar com Mika. Eu a adoro!

— Sim, meu bem, mas tem uma condição.

— Qual? — pergunto, ansiosa.

— Vai trabalhar meio período e não vai viajar.

Isso me faz sorrir. Tanto faz a condição. Vou trabalhar, tenho um trabalho! Então digo rapidamente, sem pensar:

— Aceito sua condição.

Eric também sorri. Como gosto de vê-lo assim!

— Tenho certeza de que você vai se sair bem — diz. — Se quiser, vamos juntos ao escritório na segunda e você conversa com a Mika.

— Sim... — afirmo com um fio de voz.

— Combinado. Vou enviar uma mensagem avisando a Mika.

Minha nossa!

O alemão marcou um golaço comigo.

Alemanha 1 x 0 Espanha.

Não acredito!

Eu, que estava disposta a brigar como uma leoa, fico sem palavras. Como sempre, Eric me surpreendeu.

Sento em seu colo, de frente para ele, com uma perna de cada lado do seu quadril.

— Agora é quando eu tenho que dizer que não sei nem o que dizer.

Ele sorri. Adoro seu sorriso. Não desvia os olhos de mim. Suspira e sussurra:

— Então me diz alguma coisa bonita.

Agora quem sorri sou eu.

— Você é o melhor, eu te amo... te amo e te amo mais um pouco.

Ele ri com satisfação.

— Pequena, só quero que você seja feliz. E não se esqueça da condição: as crianças e eu existimos, precisamos de você. Se for assim, tudo irá às mil maravilhas.

Sua advertência é carinhosa.

— Vou me lembrar disso — afirmo —, tanto como você se lembra.

Seu sorriso se contrai um pouco. Sei que essa farpinha que acabei de soltar o feriu, mas não quero estragar o momento com meu comentário infeliz, então beijo a ponta de seu nariz e acrescento:

— Você sabe que sou louca por você, senhor Zimmerman?

Meu Iceman alarga de novo o sorriso e aperta os dedos suavemente na minha cintura.

— Que bom saber disso... senhorita Flores.

Olhamos para as crianças, que continuam dormindo. Em décimos de segundos, nossas bocas se encontram.

Já se passaram vários anos que nos beijamos pela primeira vez, mas o frio que sinto no estômago quando Eric me beija continua o mesmo do primeiro dia. Só espero que ele também o sinta. Eu o desejo muito.

Nosso beijo vai esquentando. Enlouquecido, Eric se levanta comigo nos braços e me deita sobre o sofá. Em seguida, se deita sobre mim com delicadeza, para não me machucar.

Sabemos que não é o momento para isso.

Sabemos que as crianças estão dormindo ao nosso lado.

Sabemos que é uma loucura, mas também sabemos que é a loucura que nos define e que, quando começamos a nos beijar, esquecemos a palavra "sabemos".

Na mesma hora sinto a ereção de Eric se apertando contra mim.

Quero agora!

Os beijos ficam mais e mais intensos. O calor inunda nossos corpos. Enlouquecido, meu alemão começa a abrir o botão do jeans, e eu arqueio o corpo para facilitar. Com a mão livre, ele solta meu rabo de cavalo e, quando agarra meu pescoço para aprofundar o beijo, a porta da sala se abre e ouvimos:

— Mamãe... Papai...

Eric e eu damos um salto para nos separar que faz até o sofá sacudir. Flyn, que é terrível, insiste em ficar nos olhando contrariado.

— Mas o que vocês estão fazendo?

No flagra. No flagra!

Eric se senta com rigidez no sofá e se ajeita olhando para a televisão.

Esse não vale nada, já fugiu da raia!

Ao ver que Flyn continua olhando e esperando uma explicação, afasto o cabelo todo bagunçado do rosto e murmuro ao cobrir a calça aberta com a camiseta:

— Ah, querido, não vou mentir, a gente estava se beijando.

— Jud! — protesta Eric.

Começo a rir, não consigo me segurar. Olho para meu marido, que me encara surpreso.

— Pelo amor de Deus, Eric — insisto —, Flyn já tem idade para saber o que a gente estava fazendo. O que quer que eu diga?

Meu alemão me olha e bufa. Ele sabe que tenho razão. Então se vira para o menino e afirma:

— Como ela disse, a gente estava se beijando!

Flyn sorri com malícia.

Sem-vergonha!

Não pergunta mais nada e se senta no sofá à direita de Eric. Voltamos a nos concentrar no filme, até que, de repente, meu marido pergunta:

— Quando é a festa de aniversário da Elke?

Olho para ele.

Flyn também olha e responde:

— Na sexta que vem.

Não sei o motivo, mas, de repente, Eric diz:

— Você vai ao aniversário da Elke, mas depois está de castigo, entendeu?

Flyn sorri, se levanta num salto, se joga literalmente em cima de Eric e esquece o dedo machucado.

— Obrigado, papai. Você é o melhor.

Papai? E eu?

Mesmo assim, fico emocionada e sorrio feliz ao entender que Eric se colocou no lugar de Flyn e compreendeu a necessidade de seu filho de não furar com a Elke.

Sem dúvida, meu alemão está mudando, como Flyn está mudando, e eu também.

8

Como todos os anos, o jantar de gala no escritório de advocacia Heine, Dujson e Associados, no restaurante Chez Antonin, estava sendo um sucesso.

O famoso escritório organizava, uma vez por ano, um evento para a incorporação de sócios.

Björn, que era considerado um dos melhores advogados de Munique, também estava no jantar, tomando um drinque na companhia de Mel. Ele sempre sonhou em trabalhar nesse escritório, mas não como um associado; queria algo mais, que seu sobrenome estivesse no nome da empresa: Heine, Dujson, Hoffmann e Associados.

Naquela ocasião, seu sonho estava muito perto de se concretizar, já que o escritório precisava de capital e os dois sócios majoritários estavam entrevistando diferentes profissionais. Björn desejava conseguir o posto e por isso apresentou sua candidatura, mas sabia que, além dele, outros três advogados estavam na competição. De qualquer forma, tudo dependia da decisão de Gilbert Heine e de Amadeus Dujson.

Paramentada com um lindo vestido preto e branco, Mel, apoiada em um dos bares, observava Björn conversar com outros advogados. Estava lindíssimo com um terno azul de risca de giz.

Mas, verdade seja dita, de que jeito ele não ficava lindo?

Mel não havia contado a Björn o que descobrira a respeito daquele escritório conversando com Louise. Ela preferia sempre observar antes de propagar rumores falsos. E, pelo que via, todos aqueles homens eram fanáticos pela advocacia e pouco mais que isso.

Com curiosidade, a ex-tenente Mel Parker viu Louise, a mãe de Pablo, entrar junto ao jovem marido. Parecia feliz de braço dado com ele, até que notou Mel e sua expressão mudou. Evidentemente, não esperava encontrá-la ali.

Mel a seguiu com o olhar pelo salão, até que a viu se dirigir ao toalete. Sem pensar duas vezes Mel foi atrás para tranquilizá-la. Assim que chegou lá dentro, Louise perguntou:

74

— O que está fazendo aqui?

— Björn, meu namorado, é advogado e quer trabalhar neste escritório.

A expressão de Louise se desfaz.

— Não deixe — murmura. — Ou sua vida vai se tornar um desastre.

Mel sorriu ao ouvir isso.

— Calma, Louise — responde. — Conheço Björn, ele não é homem que se deixe levar por ninguém e…

Nesse instante, a porta do banheiro se abriu e entraram duas mulheres. Olharam para elas, sorriram e, quando desapareceram no interior dos cubículos, Louise cochichou:

— Não diga que não avisei.

Dito isso, Louise saiu do banheiro, deixando Mel boquiaberta.

Quando Mel volta para o bar onde estava até alguns instantes antes, olha ao redor e suspira. Sem dúvida, além de estarem ali só para serem exibidas, clones umas das outras, aquelas mulheres eram tudo o que Mel nunca quis ser. Só de vê-las, ouvi-las e ver como se movimentavam pelo salão, ela sabia que poucas poderiam vir a ser suas amigas.

Aborrecida, mas com o melhor dos sorrisos, espera pacientemente que Björn termine de conversar com aqueles sujeitos e se aproxime dela, o que ele não demora a fazer, pois tinha consciência de que muitos dos presentes estavam observando sua mulher.

— Outro coquetel? — pergunta Björn.

— Estou morrendo por uma cerveja bem gelada.

— Mel…

Ela sorri.

— Tudo bem, sr. Hoffmann, vou ser fina e aceitar outro coquetel.

Björn sorri. Sabia o quanto era difícil para Mel se misturar àquela gente. Quando entrega a bebida, ela diz:

— Juro que todos esses malucos do direito são o que existe de mais chato na face da Terra. Ainda não consigo acreditar que você seja um deles e que eu esteja com você.

— Você acabou de me chamar de maluco e chato? — pergunta Björn, rindo.

Mel confirma. Ele se aproxima e ela sussurra:

— Você vai repetir isso quando chegarmos em casa, Mulher-Gato.

Ambos estavam dando risada quando um dos organizadores do jantar, Gilbert Heine, o sócio majoritário, aproximou-se deles.

— Estão se divertindo?

— Muito! — confirma Mel, com o melhor dos sorrisos.

— Tudo está ótimo, Gilbert — assegura Björn.

O homem olhou em volta, parecendo um pouco contrariado e murmurou ao se aproximar:

— Já estou querendo jantar. Encomendamos um patê austríaco que é uma maravilha, um peixe incrível e uma sobremesa que está de lamber os beiços. Vocês logo vão ver!

Björn e Mel sorriem.

O homem grisalho de aparência impecável ficou com eles por mais tempo do que Mel gostaria. Já Björn considerou isso uma honra e entendeu que estava sendo estudado, o que era um bom sinal.

Quando o chefão se afastou e pediu que Björn o acompanhasse, Mel o encorajou a ir. Ela esperaria ali tranquilamente. No entanto, seus planos foram por água abaixo no momento em que a esposa do chefe, Heidi, aproxima-se, puxa-a pelo braço e a leva para uma mesinha onde outras mulheres estavam conversando.

Louise olhou para ela, mas não comentou que já se conheciam, motivo pelo qual Mel também ficou quieta e disfarçou. Durante um bom tempo, ficou com um sorriso fingido no rosto e ouviu as mulheres conversarem.

Por que eram tão artificiais e insuportáveis?

Mel não tinha nada a ver com elas. Quando percebeu que não conseguiria mais suportar histórias de botox ou qual roupa caríssima uma delas estava vestindo, pede licença dizendo que ia ao toalete e se desvencilha daquilo.

Dentro do banheiro, jogou água na nuca. Louise logo entrou.

— Desculpe ser tão fria na frente delas — diz —, mas…

— Você não disse que quer se divorciar do Johan? Então o que está fazendo aqui? — questiona Mel, encarando-a.

Louise suspira.

— Já disse qual era a questão, por acaso esqueceu?

As mulheres se entreolham. Ao fim, Mel afirma:

— Garanto que se um cara me ameaçasse, por mais advogado que fosse, eu o enchia de porrada.

Nesse instante, uma das cabines se abre e uma mulher sai. Com um sorriso inocente, lava as mãos enquanto Louise entrava em outra cabine e Mel se olhava no espelho.

Com paciência, Mel espera que a estranha saia, mas a mulher parece não ter pressa. Depois de lavar as mãos, abre a bolsa, pega um nécessaire e começa a retocar a maquiagem com o batom que tirou dali.

Louise sai do toalete, vê que a outra mulher continua ali, lava as mãos e, sem dizer mais nada, vai embora. Assim que Mel e a mulher ficam sozinhas, a estranha guarda o nécessaire e sai do banheiro. Mel fica com uma sensação esquisita. O que estava acontecendo ali?

Volta para o bar e, quando o garçom lhe serve outro coquetel, sorri e fica imaginando seus antigos companheiros de Exército ali.

— O que minha linda tenente está pensando? — pergunta Björn, ao se aproximar.

Mel sente as mãos dele na cintura, e a boca no alto da cabeça. Então ela responde:

— Em pegar fita isolante e fechar a boca de algumas chatas por aí. É nisso que estou pensando. E, já que tocamos no assunto, também em tirar essa musiquinha de violino e colocar alguma coisa melhor, como Bon Jovi ou Aerosmith.

Björn sorri e se coloca ao lado dela.

— Que decepção! — diz. — Achei que estava pensando em alguma coisa mais divertida quando vi que estava sorrindo.

Mel acha graça que Björn a tenha visto sorrir.

— Sorri de imaginar Fraser ou Neill aqui, no meio deste bando de gente rica metida a besta. — Baixando a voz, cochicha: — Escuta, você imagina qualquer um desses riquinhos em um show do Bon Jovi ou do Aerosmith? Só de sentir o cheiro de um baseado iam ficar chapados por três meses.

— Mel... — sussurra ele, incomodado.

— Fica frio, James Bond, ninguém me ouviu.

Björn faz que sim. Sem dúvida, aqueles jantares não eram o que Mel mais gostava.

— Querida, este é o meu mundo. É com estas pessoas que convivo diariamente e...

— Eu sei... eu sei... Mas são tão chatas e tão diferentes de você, que, sério, não sei o que estamos fazendo aqui. Mas seu sonho é que seu sobrenome apareça algum dia nesse letreiro, não é?

Os dois olham para o painel com fotos do famoso escritório que havia no salão.

— Sim, querida — admite Björn. — Esse é meu sonho.

Depois de um segundo em silêncio, ao ver o incômodo de Mel, ele comenta:

— Bom, pelo menos o buffet que contrataram para o jantar é delicioso.

— Menos mal. Pelo menos vou jantar alguma coisa gostosa.

Achando graça, Björn acrescenta:

— Gilbert Heine nos incluiu na mesa presidencial.

— Não brinca!

— Mel...

— Que coisa mais chata!

— Mel...!

— Tá... Tá bom. Vou virar o disco. Que sonho! — diz ela com um sorriso, o que o fez rir.

Björn dá um gole na bebida e, certo de que ninguém ouvia, aponta:

— Querida, tenho consciência do esforço que você faz para se relacionar com as mulheres dos meus colegas, que costumam ser insuportáveis. Eles também são bastante tediosos, mas precisamos estar aqui. Meu escritório é um dos mais novos de Munique, mas tenho chance de conseguir o que quero. E, nesse caso, prepare-se, porque aí vamos poder comprar tudo o que quisermos.

Mel o encara.

— Por acaso já não compramos tudo o que queremos? — retruca. Björn não respondeu, ao que ela sussurra: — Está bem, apoio você, e sabe que sempre vou apoiar, em tudo o que precisar, mas se lembre disso: espero o mesmo apoio de você.

A expressão do advogado fica tensa.

Pensar nas possibilidades de trabalho de Mel não era o que ele mais gostava.

— Não é hora de falar disso, não acha? — sibila.

Mel assente. Ainda se lembrava da última discussão a respeito. Bufando ao ver a cara dele, conclui:

— Mensagem recebida, não se preocupe.

— Eu me preocupo, porque vejo que você não está bem. Mas se você não vier...

— E por acaso você acha que vou deixar você sozinho, com tanta loba com cara de Chapeuzinho Vermelho? — Björn sorri e ela acrescenta: — Se já olham com descaramento comigo aqui, não quero nem imaginar o que fariam se eu não estivesse.

— Bom...

— Ah, não, não seja arrogante, Björn Hoffmann, ou juro que...

Não pôde dizer mais nada. Sem se importar com os olhares indiscretos que se cravavam neles, Björn se aproxima e a beija com paixão. Quando se separam, murmura:

— Tenho ao meu lado tudo o que um homem pode desejar. O resto não me interessa. — Ele a afasta e prossegue: — Mas, neste tipo de jantar, precisamos sorrir e deixar claro que podemos ser tão incríveis como eles. Tudo bem, meu amor?

Estavam rindo quando Gilbert chega perto e diz para Mel:

— Que me perdoe minha esposa, mas você é a mulher mais bonita e interessante de toda a festa. E, com prazer, venho buscar você para que me acompanhe à mesa.

— Devo ficar com ciúmes, Gilbert? — zomba Björn.

O advogado sessentão soltou uma gargalhada.

— Calma, Hoffmann. Não acho que poderia competir nem com sua juventude nem com seu vigor. Me parece que esta sua esposa...

— Namorada, Gilbert... Namorada — esclarece ela.

Ao ouvir isso, o homem olha para Björn com surpresa.

— Como é possível que ainda não esteja casado com ela? — pergunta. Björn suspira e Gilbert comenta: — Não se esqueça de que um dos requisitos indispensáveis deste escritório é estar casado e bem casado.

— Eu sei — responde Björn com um sorriso. — Estou trabalhando nisso.

O homem de cabelos brancos concordou com a cabeça.

— Hoffmann, além de linda, dá pra ver que essa moça é inteligente e divertida. Não perca a oportunidade!

— Gilbert, você é um galanteador — diz Mel, sorrindo e se divertindo com a cara séria do namorado.

De braço dado com Gilbert e seguida por Björn, ela caminha até o lugar onde estava a esposa dele, que não pensa duas vezes antes de se agarrar ao braço do marido para que, juntos, se sentassem na mesa presidencial.

A comida estava uma delícia, mas Mel achava a companhia um saco. Depois de conversarem sobre os filhos, a mulher de Gilbert começou a falar sobre receitas e sobre religião. Mel não podia fazer outra coisa que não fosse sorrir e assentir.

Ao se dar conta de que estava muito calada, Gilbert lhe pergunta:

— Está gostando da comida?

— Está ótima — responde Mel com um sorriso.

— Lamento que a conversa da minha esposa e das outras mulheres não seja a mais agradável para você.

— Não diga isso, são todas encantadoras — mente Mel.

O homem balança a cabeça. Era evidente que não acreditava. Continuaram jantando.

Ao final, todos seguiram para um salão anexo, onde imediatamente começou a tocar swing, e Gilbert a convidou para dançar. Mel lança uma piscadinha a Björn e sai para a pista com o advogado, rindo.

— Ainda estou surpreso — ele diz.

— Por quê?

— Björn comentou que você era tenente e pilotava um avião do Exército norte-americano.

Ela sorri. Gostava que Björn sentisse orgulho disso.

— É um trabalho como outro qualquer — Mel responde.

— Não. Não é todo mundo que faz isso. Além do mais, sou incapaz de imaginar qualquer uma das minhas três filhas ou minha esposa fazendo algo assim.

— Gilbert, meu pai é militar, e eu vivo essa vida desde pequena.

O homem sorri.

— Sou advogado e nenhum dos meus filhos seguiu meus passos — contesta.

— Minha irmã Scarlett também não é militar. Nem todos em uma família seguem o mesmo caminho.

— Posso ser totalmente sincero com você? — ele pergunta, com os olhos fixos nela.

Mel faz que sim.

— Björn é um advogado impecável — diz o homem. — É um dos melhores de Munique, e no meu escritório só queremos os melhores. — Mel sorri. Sem dúvida, Björn não teria dificuldades. Mas então foi a vez de Gilbert sorrir, acrescentando: — No entanto, o fato de não ser casado e de namorar uma mãe solteira não facilita sua entrada na empresa. A não ser que isso mude, que ele se torne um homem casado, com a esposa perfeita, e seja legalmente o pai de sua filha…

— Com todo o respeito, Gilbert — interrompe Mel, ao identificar, pela primeira vez, aquele lobo em pele de cordeiro —, acredito que você deveria se concentrar no trabalho que Björn é capaz de realizar, e não em coisas que não são da menor importância para o escritório.

O homem assente. Sem dúvida, ela era mulher de personalidade forte.

— Tem razão… — ele responde. — Sei que tem razão, mas, neste trabalho, tudo conta. Mesmo que soe mal, somos um escritório muito tradicional. Gostei muito de você e sei que pode ser a mulher perfeita para Björn Hoffmann, sei que pode ajudá-lo a crescer na vida. Não é verdade?

Mel não responde. Se dissesse o que estava pensando e o que sabia por intermédio de Louise, com certeza Björn ficaria com vergonha dela.

80

— Posso pedir que devolva minha mulher? — ela o ouve dizer de repente.

Contente, o homem sorri, dá uma piscadinha e murmura:

— Namorada, Hoffmann. Namorada. Ela ainda não é sua mulher.

Achando graça no comentário, Björn segura Mel em seus braços e, quando Gilbert vai embora e eles começam a dançar, cochicha:

— Ora, ora, pervertendo os vovozinhos?

Mel, que decidiu não comentar o que o homem tinha lhe dito, replica:

— Você me conhece, querido. Perversão é comigo.

Björn a abraça. Não havia nada de que gostasse mais que sua companhia. Aproxima a boca do ouvido dela e sussurra:

— Espero que também me perverta quando chegarmos em casa.

Mel sorri. Esquecendo o que o homem havia lhe dito, afirma:

— Não duvide disso, James Bond.

9

No domingo de manhã, depois de levantarmos e darmos o café da manhã às crianças, Eric me diz que combinou com Björn de passarmos o dia com eles.

Isso me deixa de bom humor. Adoro Björn e Mel; estar com eles é sempre divertido. Flyn tenta escapar. Não gosta de sair com a gente. Eric não permite e, no fim das contas, meu pequeno resmungão nos acompanha a contragosto.

Assim que conseguimos arrumar as crianças e colocar no carro todo o necessário para passar o dia fora com eles, nos dirigimos felizes ao centro de Munique. À uma da tarde, Eric e eu chegamos com a tropa, que inclui Pipa, à casa dos nossos amigos.

Com nossas três crianças e Sami, a revolução é garantida!

Quando nos vê chegar, Sami sorri e corre para nós. Ela nos adora tanto quanto a adoramos. Atirando-se nos braços de Eric, pergunta:

— Você me trouxe um presente?

Começo a rir. Sami é tão carinhosa...

Eric, que vira um doce com ela e com nossos filhos, enfia a mão na minha bolsa e, como num passe de mágica, tira um Kinder Ovo de lá.

Sempre à mão!

A menina o pega, feliz, depois sai correndo atrás do pequeno Eric, que já está brincando. Flyn, sem o celular para trocar mensagens, se senta em um sofá e fica com cara de paisagem.

Björn aproxima-se de nós, tira a dorminhoca Hannah dos meus braços e pergunta:

— Como está meu monstrinho?

"Monstrinho"! Björn a chama assim por causa da choradeira.

A menina olha para ele. Não sabe se chora ou não por causa do apelido. Por fim, sorri. Muito bem! A verdade é que, quando sorri, dá vontade de morder as bochechas gordinhas dela... Mas de repente Hannah enruga a testa, contrai o rosto e começa a chorar.

E lá vamos nós!

Dou risada. É mais forte que eu! Björn rapidamente entrega a menina a Eric, que sorri amável ao pegá-la.

Que paciência tem com Hannah!

Sem dúvida, é porque ela é sua moreninha. Se não fosse sua filha, tenho certeza de que fugiria dela como o diabo da cruz.

Assim que vejo que a menina parou de chorar, olho para Björn e pergunto:

— Conseguiu resolver o problema com o site?

Ele faz que sim, vira o pescoço e afirma:

— Amanhã vai entrar no ar outra vez. Quando eu pegar esse tal de Marvel, garanto que ele vai me pagar. Vou arrebentar a cabeça dele.

Mel, que se aproxima de nós, olha para Flyn e pergunta:

— Querido, seu dedo está bem? Sua mãe contou o que aconteceu. Que dor!

Flyn me olha para saber se só contei isso, ou se falei mais. Não mexo nem um músculo para admitir ou desmentir. Por fim, mostrando a mão, ele diz:

— Estou bem.

Björn, que o observa, diz então:

— Você e eu temos que conversar, rapazinho. Não gostei nada de saber das suas notas.

Bufando, Flyn me olha com olhos acusadores e eu respondo:

— Não fui eu. Deve ter sido seu pai.

De repente, Sami se aproxima de Björn e fala com o rosto entristecido:

— Papi, minha barriguinha está doendo.

A pequena ganha toda a atenção de Björn, que faz brincadeirinhas antes de Sami sorrir e sair correndo. Isso me faz rir. Ainda lembro o tanto que custou para ela pronunciar os erres. Mel revira os olhos diante das gracinhas de sua filha e tira nossa pequena dos braços de Eric para beijá-la.

— *Píncipe… píncipe…* Acho que elas fazem você de bobo! — murmuro, com divertimento, olhando para meu amigo.

Björn sorri, pega o pequeno Eric, que estava tentando arrancar a cabeça de uma das bonecas de Sami, e pergunta:

— Como está meu Superman?

Meu lindo filho loiro de olhos azuis sorri, quando Sami, ofendida, grita:

— Superman, seu bobo, devolve minha princesa!

Meu amor se aproxima rapidamente do nosso Superman destruidor, tira a boneca de Sami antes que ele arranque a cabeça dela e devolve à menina, que o abraça com um sorriso encantador.

— Obrigada, tio Eric. Te amo muito.

— Mais do que ama o papi? — pergunta Björn, olhando para ela.

Só me faltava essa. Todo ciumento o papi.

A menina, que é uma fofura, e não só por ser bonita, sorri travessa. Terrível! Em seguida, olha para os dois gigantes que tem diante de si e responde:

— Papi, você eu amo muito, muito, muito. O tio eu amo só muito.

— Ah, bom…

Vejo o bobão do Björn sorrir. Mel e eu nos entreolhamos e também sorrimos.

Ainda veremos poucas e boas com a princesa. Tenho até um medinho de quando ela crescer!

Eric e Björn sorriem como dois bobos. Mas que efeito as crianças provocam neles!

Depois de termos todos nos beijado e cumprimentado, os homens e as crianças, acompanhados por Pipa, vão para o quarto de brinquedos, guiados por Björn. Sem dúvida alguma vão se divertir, porque tem de tudo lá!

Quando vejo que se afastam, agarro Mel pelo braço e pergunto:

— Como foi o jantar com os advogados?

— Um suplício.

Nós duas rimos. Sem dúvida, viemos de mundos muito diferentes de nossos homens. Nos relacionar com mulherzinhas perfeitas, cujo único interesse é ser a mais linda ou ter a melhor plástica não é nossa praia.

Mel me puxa de lado. Ao chegarmos a uma mesinha, levanta uma almofada e me entrega uns papéis. Sua expressão me informa que o que ela está me mostrando não é algo que vai fazer Björn saltar de alegria.

Sorrio. O que será?!

Olho os papéis na minha mão e começo a ler. Mel aponta:

— Lembra que comentei com você? O que acha?

Leio e murmuro:

— Porra!

— Sabia que ia dizer isso — aprova Mel.

Minha nossa!

— Björn já viu isso? — pergunto. Ela faz que sim e eu continuo: — E o que ele disse?

Minha amiga se acomoda no lindo sofá caramelo. Olha para Björn, que neste instante está saindo com Eric do quarto de brinquedos sorrindo e traz uma de suas revistas em quadrinhos na mão.

Ai, ai… Essa expressão irônica não me cheira nada bem. Enquanto os rapazes estão preparando algo para beber no bar da sala, Mel diz:

84

— Björn não achou a menor graça.

— Eu sabia!

— É um antiquado — resmunga.

— Sei disso também. Ele e Eric são farinha do mesmo saco — afirmo com divertimento.

Mel volta a sorrir. Depois de olhar para Björn, que está falando com meu marido, cochicha:

— Não fala nada na frente dele, já tive o bastante esta manhã. Tive a infeliz ideia de mostrar os documentos, e você nem imagina o circo que armou o James Bond. Então não comenta nada na frente dele.

— Tudo bem.

Mel suspira e prossegue:

— Ele não acha um pingo de graça na possibilidade de eu trabalhar como segurança para o consulado dos Estados Unidos em Munique.

Nós duas rimos, mas logo Mel para e diz:

— Ai, Jud, o que eu faço? Me dá sua opinião. Com certeza não fui mal como designer gráfica, mas... mas preciso de algo mais.

— E o que você quer que eu diga? Isso quem tem de decidir é você.

— Eu sei. Mas o chatinho do Björn não quer falar disso.

De novo, dou risada. Com certeza Eric e Björn nunca tinham imaginado se apaixonar por mulheres como nós.

— Segurança? — cochicho, com uma risadinha.

Mel gesticula.

— Acho demais. Isso me permitiria ser atrevida usando roupas masculinas e óculos de sol.

Dou risada de novo. Ela não pode evitar.

Mel deixou tudo por Björn, da mesma forma que eu deixei tudo por Eric. Embora eu saiba que ela é feliz com a vida que tem, assim como eu, pergunto:

— Você está planejando voltar ao Exército?

Minha pergunta a faz sorrir. Filha da mãe!

Mel, a dura tenente Parker do Exército dos Estados Unidos, tira os papéis das minhas mãos, dobra e guarda ao ver que os rapazes estão chegando. Sussurra para mim:

— Não vou voltar ao Exército. Isso não. Mas poderia ser segurança do...

— Mel, é perigoso.

— Escuta, Jud, mais perigoso do que meu trabalho antigo, impossível! Vou viajar de vez em quando e algumas coisas mais.

— Algumas coisas mais?

Então Mel acrescenta, baixando a voz:

— Meu pai mexeu alguns pauzinhos, e acho que eu deveria aproveitar.

— Mas, você pode ser segurança? — pergunto surpresa.

Com seu atrevimento característico, ela tira a franja dos olhos e afirma com expressão alegre:

— Sou a filha do major Cedric Parker, e ex-tenente do Exército norte-americano. É claro que eu posso!

Estamos rindo quando ouvimos a voz de Björn:

— Acho que sei do que vocês estão falando…

Sua expressão deixa claro que ele não gosta da ideia. Mel replica, encarando-o.

— Não estamos falando disso, James Bond.

— Mentirosa… Você é uma bela mentirosa — zomba Björn.

Eric se senta ao meu lado e, como sempre, em seu afã protetor, passa a mão ao redor da minha cintura e me puxa para perto dele. Eu olho, ele me olha, e sorrimos quando Björn dispara, com os olhos em Mel:

— Qual letra da palavra "não" você não consegue entender?

Mel arqueia as sobrancelhas. Lá vem! Com uma cara que deixa claro que aquilo não vai acabar bem, ela responde:

— Olha, bonitão, em matéria de grosseria você não ganha de mim nem se eu te der um cursinho intensivo, por isso, fica na sua, para não piorar tudo.

Björn fica pasmo. Sem dúvida, já passou da hora, mas é evidente que ele ainda tem dificuldade de se adaptar ao jeito de Mel. Quando faz menção de responder, ela acrescenta:

— Ainda não se deu conta de que não pode decidir por mim?

O rosto de Björn se descompõe por um instante.

Um barraco está armado e meu marido e eu estamos na primeira fila.

Björn responde, Mel retruca e farpas são trocadas. Então Eric aproxima a boca do meu ouvido e pergunta:

— O que aconteceu com James Bond e a namorada do Thor?

Os apelidos me fazem rir; ainda me lembro de quando eles mesmos se chamavam assim. Olho nos olhos do meu amor, aqueles olhos azuis que tanto me apaixonam e digo:

— O pai da Mel mexeu uns pauzinhos para que ela pudesse trabalhar no consulado dos Estados Unidos como segurança.

Vejo surpresa na expressão de Eric, e não estranho quando o ouço dizer:

— Pequena, se fosse você, a resposta seria a mesma de Björn: "não!".

Não brinca...

Se tem alguém que deveria saber o resultado negativo de proibir alguma coisa, é Eric Zimmerman. Antes que me dê tempo de responder, ele continua:

— E seria um "não!" irrevogável.

Começo a rir!

Não posso evitar.

Sem dúvida, meu risinho deixa claro o que penso. Depois de tirar uma mecha de cabelo do meu rosto, ele insiste:

— Eu não permitiria e você sabe, não sabe?

Olho para ele...

Ele me olha...

Sorrio...

Ele arqueia as sobrancelhas...

Por fim, com a desenvoltura espanhola que corre pelas minhas veias, respondo:

— Olha aqui, Iceman, se eu fosse ela, faria o que eu quisesse. E você sabe disso. Então fique feliz por eu não ser ela, ou você teria um problema bem chato, desses que te tiram do sério.

Eric sorri.

Ele sabe que estou certa, por isso aproxima a boca da minha e murmura, para me tentar:

— Fique feliz você por não ser ela...

Sorrio com malícia. Sem afastar seu olhar do meu, Eric roça a boca tentadora na minha.

Que jogo mais sujo!

Eric passa a língua em meu lábio superior, depois no inferior, e dá uma mordidinha. Continua jogando sujo! Antes de me beijar como só ele sabe, murmura:

— Você também, goste ou não, teria um problema bem chato, desses que te tiram do sério.

Apresso-me a beijá-lo. Não posso pensar no que disse. Bom, posso, mas agora não quero. Só quero que me beije e me faça sentir tão especial como sempre faz.

Nossas bocas se encontram, igual a dezenas de vezes ao dia, mas então ouvimos Björn nos chamar. Ao levantar os olhos, encontramos ele e Mel em pé.

— Se nos dão uma licencinha, Mel e eu temos que ir ao escritório para conversar.

— Não. Agora não — ela replica.

Diante da resposta, ele sorri e a encara.

— Não sou militar, mas tenho artilharia para convencer você.

— Agora?! — protesta Mel.

Seguro disso, Björn olha para a namorada e insiste:

— Sim, Mel, agora!

Começo a dar risada ao ver como minha amiga é fingida. Nós duas sabemos muito bem o que vai acontecer naquele escritório.

— Björn — continua Mel. — As crianças estão todas aqui, além de Pipa, Eric e Jud. Não acha que o momento é ruim?

Mas Björn a pega nos braços, nos olha e diz:

— Já voltamos.

Eric assente...

Eu sorrio...

Mel revira os olhos...

E Björn dá uma piscadinha antes de saírem.

Dois segundos depois, quando já desapareceram, Eric me olha e fala com voz de riso:

— O que acha de irmos ver como estão Pipa e as crianças?

Concordo. Dengosa, dou-lhe um beijo e murmuro:

— Preferia fazer outra coisa.

— Insaciável — ele cochicha, sorrindo.

— Só em relação a você — especifico, ao ouvir suas palavras.

Feliz, ele me dá uma tapa na bunda e levanta comigo nos braços. A caminho do quarto de brinquedos, Eric me diz:

— Por enquanto, vamos nos comportar como pais responsáveis, que estão visitando os amigos. Quando estivermos sozinhos, vou mostrar como sou insaciável em relação a você.

Acho graça. Sem dúvida, nós dois somos insaciáveis.

10

A poucos metros, no mesmo andar do edifício onde morava, Björn abria a porta do seu escritório de advocacia.

Por ser domingo, não havia ninguém, e o local estava deserto. Sem soltar o braço de Mel, caminhou entre as mesas de seus funcionários até chegar à porta de sua sala.

— Sua sala nem tem seu nome. — Mel murmura de cenho franzido.

O advogado suspirou.

Se tinha algo que ele gostava em Mel era esse seu ar tão combativo. Ao pegar a maçaneta da porta, ele diz, olhando-a:

— Eu avisei que cada vez que te ouvisse falar no assunto você passaria por isso, então…

— Mas temos convidados em casa — ela interrompe.

Björn sorri.

Mais que convidados, Eric e Jud eram da família. A eles, especificamente, o tipo de coisa que iam fazer não assustava.

— Eles não vão se escandalizar — responde Björn. — E você e eu temos que conversar.

— Mas Björn…

— Entra na sala.

Mel bufa.

Conversar? Ele queria conversar ou queria outra coisa?

Pensou em Eric e Jud.

Sabia perfeitamente que não ligavam para sua ausência.

Não era a primeira vez que, estando todos juntos com as crianças, algum casal se ausentava e voltava pouco tempo depois como se não tivesse acontecido nada. O bom daquele tipo de amizade era que não era preciso esconder nada. Todos sabiam de tudo. Não precisavam fingir nem disfarçar.

Ao ver aquela expressão em Mel que tanto o fascinava, Björn teve vontade de sorrir.

Sabia que, no fim das contas, ela faria o que quisesse, mas tinha que demonstrar que não concordava. Não desejava se separar dela nem por um só dia, e não queria pensar que voltaria a ter uma vida repleta de plantões e períodos de ausência. Aquilo o deixava com ciúmes. Lembrava uma época em que ele não queria saber de nada, porque tinha consciência de que, quando a tenente Parker aparecesse, os homens olhariam para ela de uma forma que não estava disposto a suportar.

Contrariada, Mel entra no escritório. Para antes de chegar à mesa, e Björn a empurra para que continue andando. Ela mal se mexe. Ele decide, então, mudar de plano. Caminha até a mesa, tira a cadeira e se senta com tranquilidade, desconcertando-a.

— Sente-se — diz. — Temos que conversar.

A expressão de surpresa em Mel ao ver que iam mesmo conversar se fez mais do que evidente. Horas antes, depois de sua última discussão a respeito, Björn lhe havia dito que da próxima vez que a ouvisse mencionar o assunto teriam uma conversa séria. E assim seria. Por isso, o advogado não mudou a expressão no rosto.

— Mel — insiste. — Falei para você se sentar, por favor.

Espantada com a realidade da conversa, ela caminha até a mesa. Senta-se na frente dele, apoia as costas na cadeira, com um jeito arrogante, empina o queixo e diz:

— Está bem. Vamos conversar.

Björn faz o mesmo. Recosta-se na cadeira e a encara.

— Mel, não quero que você vá e sabe muito bem por quê.

Ela fecha os olhos, nega com a cabeça e grunhe, franzindo as sobrancelhas.

— Pelo amor de Deus, Björn, de novo essa história de ciúmes? — Ele não responde, e Mel prossegue: — Estive rodeada por centenas de homens durante muito tempo e sempre soube me cuidar.

— Não duvido. Mas agora você está comigo e não quero que tenha de proteger ninguém. Eu é que quero proteger você.

— Mas, Björn, acho que...

— Eu disse que não — ele insiste. — Além do mais, com o que vou ganhar se entrar como sócio do escritório, você não vai precisar...

— Ah, cara... não me venha outra vez com esse assunto — grunhe Mel, recordando-se da conversa com Gilbert Heine. — Tudo bem, eu sei que você vai ganhar muito dinheiro se entrar nesse maldito escritório, mas não precisamos disso. Já vivemos muito bem, ou não?

— Que história é essa de "maldito escritório"?

90

Mel suspira. Deveria ser sincera com ele, mas omitiu o que Gilbert tinha lhe dito para não chatear Björn. Em vez disso, falou tudo o que Louise havia contado em relação àquele lugar e à sua corrupção. Björn a escutou até o fim.

— É só fofoca, querida — diz ele. — É normal que ela esteja zangada com Johan, se sabe que ele anda com outras mulheres, mas que chegue a colocar a culpa no escritório...

— Mas, Björn...

O advogado levanta a mão e responde com uma atitude imperativa:

— Chega. Não quero falar de Johan e de Louise, porque os problemas pessoais deles não me interessam. Quero falar de nós e, por nada no mundo, desejo que você trabalhe no que está pretendendo, entendeu?

— Björn...

Desesperado com a impetuosidade da namorada, ele pergunta:

— Entre esses antigos companheiros com que você poderia voltar a trabalhar, não tem nenhum com quem manteve relações?

A pergunta a pega desprevenida. Claro que existia a possibilidade de reencontrar algum colega. Ela mesma havia lhe contado isso, como ele contava tudo a ela. Mel não queria mentir.

— Você sabe que sim. Por que a pergunta?

Consciente do quanto estava em jogo, ainda mais com uma mulher como Mel, Björn responde com tranquilidade:

— Olha, querida, fui convidado para vários desfiles de moda, festas e eventos que recuso para não chatear você.

— Me poupe, James Bond. Que história é essa?

A fim de colocar para fora o que havia guardado até aquele momento, ele responde:

— É a história de que, se você se irrita que eu reencontre com antigas conhecidas, não devo me preocupar se você vai dar uma de Superwoman de novo entre tantos machos?

Mel não contesta.

O alemão tinha toda a razão do mundo.

No tempo em que estavam juntos, Björn lhe havia feito enxergar o quanto ela era especial para ele. Inclusive na frente dela, havia deixado muito claro a todas as mulheres que se aproximavam que estava comprometido e fora do mercado. Se iam a uma festa, iam juntos. Se iam a um desfile, Björn evitava ficar a sós com as modelos. Quando ambos transavam com outros, ele jamais fazia Mel se sentir mal, pois mesmo nesses momentos demonstrava que ela era única e inigualável.

— Escuta, Björn. Em relação a esse trabalho...

— O que mais me preocupa é sua segurança — ele a interrompe. — Quanto aos homens com quem vai trabalhar, podem ser boas pessoas e tudo o mais, mas você acredita que vão respeitar você e não vão fazer comentários maliciosos?

Mel sorri. Conhecia alguns daqueles seguranças e, sem dúvida, quando a vissem, diriam de tudo. Não duvidava de que algum tentasse algo com ela em nome dos velhos tempos.

— Você mesma está sorrindo. Por quê?

— Querido, eles são homens...

— Precisamente porque são homens como eu, sei do que estou falando. É por isso que continuo não querendo que você vá. Não quero que fique sozinha com eles.

— Mas...

— Não tem mas nem meio mas!

— Björn...

Ele sorri. Havia chegado aonde queria chegar. Olhando-a fixo, acrescenta:

— Vamos fazer uma troca. Eu te dou uma coisa. Você me dá outra.

Mel pensa. Poderia ser uma boa ideia. Ela concorda balançando a cabeça.

— Está bem. O que você quer?

— Qualquer coisa? — pergunta o advogado, com segundas intenções.

Mel passa as mãos pelo cabelo curto e bagunçado e afirma:

— Se isso faz você ficar mais tranquilo, querido, claro que sim!

O sorriso de Björn se alarga e, de repente, ela entendeu o que ele pensava. Mel inclina o corpo para a frente e se apoia na mesa.

— Você é um trapaceiro — sussurra.

— Por quê? — diz ele, dando risada.

— Porque sei muito bem o que vai me pedir e parece péssimo.

— E o que eu vou pedir? — pergunta ele, rindo outra vez, consciente de que a namorada tinha razão.

Mel se remexe na cadeira, bufa e diz, apontando para ele:

— Você vai pedir para me casar com você e para termos um pequeno Homem-Aranha para chamar de Peter, não é?

O alemão sorri. Nada lhe agradaria mais.

— Seu sobrenome já é Parker, querida.

— Björn... — ela protesta, consciente do quanto admirava Peter Parker, o alter ego do Homem-Aranha. — E o que irrita ainda mais é que, se a gente

92

se casar, o imbecil do Gilbert vai acreditar que estamos fazendo isso para cumprir um de seus requisitos absurdos.

Ao ouvir isso, Björn franze a testa.

— Você sabe que não é verdade — replica. — Nunca pedi para você casar comigo por esse motivo. Se pedi é porque te amo e quero que seja minha esposa... Que história é essa?

Consciente de que havia entregado a conversa que teve com o homem, Mel suspira com impaciência. Antes que falasse algo, Björn prossegue:

— Você sabe que eu adoraria me casar com você, mas lamento dizer que não é isso que vou pedir, querida.

— Não? — pergunta ela, desconcertada.

— Não, não é.

— Então o que é?

Björn adora ver sua expressão de desconcerto. Não havia nada que ele quisesse mais do que se casar com ela. Ele acaba cedendo e afirma:

— Está bem. Menti. Quero que você se case comigo.

— Eu sabia... — grunhe Mel, que detestava festas de casamento.

O advogado, com bom humor, a ouve protestar. Depois, pega o controle remoto e liga o equipamento de som. Seleciona a faixa três e os alto-falantes começaram a tocar "Quando, quando, quando", de Michael Bublé e Nelly Furtado.

— Musiquinha agora? — reclama Mel.

A canção linda e romântica inunda a sala. Björn, sem se dar por vencido, pisca, faz com que ela se levante e começa a cantarolar.

— *Quando... Quando... Quando...*

A ex-tenente suspira, mas, antes que possa protestar, Björn a abraça e junta o corpo ao seu para dançar com ela.

— Posso ser muito convincente quando quero; você sabe, não sabe?

Mel faz que sim. Se alguém podia conseguir algo dela, era Björn. Aquele maldito advogado, com seu romantismo e sua maneira de olhar para ela, às vezes conseguia que fizesse coisas absurdas, embora ainda não a tivesse convencido a subir ao altar.

Deixando-se levar pela música, Mel ia dizer algo, mas parou quando ele sussurrou em seu ouvido:

— Faz quase dois anos que moramos juntos. Você me pediu tempo e eu concedi. Sabe que eu te adoro, que morro pela minha *pincesa* e...

— Isso é chantagem.

Björn sorri. Com ela não podia ser de outra forma.

93

— Eu sei, querida, mas se você quer que eu ceda em algumas coisas vai ter que ceder em outras. Sabe que morro de vontade de me casar com você, e o melhor de tudo é que eu sei, no fundo, muito no fundo, que também morre de vontade de se casar comigo. Fala a verdade.

Mel deixa escapar um sorrisinho.

— Você é um convencido, James Bond — sussurra. — E posso lembrar que os casamentos extravagantes de fraque e casaca não me agradam? Se nos casarmos um dia, vou usar jeans e brindar com cerveja.

Björn, que sabia muito bem disso, sorri.

— Você, Sami e eu — concorda. — Nós três somos uma família, uma família linda. Só quero formalizar as coisas, como advogado que sou. Ah, diz que sim e vamos tentar fazer de uma forma que os dois gostem.

— Chantagista emocional... é isso que você é.

— E você é linda.

Mel olha para o peso de papel que Björn tinha na mesa. *Será que arremesso isso na cabeça dele?*, pensa.

Björn observa seu olhar. *Ela vai jogar isso na minha cabeça*, pensa.

Em silêncio, dançam aquela bela canção até que Mel sorri. Lutar contra Björn e seu coração era impossível, de forma que ela o olha e afirma:

— Está bem. Eu me caso com você.

Ele parou de repente.

— Repete isso que você disse — pede, encarando-a.

Mel revira os olhos e repete:

— Está bem. Eu me caso com você este ano, mas a data está em aberto. E vou vestir jeans.

Cheio de orgulho por saber que tinha conquistado seu objetivo, o advogado sorri, mas não tem tempo de dizer nada, pois Mel esclarece:

— E, claro, por enquanto, o anãozinho careca e banguela que você quer que a gente chame de Peter Parker vai ter de esperar, porque quero trabalhar como segurança. De acordo?

Björn sorri feliz da vida. Sem dúvida, havia conseguido parte do que pretendia. Disposto a conseguir que Mel deixasse de lado a segunda parte do trato, murmura:

— Não vou esquecer este momento enquanto eu viver.

Ela revira os olhos, mas, sem poder evitar o sorriso, declara:

— Nem eu.

Seus corpos deslizam um no outro até que Mel se desvencilha e se senta sobre a mesa do escritório de seu futuro marido.

— Que tal selar nosso pacto antes de voltar para os convidados? — propõe.

— Parker, você é muito travessa — ele murmura com divertimento.

— Eu sei, e sei que você gosta disso — ela afirma sorrindo.

Björn sorri de alegria.

— Que esperem! — exclama, abrindo a camisa.

Instantes depois, a peça sai voando, e a camiseta de Mel acaba em uma das cadeiras. As calças de ambos vão parar no chão, enquanto a voz de Michael Bublé continuava cantando. Nua, Mel se deita sobre a mesa e, sem pudores, abre as pernas para Björn. Ao ver o que ela oferecia, sua respiração acelera. Ele chega mais perto e sussurra, passando o dedo delicadamente em seu sexo úmido:

— Eu comeria você inteira, mas acho que vai ter que ser mais rápido.

E, sem mais, se enfia entre as pernas dela e a penetra com urgência.

Ao sentir Björn dentro dela, Mel arqueia o corpo sobre a mesa e grita de prazer. Ele se aperta contra ela e começa a meter com força.

O som de seus corpos se chocando ressoava na sala silenciosa. Björn coloca suas mãos sobre os seios dela e inclina o corpo para os enfiar na boca, sem nunca parar de meter. Deu mordidinhas até que os gemidos de Mel o deixassem louco.

O advogado vibrava; Mel tremia. Enlouquecido, ele se levanta, puxa as pernas dela e as apoia nos ombros. Com os olhos nos seus, ele diz em um tom carregado de sensualidade:

— Adoro comer você, tenente Parker.

Ela balança a cabeça. Ouvir isso nesse momento era excitante. Muito excitante.

O êxtase provocado pelo que Björn fazia e dizia a deixava sem forças. Entregue ao momento, Mel se agarra à mesa e grita de novo de prazer. Björn era extremamente sexual.

Sem descanso, o alemão continua até que ela gritasse ao chegar ao clímax.

— Björn...

Ouvir seu nome na boca dela, em meio às convulsões de prazer, era uma das coisas de que mais gostava. Olhar para Mel e admirá-la, ver o gozo em seu rosto, o apaixonava e o excitava ainda mais. Segundos depois, com uma investida forte que fez Mel gritar de novo, ele gozou.

Com a respiração agitada, Björn baixa as pernas de Mel com cuidado, deita-se sobre ela na mesa e murmura, exausto:

— Senhora Hoffmann, vou te fazer muito feliz.

Dez minutos depois, já vestidos de novo, saem do escritório de mãos dadas. Ao vê-los, Eric e Jud sorriem e se alegram com a notícia incrível.

Ia ter casamento!

11

Sair com as crianças, e ainda mais com quatro, é sempre uma aventura, penso, exausta.

Assim que acomodo todas no carro, olho para Pipa e pergunto:

— Está tudo bem com você?

A coitada, que é uma santa, olha para mim e responde:

— Está. Obrigada, Judith.

Quando estamos todos bem, Eric dá a partida no motor do carro.

— Mel e Björn já estão saindo da garagem — digo então. — Segue o carro deles.

— Vamos ao restaurante do Klaus? — Confirmo com a cabeça, e meu amor responde tocando meu joelho: — Então fique tranquila, pequena, sei chegar lá.

Sorrio, feliz. Quando ouço o primeiro lamento da minha linda — porém chorona — filha, viro para trás e começo a cantar aquela musiquinha de "cabeça, ombro, joelho e pé". A menina fica quieta. Ela adora que cantarolem essa canção para ela. O pequeno Eric também tem suas preferidas.

Deixei de ouvir Aerosmith para cantar canções uma mais boba que a outra, mas meus filhos gostam. A que ponto cheguei!

Flyn, que poderia me ajudar, nem se manifesta. Ele se limita a olhar pela janela e nos ignorar.

Vinte minutos depois, esgotada de tanta "cabeça, ombro, joelho e pé", chegamos ao restaurante e Eric estaciona. A terrível da menina já dormiu.

E quem seria a mãe que a pariu?

Animados, saímos do carro. Todos gostamos de comer no restaurante de Klaus. Com cuidado, pego a pequena Hannah e a coloco no carrinho.

— Essa menina ainda vai dar pano pra manga — protesto. — Saiu flamenca!

Vejo que Eric sorri.

Olha para mim... olha para sua filha. Depois que Flyn sai do veículo com seu irmão e Pipa corre atrás deles, meu marido me diz:

— Como era a música? Cabeça, ombro...

Caímos na gargalhada. A musiquinha fica na memória!

Quando nos aproximamos, Mel, Björn e Sami olham para a menina.

— Sim, o monstrinho dormiu.

Eric sorri, Björn também. Mel murmura:

— Quando acordar, vai comer nossos pés!

Voltamos a rir. Tudo o que Hannah tem de bonita e dorminhoca ela tem de gulosa e chorona. É verdade: quando acordar, vai comer a gente!

Entramos no restaurante e Klaus nos recebe com um sorriso. Sami, que adora o avô, corre para ele.

— Vovô... vovô... já cheguei.

O homem se agacha, feliz, e olha para a menina.

— Como está minha princesa?

A pequena, que adora ser chamada de princesa, põe a mão na coroa dourada e responde:

— Bem, mas quero água, porque estou com muita sede. O papi disse para pedir pra você. Me dá?

Klaus baba pela menina e rapidamente se dispõe a atender o pedido. Assim que ela está com o copo, vejo que ele olha para meu filho e pergunta:

— E como está o Superman?

Diferente de Sami, o pequeno Eric fala menos. É um Zimmerman, sem dúvida, e simplesmente balança a cabeça para cima e para baixo. Ao ver a expressão de Klaus, eu me agacho e esclareço com bom humor:

— Isso significa que está muito bem.

O homem sorri e, instantes depois, nos cumprimenta. Está feliz por nos receber ali e, como sempre, noto o amor que sente por seu filho Björn e por Mel, que é a menina de seus olhos.

Instantes depois, vamos até a mesa reservada para nós. Björn traz duas cadeirinhas infantis para Sami e Eric e me pergunta:

— Quer outra para Hannah?

Com doçura, observo minha Bela Adormecida.

— Por enquanto, não — respondo. — Vamos deixar o monstrinho dormir.

Aos risos, todos nos sentamos, e Björn e Mel se afastam com Klaus para lhe dar a boa notícia. Com curiosidade, eu os observo e me emociono quando vejo o homem abraçar o filho e depois Mel. É evidente que gostou.

Meia hora depois, Hannah acorda e, depois de vários sorrisos, um mais lindo que o outro, começa com seu concerto de choradeira. Rapidamente

Klaus leva a papinha à cozinha para aquecer e, quando volta, quase sem respirar, Hannah come, diante da expressão de bobo de seu pai.

Porém, assim que a comida acaba, a menina decide dar um de seus showzinhos. No fim, Pipa, que almoçou enquanto eu dava de comer ao monstrinho, coloca a pequena no carrinho e sai do restaurante para dar um passeio, para que o resto de nós possa ter um instante de paz. Flyn vai com ela. Nossa companhia o aborrece.

Quando saem do restaurante, vejo que Mel olha para Björn e pergunta:

— É sério que o monstrinho não tira sua vontade de ter filhos?

— Ei... cuidado com o que você fala da minha filha — zomba Eric.

Björn responde, então, com um sorriso encantador:

— Meu bem... Eles têm um Superman e eu quero um Homem-Aranha. Um pequeno Peter Hoffmann Parker.

Mel revira os olhos e dou risada. É mais forte que eu.

De repente, o celular de Eric e o de Björn apitam com mensagens. Meu marido dá uma olhada e então comenta:

— Alfred e Maggie dizem que estão organizando uma festa privada na casa de campo deles perto de Oberammergau.

— Acabei de receber o mesmo — confirma Björn, guardando o celular.

— Oberammergau é aquele povoado que parece de conto de fadas? — pergunto, e Eric confirma.

Mel se interessa. Eu lhe explico que Eric e eu já passamos um fim de semana naquele lugar incrível. Ela fica surpresa quando lhe digo que vimos a casa da Chapeuzinho Vermelho e de João e Maria lá.

Björn sorri e murmura, olhando para sua noiva:

— Hum... de Chapeuzinho Vermelho você ficaria tentadora, tenente.

Nós quatro rimos. Mel, que nunca foi a uma dessas festas luxuosas e privadas, pergunta:

— Quem são Maggie e Alfred?

Sorrio. Ainda me lembro da primeira vez que ouvi falar deles. Estávamos em Zahara de los Antunes, na bela casa de Frida e Andrés. Olho para minha amiga e respondo tocando o anel que Eric me deu:

— São um casal muito simpático que de tempos em tempos organiza festas temáticas e muito exclusivas.

— Temáticas? — Mel pergunta curiosa.

Eric e Björn sorriem.

— Fazia quase dois anos que não organizavam nada, porque Alfred estava doente — explica Eric. — Ao que parece, ele se recuperou e está com vontade de festejar.

98

— Fico muito feliz em saber que Alfred está melhor — digo.

Mel nos olha à espera de mais detalhes. Eu digo:

— Só fui a duas festas organizadas por eles. Na última, o tema era pré--história, mas da primeira vez que fui tínhamos de ir vestidos como nos anos 1920. Fomos com Frida e Andrés. Os homens foram de gângsteres, e as mulheres, de melindrosas!

Mel sorri. Björn diz:

— Foi nessa festa que conheci você.

Eric faz que sim...

Björn sorri.

Recordar aquela primeira vez e o que aconteceu com Eric e Björn naquele lugar ainda me dá calor. Sorrindo, vendo que ninguém pode nos ouvir, eu digo:

— Sem dúvida, aquela festa marcou um antes e um depois no sexo pra mim. Eu me lembro dela como algo muito especial. Só de pensar fico excitada.

Eric sorri.

Björn também. Safados! Mel, ao entender o significado dos sorrisinhos, sem nem um pingo de ciúmes, me pergunta:

— Antes dessa festa você não tinha feito nada de... nada?

Agora quem sorri sou eu.

— Dias antes eu tive minha primeira experiência com Frida e Andrés na casa deles — respondo. — Antes disso, Eric, esse loiro espertinho que agora está rindo e olhando para o teto, armou uma pra mim num hotel de Madri. Cobriu meus olhos, colocou uma câmera para gravar e me fez acreditar que era ele quem estava brincando comigo, quando, na verdade, era Frida.

— Sério? — Mel exclama.

Lembrar aqueles momentos juntos me faz rir. Eu acrescento:

— Nem te conto como fiquei furiosa quando vi a gravação. Queria matar o Eric!

De novo, ele sorri. Aproximando-se um pouco de mim, diz:

— Mas conta direito, querida. Antes disso, eu perguntei se você estava preparada para jogar do meu jeito, e você disse que sim. — Bufo, mas de um jeito divertido. Claro que me lembro! — Segundos depois, fiz a mesma pergunta e você concordou de novo. Só não queria sadomasoquismo.

— Que trapaceiro! — ri Mel.

— Não foi trapaça, ele perguntou antes — afirma Björn.

Bufo de novo. Mas, para que entendam de uma vez por todas a raiva que senti naquele momento, olho para ele e comento:

— Está bem, vocês têm razão, ele perguntou. Mas imaginem que amanhã, Hannah ou Sami, suas lindas filhas, conheçam uns sujeitos e se encontrem na mesma situação. O que vocês pensariam?

— Eu mataria — sentencia meu alemão.

— Arrancaria sua cabeça — afirma Björn.

Mel e eu nos entreolhamos e caímos na gargalhada depois dessas respostas primitivas, mas eles nos observam muito sérios. Não gostaram nadinha do meu exemplo, mas insisto:

— E por que os matariam e arrancariam a cabeça deles? Se também tivessem perguntado a elas o que Eric me perguntou... Eles poderiam alegar o mesmo que você e...

— Bom... — interrompe meu amor, pegando o pequeno Eric nos braços, com seriedade. — Vamos mudar de assunto.

— Sim, é melhor — concorda Björn, colocando a coroinha de novo na filha.

— Como parece diferente quando se é o pai, não é, machões? — ironiza Mel, o que me faz rir. — Pois, gostem ou não, no futuro, suas filhas, que também são nossas, vão curtir o sexo livremente como nós e espero que se divirtam muito, muito, muito.

Eles se olham. Não falam nada. Sem dúvida, não querem nem pensar no que Mel está dizendo.

Surpresa pela reação dos rapazes, sorrio ao olhar para eles, sabendo que esse exemplo, no fim das contas, os fez entender o que em outros momentos nunca entenderam. É verdade que Eric me perguntou, mas não foi totalmente claro na pergunta. Embora eu pudesse repetir a experiência mil vezes, descobrir, naquele dia, o que ele havia gravado me deixou sem saber nem o que pensar.

Apesar disso, como não quero mais provocar os machões possessivos, mudo de assunto:

— Já falaram com Dexter?

Björn faz que sim, bebe um gole de cerveja e acrescenta:

— Falei com ele ontem, que me confirmou que o batismo é daqui a duas semanas. Você vai ver quando ele ficar sabendo do casamento.

Todos sorrimos, e então, para enfurecer Björn, Mel murmura:

— México! Que vontade de ir para lá.

— México? E nosso casamento, hein? — protesta ele. Ao vê-la sorrir, ele sussurra: — Você é muito travessa e vai pagar por isso.

Cada vez que me lembro da minha lua de mel lá, não consigo evitar o sorriso. Riviera Maya. Hotel Mezzanine. Eric e eu. Nossa… quantos momentos, como foi bom. Eu daria tudo para voltar para lá…

Mas agora a viagem tem outro motivo, e não vamos estar sozinhos.

Dexter e Graciela se tornaram pais. Como ele não podia ter filhos, procuraram um banco de esperma e, meses depois, o resultado foi a chegada de Gabriel e Nadia, dois gêmeos lindos.

— Não quero nem imaginar como devem estar os dois com os bebês.

— Eu te digo — Björn responde com uma risada. — Exaustos!

Eric sorri. Pisco um olho em cumplicidade e, sem hesitar, me aproximo para beijá-lo. Nunca desperdiço um momento feliz.

12

Na segunda, quando acordo, estou exultante. Vou para a Müller!

Finalmente alguma coisa diferente de dar papinha, limpar catarro e cantar musiquinhas infantis.

Viva a vida profissional!

Depois de tomar um banho, olho no armário e, por fim, escolho um bonito terninho cinza com uma camisa preta. Gosto do resultado no espelho. Então, coloco sapatos cinza de salto e estou preparada!

Desço para a cozinha e encontro Eric e Flyn tomando café da manhã. Ao entrar, Eric me olha e não diz nada, mas Flyn, ao me ver vestida desse jeito, e não com jeans ou túnica, me observa com surpresa e pergunta:

— Aonde você vai, mamãe?

Cumprimento Simona, que sai da cozinha com dois copos de leite para levar à Pipa e, enquanto encho uma xícara de café, respondo:

— Ao escritório com o papai. Tenho uma entrevista.

Eric não diz nada, apenas fica olhando o jornal. Flyn, que não desvia os olhos de mim, pergunta surpreso:

— Vai trabalhar na Müller?

Sento-me ao seu lado.

— Vou, querido — respondo, emocionada.

— E por quê?

Dou um gole no café, noto que Eric me observa por cima do jornal e respondo:

— Porque gosto de fazer algo mais do que ficar em casa o dia todo e, se tenho a sorte de conseguir um emprego, por que não aceitar?

A boca de Flyn se abre como se eu tivesse dito uma coisa terrivelmente desagradável.

— E quem vai cuidar de Eric e Hannah? — pergunta.

Solto o ar com impaciência. Mais um com quem lidar… Do jeito que consigo, sem me alterar, digo:

— Pipa e Simona.

— E quem vai me ajudar a fazer o dever de casa?

— Você vai ter que fazer sozinho, mas fique tranquilo, vou ter tempo para ajudar, só vou trabalhar meio período.

— Mas você vai estar cansada e, nos sábados de manhã, não vai querer sair comigo de moto.

Não respondo. Sempre quero sair de moto.

— Não acho bom que você trabalhe — insiste ele.

Como me dá trabalho o chato do menino! Não vou responder. Não vou entrar em seu joguinho, ou vou acabar discutindo. Mas Flyn é um Zimmerman e, quando estou dando um gole no café, sentencia:

— Não quero que trabalhe. Papai trabalha por todos e passa metade da vida no escritório. Por que você tem que trabalhar também?

Olho para Eric em busca de ajuda e vejo que os cantos dos seus lábios se curvam. Cretino! Nem para me ajudar na conversa...

— Flyn — começo a dizer —, eu garanto que...

— Quero que fique em casa como uma mãe — insiste ele, dando um soco na mesa.

Ai, ai, ai... Em que século meu filho vive?

Olho para ele.

Ele me olha com raiva.

Está sendo cruel comigo. Discutimos os dois com a mesma crueldade. Para reivindicar meus direitos, concluo:

— Flyn, nós mulheres decidimos o que queremos fazer nesta vida, e eu garanto que vou te ajudar em tudo o que precisar. A questão é que não gosto que pense como um velho do século passado que acha que as mães têm de ficar em casa.

— É o que eu penso.

— Pois está muito errado — retruco. — Não estou educando você para pensar assim. As mulheres e os homens são seres independentes e com os mesmos direitos. Mesmo em um casal dev...

— Não quero que você trabalhe. Você, não.

— Flyn, chega! — exclama Eric, colocando o jornal na mesa. — A Jud é grandinha o bastante pra saber o que quer fazer. Acabou essa história de pensar só no que você quer. Se esforce para passar de ano, é isso que você tem que fazer! E esquece a moto e o resto.

Flyn olha para nós bufando e se cala.

Terminamos o café da manhã em silêncio.

Que belo começo de dia!

103

Vinte minutos depois, dizemos a Norbert que não precisa levar Flyn, pois o deixaremos no colégio, a caminho da empresa.

O silêncio volta a reinar no carro, então decido colocar música. Procuro entre os CDs que Eric guarda ali e decido pelo último de Alejandro Sanz, que dei a ele de presente.

Quando vê o que peguei, meu marido me olha e diz:

— Gosto muito da música que diz "A que no me dejas".

Dou risada. Sei qual é, mas quando vou colocar o CD, lembro que Flyn está no carro com a gente. Numa tentativa de fazer um agrado, procuro entre os CDs do Eric um do Imagine Dragons e coloco no aparelho.

Quando começa a tocar "Demons", procuro seu olhar de cumplicidade, mas ele me ignora. Quanto drama!

Chegamos ao colégio e Flyn continua mudo. Está com raiva.

Tento compreender sua frustração, mas pelo menos uma vez quero e preciso que Flyn me entenda. Quando vou me virar para sorrir e desejar um bom-dia, ele abre a porta do carro, desce sem olhar para mim e fecha.

Isso me parte o coração. Gosto de Flyn, foi difícil fazê-lo me aceitar e não quero que me rejeite.

Fico triste. Olho para meu filho, que já é um adolescente comprido, mais alto que eu, pelo vidro do carro, mas não saio. Para quê? Sei que vou envergonhá--lo na frente dos amigos. Consciente do que estou sentindo, Eric diz baixinho:

— Jud, Flyn é um adolescente. Dê tempo a ele.

— Vou dar todo o tempo que ele quiser — digo, tentando sorrir.

Com um olhar carinhoso, Eric sorri e arranca com o carro, enquanto observo que Flyn segue até um grupo de meninos e meninas que não conheço. Já não anda mais com seu amigo Josh? Seu rosto muda e seu jeito de andar também. Prestes a virarmos a esquina, sem saber por quê, eu grito:

— Para!

Eric freia com tudo.

— Para o carro… — exijo. — Anda, para o carro.

Ele estaciona, e eu abro a porta às pressas. Eric faz o mesmo e, quando chega ao meu lado, pergunta preocupado:

— O que aconteceu? O que foi?

Ao ver seu rosto, me dou conta do susto que lhe dei.

— Ah, querido, desculpa — murmuro, olhando para ele. — É que eu queria saber se Elke, a namorada nova de Flyn, estava naquele grupinho.

Eric solta um palavrão. Sem dúvida, eu lhe dei um bom susto. Então, de repente, vejo que franze a testa e pergunta, apontando:

— É aquela?

Olho e fico sem palavras.

Flyn, meu menino, meu reclamão, chega perto de uma moça loira com mais peito que eu, vestida com um vestidinho jeans curtíssimo. Ele a agarra, puxa-a para junto de si e tasca um beijo na boca dela.

Meu Deeeeeeeus!

Que sem-vergonhice é essa e quantos anos tem a garota?

O beijo se prolonga, se prolonga e se prolonga, até que a mão de Flyn desce e aperta a bunda da menina. Então ouço Eric murmurar com divertimento:

— Esse é meu garoto.

Escandalizada pelo que acabo de ver, encaro meu marido — meu coração vai sair pela boca! — e pergunto, espantada:

— Quantos anos tem a Elke? — Eric dá de ombros e, quando vai responder, eu digo: — Pelo menos dois a mais que Flyn.

— Vai ver ele gosta de meninas mais velhas — zomba o maldito.

Seu sorriso me enerva. Por mais corpo que tenha, Flyn é um menino. Quando o vejo beijar de novo a loira de pernas compridas e peitos enormes, digo num grunhido:

— Você sabe que tipo de doenças ele pode pegar beijando desse jeito?

Eric dá uma gargalhada. Pega minha mão, me leva até o carro e segura a porta aberta para mim.

— Vamos! — diz.

— Eu gostava mais da Dakota — digo entre os dentes, sem arredar o pé.

Meu amor sorri e insiste:

— Mamãe coruja, faça o favor de entrar logo no carro.

Pela última vez, olho para Flyn e comprovo que continua beijando a loira. Filho da mãe!

Subo no carro e fecho a porta. Quando Eric entra e se senta ao meu lado, pergunta com zombaria:

— Querida, por que essa cara?

— Porra, Eric, você viu o mesmo que eu?!

— Flyn é um adolescente e está começando a descobrir o prazer de beijar e tocar uma garota. — Ele ri e continua: — E, pelo que vejo, não tem mau gosto em matéria de mulheres!

Chamo de "babaca" ou não chamo?

Não... Definitivamente não. É melhor.

Mas, ainda confusa pelo que acabei de ver, retruco:

— Pois fale com ele urgentemente sobre a necessidade de sexo com camisinha, para evitar problemas e doenças, entendeu?!

Eric dá uma gargalhada. Ri na minha cara e, quando aproxima sua boca da minha, murmura:

— Você é maravilhosa, querida... totalmente maravilhosa.

Depois de um beijo rápido, meu amor sai com o carro, troca o CD e coloca meu Alejandro. Já eu, ainda não superei o espanto com o que acabei de ver.

Meia hora depois, chegamos ao escritório e deixamos o carro no estacionamento da empresa. A partir desse instante, Eric incorpora o homem frio que conheci naquela época, com olhar sério de chefe. Porém, quando pega minha mão para andarmos juntos, eu a afasto e cochicho:

— Vamos ser profissionais, querido.

Isso o surpreende. Ele para e replica, franzindo ainda mais as sobrancelhas:

— Está me dizendo que não vou poder pegar a mão da minha esposa?

Olho para ele boquiaberta.

— Eric, estamos na empresa, você pretende ficar de mão dada comigo sempre que me vir?

— Não — responde, com sinceridade.

— Então entende o que eu quero dizer.

Dito isso, continuo caminhando para o elevador. O som dos meus saltos ecoa no estacionamento solitário até que ouço Eric dizer:

— Adorei você nesse terninho. Ficou muito sexy.

Sorrio com o elogio. Olho para ele e suspiro, consciente de que engordei uns cinco quilos no último ano.

— O que eu estou é gorda, por isso a roupa fica assim.

Eric sorri, me dá uma tapa rápido na bunda e murmura:

— Eu gosto.

Ele me mata, me mata!

Mesmo traumatizada pelos quilinhos a mais, ele ainda consegue me deixar feliz dizendo isso!

Quando o elevador se abre, entramos, e Eric aperta o botão do sexto andar. Olho para ele e pergunto:

— Não vai para sua sala?

— Primeiro vou acompanhar você.

Ao ouvir isso, suspiro com impaciência. Encarando-o, digo entre os dentes:

— Eric, nem pense em me acompanhar até a sala da Mika como se fosse meu pai, porque aqui só quero ser Judith Flores. Já basta que todo mundo saiba que sou sua mulher, não precisar ir atrás de mim como um guarda-costas.

106

Vamos ser profissionais, por favor! — Depois de respirar fundo, insisto: — Sei perfeitamente onde é a sala e não quero que me acompanhe, entendeu?

É a vez de Eric bufar. O que acabo de dizer mexe com seu moral. Irritado, ele aperta o botão do décimo andar, onde fica sua sala. Em seguida, me sinto péssima pela repreensão, por isso tento me aproximar dele.

— Querido — murmuro —, entenda que...

— Senhorita Flores, por favor — ele retruca, afastando-se de mim. — Lembre que aqui sou o sr. Zimmerman. — O grande babaca me encara e acrescenta: — Vamos ser profissionais.

Ai, ai, ai... Que vontade eu tenho de dar um beliscão doloroso nele. Em vez disso, faço que sim e, em silêncio, chegamos ao meu andar. Quem manda aqui sou eu!

Instantes depois, as portas se abrem e estou pronta para sair do elevador quando a mão de Eric me detém.

— Quando acabar sua reunião com Mika, sobe para me ver. Não vá embora sem se despedir — ele me diz sem se aproximar.

Então Eric me solta, as portas do elevador se fecham e me impedem de olhar para ele.

Quando fico sozinha, viro, tiro o blazer do meu terninho e caminho com segurança para a sala de Mika. Ao chegar, sua secretária, que me conhece, levanta rapidamente e me diz:

— Senhora Zimmerman, Mika pediu para entrar assim que chegasse.

Sorrio. Faço que sim, mas antes de entrar na sala eu me viro e pergunto à moça:

— Como você se chama?

— Tania, sra. Zimmerman — murmura ela, com cara de susto.

Balanço a cabeça. Tenho que ser rápida, ou a moça vai ter um infarto. Por isso, sorrio e digo:

— Tania, meu nome é Judith. Agradeceria se me chamasse assim, já que vamos trabalhar juntas e seria inconveniente ficar me chamando o tempo todo pelo sobrenome do meu marido. Tudo bem?

A moça concorda. Acho que já não lembra como me chamo, tamanho o nervosismo.

Viro as costas, bato na porta de Mika e, quando ouço sua voz, entro.

Nem preciso dizer que a adoro. Já nos encontramos em várias festas da empresa. É uma pessoa divertida e agradável. É uns dez anos mais velha que eu, e é uma mulher moderna, não só por seu jeito de vestir, mas também por sua personalidade.

Conversamos, e Mika me explica que, na Müller, o marketing está dividido em áreas: pesquisa de mercado, imagem, compras, vendas, design e inovação e, por último, comunicação, que é a área na qual vou trabalhar.

Ela então me entrega alguns papéis onde está escrito que nós duas nos encarregaremos dessa área. Fico contente de ver que, entre nossas responsabilidades, está desenvolver campanhas de comunicação, eventos, feiras, redes sociais etc.

Sorrio, feliz. Eu me sinto capacitada para fazer tudo isso, o que me dá uma injeção de ânimo. Eric me conhece muito bem!

Assim que fico sabendo do posto que vou ocupar, vamos à sala adjacente à de Mika e que vai ser minha. Observo-a com os olhos arregalados. Tenho minha própria sala, e com janela!

Excelente!

— Margerite está de licença por um acidente doméstico e não vai voltar antes de dois meses.

— Certo — murmuro.

— Há uma cartela de cores de tinta sobre a mesa. Antes de ir embora, escolha uma. Tudo bem?

Vão pintar a sala?

Devo estar com uma cara indecifrável, porque, olhando para mim, Mika diz:

— Eric pediu que durante o tempo que você ocupar esta sala ela esteja ao seu gosto.

— Certo — consigo dizer, emocionada.

Quando voltamos à sala dela, toca o telefone. Mika atende e olha para mim.

— Tenho uma reunião. Estou organizando várias feiras e...

— Posso assistir à reunião? — pergunto.

Mika concorda, satisfeita.

— Claro que pode — diz sorrindo. — Me dá uns segundos para eu pegar o que preciso.

Enquanto espero que junte alguns papéis da mesa, meu celular vibra. Uma mensagem de Eric.

Continua com Mika?

Sorrio e me apresso em responder:

Sim. E agora vou entrar em uma reunião com ela. Estou animada!

Assim que clico em "enviar", espero ansiosamente pela resposta, mas não chega nada. Guardo o celular e solto um palavrão na minha cabeça ao pensar que, sem sombra de dúvida, Eric vai aparecer na reunião.

Depois que Mika pega tudo, caminho ao seu lado em direção à sala de reuniões. Percebo que quem me reconhece me observa com curiosidade. Sorrio. Não quero que pensem que sou uma pessoa grosseira e arrogante.

Ao entrar na sala de reuniões, Mika me apresenta aos homens que estão ali como Judith Flores, não como sra. Zimmerman. Quero enchê-la de beijos por essa delicadeza. Acho que ela sabe. Sem mais preâmbulos, Mika explica que, a partir desse momento, ela e eu vamos dirigir o departamento de comunicação juntas.

Feitas as apresentações, fico sabendo que os executivos pertencem a delegações da Müller na Suíça, em Londres e na França. Sem mais enrolação, a reunião começa. Fico caladinha, só prestando atenção. É o melhor que posso fazer até que me inteire do assunto.

O tempo passa e meu celular vibra depois de uma hora.

Onde você está?

Disfarçadamente, leio e começo a teclar.

Na reunião. Quando acabar, te ligo.

Como não desejo que ele continue desviando minha atenção, desligo o celular e me concentro no que vai ser meu novo trabalho.

Uma hora depois, quando termina a reunião, decidimos subir todos para o café, que fica no nono andar. Ao entrar, vejo que alguns funcionários olham para mim, pois sem dúvida sabem quem sou. As notícias devem ter voado pela Müller. Não gosto de ver que ficam cochichando.

Mika, que também se deu conta, aproxima-se de mim e murmura:

— Fica tranquila. Seja você mesma e logo perderão o medo.

Concordo com a cabeça. Pelo jeito, vou ter que passar pelo mesmo que tive que aguentar em Madri, quando todo mundo no escritório ficou sabendo que eu era a namorada do chefão. A diferença é que aqui não sou a namorada, mas a esposa!

Ao chegarmos ao balcão, pedimos café. Olho em volta e então vejo entrar uma loirinha de rosto lindo com um coque encantador. Observo-a. Ela se senta longe de nós e vejo que está falando no celular e torcendo uma mecha de cabelo que cai no rosto.

109

Que linda!

A conversa dos que estão perto de mim me faz desviar o olhar da moça e participar. Harry, o inglês que ficou sentado ao meu lado durante todo o tempo, me pergunta:

— O que achou da reunião?

Sorrio, passo a mão na testa e respondo:

— Ainda estou um pouco deslocada, mas foi interessante. Só espero ficar em dia rapidamente com os muitos assuntos para ficar à altura de vocês.

Harry sorri.

— Não se preocupe — diz. — Não tenho a menor dúvida de que você vai se dar muito bem.

— Obrigada — murmuro, agradecida pela positividade.

De novo entramos na conversa do grupo, mas então Teo, o francês, pergunta, olhando para mim:

— E quando você vai fazer parte da empresa em definitivo, Judith?

Olho para Mika.

— Judith vai trabalhar meio período durante dois meses, enquanto Margerite está de licença — explica ela.

Todos me olham por causa dessa parte de meio período, e vejo em sua expressão que não estão entendendo nada, mas não vou ser eu a explicar. Eu me recuso.

A conversa é retomada e eu me sinto feliz. Ninguém fala de filhos, ninguém fala de papinhas e, principalmente, ninguém canta música infantil nem chora!

Agora que penso em choro, como será que estão minha monstrinha e meu Superman?

Tiro depressa a imagem da cabeça, ou vou ficar triste. Por isso, me concentro na conversa adulta que se desenvolve diante de mim. Minutos depois, quando alguém pergunta sobre meu sotaque e ficam sabendo que sou espanhola, espero o de sempre, mas, por incrível que pareça, ninguém diz "Olé, touro, paella".

Não posso acreditar!

Finalmente digo que sou espanhola e ninguém toca castanholas com as mãos.

Sorrio de tal forma que Harry, o inglês, se aproxima de mim e pergunta:

— Por que o sorriso?

Sem poder conter minha expressão, respondo:

— Porque o dia de hoje está sendo perfeito.

Agora quem sorri é ele.

— Outro café? — sugere.

Faço que sim. Ele pede e, quando o garçom os coloca diante de nós e estou colocando o sachê de açúcar, ouço Harry dizer ao apontar meu anel:

— Pelo que vejo, você é casada.

Com carinho, olho para o dedo no qual orgulhosamente uso a aliança que Eric me deu e que tanto significa para nós.

— Sou.

Segundos depois, nós dois voltamos a olhar para os demais, que estão conversando sobre trabalho. Ficamos assim uns vinte minutos e depois alguém propõe que almocemos juntos. Sei que deveria voltar para casa, mas quero ir ao almoço. Assim, decido ligar para Simona e ver como estão as crianças.

Afasto-me do grupo para falar no celular e sorrio quando ela coloca meu Superman no telefone. Falo e ele responde com algumas frases divertidas. Tanto Eric como Hannah estão bem. Sorrio quando ouço os choramingos da menina, ao fundo. Minha monstrinha está ótima.

Assim que desligo, penso em ligar também para meu marido, para avisar que vou almoçar fora, mas, de repente, o vejo entrar pela porta do café. Claro! Ficou sabendo que eu estava ali e veio bisbilhotar.

Já começamos mal com esse controle.

Com cautela, Eric não se aproxima de nós, mas sei que está me observando.

Ele não é bobo e sabe que, se pensar em chegar perto, vou achar ruim. Por isso, se mantém afastado do grupo. No entanto, assim que Mika o vê, ela o cumprimenta. Eric aproveita a oportunidade e se junta a nós.

Com sua típica cara de "quem manda aqui sou eu", estende a mão aos demais, que o cumprimentam com formalidade — é o chefão! Sem perder um segundo, ele se coloca ao meu lado, me agarra possessivamente pela cintura e diz:

— Vejo que já conheceram minha linda e encantadora esposa.

Os outros três homens me encaram boquiabertos.

Eu sorrio... sorrio... sorrio... Vou dar um tabefe no Eric por isso!

Mas que negócio é esse de "linda e encantadora esposa" no trabalho?

Só faltou levantar a perna e mijar em mim como um cachorro demarcando o território. É um babaca!

Harry me olha, eu devolvo o olhar e dou um sorriso. Por sorte, ele faz o mesmo.

Durante vários minutos, todos conversam, enquanto escuto com um sorriso pré-fabricado nos lábios, até que Eric, depois de olhar no relógio, se vira para mim e depois pergunta à Mika:

— Já terminaram a reunião?

111

Nós duas assentimos.

— Já, Eric — diz Mika. — Agora estávamos pensando em ir almoçar todos juntos.

Sem me olhar, vejo que meu alemão se apressa a responder:

— Que ótima ideia. Vou pedir pra minha secretária reservar o restaurante do outro lado da rua.

Os homens e Mika aceitam alegremente. Almoçar com o chefão é um privilégio, mas eu poderia matá-lo…

Por que se convidou para o almoço?

Sem me soltar, ele me observa e sorri, e eu lhe mostro com o olhar o que estou pensando. Eric me conhece, sabe que o que está fazendo não me agrada nadinha. Mesmo assim, sem se intimidar, pega minha mão e diz:

— Mika, podem ir na frente para o restaurante. Jud e eu já vamos.

Ai… Já me separou do grupo!

Repito: vou matar!

Caminho ao seu lado até chegarmos ao elevador, mas, quando vou dizer algo, um funcionário para perto de nós. Fico quieta.

Em silêncio, pegamos o elevador com outras pessoas, que me olham com curiosidade. Sorrio para elas, porque não as quero pensando que sou arrogante por ser a mulher do chefe. Quando chegamos ao décimo andar, Eric, que ainda não abriu a boca, puxa minha mão com delicadeza e caminhamos juntos até sua sala.

Ao passarmos, vejo várias mulheres que me observam com atenção. Sorrio para elas.

Sorrio para todos!

Chegamos à porta de sua sala e me surpreendo ao ver ali a moça loira de carinha linda e coque gracioso na cabeça, sentada na cadeira onde costuma ficar Dafne, a secretária de Eric. Nossos olhares se encontram quando meu marido diz com voz autoritária:

— Gerta, ligue para o restaurante de Floy e peça que reservem mesa para seis. Já!

A moça faz que sim, desvia os olhos de mim, pega o telefone imediatamente e começa a teclar, enquanto Eric e eu entramos no escritório.

Assim que ficamos a sós, ele fecha a porta, olha para mim e diz entre os dentes, sem levantar a voz:

— Você aceitou trabalhar meio período e depois voltar para casa e ficar com as crianças. Já esqueceu? — Faço menção de contestar, mas ele volta à carga: — Eu disse para me ligar quando acabasse a reunião.

Ofendida com seus modos, me afasto dele e respondo com sarcasmo:

112

— Pra quê? Seus informantes estavam me vigiando.

Eric inspira e solta o ar irritado. Passa a mão no cabelo e, quando vai falar, aponto para ele e murmuro:

— Começamos muito mal, Eric. Se vou trabalhar nesta empresa, preciso de liberdade; não quero sentir seus olhos nem os de ninguém grudados na minha nuca. Qual é o seu problema? Nem comigo trabalhando aqui dentro vai confiar em mim?

Ele não contesta. Seu olhar me informa o quanto está furioso, e eu, que não estou muito melhor, caminho até as grandes janelas. Sinto um calor infernal, e não pelos motivos de sempre.

Assim que chego às janelas, olho para a rua e, segundos depois, sinto Eric vir em minha direção. Acalorada como estou, me viro e disparo:

— Não estranho que Flyn tenha ideias distorcidas sobre eu trabalhar, se você, que me conhece, não confia em mim. — Eric não diz nada e eu prossigo: — Só quero fazer alguma coisa, me sentir bem comigo mesma, mas, é claro, se isso significa que vou ficar todos os dias com medo de que você se irrite por eu falar com alguém, ou tomar um café, pode esquecer!

Nesse instante, ouve-se uma batida na porta, que se abre. A loira de coque aparece.

— Senhor Zimmerman — ela diz, passando a mão no cabelo com jeito sedutor —, já reservei o restaurante.

— Obrigado, Gerta — afirma Eric, em tom brusco.

Meu olhar e o dela se cruzam e, na hora, deduzo com quem a sujeitinha estava conversando no celular enquanto torcia a mecha de cabelo. Era com Eric. Isso me deixa irada.

Estar com um homem como ele implica ficar sempre alerta em matéria de mulheres, mas já passei dessa fase, ou teria ficado louca. Mesmo assim, o olhar da moça não me agrada nadinha. Depois que ela esboça um sorrisinho bobo, dá meia-volta e fecha a porta. Eu pergunto, encolhendo a barriga:

— Onde está a Dafne?

Eric volta o olhar para mim, entendendo o que se passa pela minha cabeça. Ele responde de um jeito provocador:

— De licença-maternidade. Mais alguma coisa?

É verdade, Dafne teve um bebê. Mas essa arrogância tão típica do Iceman me mata. Me irrita. Me deixa uma pilha!

Tenho muito mais na ponta da língua para dizer, estou me mordendo de raiva! Mas não vou lhe dar esse prazer. Balanço a cabeça e olho para o armário de vidro.

— Não estou com ciúmes — sibilo —, estou com raiva. Quero que saiba.

Fazia tempo que Eric não me tirava tanto do sério. Os últimos meses em casa com as crianças foram desesperadores em algumas ocasiões, mas no que diz respeito à nossa relação foram maravilhosos e tranquilizadores. No entanto, agora que quero começar a trabalhar, a coisa muda de figura. Eric não vai facilitar em nada minha vida, Flyn muito menos... O que me espera!

Eric me encara. O reflexo do vidro me ajuda a ver tudo o que ele está fazendo atrás de mim. Suspiro impaciente. Vejo que abre o paletó, coloca as mãos na cintura e abaixa a cabeça. Sei que está se dando conta do erro. Eu o conheço.

— Escuta, Jud... — começa a dizer.

— Não, escuta você — rosno, dando meia-volta. — Durante o tempo que passei em casa cuidando das crianças, confiei em você cem por cento, mesmo sabendo que atrai um monte de mulheres e que trabalha rodeado por elas. — Falar sobre isso me faz tremer, mas continuo: — Nem uma vez reclamei das suas viagens, ou dos seus jantares, nem insinuei coisas desagradáveis pra você se sentir mal. Confio em você completamente, porque sei que me ama, que sou importante para você, e que ninguém vai dar tudo o que eu dou a você, como esposa e mãe dos seus filhos. Por acaso devo pensar que estou fazendo mal em confiar em você?

— Não, Jud... Não — ele se apressa em responder.

— Então pare de pensar que vou sair por aí partindo corações onde quer que eu pise e...

— O meu você partiu — o canalha diz, olhando para mim.

Inconscientemente, sua resposta me faz sorrir, mas me contenho e replico:

— Que seja a última vez que você manda alguém me vigiar na empresa, porque, se voltar a saber disso, juro que você vai lamentar. — Eric me olha. Sabe que estou falando sério. Eu insisto: — O que a Gerta vai pensar agora de mim? Por acaso você não se dá conta de que, com o que você fez, ela pode tirar conclusões equivocadas a respeito da nossa relação?

Eric assente. Sabe que fez mal. Fecha os olhos e, quando os abre, diz:

— Desculpa, Jud. Você tem razão.

Respiro fundo e solto o ar bufando...

Ele me olha...

Olho para ele, mas quando vejo a carinha de arrependimento que eu tanto adoro e que conheço tão bem solto um gemido.

— Eric...

Não preciso dizer mais nada. Meu amor, meu homem, meu tudo, dá um passo para se aproximar de mim e me abraça.

Nenhum de nós fala durante alguns segundos, até que ele finalmente diz:

— Prometo que não vai acontecer de novo.

— Assim espero.

Confirmo balançando a cabeça, desejando que seja mesmo assim.

Como sempre, é só nos olharmos e já nos beijamos.

Somos dois polos, atraídos um pelo outro. Saboreamos nosso beijo maravilhoso. Mas, como todas as vezes que fazemos isso, o calor nos invade. Eu me afasto dele e murmuro:

— Querido… estamos no seu escritório.

Ele faz que sim, me encara e replica:

— Acho que agora que vou ter você por perto de novo, no escritório, vou ter que fazer uma reforma.

— Reforma?!

Eric sorri sem me soltar e responde:

— Um arquivo dentro da minha sala… Não acha que seria uma boa?

Dou risada. Nenhum de nós esqueceu os encontros loucos e imprudentes no arquivo que havia no escritório de Madri.

— Que boa ideia, sr. Zimmerman — digo.

Em meio a risos, nos beijamos. Recordar o início da nossa relação é sempre divertido, excitante e muito quente. Depois do último beijo, Eric pergunta:

— Agora falando sério, meu bem, quer que eu vá a esse almoço ou vai ficar constrangida?

Olho para ele… Morro de amores! Por fim, agarro sua mão e respondo:

— Claro que eu quero, querido. Você é o chefão; além do mais, assim você paga!

Meu Iceman sorri, fecha o paletó, recupera a compostura e, de mãos dadas, saímos da sala. Lá fora, Gerta nos olha. Eric solta minha mão, me agarra possessivamente pela cintura e diz:

— Gerta, não importa o que aconteça, estou almoçando com minha linda esposa.

Ela balança a cabeça. Eu sorrio, feliz com meu marido, e saímos para almoçar.

Quando chegamos ao restaurante, o pessoal já está lá, e Mika sorri ao nos ver. Floy, o dono do lugar, vem rapidamente até nós e nos cumprimenta. Entusiasmada, dou-lhe dois beijos. Não é a primeira vez que almoço ali com Eric.

115

Em seguida, nos reunimos com o resto do grupo, e Floy nos leva com amabilidade para a mesa que reservamos.

Deixo Eric escolher um lugar e me coloco à sua direita. Mika se apressa e se põe à minha esquerda. Harry, o inglês, aproxima-se dela e puxa a cadeira. Que cavalheiro! Eric, claro, faz o mesmo comigo — lógico! —, e assim que nos sentamos o garçom entrega os cardápios e escolhemos o que vamos pedir.

Cinco minutos depois, já com os pedidos anotados, o garçom se afasta e aparece outro que serve o vinho. Quando ele se vai, Teo, o francês, pega sua taça, a levanta e diz:

— Vamos fazer um brinde à sra. Zimmerman pelo primeiro dia na empresa.

Ora essa... passei de Judith à sra. Zimmerman. Mas que merda!

Isso me chateia, porque sei que nunca mais vão me tratar como uma igual. Mesmo assim, todos erguem as taças de um jeito amigável e brindam.

Não olho para Eric. Sei o que está pensando, como sei que sabe o que eu penso. Dou um gole no vinho e, sem conseguir me conter, esclareço:

— Teo, por favor, pra mim seria muito melhor se, no trabalho, você me chamasse pelo nome, do mesmo jeito que chamo você. Sou esposa do Eric, mas no ambiente de trabalho quero ser Judith Flores.

Vejo que todos se entreolham disfarçadamente, até que Harry, o inglês, levanta sua taça e diz:

— À Judith!

Mais uma vez, todos brindam. Pelo canto do olho, observo que Eric fica tenso, mas então diz, para minha surpresa:

— Agradeceria se pudessem tratar minha esposa como mais uma colega de trabalho e a chamassem pelo nome. Sem dúvida, Judith é uma pessoa de personalidade forte e, se não fizerem isso, não venham reclamar comigo!

O comentário os faz rir, e todos relaxam. É evidente que Eric, como sempre, os deixa intimidados.

Quando acabamos de comer, nós dois nos despedimos de todo mundo. Em seguida, me dirijo à Mika e sussurro:

— Amanhã escolho a cor da sala.

Ela me dá uma piscadinha, e nós vamos embora. Andamos até o prédio da Müller, entramos nele e descemos para a garagem para pegar o carro. Assim que entramos, olho para Eric e pergunto:

— Por que você não vai trabalhar esta tarde?

Ele dá a partida e responde com uma piscadinha:

— Porque quero ficar com você e, como sou o chefe, posso fazer isso.

Sorrio. Adorei a resposta.

116

13

Na terça, quando Mel e Björn deixam Sami na escola, o advogado estava sério. Mel, que sabia o motivo, exclama antes de entrar de novo no carro:

— Já chega, Björn! Só vou fazer uma entrevista na...

— Isso me deixa louco.

— Björn, eu concordei em casar com você... — responde Mel com um sorriso.

— Concordou — ele murmura —, mas não me disse quando.

Ela sorri de novo e comenta, tentando fazê-lo sorrir também:

— Essa vai ser outra negociação. Está pensando que só você negocia?

Björn a olha com a testa franzida. Ela era esperta, muito esperta.

— Não vejo um pingo de graça em você ir a essa entrevista — ele grunhe.

— Björn...

— Tá bom, Parker. Sei que chegamos a um acordo. Você se casa comigo e eu não me oponho a esse trabalho, mas, porra, Mel, por quê?!

Ela olha para ele bufando. Fez menção de responder, mas então para de falar e gesticular.

— Não precisamos do dinheiro. Com o que eu ganho, temos o suficiente para vivermos os três com folga.

— Você fica tão feio quando discute...

— Estou falando sério, Mel — ele retruca, olhando para ela.

— Eu também — ela afirma com um sorriso.

Björn pragueja. Às vezes, discutir com a namorada era desesperador. Sem querer dar o braço a torcer, ele insiste:

— Eu já disse que, se você quiser um trabalho, o Eric vai adorar...

— Eric! — interrompe Mel, perdendo o bom humor. — Você acha que ele é uma ONG? Porra, Björn, ele tem que cuidar da empresa. A Jud mal começou a trabalhar lá e você...

— Eu não disse nada para o Eric, ele que comentou comigo que, se você quiser voltar ao mercado, pode se recolocar na empresa dele. E, querida, você também pode trabalhar no meu escritório.

— De secretária?

— É.

— Que coisa chata!

Ele inspira e bufa.

— Tenho certeza de que você seria uma excelente secretária — ele afirma.

— Não me enche, Björn — Mel replica, balançando a cabeça. Sem pensar no que estava dizendo, acrescentou: — Se eu quisesse trabalhar em escritório, era só pedir pro meu pai e ele me arranjaria um no consulado.

No instante em que termina de falar, fecha os olhos. Tinha acabado de enfiar os pés pelas mãos.

— O que você disse?

Mel coça a orelha. Por que era tão linguaruda?

— Ah, legal, Superwoman! Legal!

— Falou o James Bond.

Mais furioso a cada instante, Björn se afasta dela e abre o paletó.

— Está me dizendo que só não pediu um emprego pro seu pai porque acha o trabalho chato?

Mel não queria mentir, então prefere dizer:

— Escuta, Björn. Estar com você e com a Sami todos os dias me completa. Sinto uma felicidade enorme em ter vocês e podermos curtir tudo juntos, mas... eu preciso de alguma coisa além disso. Estou acostumada a trabalhar com emoção, ação e...

Ele não queria escutá-la. Abriu as portas do carro.

— Perfeito! — Björn exclamou. — Então quer dizer que Sami e eu somos pouco para você?

Mel abre a boca para falar, mas Björn fez menção de entrar. Ela o empurra contra o veículo, aproxima o rosto do dele e diz entre os dentes:

— Eu não falei isso. Vocês dois são o que tenho de mais importante na vida. Estou dizendo simplesmente que preciso de um trabalho que me proporcione um pouco de emoção. Não sirvo para ficar sentada atrás de uma mesa como você. É tão difícil entender?

Björn a encara, ofendido com aquelas palavras e com o empurrão.

— Não — grunhiu. — É você quem acha difícil entender que tanto Sami quanto eu te amamos e precisamos de você ao nosso lado todos os dias.

— Porra, Björn, não estou falando em voltar para o Afeganistão ou algum lugar parecido. Só vou fazer escolta e...

— Escolta — Björn repete, digitando no celular. — Segundo a Wikipédia, quem faz escoltas é um profissional de segurança, pública ou particular, especializado na proteção de pessoas (com poder político, econômico ou midiático). Quem faz escolta é um guarda-costas, especialista em combate corpo a corpo, armas de fogo e armas brancas, capacitado para minimizar qualquer situação de risco. — Ele para de ler e pergunta: — E você está me dizendo que não tenho que me preocupar. Que merda, Mel... que merda... Por que tudo é tão difícil com você? '

— Visto assim, parece...

— Visto assim não parece, Mel. É o que é! É um trabalho arriscado e não quero isso pra minha esposa. Nem pra Sami. Você não está mesmo entendendo?

Ela entendia.

Claro que entendia!

Mas, como não queria dar o braço a torcer, responde:

— Björn, o que vou fazer hoje é só uma entrevista. Vou só conhecer o lugar.

Incapaz de se manter mais um segundo ao lado dela, Björn entra no carro e, diante da expressão surpresa de Mel, dá partida e se manda. Não queria continuar discutindo.

Boquiaberta por ter sido deixada, ela o observa se afastar a toda a velocidade e logo o perde de vista. Pensa em pegar um táxi, mas então vê Louise. Mel sorri e levanta a mão para acenar, mas Louise não retribui o cumprimento, apenas entra no carro e vai embora.

No fim das contas, aturdida, Mel para um táxi e pede ao motorista:

— Para o consulado dos Estados Unidos, na Königinstraße, número cinco.

Meia hora mais tarde, depois de pagar a corrida, ela fica olhando para o edifício. Sem dúvida, não era uma maravilha, mas era o consulado. Entregou o passaporte americano na entrada e foi orientada sobre aonde deveria ir. Paciente, espera durante dez minutos. De repente, ouve uma voz à direita:

— Melania Parker.

Quando ouve aquela voz, Mel se levanta com um sorriso.

— Comandante Lodwud — ela murmura, surpresa.

Se encararam durante alguns segundos até que o homem reagiu e pegou uma pasta que uma mulher atrás do balcão estava lhe entregando.

— Diga a Cheese Adams que vou entrevistar a srta. Parker — instruiu ele. Em seguida, vira-se para Mel e acrescenta: — Acompanhe-me, por favor.

Sem titubear, ela o segue até a sala dele. Quando a porta se fecha, os dois se encaram novamente e em seguida se abraçam. Em outra época, haviam tido necessidade um do outro. Embora nem todos compreendessem aquele carinho, eles se entendiam e se respeitavam.

Quando se separam, o comandante Lodwud comenta, ainda observando Mel:

— Você está linda. Mais bonita do que nunca, se isso é possível, especialmente porque não está com olheiras.

Os dois riem. Mel pergunta:

— O que está fazendo aqui, James?

Lodwud lhe aponta uma cadeira e se senta ele mesmo antes de explicar:

— Pedi transferência para o consulado há oito meses, depois que me casei!

A cada instante mais surpresa, Mel sorri. Ele pega um porta-retratos que estava sobre a mesa e diz com orgulho:

— Minha esposa, Franzesca.

Espantada, Mel observa a mulher sorridente. Depois que se dá conta daquela notícia maravilhosa, olha para o velho amigo e declara:

— Parabéns, James. Fico feliz de saber que está em outra.

Ele faz que sim.

— Quando você foi embora e vi que tinha superado o Mike, soube que deveria fazer o mesmo com a Daiana. E reconheço que tudo foi muito mais fácil quando deixei de ter você para jogar.

Mel concorda balançando a cabeça. Inevitavelmente, lembra-se daqueles momentos quando, depois de uma missão, ela aparecia no escritório do comandante, fechava a porta e tirava a roupa. Mel o chamava de Mike e ele a chamava de Daiana. Juntos, eles faziam um jogo sombrio que, de certa forma, não deixava nenhum dos dois seguir adiante.

Muitas haviam sido as madrugadas em que escolhiam uma terceira pessoa — homem ou mulher, tanto fazia. Uma infinidade de vezes, Mel se sentou no colo dele, cobriu os olhos com um lenço e exigiu que ele a comesse impiedosamente, pensando que era Mike quem estava ali. Aquele era o jogo deles. Um jogo que poucos conheciam, mas que os dois curtiam sem necessidade de envolver outros sentimentos além do prazer e do egoísmo, que já eram mais que suficientes.

— De verdade, James. Parabéns! — ela consegue repetir.

Ele sorri e coloca a foto de novo sobre a mesa.

— Como está Sami?

120

Mel tira uma foto da carteira.

— Linda e enorme — responde. — E finalmente consegue pronunciar os erres!

O comandante olha para a foto e sorri. A menina estava incrivelmente crescida e bonita.

— E os rapazes? Tem visto algum dos seus ex-colegas? — ele pergunta.

— Tenho. Sempre que posso e que eles estão em Munique, encontro Fraser e Neill. Lembra deles?

O militar assente e murmura com um sorriso:

— Neill sempre me olhava de cara feia. Nunca gostei dele. Não sei por quê, mas achava que ele desconfiava do que fazíamos naquela sala quando você ia me entregar os relatórios.

Mel sorri. Neill nunca havia lhe dito nada.

— Duvido — ela responde. — Ele teria me dito.

Os dois balançam em concordância. O comandante dispara em seguida:

— Não me diga que você já não está mais com aquele advogado bonitão de que você gostava tanto...

— Ainda estou com ele — ela responde.

— E por que não se casou? — Lodwud pergunta, mostrando a aliança.

Mel encolhe os ombros.

— É só algo que ainda não fiz.

O comandante sorri. Conhecia Mel muito bem e sabia que aquilo significava que ela não queria falar a respeito. Assim, ele abre a pasta que tinha pegado com a secretária e dá uma olhada. Ao ver a carta escrita pelo pai de Mel, pergunta:

— Quer trabalhar como segurança?

Ainda confusa pelo fato de ter encontrado o comandante ali e pela discussão recente com Björn, ela responde:

— Ainda estou analisando, James. No momento, quero saber mais sobre o trabalho para avaliar se me sinto capacitada.

James assente e começa a falar sobre os requisitos necessários para ser segurança do consulado. Mel cumpria todos. Ele entrega um papel a ela e prossegue:

— O salário-base é este. Ainda vão ser incluídos um adicional de periculosidade, transporte, vestuário, viagens etc. — Ele se detém para observá-la e pergunta: — Esse advogado com quem você vive... ele concorda que você trabalhe com isso?

Mel sorri. Claro, James tinha começado a fazer perguntas sobre ela.

— Esse advogado se chama Björn. E não, ele não concorda que eu trabalhe com isso.

O comandante balança a cabeça mostrando compreensão. Deixando os papéis sobre a mesa, afasta a cadeira e comenta:

— Se fosse minha esposa, eu também não concordaria.

— Você disse mesmo isso? — ela murmura, achando graça.

— Disse — ele confirma.

— E desde quando é tão tradicional e machista?

Lodwud solta uma risada e responde:

— Desde que me apaixonei por Franzesca. Para ser sincero, não gostaria que Franzesca viajasse com frequência, servindo de escudo de proteção para outra pessoa. E se esse advogado ama você metade do que eu amo a Franzesca, garanto que também não vai gostar.

— Homens! — ela suspira.

O comandante sorri. Pegando os papéis que ele tinha espalhado sobre a mesa, Mel pergunta:

— Até quando você precisa preencher essa vaga de segurança?

— Até julho. Se você quiser, a vaga é sua. O oficial Cheese Adams e eu estamos entrevistando alguns candidatos, mas podemos interromper as entrevistas.

O coração de Mel começa a bater forte. Aquela nova aventura era o tipo de coisa de que ela gostava, que a atraía. Decidida a não se deixar levar pela animação do momento, guarda os papéis na bolsa e se levanta.

— Prefiro pensar um pouco mais e falar com Björn.

O militar se levanta e concorda, a abraçando em seguida.

— Não importa qual seja sua decisão, me liga — murmura ele. — Vou adorar apresentar você para Franzesca.

— Eu ligo — ela responde sorrindo.

— Dê um beijo grande na Sami e mande lembranças para Björn. E para Fraser e Neill também.

Feliz por ter reencontrado o velho amigo, Mel confirma balançando a cabeça. Dando-lhe um último beijo no rosto, abre a porta e vai embora. Tinha que pensar.

14

Durante o resto da semana, vou à Müller todas as manhãs. As crianças choram sempre que me veem sair. É difícil deixá-las assim!

Eric observa e não diz nada, mas eu o conheço e sei que por dentro está morrendo de vontade de me repreender pelo choro e pelos gritos do pequeno Eric, que fica repetindo "Mamãe, não vai embora!".

É só eu ouvir isso e meu coração se parte. Meu pequeno me quer ao seu lado e eu quero ficar com ele, mas também preciso de um tempo só para mim, ou vou ficar louca.

Flyn continua zangado comigo, mas, ao contrário do pequeno Eric, em vez de se agarrar a mim quando chego em casa, ele se afasta mais e mais. Como é mais velho, dou espaço. Vai passar.

Na terça, escolhi a cor das paredes do meu escritório. Cinza-claro. Com os móveis escuros, fica bem profissional.

Na empresa, pelas manhãs, durante horas, eu mergulho em tudo o que Mika me entrega. Na sexta, quando estou sozinha na minha sala, sentada pela primeira vez, chega uma linda planta com um bilhetinho.

> *Sei o quanto você é valiosa.*
> *Agora mostre isso a eles, Judith Flores.*
> *Te amo e, como diz nossa canção, "Te levo na minha mente desesperadamente".*
> *Eric*

Sorrio ao ler o que meu amor escreveu e fico parecendo uma boba. Cinco anos de relacionamento, com altos e baixos, mas que eu repetiria de olhos fechados.

Meu coração salta de alegria ao perceber que Eric citou a nossa música. Ele está cumprindo o que me prometeu. Não voltou a me incomodar nem a me espiar no escritório.

Fico contente ao pensar que preciso escolher um lugar para aquela planta. Pelo celular, agradeço:

Obrigada pela planta tão linda. Almoça comigo? Eu pago.

Dois segundos depois, meu telefone toca.

Espero você no estacionamento em duas horas.

Sorrio. Gosto de saber que ele não pensou duas vezes. Deixo o celular em cima da mesa e começo a examinar uns documentos enquanto cantarolo nossa música.

Depois da última folha, meus olhos se voltam para o telefone do escritório. Faço uma ligação, ouço uma voz atender e respondo:

— Oi, papai.

— Moreninha... Que alegria falar com você, querida.

Meu pai, sempre tão carinhoso. É um prazer falar com ele. Conversamos de tudo um pouco por uns bons minutos, e então ele diz:

— Outro dia vi o escandaloso do seu amigo Sebas, e ele me contou que vai fazer uma viagem para a Alemanha. Me pediu para dizer que, se passar por Munique, vai ligar para vocês se verem.

Pensar nessa possibilidade me deixa feliz. Sebas é um amigo divertido que sempre me faz rir, apesar de tirar Eric do sério de tanto que o elogia. E, como disse meu pai, ele é escandaloso até não poder mais.

— Tomara que ele passe por Munique — digo. — Seria ótimo ver o Sebas.

— Quem sabe, moreninha? E, afinal, você vem este ano para a feira?

A pergunta me deixa transtornada, já que ainda não convenci Eric a me acompanhar. Por fim, respondo:

— Ainda não sei, papai. — Para colocar a culpa em mim, e não no bobo do meu marido, acrescento: — Não se esqueça de que comecei a trabalhar. Pedir uns dias de folga agora é complicado.

— Mas, moreninha, seu marido é o dono da empresa. Por que seria complicado?

Sorrio.

— Papai, não quero que as pessoas vejam que tenho privilégios e comecem a dizer bobagens. Por favor... entenda. Prometo que, se eu puder, vamos todos; senão, deixamos para o ano que vem.

Durante vários minutos, meu pai protesta com elegância. Sempre gostou que minha irmã e eu fôssemos à Feira de Jerez com ele. Ouço sem dizer nada.

— Sabia que sua irmã vai para o México? — ele diz então.

— Sabia — respondo. — Eu também vou. É o batizado dos filhos do Dexter e da Graciela. Não esqueça que Juan Alberto é primo de Dexter.

— Claro, filha. Mas parece que o Juan Alberto tem negócios lá e vai aproveitar a viagem para tratar disso. Eles vão uma semana antes com Lucía e Juanito. — Então, baixando a voz, ele murmura: — Luz não vai. Ela está aqui. Pelo visto, discutiu com sua irmã.

Ouvir isso não me surpreende nadinha. Cada vez que Luz e minha irmã discutem, a menina vai para a casa do meu pai. Coitadinho, uma família com tantas mulheres.

— Olha, moreninha — ele acrescenta então —, se tem uma coisa que aprendi com vocês, mulheres, é não perguntar. Sua irmã simplesmente disse que Luz ficaria comigo. As duas quase não se falam. E, como eu sou um homem de juízo, vou ser paciente e esperar que alguma delas me conte o que aconteceu. Aliás, Luz está aqui perto, quer falar com ela?

Meu pai é bem espertinho... Eu me acomodo na cadeira e respondo:

— Quero, papai.

Durante alguns segundos, eu o ouço chamando minha sobrinha. Adoro a voz rouca e doce que ele tem.

— Oi, tia.

— Oi, querida. Como você está?

— Muito feliz! Aliás, diga ao Jackie Chan Zimmerman que...

— Luz!

— Que foi?

— Por que chamou Flyn assim?

A safada solta uma gargalhada. Poderia matar a menina...

— Tia, é o novo *nick* dele, não sabia?

Não, não sabia. Ele sempre odiou que o confundissem com chinês.

— Olha, Luz — repreendo —, você já sabe que ele odeia que...

— Tia, você está parecendo minha mãe, presa no século passado.

— Do que você está falando?

Ouço minha sobrinha bufar com impaciência. Consigo imaginá-la revirando os olhos, como eu mesma faço.

— Você não viu o perfil dele no Facebook?

Claro que vi. No perfil ele aparece como Flyn Zimmerman, por isso o comentário de Luz me causa surpresa.

— Agora ele aparece como Jackie Chan Zimmerman, mas não fala que fui eu que contei, ou ele vai me bloquear.

— O quê?!

Luz começa a rir. Ouço-a gargalhar como uma louca enquanto me conta como o novo Flyn do Facebook é divertido e espirituoso. Fico surpresa, pois em casa ele está sempre com cara de quem chupou limão.

Bato papo com minha sobrinha por um bom tempo. Ela me fala de suas amigas Chari e Torrija. Tentando mudar de assunto, pergunto:

— Por que você não está falando com sua mãe?

— Por nada.

— Quem nada é peixe, Luz — replico. — Desembucha!

Ouço Luz bufar com impaciência. Ela é que nem eu.

— Tia… — ela diz, por fim. — Minha mãe é muito retrógrada.

— Luz!

— Estou falando sério.

— Eu também. Não gosto que você fale assim da sua mãe. Ela é minha irmã e eu a amo. Entendeu?

— Ai, tia, eu também amo minha mãe, mas é que às vezes parece que ela nasceu no século passado. Como pode ser tão antiquada?

Concordo balançando a cabeça, já que a menina não pode me ver. Entendo o que ela diz, porque às vezes acho a mesma coisa da minha irmã, mas não vou dar razão para Luz. Imagino que meu pai esteja de orelha em pé, por isso insisto:

— Chega de rodeios e me conta. Já sei que em certas coisas sua mãe é um pouco…

— Um pouco?! — ela repete, grunhindo. — Fala sério, tia, tenho catorze anos e ela ainda faz de tudo para colocar meias de bolinhas e fivelas da *Dora, a aventureira* no meu cabelo, e para me buscar no colégio.

Dou risada. É mais forte que eu. Raquel é muito Raquel. Ainda mais com as filhas.

— E? — pergunto.

— Ela foi me buscar outro dia, chegou antes da hora e… bom… eu… eu estava com… com meu namorado e…

Ora, ora, ora… Mais uma com namorado?!

Começo a me abanar com a mão. Se minha irmã viu o que eu tinha visto alguns dias antes com Flyn, deve ter ficado escandalizada. Como não quero parecer retrógrada também, pergunto:

— Você tem namorado, Luz?

126

— Tenho. Chama Héctor. É um gostoso!

— Luz!

— Tia, não dá uma de puritana também. Só estou falando a verdade. Héctor tem um corpo musculoso e uma bunda bem durinha.

— Mas Luz!

— E não adianta reclamar. Não vou terminar com ele por mais que vocês todos se esforcem para isso acontecer — acrescenta a sem-vergonha.

Ai, que nervoso!

Desde quando minha sobrinha deixou de ver meninos para ver caras musculosos com uma bunda durinha?

Começo a sentir calor e me levanto.

Sem dúvida, os hormônios de Luz e Flyn estão em plena ebulição. Por fim, consigo me controlar e conter tudo o que está passando pela cabeça.

— Escuta, Luz, você tem que entender que sua mãe...

— O que eu entendo é que o Héctor me deixa louca, e eu gosto muito dele.

Deixa louca? Ela disse mesmo isso?

Que loucura...

— Luz!

— Só estou dizendo o que sinto, não fica brava por causa disso.

Sua voz já não é a de uma menina doce e brincalhona. Tornou-se autoritária, e isso me incomoda.

— Olha, Luz, não fala comigo assim, ou...

— Tchau, tia.

E, sem dizer mais nada, ela me deixa falando sozinha com cara de idiota.

Ouço então a voz do meu pai:

— Moreninha, você ainda está aí?

— Estou, papai — respondo grunhindo. — E diz para essa sem-vergonha que quando eu a vir ela vai ver só uma coisa. Acredita que me deixou falando sozinha?!

Meu pai começa a rir de repente.

— Calma, filha. São fases. Você não se lembra mais de quando tinha a idade dela?

Bufo com impaciência. Claro que lembro, e não quero que ela cometa os erros que cometi.

— Mas ela...

— Judith, querida, a Luz está crescendo, e isso é só o começo das mudanças pelas quais vai passar até a idade adulta.

Está certo. Isso eu entendo, como tenho certeza de que minha irmã entende, mas Luz e Flyn são nossos filhos.

— Ela tem namorado, papai!

— Quantos namoradinhos você e sua irmã tiveram?

Sorrio.

— Papai…

— Quantas vezes fiquei zangado por causa disso?

— Afe… um monte.

— E serviu para alguma coisa eu ficar zangado?

Entendo o que ele quer dizer.

— Vocês faziam o que queriam — ele prossegue. — Tanto fazia se sua mãe e eu gostávamos, e agora estão preocupadas que a Luz não faça papel de boba. Filha, ela tem que se enganar, tem que se decepcionar e tem que sofrer para aprender a viver. A vida é assim, moreninha… a vida é assim.

Não tenho dúvida, meu sábio pai tem toda a razão do mundo.

Quando tinha a idade de Luz, eu me achava a mais esperta do mundo. Quanto mais me proibiam uma coisa, mais eu fazia. Ao fim, consciente de que se pode fazer muito pouco diante disso, afirmo:

— Tem razão, papai. Como sempre.

— Não se preocupe, filha. A adolescência é um momento difícil na vida de todo mundo, mas, se eu superei a sua e a da sua irmã, com certeza Raquel vai superar a da Luz.

— E se eu te disser que Flyn está igual?

A gargalhada do meu pai volta a soar.

— Você e Eric também vão superar. Garanto.

Agora quem ri sou eu. Sem dúvida, meu pai teve que brigar muito com a gente.

Em seguida, olho no relógio e digo:

— Papai, tenho que ir, mas ligo amanhã para ver como estão as coisas.

— Tudo bem, querida. Beijos para você, para as crianças e para o Eric. E, por favor, façam um esforcinho e venham à feira!

Desligo o telefone, respiro fundo e bufo. Melhor deixar pra lá. Eu e minha irmã estamos bem arranjadas com os dois adolescentes e seus hormônios em polvorosa.

Sem perder nem mais um segundo, pego minha bolsa, saio da sala, me despeço de Mika e de Tania, a secretária, e pego o elevador para o estacionamento.

Enquanto desço, penso em minha sobrinha e em Flyn.

Bela dupla. Só de pensar na fase difícil que estão passando, fico tensa e meu pescoço pinica. Começo a me coçar inconscientemente ao pensar no mundo complicado em que estão imersos por causa da idade. Bufo de novo.

Quando chego ao primeiro subsolo e as portas do elevador se abrem, vejo o carro do Eric estacionado no fundo. Ele está lá dentro. Com o passo seguro, chego ao veículo, abro a porta e, quando me sento, ele pergunta:

— O que foi?

Merda, como me conhece bem!

— Jud, seu pescoço me diz que tem alguma coisa acontecendo — ele insiste. — O que é?

Na mesma hora, baixo o quebra-sol para me olhar no espelho. Assim que vejo os vermelhões, quero morrer. Malditas brotoejas!

— Luz está namorando — disparo. — Disse que o cara é lindo, tem um corpo musculoso e uma bunda dura. Dá pra acreditar?

Eric me olha e noto que os cantos de seus lábios se curvam. Antes que ele possa responder, digo:

— Nem pense em rir, ou a coisa vai ficar feia.

— Querida…

Levanto o quebra-sol e, sem querer comentar sobre o lance de "Jackie Chan Zimmerman", digo:

— Não quero falar nisso. Bom, onde vamos almoçar?

Meu amor passa as mãos pelos meus cabelos, solta meu coque e pergunta, olhando para mim:

— É sério que você vai me levar para almoçar?

— É.

— Onde eu quiser?

— Isso mesmo — digo sorrindo.

Eric concorda com a cabeça, aproxima-se um pouco mais de mim e murmura:

— Mesmo que seja um lugar tão caro e com porções tão minúsculas que você vai ficar com fome?

Concordo com a cabeça, sorrindo. Se tem algo de que Eric gosta, é de bons restaurantes.

— Mas é claro, senhor seletivo!

Ele sorri e me dá um rápido beijo nos lábios.

— Vamos embora daqui antes que você tire a roupa no estacionamento da empresa e me faça perder toda a reputação — diz ele, apressando-se em me soltar.

Ouço a vocalista da banda Silbermond cantando "Ja" e sorrio alegremente.

Meia hora depois, Eric e eu caminhamos por um parque em busca de um banco para podermos nos sentar e comer. Ele revira os olhos ao saber da possibilidade de Sebas aparecer em Munique. Caio na gargalhada.

Para me surpreender, Eric parou em um drive-thru do McDonald's e pediu hambúrgueres, coca-cola e batata frita.

Adorei!

Quando nos sentamos numa mesinha do parque e abrimos os sacos de comida, Eric diz, enfiando uma batata na minha boca:

— Adoro estes almoços incríveis a sós com você, amor da minha vida.

Adoro que ele me chame de "amor da minha vida", e ele sabe disso. Eric fala de um jeito, com o sotaque alemão, que... ai... Me deixa louca!

Sorrio. Ele acaba de marcar outro golaço com esse gesto delicado. Assim que engulo a batata, sorrio e murmuro:

— Desse jeito nunca vou emagrecer, mas eu te amo mesmo assim.

Eric dá um sorriso encantador. De novo ele me faz enxergar o quanto me ama com meus quilos extras e tudo mais. Entre mimos e carícias, eu me empanturro com o hambúrguer e as fritas.

Ao fim de um almoço maravilhoso no qual meu amor e eu conversamos sobre Flyn — omito de novo a história de Jackie Chan Zimmerman — e Luz e tentamos recordar nossa adolescência para entendê-los, chegamos a um consenso de que nessas horas o diálogo é essencial. Eric concorda que não podemos perder isso com nosso filho.

Depois de discutir tudo o que se refere ao nosso adolescente chato, voltamos para casa.

Cumprimentamos Susto e Calamar, que, como sempre, se desfazem em carinhos em volta de nós. Assim que entramos, porém, ouvimos Hannah chorar. Olho para Eric, ele me olha, e nós sorrimos. Quando ela for adolescente, não vamos encontrá-la chorando sempre que voltarmos do trabalho, ou é o que espero. Como dois pais amorosos, vamos consolá-la.

15

— Eu disse que não quero falar sobre isso.

Mel se desespera ao ouvir a afirmação de Björn.

Desde que tinha voltado do consulado, ela tentou falar com ele mil vezes sobre o que havia conversado com o comandante Lodwud, mas Björn não deixou e se manteve firme em sua opinião. Apesar disso, Mel insiste, disposta a que ele lhe desse ouvidos:

— E você diz que a teimosa sou eu, mas que merda! Quero dizer que vi Lodwud no consulado e…

— Não me fala desse cara, por favor — Björn diz entre os dentes, furioso.

Ele não gostava de se lembrar das coisas que Mel contou que fazia com o comandante.

— Desde quando a gente não pode conversar?

— Desde que você começou a falar de coisas que não me interessam. E se você começar a falar desse cara pra mim, eu…

— Björn… o que você está dizendo? Lodwud é passado, assim como outras mulheres são passado para você.

— Olha, Mel… deixa pra lá.

Irritada por toda aquela teimosia, ela tenta insistir, encarando-o:

— De verdade, é tão difícil ouvir o que eu tenho pra dizer?

Björn, que arrumava a gravata na frente do espelho, faz que sim.

— Não é uma questão de fácil ou difícil. Simplesmente não quero ouvir. Não concordo com esse trabalho e não vou concordar. Agora, se você quiser marcar uma data para o casamento, anoto na minha agenda com todo o prazer.

Mel bufa. Vendo sua expressão zangada, Björn declara:

— Está bem. Não vamos falar nem de casamento. Mas então, como você costuma decidir as coisas muito bem sozinha, tome uma decisão sobre o que quer fazer. Só não venha reclamar comigo depois.

— Reclamar de quê?

O advogado fechou os olhos. Às vezes ele achava que Mel era pior do que um pesadelo.

— De que as coisas deixem de ir bem entre nós dois — ele responde zangado, olhando para ela fixamente.

— Mas do que você está falando?

— Olha, Mel, já chega!

Essa resposta era a última que ela queria ouvir.

Nunca, em todo o tempo em que estavam juntos, ele havia falado daquela forma. Quando Mel ia retrucar, Sami entrou correndo e se jogou nos braços de Björn.

— Papi, me leva pra escola?

Björn, cujo coração se enchia de amor cada vez que a menina o chamava de "papi", sorri. Ele a beija e diz com voz doce:

— Hoje não posso, princesa. A mamãe leva.

— Mas hoje era o seu dia — Mel grunhiu.

Björn olha para ela e replica:

— Só que não posso.

A menina olha de um para o outro. Poucas vezes ela os via naquela situação. Então, com os olhos em Björn, pergunta:

— Papi, você está bravo?

O advogado sorri e beija o pescoço da pequena.

— E por que eu ficaria bravo?

Sami olha então para a mãe, que sorri para ela, e responde:

— Porque você está discutindo com a mamãe. Não gosta mais dela?

— Sami… — murmura Mel.

Ao ver o rosto da mulher que ama, Björn se aproxima dela com a menina nos braços e a abraça com a mão livre.

— Eu amo demais a mamãe, assim como amo você. Mesmo que a gente discuta, meu amor, não vou deixar de amar. Entendeu, princesa?

Ela faz que sim e, depois de ver seus pais juntos como queria, desce do colo de Björn e corre para o quarto.

— Então deem um beijo enquanto vou buscar minha coroa! — gritou no caminho.

Assim que a menina desaparece, Björn e Mel se entreolharam. Tinham mil coisas para dizer um ao outro e para discutir, mas ele, cansado de todo o mal-estar, abraça Mel, puxa o corpo dela junto ao seu e sussurra:

— Sinto muito ter falado assim com você.

— Eu também — Mel responde.

Björn acaba jogando a toalha, pois tinha consciência de que nenhum dos dois queria o clima ruim. Sem soltar a morena que o deixava louco, murmura com carinho:

— Sami quer que eu te dê um beijo, e eu também quero. Você quer?

Mel sorri, colocando-se na pontinha do pé, aproxima os lábios da boca daquele homem que amava com todo o seu ser e o beija. O beijo foi se intensificando segundo a segundo. Tinham sido muito frios um com o outro nos últimos dias. Quando pararam para tomar fôlego, Björn murmura:

— Anda, vá levar a menina para a escola, senão eu vou até a despensa, pego o pote de Nutella e lambuzo você inteira para chupar, comer e foder do jeito que eu gosto.

— Tentador. Posso fazer o mesmo? — ela pergunta com cara de riso.

Björn olha para ela daquele jeito que a fazia perder o controle e responde baixando bastante a voz:

— Se você se comportar bem, hoje à noite vamos colocar isso em prática.

— Prometo ser uma boa menina — Mel responde com um sorriso mais iluminado do que nos últimos dias.

Depois que as duas saem de casa, Björn vai para o escritório mais bem-humorado. Lá, a primeira visita da manhã já estava esperando por ele. Eram os advogados Heine e Dujson, na companhia de outros colegas de escritório.

Mel vai dirigindo até a escola de Sami rindo com sua pequena. Seu jeitinho espirituoso era maravilhoso e divertido. Depois de estacionar, caminha de mãos dadas com a filha até a entrada. Ali, como todas as manhãs, fica conversando com algumas das mães durante alguns minutos. No caminho de volta para o carro, ouve o celular apitar. Uma mensagem de Björn.

Não esqueça: comporte-se.

Ainda olhando a mensagem, ouve uma voz chamar. Assim que vira se encontra com a esposa de Gilbert Heine, Louise e outras duas mulheres mais jovens.

O que estavam fazendo ali?

Como não podia sair correndo ou ficaria muito chato, Mel se aproxima. A mais velha diz:

— Oi, querida. Sou Heidi, esposa de Gilbert Heine. Lembra de mim?

Mel faz que sim e coloca um sorriso no rosto. Depois de trocar um olhar rápido com Louise, responde:

— Claro, claro que lembro.

Heidi então se aproxima, dando dois beijinhos no rosto — dos mais falsos —, pegando-a pelo braço e murmurando:

— Meu marido, Gilbert, está com Björn. Ele nos disse que você viria deixar a Samantha na escola e decidimos esperar você. Venha, vamos tomar café da manhã.

Mel olha para elas. Björn tinha lhes dito que podiam encontrá-la ali?

Ia matá-lo quando o visse.

Por isso a mensagem dizendo para ela se comportar bem?

Confusa, faz menção de se mexer, mas uma das mulheres mais jovens afirma:

— Nossos maridos e seu noivo estão neste instante em uma reunião. Viemos sequestrar você para passar uma manhã incrível com a gente. Assim, vamos poder nos conhecer um pouquinho mais.

Mel sente os pelos se arrepiarem e ficarem duros como espinhos. Nem morta iria com elas!

— Desculpem — começa a dizer —, mas eu…

— Ah, não, querida — insiste Heidi. — Não sei o que tem pra fazer, mas seja o que for, está cancelado, pois você vem com a gente.

Louise sorria em silêncio ao lado de Heidi. Mel lançou-lhe um olhar. Tinha duas opções: acompanhá-las ou fugir. Xingou Björn em pensamento por aquela armadilha, mas, como não desejava causar problemas a ele, cedeu. Teria que ir.

Primeiro foram a uma cafeteria no centro. Ali havia duas outras mulheres esperando por elas. Durante uma hora, tomaram café da manhã em meio a cochichos e fofocas.

Mel as ouvia e observava Louise participar daquela reunião de bruxas como se fizesse parte do grupo.

Aquela mulher discreta era tão bruxa quanto as demais. *Onde está a Louise inocente que eu conhecia da escola?*, Mel pensou, espantada.

Ao fim da refeição, foram para o spa mais famoso e caro de Munique. Assim que entraram no estabelecimento chiquérrimo, uma jovenzinha lhes pediu as carteirinhas de sócias. Quando chegou a Mel, depois de um sinal de Heidi, ficou evidente que ela entraria ali de qualquer jeito.

As mulheres passaram mais de três horas naquele lugar incrível, onde Mel fez um circuito termal acompanhada das megeras e suportou os olhares furtivos de surpresa quando viram sua tatuagem.

Quando parte das mulheres passou para outra sala, Heidi agarrou Mel pelo braço.

— Querida, gostaria de conversar com você sobre Louise e Johan, o marido dela. O caso é que chegou aos meus ouvidos uma coisa que vocês duas comentaram há pouco tempo e...

— Heidi — interrompeu Mel. — O que eu comento com Louise é algo entre mim e ela. Não diz respeito a ninguém mais.

A mulher aperta a boca. Sem dúvida, o corte recebido não a agradou nadinha. Ela contra-atacou:

— Está bem. Não vamos falar disso, mas posso recomendar uma clínica maravilhosa onde você poderia tirar com laser isso que tem no corpo.

Mel olhou-a boquiaberta.

— Está falando da minha tatuagem? — A mulher assente. Contendo o ímpeto que sentia de mandá-la para aquele lugar, Mel replicou: — Obrigada, mas não preciso. Minha tatuagem é parte de mim por muitos motivos que não vêm ao caso.

Dito isso, elas voltaram para junto das demais mulheres. Apesar de serem um bando de megeras chatas e arrogantes que não faziam nada além de tirá-la do sério, Mel estava decidida a aproveitar o spa.

Após o circuito termal, resolveram passar no cabeleireiro para que Mel pudesse mudar o penteado: afinal, seu cabelo despenteado era transgressor e moderno demais para aquelas afrescalhadas. Por fim, Mel cedeu; fazia isso por Björn e por não querer responder com mais um impropério, pensando em todos os antepassados de seu lindo noivo.

Quando terminaram no cabeleireiro, Mel se olhou no espelho. Parecia que uma vaca tinha lambido sua cabeça. Com certeza aquela ali não era ela. Precisava dar o fora do jeito que fosse. Olhou no relógio. Estava com tanta fome que parecia ter um buraco no estômago. Ao se dar conta de que era hora de almoçar, Heidi se aproximou de Mel e murmurou:

— Não tenha pressa, querida, Björn sabe que você está com a gente e está feliz por isso. Além do mais, falei com ele agora há pouco e ele me disse que não precisa se preocupar com sua filha Samantha. A babá vai buscá-la na escola e ficar com ela até você voltar para casa.

Mel ouviu aquilo com incredulidade. Agora Bea era sua babá? E Sami era Samantha para Björn? Apesar disso, como não queria confusão, ela concordou e disse com seu melhor sorriso:

— Está bem.

Heidi e o resto daquelas chatas sorriram.

— Que acham de almoçar no O'Brian? — propôs uma delas.

As demais concordaram. Mel não sabia onde ficava aquele lugar, mas elas lhe explicaram.

— Com licença, preciso ir ao toalete — Mel disse em seguida.

Assim que conseguiu se livrar das mulheres, entrou em um cubículo, tirou o celular do roupão branco, ligou para Björn e sussurrou:

— Você vai me pagar.

Ele estava com os maridos, em um clube exclusivo, e se afastou um pouco do grupo para que os outros não ouvissem.

— Escuta, querida, se eu tivesse dito, você não ia querer ir.

— Você é imbecil ou o quê? — ela respondeu entre os dentes. — Como pôde passar pela sua cabeça preparar uma armadilha dessas pra mim?

— Mel...

— Nem Mel nem meio Mel! — ela rosnou, olhando-se no espelho. — Juro que vou estrangular todas elas se ouvir mais uma vez que meu corte de cabelo é masculino demais e que meu jeito de vestir também. Porra! Acabei de sair da merda de um salão e nem estou parecendo comigo mesma.

Björn deu risada ao ouvir isso. Observando os homens que conversavam com uma taça de bourbon nas mãos, disse:

— Querida, você deve estar linda. Com certeza não é para tanto, mas agora preciso ir. Comporte-se!

Zangada, Mel desligou. Respirou até conseguir se acalmar, depois ligou para Judith. Estava precisando dela.

A amiga acabava de chegar em casa depois de passar a manhã na Müller. Ao ver o nome de Mel na tela do iPhone 6, cumprimentou:

— Oiê!

— Judith, me escuta, preciso da sua ajuda.

Espantada, ela perguntou:

— O que foi?

Bem depressa, Mel contou sobre o acontecido. Depois de saber onde elas iam almoçar, Judith disse:

— Não se preocupe. Que horas quer que eu esteja lá?

— O quanto antes melhor, ou juro que vou matar todas elas.

— Calma, vou resgatar você — disse Judith com uma risada.

— Não demore, por favor. Quando me vir, seja você mesma, eu imploro!

Judith sorriu. Sentia muito por Björn, mas aquelas vacas iam ver do que ela era capaz.

Mel saiu do banheiro com seu melhor sorriso e foi até onde as mulheres estavam se vestindo com decoro. Colocou a calcinha vermelha minúscula — que todas olharam horrorizadas —, o jeans e a camiseta. Quando estava vestindo a jaqueta de couro, a insuportável Heidi confidenciou:

136

— Se quiser, num dia que for bom pra você, Melania, podemos marcar de ir a algumas lojas exclusivas, onde você vai encontrar modelos maravilhosos.

O estômago de Mel se revirou. A última coisa que queria era se vestir como aquelas mulheres sem graça.

— Obrigada, Heidi, mas gosto da roupa que eu uso — ela replicou com menos paciência ainda.

— Querida, você não pode esquecer que, se Björn finalmente se tornar um dos sócios majoritários como meu marido, algumas coisas em você vão ter que mudar, e eu não falo só da tatuagem horrível nas suas costas.

Mel cerrou os dentes, mas foi impossível se conter mais um segundo, então disparou na frente de todas:

— Heidi, acho que você esqueceu que a pessoa que, talvez, vá trabalhar no escritório é Björn, não eu. Portanto, quem não gostar da minha tatuagem pode simplesmente não olhar, porque ela vai continuar no lugar onde está.

O comentário não caiu bem à "incrível" Heidi, mas ela disfarçou. Se estava ali era porque seu marido havia pedido.

— Anda, vamos almoçar no O'Brian — ela disse pegando a bolsa cara.

Quando chegaram lá, o maître, ao ver Heidi, pediu que esperassem uns minutos. Estavam preparando uma de suas mesas maravilhosas. Nervosa depois de olhar no relógio, Mel bufou. Se entrassem no restaurante, seria mais complicado para Judith tirá-la de lá. Quando um barulho espalhafatoso de moto chamou a atenção de todas, Mel se encostou na parede e se fez de desentendida.

Logo reconheceu a moto de Eric, uma BMW impressionante preta e cinza metalizada que Judith usava às vezes.

As mulheres olharam para a rua e observaram o motoqueiro estacionar na frente delas e descer. No entanto, ficaram boquiabertas quando ele tirou o capacete e viram que se tratava de uma mulher, que caminhava na direção delas.

— Caramba, Mel…

Sentindo-se mais contente com a chegada da amiga, Mel sorriu olhando para Judith e disse como se a tivesse encontrado de surpresa:

— Oi, Jud, o que está fazendo aqui?

— Estava passando, vi você e decidi parar. — E, com tom brincalhão, acrescentou: — O que aconteceu com o seu cabelo?

Mel bufou e, diante da cara de zombaria da amiga, respondeu:

— Fui ao salão… Gostou?

Segurando a vontade de rir, Jud declarou:

— Não é seu estilo, rainha.

Nessa hora, quem sorriu foi Mel. Virando-se para as mulheres, que estavam observando, disse:

— Meninas, essa é minha amiga Judith. Jud, estas são as mulheres dos advogados que trabalham no escritório maravilhoso onde o Björn quer entrar como sócio.

Acostumada a conviver com mulheres daquele tipo por causa do trabalho do marido, Jud as olhou uma por uma e disse:

— É um prazer conhecê-las, senhoras.

As demais acenaram com a cabeça, mas não abriram a boca. Surpresa por estarem sendo tão mal-educadas, e para dar uma boa lição nelas, Mel anunciou diante da cara cômica de Louise:

— Judith é esposa de Eric Zimmerman, dono da Müller. Conhecem?

Heidi reagiu na hora e se aproximou da recém-chegada.

— Querida, que prazer conhecer você. Claro que sei quem é seu marido. — Ela a encarou como se fosse um bicho esquisito e perguntou: — Gostaria de almoçar com a gente?

Mel e Judith se entreolharam. Era evidente que se Jud não fosse a esposa de Eric Zimmerman não a teriam convidado. Com o capacete da moto ainda não mão, ela negou com a cabeça e respondeu:

— Agradeço muito o convite, mas marquei de tomar umas cervejas com uns amigos. — Em seguida, cravando os olhos em Mel, perguntou com divertimento: — Você vem?

Mel fez que sim sem hesitar. Olhando para as mulheres, que a observavam com olhos arregalados, disse com um sorriso cálido:

— Espero que me desculpem. Muito obrigada pela manhã que passamos juntas, mas estou morrendo de vontade de tomar uma cerveja bem gelada.

A cara que as outras fizeram depois daquela grosseria não escondia nada. Quando Judith abriu o baú da moto e entregou outro capacete para Mel, elas ouviram uma voz dizer:

— Vai estragar seu penteado, Melania.

Mel sorriu, olhou para Louise, que disfarçava um sorriso, e respondeu:

— Não ligo.

Em seguida, diante da cara surpresa das mulheres, Mel e Judith montaram na moto e se mandaram dali.

Um instante depois, paradas na frente do restaurante de Klaus, Mel tirou o capacete, olhou para a amiga e lhe deu um abraço.

— Obrigada por vir me salvar.

Judith sorriu e respondeu, tocando os cabelos da amiga:

— Imagina, aquelas ridículas não são boa influência para você.

Dez minutos mais tarde, depois que Mel descascou as bruxas o quanto quis, ela e a amiga entraram no restaurante. Klaus perguntou assim que a viu:

— O que aconteceu na sua cabeça?

Judith soltou uma gargalhada e Mel respondeu, a caminho do banheiro:

— Nada que eu não solucione em cinco minutos.

Dito isso, entrou no banheiro, enfiou a cabeça debaixo da torneira e, quando voltou, Judith fez cara de riso.

— Agora sim — disse, ao ver os cabelos despenteados e irreverentes. — Esta é você.

Naquela tarde, quando Mel chegou em casa, Sami correu para abraçá-la. Ela passou o resto do dia com a menina e depois a colocou na cama. Björn então chegou, e ela o encarou apontando e vociferando:

— Nunca mais trame uma armadilha como a de hoje, entendeu?

O advogado sorriu e fez menção de abraçá-la, mas Mel desviou.

— Não vem que não tem, James Bond… Nem se atreva a encostar em mim esta noite, porque eu juro que vou enfiar o pote de Nutella num lugar que você não vai gostar.

Mel desapareceu e Björn disse um palavrão. Não restava dúvida de que ele tinha metido os pés pelas mãos.

16

Na sexta-feira, Norbert chega pontualmente às cinco da tarde para levar Flyn ao aniversário de Elke.

Nesse instante, meu celular toca e vejo o nome de Sebas. Eu me apresso a atendê-lo e ouço:

— Amigaaaaa!

Minha gargalhada chama a atenção de Eric, que desvia o olhar para mim. Faço sinais para dizer quem está falando, e ele foge desesperado.

— Sebas, que alegria falar com você. Outro dia mesmo meu pai comentou que você ia viajar pela Alemanha.

Ouço algazarra no fundo e vozes cantando. Sebas responde:

— Estou numa excursão divertidíssima com trinta e seis bichas em busca de Kens.

Dou risada. Sebas sempre chama Eric de "Ken".

— Amanhã à tarde vamos passar por Munique — ele acrescenta. — Será que a gente poderia se ver por umas horinhas? Diz que sim... diz que sim... Estou morrendo de vontade de te ver e tenho mil coisas pra contar.

Penso. Sei que no dia seguinte vamos à casa de Mel e Björn, mas, como quero ver Sebas, confirmo:

— Claro que sim. Me manda uma mensagem e a gente marca.

Dois minutos depois desligo o telefone feliz. Ver Sebas é sempre motivo de alegria.

Com o celular na mão, ando até a sala, onde Eric está lendo. Sento-me ao seu lado e conto sobre Sebas. Ele me olha e pergunta:

— Trinta e seis?

— Com ele, trinta e sete — respondo rindo.

Eric balança a cabeça e pergunta, em tom de brincadeira:

— E você quer que Björn e eu vamos com vocês?

Agora quem avalia os prós e os contras sou eu. Conheço Sebas, mas não conheço os outros trinta e seis rapazes. Se forem tão escandalosos quanto Sebas, é certo que Eric e Björn não vão sair dali vivos. Então eu digo:

— Acho melhor vocês ficarem em casa esperando a gente voltar.

Estamos dando risada quando um adolescente bonito vestido com jeans, uma camiseta cinza do Imagine Dragons e All Star preto nos pés aparece na nossa frente e nos olha. Nesses anos em que conheço Flyn, ele mudou em todos os sentidos. Quando o conheci era um menino baixinho e gordinho. Agora é um adolescente magro, alto, bonitão e estiloso.

— Você vai desse jeito a um aniversário? — protesta Eric.

— Papai, você queria que eu vestisse terno e gravata?

Começo a dar risada. Sem dúvida, os tempos são outros.

— Querido, Flyn está fashion — murmuro olhando para Eric.

Ele aceita e balança a cabeça. Sabe que tenho razão. Tira um celular do bolso e o estende para Flyn.

— Toma, seu celular. Quero poder falar com você.

O menino sorri. Recuperou seu bem mais valioso. Dou uma piscadinha e evito pedir um beijo. Flyn continua esquisito comigo, mas, nesse instante, sorri, e eu me sinto bem. Muito, muito bem.

Cinco minutos depois sai com Norbert, já vestido com a jaqueta azul. Fico olhando o carro ir embora como uma mãe orgulhosa.

— Como está grande e bonito meu filho — sussurro. — Ainda me lembro de quando o conheci. Era tão baixinho… E agora está mais alto que eu.

Eric acha graça no meu comentário e sussurra ao me abraçar:

— Vamos, mamãe coruja. Temos coisas pra fazer.

Dedicamos o resto da tarde e da noite aos pequenos. Às oito e meia, quando os dois já estão dormindo, Eric e eu respiramos aliviados. Tomamos um banho e eu estreio um vestidinho verde de algodão e umas botas quentinhas de ficar em casa. Eric sorri ao me ver, dá um tapa na minha bunda e murmura:

— Você está linda.

Eu sorrio. Ele sempre gostou do meu jeito descontraído de me vestir. Aos risos, vamos para a cozinha e comemos qualquer coisa.

Às nove e meia, Eric recebe uma mensagem no celular. É Flyn pedindo que o deixemos ficar até meia-noite. Eric não quer.

— Querido, não seja estraga-prazeres.

— Não, Jud. Não esqueça que ele está de castigo.

— Eu sei, mas ele está numa festa — insisto.

Meu alemão cabeça-dura reclama:

— Já é demais que eu o tenha deixado ir à festa da namorada.

Tudo bem, ele tem razão. Ainda assim, volto a defender Flyn:

— Vamos, querido. Nosso filho está se divertindo no aniversário e só quer ficar mais um pouquinho.

— Quer que eu lembre você de como é a amiguinha dele?

A imagem da loira bonita de peitos grandes me volta à mente. Evito pensar no que meu filho possa estar fazendo com ela nesse instante, porque não quero me preocupar.

— Querido, não me provoque — insisto —, ou minha mente perversa vai começar a pensar em coisas que não quero acontecendo entre essa Elke e meu filho. — Tomando ar, continuo, numa tentativa de me acalmar: — Temos que confiar no nosso filho. Mesmo que ele queira se fazer de mais velho, ainda é um menino, e nós dois sabemos disso. Vamos... Diga que sim e se lembre do que conversamos. Temos que lhe dar um voto de confiança.

Eric bufa. Pensa, pensa e pensa. Ao fim, escreve para Flyn e diz que Norbert vai buscá-lo à meia-noite.

Feliz, abraço Eric e continuamos estirados no sofá. Adoro ficar junto dele vendo TV.

As horas passam. Estamos vidrados assistindo a um filme sobre desastres nucleares, quando, de repente, toca o celular de Eric.

— Fala, Norbert.

Olho para o relógio: meia-noite e vinte.

Eric me solta às pressas. Levanta-se do sofá, e eu me levanto também.

— Estou indo agora mesmo — ele diz.

Eric encerra a chamada e me olha com expressão sombria:

— Tenho que ir buscar Flyn.

— O que aconteceu? — pergunto, surpresa.

O rosto de Eric me diz que não é nada bom.

— Seu filho nem sai da festa nem atende às ligações do Norbert — ele responde entre os dentes.

Ai, ai, ai... Isso de "seu filho" me soa péssimo. Mesmo assim, estou do lado do Eric.

— Vou com você.

— Você está de pijama e eu não tenho tempo de esperar — ele protesta.

Olho para mim mesma. É só uma roupa de ficar em casa, e eu não me importo de sair com ela.

— Já disse que vou — insisto. — Vou colocar um casaco comprido e...

— Vai sair de pijama?

Sua insistência me irrita. Sem vontade de sorrir, respondo:

— Pelo meu filho, vou até pelada.

Eric não fala nada, simplesmente confirma com a cabeça.

Aviso Simona que vamos sair, visto um casaco comprido sobre o vestidinho de algodão e não troco o sapato. Logo já estamos no carro e partimos em silêncio para a casa de Elke.

Ao chegar, encontramos Norbert. Ele nos olha e diz:

— Sinto muito ter chamado vocês, mas não sei o que fazer.

A expressão de Eric fica pior a cada segundo que passa.

Minha nossa... A coisa está feia.

— Vamos ligar para ele mais uma vez — insisto. — Quem sabe está distraído e não percebeu que...

Mas Eric não vai fazer concessões. Afasta-se de nós e murmura:

— Anda, Judith... Para de ficar protegendo o menino!

Com uma cara feia, ele vai até o portão da casa, toca a campainha e espera, mas ninguém atende. Isso o enerva ainda mais. Então começa a gritar:

— Os pais da garota não estão em casa?!

Outro pai que está esperando grita, de repente, com o telefone na orelha:

— Bradley, sai dessa festa agora mesmo. Já!

Perturbado, ele troca um olhar com Eric e diz:

— Já falei mil vezes pro meu filho que não quero vê-lo com essa gentalha, mas não consigo impedi-lo.

Eric não diz nada. Incapaz de ficar calada, pergunto:

— Por que "gentalha"?

O homem afasta o cabelo dos olhos e diz entre os dentes:

— Podem pensar que sou elitista, mas não quero meu filho andando com esse bando. Depois que começou, ele foi preso duas vezes e, por mais que eu fale, não me dá ouvidos.

Minha nossa! Mas onde foi que Flyn se meteu?

Assustada, peço a Eric:

— Querido, ligue de novo para o Flyn. Se Bradley atendeu o telefone, por que Flyn não atenderia?

Um toque, dois, quatro, sete... Nada! Para nossa sorte, poucos minutos depois, o portão se abre e um rapaz, que rapidamente identifico como Bradley, sai. Depois de levar um cascudo do pai, ele entra apressado no carro.

Quando olho, Eric já passou pelo portão. Sem pensar duas vezes, saio correndo atrás. Vou ter que apaziguar as coisas, ou o furacão Zimmerman vai provocar uma baita destruição.

Ouço som de música. Pitbull, mais especificamente "Hotel Room Service", que Flyn adora. Quando ele coloca para tocar em casa no último volume parece que minha cabeça vai explodir.

Vejo vários jovens um pouco mais velhos que meu filho nos arredores do jardim, fumando, se beijando e se agarrando. Ai, ai, ai… armaram um bacanal e tanto. Eric e eu olhamos ao nosso redor, mas nem sinal de Flyn.

A menina está dando uma festa de arromba!

Onde estão os pais dela?

Ao entrar na casa, além da música altíssima, sinto o cheiro de baseado. Olho ao meu redor e vejo vários garotos fumando. Não me lembro desses rostos. Nunca vi esses amigos de Flyn.

A expressão de Eric se contrai.

— Vou matar ele.

— Calma, querido… Calma.

A versão malvada de Iceman crava seus olhos azuis em mim e diz num rosnado:

— Como você acha que vou ficar calmo com isso que estou vendo?

Pego Eric pela mão, mas ele me solta e, com passos largos, se dirige para um canto. De repente, vejo Flyn: está dando risada, com a namorada sentada no seu colo, e uma garrafa de cerveja nas mãos.

Desde quando esse moleque bebe cerveja?

Corro atrás de Eric. Quando chegamos diante de Flyn, ele nos olha e, em vez de parecer perturbado ou surpreso, dá uma gargalhada que nos deixa sem palavras. Rapidamente me dou conta de que está não só bêbado, mas chapado. Vou matar o moleque!

Eric inspira e solta o ar com impaciência. Eu tiro a cerveja das mãos de Flyn. Furioso, Eric diz aos gritos:

— Flyn, levanta daí!

Elke nos olha, mas Flyn nem se mexe. Com uma ponta de baseado entre os dedos, ela pergunta, sorrindo:

— China, quem são esses dinossauros?

Ai, ai, ai… Vou dar um soco na cara dessa menina.

Porque ela chamou Flyn de "China"?!

Que garota atrevida e sem educação!

Sem alarde nem contestação, Eric afasta Elke do colo de Flyn e levanta nosso filho com um puxão. A menina nos olha. Sem pensar duas vezes, eu tiro o baseado das mãos dela e o enfio num vaso de flores que está ao lado.

— Muito feio, mocinha, muito feio — digo entre os dentes. — E como mamãe dinossauro te digo: se afaste do meu filho!

144

A menina sorri. É o ó do borogodó.

Flyn tenta se soltar, mas a única coisa que consegue é que Eric o agarre com mais força e o tire da casa aos empurrões.

Já no jardim, longe da confusão da festa e do fedor de baseado, Eric solta Flyn e grita:

— Pode me explicar o que está fazendo?!

Flyn, que por seus movimentos nos demonstra que está trêbado, dá uma gargalhada e responde com atrevimento:

— Caralho, como você é estraga-prazeres...

— O que você disse? — berra Eric, fora de si.

Olho para Flyn e, de repente, eu o enxergo como um desconhecido.

Ele não responde. Aquilo para mim parece um grande despropósito e uma grande provocação. Puxo Flyn pela mão e pergunto, fitando-o nos olhos:

— O que aconteceu com você? O que pensa que está fazendo se comportando assim?

— Ei! China! Aonde você vai?! — gritam dois rapazes que passam ao nosso lado.

Flyn dá um sorriso malicioso. Eric diz um palavrão, e eu estou pronta para dar um sopapo no moleque insolente, mas, em vez disso, contenho meus impulsos e insisto:

— Que mais você usou além da maconha?

Ele sacode a cabeça e, com uma expressão que não lhe pertence, murmura:

— Não é da sua conta.

— Flyn! — vocifera Eric.

Olho para ele. Aperto a mão na minha coxa, para não lhe dar um tabefe. Eric, por sua vez, avança disposto a tudo. Tentando evitar alguma coisa de que depois possamos nos arrepender, eu me coloco entre eles e empurro o menino.

— Fecha o bico e não piora as coisas — digo. — Vamos pra casa.

— Jackie Chan, já tá caindo fora? — pergunta um menino que passa ao nosso lado.

Flyn sorri. Eric sussurra, a cada instante mais enfezado:

— Jackie Chan... China... Que absurdos são esses?

Não digo nada. Se menciono que já sabia, quem vai levar sou eu.

— Vamos embora daqui — Eric grunhe em tom definitivo.

Quando saímos, é evidente que Norbert não está surpreso ao ver o aspecto de Flyn.

145

— Norbert, não se preocupe — digo. — Pode ir para casa, nós já vamos.

Depois que Eric, Flyn e eu entramos no carro, meu marido fecha a porta com uma pancada barulhenta. Está soltando fogo pelas ventas. Ele se vira e me olha.

— Acha que ainda devo continuar confiando no seu filho?!

— *Nosso* filho — corrijo.

— *Seu* filho — insiste Eric.

Pronto. Voltamos a isso.

Quando faz alguma coisa errada, o filho é meu. Quando faz alguma coisa boa, o filho é nosso. Mas não vou contestar nem provocar. Eric está muito nervoso e está na cara que não importa o que eu diga: vou levar chumbo. Decido fechar a boca.

Segundos depois, Eric arranca com o carro, raivoso, e dirige rumo à nossa casa. Ninguém fala. Nem passa pela minha cabeça colocar música. Minha mãe sempre dizia que quem canta seus males espanta, mas acho que, num momento assim, nem música resolve.

Ao chegarmos em casa, Susto e Calamar vêm nos receber. Como posso, pego os dois no colo para que não cheguem nem perto de Eric e Flyn. O mar não está para peixe e eles acabariam se dando mal.

Depois de todo mundo já estar dentro de casa, solto os animais e entro também. Ao ver o aspecto do menino assim que entramos na cozinha, Simona, que está nos esperando com Norbert, coloca as mãos na boca e murmura:

— Flyn, o que aconteceu com você?

Ela nunca o viu desse jeito. Para tentar acalmá-la, digo enquanto tiro o casaco:

— Fique calma, ele está bem. Vão se deitar, por favor.

Norbert troca um olhar comigo, pega Simona pelo braço e ambos desaparecem. Pobre mulher, como ficou decepcionada!

Não resta dúvida de que a infância de Flyn evaporou de uma hora para outra. O que nos restou foi um adolescente problemático.

O silêncio na cozinha é incômodo. Como diria meu pai, o clima parece tão pesado que dá para cortar o ar com uma faca. Flyn realmente passou dos limites.

Eric abre o armário onde estão seus remédios e rapidamente destampa um frasco, de onde pega um comprimido, que toma com um pouco de água. Isso me deixa em alerta. Não é bom para o problema que ele tem nos olhos. Com certeza, a tensão do momento lhe provocou dor de cabeça, mas, quando tento dizer alguma coisa, ele olha para o menino e pergunta:

— Era pra isso que você queria ir ao aniversário dessa garota, Jackie Chan?

Flyn não responde. Eric, furioso, grita, grita e grita. Dispara tudo o que tem vontade de dizer e mais um pouco.

Não passa pela minha cabeça pedir para falar mais baixo, para não acordar Pipa ou as crianças, muito menos para se acalmar. Com o que aconteceu, é de esperar que ele fique assim. Depois de dizer tudo o que queria, ele sentencia:

— Estou decepcionado com você. Muito.

Dito isso, Eric sai e me deixa sozinha com o menino na cozinha.

O atrevimento inicial de Flyn se dissipou.

É evidente que ele desceu do salto depois da bronca de Eric.

Observo-o seriamente, mas ele não me olha. Quando vejo que empalidece de repente, apresso-me a pegar uma fruteira azul vazia que estava em cima do balcão e entrego a ele. Na sequência, meu filho vomita.

Nojento!

Apesar disso, como mãe dele, eu me levanto e seguro sua cabeça. Não posso deixá-lo, mesmo zangada do jeito que estou. É meu filho!

Ao fim, pego a fruteira e a levo para o banheiro mais próximo, morrendo de nojo. Esvazio a fruteira e depois a jogo com raiva no lixo da cozinha. Coloco água para ferver e procuro um saquinho de chá de camomila no armário.

Pelo canto do olho, percebo que Flyn me observa. Está arrependido. Eu o conheço, esse olhar cabisbaixo diz tudo, mas não falo nada. Ele não merece.

A água ferve, encho uma xícara, coloco o saquinho de chá e deixo sobre a mesa. Sento-me na frente de Flyn e murmuro:

— Preciso falar que isso que você fez foi errado?

Ele nega com a cabeça e fica olhando para o chão. De bobo não tem nada.

— Que história é essa de Jackie Chan? — pergunto na sequência.

Ele não responde. Não digo que sei porque Luz me contou. Ele me evita, mas eu insisto.

— Esqueça o show do Imagine Dragons. O que você fez não tem desculpa e você sabe disso muito bem.

Minha parte mamãe coruja quer abraçá-lo, fazer carinho, mas minha parte mãe ofendida me diz que não, que não devo fazer isso. O que ele fez foi péssimo. Flyn precisa entender, como eu entendi quando tinha quinze anos e bebi tequila demais no aniversário da minha amiga Rocío.

Que porre eu tomei por querer chamar a atenção de um garoto!

Eu me lembro da reação dos meus pais. Minha mãe gritava, me repreendia, me botou de castigo, mas o que realmente me impressionou foi o olhar e o silêncio de decepção do meu pai. Aquilo me deixou tão arrasada que nunca mais voltei a beber de forma irresponsável.

E agora aqui estou eu, na mesma situação com Flyn, tentando fazê-lo compreender que isso não vai fazer bem nenhum a ele.

Durante um bom tempo, permanecemos em silêncio na cozinha e quase no escuro, enquanto ele toma o chá de camomila. Quando vejo que a cor volta ao seu rosto, eu me levanto e digo, estendendo a mão:

— Me dá seu celular.

— Não.

— Me dá seu celular — insisto.

Por fim, ele me entrega. Na sequência, sem desviar o olhar, eu digo:

— Não sei quem é Elke, nem por que agora você deixa que chamem você de China ou de Jackie Chan, quando…

— Isso não é problema seu — o moleque insuportável me interrompe. — Minhas amizades são coisa minha, e você não tem que dizer quem pode ser meu amigo ou minha namorada, caralho!

— Flyn, toma cuidado com o que você diz, e esqueça esses amigos e essa garota. Não são bons pra você.

— Na sua opinião.

Seu tom de voz, o modo como me olha e a agressividade que vejo em seu olhar me deixam paralisada. Depois de pegar minha bolsa, que está sobre a cadeira, abro a carteira, pego os ingressos para o show do Imagine Dragons e rasgo na frente dele.

— Acabou! — digo entre os dentes. Flyn fica boquiaberto. Jogo os pedaços de papel no lixo e acrescento: — Agora vá escovar os dentes e já pra cama.

Sem dizer mais nada, saímos pela porta da cozinha.

Vejo luz debaixo da porta do escritório de Eric.

— Vamos, sobe e faz o que eu mandei. Amanhã conversamos.

Assim que vejo Flyn subir e desaparecer, eu me viro e entro, decidida, no escritório. O que aconteceu esta noite não faz bem nem para ele nem para seus olhos. Ficar nervoso prejudica sua visão. Isso me deixa terrivelmente preocupada.

Ao entrar, vejo-o sentado atrás da mesa. Sua expressão é de poucos amigos.

Com determinação, caminho até a mesa e pergunto:

— Você está bem?

— Estou.

Ele está segurando um copo de uísque. Lembro que acabou de tomar um comprimido e começo a dizer:

— Eric, acho que…

— Jud — ele me interrompe. — Não é o melhor momento para nada.

— Mas acho que…

— Eu disse "para nada" — ele repete, implacável.

Está bem. É melhor eu me calar.

Tenho uma parte de culpa pelo ocorrido, sem dúvida. Eu o encorajei a deixar Flyn ficar um pouco mais, mas Eric também tem culpa, já que foi ele quem disse que o menino poderia ir à festa. Nós dois somos responsáveis pelo que aconteceu, mas ele precisa digerir tudo e se dar conta disso. Dou meia-volta e me aproximo do barzinho. Pego um copo, uma pedra de gelo e sirvo um dedinho de uísque para mim.

Pelo canto dos olhos, noto que Eric está me olhando. Ele me conhece tanto quanto eu o conheço e sabe que tenho mil coisas para dizer, mas ainda assim me aguento e fico quieta. É um esforço absurdo, mas faço isso. Em seguida, caminho até o sofá que há na frente da lareira acesa e me sento de costas para ele.

Se Eric não quer falar e não quer me ver, não vamos falar e não vou olhar para ele.

Assim ficamos um bom tempo. Cada um absorto em seus próprios pensamentos. Olho para baixo e fico horrorizada ao ver a pancinha marcando o vestido. Encolho a barriga às pressas e me sinto um pouco menos o boneco da Michelin.

Tenho que perder esses cinco quilos já!

De repente, ouço Eric se levantar e, embora não o veja, sei que se aproxima de mim. Olho o relógio sobre a lareira. São vinte para as duas. Todos na casa estão dormindo.

Os passos se detêm atrás de mim. Imagino que está me observando e, inconscientemente, solto de novo a barriga. Eu o conheço, sei que precisa de um tempo para pensar nas coisas e que está pensando em seu erro. Ao fim, ele se aproxima do sofá e se senta do outro lado.

Mesmo tão cabeça-dura e ranzinza como ele é, no fundo Eric é um homem muito simples. Sei lidar muito bem com ele, embora às vezes, mesmo tendo certeza de que vamos discutir, não tenha vontade de apaziguar as coisas.

Seu olhar e o meu se chocam. Seus olhos tentam me persuadir a dizer alguma coisa, mas não… Não, Iceman, aprendi que de boca fechada ganho mais do que gritando. Sustento o olhar e, por fim, ele diz:

— Desculpa. Descontei em você, e você não merece.

— Como sempre, sou seu saco de pancadas — sussurro ofendida.

Eric faz que sim. Sabe que tenho razão.

— Você me desculpa? — ele insiste.

Não falo nada.

Ele deixa o copo sobre a mesinha e tira o meu das minhas mãos. Eric me olha, me olha e me olha. Aproxima-se para me beijar e zás! Minhas forças desaparecem, ainda mais quando ele sussurra:

— Claro que me desculpa.

Por dentro eu sorrio. Sem que ele tenha se dado conta, essa batalha quem ganhou fui eu, por ter conseguido que já esteja me beijando, preocupado comigo.

Eric me faz vibrar inteira. Eu me levanto e dou um passo para trás, querendo que ele me siga. Isso o anima, de forma que ele se levanta e se aproxima outra vez de mim.

Deixo que venha. Permito que se incline para a frente e junte a testa com a minha. Aceito que enlace minha cintura com o braço e que me puxe para junto dele. Consinto que seus lábios rocem meu rosto. Eu me desfaço quando o ouço sussurrar:

— Pequena...

Minha nossa!

Consigo me defender de Eric Zimmerman enquanto ainda existe um palmo de distância entre nós. Controlo meu corpo se ele não estiver me tocando, mas me derreto como um sorvete quando encosta em mim e me chama de "pequena".

Sem falar, meu grandalhão me pega nos braços. Enlaço sua cintura com as pernas e seu pescoço com as mãos. Eu o beijo, beijo e beijo. Quando por fim paro, o encaro e pergunto:

— Sua cabeça ainda está doendo?

— Não, meu bem... não está mais.

Ele enfia a mão sob meu vestidinho leve de algodão e eu estremeço. Sem dúvida, tratando-se de sexo, Eric é muito mais forte que eu. Quando agarra minha calcinha e a rasga num puxão, minha excitação só aumenta. Estou disposta a tudo.

— Gosto mais assim — afirma meu Iceman antes de morder meu lábio inferior.

Minha respiração acelera quando ele me coloca sobre a mesa do escritório. Como sempre, está arrumada, sem nada fora do lugar. Nosso beijo prossegue e vamos curtindo essa sedução louca. Só se ouve o crepitar do fogo na lareira.

Nossos corpos se aquecem e derretem, fruto do nosso contato. Rapidamente tiro a camiseta cinza de Eric. Beijo seu pescoço, seus ombros, seus bíceps, enquanto ele me toca e me beija também. Nos entreolhamos com deleite. Nos devoramos com os olhos, nossos olhares nos excitam. Sorrio ao ver que ele dá um passo atrás e desamarra o cordão da calça preta, que cai no chão, seguida da cueca.

Minha boca seca.

Meu marido é muito gostoso!

Ver a excitação rígida dele me deixa alterada, me tira o juízo. Eric se toca e murmura:

— Todo seu, querida.

Sorrio e engulo o nó de emoções que está a ponto de me sufocar. Somos duas peças raras. Sempre resolvemos nossos problemas do mesmo jeito: com sexo! Pode não ser a melhor forma, mas é a nossa forma. A minha e a dele.

Eric é meu. Todinho meu e de ninguém mais. Eu sei. Claro que sei.

Com desejo de lhe mostrar o que é seu, tiro o vestidinho curto pela cabeça, encolho a barriga e sussurro:

— Toda sua, querido.

A respiração do meu alemão se acelera. A loucura que sentimos um pelo outro não diminuiu nem um milímetro desde que nos conhecemos. Em vez disso, aumentou com a confiança que temos um no outro.

Eric sorri, olha meus mamilos rígidos, se abaixa e dá uma lambida primeiro em um e depois no outro. Com um puxão, termina de arrancar a calcinha para que eu fique toda nua como ele.

Sei o que ele quer e ele sabe o que eu quero...

Sei o que ele me pede em silêncio e ele sabe o que eu peço...

E o melhor de tudo é que sei que vamos oferecer isso um ao outro com todo prazer, mil e uma vezes...

Enfeitiçada pelo momento, apoio os cotovelos na mesa e, com descaramento e cumplicidade, abro as pernas lentamente para ele, deixando o centro do meu desejo molhado à mostra. Eric olha e, passando o dedo sobre minha tatuagem, murmura com voz rouca, tentadora e sagaz:

— Peça-me o que quiser... — Ele me olha e finaliza: — E eu te darei.

— O que eu quiser?

Ai, ai... O que se passa pela minha cabeça...

Esboço um sorriso. Ele também. Minha tatuagem, o começo dessa frase, definem nossa maravilhosa história de amor.

— Digo o mesmo, Iceman — murmuro. — Digo o mesmo.

Ele sorri. Retira lentamente os dedos da minha pele e pede:

— Se oferece pra mim.

Excitada por ouvir isso, deito de novo sobre a mesa, me acomodo, deslizo as mãos pelas coxas e, depois de tocá-las e ver que meu alemão não desvia os olhos, levo os dedos à minha vagina. Começo a me tocar. Sinto como estou molhada. Meu amor, com seu olhar, com sua voz e com seu pedido, me deixa excitada. Abro caminho com os dedos e deixo à mostra meu prazer. Ao fim, sussurro cheia de desejo:

— É seu.

Eric acena com a cabeça, põe a língua para fora e circula meu clitóris com ela. Meu corpo reage depressa. Eu me encolho. Ele sorri e, para me impedir de fechar as pernas, coloca as mãos na parte interna das minhas coxas e me deixa louca de novo encostando a língua no meu clitóris. Em seguida, sinto sua boca se fechar ao redor de mim e me sugar.

Meu corpo estremece. Adoro que meu amor brinque assim comigo. Eu me entrego ao prazer e olho para a porta, que não fechamos com chave. Peço a todos os santos que ninguém a abra.

Durante vários segundos, a boca incrível de Eric permanece sobre meu sexo. Quando, por fim, ele a afasta, eu suplico:

— Continua, por favor, continua...

Com um sorriso cativante, vejo que ele une de novo a cabeça às minhas pernas trêmulas e começa a me lamber. Fecho os olhos, extasiada, coloco os braços para trás e me agarro à beira da mesa. Abro ainda mais as coxas para ele.

Eric me chupa num ritmo enlouquecedor. Começo a tremer com violência. Que delícia... que delícia... Meu corpo se contrai de prazer.

— Ah... isso... isso... não para — consigo balbuciar.

O prazer aumenta, a loucura se acentua, os espasmos se ampliam e sinto deliciosas descargas elétricas me fazerem ofegar e gemer sem controle. Um orgasmo incrível começa a percorrer meu corpo desde a nuca até a ponta dos pés.

Ah... Que delícia! Que tesão!

Mas Eric quer mais, deseja mais, e eu também. Ele me pega nos braços, me levanta da mesa e me leva para a estante. Assim que me apoia nela, me beija com paixão. Em seguida, com um movimento dos quadris, introduz o membro ereto e ansioso em mim.

De novo, meu corpo se arqueia de prazer. Eric é grande, todo grande, e, quando minha vagina o acolhe e o ouço gemer mordendo o lábio, perco a cabeça.

Observo-o extasiada. Ele é tão sexy... Eu o amo tanto...

Segundos depois, Eric começa a se mexer; primeiro devagar, mas, quando já está totalmente fundido em mim, seu ritmo se acelera. Do jeito que posso, murmuro:

— Olha pra mim… Olha pra mim…

Meu amor me olha, faz o que peço, e eu sinto que nossos olhos ardem de paixão pelo que fazemos e desfrutamos. Não consigo me mexer, pois Eric está me pressionando à estante. Só o que posso fazer é recebê-lo, ofegar e aproveitar. Meus gemidos e os seus enchem o silêncio do escritório e ele continua a se fundir em mim com força. Eu o encorajo a continuar.

Sou tão sua como ele é meu.

O sexo, a sós ou acompanhados, é sempre incrível. Sentimos prazer. Vivemos. Desejamos. Perdemos cem por cento dos pudores. Nada existe nesse instante mágico a não ser nós dois. Por fim, quando a luxúria nos faz tremer em uníssono, Eric me penetra uma última vez, ofegante e com a voz carregada de prazer. Então caímos um nos braços do outro, esgotados.

Nossa respiração agitada ressoa por toda a sala. Passado meio minuto, eu sussurro:

— Querido… tem um livro nas minhas costas.

Rapidamente Eric reage, me afastando da estante. Então ele me olha e pergunta:

— Tudo bem?

Confirmo e sorrio. Consertamos tudo com sexo. Do jeito que a gente gosta.

Adoro que Eric me pergunte isso sempre que transamos. Isso significa que continua se preocupando comigo como no primeiro dia, e não quero que deixe de perguntar.

Instantes depois, ele me põe no chão e eu caminho nua até o barzinho para pegar água. Abro uma garrafinha, dou um gole e depois ofereço a Eric para que beba.

Ele está suado… qualquer dia se desidrata com o esforço.

Entre risos, vestimos a roupa e eu mostro minha calcinha. Não ganho o suficiente para pagar o tanto de roupa íntima que ele destrói. É parte do nosso jogo, e quero que continue sendo. A cara que ele faz quando a arranca me excita muito.

Dez minutos depois, entramos no quarto e, abraçados, sem falar em nenhum momento sobre Flyn, dormimos. Precisamos descansar.

Quando acordo estou sozinha na cama, como quase sempre. Olho no relógio sobre o criado-mudo. São nove e quarenta e três.

Eu me espreguiço e giro sobre o colchão. Adoro me enrolar na cama enorme. Estou sorrindo quando, de repente, me lembro do que aconteceu ontem à noite com Flyn. Dou um salto. Não quero nem imaginar o que pode estar acontecendo entre ele e Eric.

Ai, meu filho... Ai, meu filho que vai me matar.

Escovo os dentes e lavo o rosto, mas não tomo banho, pois estou com pressa. Ponho o mesmo vestidinho de algodão do dia anterior. Calço as botinhas, pego o celular e saio a mil por hora do quarto.

Antes de descer, passo pelo quarto de Flyn para ver se ele está lá. Abro a porta e fico de queixo caído ao vê-lo com Eric. Ambos estão sentados na cama conversando.

— Que foi? — pergunta Eric, levantando-se alarmado ao ver minha ansiedade.

Entro no quarto com o coração na boca e murmuro assim que fecho a porta:

— Nada.

Eric se senta de novo na cama e me observa por um instante com atenção.

— Por acaso você acha que vou matar o Flyn?

Merda... Como ele pode me conhecer tão bem?

Apesar disso, sorrio para disfarçar, olhando para Flyn, que está com uma aparência desastrosa.

— Como você está? — pergunto.

O menino me olha e vejo em seu semblante que Eric já lhe deu um belo sermão.

— Bem — responde.

Eric pega minha mão e me senta sobre suas pernas. Antes que eu diga algo, Flyn sussurra:

— Jud, o papai já me disse tudo o que tinha para dizer.

Minha nossa!

Dói na minha alma.

Flyn não me chama mais de Jud desde que o pequeno Eric nasceu. Faço menção de dizer algo, mas Eric se levanta e me pega com firmeza pela mão.

— Flyn, veste a roupa e depois desce — diz ele. — Hoje você vai dar banho em Susto e Calamar. — Ao ouvir isso, o menino faz menção de reclamar, mas Eric o interrompe: — E, como já disse, não quero reclamação, entendeu?

Ainda surpresa pela forma como Flyn me tratou, saio com Eric. Ele nota meu desconcerto e diz sem me soltar:

154

— Querida, respira com calma. O que foi?

Faço o que me pede e digo, soltando o ar:

— Ele me chamou de Jud, Eric... Não me chamou de "mamãe".

Vejo que ele assente e sacode a cabeça.

— Não se preocupe. Amanhã ele vai voltar a chamar você de "mamãe".

Do jeito que posso, digo que sim, mas, da mesma forma que aconteceu alguns anos antes, meu coração se despedaça ao sentir que meu coreano-alemão está deixando de me amar.

Decido sair de moto, mas Flyn não quer ir comigo. Quando volto, estou faminta, abro a geladeira e vejo um dos pacotes do presunto delicioso que meu pai me envia. Eu me esbaldo. Que delícia!

17

Quando Judith e Eric chegaram, Sami se atirou nos braços deles. Durante vários minutos, os dois deram todas as atenções para a pequena, que, como sempre, era um furacão de vida e luminosidade.

Judith e Mel entraram na cozinha no momento em que Björn, Eric e Sami se afastaram.

— Tudo bem com Björn? — perguntou Jud.

Ao compreender o que a amiga estava perguntando, Mel se apoiou na geladeira e sorriu.

— Tudo perfeito. Acho que ficou claríssimo para o bonitão que, se voltar a me jogar pra cima daquele bando de vacas, não vou ser tão amável como fui da última vez. Não gosto delas, e elas não gostam de mim. Essa tal de Heidi é uma grande vaca.

— Heidi é uma vaca — Sami repetiu cantarolando ao passar ao lado delas.

Jud e Mel se entreolharam quando ouviram a menina. Mel perguntou rapidamente:

— Sami, por que está dizendo isso?

— Mami, foi você quem disse.

— Sim, querida, essa Heidi é uma vaca horrorosa — afirmou Jud, agachando-se para ficar de frente para a pequena. — Mas essas palavras são muito feias. Você não pode falar essas coisas, combinado?

Mel também se agachou e colocou na cabeça da filha a coroa que ela tanto gostava de usar.

— Tá bom — Sami respondeu por fim. — Me dá um biscoito de chocolate?

Como não estava com vontade de prosseguir com o assunto, Judith pegou um biscoito e deu à pequena, que saiu correndo da cozinha.

Nesse instante, apareceram Björn e Eric. O advogado pegou umas cervejas da geladeira e zombou:

— Olha só... se não são as selvagens da motocicleta... Vão tomar umas cervejas?

Eric sorriu. Judith havia lhe contado tudo. A resposta de Mel o fez dar uma gargalhada:

— Se voltar a me lembrar disso, bonitão, vamos acabar com as cervejas daqui e de Munique inteira sem você.

Por um tempo, os quatro bateram papo e riram do que tinha acontecido, então o telefone de Judith apitou. Era uma mensagem:

Estou numa cervejaria mais que divina na Marienplatz. Tem um tempinho pra sua bicha?

Judith sorriu. Sebas! Ela se levantou e dando uma piscadela para Eric disse:

— Mel, um amigo meu da Espanha está aqui. Vamos comigo passar umas duas horas com ele?

— Que amigo? — perguntou Björn.

Remexendo-se numa cadeira, Eric olhou para ele e murmurou com uma expressão de cumplicidade:

— Fica calmo, Björn. Sebas e as trinta e seis vão cuidar delas melhor que você e eu.

Com cara de riso, Judith deu mais uma piscadela para o marido. Já na porta, saindo com Mel, ela ouviu Björn perguntar:

— As trinta e seis?

Já na rua, Mel olhou para a amiga e disparou:

— Desembucha. Quem é esse amigo?

Judith sorriu, mas, como queria surpreender Mel, simplesmente abriu a porta do carro e respondeu:

— Sobe. Bico fechado.

Enquanto dirigia, Judith foi falando de mil coisas. Deixaram o carro no estacionamento público na Marienplatz e caminharam até a linda cervejaria Hofbräuhaus. Não restava dúvida de que Sebas estava ali, pois na hora em que a porta se abriu, elas ouviram:

— Amigaaaaaa!

Judith sorriu. Sebas, o louco Sebas, tão bonito como sempre, foi correndo até ela para abraçá-la e enchê-la de beijos. Ao fim dos cumprimentos, Judith o apresentou a uma confusa Mel. Ele a beijou com carinho, como se a tivesse conhecido a vida inteira.

Em seguida, depois de olhar para seus escandalosos companheiros de viagem, ele disse:

— Acho que é melhor sentar naquela mesa. Se a gente ficar com eles, não vamos poder fofocar à vontade.

Durante mais de uma hora, Mel observou, de olhos arregalados, como o rapaz e Judith conversavam na velocidade da luz, colocando em dia todos os assuntos, até que ele concluiu:

— E aí terminou minha novelesca história de amor, luxúria e sexo com o garanhão sueco que me roubou o juízo. Por isso, decidi que, a partir de agora, vou me divertir com muitos, mas só vou me apaixonar pelos puros-sangues da minha terra.

Judith ficou com pena. Da última vez que o tinha visto, Sebas estava loucamente apaixonado pelo surfista sueco.

— Sinto muito, Sebas — murmurou. — Sei que você gostava do Matías.

— Não se preocupa, fofa — ele afirmou. — Agora eu encaro a vida sem dramas e cheguei à conclusão de que, quando tudo sobe, a única coisa que desce é a roupa de baixo. — Com os olhos fixos em um alemão que passava junto deles, disse: — Ken da minha vida, é tão difícil me encontrar e você aí me perdendo...

Mel soltou uma gargalhada. Ele era incrível.

— Sebas! — Judith exclamou em meio ao riso.

Ele deu uma piscadinha com cara de sem-vergonha e confidenciou:

— Ele nem ouviu o que eu disse, mulheeeeeeeeeerrr, me deixa!

Os três riram e continuaram o papo. Dessa vez Mel participou da conversa. Ela e Sebas acabaram se entendendo perfeitamente. Depois de um tempo, ele viu que Judith estava olhando no relógio.

— E seu Ken loiro e delícia, por que não veio? — perguntou. — Olha, vou te falar, eu estava morrendo de vontade de apresentar seu homem para as trinta e seis bichas.

Mel e Judith se entreolharam.

— Te mandou muitos beijos, mas...

— De língua?

— Sebas! — disse Judith, bem no momento em que os trinta e seis caras se levantaram da mesa e, escandalosamente, foram se sentar com eles, em busca de mais diversão.

O que de início seriam apenas duas horas se converteram em quatro. Ao fim, quando se despediram de Sebas, e as trinta e seis subiram no ônibus, Mel olhou para a amiga:

— Promete que da próxima vez Eric e Björn vão vir com a gente — ela disse, morrendo de rir.

158

Estavam comentando como tinham se divertido quando o celular de Mel apitou. Uma mensagem. De Björn.

Amor, compra cerveja. Vocês demoraram e nós ficamos enchendo a cara.

Depois de ler a mensagem para Jud, elas foram a um supermercado.

De alguma maneira, acabaram saindo de lá com o carro lotado até o teto. No momento em que estavam colocando as sacolas dentro do porta-malas, um adolescente de cabelo escuro e comprido se plantou na frente delas.

— Querem ajuda? — perguntou.

Judith concordou com um sorriso. Mel olhou para o rapaz e perguntou enquanto ele ajudava com as sacolas.

— De onde eu conheço você?

O menino olhou para ela e se apressou a responder sorrindo:

— Com certeza daqui mesmo.

Mel piscou algumas vezes. Onde o tinha visto antes? Então ela soltou o carrinho e acrescentou:

— Todo seu.

O rapaz sorriu e, sem dizer mais nada, se afastou com o carrinho. O dinheiro que tinha ganhado lhe proporcionaria um belo sanduíche para o jantar.

18

Depois de uma semaninha que não desejo nem para meu pior inimigo, estou esgotada.

Flyn está dando muito trabalho. Ligaram do colégio para dizer que ele tinha faltado. Sei que meu filho está fora de controle. Pedi várias vezes que marcasse uma reunião com o orientador, mas até agora foi "impossível". Vou insistir ou vou marcar eu mesma.

Quando Eric chega do trabalho, não me resta outra opção a não ser contar o que aconteceu. Na hora em que ele se manda para o escritório, enfurecido, Flyn me encara e diz que não pode confiar em mim. Tento colocar juízo na cabeça dele e fazê-lo enxergar que seu comportamento está deixando muito a desejar, mas meu filho não está nem aí: continua rebatendo tudo o que digo até que Eric volta. Então ele não fala mais nada.

O que está acontecendo com Flyn?

À noite, na intimidade do quarto, Eric tenta não dar importância ao assunto. Está zangado com o comportamento do menino, mas sua visão dos acontecimentos não é a mesma que a minha. Flyn não se comporta na frente de Eric do mesmo jeito que quando estou sozinha com ele. Flyn me provoca, me desafia, diz coisas terríveis que às vezes nem conto ao Eric para não piorar a situação. Com ele, Flyn se cala. Ele passou de um menino mimado a um adolescente provocador e indisciplinado.

Na terça, Eric tem uma viagem de trabalho. Flyn traz um de seus amigos para casa. Eu os flagro no quarto fumando maconha, expulso o outro garoto de casa e tenho uma boa conversa com meu filho, que se diz ofendido pela minha atitude e me acusa de estar estragando sua vida. Nessa hora tenho que respirar fundo. Ou respiro ou arrebento uma cadeira em sua cabeça.

Na quarta-feira, quando Eric volta, decido me calar e não contar nada sobre o que aconteceu. Sei que estou errada, mas Eric chega cansado, e a última coisa que quero é perturbá-lo com mais problemas.

Na quinta, assim que ele se levanta, vejo que está de cara feia. Fico angustiada, mas, depois de tomar o remédio, ele sorri e me tranquiliza. Sei que nossa

160

vida vai ser sempre assim. Vou ter mil sustos com as dores de cabeça de Eric por causa da visão, mas vê-lo sorrir um pouco depois me faz saber que a dor diminuiu. Se não tivesse amenizado, o humor terrível que costuma acompanhar as crises não desapareceria.

Por volta do meio-dia, quando estou trabalhando na Müller, recebo uma ligação da minha irmã. Meu pai falou com ela sobre Flyn, e a coitada, que já está no México, me liga para me dar apoio moral.

— Quer dizer que agora o moleque chama você de Jud?

— Chama — confirmo aflita, omitindo outras coisas.

— Esse chinês...

— Raquel!

Ambas damos risada, então ela diz:

— Tá... tá... Já sei que ele é parte coreano, parte alemão, mas tenho preguiça de lembrar quando estou brava!

— Só você... — digo aos risos.

Então, ouço Raquel bufar do outro lado da linha e dizer:

— Esse menino te ama e te ama muito, mas a puberdade o pegou de jeito. Ele cresceu de repente, ficou bonito e atraente, e agora acha que é o rei da cocada preta. Mas fica tranquila. Como diz o papai, o bom filho à casa torna. Enquanto isso não acontece, segura que aí vem chuva!

Volto a sorrir quando minha irmã acrescenta:

— Olha, você está na mesma situação que eu em relação à sua querida sobrinha. Você nem imagina como Luz está rebelde e respondona. Bom, nos estudos, ela continua brilhante. Disso não posso me queixar, mas quanto aos meninos... Jesus! Quanta bobagem. Parou de jogar futebol e quer comprar sutiã com bojo de gel.

— Bojo de gel? — pergunto surpresa.

— Pois é. Outro dia a chatonilda me disse que quer um sutiã para aumentar os seios. O que você acha?

— Ela disse isso?

— Disse. As meninas de hoje não dormem no ponto!

Dou risada, não consigo evitar. Não imagino Luz, minha moleca, dizendo uma coisa dessas. Mudo de assunto e conto que encontrei Sebas em Munique, mas então me lembro de algo e digo:

— Faça o favor de não colocar mais presilhas da *Dora, a aventureira*, e meias de bolinhas nela! Luz já está crescida.

— Mas ela fica uma gracinha. — Ambas rimos e me dou conta de como minha irmã é implicante quando ela acrescenta: — Faço isso para que Luz reclame, boba. Já sei que não tem mais idade.

— Não sei quem é pior: ela ou você.

Raquel dá risada. Adoro seu riso. Ouvi-la é como ouvir minha mãe.

— Sua sobrinha diz que agora está loucamente apaixonada por esse tal de Héctor, mas até o mês passado estava apaixonada por um tal de Quique. Fico preocupada. Você sabe como as pessoas são exageradas e linguarudas, podem comentar.

Faço que sim. Sei perfeitamente como o povo é fuxiqueiro e intrometido. Baixo a voz e murmuro:

— Lembra quando tínhamos a idade dela? O chilique que você deu por causa do Roberto, ou do Manuel, da loja de...

— Ai, como o Roberto era lindo. Minha nossa! — ela exclama de repente. — Você se lembra do Damián, da moto azul que você adorava? Você pulava a cerca de casa todas as noites pra ficar com ele!

— Lembro, claro que sim.

Pensar nessas coisas me faz dar gargalhadas. Sem dúvida, na adolescência, todos fazemos mais bobagens do que estamos dispostos a admitir, mesmo que rendam algumas risadas.

— Aliás, papai está triste porque vocês não vão para a Feira de Jerez.

— Ainda não sei. Falta muito.

— Você já perdeu a feira ano passado, vai perder de novo?

Fico chateada de pensar nisso. Desde que nasci, só perdi a feira uma vez na vida. Por isso, disposta a lutar com unhas e dentes para levar Eric comigo, afirmo:

— Não. Claro que não. Vou fazer todo o possível para ir.

Ao final, quando desligo, meu humor melhorou consideravelmente. As loucuras da minha irmã e da minha sobrinha me fazem rir. Então, ouço batidas na porta da sala. Levanto os olhos e vejo Ginebra. O que ela está fazendo aqui?

— Oi, querida — ela diz com desenvoltura. — Marquei de almoçar com Eric e, como sei que você trabalha aqui, pensei em dar um oi enquanto ele termina umas coisinhas.

Fico boquiaberta. Eric marcou um almoço com ela e não me disse?

Ginebra entra na minha sala como se fosse dela, senta-se na minha frente e comenta:

— Como nos divertimos outro dia!

— Quando?

Ela me olha e sorri.

— No Sensations — explica, baixando a voz. — Se bem que seu marido, o malvado, me rejeitou. — Não digo nada. Não consigo. Ela continua: —

162

Aliás, vi você nos olhando pelas cortinas quando eu estava no reservado com os amigos do Félix. Gostou do que viu?

Lembro no mesmo instante e, com a mesma sinceridade com que ela me pergunta, respondo me xingando em pensamento por ser tão curiosa.

— Pra ser sincera, não.

Ginebra sorri.

— Por quê?

— Por que o quê?

Ela me observa. Não afasta o olhar de mim e responde:

— Por que não gostou? No fim das contas, é sexo.

— Porque esse tipo de sexo não me atrai — replico.

Ginebra solta uma gargalhada e, baixando de novo a voz, confidencia:

— Judith, o que me excita é que me tratem assim e que meu marido permita e me use do jeito que quiser. Mas, claro, você prefere...

— Prefiro o que você mesma viu depois — interrompo, segura de mim. — Nunca curtiria isso que você curte. Não é a minha.

Seu sorriso se amplia e ela faz que sim com a cabeça.

— Eric e você não se oferecem para outras pessoas?

— Oferecemos.

— Pois é isso que o Félix faz comigo.

Certo. Sei que pode parecer o mesmo, mas não é.

— Não — reafirmo. — Não é o mesmo. E eu respeito o que fazem. Se gostam desse tipo de sexo, vão em frente! Só digo que não me disporia a esse tipo de coisa. Mas repito: se você gosta, se te deixa excitada e se você concorda, vai em frente, aproveita!

Ginebra entende muito bem o que estou dizendo. Na sequência, ela murmura:

— Adoro que Félix me obrigue e que me entregue aos amigos dele para me usarem a seu bel-prazer. Creio que é a parte mais excitante do nosso jogo.

— Cada um tem seu gosto — afirmo sorrindo.

— Se você diz! — ela aceita, com um sorriso gracioso.

Uma coisa muito estranha me acontece em relação a Ginebra. Com a mesma rapidez com que vou com a cara dela, deixo de ir. Não chego a entender exatamente o que ela quer dizer, mas reconheço que sempre é amável e encantadora comigo.

Observo enquanto se levanta e se aproxima da parede.

— Não me diga que estes são os filhos de vocês...

— São — respondo, ao ver que aponta as fotos deles.

— Que lindos, Judith. Muito fofos!

— São mesmo — afirmo, orgulhosa deles.

— Vocês adotaram um chinesinho?

Antes que eu responda, Eric entra na sala.

— Flyn não é chinês, é parte coreano, parte alemão. Era filho da minha irmã Hannah e agora é nosso.

— *Era?* — pergunta Ginebra.

Eric confirma, aflito. Nesse instante tenho a certeza de que faz mesmo vários anos que eles não se falam.

— Hannah faleceu — ele explica então.

— Meu Deus, Eric… sinto muito. Eu não sabia de nada.

Ele balança a cabeça. Falar disso ainda é doloroso e sei que vai ser por toda a vida.

— Flyn ficou comigo e, com Jud, somos uma família.

Ginebra leva as mãos à boca. Vejo que sente a perda de Hannah. Emocionada, pega as mãos de Eric.

— Sei o quanto você a amava e o quanto era ligado a ela.

Eric assente de novo. Passo a mão por suas costas, e Ginebra o solta. Ela se recompõe e diz:

— Vocês criaram uma linda família.

— Sim — ele afirma com segurança e me dá uma piscadinha.

Ginebra volta a olhar para a parede onde estão as fotos das crianças e pergunta:

— Como se chamam os outros dois?

— Eric e Hannah — respondo.

Então a expressão de Ginebra se enternece. Ela murmura:

— São lindos… lindos. — Com os olhos em Eric, acrescenta: — Ainda me lembro de que você não queria ter filhos, mas eu queria. — Eric sorri e ela finaliza: — Como a vida é curiosa… no fim das contas, você teve e eu não. Pensam em ter mais?

— Não — afirma Eric antes que eu responda.

Certo. Isso me surpreende. Sempre fui eu quem disse não categoricamente. Ouvir Eric dizer isso, de certo modo, me irrita. Mas ele tem razão: com três já estamos bem arranjados!

Ao ver minha cara, Eric se aproxima de mim, me pega pela cintura e me pergunta olhando diretamente nos olhos:

— Vamos almoçar. Você vem?

— Você está melhor? — pergunto, preocupada com ele.

164

— Era só uma dorzinha de cabeça, querida — ele responde com um sorriso. — Vem, vamos almoçar.

Olho para ele… e não sei o que fazer. Devo ir ou não? Coerente com a confiança que tenho nele, respondo:

— Melhor irem vocês.

— Tem certeza? — ele pergunta, tentando ler meu rosto.

Com um sorriso que o tranquiliza, faço que sim.

— Tenho, querido. Vão vocês. Devem ter muitas coisas para conversar.

Dois segundos depois, Ginebra e Eric saem da minha sala e eu me sento de novo na cadeira. Confio em Eric, mas, abrindo uma pasta, murmuro:

— Judith Flores, deixa de pensar besteira.

19

Naquela manhã, Mel estava no shopping com seus ex-companheiros de batalhão, Neill e Fraser. No dia anterior, Björn, que havia ficado sabendo que os rapazes tinham chegado do Afeganistão, ligou para marcar uma saída. Era seu jeito de pedir perdão a Mel pela armadilha de alguns dias antes com as mulheres dos advogados.

No tempo em que estava afastada do Exército, a vida de Mel tinha dado uma guinada de cento e oitenta graus. Ela agora curtia uma existência bem tranquila com sua filha e com um homem que a adorava.

— Estou pensando em aceitar a vaga de segurança no consulado. O que vocês acham?

Os dois se entreolharam. Fraser sorri e responde:

— Não acho uma má ideia. E tenho certeza de que você se sairia maravilhosamente bem nisso. O que seu advogado acha?

— Ele acha muitas coisas, mas nenhuma boa — afirma Mel, bufando.

Neill assente. Concordava com Björn.

— Segurança?! Ficou louca?

— Por quê?

Neill olha Mel nos olhos e responde:

— Você deixou o trabalho no Exército para passar mais tempo com Sami e Björn, e agora está pensando em ser segurança? Está precisando tanto assim de dinheiro?

— Não — ela responde.

A Björn não faltava dinheiro. O militar, ciente da situação financeira confortável deles, insiste com os olhos fixos em Mel:

— Você sabe que costumo concordar com você em muitas coisas, mas nisso, lamento dizer, estou com Björn. Eu também não gostaria que minha esposa fosse segurança de alguém.

— Mas Neill...

— Não, Mel — ele a interrompe. — Uma coisa era você trabalhar para sustentar sozinha sua filha. Outra muito diferente é já ter uma vida boa e querer complicá-la com esse trabalho. Pensa. Talvez não valha a pena.

Durante um bom tempo, os três conversam sobre os prós e os contras daquele emprego, até que Fraser passa a mão no estômago e diz:

— Estou começando a ficar com fome. O que querem comer?

— Temos que esperar Björn. Ele foi buscar Sami na escola para que vocês a vejam — fala Mel. — Então manda seu estômago esperar.

Fraser sorri e Neill aponta para o outro lado da rua antes de exclamar:

— Seu estômago está com sorte! Olha quem está vindo ali.

Mel e Fraser olham e abrem um sorriso ao ver a pequena Sami nos braços de Björn, rindo e com as marias-chiquinhas meio desfeitas, enquanto esperavam o semáforo ficar verde para atravessar a rua.

Mel os olha com cara de apaixonada.

— Sem dúvida esse advogado é um grande homem — comenta Fraser. — É só ver sua cara de boba e a felicidade de Sami ao lado dele.

— Bobo! — diz Mel rindo.

— Björn é um cara ótimo, não merece o desgosto que você quer lhe dar fazendo escolta — sussurra Neill.

Mel suspira. Björn era tudo para ela. Vê-lo chegar com sua pequena nos braços, sem se importar que ela manchasse seu terno caríssimo, com uma mochila rosa das Princesas da Disney pendurada no braço, faz Mel se dar conta de quanto o amava. Em seguida, olha para os amigos e pergunta em voz baixa:

— Se vocês encontrassem alguém que os fizesse tremendamente felizes, que lhes desse todo o amor e que tornasse sua vida maravilhosa todos os dias, marcariam a data do casamento?

— Sem pensar duas vezes — afirma Neill.

Mel sorri ao ouvir isso, e ele acrescenta:

— Quando conheci Romina, eu me apaixonei em décimos de segundo. A maneira de falar comigo, de me tratar e de me deixar feliz me conquistou. Eu soube que deveria dar o grande passo antes que outro cara mais esperto que eu pudesse conquistá-la e a fizesse se esquecer de mim. E garanto que foi a melhor coisa que fiz na minha vida. — Seu celular soou. — Falando dela...

Fraser riu. Neill troca umas palavras com sua adorada mulher, desliga o telefone e explica:

— Romina disse que está esperando todos nós em casa para um almoço maravilhoso e que não aceita "não" como resposta.

Mel concorda, mas não conseguia afastar o olhar de Björn e de sua filha, que não a estavam vendo. O advogado brincava com a menina, que ria, deixando Mel contente. Com frequência ela os observava disfarçadamente em casa, enquanto eles brincavam, emocionada com aquela conexão linda que tinham.

Björn e Sami eram pai e filha. Tinham gostado um do outro desde o início e Mel adorava aquilo.

Sem desviar os olhos deles, que agora cruzavam a rua, Mel percebe com clareza que deveria fazer o que seu coração mandava. Olha para os companheiros, que a observavam fixamente, e diz:

— Vou marcar o casamento com Björn.

Neill e Fraser começam a aplaudir, mas ela os faz parar na hora.

— Não digam nada, linguarudos, quero que seja uma surpresa para ele.

— Vocês encontraram alguém que vale muito a pena — aponta Neill, cumprimentando Mel com o punho fechado, como haviam feito centenas de vezes. — Não estrague tudo.

Ela assente, ainda com os olhos em Björn.

— Sem dúvida, ele merece.

— Caramba, tenente — zomba Fraser. — O que foi que operou esse milagre?

Mel olha para Björn, que nesse momento estava colocando Sami nos ombros, e responde:

— Acabei de me dar conta de que não consigo viver sem ele.

— E quando vai ser? — pergunta Neill, curioso.

Alegre e assombrada com a própria decisão, Mel dá de ombros.

— Não sei. Agora fechem essas bocas enormes, que não quero que Björn desconfie de nada.

Quando ele e Sami chegam, Neill e Fraser se desmancham em elogios para a menina enquanto Björn beija Mel.

— Como vai minha heroína preferida? — pergunta ele.

— Bem — ela responde, feliz da vida. — E obrigada.

— Por quê?

— Por ligar para Neill e Fraser.

Surpreso por saber que ela havia descoberto, Björn olha para Fraser, que confessa:

— Desculpa, cara, ela acabou descobrindo que conversamos ontem. Quando suspeita de uma coisa, a tenente não para o interrogatório até chegar à verdade.

Todos sorriem. Sem se soltar de Björn, Mel diz:

— Estávamos esperando você. Romina acaba de nos convidar para almoçar na casa dela.

— Sério, linda?

— Romina não aceita "não" como resposta — fala Neill. — Além do mais, acho que temos algo para comemorar.

Ao ouvir isso, Mel o encara. Ia matá-lo!

— O quê? — Björn quer saber.

Fraser e Neill se entreolham em cumplicidade. Zombando de Mel, que os fulmina com o olhar, Neill dispara:

— Tenente, temos algo para comemorar?

Ela sorri e responde como se os velhos tempos tivessem voltado:

— Comemoramos que dois cretinos, muito cretinos, voltaram de sua última missão ao Afeganistão.

Neill e Fraser gargalham. Björn, sem entender nada, aproveita quando os dois voltam a concentrar toda a sua atenção na pequena Sami e murmura no ouvido da mulher que ele amava:

— Tenente... Fico louco quando te chamam assim.

Mel sorri, divertida.

Björn tinha se integrado totalmente ao grupo. Passara de um cara que se mantinha afastado daqueles americanos a alguém que se divertia sempre que todos se reuniam e sabia do respeito e do carinho que existiam entre eles.

Depois de uma cerveja e de conversarem sobre banalidades, vão todos para a casa de Neill e Romina, onde não faltam agitação e algazarra. Mel, apaixonada e abobada, observava seu noivo e se convencia de que tinha de se casar com ele. Björn era o amor da sua vida.

20

— Judith, vou almoçar — ouço Mika me dizer justamente quando estou fechando a pasta para fazer o mesmo.

Saio do escritório e os funcionários com quem cruzo no caminho me olham e me cumprimentam com um sorriso. Isso me alegra. Gosto que me enxerguem como uma pessoa além da sra. Zimmerman.

Já na rua, estou pronta para chamar um táxi para voltar para casa quando ouço alguém gritar meu nome. Sorrio e vejo que se trata de Marta, irmã de Eric, que acena para que eu espere por ela. Ela dá uma corridinha e me alcança.

— O que está fazendo aqui? — pergunto depois de trocarmos beijinhos. Marta me olha e sorri.

— Vim conversar com Eric.

— Ele não está. Saiu para almoçar com uma antiga amiga.

Meu tom deve ter me traído, porque ela me pergunta na hora:

— Que amiga?

Tento não fazer careta e respondo:

— Uma tal de Ginebra… Conhece?

— Ginebra está aqui? — Marta pergunta com surpresa. Confirmo com a cabeça, e ela acrescenta: — Que pena, eu adoraria vê-la. Lembro dela com carinho, mesmo que eu fosse criança. Ela era demais… demais!

Não sei se me agrada saber que Marta também se lembra dela com carinho. De novo, minha cunhada deve ler minha cara, porque diz:

— Mas você é muito melhor… a única para o bipolar do meu irmão!

O apreço e o carinho que ela tem por mim me fazem sorrir.

— Vamos almoçar juntas? — ela pergunta então.

Concordo. Ligo para Simona, que me diz que os pequenos estão bem. Aviso que vou chegar mais tarde.

De braços dados, caminhamos pelas ruas de Munique. De repente, a louca da minha cunhada para, levanta a mão e grita:

— Vou me casar!

Rapidamente vejo a aliança em seu dedo. Como vai se casar? Ela não faz o tipo. Com quem? Observo-a saltar, sorrir e se emocionar no momento em que diz:

— Estou louca, eu sei! Mas… mas eu disse "sim" e vou me casar!

Olho para ela. Ela olha para mim. Nós duas rimos. Do que estou rindo?

Marta terminou com o avoado do namorado Peter faz oito meses, e eu não sabia que estava saindo com alguém. Quando não consigo mais aguentar, pergunto com a cara séria:

— E com quem você vai se casar?

Ela solta uma gargalhada, bate palmas como uma menina, afasta o cabelo loiro do rosto, suspira e murmura:

— Com Drew Scheidemann.

Não faço nem ideia de quem seja.

— É um anestesista que trabalha no hospital — ela explica, emocionada.

— Um anestesista?!

Marta faz que sim e, feliz da vida, acrescenta:

— A gente se conhece há alguns anos. Reconheço que da primeira vez que o vi não gostei muito dele. Sempre que nos encontrávamos em algum jantar de trabalho ele parecia sensato e ajuizado demais pro meu gosto. Mas há seis meses, uma noite, quando eu saía do hospital, nos encontramos no estacionamento… Só de lembrar fico toda arrepiada!

— Por quê? — pergunto, curiosa.

— Porque ele é tão… tão… tão sério, estável e sereno que não sei como pode gostar de mim. Às vezes ele até lembra o idiota do meu irmão…

Tenho vontade de rir imaginando o tal de Drew na pele do Eric.

— Mas… foi alucinante — ela prossegue. — Fomos tomar alguma coisa. Ele me disse que não tinha namorada, confessei que também estava solteira e, bom… uma coisa levou à outra, começamos a nos ver cada vez com mais frequência e só posso dizer que estou feliz e… e… grávida!

— O quê?!

Que bafão! Vai casar grávida!

— Estou de quatro meses! — acrescenta Marta, tocando a barriga quase inexistente.

Não sei nem o que dizer. A cada segundo estou mais espantada por tudo o que ela me conta no meio da rua. Até quinze minutos antes, eu nem sabia que Marta tinha namorado. Agora, vai se casar e está grávida. Marta fala, fala e fala. Está nervosa.

— Sonia já sabe?

Ela nega com a cabeça.

— Quero contar logo para minha mãe. Mas primeiro queria falar para o troglodita do meu irmão e, como sabia que você estava na Müller, pensei que podia contar com você quando ele me chamasse de louca, desequilibrada e descerebrada.

— Ele não vai fazer isso!

Nós duas rimos. Ela prossegue:

— Aliás, lembra quando vocês foram com Flyn ao hospital? — Confirmo com a cabeça. — Eu estava com aquela cara era porque tinha acabado de vomitar… não é emocionante?

Olho para ela boquiaberta e faço que sim ao pensar no enjoo que eu tinha quando estava grávida.

— Muito emocionante.

Minha cunhada, que está superentusiasmada, não para de falar. Ouço até que chegamos a um restaurante espanhol que adoramos. Ali devoramos um presunto delicioso, tortilha de batata com cebolinha e carne ensopada. Estou prestes a explodir quando digo:

— Marta, correndo o risco de parecer uma idiota, só queria dizer que o casamento não é uma brincadeira de hoje te amo e amanhã não.

— Eu sei — ela responde, feliz. — Mas estou tão apaixonada que tenho certeza de que tudo vai dar certo.

Concordo com um aceno de cabeça. Dou risada. Não vou dizer mais nada em contrário.

— Drew e eu queremos nos casar antes que o bebê nasça. Faz alguns meses que estamos pensando e, bom… decidimos nos casar daqui a duas semanas. O que acha?

— Duas semanas?

Marta confirma.

— E, claro, quero minha despedida de solteira no Guantanamera! Tenho que avisar Mel e todo o pessoal. Você vai ver que festona!

Nesse instante, começo a gargalhar. Eric vai surtar quando ficar sabendo! Marta também ri, e acho que sabe o que estou pensando. Quando consigo parar, murmuro:

— Você vai ver quando seu irmão ficar sabendo do casamento…

— Vai ser pior quando souber que vou levar você de novo ao Guantanamera.

Isso nos faz rir mais um pouco. É mais forte que nós.

Depois de um almoço divertidíssimo com minha cunhada louquinha, ela me convence a acompanhá-la para dar a notícia à sua mãe. Aceito com prazer: adoro minha sogra. Por nada no mundo perderia a cara que ela vai fazer quando ficar sabendo.

Chegando ao bairro de Bogenhausen, paramos diante do portão escuro do lindo chalé onde vive Sonia.

— Você acredita que estou nervosa?

— Calma. Você sabe como é sua mãe. Com certeza ela vai ficar feliz.

Tocamos a campainha, o portão se abre e nós entramos. O jardim de Sonia é sempre uma maravilha, independente da época. Estou olhando para ele quando Amina, a empregada, abre a porta e nos cumprimenta:

— Boa tarde. Ela está na sala.

Marta e eu sorrimos, mas, quando entro, meu sorriso desaparece de supetão. O que Eric e Ginebra estão fazendo ali?

Boquiaberta, olho para meu marido, que, ao me ver, se levanta rapidamente e diz:

— Oi, querida.

Observo Eric e, quando vejo que Marta abraça Ginebra com entusiasmo demais, murmuro:

— O que está fazendo aqui com ela?

Mas ele não pode me responder. Sonia, que já está ao meu lado, me abraça e me beija como sempre e, pegando-me pela mão, me senta ao seu lado.

— Que alegria é ter você aqui, Judith. — Olhando para a mulher que considero uma estranha e que não sei por que motivo está ali, acrescenta: — Meu filho já me disse que você conhece Ginebra.

— Sim — confirmo.

Ginebra e eu nos entreolhamos.

— Já nos vimos algumas vezes — ela diz. — Quando Félix a conheceu, disse que era uma mulher de classe, que sabia se portar, além de ser bonita e divertida. Que sorte teve Eric!

Sonia sorri sem soltar minha mão e declara:

— Estou totalmente de acordo com Félix. Tudo o que posso dizer sobre Judith é pouco. É a melhor nora que uma sogra poderia querer.

Fico encantada com o elogio. Sonia solta minha mão e pega a de Ginebra.

— Mas hoje você foi responsável pela surpresa do dia, Ginebra. Tenho lembranças tão boas e bonitas de você que, quando apareceu com meu filho, tive a sensação de voltar ao passado.

— Mamãe, por favor, não exagere — Eric murmura, sentando-se ao meu lado.

Ora, ora, ora… Não sei o que pensar. Aqui estou com minha sogra, minha cunhada, meu marido e a ex dele. É surreal!

Ainda assim, forço um sorriso convincente, balanço a cabeça e respondo:

— Seu marido também me pareceu um bom homem, Ginebra. Diga a ele isso.

Ela sorri e, com seu desembaraço habitual, começa a se lembrar de coisas que fazem Marta, Sonia e Eric darem risada. Também sorrio, até que não aguento mais e digo ao me levantar:

— Se vocês me dão licença, vou ao banheiro um minuto.

Sem olhar para trás, saio do salão. Vou para o banheiro, entro e fecho o trinco. Coloco a mão no coração. Está disparado. Olho-me no espelho e observo que meu pescoço está começando a ficar vermelho. Passo água nele. Não quero que ninguém perceba que estou nervosa. Quando noto que o vermelhão desaparece, fico aliviada.

Saio do banheiro, volto à sala e, ao entrar, encontro os quatro rindo. Continuam com as recordações… Eu entendo, claro, mas me dá nos nervos! Gostaria de ver Eric com meu pai, minha irmã e um ex meu recordando os velhos tempos.

Meu marido me olha, procurando cumplicidade. Dou uma piscadinha, chego mais perto e o beijo.

Minha sogra, que pratica paraquedismo há anos, fala dos últimos saltos. Eric, como sempre, não quer nem ouvir. Estou rindo disso quando ouço Marta dizer:

— Bom, mamãe, vim aqui para contar uma coisa importante para você e, já que Eric está aqui, conto para os dois de uma vez.

Ao ouvir isso, Ginebra faz menção de se levantar, mas Marta a segura e diz:

— Calma, não precisa ir.

Isso mexe com meu moral, mas entendo: minha cunhada é muito correta. Sonia e Eric cravam os olhos em Marta quando, depois de me olhar em busca de apoio, ela levanta a mão e dispara:

— Vou me casar!

Cri-cri… Cri-cri…

— Bendito seja Deus — Sonia finalmente murmura, incrédula.

O silêncio se apodera novamente da sala. Pode-se dizer que dá para ouvir até uma formiga caminhar pelo jardim na ponta dos pés. Eric então pergunta:

— Vai se casar?

— Vou.

Com uma expressão indecifrável, ele olha para a irmã e insiste:

— Com quem?

Marta, que não dá a mínima para a expressão séria do meu Iceman, sorri e responde:

— Com Drew Scheidemann.

Sonia continua boquiaberta.

— E quem é Drew Scheidemann? — ela pergunta.

Não aguento… não aguento… não aguento. Vou rir! E, de fato, uma gargalhada escapa de dentro de mim.

É tudo tão surreal!

Marta me acompanha no riso. Eric, olhando para nós duas, grunhe com as feições sérias:

— Não sei onde está a graça.

Paramos de rir antes que ele perca a paciência.

— Bom, filha — diz Sonia, aproximando-se de Marta —, você sabe que sou uma mãe aberta a suas loucuras, mas um casamento…

— Eu sei, mamãe — interrompe Marta. — Sei que você vai me dizer a mesma coisa que a Jud me disse: o casamento não é uma brincadeira de hoje te amo e amanhã não. Mas fique sabendo que estou segura do que estou fazendo e com quem. Não o conheci ontem, já faz anos e…

— Você estava traindo Peter? — ruge meu alemão.

— Eric! — eu protesto.

Ao ouvir isso, Marta olha para ele e responde:

— Não. Quando estou com alguém sou terrivelmente fiel, mas conheço Drew há muito tempo porque ele trabalha no hospital. Que fique bem claro para você que, enquanto eu estive com Peter, só estive com ele. Não tire conclusões precipitadas!

Ginebra nos olha, levanta-se e sai da sala. Olho para ela. Aonde está indo? Dois segundos depois, volta e, sentando-se junto de Sonia, diz:

— Pedi a Amina que preparasse um chá para você.

Afe… Agora ela quer dar uma de salvadora da pátria e senhora da casa?

Eric continua boquiaberto com a notícia. Marta abre a bolsa e tira a prova do crime, que não é outra senão o exame de gravidez. Ela o mostra e diz:

— Também… quero dizer pra vocês que estou grávida de quatro meses e estou muito… muito feliz. Como poderia não estar?

Ai, Deus, não vou me aguentar de novo.

A cara que Eric e sua mãe fazem é hilária. Então a pobre Sonia sussurra com um fio de voz:

— Grávida... Você, grávida.

— Sim, mamãe. Eu, grávida. Vou ter um bebê! — Marta sorri. — Legal, né?

— Que loucura — suspira Eric.

Minha sogra se abana com as mãos. Ela está sem ar, mas então consegue dizer:

— Mas, filha, se até suas plantas de plástico morrem...

— Mamãe! — protesta Marta.

— Acho que vou precisar daquele chá — diz Sonia, levando as mãos ao rosto.

Eric olha para a mãe e pisca. Uma veia salta em seu pescoço. Perigo! Antes que ele solte uma das suas, eu me levanto, abraço Marta para que sinta meu total apoio e exclamo:

— Não acham lindo mais um bebê na família?!

Com o cantinho do olho observo a veia de Eric desaparecer. Menos mal!

Então, Ginebra se levanta, vem até meu lado e diz:

— Parabéns, Marta. Pelo casamento e pelo bebê.

Minha cunhada aceita o abraço com prazer. Na sequência, Sonia também se levanta e murmura, emocionada:

— Ai, filha... ai, filha... nunca pensei que este momento chegaria.

Marta a abraça com um sorriso no rosto. Não tem quem entenda essa mulher!

Eric ainda não se mexeu. Ele nos olha e então dispara:

— Mas vocês todas ficaram loucas?

— Eric... — murmuro.

— Não, Jud... cale a boca. Essa descerebrada vai se casar com alguém que não conhecemos e ainda por cima vai ter um bebê?

Marta se senta com tranquilidade no sofá e, olhando para mim, sussurra:

— Eu disse que o controlador e sabichão do meu irmão me chamaria de descerebrada.

— Marta, não provoca — replica Sonia.

— Não, mamãe, deixe que ela provoque — resmunga Eric. — Já, já, ela vai voltar chorando, quando seu mundo virar de cabeça para baixo.

Marta, que continua impassível, me olha e zomba:

— De verdade, não sei como você suporta esse troglodita.

Seu comentário me faz rir, então Eric prossegue:

176

— Que tal se você evitar os comentários absurdos e — ele diz entre os dentes, me encarando — parar de rir?

— Eric, filho… — repreende Sonia.

Mas quando se irrita Eric é um rolo compressor.

— Não entendo você, mamãe. Essa imprudente está dizendo que está grávida, que vai se casar com um desconhecido, e você não diz nada!

Bom, bom… o barraco está armado…

Ao final, Marta se levanta e começa a discutir com Eric, que se cala. Amina entra, deixa uma bandeja com várias xícaras e uma chaleira com chá de tília e foge apavorada.

Durante vários minutos, Eric e Marta jogam na cara um do outro tudo o que querem e ainda mais. Ginebra, por sua vez, os observa, e Sonia os repreende por seus comentários enquanto bebe o chá. Quando acho que tenho que dizer alguma coisa, Ginebra se aproxima de Eric e observa:

— Marta já é crescida para saber o que quer fazer com a vida dela, do mesmo jeito que você quando se casou. Como me disse, você conhecia Judith muito pouco.

Toma!

Mas do que ela está falando? E o que o troglodita, para não dizer babaca, do meu marido contou a ela?

Não gosto do comentário, e meu olhar deixa bem claro para Eric tudo o que penso. Ginebra prossegue:

— Eric, você encontrou o amor da sua vida em Judith. Por que Marta não pode ter encontrado o dela?

Bem observado… disso eu gosto mais. Eric disse para ela que sou o amor da sua vida?

Meu olhar suaviza. O dele também. Por fim, Marta desata a chorar e se senta no sofá.

Sonia, Ginebra e eu olhamos para Eric. Esperamos que faça algo, que se repare. Ele põe as mãos nos quadris, sacode a cabeça e bufa. Então se senta junto da irmã e diz:

— Desculpa.

— Por quê? — Marta choraminga.

— Porque minha boca é enorme e sou um troglodita e um babaca, como pensa minha esposa.

Isso me faz sorrir. Sei o quanto ele gosta da Marta. Então o ouço dizer:

— Você me conhece, eu exagero, mas é porque me preocupo com você. Não sei quem é esse Drew e isso me deixa desconcertado. Mas, se você está

177

feliz, sabe que também vou ficar, ainda mais se vamos ter outro pequenininho correndo por aí.

Marta para de chorar, ergue os olhos e sorri para Eric.

— Drew é anestesista no hospital. É a pessoa mais carinhosa e educada que conheci na minha vida além de você. E, mesmo que não acredite, a seriedade dele, que é tão parecida com a sua, foi o que chamou minha atenção. Ele me acalma, me faz ver a vida de outra forma. Garanto que quando o conhecer vai gostar dele.

Eric sorri e abraça a irmã. Que fofo!

Depois que tudo se acalma, Sonia suspira, se senta junto da filha no sofá e pergunta:

— Agora que estamos todos mais tranquilos… para quando é o casamento?

Marta me olha. Olho para o teto. Finalmente ela dispara:

— Em duas semanas.

— Me tragam um martíni duplo — murmura Sonia enquanto Eric bufa impaciente e eu, sem conseguir me aguentar, começo a rir.

21

❧

Quando chegaram em casa, depois de passar a tarde com Neill e Romina, Björn e Mel estavam esgotados, porém felizes. Era sempre divertido encontrar os amigos.

Era a vez de Björn dar banho em Sami enquanto Mel preparava o jantar. Quando acabou, a ex-tenente ouviu os dois cantando no banheiro e deu um sorriso. "*Este caso é muito raro, mas jeito sempre tem. Um banho perfumado e vai ficar bem.*"

Sami sempre tinha gostado da trilha sonora de *Mulan*. Björn, sabendo disso, havia aprendido as letras depois de ter assistido ao filme inúmeras vezes com a menina. Sempre que ele lhe dava banho, Sami pedia que cantasse, e ele o fazia com prazer.

Os três jantaram e Björn foi contar uma história à filha. Mel aproveitou o momento para preparar sua surpresinha.

Como sempre acontecia quando era Björn que contava histórias, Sami pediu que ele lesse dois capítulos em vez de um só. Ele aceitou, incapaz de dizer não à pequena.

A surpresa já estava pronta, mas Mel ouviu do corredor que Björn ainda estava lendo. Sorriu. Sami não poderia ter um pai melhor.

— Papi, por que a bruxa dá uma maçã vermelha para a Branca de Neve? — a menina perguntou.

— Porque a Branca de Neve era tão linda, mas tão linda, que a bruxa tinha inveja da beleza dela.

— E por que a maçã era vermelha, e não verde?

Björn riu. Sami e suas perguntas…

— Porque as maçãs vermelhas são mágicas e muito, muito doces. Às vezes, elas realizam desejos, e essa maçã realizou o desejo da bruxa de envenenar a Branca de Neve.

A resposta pareceu convencer a menina. Björn voltou a ler, até que Sami o interrompeu de novo:

— Papi, por que o Dunga não fala? Ele não sabe?

Ao ouvir isso, Mel chegou mais perto para ver a cara de Björn. Ele suspirou, pensou um momento na resposta e explicou:

— Você sabe que existem crianças com probleminhas nos olhos, que não conseguem enxergar, não é? — A menina fez que sim. — O Dunga nasceu com um probleminha na voz e não consegue falar, mas de resto ele...

— Mas ninguém ensinou o Dunga a falar?

Björn sorriu. Explicar certas coisas a uma menina da idade de Sami não era nada fácil.

— Todos os anões tentaram, e a Branca de Neve também, mas a voz dele nunca quis sair.

— Coitadinho... Sério mesmo? — Björn fez que sim e Sami acrescentou na sequência: — Se amanhã minha voz não quiser sair e eu não puder mais falar, como vou pedir pra você me contar uma história à noite?

Mel se emocionou com a pergunta. Björn, tocado pelos sentimentos que a loirinha despertava nele, disse:

— Prometo, princesa, que se você ficar sem voz amanhã só de olhar nos seus olhos vou saber o que você está pedindo.

— De verdade?

Björn beijou sua testa e confirmou, balançando a cabeça.

— Querida, papais e mamães muitas vezes sabem o que os filhos querem só de olhar para eles. Ou por acaso você não percebeu que às vezes, sem que você diga nada, mamãe ou eu sabemos que você quer um sorvete ou um chocolate?

A menina confirmou balançando a cabeça. Com os olhos muito abertos, sussurrou:

— Vocês são mágicos como as maçãs vermelhas.

O advogado sorriu.

— Exatamente. Somos mágicos. Agora vamos continuar a história?

Sami concordou, e Björn continuou lendo por mais dez minutos, até que fechou o livro.

— Agora vamos dormir, senhorita.

— Ah, papi...

— Vamos — insistiu ele com carinho.

Sami não demorou a aceitar, e Björn a cobriu. Adorava a pequena tanto quanto adorava Mel. Deu-lhe um beijo na ponta do nariz e a aconchegou bem com sua boneca preferida.

— Boa noite, princesa — desejou num sussurro.

— Boa noite, papi.

Feliz, Björn ligou a babá eletrônica para o caso de a menina precisar deles durante a noite e saiu do quarto. Encontrou Mel no corredor, com um robe preto de cetim fechado demais. Sorriu. Ela jogou os braços em seu pescoço e beijou sua boca.

— Oi, meu amor — sussurrou Mel.

— Também quer que eu conte uma história? — Björn murmurou, enfeitiçado por aquela demonstração de amor.

Mel sorriu, cravou o olhar naqueles olhos azuis e afundou os dedos nos cabelos fartos do seu homem.

— Me leva pro quarto.

— Assim, sem mais nem menos? — ele questionou com uma risada.

— Me leva pro quarto — ela insistiu.

Björn atendeu ao pedido. Concluiu que tinha feito bem a Mel reencontrar Neill e Fraser e esquecer um pouco os últimos acontecimentos. Assim que entrou no quarto, ele encontrou tudo à luz de velas.

— Feche a porta — Mel pediu.

De novo, ele fez o que ela disse.

— Isso está me parecendo muito, muito interessante — ele murmurou com os olhos fixos nela.

Mel, que adorava a forma como ele a observava, pegou um envelope e lhe entregou.

— Leia.

Björn ficava mais curioso a cada instante. Abriu o envelope e leu.

Sami está dormindo e não quero que acorde. Primeiro pegue a babá eletrônica para podermos ouvir se ela acordar. Depois, me dê sua mão e vamos para o escritório.

Os olhos de Björn buscaram os de Mel.

— Sinto muito, amor — ela disse com um sorriso. — Você tem que abrir a porta...

— Não... — Björn disse olhando para a cama, decepcionado como uma criança.

Mel balançou a cabeça e insistiu:

— Vamos. Sua surpresa está esperando no escritório.

Saber que ali haveria uma surpresa o fez sorrir. Depois de pegar a babá eletrônica, Björn abriu a porta e caminharam até o escritório, bem distante do quarto de Sami e do resto da casa, já que ficava no apartamento ao lado.

Entraram e acenderam a luz, que estava vermelha. Ele achou graça nas centenas de luzinhas de Natal.

— Mas não esqueça que depois vamos ter que recolher tudo isso — sussurrou com os olhos fixos em Mel —, senão todo mundo vai ficar se perguntando o que aconteceu aqui dentro.

Mel sorriu. Em seguida, conduziu Björn até a mesa, fez com que se sentasse na cadeira de couro preto, deu-lhe um beijo quente e apaixonado e se afastou.

— James Bond, está preparado?

Björn fez que sim, abobado. Ela pegou o controle do equipamento de som, apertou um botão e começaram a soar os primeiros acordes de "Bad to the Bone". Ele gostou do que ouviu e bateu palmas.

Mel abriu o robe preto. Para sua surpresa, Björn viu que ela estava vestida com a calça camuflada e a camiseta cáqui. Na sequência, colocou o boné militar, sorriu e começou a balançar o corpo ao compasso da música.

Aquela música já deixava Björn louco, e ver Mel dançar daquele jeito… aquilo o excitava. Seu coração pulava no peito. Não era a primeira vez que ela fazia aquilo, e ele esperava que não fosse a última.

O robe caiu, o que Björn aprovou. Contente, Mel se deixou levar pelo momento dançando única e exclusivamente para ele.

Com sensualidade, subiu na mesa e tirou os coturnos. Em seguida, começou a abrir a calça enquanto mexia os quadris observando Björn. Ele continuava hipnotizado com todos os seus movimentos.

A calça acabou indo parar em um canto da sala, e a peça seguinte a voar foi a camiseta cáqui. Mel ficou vestida somente com um conjunto camuflado verde de calcinha e sutiã.

Björn, que observava vidrado, era apaixonado por aquela mulher descarada. Quando ela se virou para mostrar a tatuagem do apanhador de sonhos nas costelas, ele sentiu que ia enlouquecer. Adorava cada centímetro do seu corpo. Mel começou a mover os ombros e colocou as plaquinhas de identificação militar entre os dentes. A boca de Björn ficou seca, e ele sentiu que ia perder o controle.

Mel era sexy…

Tentadora…

Provocativa…

Segura dos efeitos que a dança estava provocando nele, ela desceu da mesa e se sentou em seu colo. Enfeitiçada pelo seu olhar, tirou o sutiã, mexendo os quadris e acariciando os mamilos rígidos para deixar claro o quanto aquele olhar a excitava.

— Nossa, linda — ele conseguiu balbuciar.

182

Então Mel se levantou, subiu de novo na mesa e começou a tirar a calcinha na frente dele lentamente, muito lentamente, com sensualidade, prazer e erotismo. Na frente de seu amor.

Björn mal conseguia raciocinar. Suas mãos estavam suadas diante daquele banquete para seus olhos. Já totalmente nua quando a música acabou, Mel se sentou sobre a mesa e murmurou quase sem fôlego:

— Tenho certeza de que isso que acabei de fazer escandalizaria as mulheres dos seus amiguinhos advogados. Neste exato momento, sou seu presente, James Bond. Faça comigo o que quiser.

Ela não precisava dizer mais nada. Excitado do jeito que estava, Björn a fez se deitar sobre a mesa, abriu suas pernas e a chupou e degustou, fazendo amor com a língua num frenesi total, até seus instintos mais selvagens o mandarem abrir o zíper da calça e pôr para fora o pau duro. Ele a penetrou, e ambos se arquearam de prazer.

Vendo que suas pernas tremiam de tanta excitação, Björn se sentou na cadeira, colocando-a no colo. Ele a beijou. Não falaram nada. Não precisavam de palavras. Seus sentimentos, unidos ao prazer desvairado do momento e à necessidade absoluta que tinham um do outro, foram suficientes. Amaram-se com urgência. Tocaram-se com desespero. Possuíram-se com exigência. Quando o clímax os arrebatou, ficaram estendidos um nos braços do outro.

— Não foi nada mal como preliminar — Mel murmurou.

— Nada mal, Parker — ele afirmou, sem fôlego.

Instantes depois, Björn teve outra ereção e eles fizeram amor sobre a mesa.

— Dizem que quem faz dois, faz três — sussurrou Mel depois do segundo round.

Exausto e suado, Björn olhou para ela sorrindo.

— Está a fim de me matar, querida?

Mel fez que sim e o beijou.

— Sem dúvida alguma — ela afirmou. — Hoje estou disposta a tudo por você.

Björn adorava a entrega de Mel naquela noite, e a beijou de forma voraz até que ela propôs:

— Que tal ir à cozinha para matar a sede antes que a gente fique desidratado?

Sorrindo, Björn aceitou. Mel recolheu as roupas do chão rapidamente, tirou as luzinhas vermelhas de Natal e vestiu o robe preto.

— Vem, querido.

Apenas parcialmente vestido, Björn foi atrás dela sem pensar duas vezes. Abriram a porta que ligava o escritório à casa, atravessaram corredor e chegaram à cozinha, onde largaram as roupas e as luzes. Morrendo de sede, Mel abriu a geladeira e pegou duas cervejas. Abriu-as e ofereceu uma a Björn. Ele se apressou a pegá-la para fazer um brinde.

— A você, que continua me surpreendendo.

Mel sorriu. Assim ela esperava.

Apoiados no balcão da cozinha, ela ria dos comentários provocadores que Björn fazia sobre o tesão que sentia quando Mel dançava para ele. Depois de terminarem as cervejas, ela tirou outro envelope do bolso do robe preto e lhe entregou.

— Abra e leia o que está escrito.

De boa vontade, Björn fez o que ela pedia.

Para esta noite tão especial, eu queria ter morangos, mas não tive tempo de comprar. Mas tenho chocolate e uma fruta mágica. Adivinha qual é.

Björn olhou-a com surpresa e sussurrou:

— Morango e chocolate, que belas recordações! Isso está cada vez mais promissor.

Mel sorriu, satisfeita com o comentário. Abriu a geladeira, pegou uma maçã vermelha reluzente e um pote de Nutella.

— Não tenho morangos, meu amor — ela disse novamente —, mas ouvi em algum lugar que maçãs vermelhas são mágicas e concedem desejos.

— Ah, é?

— É. — Ela acrescentou ao lhe entregar a maçã: — Para você.

Björn a pegou e disse:

— Você é minha Eva e quer que eu morda a maçã como Adão.

— Quero. Seria um prazer ver isso.

Cada vez mais surpreso, Björn olhou para a maçã e viu que dela saía um papel enrolado fininho.

— O jogo continua? — perguntou, erguendo os olhos para Mel.

— Continua, querido. Leia o que está escrito.

Curtindo o momento, Björn desenrolou o papelzinho e leu:

Porque não quero viver sem você, porque Sami te adora e porque você nos ama como nunca vi alguém amar outra pessoa, quer se casar comigo em Las Vegas em 18 de abril? Depois fazemos a festa para a família em Munique.

Mel sabia que nunca esqueceria a cara que Björn fez ao ler o bilhete. Ele a encarou com os olhos azuis impactantes, piscou algumas vezes e, ao se convencer de que tinha mesmo lido aquilo, balançou a cabeça para confirmar, emocionado.

— Claro que quero me casar com você nesse dia, meu amor.

Mel se lançou nos braços dele. Björn amava aquela mulher como um louco, e ela finalmente havia decidido dar o grande passo. Abraçaram-se e se beijaram até que, de repente, Björn se separou dela e murmurou:

— Então, você esqueceu a ideia de ser segurança?

Mel não gostou de ouvir aquilo, mas como não desejava interromper o momento mágico, disse:

— Querido, depois falamos disso.

Convencido de que era melhor ficar quieto e aproveitar o triunfo, Björn assentiu e a beijou de novo.

— É uma pena que eu não tenha um diamante lindo para te dar — disse ele —, mas prometo que amanhã mesmo vou comprar a aliança que você quiser.

A ex-tenente sorriu com divertimento — a aliança era o que menos importava. Então abriu o pote de Nutella e enfiou a mão nele. Depois pegou o dedo de Björn, fez uma marca de chocolate nele e observou:

— Você já tem sua aliança. Agora coloca uma no meu dedo?

A originalidade de Mel sempre o espantava. Björn colocou a mão no pote, pegou o dedo dela e desenhou um anel com chocolate.

Segundos depois, apaixonados e felizes, eles foram juntos para o quarto levando o pote de Nutella. Sem dúvida, iam se lembrar daquele momento pelo resto da vida, mesmo que não houvesse morangos nem diamantes.

22

Quando saímos da casa de Sonia, Marta e Ginebra chamam um táxi. Eu e Eric nos dirigimos à garagem para pegar nosso carro. Em silêncio, ele manobra e eu ponho o cinto de segurança.

Assim que passamos pelo portão, depois que me despeço de Sonia com um aceno, apoio a cabeça no encosto e fecho os olhos.

— Cansada? — pergunta Eric com a voz neutra.

Pelo tom, vejo que espera discussão. Sabe que não achei graça nenhuma em tê-lo encontrado com Ginebra na casa da mãe dele. Mesmo assim, respondo:

— Estou.

— Pequena, acho que...

— Não me chame de "pequena", não agora! — digo entre os dentes, quase saltando na jugular do meu marido.

Eric me olha.

— Jud...

Sem conseguir me conter, digo:

— Você é burro ou acha que eu é que sou?

Isso o surpreende. Ele aproxima o carro do meio-fio e para. Puxa o freio de mão e me encara.

— Pode me dizer o que você tem?

Meu corpo se rebela e já sinto o calor espanhol subindo.

— O que estava fazendo com Ginebra na casa da sua mãe? — respondo, olhando para ele.

— Eu precisava falar com minha mãe. Comentei isso com Ginebra quando terminamos de almoçar, e ela me perguntou se eu achava ruim ela ir junto, para fazer uma visita. Eu não tinha o que fazer.

— Você não tinha me dito que precisava ver sua mãe. É mentira!

Eric fecha os olhos e suspira.

— Jud, ela e a mamãe se davam muito bem, não tinha como eu recusar.

Balanço a cabeça e concordo. Ou faço isso ou dou um chute nele.

Com mais calor do que segundos antes, tiro o cinto de segurança, abro a porta e saio do carro. Preciso de ar ou vou ter um treco.

Eric também sai do carro. Dá a volta, para ao meu lado e pergunta:

— Querida, é sério que você está assim porque Ginebra visitou minha mãe?

Solto o ar com impaciência. Meu pescoço pinica e começo a me coçar. Quando Eric vai tirar minha mão, digo num grunhido:

— Não me toque.

— Judith!

Seu tom de voz autoritário me tira do sério. Sem me importar que tenha gente passando e nos olhando, eu grito:

— Era tão difícil me dizer que ia levar a Ginebra na casa da sua mãe? — Eric não responde, e eu continuo: — Tento confiar em você. De verdade. Tento não pensar bobagem, mas...

— Quer baixar a voz? — ele protesta ao ver como as pessoas nos olham.

Isso é a gota d'água. Não estou nem aí para os outros.

— Não — retruco. — Não posso baixar a voz, como você também não pôde dizer não a Ginebra.

Eric levanta as mãos, toca a nuca e xinga. Depois diz, olhando para mim:

— Às vezes você é insuportável.

— É melhor eu me segurar e não dizer o que você às vezes é!

Minha resposta atrevida o incomoda. De cara feia, ele manda entre os dentes:

— Entra no carro.

— Não.

Eric abaixa o queixo, aperta os olhos e repete:

— Entra no carro e vamos já pra casa. Aqui não é lugar pra discutir.

Nesse instante, ouço risadinhas de algumas mulheres que estão assistindo à cena. Como não estou a fim de arrumar confusão com elas também, entro no carro e bato a porta com tudo. Eric sobe e fecha a porta com outra pancada. Coitado do carro... Não merece isso...

Voltamos para casa em um silêncio desconfortável. Para mim tanto faz. Se ele acha ruim, que se dane. Não me interessa. Estou louca da vida.

Cumprimento Susto e Calamar, pois os pobrezinhos não têm culpa de nada, depois entro pela porta que liga a garagem à casa. Rapidamente o pequeno Eric vem correndo ao meu encontro. Alegro-me de ver que Pipa deixou que ficassem acordados até nossa chegada. Eu o pego, beijo e faço carinho nele.

— Mami, comi biscoito.

Fico satisfeita por ele ter dito uma frase inteira e olho para Eric, que está sorrindo. Ele tira o menino dos meus braços e dá um beijo carinhoso em sua bochecha.

— Muito bem, Superman — Eric elogia. — Muito bem!

Esse pequeno gesto acaba me alegrando. Sorrio. Não consigo evitar.

Entramos na cozinha e vejo que Hannah está morrendo de sono. Já é muito tarde para eles, mas eu a pego da cadeirinha e a encho de beijos. Ela sorri, feliz por estar com a mamãe.

Durante um instante, a felicidade reina na cozinha, porque as crianças merecem que eu e Eric disfarcemos o mal-estar. Flyn de repente abre a porta.

— Estou incomodando? — pergunta quando nos encontra rindo.

Eric e eu olhamos para ele. Já vem armado. É um péssimo dia.

— Não, querido, claro que não — respondo, antes que Eric diga alguma coisa.

Flyn entra e, sem olhar para nós, pega uma lata de coca-cola da geladeira. Ele a abre, bebe rápido e deixa sobre o balcão. Então dá meia-volta para sair da cozinha, mas Simona o chama:

— Flyn.

Ele continua andando.

— Flyn — insiste a boa mulher.

Ele nem liga, e Eric e eu nos olhamos. Simona o chama pela terceira vez e ele nem se abala. Dessa vez não consigo ficar calada diante da falta de respeito.

— Flyn! — grito.

Agora, sim. Ele para e se vira para nós. Eric, tão irritado como eu, o recrimina:

— Não está ouvindo Simona falar com você?

Ele bufa e olha para ela com a expressão contrariada.

— O que você quer?

Nervosa com toda a atenção, a mulher murmura:

— Não se deixa a lata assim.

Todos olhamos para Flyn. O grande sem-vergonha responde:

— Então joga no lixo.

Como é que é?!

Ai, ai, ai... Isso, não. Esse tipo de atrevimento, não!

Coloco Hannah na cadeirinha outra vez. Eu me aproximo do adolescente presunçoso, coloco meu rosto na frente do dele e digo irritada:

— Flyn Zimmerman Flores, faça o favor de pegar essa lata de coca-cola agora mesmo e jogar no lixo, antes que eu perca a pouca paciência que me resta e te dê uma bofetada que não vai esquecer.

Ele me olha, me olha e me olha. Está me desafiando.

Sustento o olhar e, por fim, com um sorrisinho que merece um safanão, pega a lata e a joga no lixo.

Assim que faz isso, volta a me encarar. Num ato de provocação que me deixa louca, Flyn pergunta:

— Contente?

Nesse instante, eu me lembro do que conversei com Mel. Como se minha mão tivesse vida própria, dou uma bofetada nele que faz até eco.

— Contente? — pergunto, sem poder evitar.

Surpreso, Flyn leva a mão ao rosto.

Merda, merda, merda... O que eu acabei de fazer?

Nunca bati nele. Nunca me comportei assim com ele. Flyn dá meia-volta sem dizer nada e sai da cozinha. Está ofendido.

Hannah se põe a chorar. Quando olho em sua direção, vejo o rosto de Eric. Está branco e surpreso. Sem me dizer nada, ele sai da cozinha também, contrariado. Observo Simona. Começo a tremer e me agarro ao balcão da cozinha.

— Não... não sei o que me aconteceu — murmuro.

A mulher, tão nervosa como eu, me faz sentar. Pipa se apressa a levar os pequenos para a cama. Simona se senta ao meu lado.

— Calma, Judith, calma.

Porém, não consigo ficar calma. Se dei um bofetão em Flyn foi porque estava irritada com Eric.

— Perdi o controle... — sussurro olhando para Simona. — Como pude fazer isso?

Pouco depois, eu me vejo jantando sozinha na mesa da sala. Nem Flyn nem Eric estão com fome. Coloco um pedaço de tomate na boca e xingo. Por que a tristeza não me faz perder o apetite, como acontece com o resto da humanidade?

Ficar triste me dá fome! É mole?

Depois de jantar, não sei o que fazer. Sinto-me estranha. Estou mal pelo que aconteceu e decido ir falar com Eric. Vou até seu escritório e vejo que não está ali. Vou à piscina coberta, mas está vazia. Entro no quarto e nada. Cabisbaixa, vou dar uma olhada nos pequenos. Os dois dormem como anjinhos. Beijo-os com carinho. Na saída, ouço a voz de Eric. Vem do quarto de Flyn.

Entro ou não entro?

Conto até vinte para juntar forças e decido abrir a porta.

Os dois me encaram com olhos acusadores. Dois chatos!

Eles me fazem sentir como a madrasta na história da Branca de Neve. Durante alguns segundos, ambos permanecem calados, até que Eric prossegue:

— Como eu dizia, falei com sua avó Sonia e ela vai ficar com você enquanto estamos no México. Dei instruções a ela sobre o que pode e não pode fazer por causa do castigo.

— Mas eu quero ver o Dexter — reclama o menino. — Prometi a ele que da próxima vez que vocês fossem eu ia e…

— Na vida, tudo tem consequência — interrompe Eric. — E foi você sozinho, com seu comportamento, que causou tudo isso.

Flyn resmunga. Nem me olha. Eu o observo e então pergunto:

— Você falou com seu orientador sobre a reunião?

O garoto responde sem olhar para mim.

— Falei.

Balanço a cabeça em aprovação. Querendo me desculpar pelo tapa, começo a dizer:

— Flyn, sobre o que aconteceu hoje, eu…

— Você me bateu — ele me interrompe sem olhar para mim. — Não tem nada para esclarecer.

— Claro que tem — afirmo, disposta a conversar.

Ele não está a fim, e olha para Eric em busca de apoio.

— Jud, melhor deixar assim. Não piore as coisas.

Aquilo me deixa pasma. Flyn então diz:

— Agora quero dormir, se vocês não se importam.

Eu me importo. Claro que me importo!

Quero esclarecer o ocorrido. Quero que ele saiba que estou arrependida, mas sua frieza e as palavras de Eric destroçam meu coração. Já não sei nem o que dizer.

Eric me olha e faz um sinal com a cabeça para que eu me retire. Saio abatida. Ele sai atrás de mim e me encara.

— Jud, vamos até o escritório.

Sem pegar minha mão, começa a descer a escada. Sei que vamos para lá para que Flyn não possa ouvir a discussão. Eu me preparo para a artilharia pesada que Iceman está prestes a soltar em mim.

Já no escritório, Eric fecha a porta e me encara.

— Como pôde bater nele? — pergunta num rosnado.

— Não sei... eu...

Ele eleva a voz:

— Como não sabe?

Tenho duas opções: enfrentar ou me calar. Do jeito que estou nervosa, a segunda seria melhor, mas Eric é especialista em me tirar do sério, então retruco:

— É a segunda vez que ele desrespeita Simona na minha frente, e não vou permitir isso. Estou arrependida de ter dado o tapa nele. Não sei o que aconteceu, mas... mas...

— Você não deveria ter feito isso.

— Eu sei. Mas Flyn não pode se comportar desse jeito. Concordo que o mimamos bastante e lhe demos coisas que ele não merece, mas se não colocarmos limite ao jeito como fala com Simona, só vai piorar com o tempo e...

— Não encoste mais a mão nele.

Seu olhar me irrita mais que suas palavras.

— E você não tire mais minha autoridade na frente dele — vocifero. — Acha bonito me mandar calar a boca e não piorar as coisas?

— Você não gostou disso? — Confirmo com a cabeça. Claro que não gostei. Então ele acrescenta: — Porque é o que faz comigo o tempo todo.

Está bem... Ele acabou de marcar um golaço. Como não estou disposta a me calar, continuo:

— Você não acha que "melhor deixar assim, não piore as coisas" foi exagero?

— Não — ele responde, furioso.

Sua voz, tensa e taxativa, liberta algo em mim. Ele não está nem me ouvindo? Insisto:

— Garanto que o bofetão dói mais em mim do que em você, mas eu não podia admitir a falta de respeito. Ele é um menino e...

— Não bata nele nunca mais — Eric insiste.

Paciência tem limite. Passo o peso do corpo para a outra perna e pergunto:

— Por quê? O que vai acontecer se eu puser a mão nele de novo?

Eric me olha, me olha, me olha... Por fim, quando sabe que estou quase saltando na sua jugular por causa de sua prepotência, ele retruca:

— Não vou responder essa pergunta ridícula. Vamos dormir, está tarde.

E, sem mais, abre a porta do escritório e vai embora, deixando-me para trás com cara de boba. A gente não ia discutir?

Sozinha no escritório, olho em volta. Com o humor que estou, poderia destruir tudo ali; porém, como a pessoa civilizada que sou, respiro fundo e saio. Ao chegar à escada, vejo que Eric não está me esperando. Decido ir até a piscina coberta, porque não quero ficar deitada ao seu lado. Assim que chego, tiro a roupa e, sem pensar, jogo-me na água.

Nado, nado, nado e me desafogo. Cansada e sem fôlego, saio da água e me envolvo numa toalha.

Ainda chateada com o que aconteceu, vou para o quarto. Vejo que a luz está acesa, mas Eric não está ali. Ouço o chuveiro ligado. Tenho que tomar banho também, mas vou esperar que saia, porque não estou a fim de entrar no chuveiro com ele.

Primeiro discutimos por causa de Ginebra. Depois, por causa de Flyn. O dia não poderia ter sido pior.

A porta do banheiro se abre e meu delicioso alemão aparece, molhado e com uma toalha ao redor da cintura. Sempre que o vejo assim sinto o coração disparar. Que lindo!

Contudo, não quero demonstrar o que às vezes digo com o olhar. Entro no banheiro e fecho a porta, tiro a toalha e vou para o chuveiro. Depois, seco o cabelo e saio. Eric está deitado na cama e olha para mim.

Em circunstâncias normais, eu teria me lançado sobre ele entre risos, mas hoje, não. Dirijo-me ao meu armário, pego uma calcinha e uma camiseta e visto.

Eric me acompanha pelo quarto com seus olhos azuis. Quando chega à conclusão de que não vou abrir a boca, ele diz:

— Pare de pensar bobagem sobre Ginebra. Conheço você.

Eu me recuso a responder. Deito na cama, mas as palavras queimam minha garganta. Por fim, digo entre os dentes:

— Só vou dizer que, se fosse você no meu lugar, se tivesse chegado na casa do meu pai e tivesse encontrado ele, minha irmã e um ex comigo sem que tivesse te avisado, não teria gostado. Também conheço você!

Eric enruga a testa. Faço o mesmo.

— Estou tentando confiar em você — continuo, levantando a voz.

— Jud…

— Encorajei você a brincar com ela no Sensations, sugeri hoje que fosse almoçar com ela a sós, mas, mas você me faz duvidar.

— Querida, Ginebra é só uma amiga. Nada com que você tenha que se preocupar.

Solto um palavrão. Que se dane.

— E quanto a Flyn — prossigo —, não me tire do sério, Eric Zimmerman: ele é tão filho seu como é meu, por isso, nunca mais me repreenda como fez hoje, ou juro que você vai se dar muito mal.

Sua expressão se contrai. Sei que o que acabei de dizer é doloroso para ele, mas não estou nem aí! Cada um com seus problemas.

— Jud, escuta...

— Não, eu não quero escutar — digo, e me deito de costas para ele. — Como você mesmo disse antes, é tarde, vamos dormir!

— Querida...

— Não — sussurro, irritada, enquanto tiro sua mão do meu ombro. — Hoje não quero ser sua querida. Me deixa em paz.

Ele não me toca mais. Sinto que se mexe na cama, que está incomodado. Minhas palavras o feriram tanto como as dele me feriram. Algum tempo depois, Eric se aproxima de mim e murmura:

— Ginebra está morrendo.

Meu coração para. Lentamente, eu me viro em sua direção. Quando nossos olhos se encontram, ele explica:

— Ela tem um tumor inoperável no cérebro. Os médicos deram de quatro a seis meses de vida. Ela voltou à Alemanha para se despedir de pessoas que foram importantes na vida dela.

Não digo nada. Não consigo.

— Conheci Ginebra quando tinha a idade de Flyn — continua Eric. — Os pais dela eram empresários alemães ricos, donos de várias fábricas de calçados, mas a última coisa com que eles se preocupavam era com a única filha. Aquilo fez minha mãe se apegar a ela, e minhas irmãs a consideravam uma irmã também. Durante anos, ela foi só alguém da família, até que, na faculdade, os pais dela morreram num acidente aéreo e aconteceu algo entre a gente que mudou tudo.

Eric se levanta da cama e eu me sento para observá-lo. Ele prossegue:

— Eu me apaixonei por ela como um idiota. Ginebra era decidida, impetuosa e divertida. Juntos, descobrimos muitas coisas, como nossa sexualidade. Aquilo nos distanciou quando ela começou a exigir certas coisas que não me agradavam. Depois ela conheceu Félix e me trocou por ele, o que me deixou muitíssimo irritado. Por causa disso, eu a proibi de se aproximar da minha mãe e das minhas irmãs, que eram a única família que Ginebra tinha. Eu me senti traído. Ela foi embora para Chicago e eu não a vi de novo até aquele dia em que nos encontramos no restaurante. Hoje, durante o almoço, quando me disse o motivo de sua viagem e me pediu para ver minha mãe, não pude dizer não, Jud.

Concordo com a cabeça. Nem eu teria recusado. Levanto-me da cama disposta a abraçá-lo, mas ele me detém com os olhos cheios de lágrimas.

— Você é minha vida, meu amor, é a mãe dos meus filhos e a única mulher que quero ao meu lado. Mas quando fiquei sabendo que Ginebra estava morrendo e ela pediu para ver minha mãe… eu… eu…

— Sinto muito, querido… sinto muito.

Permanecemos um instante abraçados em pé no meio do quarto. Eric cola seu corpo ao meu e eu colo o meu ao dele. Quando nos acalmamos, vamos nos deitar. Lamento muito por Ginebra. Estou de coração partido.

23

Naquela manhã, Mel se levanta e manda várias mensagens de texto para Judith, que não responde. Então veste Sami e a leva para a escola como fazia todos os dias.

Ela estava conversando com as outras mães quando vê Johan chegando com Pablo. Com um sorriso cálido, o advogado se aproxima da porta onde estava o grupo de mães. Depois de receber um beijo do pai, o menino corre para junto dos colegas.

Mel o observa com curiosidade. Era a primeira vez que via Johan levar o menino para a escola, mas, como não queria se meter onde não era chamada, continua conversando com as outras mães. Então, de repente, sente que alguém a segurava pelo cotovelo. Assim que se vira, dá de cara com o sorriso encantador de Johan.

— Melania, tem um segundo? — pergunta ele.

Surpresa com aquela aproximação repentina, ela se despede das outras mulheres. No caminho para o estacionamento, ele diz:

— Louise me contou que você sabe do nosso problema e um pouco mais. Imagino que ela já tenha pedido discrição, mas queria reforçar isso.

Mel o encara. Não entendia qual era o motivo daquilo. Ela não tinha mais falado com Louise.

— A vida conjugal de vocês só diz respeito a vocês — ela replica —, mas acho que…

— Você não tem que achar nada — interrompe Johan. — Só tem que ficar longe de Louise e manter sua boquinha linda bem fechada.

— O quê?!

Sem o sorriso encantador de antes, ele sibila:

— Até onde sei, assim como eu, tem muita gente no escritório que não gosta da sua arrogância. Não resta dúvida de que é uma péssima influência para minha esposa e para seu namorado também, eu me atrevo a dizer.

Ao ouvir isso, Mel recua.

— E, até onde eu sei, você é um grandessíssimo idiota, para não dizer algo pior. Que história é essa? Quem você acha que é pra falar comigo desse jeito?

Com um sorriso maquiavélico, Johan a pega com força pelo braço. Mel faz uso do temperamento da tenente Parker e vocifera:

— Me solta se não quiser levar um chute no saco.

Ele não a solta, mas de repente ouvem alguém dizer:

— Ei, o que você está fazendo com a moça?

Quando se viram, encontram um rapaz de patinete se aproximando deles com a cara feia. Johan solta Mel, mas antes que desse meia-volta para retornar ao carro, murmura:

— Se Björn vai conseguir o que quer ou não só depende de você.

Agitada, Mel nem sai do lugar. O rapaz então se aproxima com o patinete na mão.

— Tudo bem com você, moça?

Ainda surpresa, ela faz que sim enquanto o carro de Johan se afasta.

— Tudo, obrigada — ela diz, olhando para o garoto e tentando sorrir.

Ao ouvir aquilo, o rapaz sobe no patinete e se despede, afastando-se dela rapidamente:

— Então tchau, preciso ir.

Como uma boba, Mel dá tchau e bufa. Qual era a do idiota do Johan?

Durante vários minutos, ela fica na dúvida sobre o que fazer, até que finalmente entra no carro e se dirige para a casa de Louise. Ninguém lhe dizia o que podia e o que não podia fazer.

Toca a campainha e uma garota loira que ela não conhece abre a porta. Tinha um celular na orelha.

— Pois não?

— Oi. Sou amiga da Louise. Ela está? — diz Mel, em dúvida se estava na casa certa.

A moça sorri e se afasta para dar passagem. Ainda com o celular na orelha, ela grita:

— Louise, uma amiga sua está aqui!

Mel entra na bela casa e se senta. Estava olhando as fotos cheias de sorrisos dos porta-retratos expostos na lareira quando escuta a voz de Louise:

— Oi, Verónica, o que faz aqui?

Mel se vira e olha para ela. Verónica? Ao ver que a mulher estava com o braço numa tipoia, exclama:

— Meu Deus, Louise, o que aconteceu com você?!

A moça loira desliga o telefone, sorri e explica:

— Perdeu o equilíbrio e caiu da escada. Minha irmã anda que nem uma louca.

196

As três mulheres sorriem, mas algo dizia a Mel que aquilo não era verdade.

— Vou aproveitar que Verónica está aqui para ir ao mercado comprar umas coisas, tudo bem? — disse a moça loira.

— Tudo bem, Ulche — Louise responde com um sorriso.

Quando as duas ficam a sós, Louise se aproxima de Mel.

— Verónica? — Ela a encara. — Agora me chamo Verónica?

— Mel…

— Mas o que é tudo isso?

— É melhor Johan não saber que você esteve aqui — responde Louise com um sorriso triste.

Mel olha para ela com incredulidade. O que estava acontecendo ali?

— Está bem, vou ser Verónica. Mas, me diga, o que aconteceu?

— Minha irmã acabou de dizer: caí da escada.

— Até parece — retruca Mel, levantando sem afastar os olhos de Louise. — Quer que eu acredite nisso? Vamos agora mesmo à delegacia e você vai denunciar seu marido. Você não caiu.

— Não.

— Mas, Louise…

— Olhe, Mel, não leve a mal, mas é melhor você me deixar levar minha vida.

O silêncio se apodera da sala. Mel não gostava nada do que se escondia naquela casa bonita e impecável.

— Por que você suporta? — questiona ela.

Louise não responde. Mel se senta de novo ao lado dela e insiste:

— Não tem por que aguentar isso. Johan não pode fazer isso, não pode manter você refém. Olha, não entendo nada de leis, mas sei que isso não pode ficar assim. Você deve ter sua própria voz e tomar suas próprias decisões.

— E o que você quer que eu faça? — responde Louise, com os olhos cheios de lágrimas. — Ele pode fazer qualquer coisa. Pode tirar Pablo de mim.

— É o que veremos. Por acaso você consultou um advogado sobre sua situação?

— Não.

— Vamos à minha casa, você pode falar com Björn. Ele vai ajudar, e você vai poder tomar uma decisão sem medo.

— Não posso.

— Por que não pode?

— Porque Björn é um deles. — Lágrimas escorrem pelo rosto de Louise quando ela responde.

Nocauteada, Mel a corrige:

— Não, Louise, ele não é. Você está errada. Björn quer trabalhar no escritório, mas não é um deles. Quando ficar sabendo disso, garanto que...

— Ele não pode ficar sabendo.

— Louise, Björn é um advogado íntegro que...

— Mel, você tem que acreditar! — grita ela. — Tudo o que entra nesse escritório se corrompe. Johan também era um advogado íntegro, até que deixou de ser. Você nem imagina os documentos fraudulentos que vi no computador dele. Se eu pudesse... se eu pudesse, juro que... — Louise pensa por um instante e conclui: — Mas não posso. Não posso...

— Louise, não deixe que...

Mas ela se levanta sem olhar para Mel e acrescenta:

— Sei que não é o certo, mas pelo meu filho faço qualquer coisa. E, se para Pablo o melhor for que eu continue com seu pai e aceite esse tipo de vida, é o que eu vou fazer. Não quero me separar do meu filho e, se eu me separar do pai, sei que ele vai tirar o menino de mim, com o respaldo do escritório. Agora vá e não volte mais, por favor. Se Johan ficar sabendo que esteve aqui, você vai ter problemas.

— Mas, Louise...

— Não, Mel, vá!

Saindo da casa, a ex-tenente estava totalmente desanimada. Como era possível que Louise se deixasse vencer daquele jeito por aquele imbecil?

Olhando no celular viu que Judith ainda não tinha respondido.

Confusa, Mel entra no carro e murmura:

— Onde você está se metendo, Björn?

Em seguida, dá partida e segue para a Müller. Precisava falar com Judith.

24

Quando Jud acorda depois de uma noite horrível, Eric já tinha saído para trabalhar.

Por que não a havia esperado?

Com paciência, toma um banho e, embora não sentisse vontade de fazer nada, sai de casa depois de ver as crianças. Flyn nem sequer a olha, e ela deixa por isso mesmo. Não tinha forças para discutir.

Assim que chega ao estacionamento da Müller, encontra Mel junto ao portão de entrada. Surpresa por vê-la ali, abre a porta do carro para a amiga subir.

— Você não olha suas mensagens? — Mel solta.

Judith até faz menção de contestar, mas Mel acrescenta:

— O que aconteceu?

Os olhos de Judith se enchem de lágrimas. Ao vê-la assim, Mel murmura:

— A manhã de hoje está sendo péssima. — Sem deixar de olhá-la, acrescentou: — Nem pense em entrar no estacionamento. Vamos tomar um café.

Jud nega com a cabeça.

— Não posso. Tenho muito trabalho.

— O trabalho que se dane. Você é a mulher do chefe. Quero ver demitirem você por chegar tarde!

Pela primeira vez naquele dia, Judith sorriu. Deu marcha a ré no carro e seguiu para uma cafeteria distante da Müller. Não queria que ninguém a visse.

Dez minutos depois, estaciona. As duas saem do carro, caminham até um terraço coberto e pedem ao garçom dois cafés e uma jarra de água.

— Agora me conta, o que está acontecendo? — Mel pergunta, olhando para a amiga.

A pergunta faz Judith desmoronar. Ela conta tudo o que estava se passando com Flyn, com Eric e com Ginebra. Menciona também a vontade de ver o pai. Mel a escuta paciente, consola-a e a anima. Quando percebe que a amiga estava parando de chorar, opina:

— Quanto à história com Flyn, lamento, ainda que eu tenha sugerido o tapa, mas, Eric querendo enxergar ou não, o menino merecia. Se vocês permitirem esse comportamento, ele vai se transformar num monstro. E não preciso dizer que se o menino respondeu pra você e Eric recuou, ele também merecia um bofetão.

— Eric não sabe de muitas coisas… Eu não conto para…

— Isso é ruim, Jud. Você deve contar tudo a ele.

Judith suspira; sabia que a amiga tem razão.

— Às vezes não aguento os Zimmerman, e ontem foi assim. Eu os amo, mas agora adoraria mandar todos para bem longe por serem tão imbecis, arrogantes e presunçosos. Sei que errei dando um tapa em Flyn, mas eles erraram e sabem disso. Mas são tão orgulhosos que são incapazes de dar o braço a torcer e pedir desculpas.

Mel balança a cabeça. Ela também os conhecia e sabia muito bem que defeitos e que qualidades tinham.

— Quanto a Ginebra — Mel diz —, é muito triste. Deve ser horrível ter a sensação de que o tempo está se esgotando. Eu não queria me ver no lugar dela.

— Sendo muito sincera, ela é o menor dos meus problemas agora. Estou tão zangada com Eric e Flyn que não sei nem por onde começar.

— Comece indo à Feira de Jerez. Se eu fosse você, iria. Eric não quer ir? Problema dele! Mas não deixe de fazer o que quer por causa dele. No fim das contas, Eric…

— Ele me disse para ir. Eu que queria que ele fosse, porque queria que meu pai aproveitasse a feira ao nosso lado como minha sogra aproveita a Oktoberfest. Os dois merecem nossa companhia. Fico puta que Eric não se dê conta disso.

— Jud, escuta… se ele tem muito trabalho, é normal que…

— O trabalho dele que vá à merda! — dispara Jud, com vontade. — Entendo que ele tem que se preocupar com a empresa, mas só peço uma semana por ano, para voltar para casa. Se ele não me faz essa vontade é porque não dá a mínima. Porra… Ele é o chefe! Pode fazer coisas que o resto dos funcionários não podem. E, se digo isso, é porque sei. Porque ele fez isso quando queria me conquistar. Não sei por que desta vez não quer ir a Jerez. Mas, claro, se não janta comigo várias noites porque fica no trabalho, como viajaria por uns dias? — Dando um soco na mesa, ela prossegue: — Ele tem tempo para o que quer. Para ir ao batizado dos filhos de Dexter, no México, ele achou uma brecha. Será que ele acha que sou uma tonta e não percebo? Está mais do que claro que

200

Eric não se diverte muito na feira. Não gosta de se vestir como andaluz, odeia colocar o chapéu. Fica furioso quando alguém diz para ele participar das danças típicas. Mas às vezes eu também vou a jantares de trabalho que detesto. Só que fico quieta porque sei que é importante pra ele.

— Jud... Eric te ama.

— Eu sei disso. Sei que me ama, da mesma forma como ele sabe que o amo, mas não sei se é porque sabe que não vai me perder ou porque estou tão apaixonada que ele adquiriu confiança e não faz mais coisas que antes fazia. E, tudo bem, eu entendo que dirigir uma empresa é complicado, mas quero viver e ser feliz, e quero o mesmo para ele. Se tem uma coisa que Eric odiava no pai foi ter trocado tudo pela empresa, e eu não quero que isso aconteça com meu marido.

Nesse instante, tocou o telefone de Judith. Ela mostra o visor à amiga. Era Eric.

— Atende, ele deve estar preocupado — diz Mel.

Jud suspira. Conhecia o marido.

— Oi, Eric — ela atende, mesmo sem vontade.

— Onde você está? Liguei para sua mesa e me disseram que não tinha chegado. Liguei pra casa e Simona disse que já tinha saído. Posso saber onde foi que se enfiou?

A voz do marido, a exigência do tom, quando o que Judith precisava era de carinho, faz com que ela pegue o celular e o enfie dentro da jarra de água.

Ao ver aquilo, Mel pestanejou. Surpresa e achando graça, ela pergunta:

— O que você fez?

Judith sorri e prende os cabelos num rabo bem alto.

— Matei o telefone para não matar Eric.

— Caramba, Jud, era um iPhone 6.

Logo que Mel diz aquilo, as duas começam a gargalhar. Quem as visse pensaria que estavam loucas: num segundo estavam chorando; no outro, rindo. Assim que se acalmaram, Mel fala:

— Ele deve estar desesperado. Não tem mais como localizar você.

— Foda-se! Não tenho vontade de falar com ele.

Tentando parar de pensar em Eric e em todos os problemas que a rodeavam, Judith olha de novo para Mel e pergunta:

— E você, por que estava me esperando na Müller? Aconteceu alguma coisa?

Mel conta o que havia acontecido naquela manhã na porta da escola de Sami e depois na casa de Louise. Judith pisca, pasma, ao ouvir tudo aquilo.

201

— E você não deu um chute no cara? — Judith indaga ao fim do relato.

— Não — Mel responde.

— Onde é que Björn está se metendo? — insiste Judith.

Mel bufa. A amiga tinha acabado de fazer a pergunta que não queria calar.

— Supostamente, no escritório de advocacia mais famoso e renomado de Munique — responde. — Mas, cada vez que falo com Louise, tenho a sensação de que, na realidade, é uma seita.

— Você tem que falar com Björn.

— Vou falar. Claro que vou. — Querendo melhorar uma manhã tão cheia de problemas, Mel acrescenta: — Deixando de lado meus problemas e os seus, o verdadeiro motivo das minhas mensagens e de ter ido procurar você no trabalho era perguntar se nos acompanhariam no dia 18 de abril a Las Vegas para fazer a loucura do século...

Finalmente Mel havia cedido aos pedidos de Björn, grande amigo de Judith. Esquecendo todos os problemas, ela a abraça emocionada e confirma:

— É claro que sim. Nem precisava ter perguntado. Parabéns!

Lágrimas invadem seus olhos novamente e as duas sorriem emocionadas. Mel, que estava nas nuvens, conta sobre a noite anterior. Tinha sido um lindo pedido de casamento.

Uma hora depois, Judith liga para o escritório do celular de Mel e fala com Mika. Como sua ausência não causava problema algum, decidiu deixar a Müller de lado e passar o dia com Mel, sem imaginar que seu marido estava movendo céus e terra para encontrá-la. No meio da manhã, o celular de Mel toca.

— Ixi... Houston, temos um problema.

Era Eric na linha. Judith atende:

— O que você quer?

Eric leva as mãos aos olhos quando ouve a voz de Judith. Na tentativa de conter a fúria que sentia, pergunta:

— Judith, onde você está?

A distância lhe dava coragem, por isso ela responde:

— Como sabe, estou com Mel. — Fez-se um silêncio desconfortável em seguida. Quando Judith não conseguia suportar mais, pergunta: — Você quer alguma coisa ou só que eu fique ouvindo sua respiração?

Furioso como não ficava havia muito tempo, Eric dá um soco na mesa e grita:

— Passei a manhã toda procurando você que nem um louco e...

— Olha, Eric, eu também sei gritar. Se continuar falando assim comigo, juro que vou responder à altura, entendeu?

Completamente descontrolado, Eric continua berrando. Jud afasta o telefone da orelha, olha para a jarra de água onde o celular ainda estava submerso e pede:

— Mel, ou você tira seu telefone agora mesmo da minha mão ou ele vai seguir o mesmo caminho que o meu.

— Nem pense nisso — ela responde, tomando o aparelho de volta.

Judith sorri. Mel coloca o celular na orelha e murmura:

— Eric, Eric… é a Mel. A Judith está comigo… Não, não… escuta… Ela não quer falar com você. Acho, acho que… Eric, porra! Quer se acalmar?!

Jud, que estava acostumada a discutir com o marido, olha para a amiga e tira o telefone das mãos dela, sorrindo.

— Escuta aqui, Eric, você está cheio de trabalho. Por que não continua trabalhando e me deixa em paz?

— Judith, você está passando dos limites… — ele rosna.

Ela solta então uma gargalhada que o enfureceu ainda mais.

— Tenho consciência disso, mas você tem feito o mesmo há muito mais tempo. Agora, por favor, não liga mais, não quero falar com você. Nos vemos em casa hoje à noite quando eu voltar. Tchauzinho, querido.

Ela desliga.

— Não quero nem ver o que te espera em casa — sussurra Mel, olhando fixamente para a amiga.

Consciente disso, Judith assente e dá de ombros.

— Não se preocupa, vou sobreviver.

Dez minutos depois, Björn liga para Mel e tenta arrancar dela sua localização. Encerra a ligação dizendo:

— Tá bom… tá bom, Parker. Eu pego Sami na escola. Vai chegar muito tarde?

Mel responde olhando para a amiga:

— Querido, vou sair com a Judith para comemorar nosso casamento. Ela é a única amiga de verdade que tenho por aqui.

Björn suspira. Confiava totalmente nela, mas saber que Judith não estava bem e que iam comemorar o faz insistir:

— Querida, tente entender. Eric me ligou. Está preocupado com Jud.

— Eu entendo, Björn, mas Jud não quer falar com ele agora. Tente *você* entender. Eu te amo com toda a minha alma, mas não vou dizer onde estamos nem aonde vamos.

— Mel, não seja teimosa.

— Björn, não seja chato.

Notando que o tom da conversa começava a mudar, Judith tirou o telefone das mãos da amiga.

— Björn — começa ela —, se você estiver pensando em discutir com Mel por causa do babaca do seu amigo, juro que não vou te perdoar. E antes que diga algo: parabéns! Mel me contou tudo sobre o casamento e estou muito feliz por vocês.

Ele sorri. Ainda não acreditava no que Mel tinha feito na noite anterior. Olhou para o dedo, que já não tinha mais chocolate e disse:

— Obrigado, Jud. Prometo que depois vamos comemorar todos juntos. Agora, por que não me diz onde está? Assim Eric vai poder encontrar você pra conversar.

— O problema é que não quero falar com ele.

— Judith… não seja teimosa.

— Björn, vou te mandar à merda.

Mel tira o telefone das mãos de Jud e o enfia na jarra onde ainda estava imerso o primeiro celular.

— Agora acabou — declara.

— Mel! Seu celular! E seus contatos…

Ao se dar conta daquilo, Mel bufa. Como não queria dar mais importância àquilo, diz:

— Assim aproveito para arrancar um iPhone 6 do James Bond. — Ambas gargalham. Mel acrescentou: — Hoje é nosso dia. Hoje não somos mãe nem esposa nem namorada de ninguém. Não vamos permitir que encham nosso saco.

Risos tomaram conta do lugar mais uma vez. Os garçons, que as observavam, se entreolharam. Era evidente que as pessoas andavam cada dia mais loucas.

Assim que saíram da cafeteria, decidiram ir fazer compras. Era sempre uma boa terapia.

Depois de sair do shopping, foram almoçar e resolveram ir a um spa novo. Surpresas, viram que era maior do que pensavam e acabaram tomando banho de imersão em todos os tipos de piscinas que havia ali, em meio a risos.

Por fim, já cansadas, decidiram experimentar uma incrível massagem polinésia. Afinal, mereciam. Algum tempo depois, saíram do spa, deixaram as sacolas com as compras no carro e foram jantar em um restaurante a que nunca tinham ido antes. Se escolhessem algum lugar conhecido, Eric ou Björn acabariam por localizá-las.

Assim que entraram na pequena pizzaria, alguns homens vieram com cantadas. Elas sorriram, mas não deram atenção: o que esperava por elas era infinitamente melhor que aquilo.

Saíram do restaurante às dez da noite e foram passear de braços dados pela parte antiga de Munique.

— Eu iria ao Guantanamera, mas tenho receio de que Eric me procure lá — comentou Judith.

Ao atravessar a rua, uma música ritmada chamou sua atenção.

Entraram no lugar de onde ela vinha e se deram conta de que se tratava de um bar brasileiro. Não hesitaram em pedir caipirinhas.

— Minha nossa, Mel! A gente tem que controlar a bebida, ou vamos chegar em casa nos arrastando e cantando "Asturias, patria querida".

Ouvindo aquilo, Mel deu uma gargalhada e exclamou:

— Viva as Astúrias!

Segundos depois, dois homens tão grandes como armários pararam ao lado delas e as convidaram para dançar. Sem hesitar, elas negaram e se livraram deles. A última coisa que queriam era problema.

Bebendo as deliciosas caipirinhas, observaram o pessoal dançar num ritmo alucinante. Aos risos, tentaram balançar os quadris como faziam as brasileiras do bar, mas era humanamente impossível. Aquelas mulheres tinham um molejo que não dava para imitar.

De repente, a música parou, as pessoas saíram da pista e um casal de dançarinos ficou sozinho no centro. Todos aplaudiram, inclusive Mel e Jud. Instantes depois, o casal começou a dançar de uma maneira incrível. A mulher tinha um ritmo maravilhoso, mas o homem… Como ele se mexia!

Todos batiam palmas cada vez que os dois faziam algum movimento inesperado. Então, o rosto do homem entrou na luz. Judith se endireitou e murmurou:

— Mel, você não vai acreditar.

— No quê?

Piscando para tentar enxergar com mais clareza, Judith assente.

— O morenaço que está dançando é o Dênis.

— Dênis? Que Dênis?

— Dênis, amigo de Olaf, do Sensations. Aquele morenaço brasileiro que…

— Não brinca! É ele?

Jud confirma com a cabeça.

— A menos que a caipirinha esteja me fazendo ver o que não existe, aquele cara dançando é ele mesmo.

Boquiabertas, elas observaram sua sensualidade impressionante. Ao fim da música, todos batem palmas sem parar.

Quando acabou a exibição, elas ficaram sabendo que o casal era formado por professores de dança de salão que dariam uma aula ali mesmo. Sem hesitar, Mel e Judith se juntaram ao grupo que ia aprender a dançar.

Depois de meia hora de aula, Dênis pergunta:

— Judith, é você?

Acalorada por tentar seguir o ritmo dos dançarinos, Jud murmura com cara de boba:

— Siiiim.

— E eu me chamo Mel!

O rapaz as pega pela mão, separa-as do grupo e pergunta:

— Vieram sozinhas?

— Viemos — elas confirmam aos risos.

Dênis mostrava incredulidade no olhar. Aquele bairro não era um dos melhores de Munique, sendo até um pouco barra-pesada. Ele não as conhecia bem, apesar dos momentos prazerosos compartilhados com Judith, mas sempre tinha ouvido de seu amigo Olaf como Eric e Björn as protegiam. Ele mesmo tinha comprovado aquilo no Sensations.

— O que estão fazendo aqui? — ele pergunta.

— É a despedida de solteira da Mel — respondeu Jud. — E você, o que faz aqui?

Dênis notou que estavam alegrinhas, embora não bêbadas.

— Sou professor de forró.

— "Forró"? O que é isso?

Dênis e as duas se sentaram para tomar alguma coisa enquanto a música brasileira começava a tocar de novo. Então ele explicou:

— É o estilo de dança brasileiro que vocês acabaram de ver — explica.

— Aaah, é verdade, você é brasileiro — brinca Mel.

— Vocês sabem... bossa nova, samba, capoeira, caipirinha — ele zomba, olhando para Judith.

— Esse é o seu trabalho? — Judith pergunta com um sorriso.

Ele também sorri.

— Nas quintas à noite dou aula de forró aqui, mas tenho outro trabalho que não tem nada a ver com isso.

— Nunca tinha ouvido falar de "forró". E você, Mel? — A amiga nega com a cabeça, então Jud acrescenta: — Você nos ensina a dançar melhor?

Dênis sorri. Estava na cara que elas queriam se divertir.

— Com certeza — concorda, balançando a cabeça. — Vocês só precisam pegar o ritmo.

Em seguida, Dênis lhes apresentou vários amigos e colegas, o que tornou a noite muito mais divertida. Ninguém avançou o limite com elas e, três horas depois, Judith já dançava na companhia de Dênis com graça e desenvoltura.

— Você tem ritmo, Judith.

Com calor e com sede, ela sorri e olha para Mel, que começava mais uma dança com outro rapaz.

— Estou morrendo de sede. Vamos até o bar? — Judith sugere.

Chegando lá, Dênis pediu duas cocas com gelo.

— Eric não se importa que você esteja aqui sem ele? — pergunta ao entregar o copo a Judith.

— Que horas são? — ela pergunta, olhando para ele com um sorriso.

— Uma e dez.

— A esta hora, Eric deve estar soltando fumaça pelas orelhas, sem saber onde eu estou — ela diz.

— Era o que eu pensava… — responde Dênis, rindo.

— Como assim? — retruca Jud.

Dênis dá um gole na bebida e comenta:

— Não conheço seu marido, só conheço você, mas Eric me pareceu um homem possessivo, como eu, apesar dos jogos que vocês fazem no Sensations.

Judith suspira com a menção do lugar. Daria tudo para estar naquele momento brincando com Eric no Sensations. Tentou não dar importância demais ao assunto:

— Você tem razão — replica. — Eric é tremendamente possessivo, mas hoje estou chateada com ele e só quero me divertir com minha amiga.

Com isso, Dênis dá por encerrada a conversa.

— Então vamos nos divertir, linda! — ele chama, pegando-a pela mão.

Após horas e horas dançando diferentes tipos de música brasileira, as duas mulheres decidem dar a festa por encerrada às quatro da madrugada. Dênis se ofereceu para acompanhá-las até o carro, mas elas não permitiram. Não precisavam de um guarda-costas.

Cinco minutos depois, estavam caminhando por uma rua escura de Munique quando um carro parou ao lado delas. De dentro, saiu uma voz:

— Com licença, senhoritas.

As duas pararam, abaixaram-se para ver quem estava falando e encontraram um desconhecido.

— Quanto? — perguntou ele.

Elas se entreolharam, e Mel pergunta, intrigada:

— Quanto o quê?

Com um sorriso encantador, o homem pegou a carteira, mostrou a elas e insistiu:

— Cem para cada uma se me acompanharem por uma hora.

As amigas trocaram um olhar.

— Desculpa — replica Jud, achando graça —, mas tenho que comprar um iPhone 6 e cem não dá nem pro cheiro.

— Cento e cinquenta — ele insiste.

— Não vai rolar, a gente vale muito mais. Não viu como somos lindas? Aumenta a oferta! — Mel diz rindo.

— Trezentos e cinquenta — continua ele.

O comentário as faz rir.

— Que tentador… — Judith sussurra. — Será que a gente aceita?

De repente, apareceram duas viaturas de polícia com a sirene acesa. O cara do carro desce e mostra um distintivo.

— Muito bem, mocinhas. Estão presas por prostituição.

Elas se olham boquiabertas, mas, antes que pudessem se mexer, os policiais as algemam e as colocam dentro da viatura sem ouvir seus protestos.

Na delegacia, as duas continuaram discutindo com os policiais até que ouviram uma voz conhecida perguntar:

— O que vocês estão fazendo aqui?

Viraram para o agente que as observava do outro lado da delegacia e viram que se tratava de Olaf, do Sensations.

Mel e Judith contaram o que tinha acontecido. Olaf, irritado, começou a discutir com seus colegas pelo erro cometido. O policial que havia feito o flagrante não quis saber de conversa e as levou a uma das celas. Mel pediu a Olaf que ligasse para Björn. Judith não abriu a boca. Quando Eric ficasse sabendo onde estavam, o tempo ia fechar.

Já estavam na cela, cercadas por outras mulheres, quando um sujeito se aproximou das grades.

— Mas o que meus olhos estão vendo?! — ele exclamou. — A noiva de Björn Hoffmann… — Rindo, ele acrescentou num sussurro: — Seu noivo sabe o que você faz à noite?

Mel percebeu que se tratava de Johan, marido de Louise e sócio de Gilbert Heine.

— Vai à merda — Mel rosna, incapaz de manter a boca fechada.

Ele dá uma piscadela com superioridade.

— Tenha cuidado com o que diz — alerta sem se abalar. — Posso incluir algo a mais na sua acusação, além de prostituição. — Baixando a voz, ele conclui: — Eu disse para ficar longe de Louise, esqueceu?

Jud agarra Mel pela mão para que a amiga se calasse.

— Quem é esse? — pergunta quando o cara foi embora.

— O marido de Louise — Mel responde, zangada.

Uma hora mais tarde, depois de já terem confraternizado com as outras detentas, um policial chega e abre a cela.

— Melania Parker e Judith Flores, vamos. Pagaram a fiança de vocês.

As amigas se olham: havia chegado a cavalaria.

— Nem uma palavra sobre o marido de Louise — pede Mel.

— Mas Björn deveria saber que...

— Nem uma palavra, Jud.

— Tá bom.

Judith não estava a fim de discussão. Já havia problemas demais esperando por ela.

Quando saíram e viram Eric e Björn as encarando sombriamente, na companhia de Olaf, ela murmura:

— Meeerda...

— Total — confirma Mel.

Após Olaf ter devolvido seus pertences, Mel olha para Björn. Assinado um papel, ele diz, com expressão séria e profissional:

— A acusação foi retirada, certo, Olaf?

— Foi. Não se preocupe com isso, Björn — Johan diz, aparecendo de repente.

Mel e Jud olham para ele. Björn estende a mão com um sorriso e agradece:

— Obrigado por sua ajuda, Johan.

Eric também troca um aperto de mão com ele e dá um sorriso forçado.

— Eu estava na delegacia por acaso, cuidando de outro assunto — explica o advogado. — Não sei como confundiram as duas com prostitutas.

Mel o encara pasma. Estava na cara que aquele desgraçado tinha armado aquilo só para dar uma lição nela.

Fechado em seu próprio mundo, Eric apertava a mandíbula. Quando já não aguentava mais, exigiu:

— Vamos embora!

Os quatro foram até os carros. Björn olha para Mel e pergunta com um grunhido:

— Posso saber o que você estava fazendo nesse bairro a uma hora dessas?

— Saímos para beber — responde ela, aparentando tranquilidade.

Judith olha para Eric. Esperava que explodisse num piscar de olhos, mas ele não o fez. Nem mesmo olhava para ela.

— Ah… — insiste Björn. — Então quer dizer que não sabiam que esse bairro é o bairro das prostitutas em Munique?

Elas se entreolham e, esforçando-se para não rir, negam, balançando a cabeça. Björn e Eric bufam. Eric, que estava com uma dor de cabeça terrível, insiste:

— Vamos. É tarde e estamos todos cansados.

Mel e Jud trocaram beijinhos e pediram cautela uma à outra com o olhar. Jud notou que Björn olhava e sorria para sua companheira com cumplicidade. Sem dúvida levaria tudo aquilo na brincadeira.

Eric, por sua vez, entrou no carro sem falar nada. Assim que Jud fechou a porta e colocou o cinto, olha para ele e dispara:

— Estou preparada. Pode me dar bronca.

Ele não se abala com o comentário, arranca com o carro e dirige em silêncio.

Cansada de todo aquele silêncio, Jud insiste:

— Vamos, Eric, fala alguma coisa, ou você vai explodir.

Ele não olha para ela e não diz nada. Jud suspira e fica de boca fechada.

Já em casa, quando o portão se abre, ela ouve os passos rápidos de Susto e Calamar, que se aproximavam. Eric para o carro, desce e, de cara feia, entra em casa, deixando Jud no carro.

Já acostumada a seu humor, ela sai do veículo e cumprimenta os cachorros. Calamar foi embora, mas Susto não se separou dela.

— Caramba, Susto, como o cabeça-dura está de mau humor — Judith murmura ao beijar o focinho do cachorro.

O animal parece entendê-la e esfrega o focinho em seu rosto. O gesto a faz abrir um sorriso. Ela dá um beijo de despedida no cãozinho e entra em casa. Deixa a bolsa na entrada e se dirige para a cozinha. Estava morrendo de sede.

210

Bebia água no escuro quando Eric entrou na cozinha, abriu o armarinho onde ficavam guardados os remédios, pegou um comprimido e tomou com um pouco de água. Depois de colocar o copo na pia, encarou a esposa e disse:

— Não vou discutir com você porque estou tão furioso que acabaria me arrependendo logo em seguida. É melhor a gente ir dormir.

Sem dizer mais nada, deu meia-volta e foi embora, deixando Judith preocupada depois de ter visto o comprimido.

25

A chegada à Cidade do México três dias depois é um sopro de ar fresco para nós dois.

Eric e eu não discutimos nenhum dos nossos problemas, mas sabemos que eles existem e que cedo ou tarde vão reaparecer.

A única coisa que ele me disse logo que subimos no avião foi: "Eu te amo e vamos nos divertir no México". Logicamente, assenti. Não existe nada mais importante para mim que estar bem com Eric e poder aproveitar sua companhia.

Chegando ao aeroporto, uma limusine preta nos aguarda. Dexter deixa claro que quer o melhor para nós. Depois de quarenta minutos, estamos todos em seu apartamento. Damos risada quando Graciela e o pai orgulhoso aparecem, ele sentado na cadeira de rodas com seus dois pequenos nos braços.

Sami e o pequeno Eric correm de um lado para o outro, com a pobre Pipa atrás. Hannah nos observa dos braços do pai. Por que milagre não está chorando? Estará crescendo?

Muitos beijos, abraços e felicitações depois, começamos a falar com os gêmeos usando voz de bebê. Mel está com a menina, e eu com o menino. Toda contente, aproximo o nariz de sua cabecinha. Adoro cheiro de bebê. Dou um sorriso quando Dexter fala:

— Se animem, tenham mais! Se bem que duvido que saiam tão lindos como os meus.

Todos rimos. Mel devolve a bebezinha aos braços da mãe e Björn a agarra pela cintura.

— Você se anima? — pergunta ele.

Minha amiga pisca algumas vezes, encarando o noivo. Depois procura a filha com o olhar.

— Sami, vem aqui que o papi precisa de beijinhos.

Dois segundos depois, a pequena está nos braços dele fazendo gracinhas. Björn baba.

Dexter nota minha cara de riso e me pergunta sorrindo:

— Deusa, você não tem vontade?

Rá! Nem louca teria outro bebê. Não, não e não. Quando vou responder, Eric diz no meu lugar, com um sorriso:

— Fechamos a fábrica. Com um adolescente problemático e dois pequenininhos, já nos damos por satisfeitos!

Ele sorri, parece que está de bom humor. Encantada com a resposta, eu o agarro pela cintura e confirmo:

— Se meu marido diz que a fábrica fechou, não se fala mais nisso!

Aos risos, Graciela mostra a Pipa aonde pode levar Hannah, Sami e o pequeno Eric. Sem dúvida, vão se divertir muito mais no quarto dos brinquedos. Os homens vão para uma sala e Mel e eu acompanhamos Graciela até um cômodo pintado de amarelo. Assim que entramos, duas mulheres se levantam e pegam os bebês do nosso colo.

Graciela as apresenta: são Cecilia e Javiera, as babás que vão ajudar Pipa com nossos filhos. Assim que deixamos os pequenos a cargo delas, acompanhamos Graciela à cozinha, onde vamos pegar algo para beber.

— Me conta. O que está achando da experiência de ser mãe? — pergunta Mel.

— Incrível, mas exaustiva. Nunca pensei que pudesse existir um amor tão puro como o que sinto pelos meus filhos. Posso garantir que esses três meses foram os mais lindos da minha vida.

— E o pai? — pergunto curiosa.

Graciela solta uma risada.

— Louco de amor por eles e por mim. Cuida de nós, mima... tudo o que eu possa dizer em relação a ele é pouco! — Ela baixa a voz e murmura: — E desde que pude voltar a transar, deixa minha bunda vermelha todas as noites.

As três soltam uma gargalhada. Conhecemos Dexter e sabemos muito bem que ele gosta de ver uma bunda avermelhada. Estamos falando justamente sobre isso quando Graciela comenta:

— Fiquem sabendo que ele comprou três robes de seda vermelha e uns colares muito singulares. Não para de falar que morre de vontade de nos ver usando eles.

Dou risada. Dexter curte sua sexualidade apesar das limitações físicas. Gosto que seja assim. Ainda lembro que quando o conheci, em Munique, fiquei muito impressionada ao brincar com ele e com Eric num quarto de hotel.

Chegamos à sala de estar e não me surpreendo ao encontrar minha irmã e seu marido ali. Quando me vê, Raquel se levanta e corre para mim gritando:

— Fofinha do meu coração!

Apresso-me a abraçá-la. Como é fofa minha irmã maluquinha.

— E as crianças? — ela pergunta.

— No quarto dos brinquedos, com Pipa. Sei que Luz ficou em Jerez com papai, mas onde estão Lucía e Juanito?

— Com os pais de Dexter. Eles se adoram.

Raquel cumprimenta todo mundo e depois corre ao quarto dos brinquedos para ver meus filhos.

Dez minutos depois, volta feliz da vida, sorrindo. Eu a elogio:

— Você está mais magra.

— E você mais gordinha.

Filha da mãããããães! Dou uma bofetada ou não dou?

Minha irmã é osso duro de roer. Ainda não se deu conta de que não pode dizer essas coisas para outra mulher. Ela não pensa antes de falar! Percebendo minha cara, acrescenta:

— Se bem que esses quilinhos a mais caíram bem. Ressaltam seu rosto.

Ressaltam meu rosto?

Ai… Melhor deixar para lá!

Tento sorrir, porque é melhor do que dizer o que estou pensando. Quem diz a outra pessoa que ela está gordinha???

Dexter nos apresenta a alguns amigos seus, César e Martín, e nos sentamos para beber alguma coisa.

Minha irmã, que se acomodou ao meu lado, aproxima-se e cochicha:

— O apartamento é lindo e enorme, não acha? — Faço que sim. Ela continua: — Dexter fez questão de que a gente ficasse aqui com eles. Então, enquanto ele e meu chuchuzinho estavam trabalhando, fiquei com Graciela e os bebês. O quarto que nos deram é um luxo só. Coisa de revista. O banheiro tem uma jacuzzi impressionante.

— Você a estreou com o chuchuzinho? — pergunto com um sorriso travesso.

Raquel fica vermelha como um tomate. É só falar de sexo e a coitada se perde. Apesar disso, ela cochicha:

— Claro que sim. Caramba… foi um frenesi só! Acho que o prédio inteiro ficou sabendo.

Dou risada, é mais forte que eu. Raquel me dá um tapa para eu ficar quieta, o que só me faz rir ainda mais. Fico tirando sarro da minha irmã, que também começa a rir. De repente, ela fica séria.

— Papai falou alguma coisa da Pachuca?

Nego com a cabeça. Pachuca é uma grande amiga de Jerez que conhecemos a vida toda. Tenho muito carinho por ela e, sempre que vamos à cidade, passamos pelo restaurante dela para comer *salmorejo*.

214

— Acho que tem alguma coisa entre os dois... — acrescenta minha irmã.

Olho para ela, boquiaberta.

— Pachuca e papai?

— Sim, fofa. Outro dia, ouvi o Bichão dizendo ao papai que eu tinha acabado com os planos com a Pachuca deixando Luz com ele.

— É sério? — pergunto surpresa.

— Juro pela saúde dos meus filhos — afirma Raquel, com segurança.

Seu comentário me deixa louca. Meu pai e Pachuca?

— Que foi? — pergunto, rapidamente, percebendo que minha irmã me olha à espera da minha reação.

Raquel suspira, olha em volta para o resto do grupo e cochicha:

— Não vai dizer nada? Papai e Pachuca já são velhos e...

— Se gostam da companhia um do outro e estão bem juntos onde está o problema? — interrompo.

Raquel suspira de novo.

— Não vejo nenhum problema — murmura depois de alguns segundos de silêncio —, mas papai não contou pra gente. Por que está escondendo isso?

— Talvez fique com vergonha, porque acha que não vamos aprovar.

Não sei se minha resposta a convence ou não, mas Raquel balança a cabeça e não diz mais nada.

Durante um bom tempo, todos nós conversamos. Então o telefone de Dexter toca. Ele atende, conversa, desliga e nos diz:

— Era minha mãe. Está nos esperando para o jantar.

Felizes, nós nos levantamos. Os pais de Dexter moram no mesmo prédio, quatro andares abaixo. Segundo a mãe me contou, compraram o apartamento para ficar perto de Dexter quando ele sofreu o acidente. Com os bebês, duvido que se mudem.

Antes de descer, Mel e eu vamos ver as crianças. Estão jantando. Pipa e uma das babás nos dizem que não precisamos nos preocupar. Elas vão se encarregar de vestir os pijamas neles e colocar todos na cama. Muito contentes, Mel e eu concordamos. Um pouco de liberdade na viagem vai nos fazer bem.

Entramos no apartamento dos pais de Dexter e, como sempre, eles nos recebem com carinho. Vejo meus sobrinhos, que estão jantando na cozinha, depois vamos para a sala de jantar, onde jantamos entre risos e brincadeiras.

Umas duas horas depois, voltamos ao apartamento de Dexter e Graciela, damos uma passada para ver os pequenos, que dormem como anjinhos, e vamos nos deitar. Estamos exaustos.

* * *

No dia seguinte, nós nos reunimos na cozinha. Há tantas crianças quanto adultos. É uma loucura!

À noite, depois de um passeio por um lindo parque com as crianças, deixamos todas, já de pijama, com as babás. Nós nos arrumamos e vamos jantar em um lugar espetacular. A mãe de Dexter fica com meus sobrinhos, toda contente, deixando Raquel ainda mais. Ao fim do jantar, Dexter nos convida para ir ao teatro.

Todos, incluindo César e Martín, voltam para o apartamento para beber algo. Comprovamos que as crianças estão dormindo e voltamos para a sala de estar, onde continuamos bebendo e batendo papo.

Eric, que não parou de me paparicar a noite toda, pega minhas mãos quando passo ao seu lado e me senta no seu colo. Adoro nossa proximidade. Estava sentindo falta dela. Fico assim durante um bom tempo, até que Dexter se aproxima de nós e cochicha:

— Tenho umas coisinhas para você, Mel e Graciela no quarto do prazer. Gostaria que usassem. Aliás, temos que comemorar o casamento de Björn e Mel.

No instante em que ouço isso, faço uma expressão para que se cale. Minha irmã e o marido estão ali. Com cara de riso, Dexter murmura:

— Espero que Raquel vá logo dormir.

— Eu também — concorda Eric, tocando meu joelho.

A resposta me faz sorrir e, como sempre, estremeço de tesão.

Durante mais uma hora, continuamos conversando amigavelmente na sala, até que Juan Alberto se levanta e diz para minha irmã:

— Querida, estou exausto. Vamos dormir.

Com pressa, Raquel se levanta e Dexter os encoraja:

— Aproveitem a jacuzzi!

Rio da cara da minha irmã, que fica vermelha como um tomate. Juan Alberto, que a conhece muito bem, dá uma piscadinha para nós.

— Vamos usar agora, em homenagem a vocês — responde.

Todos rimos. Raquel, escandalizada, dá um tapão no ombro do marido. Eles saem da sala.

Então vejo que os rapazes se entreolham e sei no que estão pensando. Seus olhares e sorrisos os entregam.

— O que as mulheres acham de brincar um pouco no quarto do prazer? — Dexter pergunta.

216

Sorrio e vejo que Mel e Graciela fazem o mesmo. Sem a necessidade de dizer mais nada, nós três nos levantamos. Eric se posiciona ao meu lado e murmura, beijando meu pescoço:

— Está com vontade?

— De você e por você, sempre! — respondo, caminhando a seu lado.

Os três casais, acompanhados pelos amigos de Dexter, que também são do meio e, segundo Graciela, jogam com eles muito frequentemente, se dirigem ao escritório. Mel, que nunca esteve ali, assim que entra me olha e comenta:

— Achei que íamos a um lugar mais íntimo.

Dou uma piscadinha. Mel logo vê que Graciela aperta um botão na estante, que se desloca para a direita. Ela então acrescenta:

— Ora, ora… isso começa a ficar interessante.

O telefone de Björn toca, e ele se apressa em atender.

— Entrem vocês — sugere. — É meu pai e preciso falar com ele.

— Vou ficar com você — afirma Mel.

Björn concorda. Entre eles existem as mesmas regras que entre mim e Eric. A primeira delas é fazer sexo sempre juntos, no mesmo quarto e no mesmo grupo.

Assim que Dexter, Graciela, Eric, César, Martín e eu entramos no quarto escuro, a estante se fecha e uma luz tênue e amarelada toma conta do lugar. Em seguida, Eric me agarra e chupa meu lábio superior, depois o inferior, dá uma mordidinha doce e introduz a língua na minha boca. Ele me beija possessivamente.

Ao fim daquele beijo tórrido que mostra aos presentes que somente Eric é meu dono, ele me pergunta com carinho:

— Do que você gostaria de brincar hoje, minha pequena?

Adoro que ele se comporte assim nesses momentos. Acho excitante. Nunca fazemos nada sem consultar um ao outro. Depois de ver como Martín e César nos observam, respondo baixinho:

— Brinca comigo como quiser.

— Como eu quiser?

Observo a cruz de santo andré, símbolo do sadomasoquismo, que Dexter tem ali e sorrio, olhando para Eric:

— Nem pense nisso.

Meu amor sorri. Dexter se aproxima de nós e me entrega uma coleira de couro preta.

— Coloque isso, Deusa.

Olho para ele. É macia e no centro há uma argola.

— Você sabe que não gosto de sado — replico, encarando-o.

Ele sorri, dá uma piscadinha e sussurra:

— Eu sei, mas você não imagina como desejo guiar vocês como cachorrinhas.

Eric sorri e faz aquela cara de mau que me enlouquece. Ele põe a coleira em mim, me leva até a mesa que fica num dos cantos do quarto, abre meu vestido e tira meu sutiã e minha calcinha.

— Deita de bruços na mesa e abre os braços — ele pede baixinho.

Faço isso sem titubear. Todos me observam. Os homens me devoram com o olhar. Sinto as pernas tremerem de excitação. Eric se afasta de mim e me deixa ali completamente exposta.

É incrível como consegue ser excitante e envolvente na intimidade e como é ciumento quando um homem me deseja na vida real. Sei que as pessoas não entendem isso, mas não ligo; para nós está tudo muito claro e isso basta. O que gostamos no sexo é a atmosfera excitante, o prazer, o jogo, e que os dois aproveitem.

Permanecemos em silêncio até que Dexter pede o mesmo a Graciela. Ela tira o vestido e me surpreendo ao ver que já está sem roupa de baixo. Caramba… Quem diria que era uma moça tímida quando a conheci?

De novo o silêncio toma conta do quarto. Excitadas e expostas, esperamos. Então vejo Eric se aproximar do equipamento de som e dar uma olhada nos CDs. Escolhe um e o coloca para tocar sem desviar os olhos de mim.

Ouço AC/DC e sorrio ao reconhecer "Highway to Hell". O rock pesado soa a todo volume no quarto do prazer, um local com isolamento acústico, de modo que ninguém pode nos ouvir gritar, gemer e gozar.

Curiosa, olho em volta e encontro Dexter com um controle na mão, mudando a luz de amarela para vermelha. Nesse instante, César e Martín começam a tirar a roupa. Olho para Eric, que também fica nu. Diferente dos outros dois, uma vez sem roupa, ele se senta na cama para observar. É um gostoso!

Martín e César colocam o preservativo e logo sinto um golpe na bunda. Viro-me e vejo que é um chicote de couro vermelho. Sorrio, ouvindo Dexter gritar:

— Antes que comam vocês, meninas, quero ver essas bundinhas vermelhas… muito vermelhas.

Graciela e eu nos olhamos e sorrimos enquanto Eric, que continua sentado na cama, nos observa com seriedade. Em momentos assim, eu adoraria

218

saber no que está pensando. Perguntei algumas vezes e ele sempre me responde a mesma coisa: que não pensa, só curte o que está vendo e se excita.

Já estou sentindo a bunda arder por causa das chicotadas, ainda que leves. Eric então baixa a música e ouço minha própria respiração acelerada, assim como a de Graciela. Nós duas gostamos disso.

— Fiquem de joelhos na mesa — diz meu marido, aproximando-se de nós —, depois afastem as pernas e baixem o tronco.

Por instinto, atendemos ao pedido e vejo que Dexter se coloca ao lado da esposa e acaricia sua vagina.

— Assim, minha vida... quero sua bucetinha bem aberta.

Em seguida, ele introduz nela um anel anal. Nesse instante, sinto as mãos de Eric no meu ânus, tocando, brincando e então sou eu quem grita de prazer quando ele introduz um anel em mim.

Dexter se aproxima de nós e engancha as guias nas argolas que temos na coleira. Minha respiração e a de Graciela ficam aceleradas. Depois, ele se coloca junto de Eric, que está de frente para nós, e lhe entrega minha guia.

— Adoro meu marido safado — murmura Graciela no momento em que Dexter puxa a sua.

Nesse instante, sinto alguém se mover atrás de mim. Pelo canto do olho, vejo Martín. Com a permissão de Eric, ele toca o anel anal e o maneja enquanto me dá palmadinhas suaves na vagina.

Ah, que gostoso!

Os tapinhas fazem eu me mexer. Os homens gostam disso, e muito.

Minutos depois, estou com a bunda vermelha e a vagina pegando fogo. Martín introduz dois dedos em mim e começa a me masturbar.

De bruços sobre a mesa, sendo masturbada por um desconhecido que move meu corpo a seu bel-prazer, estou completamente exposta.

Excitada, mordo o lábio e arqueio o corpo quando sinto ele puxar o anel. Em seguida, agarra-me pela cintura, puxa-me para trás e me coloca em pé no chão. Assim que me vira, murmura perto do meu rosto:

— Se você fosse uma comida, seria uma pimenta, de tão picante. — Em seguida, com agilidade, ele me senta na mesa, abre minhas pernas e encontra minha tatuagem. Excitado, murmura: — Cara... que sugestivo... "Peça-me o que quiser"...

Sorrio. Não estou vendo Eric, mas tenho certeza de que sorri também. Gostamos de ver a surpresa no rosto das pessoas quando leem ou quando perguntam o que significa, e Eric e eu explicamos. É uma mensagem excitante. Todos se sentem poderosos ao me pedir prazer, e eu fico feliz por dá-lo.

Martín passa a mão pela tatuagem, coloca a cabeça do pênis na minha boceta molhada e enfia em mim. Vejo César penetrar Graciela, ainda deitada sobre a mesa.

A música volta a soar alta e forte, e Martín vai entrando em mim lentamente. Crava as mãos na minha cintura para que eu não possa me mexer, mas seus impulsos, cada vez mais vigorosos, me sacodem. Sinto mãos fortes segurarem minha bunda e sei que é Eric atrás de mim. Tenho certeza.

Tombo a cabeça para trás e vejo que ele subiu na mesa. Adoro seu olhar felino e excitado. Ele dá um puxão na coleira e diz no meu ouvido, ainda apertando minha bunda:

— Assim mesmo, meu amor, deixa que entre em você. Deixa te comer...

Em seguida, segura minhas mãos atrás das minhas costas e as amarra com a guia da coleira. Isso é novo, ele nunca me amarrou assim.

— Está gostando? — ouço-o perguntar cheio de tesão.

— Estou — afirmo, soltando um gemido.

— Gosta do jeito que ele te come?

— Gosto... — concordo de novo.

Para mim não existe nada mais excitante do que ouvir o que meu amor diz num momento assim. O prazer não resulta só do que fazemos, mas de sua voz carregada, de suas palavras, de seu olhar e do jeito como me segura. Acalorada, olho para Martín, que continua invadindo meu corpo. Quando vejo que quer me beijar, digo alto para que me ouça:

— Minha boca só tem um dono.

Martín concorda com a cabeça. Não somos o único casal que reserva o beijo para si. Eric puxa a coleira, fazendo com que eu olhe para ele e receba seu beijo. Enfia a língua na minha boca com tamanha possessividade que parece querer me sufocar de prazer. Martín continua metendo em mim sem parar.

Nesse instante, ouço Graciela respirar tão ou mais ofegante que eu. Sem dúvida, está igualmente excitada. O calor envolve meu corpo como uma corrente. Eric fica de pé na mesa, para colocar o pênis na minha boca. Não posso tocá-lo, pois minhas mãos continuam presas, o que de certo modo me excita.

Suave. Seu pau é suave, duro, doce e excitante. Adoro.

Não sei quanto dura aquilo, mas me entrego ao prazer que ofereço e recebo. Meu corpo treme, meu sexo se contrai, minha boca chupa, e eu curto aquela sensação chegando ao clímax várias vezes sem pensar em mais nada. Martín acelera as investidas e, com uma estocada forte, sei que o prazer também o alcançou.

Ele sai de dentro de mim e pega uma garrafinha de água. Joga um pouco sobre minha vagina para me lavar.

Ah, que frescor!

Eric desce da mesa. Sem desatar minhas mãos, ele me deita, exigente e com pressa, coloca minhas pernas sobre seus ombros e me penetra até o fundo para que eu grite.

— Isso... Assim... Grita pra mim — ele exige.

Não existe nada que eu goste mais do que ser possuída pelo meu amor. Não poder mexer as mãos está me matando, embora também seja uma sensação boa. Nem eu mesma me entendo.

Nossa possessividade não é apenas física, mas também mental. Sei que, quando outro homem ou mulher está em mim, só captando o olhar de Eric já sinto como se fosse ele. Somente meu marido me come de mil formas, de mil maneiras. Estou sempre me oferecendo a ele.

Sem descanso, Eric se move dentro de mim de novo e de novo. Somos insaciáveis. Olhando para Martín, que nos observa, eu peço:

— Me segura pra ele.

Eric sorri com o pedido. Nosso instinto animal, esse que nos domina em momentos assim, aflorou. Abro-me o máximo que consigo e me deixo penetrar com Martín me segurando pelos ombros para que eu não me mexa nem um milímetro sobre a mesa.

Forte... forte... forte e duro. É assim que ele me faz sua. Sei que também o estou fazendo meu, apesar de enxergar em seus olhos a raiva por tudo o que vem acontecendo ultimamente.

Observo Eric morder o lábio inferior, o que significa que sua chegada está próxima. A música para e todos ouvem meus gritos. Porém, não são os únicos. Perto de nós, Graciela está sentada no colo de Dexter, que prendeu uma cinta com um pênis na cintura.

— Fala que você gosta assim... fala — exige Eric, com a voz embargada de prazer.

Balanço a cabeça... não consigo falar. Estremeço inteira e ouço os tapas que Dexter dá na bunda da esposa. Eric está completamente enterrado em mim.

Meus gritos de prazer e os de Graciela ressoam no quarto à prova de som, o que deixa os homens a mil por hora. Então a porta se abre e vejo Björn entrar com Mel. Vejo em seus olhos a vontade de se unir ao jogo, de participar. Mas, agora, só quero brincar com meu amor, com meu Eric, com meu Zimmerman.

Para minha sorte, Eric tem um autocontrole incrível. Sabe a dose exata para que o prazer dure o quanto a gente desejar. Gozo uma vez e, quando sinto que vou gozar de novo, ele se abaixa sobre mim e murmura:

— Juntos, pequena... juntos.

Ele morde meu lábio inferior e me penetra até o fundo pela última vez, o que faz nosso prazer chegar ao mesmo tempo e nossos corpos convulsionarem como loucos sobre a mesa.

Com os ombros doloridos por ter ficado tanto tempo com os braços para trás, sinto minha respiração e a de Eric se acalmarem. Vejo que César se aproxima de Mel e que Björn começa a tirar a roupa dela e colocar a coleira de couro.

Sem me mexer nem me separar do meu amor, observo começar o jogo entre eles. Eric beija meu pescoço, senta-me na mesa, desamarra minhas mãos e murmura no meu ouvido:

— Tudo bem, meu amor?

Meus olhos escuros se dirigem a ele. Estou com um pouco de dor nos braços, mas, com um sorriso vigoroso, concordo, e ele sorri.

Vários minutos depois, sinto uma vontade irremediável de ir ao banheiro fazer xixi, por isso visto um dos robes vermelhos que estão sobre a cama e digo para Eric:

— Preciso ir ao banheiro.

— Quer que eu vá junto?

— Não, querido, não precisa. Volto já.

Estou prestes a sair, mas Eric me segura e diz, olhando nos meus olhos:

— Estava com saudades, minha querida.

Sorrio. Sei do que ele está falando.

— Eu também estava, meu amor — respondo, sorrindo de felicidade.

Eu o beijo, abro a porta que fica atrás da estante, saio e corro para o banheiro.

Dois minutos depois, com a bexiga vazia, eu me olho no espelho e sorrio com a visão da coleira de couro no meu pescoço. Dexter e suas excentricidades. Dou uma arrumada no cabelo, fecho mais o robe vermelho sobre a cintura e saio do banheiro. Estou no caminho para o escritório, prestes a entrar, quando dou de cara com alguém correndo.

Minha irmã!

Ao me ver, Raquel agarra minha mão e, com uma expressão transtornada, murmura:

— Ai, fofa… vamos embora daqui!

— Que foi? — pergunto preocupada.

— Temos que pegar as crianças e ir embora daqui.

— Por quê? O que aconteceu?

Tento me mexer, mas minha irmã leva a mão à boca e murmura:

— Não… não entre no escritório. Meu Deus, que depravação!

Assim que ela diz isso, sei o que está acontecendo. Fico toda arrepiada. Merda, merda, merda…

Ponho um pé no escritório e, disfarçadamente, dou uma olhada. Percebo que deixei a estante aberta quando saí. Maldição!

Raquel me puxa. Está histérica!

Como posso, levo minha irmã até a cozinha para lhe dar um copo de água.

Pobrezinha, como se impressiona fácil com essas coisas.

Está tremendo. Fico transtornada. Ela termina de beber o copo d'água, deixa-o sobre o balcão da cozinha e cochicha:

— Ai, meu Deus… Fiquei até sem ar.

— Calma, Raquel. Calma.

Minha irmã se abana com as mãos, branca como cera. Tenho medo de que desmaie, por isso a coloco sentada numa cadeira.

— Estava com sede — ela começa a explicar com a voz trêmula. — Vim até a cozinha buscar água, mas quando saí ouvi uns barulhos. Fui até o escritório e quando entrei… eu… eu vi aquela porta aberta, cheguei perto e… ai, vamos embora daqui!

— Raquel, respira.

Mas Raquel está, como diz a música da Shakira, ignorante, cega, surda e muda. E treme, treme mais que vara verde por causa do susto.

Pobrezinha. Como sofre!

Vou buscar outro copo d'água, desta vez para mim. Preciso muito de um. Saber que minha irmã viu o que viu me resseca até a alma.

Bebo, bebo e bebo, tentando pensar rápido em uma explicação. Raquel então se aproxima de mim e sussurra:

— Eric… Eric estava com aqueles depravados.

— Escuta, Raquel…

— Não, escuta você — ela insiste com a respiração entrecortada. — Eu… eu vi uma coisa horrorosa, depravada e nojenta. Eric estava pelado vendo Mel e Graciela de quatro como duas cadelinhas… Ai, Deus… Ai, estou com falta de ar, não consigo nem falar!

— Respira, Raquel… respira.

No entanto, minha irmã não consegue se controlar. Levantando-se, ela prossegue:

— Elas estavam com coleiras pretas de couro como se fossem cachorras. Dexter estava puxando uma guia, e Björn, acho que… que… César estava…

estava... Ai, meu Deus, que nojo! — Tomando ar, ela dispara: — Estavam trepando... como coelhos! Todo mundo junto! Como... como você pode ter amigos assim?

Merda, merda, merda... Que saia justa!

Não sei nem o que responder.

Nunca me imaginei vivendo uma cena assim com Raquel. Então, minha irmã se agacha e se põe a chorar. Por que ela tem que ser tão dramática?

Abaixo-me também, na intenção de ajudá-la a se levantar, mas a pobrezinha, num mar de lágrimas, murmura:

— Lamento pelo envolvimento do Eric, fofa... você o ama tanto e... e ele... — Reunindo forças, ela diz entre os dentes: — O desgraçado é um depravado, um pervertido, um indecente... um... um... — Então ela grita, levantando-se do chão: — Ai, meu Deus!

— O que foi, Raquel?

Minha irmã levanta um braço e, apontando para mim um dedo acusador, diz com a voz chorosa:

— Você... está com uma coleira, como as outras mulheres...

Caramba, o colar!

Inconscientemente, ponho a mão no adereço e murmuro, já sentindo o pescoço pinicar:

— Raquel, me escuta.

A cara da minha irmã passou do horror à incredulidade.

— O que... o que você fez, Judith? — ela pergunta, agora sem chorar.

— Raquel...

— Minha nossa! O que Eric obrigou você a fazer? Juro que vou pegar uma faca e cortar o pescoço dele.

Preciso me explicar. Tenho que dizer alguma coisa antes que ela chegue a conclusões erradas.

— Raquel — respondo —, Eric não me obrigou a nada.

— É mentira!

Tratando de não perder o controle, insisto:

— Não, Raquel, não é mentira. Eric e eu gostamos de sexo assim. E, mesmo que seja complicado para você entender, ele não me obriga, da mesma forma que nenhuma daquelas pessoas está sendo obrigada.

Raquel pisca várias vezes. O que acabo de dizer a deixa louca.

— Você gosta dessa perversão? — Concordo balançando a cabeça, nervosa. Ela então grita: — Está louca?!

— Raquel, não dá chilique.

224

Ela se afasta de mim. Tento segurá-la, mas levo um tapa. Raquel se senta numa cadeira. Sei que não está entendendo nada. Eu me acomodo junto dela e prossigo:

— Eric, eu e todos os que estão naquele quarto não estamos loucos. A questão é que a gente gosta de curtir o sexo com mais gente e...

— Pervertida! É isso que você é, uma grandessíssima de uma indecente, uma nojenta! Que vergonha! Seus filhos dormindo a poucos metros daqui e você fazendo coisas de vagabunda, de mulher perdida.

— Raquel... — murmuro, numa tentativa de me explicar.

— Como você pode gostar disso?

Entendo sua indignação.

Entendo o que pensa.

Entendo que pense mil coisas de mim.

Também pensei tudo isso da primeira vez que Eric me mostrou aquele mundo. Tratando de me colocar no lugar dela e procurando fazê-la compreender, prossigo:

— Eu não considero uma coisa suja, é apenas outro modo de ver, entender e curtir o sexo. — Antes que ela possa falar, acrescento: — Eric e eu somos um casal normal, como você, como Björn e Mel, como Dexter e Graciela. Só que, na hora do sexo, a gente gosta de apimentar as coisas.

— Casal normal?

— É.

— Olha, sua indecente, isso não tem nada de normal. Quem faz esse tipo de coisa é depravado, ou louco. E você... e você... Afe, que calor!

— Olha, Raquel — insisto, coçando o pescoço —, você mesma confessou que brinca na cama com Juan Alberto com vibradores e consolos...

— Não é a mesma coisa, Judith...

— É, sim. Me escuta e me deixa explicar.

— Não diga bobagem.

— Raquel, você e seu marido brincam do mesmo jeito que Eric e eu. A única diferença é que brincamos com gente de verdade, e vocês brincam com vibradores, objetos de silicone e a imaginação.

— Mas que absurdo é esse que você está dizendo? — ela grita.

— Não é nenhum absurdo, Raquel. — Cravo os olhos nela e pergunto: — Por que você brinca com vibradores com Juan Alberto?

Minha irmã fica vermelha, mas, como vê que espero resposta, diz:

— Porque gosto e a vida é minha. Isso não é da sua conta.

A resposta me faz rir.

— Você faz porque te dá prazer — insisto. — Pelo que lembro, você me disse que tinha um consolo chamado Al Pacino e outro chamado Kevin Costner. Por que colocou esses nomes?

Raquel se abana com as mãos e eu coço o pescoço.

— Eu disse que não é a mesma coisa — ela fala entre os dentes. — Não tente me convencer, sua depravada!

Certo… Não vou ficar zangada por ela insistir em me chamar de depravada. Raquel é Raquel.

— Você colocou esses nomes nos brinquedinhos porque, no fundo, gostaria que Al Pacino e Kevin Costner estivessem ali e…

— Não acredito que tenho que ouvir essas asneiras! — grita minha irmã. — Quer parar de dizer essas porcarias desagradáveis? Não é porque você é uma indecente que tenho que ser também. Ah, Judith, que decepção!

— Você me considera uma indecente? — Raquel nem pestaneja. Eu acrescento: — Pois sinto muito que pense isso de mim.

— Quando papai ficar sabendo…

— O quê?!

Ah, não… Isso, não.

Nesse instante, saco a artilharia pesada e, olhando para minha irmã, replico:

— Raquel, se passar pela sua cabeça contar ao papai alguma coisa da minha vida sexual, pode ter certeza de duas coisas: a primeira é que não falo com você nunca mais; a segunda é que ele vai ficar sabendo como você cavalga no Al Pacino e no Kevin Costner.

Nós nos olhamos. Ela está zangada. Eu também.

Nesse instante, Juan Alberto entra na cozinha de cueca, olha para minha irmã e diz:

— Benzinho, fiquei preocupado com a demora. O que aconteceu?

Minha irmã se levanta e se refugia nos braços do marido. Nesse momento, Eric aparece com uma toalha ao redor da cintura e olha para mim.

— Querida, o que está acontecendo? — ele pergunta.

Raquel o encara e berra:

— Nojento, degenerado, indecente, sem-vergonha, perdido, imoral! É isso que está acontecendo!

O marido de Raquel e o meu se entreolham, surpresos. Respiro fundo e solto o ar bufando. Coço o pescoço e peço a Eric com o olhar que não fale nada. Tenho certeza de que Raquel não vai ser jogo fácil.

Vou caminhando até ela e ameaço:

226

— Se voltar a insultar meu marido, juro que...

— Mas o que vocês duas têm? — insiste Juan Alberto.

Raquel se cala, não diz nada. Sabendo que logo ela vai abrir o bico, fico plantada na frente do meu cunhado e explico:

— Raquel acaba de descobrir que Eric, eu e alguns outros nesta casa gostamos de um tipo de sexo diferente do que vocês praticam. É isso que está acontecendo.

Ao ouvir isso, Eric me olha surpreso. Eu continuo:

— E eu disse a ela que, enquanto vocês brincam com consolos e vaginas de silicone, brincamos com pênis e vaginas de verdade. Onde está o problema nisso?

Juan Alberto fica boquiaberto. Tão surpreso quanto Eric, ele encara minha irmã e diz:

— Querida...

— Vamos embora daqui. Não quero ficar nesta casa de perdição, cheia de... gente imoral!

— Raquel... — sussurro para tentar acalmá-la.

— Vamos embora! — ela grita de novo.

— Agora? — pergunta meu cunhado.

— Não, no mês que vem. Não se faça de idiota! — ela insiste, mal-humorada.

Juan Alberto troca um olhar cúmplice com Eric, que me faz pressupor que ali tem coisa.

— Querida — diz Juan Alberto —, as crianças estão dormindo na casa dos meus tios. Não podemos simplesmente aparecer lá a esta hora.

— Não quero nem saber — insiste a teimosa da minha irmã. — Não quero ficar nem mais um segundo debaixo do mesmo teto que esses depravados, perdidos e sujos.

— Raquel, se voltar a nos insultar, juro que vou ficar zangada — rosno.

Eric pega minha mão e me segura. Ele me conhece e está vendo que vou acabar dando na cara da minha irmã.

— Escuta, querida — diz Juan Alberto —, talvez não seja o melhor momento para dizer isso, mas antes de você também fiz o que eles fazem.

— O quê?! — berra a pobre Raquel.

Toma!

— Participei de orgias — ele prossegue. — E tenho que dizer que não considero nenhum deles sem-vergonha nem degenerado. É só uma modalidade de sexo, tão respeitável como a que você e eu praticamos.

A boca da minha irmã se abre, cada vez mais. Quando chega ao limite e fica claro que vão sair dali cobras e lagartos, Eric intervém:

— Leva sua mulher pro quarto e faz ela se acalmar.

Imóvel, vejo meu cunhado agarrar a mão de Rachel. Sem dizer uma palavra, ele a puxa e ambos vão embora dali.

Meu coração parece que vai sair pela boca, e não paro de coçar o pescoço. Eric segura minhas mãos, tira a coleira de couro preto e murmura:

— Querida, você está destruindo seu pescoço.

Transtornada, encontro refúgio em seus braços.

— Me leva pra cama — peço. — Preciso fechar os olhos e me desligar.

26

Na manhã seguinte, todos estão sabendo do que aconteceu, menos os pais de Dexter. Juan Alberto se encarrega de que Raquel não abra a boca.

Minha irmã está irritada e, pelo que vejo, também com o marido.

Que bomba deve ter sido!

Mel e Graciela tentam conversar com ela, mas a cabeça-dura se fechou: só nos enxerga como degenerados. Quando passa ao nosso lado, especialmente ao meu, deixa isso bem claro, apesar dos grunhidos de Juan Alberto.

— Sua irmã é foda — protesta Mel. Estamos no terraço tomando sol. Para aliviar as coisas, ela acrescenta: — Bom, se minha irmã Scarlett soubesse como é minha vida sexual, tenho certeza de que reagiria do mesmo jeito.

Graciela chega trazendo alguns copos e se senta com a gente.

— Vocês precisam entender Rachel — ela diz. — Nem todo mundo aceita esse tipo de prática sexual.

— Eu sei — afirmo, vendo Eric sorrir para Hannah. — Eu tento me colocar no lugar dela, minha irmã é muito tradicional.

— Bom… — Mel diz sorrindo. — Essas costumam ser as mais safadas.

Damos risada.

— É sério — continuo. — Raquel sempre foi muito tradicional em termos de sexo. Com o marido anterior, ela fazia papai e mamãe e pouco mais que isso, mas com Juan Alberto acho que acordou para a vida. E vai acordar ainda mais agora que ficou sabendo que ele participou de orgias em outras épocas.

Rimos de novo.

— Jud — disse Graciela, mudando um pouco de assunto. — Sei que você não curte sado, mas não gostou ontem à noite quando Eric amarrou suas mãos nas costas?

— Não achei ruim, mas prefiro minhas mãos soltas — respondo.

— Não achou nem um pouquinho excitante? — Graciela pressiona.

Pensando bem, claro que tinha achado excitante.

— Às vezes — digo, baixando a voz ao ver Sami correr perto de nós —, Eric e eu nos amarramos à nossa cama e…

— Mas não é a mesma coisa, Jud. — Graciela volta à carga. — Ontem ele amarrou você num jogo com várias pessoas, e eu notei que estava gostando.

Isso me surpreende.

— Não — repito. — Sadomasoquismo não é a minha. Não gosto de sofrer.

— Eu não sofro, tenho prazer — diz Graciela, dando risada.

Mel dá um gole na bebida e então Pipa aparece para nos dizer que está indo levar as crianças para o quarto dos brinquedos.

— Também não gosto — opina Mel.

— Mas já experimentou? — pergunta Graciela.

Mel confirma com a cabeça, sussurrando:

— Experimentei há alguns anos com um cara. Um dia, depois de passar um bom tempo amarrada e suspensa no ar, decidi que não queria mais. Mas reconheço que achei a cruz de santo andré excitante e prazerosa.

— Verdade? — pergunto.

— Verdade, e Björn também acha — ela responde com um sorriso significativo. — Acho que você deveria experimentar. Tenho certeza de que ia gostar.

— Nem morta! — bufo. — Se aceitar isso, vou acabar aceitando mais coisas e, repito, não gosto de sado!

Mel e Graciela riem. A última sussurra:

— Experimenta com Eric. Dexter me contou que os três estiveram em uma festinha sado há algum tempo. E, pelo que sei, se divertiram muito.

Mel e eu nos entreolhamos.

— E quando foi isso? — pergunta Mel, mudando o tom de voz.

Ao ver sua reação, Graciela se apressa a responder:

— Não, não, não é nada recente. Faz anos.

Nesse momento aparece Dexter, que se posiciona junto da mulher e pergunta:

— Do que falam as três lindas mulheres debaixo do sol?

— De sadomasoquismo — responde Graciela.

Dexter sorri.

— Minha linda sem-vergonha — ele murmura. — É meio-dia, a casa está cheia de gente e meus pais estão na sala com os bebês. Senão, agorinha mesmo eu tiraria sua roupa, amarraria você na banqueta e brincaria um bom tempo do jeito que a gente gosta.

Graciela sorri, aproxima-se da cadeira de rodas do marido e o beija.

— Nem tacos são tão gostosos como ela — afirma Dexter.

230

Mel e eu nos entreolhamos e sorrimos. Os pais de primeira viagem parecem dois bobos. Quando o beijo acaba, Dexter me olha e informa:

— Sua irmã está totalmente desnorteada. Se entrarmos na dela, vamos discutir. Saiu de tudo por aquela boquinha quando ela me viu hoje de manhã.

Balanço a cabeça. Fico imaginando minha irmã, pensando que tipo de coisa posso dizer ou fazer para ela respeitar o que faço. No fim das contas, tudo gira em torno de respeito. Respeito seu gosto e ela deveria respeitar o meu. Mas como fazer minha dramática irmã entender uma coisa dessas?

Nesse instante, Eric e Björn saem para o terraço muito sérios.

— Que foi? — pergunto.

— Seu filho anda brincando com fogo — diz Björn.

Olho rapidamente para Eric.

— O que Flyn fez?

Eric se senta ao meu lado e suspira:

— Minha mãe não me contou, mas acho que, quando voltarmos, vamos ter uma conversinha com um adolescente rebelde.

Bufo. Não quero nem pensar no que Flyn fez, por isso tento fazer Eric relaxar apoiando a cabeça em seu ombro e dizendo baixinho, para fazê-lo rir:

— Você e eu sozinhos em uma ilha deserta seríamos tremendamente felizes, não acha?

Ele sorri e diz, aproximando a boca da minha:

— Com você, em qualquer lugar.

À noite, na intimidade do quarto, Eric me surpreende quando me pede para colocar a coleira de couro. Atendo ao seu pedido com prazer. Digo que confio nele, e Eric me amarra à cabeceira da cama e começa a me dar ordens. Aceito toda contente enquanto ele me come com exigência.

Ao fim, estamos rindo. Ele me desamarra e ficamos deitados na cama. Eu pergunto:

— Você gostaria de brincar comigo amarrada a uma cruz de santo andré?

— Eu nunca faria nada que desagradasse você — ele responde olhando para mim com um sorriso.

Gosto da resposta, mas insisto:

— Mas você gostaria?

De novo seu olhar me perfura.

Como esse olhar me excita!

Sei que está em dúvida sobre o que responder. Sabe o que penso dessas coisas.

— Claro que gostaria — ele sussurra por fim.

De repente, Eric se levanta, estende a mão para mim e diz:

— Vem.

Eu me levanto. Eric me passa um roupão, que eu visto; ele veste outro, pega minha mão e saímos do quarto. Vejo que está me levando ao quarto do prazer. Aciona a luz vermelha e fecha a porta.

Curiosa, observo as geringonças que Dexter tem ali. É evidente que ele e Graciela curtem umas coisas que Eric e eu não curtimos.

— Confia em mim? — Eric pergunta me encarando.

Sinto vontade de rir. Claro que confio nele. Eric me beija e abre meu roupão, que cai no chão, deixando-me totalmente nua.

Excitada, eu me agarro a Eric e mergulho num beijo incrível até que ele me afasta, pega minha mão e me leva diante da cruz acolchoada.

Eu a observo. Eric olha para mim e então diz:

— Dá pra brincar de muitas coisas na cruz. Não só o que você acha.

Ele então me vira e me coloca de costas para si, levanta minhas mãos e começa a me prender na cruz.

— Eric...

Ele me acalma, passando a boca pelo meu pescoço, então o beija e murmura:

— Relaxa, pequena... relaxa.

Uma vez que estou com as mãos atadas, Eric se agacha e me faz separar as pernas. Com uma cinta, prende um dos meus tornozelos, depois o outro.

Já toda imobilizada na cruz, olho para trás. Com Eric nunca tenho medo de nada. Observo-o tirar o roupão e ficar tão nu quanto eu.

A luz vermelha, eu amarrada, ele atrás de mim, grande daquele jeito — tudo me deixa intimidada. Fico arrepiada, mas permaneço quieta. Ele nunca me faria mal.

Em seguida, ouço-o caminhar e, de repente, começa a ressoar uma música estridente que não identifico. Eric pega um açoite com tiras vermelhas e passa pelo meu corpo.

— Fecha os olhos, pequena — ele diz baixinho.

— Eric...

Tento novamente. A sensação de estar imobilizada me angustia, mas ele insiste:

— Fecha e confia em mim.

Faço o que pede. Confio nele.

Eric me surpreende ao passar o açoite por todo o meu corpo. É suave, incrivelmente suave. Quando estou me acostumando com a sensação, um ardor na bunda me faz abrir os olhos de repente.

232

— Dói? — Eric pergunta.

— Não.

Ele sorri, e sinto o ardor na outra nádega.

Eric chicoteia minha bunda com cuidado por algum tempo, depois as panturrilhas e as costelas. O ardor é gostoso. Quando já o estou sentindo no corpo inteiro, ele solta o açoite, apoia o pau duro na minha vagina e me penetra.

Grito.

Não posso me mover. De mãos e pernas atadas, sou completamente dominada por ele. Eric, meu grandalhão, afunda o pau em mim e murmura:

— A cruz deixa você imobilizada, totalmente à minha mercê. Percebe?

Faço que sim… não consigo falar.

Ele massageia minha cintura ao mesmo tempo que me empala lentamente. Depois, suas mãos descem até meu ventre e baixam… baixam e baixam. Seu dedo chega ao clitóris e o acaricia. Eric sussurra no meu ouvido:

— BDSM não é a minha, você sabe, mas adoraria que tivesse alguém na sua frente chupando isso que eu estou tocando enquanto te como. Imagina, pequena… e aproveita.

A experiência me deixa extasiada. Minha respiração acelera no instante em que ele começa a meter como um animal. Começo a gemer, entregue. Meu corpo se choca contra a cruz acolchoada, mas percebo que a sensação me agrada. Gosto de ser dominada pelo pau duro de Eric entrando e saindo de mim. Nossos gritos nascem e morrem dentro desse quarto até que o prazer toma conta de nós. Com uma última estocada, chegamos juntos ao clímax.

O momento chegou ao fim, mas continuamos na cruz por uns instantes; eu encostada nela, Eric atrás de mim. Precisamos recuperar o fôlego e acalmar a respiração. O rock pesado vibra ao nosso redor.

Minutos depois, Eric sai de dentro de mim. Sinto que se agacha, dá uma mordidinha na minha nádega direita, desamarra meus tornozelos e se levanta para, finalmente, desatar minhas mãos.

Livre, eu me viro bem enquanto Eric desliga a música. O silêncio nos preenche. Nossos olhares se cruzam. Eu sorrio, ele sorri. Trocamos um beijo fugaz, e Eric me agarra pela cintura.

— Isso é o máximo que quero fazer com você na cruz — ele diz, carinhoso. — Nunca faria nada que pudesse incomodar ou desagradar você, entendeu?

Concordo e sorrio. É claro, meu amor sabe o que nos agrada. E isso agrada.

Passam-se dois dias e, enquanto as crianças dormem, Eric e eu, sozinhos ou acompanhados, brincamos de tudo o que nos dá vontade. Tudo...

Raquel continua sem falar comigo ou se aproximar, mas começa a se comunicar um pouco com os demais. Não resta dúvida de que fica mais aborrecida comigo porque sou sua irmã. Sei que vai me infernizar pelo resto da vida.

O dia do batizado amanhece lindo. Todos nos vestimos de acordo com a ocasião e saímos rumo à igreja.

No meio da pregação, Eric tem que sair com Hannah. Como sempre, o monstrinho está com as garras de fora. Fico com o pequeno Eric, que brinca de carrinho com Sami no banco da igreja.

Disfarçadamente, desvio o olhar para Raquel e noto que está olhando para a frente, muito digna, ouvindo o que diz o padre. Ele discursa sobre perdoar e entender. Sorrio. Até parece que ele sabe o que aconteceu!

Assim que os gêmeos são batizados, todos os convidados, que são mais de cem, seguem para o Clube de Golfe México, um lugar lindo e colorido. Garçons atentos nos levam a um dos belos salões para o banquete e eu me farto com os canapés.

Tudo é uma delícia! Pouco me importam os cinco quilos que ganhei...

Pipa e as babás dão comida às crianças em um salão menor, onde depois brincam e tiram uma soneca enquanto nós ficamos sentados tranquilamente.

Depois de comer, sentamos à mesa batendo papo, enquanto as crianças dormem. Noto ao fundo que minha irmã está discutindo com Juan Alberto. Desde sua confissão, as coisas se complicaram. Não tiro o olho de cima deles até ver que meu cunhado se dá por vencido, dá meia-volta e se afasta dela. Eric, que também se deu conta, comenta:

— O coitado nunca vai esquecer essa viagem.

Concordo. Minha irmã não fala comigo, mas desconta no marido.

Para a sorte de Raquel, ele é tranquilo, mas estou convencida de que, quando sua paciência chegar ao limite, ela vai passar maus bocados.

Vejo então que Juan Alberto se dirige ao bar. Depois de dar uma piscadela para Eric, vou ao seu encontro. Sento-me no banquinho ao lado.

— Quero o mesmo que ele — peço ao garçom.

Meu cunhado me olha e sorri.

— Adoro sua irmã — ele começa —, eu a amo mais que minha própria vida, mas essa cabeça-dura... Tenho vontade de... de...

Concordo, entendendo o que quer dizer.

— Lamento muito pelo que aconteceu — respondo. — Eu me sinto responsável pela briga de vocês.

O garçom deixa duas garrafinhas de água à nossa frente.

— Uaaaauuu… — exclamo com humor. — Agora pegou pesado, chuchuzinho!

Juan Alberto sorri e me serve água num copo.

— Água clareia as ideias.

Isso me faz sorrir. Não tenho dúvidas de que minha irmã encontrou um bom homem. Ele enche o próprio copo e diz:

— Eu imaginava que vocês acabariam no quarto do prazer naquela noite.

A água desce errado, e engasgo. Juan Alberto se vê obrigado a me dar umas batidinhas nas costas.

— Por quê? — pergunto quando me recupero.

Meu cunhado sorri e suspira:

— Quando me divorciei, passei por uma época louca. Dexter me convidou para o quarto do prazer várias vezes com garotas lindas, e eu aceitei. Conheço César e Martín e sei de que tipo de sexo gostam. Além do mais, não sou bobo: vi os olhares que trocavam com Eric e Björn na outra noite e imaginei que ia acontecer. Por isso encorajei Raquel a ir dormir.

— Ah…

— Não se preocupe — ele diz, com um sorriso cúmplice. — Vocês curtem o sexo à sua maneira, e é tão respeitável como o que tenho com a cabeça-dura da sua irmã. Agora imagina se proponho algo assim para ela…

— Abre a cabeça dela — brinco.

Nós dois rimos. Ele acrescenta:

— Mas você tinha razão no que disse outra noite. Brincamos na intimidade da mesma forma que vocês. A diferença é que vocês fazem o que gostam porque estão de acordo; no meu caso, não proponho essas coisas porque sei que Raquel me mataria. Então me conformo em usar brinquedinhos de silicone, e fantasiar. E, agora que eu disse isso, vou negar pra sempre, entendido, cunhada?

Juan Alberto me faz sorrir mais uma vez.

— Você é demais! — exclamo.

Uma hora depois, Eric pede manhattans para Mel, Graciela e para mim, porque sabe que gostamos muito. Enquanto tomo minha bebida, vejo Björn fazer brincadeirinhas com a boca para minha pequena Hannah e observo Dexter com minha irmã. Os dois estão sozinhos atrás das cristaleiras, conversando e gesticulando. É evidente que estão no meio de uma discussão.

— Acho que você deveria avisar Juan Alberto — digo a Eric.

— Por quê?

— Porque Dexter e minha irmã juntos são uma bomba-relógio, e vai acabar em barraco.

Ele concorda, mas não se levanta. Continua brincando com o pequeno Eric.

— Fique calma, Juan Alberto está prestando atenção nos dois.

Olho para onde Eric me indica e vejo meu cunhado falando com os pais de Dexter, mas observando Raquel disfarçadamente.

O tempo passa e Dexter e Raquel continuam ali. Do que estarão falando?

Começo a ficar angustiada. Dexter tem uma língua afiada e pode magoar minha irmã se quiser. De repente, eles se abraçam. Quem diria?

Eric murmura, sorrindo:

— Ele é um ótimo negociador.

Ao ver o mesmo, Björn sorri e afirma:

— É o melhor.

Boquiaberta, vejo Dexter se afastar de Raquel e se aproximar de nós.

— Deusa — ele fala quando chega perto de mim —, quando puder, sua irmã quer falar com você.

— Comigo?

Dexter sorri, senta Graciela sobre suas pernas e murmura:

— Pode ir tranquila, que a fera já foi amansada.

Eu o encaro, boquiaberta. O que tinha falado?

Procuro minha irmã com o olhar e a encontro junto do marido. Ela o pega pela mão e o puxa para um lado. Conversam por um tempo até que finalmente sorriem. Raquel o beija.

Olho para Dexter e pergunto:

— O que você disse?

Ele dá um gole no manhattan da esposa e responde:

— A verdade.

Observo minha irmã e o marido trocarem mimos até que ela vai se sentar sozinha atrás das cristaleiras. Raquel se vira em minha direção e sorri.

Eric se aproxima e me dá um beijo.

— Vá até ela — ele encoraja. — Cuido da Hannah até Pipa voltar com Eric.

Levanto-me decidida. Mel me dá uma piscadela e vou caminhando até Raquel. Ela não me evita, como vinha fazendo, e, com olhos lacrimosos, murmura:

236

— Fofa... Você pode se sentar ao meu lado?

Atendo ao seu pedido sem pensar duas vezes.

Ela então pega minha mão e diz:

— Sei que às vezes sou egoísta e antiquada, mas também sei que te amo e não quero continuar brigada com você.

— Eu também — respondo.

Raquel balança a cabeça, enxuga os olhos e prossegue:

— Reconheço que, quando vi o que vi, me assustei. Você sabe que não tem nada a ver comigo... Mas eu não deveria ter dito as imbecilidades que disse aquela noite sobre vocês. E, antes que diga qualquer coisa, é claro que não considero você uma indecente nem uma descerebrada. Nem Eric. Acho que você é uma irmã fantástica, uma filha maravilhosa e uma tia incrível. E, se você e seu marido gostam desse tipo de sexo, vão em frente! Não estão fazendo mal a ninguém, matando ninguém, ferindo ninguém. Só curtem a sexualidade à sua maneira, mesmo que para mim continue parecendo uma loucura.

Ai, ai, ai... Só posso estar sonhando!

Quem é essa mulher e o que fez com minha irmã?

Raquel fala e fala, até que me abraça, deixando-me boquiaberta.

— Você e Eric se amam — ela acrescenta. — São um casal maravilhoso que muita gente inveja. Tenho a melhor irmã do universo e não vou permitir, por nada neste mundo, que nossa boa relação acabe só porque não faço as mesmas coisas que você.

Eu a abraço. Ah... como adoro minha irmã!

— Te amo, boba — digo. — Te amo muito e...

— Fofa — ela me interrompe, balbuciando —, Dexter tem razão. Às vezes damos importância a coisas pequenas sem nos dar conta de que essas besteiras sugam nossa felicidade até que algo realmente importante acontece, e aí não tem mais jeito de recuperar o tempo perdido. Não quero perder meu tempo com você, porque te amo e você é a melhor irmã do mundo.

Sorrio. Fico emocionada e abraço a boba da minha irmã.

— Eu também te amo. Já disse isso e vou dizer sempre que você quiser.

— Mesmo que tenha chamado você de nojenta degenerada?

Dou uma gargalhada.

— É claro que sim.

Rachel enxuga os olhos com cuidado para não borrar a maquiagem.

— Fique sabendo que continuo escandalizada quando penso no que você faz com seu marido, mas estou envergonhada — ela sussurra. — Chamei você de degenerada! Como pude fazer isso?

— Está perdoada — digo, encarando minha irmã. — Até porque sei que na intimidade, com seu chuchuzinho, você é tão safada e degenerada como eu.

Raquel fica vermelha, mas sorri.

— Ah, boba, não fala isso! Aliás, preciso te dizer uma coisa ou vou explodir.

— Manda — respondo, disposta a ouvir.

Minha irmã me olha e, depois de uns suspirinhos, diz:

— Como diria o papai, quem brinca com fogo pode se queimar. Então tome cuidado.

Rio de novo.

— E quer saber? — acrescenta minha irmã. — Você tinha razão em uma coisa.

— Em quê?

Raquel se aproxima mais, baixa a voz e cochicha, vermelha como um tomate:

— Quando brincamos com Al Pacino ou Kevin Costner, fecho os olhos e penso neles. Sou uma sem-vergonha!

27

No dia da nossa volta para a Alemanha, quando chegamos ao aeroporto e penso em Flyn, eu me sinto dilacerada por dentro. O que vamos encontrar quando chegarmos?

Depois que nos despedimos de Mel, Sami e Björn, Norbert, que foi nos buscar, nos cumprimenta, e o pequeno Eric, que gosta muitíssimo dele, salta nos seus braços.

Entramos no carro e logo Norbert nos atualiza sobre tudo o que aconteceu em nossa ausência, mas não fala de Flyn. Ele o omite totalmente. Quando chegamos em casa, Simona vai ao nosso encontro, enche os pequenos de beijos amorosos e dá as boas-vindas a uma sorridente Pipa.

O celular de Eric toca e ele se afasta de nós para atender. Vejo que se enfia no escritório. Abraço Simona e conversamos por um bom tempo. Eric sai do escritório e me encara com uma expressão séria.

— Vamos buscar Flyn?

Concordo balançando a cabeça, mas sua expressão desperta minha curiosidade:

— Aconteceu alguma coisa?

Nossos olhos se encontram. Ele relaxa o rosto e me agarra pela cintura sorrindo.

— Nada importante — responde.

Eric e eu saímos, mas as crianças ficam. Quando chegamos, Sonia e Marta nos recebem calorosamente.

— Como você está? — pergunto para Marta.

Minha cunhada sorri e, passando a mão na barriguinha, responde:

— Feliz, mas nervosa por causa da despedida de solteira na terça e do casamento no sábado. E vomitando muito.

Damos risada. Eric olha em volta e pergunta:

— Onde está Flyn?

Ao ouvir isso, Sonia revira os olhos.

— Lá em cima, no quarto dele — responde. — Antes, preciso dizer que estou muito, muito chateada com ele.

— Se fosse eu, teria matado o menino — Marta afirma. — Mas fiquem calmos, tudo está resolvido.

— Mas o que foi que ele fez? — pergunto, ansiosa.

— Esses garotos de hoje não têm juízo — Sonia lamenta, sentando-se.

Eric se senta ao lado da mãe. Sua expressão já endurece. Quando estamos os quatro sentados e com cara de contrariados, Eric explode:

— Podem me dizer de uma vez por todas o que ele fez?

— Filho… — murmura Sonia.

Também estou nervosa. Dou-me conta de que Eric me observa quando penso em levar a mão ao pescoço, por isso me contenho. Ver como Sonia e Marta se olham me faz pressupor que a coisa é feia. Marta então explica:

— Meu querido sobrinho, seu querido filho, desejando se mostrar para a nova namoradinha, de quem aliás não gostei nem um pouco, criou um perfil no Facebook com o nome "Pica das Galáxias", então teve a ideia genial de insultar um colega do colégio e colocar um vídeo na internet.

— O quê?! — Eric berra.

Escuto aquilo tudo perplexa. Quantas contas aquele moleque insolente tinha no Facebook? Ponho a mão sobre o braço de Eric, peço com o olhar que fique calmo e pergunto em tom horrorizado:

— Com que amigo ele fez isso?

— Josh Bluke, filho de…

— Josh, nosso vizinho? — apresso-me em perguntar.

Marta e Sonia confirmam. Pasmos, Eric e eu piscamos várias vezes.

Levo a mão à boca, sem poder evitar. Josh foi o primeiro amigo de Flyn na escola. Fico horrorizada. É um garoto tímido e introvertido. Como Flyn pôde fazer aquilo com ele?

— Olha só que absurdo — prossegue Marta, exaltada. — Ele colocou um vídeo nesse perfil onde alguns garotos aparecem no banheiro do colégio cuspindo no coitado do Josh.

— Como?! — grita Eric.

— O quê?! — pergunto eu.

— Josh ficou sabendo e contou aos pais. Eles chamaram a polícia. O perfil do Facebook foi rastreado, e o resto vocês podem imaginar.

Minha cara é de incredulidade. A de Eric dá medo.

Meu filho, o tonto do meu filho, querendo se mostrar para a nova namorada, prejudicou um amigo, sem se dar conta de que estava prejudicando a si mesmo.

240

Eric leva as mãos ao cabelo, e sei que está nervoso. Muito nervoso.

Sonia percebe e põe a mão no joelho do filho.

— Já está tudo resolvido — ela murmura —, não se preocupe. Marta e eu o fizemos deletar a conta do Facebook e o levamos até a casa do menino para pedir desculpas na frente dos pais dele.

Continuo sem ação. Como Flyn teve coragem de fazer algo assim?

Eric se levanta e, olhando para mim, diz:

— Vamos, temos que falar com ele.

Balanço a cabeça, concordando. Levanto-me também. Percebo que Marta e Sonia querem nos dar espaço, então seguimos sozinhos para o quarto.

No caminho, pego a mão de Eric, detenho-o e peço:

— Por favor, respira e pensa antes de dizer tudo o que quer dizer.

Ele me encara. Concorda e diz baixinho, com uma cara estranha:

— Jud... Fiquei tão surpreso com isso que nem sei o que dizer.

Permanecemos calados por alguns segundos, de mãos dadas, até que eu finalmente digo:

— Vamos fazer uma coisa. Como agora ele me vê como a policial malvada, vamos continuar assim.

— Do que está falando?! — protesta Eric.

— Acho que, se ele agora enxerga você como uma pessoa mais receptiva do que eu, vai falar coisas que comigo não vai. Pensa, querido. — Eric pensa, pensa e pensa, mas não diz nada. Sinto que a ansiedade está prestes a tomar conta de mim. — O que acha? — pressiono.

— Não acho que vá funcionar, Jud.

— Por que não?

— Porque quando eu vir a cara dele não sei se vou conseguir me conter e não dizer tudo o que está na minha cabeça.

Sorrio. Não é o momento para isso, mas sorrio mesmo assim.

— Seria um grande erro, você sabe — replico. — Sua mãe e Marta já deram uma boa bronca nele. Você também precisa dizer algo, mas desta vez é melhor que eu dê o sermão. Me escuta, é sério. Flyn já está com o pé atrás comigo e...

— Não quero que ele se sinta assim. Por que ficaria com um pé atrás com você?

Olho para Eric. É evidente que anda tão submerso no trabalho que ainda não se deu conta do que acontece entre mim e Flyn.

— Escuta, amor. Acho que, neste momento, é melhor que ele enxergue você como um amigo, e não como um inimigo.

Eric me olha, me olha, me olha. Finalmente, me puxa para junto dele, dá um beijo na ponta do meu nariz e sussurra:

— Está bem.

Sorrio, contente por ele ter entrado no jogo. Dou uma piscadinha e murmuro:

— Vamos. Temos que conversar com nosso filho.

Entramos no quarto e encontramos Flyn deitado na cama. Ao nos ver, ele se levanta de imediato e fica olhando. Antes que digamos qualquer coisa, ele se defende:

— Sei que o que fiz foi errado. Pensei a respeito e estou arrependido. Só que...

— Você me decepcionou, Flyn — interrompe Eric. — Eu jamais esperava isso de você e garanto que nem Josh. Em que estava pensando?

Aperto a mão de Eric, sentindo que, se não fizer isso, ele não vai conseguir parar. Meu marido se cala e me olha. Dou um passo à frente e digo com aquele atrevimento espanhol impossível de enfrentar:

— Incrível, Flyn... Incrível. Como pôde fazer isso com Josh? — Ele me olha e não diz nada. Prossigo: — Não consigo acreditar. O que você quer? Dar uma de bom? De valentão? De Pica das Galáxias? Ou simplesmente perdeu a cabeça?

— Desculpa — murmura Flyn.

Pobrezinho... Assim ele me desarma.

Sem querer me deixar levar pela sensibilidade excessiva de sempre, nego com a cabeça e sentencio com as mãos na cintura:

— Olha, o Josh foi o primeiro amigo que você teve na escola, quando ninguém queria ser seu amigo. Esqueceu? Ele não se importava que te chamassem de "chinês"! — grito. Eric me olha surpreso, mas eu prossigo: — E também não se importava que você não tivesse amigos. Agora que vocês entraram no ensino médio e ele precisa de você, você o esquece, encontra novos amiguinhos e ainda o provoca. Que porra você está fazendo, Flyn?

— Jud...

A voz de Eric me faz entender que devo baixar o tom, por isso sussurro, olhando para Flyn:

— Você vai ficar de castigo pelo resto da sua vida. — Caminhando toda cheia de mim, eu acrescento: — E se Elke ou algum dos seus novos amiguinhos decidir falar alguma coisa para Josh, juro pela minha mãe que vão se ver comigo. E sabe por quê? — O menino nega com a cabeça, e eu digo entre os dentes: — Porque, quando gosto de alguém, é de verdade. E gosto de Josh, então não vou permitir que uns adolescentes mal-educados que estão precisando levar uns tapas dos pais façam mal a ele. Então pode dizer aos seus novos amiguinhos que, se eu ficar sabendo que provocaram Josh ou olharam feio para ele, vão se ver comigo, entendeu? E, claro, você não vai sair com eles. Se eu precisar ser sua sombra, vou ser, mas essas amizades vão acabar.

Flyn não diz nada, sabendo que é melhor se manter calado. Então, Eric me olha, aperta minha mão e diz:

— Eu concordo, Jud. Já chega.

— Já chega? Já chega? — explodo, como o típico policial malvado. — Esse merdinha faz o que fez com Josh e você diz apenas "já chega"?

Consciente do que estou fazendo, Eric repete, sem desviar os olhos de mim:

— Já chega!

Eu me solto da mão dele. Estou uma pilha de nervos. Tenho vontade de dizer mil coisas a Flyn, mas decido dar ouvidos a Eric e me acalmar. É o melhor, não devo me exceder.

Flyn nos observa sem se mexer. Eric se senta em uma cadeira e, com uma tranquilidade que não é do seu feitio, começa a conversar com ele. Em silêncio, também me sento e ouço tudo o que diz. Reconheço que adoro esse lado sereno do meu amor. Ele pode ser um policial bonzinho exemplar quando quer.

Flyn o escuta com atenção. Vejo que estabelece uma conexão com Eric. O que meu marido diz em seguida faz meus olhos se encherem de lágrimas:

— A última coisa que vou dizer sobre esse assunto é que você fez mal a Josh, um bom amigo. Você não é uma má pessoa, filho, mas se não mudar, se não fizer sua parte, vai ser.

É a mais pura verdade. Estou a ponto de gritar "Isso!", mas me seguro, ou toda a nossa encenação virá por água abaixo.

Flyn se senta e olha para mim. Sabe que agora é meu turno, mas, como não tenho nada melhor a dizer a respeito, olho para ele e pergunto, muito séria:

— E a reunião com seu orientador?

O menino me olha. Posso ver sua frieza diante da pergunta.

— Era sexta, mas ele me disse para deixar para segunda da semana que vem.

— Na segunda que vem não vou poder ir — Eric blasfema. — Tenho uma reunião programada há meses e…

— Não tem problema, querido. Eu vou — interrompo. Ele concorda. Sem mudar a expressão, olho de novo para Flyn antes de concluir: — Agora pega suas coisas e vamos pra casa.

243

Eric e eu nos levantamos e saímos do quarto sem dizer mais nada.

Chegando à escada, eu paro e sussurro:

— Estou muito orgulhosa de você. É a primeira vez que o vejo falar assim calmo com Flyn. Aquilo que você disse por último tocou meu coração.

Eric balança a cabeça sorrindo, passa a mão pela minha cintura, puxa-me para junto dele e cochicha, fazendo-me rir:

— Obrigado, policial malvado. E fique sabendo que vou me empenhar para domar esse seu sangue quente espanhol que sobe quando você fica zangada.

Dou risada. Um alemão me domar? Nem que a vaca tussa.

Vinte minutos mais tarde, depois de nos despedirmos de Marta e Sonia, entramos no carro sem dizer nada. O silêncio é aterrador, por isso decido pôr uma música. Instantes depois, cantarolo: *Todo el mundo va buscando ese lugar. Looking for Paradise. Oh... Oh... Oh... Oh...*".

28

Na terça à noite, fico na dúvida sobre o que vestir para ir à despedida de solteira de Marta. Vou arrumada? Informal? A única coisa que sei é que Ginebra se aliou à minha sogra para organizar um jantar em um restaurante que não conheço. Resolvo mandar uma mensagem para Mel:

> Devo ir arrumada para o restaurante?

Meu celular apita dois segundos depois.

> Esquece o restaurante, pensa no Guantanamera... Azúcar!

A mensagem me faz sorrir. Dou uma olhada no armário e pego uma regata que combina com um blazer de lantejoulas. Prendo o cabelo num coque folgado no alto da cabeça e visto um jeans escuro com botas pretas. Quando estou pronta, comento na frente do espelho:

— Perfeita! Arrumada, mas não muito!

Dou risada. Cada dia pareço mais com Raquel!

Saio do quarto sorrindo como uma boba. Tenho certeza de que Eric, que acaba de chegar do trabalho, vai me olhar com seu jeito sério sem dizer nada. Não quer ir ao jantar e se recusa a ir ao Guantanamera. Estou descendo as escadas quando ouço uma voz vinda da sala de estar. Apuro os ouvidos para identificá-la melhor. Fico parada no lugar e fecho os olhos:

— Mas o que essa mulher está fazendo aqui? — murmuro comigo mesma, surpresa ao perceber que se trata de Ginebra.

Não que eu ache ruim. Ela parece uma boa pessoa. Mas por que forçar a amizade?

Como não posso continuar parada na escada, desço. Ao entrar na sala, encontro Ginebra com seu marido e o meu. Ela me vê, contente, e diz:

— Aí está você. Que linda!

— É mesmo — confirma Félix.

— Obrigada — respondo com um sorriso.

Os elogios me agradam, mas quem eu queria que gostasse nem abriu a boca.

— Eric, você tem que ir! — diz Ginebra. — Todos os maridos e namorados vão. Você nem precisa se trocar. Quer que Judith fique sozinha? Ela não pode passar a noite toda dando fora nos caras que vão ficar dando em cima dela quando virem que está desacompanhada.

Surpresa com as palavras, observo Eric. Ele me olha, me olha e me olha. Por fim, decide:

— Eu vou.

Boquiaberta, penso em fazer um comentário, mas Ginebra fala antes de mim:

— Que bom. Não pode ficar com sua mulher na rua, vestida pra arrasar!

Eric me encara. Olho para ele e, convencida do que está passando por sua cabeça quadrada, replico:

— Só quero arrasar com meu marido, Ginebra.

Observo que minha declaração faz Eric sorrir. Ginebra, por sua vez, mostra que entendeu meu tom de voz e acrescenta:

— Claro. Você seria tola de não gostar de um homem como ele.

Sei que ela só está paparicando Eric, mas isso me incomoda. Não gosto que tome essas liberdades com a gente. Nunca dei abertura. Eric, que me conhece, se concentra em mim e me dá um beijo.

— Quer que eu vá? — ele pergunta.

Como não quero dar um showzinho na frente de todo mundo, afirmo:

— Claro que sim. Por que a dúvida?

Ele sai da sala e vai trocar de roupa. Aproveito para pedir licença e ir dar uma olhada nas crianças. Quando volto, Eric já retornou. Está vestido com uma camisa preta, jeans escuro e um blazer informal.

Lindo!

— Os homens vão jantar com o noivo no restaurante de um amigo — ouço Félix dizer.

Eric não acha a menor graça nisso, mas não comenta nada. Já disse que ia e não vai voltar atrás. Dez minutos depois, nós nos despedimos de Pipa e de Simona e saímos de casa. Entramos no carro e vamos à casa de Björn e Mel. Estacionamos e descemos. Envio uma mensagem a ela para dizer que estamos ali. Dois minutos depois, eles aparecem. Assim que nos vê, Björn esfrega as mãos com jeito brincalhão e comenta com Eric:

246

— Jantarzinho só entre homens, que emoção!

Mel e eu sorrimos. Não resta dúvida de que o jantar desagrada Björn tanto quanto Eric.

— Vou reservar uma dança pra você no Guantanamera — murmura Mel.

A expressão dele muda. Björn não sorri e, atraindo Mel para si, percebo que diz algo em seu ouvido que faz os dois rirem.

Nesse momento, sinto as mãos poderosas de Eric rodeando minha cintura. Sob o olhar atento de Ginebra, ouço-o dizer no meu ouvido:

— Divirta-se no jantar. Nós nos vemos mais tarde.

Confirmo com a cabeça e respondo depois de um beijo:

— Você já sabe onde me encontrar!

Eric sorri, o que me enlouquece. Depois de mais um beijo, afirmo:

— Reservei as melhores danças pra você.

Ele sorri novamente. Não é segredo para ninguém que Eric mexe no máximo o pescoço ou os pés. Dou-lhe um último beijo e vejo um táxi parando para nós. Dou uma piscadela para Eric e entro no carro com Mel. Ginebra vai na frente para dar as instruções ao motorista.

Chegando ao restaurante, fico surpresa ao ver em quantas somos. Eu achava que ia ser um jantarzinho íntimo, mas não é. No fim das contas, somos trinta e duas. Marta vem nos abraçar, feliz da vida com a festa. Está lindíssima com um vestidinho meio hippie. Adoro o estilo dela! Pode vestir o que for: tudo cai bem! Mesmo grávida parece uma top model. Que sorte!

Sonia está que não se aguenta. Ri, brinca, aplaude, brinda e se diverte horrores. Se tem alguém que sabe tirar proveito da vida, é ela!

Mel e eu conhecemos algumas amigas de Marta e uma ou duas de Sonia, mas me dou conta de que Ginebra conhece muita gente. Como é possível?

Minha pergunta rapidamente é respondida: fico sabendo que muitas das amigas da minha sogra a conhecem da época em que namorava Eric, e as amigas de Marta a conheceram pelo grupo do WhatsApp, já que ela organizou o jantar junto com Sonia.

Mel me olha. Sei que está pensando o mesmo que eu. Ginebra está tomando uma posição incômoda junto à minha cunhada e à minha sogra, mas não vou abrir a boca. Não quero ser julgada.

Tento não me abalar, mesmo quando muitas das mulheres mais velhas dizem à Ginebra que ela e Eric formavam um casal lindo.

Fico calada. É o melhor que posso fazer. Ginebra sai em minha defesa e diz na frente de todas: "Jud e Eric formam um casal melhor".

Apesar disso, Mel, minha Mel, que me conhece, murmura:

— Se me pedir para jogar um copo nela, eu jogo!

O comentário me faz soltar uma grande gargalhada. Brindando, respondo:

— Não se preocupe. Está tudo sob controle.

Ao fim do jantar, minha cunhada nos pergunta:

— Que tal se a gente for ao Guantanamera? Os rapazes estão nos esperando lá!

Todas aplaudem. Estão a fim de se divertir, e eu, que não penso diferente, grito:

— *Azúcarrrrrrrrrrrrr!*

O micro-ônibus que Marta alugou está nos esperando na rua. Assim que todas embarcam, seguimos para nosso próximo destino.

Basta entrar no Guantanamera e meu humor se transforma. Embora Eric não entenda, esse lugar é como minha casa. Os amigos, o ambiente, a música, tudo isso reunido me lembra dos bons momentos de farra com meus amigos na Espanha. Chegar aqui me deixa feliz.

Ao entrar, procuro meu loiro, mas não o encontro. Eles ainda não chegaram. As trinta e duas mulheres se espalham pela pista. Entre risos, vejo minha sogra dançar com Ginebra e suas amigas, entregue à música cubana, enquanto alguns caras mais velhos mexem com elas.

Estou no bar com Mel, Marta e algumas outras quando ouço dizerem às minhas costas:

— Não acredito! Quanta mulher linda reunida.

Sem me virar, já sei quem é: Máximo, o argentino que apelidamos de Senhor Peitoral Perfeito. Muito contente e sem demora, ele nos beija e paga a primeira rodada de bebidas. Para todas menos Marta, que toma suco devido à gravidez.

Estamos batendo papo em meio às risadas quando Anita aparece com seu namorado novo, um tcheco tão lindo que dá até raiva. Com cara de riso, Mel cochicha:

— Essa garota é tão pouca coisa e sempre arranja namorados maravilhosos… Que eu saiba, ela já pegou o Senhor Peitoral Perfeito. — Nós duas olhamos para o argentino, que está conversando com Marta. — E depois aquele português que cantava fados e era simplesmente maravilhoso!

Concordo, pois Mel tem razão: Anita sabe escolher como ninguém. Então, ouço uma voz que diz ao meu lado:

— Que bom ver você por aqui… minha rainha espanhola.

Ao olhar, encontro Reinaldo e me jogo em seus braços, toda contente. Faz pelo menos três meses que não vou ao Guantanamera, porque não quero ouvir Eric rosnar. Reinaldo é um amor. Desde que minha cunhada o apresentou para mim, sempre foi um cavalheiro, assim como Máximo. Nenhum deles jamais avançou o sinal comigo, embora Eric não goste quando dançamos juntos.

— Ei, vou ficar com ciúmes! — protesta minha cunhada.

Reinaldo sorri e abraça minha cunhada Marta, Anita e Mel. Em seguida, nos apresenta a uns amigos cubanos que o acompanham.

Batemos papo animadamente durante uns minutos e sinto como se estivesse na ONU. Somos um grupo formado por alemães, uma americana, uma espanhola, cubanos, um tcheco e um argentino. Não dá para reclamar!

Quando começa a música "La vida es un carnaval", cantada por Celia Cruz, todos caímos na pista. Minha sogra cumprimenta Máximo com entusiasmo assim que põe os olhos nele. Marta e eu trocamos um olhar e damos risada. Ainda nos lembramos de quando ela nos pediu para procurar um bonitão com barriga tanquinho para provocar ciúmes num ex. Máximo a agarra feliz e começa a dançar com ela enquanto todos nós cantamos com Celia Cruz e levantamos as mãos.

Na sequência, Reinaldo me tira para dançar. Muito satisfeita, percebo que não esqueci nada do que aprendi com eles. Estou dando uma voltinha quando vejo Ginebra dançando desvairada.

Esqueço-me dela e me concentro em me divertir. Quero me acabar! Danço intensamente até que, em uma das minhas voltas, encaro um par de olhos azuis zangados. Eric chegou.

Procuro por Mel e a vejo na pista com Björn. Há quanto tempo será que estão ali? Como não quero saber de cara feia, paro de dançar, cumprimento Drew, meu futuro cunhado, e me aproximo de Eric. Na ponta dos pés, para que me ouça, pergunto em seu ouvido:

— Quer dançar?

Incomodado como sempre, Eric me olha e responde:

— Você já sabe que não.

Ginebra se aproxima de nós, sem parar de dançar. Está se divertindo horrores, não resta dúvida.

— Não vão dançar? — pergunta.

Eric não responde. Quando vou dizer algo, Félix pega a mulher pela mão e a leva para a pista. Meu marido os observa com cara de poucos amigos. Sorrio.

Não sei se sou eu a masoquista ou se me falta um parafuso, mas dou risada.

— Qual é a graça? — Eric me pergunta.

Peço uma bebida ao barman, que põe um copo na minha frente. Viro num gole só e respondo:

— Se tivesse passado pela sua cabeça dançar com ela, juro que teria sido a última coisa que faria na vida.

Ele ri, e percebo que o comentário o relaxa.

— Querido — digo baixinho, abraçando-o dengosa. — Quando vai se convencer de que eu venho aqui para dançar com meus amigos?

— Não acha que seus amigos dançam perto demais de você?

— Eric! Sua mãe está aqui, sua irmã está aqui, *você* está aqui! Como pode pensar uma coisa dessas? — Ele não diz nada. Eu insisto: — Olha, se eu quisesse fazer alguma coisa como você imagina, sou esperta o suficiente pra fazer sem que ninguém veja.

— Judith...

Falei demais. Como sempre, meu lado atrevido se sobressaiu. Só que já estou cansada de precisar me defender de algo tão absurdo, por isso respondo:

— Olha, querido, no dia em que se der conta de que eles respeitam você como meu marido, garanto que vai ser muito mais feliz. Que cabeça-dura! — Dito isso, eu me separo dele e falo entre os dentes: — Sabe de uma coisa? Se eu quisesse trair você com outro homem, nunca faria aqui. Sabe por quê? — Eric dá um sorriso amarelo, e eu acrescento: — Esses meus amigos dos quais você tanto reclama não me deixariam. Eles têm mais apreço por você do que você tem por eles. Você não os merece!

Eric não retruca. Seu silêncio me tira do sério. Diante do meu olhar, ele fala apenas:

— Se você diz...

Seu tom cético me dá a entender que ele não acredita em mim. Estou cansada. Cansada da desconfiança sempre que vou ao Guantanamera, mesmo que seja o lugar longe dele onde estou mais protegida.

Ficamos sem nos falar. Como sempre, ele está enfezado. Grande novidade! Não quero que estrague a noite, por isso eu o encaro e digo:

— Olha, Eric, você não deveria ter vindo. Não gosta deste lugar e não está se divertindo, e nem eu me divirto vendo sua cara de quem comeu e não gostou. Por que não vai embora? Vai ser melhor para nós dois.

— É o que você quer?

250

— Não. Quero que você fique e se divirta comigo. Mas não quero que fique aí mal-humorado e acabe com a minha noite.

Sua cara azeda deixa claro que minhas palavras tocaram um ponto sensível. Ele que se dane com suas carinhas e silêncios. Está me irritando!

É evidente que existe algo em nossa vida em que nunca vamos estar de acordo: o Guantanamera. Eric dá um passo adiante, me beija e diz:

— Vejo você quando chegar em casa.

Sem mais, meu loiro, meu duro e frio alemão, dá meia-volta e se encaminha para a porta. Björn, que não está longe, aproxima-se de mim, mas só faço um gesto com as mãos para informar que Eric está indo embora. Björn vai atrás dele e decido não pensar mais nisso.

Mel se aproxima.

— O que aconteceu?

Zangada, suspiro.

— O de sempre, Mel. Eric não gosta deste lugar nem das pessoas aqui.

— Seu marido é um idiota.

— Um babaca completo! — exclamo sorrindo e olhando para minha amiga.

Uns minutinhos depois, quando estou falando mal do meu alemão, Björn se aproxima e diz:

— Vou embora com Eric. — Ele beija Mel e murmura: — Vocês duas se comportem bem. Não quero ir tirar vocês do xilindró de novo.

Diante do comentário, nosso riso é inevitável.

— Vou me comportar tão bem quanto você — Mel se defende.

Björn arqueia as sobrancelhas e ela protesta.

— Ah, amor… Anda, pode ir. Para de pensar bobagens.

Ele sai, não sem antes ter olhado algumas vezes para trás. Mel pede bebidas ao barman e tomamos num gole só. Deixamos os copinhos no balcão e gritamos:

— *Azúcarrrrrrrrrrrrr!*

Dançamos durante horas, bebemos e mergulhamos na festa de corpo e alma. Ginebra pergunta por Eric e eu lhe digo que ele foi para casa. Ela assente e continua dançando com o marido. É evidente que Félix tem certa idade, mas não resta a menor dúvida de que é chegado numa festa.

Diferente de outras vezes, a saída acaba antes do que eu previa. Marta está cansada por causa da gravidez, e seu futuro marido, exausto, a convence a ir embora descansar.

Pouco depois, minha sogra e suas amigas também vão; depois delas, as amigas de Marta; na sequência, Ginebra e Félix.

Mel e eu continuamos com nossos amigos até que, esgotadas, às seis da manhã, damos a festa por encerrada. Voltamos para casa acompanhadas por Reinaldo e Máximo. Como sempre, são perfeitos cavalheiros.

Assim que entro em casa, sei que bebi um pouco demais. Decido não passar para ver as crianças, pois não quero acordá-las.

Subo para o quarto e me surpreendo ao não encontrar Eric na cama. Onde ele se meteu?

Isso me preocupa. Desço às pressas para o escritório. Encontro-o sentado atrás da mesa. Nossos olhares se encontram. Eu sorrio. Ele não.

— Já estou aqui — murmuro.

Eric apoia a nuca no encosto da cadeira para me observar. O olhar que me desfere é de um tigre assassino. Aquele olhar de irritação total que, em vez de dar medo, me deixa em ponto de bala. Que tesão!

Do jeito que posso, chego até ele. Não o toco, apenas olho para mesa. Ouço de repente:

— Nem pense em fazer isso.

Sorrio. Alegra-me saber que Eric imagina que vou atirar no chão tudo o que há sobre a mesa. Mas, claro, há mil papéis ali, sem falar no laptop. Eu poderia me meter numa confusão ainda maior.

Sorrio de novo. Ele continua sério. Decido sentar em seu colo.

Eric não se mexe, mas deixa que eu faça o que quero. Sento-me com uma perna de cada lado.

Estou excitada, muito excitada, e só meu marido pode me dar o que procuro. Apesar disso, quando aproximo minha boca da sua, Eric põe a mão no meu peito e me detém no lugar.

— O que está fazendo? — ele pergunta.

— Quero beijar você — sussurro.

— Não.

— Sim! Só um beijinho.

Eric me olha. Faço uma carinha de dar pena. Ele pensa. A menção ao beijinho somada à minha expressão o fazem titubear, mas ele repete:

— Não.

Cabeça-dura!

Abro a boca para protestar, mas, como se eu fosse leve como pena, ele se levanta da cadeira comigo no colo, põe-me de lado bruscamente e rosna:

— Então acha que estou aqui só para satisfazer seus desejos sexuais?

E agora ele me vem com essa?

— E não está? — pergunto, com sarcasmo.

Meu comentário provoca outro olhar fulminante do Iceman.

— Não — ele retruca.

Eu, que quando quero uma coisa sou impossível, insisto:

— Vem, querido... sei que você também quer.

Ele não esperava isso. Esperava minha irritação diante da rejeição, mas eu o agarro pela cintura e digo baixinho:

— Você é meu, Eric Zimmerman. E o que é meu eu tenho quando quero.

Fico na pontinha dos pés para beijá-lo, mas ele se estica e eu não o alcanço. Filho da mãe! Eric por fim se afasta e eu tropeço. Mas não, não vou me zangar. Caminho em sua direção e insisto:

— Não tem escapatória, loirão.

De novo, ele se mexe. Agora, em vez de se afastar, ele se aproxima, pegando-me nos braços e me imobilizando. Com os olhos nos meus, ele sussurra:

— Desejo você mais que minha própria vida, mas não vou dar o que você quer, porque esta noite você me mandou embora. Não merece. Por isso, não insista, Judith. Você não vai conseguir nada.

Seu olhar, a clareza de suas palavras e o "Judith" deixam claro que é um caso perdido! Quando me solta, estou tão zangada que dou meia-volta sem dizer nada e saio do escritório. A noite acabou.

Quem perde é ele. Mas, quando paro para pensar, percebo que eu também!

29

Na quinta, Eric e eu vamos para o trabalho em silêncio no carro dele.

Continua zangado com o que aconteceu no Guantanamera. Se tem uma coisa que o tira do sério é que eu o mande sair de perto de mim. Foi justamente isso que eu fiz naquela noite. *Mea culpa!*

Assim que chegamos à Müller, descemos do carro e, sem encostar um no outro, caminhamos até o elevador, onde cada um aperta o botão do seu andar. Olho para ele com esperança de que faça o mesmo, mas que nada! Impossível! É como se eu não existisse!

Na hora que o elevador para, tenho vontade de beijar meu marido, de lembrar que o amo, que morro por ele, que não existe ninguém igual, mas sua cara de poucos amigos me informa que não está a fim de me ouvir.

— Você vai à reunião das dez na sala de conferências? — pergunto.

Eric assente e responde com a voz neutra.

— Vou.

Desesperada, insisto:

— Por favor, olha pra mim e diz que a raiva passou.

Ele me olha. Finalmente! Mas, sem mudar a cara de valentão, responde:

— Preciso trabalhar, Judith.

"Judith"… Isso não é nada bom!

Desisto. Dou um passo à frente, saio do elevador e, quando sinto que as portas se fecham atrás de mim, caminho bufando e murmuro em espanhol, para que ninguém me entenda:

— Cabeça-dura.

Ando decidida até meu escritório. Ao me ver, Tania, a secretária, se levanta e diz:

— Judith, chegaram flores para você hoje de manhã.

Balanço a cabeça e entro na minha sala. Encontro sobre a mesa um lindo ramalhete de rosas vermelhas. Enrugo a testa.

Quem pode ter enviado?

Deixo a bolsa sobre a mesa, caminho até o buquê que Tania já colocou num bonito vaso de cristal e pego o bilhete. Está escrito em espanhol:

Nunca duvide que te amo, apesar de às vezes você me levar ao limite.
Seu babaca

Sorrio. Não posso evitar. Esses pequenos detalhes são o que me deixam cada dia mais apaixonada por ele.

Dá até vontade de morder!

Eric é único. Singular. Inigualável em me surpreender.

Guardo o bilhete na bolsa, pego o celular e escrevo uma mensagem:

Te amo, te amo e te amo.

Aperto "enviar". Espero a resposta com um sorriso. Passados dois minutos, surpreendo a mim mesma com a pergunta, *É sério que você não vai me responder?*

Depois de dez minutos, tenho vontade de estrangulá-lo. Quando já se passaram quarenta e cinco minutos, quero pegar as flores e arremessar na cabeça dele.

Como pode ser tão chato?

Estou absorta em meus pensamentos quando Mika entra na minha sala e vê as flores.

— Que lindas. São do Eric? — Confirmo com a cabeça. Com um sorriso, ela sussurra: — Ainda não consigo acreditar que o chefão seja tão romântico com você.

Balanço a cabeça de novo. Romântico ele é, mas cabeça-dura então... Só que isso eu não digo em voz alta. Não pegaria bem.

Mika se senta e, juntas, alinhamos os detalhes da reunião. Queremos apresentar a Eric e ao conselho diretor o planejamento das próximas feiras das quais a Müller vai participar. Queremos que tudo saia perfeito.

Assim que terminamos, nós nos dirigimos para a sala de reuniões com tablets e celulares em mãos. Ao chegar, vários membros do conselho diretor, que me conhecem, cumprimentam-me cordialmente. Eles acham graça que eu trabalhe na empresa. Assim que Eric entra, é como se o sol fosse encoberto por um eclipse. Eles o tratam como um deus. Só falta gritarem: "Viva o chefe!".

Olho para ele com esperanças de receber um olhar cúmplice. Sabe que espero sua mensagem. Sabe que recebi suas flores e sabe que cada segundo que passa e ele me evita está me irritando.

Mas que nada. Ele continua a me ignorar. Sento-me e penso comigo mesma: "Muito bem, babaca, foi você quem pediu".

Em seguida, com o melhor dos sorrisos, eu me aproximo de alguns diretores, que sorriem para mim como uns bobos. Utilizo minhas armas para que eles olhem para mim maravilhados e rapidamente observo os resultados. Homens! Às vezes são tão simples que só me resta dar risada.

Pelo canto do olho, noto meu louco e ocasionalmente insuportável marido enfim me olhar por cima da cabeça daqueles com quem está falando. Gosto dessa sensação. O estremecimento que sinto ao notar seu interesse por mim é o mesmo que ele me provocava quando eu era sua secretária e não podia me tocar nem falar comigo em uma sala lotada.

Espanha 1 x 0 Alemanha.

Consciente de que agora tenho sua atenção total, coloco os cabelos atrás da orelha enquanto falo, fazendo charme. Sei que ele gosta muito do meu cabelo. De repente, ouço Mika me chamar. Com um sorriso encantador, eu me desvencilho dos diretores, que me observam abobados, e vou até ela, que está com um homem moreno da minha idade que me observa com um sorriso maroto.

— Judith, este é Nick. — Troco um aperto de mão e dois beijinhos, em homenagem a Eric! — Ele é nosso melhor representante comercial.

Encantada, balanço a cabeça e sorrio, tudo sem olhar para meu maridinho. Sei que deve estar batendo a cabeça contra a parede. Posso ser bastante atrevida quando quero.

Percebo como Nick me olha e sorri para mim. Sem dúvida, deve estar pensando: "Carne fresca!". Mika não deve ter lhe contado que sou a mulher do chefe, ou não me olharia assim. Conversamos por um tempo. Um pouco antes de a reunião começar, Nick puxa uma cadeira para mim. No instante em que me sento ele se aproxima do meu ouvido e sussurra:

— Depois podemos tomar um café.

Concordo. Pobrezinho, quando ficar sabendo quem sou, vai se arrepender. Olho para Eric, que está sentado e me observa muito sério.

A reunião começa. Uns falam, outros falam, e Nick se aproxima de mim para cochichar. Sorrio e me divirto com as coisas que ele diz, mas o tempo todo estou consciente de que Eric segue cada um dos meus movimentos disfarçadamente.

Espanha 2 x 0 Alemanha.

As luzes se apagam e alguns assuntos começam a ser apresentados na tela. Continuamos conversando até que meu celular vibra. Disfarçadamente, verifico e leio:

Por que está sorrindo?

Sem olhar para Eric, escrevo:

Tá me vendo no escuro?

Dois segundos depois, meu celular vibra de novo:

Não preciso de luz pra saber que está sorrindo.

Suspiro. Ele e suas bobagens... Respondo:

Por acaso não posso sorrir?

O celular vibra de novo.

Pode. Mas gosto mais quando sorri pra mim.

Abro um sorriso, impossível de evitar. Levanto a cabeça e noto na escuridão que Eric me observa. Escrevo:

Ainda bem que Nick está nesta reunião, ou você não falaria comigo. Medo da concorrência?

Fico na dúvida se aperto "Enviar" ou não. Sei que isso vai deixá-lo incomodado, mas sou uma grande filha da mãe! Envio e observo a reação dele. Como é de esperar, Eric franze o cenho, empina o queixo e não responde. Ah, que ciumento!

Ainda não se deu conta de que estou provocando?

Passados alguns minutos, escrevo:

Responde.

Ele lê a mensagem, mas não responde. Insisto:

Eric, estou esperando.

Ele me ignora. Solenemente.

As luzes se acendem, a reunião prossegue e eu, contrariada pela cara séria e de superioridade, escrevo:

Uma vez você interrompeu a reunião por minha causa. Acha que eu não faria o mesmo?

Quando clico em "Enviar" já estou consciente do desafio. Mas Eric nem se mexe. Ele é de ferro!

Te dou dez minutos. Ou me responde, ou paro a reunião.

Ele nem se abala. Está totalmente seguro de que não vou fazer isso. Será possível que ele não me conhece?

Disposta a surpreendê-lo, envio uma mensagem para Mel:

Me liga daqui a cinco minutos e acompanha a confusão.

Em seguida, deixo o celular sobre a mesa, para que Eric veja e acredite que desisti. Eu me remexo na cadeira e me concentro na reunião. O senhor Duhmen fala sem parar.

Passados alguns minutos, meu celular vibra ruidosamente sobre a mesa. Olho em volta com minha melhor cara de constrangimento e digo:

— Me desculpem. É a babá. — Ponho o celular no ouvido, escuto alguns segundos e exclamo, levantando um pouquinho a voz: — Como? É sério? De verdade? Não… não… Não pode ser…

Mel não consegue parar de rir.

— O que você está fazendo? — ela pergunta.

Tento não rir… Com seriedade, respondo:

— Tá bom… tá bom. Vou falar com Eric e depois ligo.

Desligo, então me levanto no meio da reunião e, diante da cara de assombro total do meu marido, que não acreditou na minha ameaça, olho para as pessoas ao nosso redor e anuncio:

— Sinto muito interromper a reunião, mas preciso de uns minutinhos a sós com Eric. — E acrescento sorrindo: — Temos que apagar um pequeno incêndio doméstico…

Como todos são muito solícitos, ainda mais em se tratando de mim, rapidamente se levantam e abandonam a sala. Mika explica a Nick quem eu sou, e ele me olha surpreso.

A última pessoa sai da sala e fecha a porta. Eric não se levanta da cadeira de diretor e grunhe sem elevar demais a voz:

— Como pôde?

Com um sorrisinho de "Eu te avisei!", caminho até ele e esclareço:

— Te dei dez minutos. Cinco a mais do que me ofereceu da outra vez. É claro que lá em casa está tudo bem e que quem interrompeu a reunião foi você.

Eric me olha com expressão incrédula. É evidente que o peguei de surpresa. Gosto de saber disso. Eu me aproximo dele, decidida, e paro bem na sua frente.

— Tem câmera nesta sala? — pergunto.

Ele confirma com a cabeça. Que merda! Então acrescenta:

— E não tem isolamento acústico.

Excitada ao ouvir isso, subo minha saia tubinho na frente dele. Com uma tranquilidade que não sinto por dentro, tiro a calcinha, enrolo-a na mão e enfio no bolso do paletó dele. Como uma *femme fatale* de filme pornô, murmuro:

— Senhor Zimmerman, sinto informar que vou estar sem calcinha no escritório…

— Jud — ele me interrompe. — O que está fazendo?

Ele me chamou de Jud, não de Judith! Que bom! As coisas estão melhorando. Respondo:

— Deixando claro que só desejo você, mesmo que vá ao Guantanamera ou converse com o bonitão do Nick. — Seu rosto se contrai, mas continuo baixando a voz: — E fique sabendo que, apesar de estar zangada, desejo você. Estou morrendo de vontade de ver o olhar que você me dá quando me compartilha com outro homem. Está claro?

Eric me olha, me olha e me olha. Ai, ai…

Mas, antes que possa avaliar o que está sentindo, Eric se levanta, aproxima-me dele com um puxão e baixa minha saia antes de me sentar na mesa. Com lascívia, passa a língua pelo meu lábio superior, depois pelo inferior e dá uma mordidinha. Arquejo. Ele me deixa louca!

Quando minha boca, meu ser, minha alma e eu inteira estamos rendidos a ele, meu Iceman me dá um beijo poderoso que me deixa sem fôlego, enquanto eu me deixo levar pelo maremoto de emoções que me faz sentir.

É sério que ele vai fazer amor comigo em cima da mesa?

Eric me agarra pelos cabelos, dá um puxão, afasta a boca da minha e murmura:

— Eu brincaria com você agora mesmo. Abriria suas pernas e...

— Então brinque! — provoco.

Ele devora de novo minha boca e faz amor comigo com a língua. Pela intensidade, sei o esforço que está fazendo para não me deitar sobre a mesa e me possuir como um selvagem. O beijo dura, dura e dura... Desfruto dele até que termina. Quase sem afastar a boca da minha, Eric sussurra:

— Você não pode fazer isso, pequena. Aqui, não.

Sei que tem razão. Sei que estamos no escritório e que não deveríamos, mas respondo mesmo assim:

— Eu sei. Mas você me obrigou. Não falou comigo todo esse tempo e...

— Você não pode andar pela empresa sem calcinha.

— E você não pode ficar bravo comigo por causa dessas bobagens — repreendo.

Eric me olha. Crava os impactantes olhos azuis em mim, enquanto eu, com descaramento, toco o volume entre suas pernas e sinto sua ereção.

Minha nossa! Como eu o desejo.

Eu me conheço e sei que estou prestes a fazer uma das minhas loucuras.

Sua cara desconcertada arranca um sorriso de mim e me faz recuperar a razão. Não podemos fazer isso na Müller. Não devemos e ponto final. Decidida a acabar com esse momento iniciado por mim para deixá-lo louco, separo-me dele e digo a caminho da porta por onde todos saíram minutos antes:

— Já que não desperto o menor desejo em você, vamos continuar com a reunião, sr. Zimmerman. E, por favor, não volte a interrompê-la.

Boquiaberto pela forma como o estou deixando, ele ameaça protestar, mas, antes que o faça, abro a porta e digo como uma esposinha perfeita:

— Entrem. Desculpem a interrupção. Acredito que o incêndio doméstico foi apagado.

Todos entram e Eric rapidamente se senta e coloca alguns papéis sobre a ereção, para que ninguém perceba como está. Com um sorriso, sento-me junto de Mika e Nick. A reunião é retomada. Não presto atenção em mais nada. Ainda sinto seu beijo e seu cheiro.

Olho para ele e percebo que Eric encara a tela de seu laptop com expressão implacável. No que estará pensando? Histérica, eu me mexo na cadeira consciente de que estou sem roupa íntima. Meia hora depois, fazemos uma pausa para um café. Vejo Eric falar pelo telefone e me aproximo dele. Quando entramos na sala de reuniões e nos sentamos, ele apoia as mãos sobre a mesa bruscamente e diz:

260

— Sinto muito, senhores, mas minha esposa e eu precisamos abandonar a reunião para resolver certos assuntos familiares. — Depois, crava o olhar em mim e conclui: — Judith, vamos!

Carambaaaaaa, nem acredito. Cancelou a reunião por mim!

Espanha 2 x 1 Alemanha.

Para não o contrariar, rapidamente pego meu tablet e meu celular. Fico ao seu lado e ele agarra minha mão com força. Ele anuncia:

— Continuamos amanhã de manhã, às nove em ponto. Bom dia, senhores.

Sem mais, saímos da sala e percebo que vamos direto para o elevador. Assim que entramos, Eric me aprisiona contra a parede e fala com os olhos nos meus:

— Pequena, você acaba de acender um fogo enorme que agora vai ter que apagar.

Ele me beija e eu me entrego!

Espanha 2 x 2 Alemanha. Empate!

Chegamos à garagem. Sem soltar minha mão, sem pegar os casacos, sem nada, ele me leva ao carro. Entramos e, antes que eu diga qualquer coisa, ele pega o telefone e diz:

— Gerta, mande um mensageiro passar na sala da minha esposa pra pegar a bolsa e o casaco dela, depois na minha sala pra pegar minhas coisas e levar tudo pra minha casa.

Ele desliga. Sorrio. Arranca com o carro sem falar mais nada.

Não sei aonde vamos.

Deixo-me levar. Passadas várias ruas, Eric estaciona o carro e desce. Ele abre a porta do meu lado rapidamente e eu pergunto:

— Aonde vamos?

Não preciso da resposta. Diante de nós há um hotel.

— Vem comigo — ele murmura, puxando-me pela mão.

Eu o sigo, é claro!

Seguiria Eric até o fim do mundo se fosse preciso!

Entramos no hotel e ele pede um quarto. O funcionário da recepção nos olha. Estamos sem casaco, sem bolsa, sem nada!

O que será que vão pensar?

Por sorte, Eric está com a carteira no bolso do paletó. Entrega seu cartão, o recepcionista nos dá uma chave e indica:

— Suíte setecentos e setenta e seis. Sétimo andar.

Eric assente. Sorrio e caminhamos para o elevador.

Chegando lá, há um homem esperando. Entramos os três, Eric aperta um botão e me beija de novo. De soslaio, observo que o homem está de olho em nós.

— Eric... — murmuro.

Mas ele não me escuta. Continua. Pega-me pelos braços, afasta-me uns milímetros e sussurra, subindo minha saia:

— Não sei se devo te matar ou comer você depois de tudo o que fez e o que me fez fazer.

Alarmada pelo olhar incrédulo do homem e ao mesmo tempo excitada, respondo:

— Voto em comer. Parece melhor.

Minha resposta faz Eric sorrir. Ele me dá um tapa na bunda e fala entre os dentes, olhando para o estranho que nos observa:

— Justin, você ouviu. Vamos brincar. — Pasma, vejo o homem assentir. Olho para Eric e ele completa: — Senhorita Flores, prepare-se para satisfazer minhas necessidades pecaminosas.

Em seguida, ele me joga sobre os ombros, como se fosse um homem das cavernas. O elevador para e nós três saímos e nos encaminhamos para o quarto.

Chegamos à porta e Eric libera nossa entrada. Tranca a porta na sequência, colocando-me no chão e empurrando-me contra a porta.

— Agora abre a blusa e põe os seios para fora, sem tirar o sutiã.

A exigência me excita ainda mais diante dos olhos e do silêncio de Justin.

O pedido tão selvagem me deixa a mil. Acalorada, faço o que ele diz, sentindo-me tremendamente sensual por mostrar os seios para eles.

Os dois me olham. Os dois me devoram. Eric contempla com luxúria meus seios descobertos e meus mamilos duros.

— Vamos curtir minha mulher — ele diz para Justin num convite.

O desconhecido chega perto de mim, belisca meus mamilos endurecidos e os chupa. Agarra-me de forma possessiva pela cintura. Como Eric está nos observando, deixo que devore meus seios, que me toque e manuseie sem pudor.

Quando penso que vou explodir com todo o calor que sinto, Eric me arrasta até uma cadeira, vira-me de costas, sobe minha saia e diz com a boca no meu ouvido:

— Inclina o corpo sobre o encosto da cadeira e abre as pernas pra nós dois.

Extasiada, atendo. Meu grito se perde na mão dele, que tapa minha boca quando seu pênis duro e firme entra em mim até o fundo. Em seguida, Eric libera minha boca, então puxa meu cabelo e pergunta:

— Quer brincar forte, pequena?

— Quero — respondo.

— Forte assim? — ele pergunta, ao meter de novo em mim.

— Isso... isso...

Eric recua um pouco e se crava dentro de mim, arrancando mil e um gemidos da minha boca. Noto que Justin abaixa o zíper da calça e põe o pênis rígido na frente da minha cara. Sem que ninguém me diga nada, abro a boca para chupá-lo, agarrando sua bunda.

Esse é nosso jogo. Foi isso que pedi e é isso que Eric me dá.

Diferente de outras vezes, ele não se mexe, não recua. Está cravado no meu interior e sinto a vagina palpitar em resposta à dura e profunda intromissão. Eric aperta, aperta, aperta os quadris contra os meus. Minha respiração acelerada soa enlouquecida enquanto o pau de Justin entra e sai da minha boca.

Minha respiração muda e sinto Eric recuar para então afundar ferozmente em mim outra vez. Justin se afasta, veste um preservativo e senta na cama para nos observar. Eric, que está duro como pedra, aproxima a boca do meu ouvido para me repreender:

— Nunca mais me mande embora como fez outro dia no Guantanamera.

Aceito. Não consigo nem falar.

— E, é claro, nunca mais ande sem calcinha pela Müller, entendeu?

Não respondo, não quero lhe dar esse gosto. Ele me dá um tapa na bunda e repete:

— Entendeu?

O prazer que sinto é inigualável, e a avalanche de emoções que me invade não me permite responder. Com força, determinação, possessividade, Eric assola meu corpo, deixando claro que é seu dono. A mim resta me abrir para ele e mergulhar no prazer que me dá infinitas vezes.

A cadeira vai arrastando no chão, pois não consigo segurá-la. Eric e suas investidas atrozes fazem tudo mexer. Quando não vou mais aguentar, depois de um grunhido de satisfação que me faz saber que está adorando a nova loucura, ele se finca em mim uma última vez e ambos nos entregamos ao orgasmo.

Deixo a cabeça cair para a frente e tento recuperar o fôlego. Estou exausta. Sem me dar folga, meu senhor, meu amo, meu chefe, sai de dentro de mim e me leva até Justin. Diante do olhar atento do meu marido e em silêncio, o desconhecido limpa rapidamente meu sexo com uma toalha úmida, então me senta sobre ele e me empala com o pau rígido. Perco o ar novamente.

O caminho já está aberto e molhado. Foi Eric quem fez isso. Mas Justin, em busca de seu prazer, agarra-me pela bunda e me move sobre ele com firmeza e precisão. Um gemido escapa da minha boca, e eu tombo a cabeça para trás. É incrível. Fantástico. Enlouquecedor.

Meu corpo se molda no que ele faz comigo. Eu me deixo ser manejada. Rebolo, procuro meu próprio prazer. Sinto as mãos grandes de Eric me pegarem pela cintura, tirarem o resto da minha roupa e me apertarem contra Justin. Ele murmura no meu ouvido:

— Lembre. Tenta fechar as pernas e o prazer vai ficar mais intenso.

Faço o que me pede e tenho consciência de que, em resposta, o prazer aumenta. Minha respiração fica mais ofegante quando sinto que Justin está tremendo. Repito de novo e de novo o que Eric acaba de dizer, sentindo o pau duro de Justin brincar no meu interior, abrindo caminho. A sensação me provoca gritos de prazer.

Sinto Eric separar minhas nádegas e me acomodo melhor sobre Justin para recebê-lo. Ele nota minha predisposição e brinca com meu ânus uns minutos, para dilatá-lo.

Justin percebe e me pergunta, sem deixar de me comer:

— Quer nós dois dentro de você?

O ardor no rosto dele se estende por todo o seu corpo. Eric, cujo rosto não vejo, mas cujo corpo sinto atrás de mim, responde:

— Justin, além de ser minha dona e minha escrava, minha mulher também é safada, atrevida e fogosa. O que mais eu posso pedir?

Justin, dentro de mim, concorda com a cabeça. O dedo de Eric no meu ânus me tira o fôlego.

— Você tem a companheira que muitos querem, mas poucos conseguem — ele sussurra.

Satisfeito, Eric beija meu pescoço.

— Eu sei.

Alguns segundos depois, ele me levanta, vira e, sem desviar dos meus olhos, leva-me até um sofá de couro branco.

— Abre a bunda para Justin.

Eu faço o que me pede e minha respiração acelera quando sinto a língua do desconhecido percorrer minha bunda com lascívia. Meu corpo estremece involuntariamente. Eric, roçando de leve a boca na minha, ordena:

— Senta nele e se entrega.

O pedido me deixa louca.

Que calor!

Olho para trás e vejo Justin já sentado no sofá com o preservativo posto, à espera de que eu cumpra a ordem que recebi. Como a escrava sexual que sou nesse momento, eu me acomodo sobre Justin sem afastar os olhos do meu dono e senhor.

Justin abre minhas pernas e, sem perder um segundo, introduz o pênis no meu ânus dilatado, que o acolhe rapidamente.

Solto um gemido. Fecho os olhos. Justin agarra minha bunda com força, fecha minhas pernas e dá umas boas investidas, que ressoam por toda a suíte, para saciar o apetite sexual que sente por mim.

Meu Deus, que prazer!

Seu pau entra e sai, de novo e de novo. Eu me entrego. Eu curto... Eu saboreio.

Meus olhos estão conectados aos de Eric enquanto Justin me fode e eu, cheia de tesão, permito que o faça. Satisfeito com o que vê, ele não tira os olhos de nós até que Justin chega ao clímax e, depois de uma última investida, ambos nos deixamos levar.

Sem sair de mim, Justin passa as mãos por baixo dos meus joelhos, abre minhas pernas e murmura, com um fio de voz:

— Eric... sua mulher.

Meu marido me observa com tesão, estimulando o pênis. Só para me provocar, ele se agacha, beija meu sexo e brinca com ele.

Grito. Retorço-me. Que calor!

Continuo empalada por Justin, ao mesmo tempo que Eric brinca com meu clitóris. Sinto um prazer louco. Estou verdadeiramente possuída.

Calor, delírio, frenesi... meu amor me faz sentir tudo isso brincando comigo e com outro homem que me abre para ele. Segundo a segundo, minha respiração acelera. Quando já não posso mais, agarro os cabelos de Eric com as mãos, faço com que me olhe e murmuro:

— Vem agora... Quero você.

Com uma última e doce mordidinha na vagina, meu alemão se ajoelha no sofá, acomoda-se bem, guia o membro duro pela entrada molhada e ardente e mete nela. Ele se deixa cair sobre mim e me beija, fundindo-se repetidas vezes no meu interior; Justin não se move.

Gosto de estar entre esses dois homens. Sei que eles curtem também. Isso estimula meus pensamentos.

As mãos de Justin me agarram pela cintura e sinto como seu pênis se endurece e começa de novo a entrar e sair do meu ânus. Eric, por sua vez, com os olhos cravados em mim, oferece o que eu quero, o que peço e o que necessito.

— Mais forte — exijo.

Ao me ouvir, ele dá um sorriso ardente, agarra-se à borda do sofá e me satisfaz. Suas investidas são apaixonadas e impetuosas. Sinto que vai me partir em duas de tanto prazer, entregue a ele e a quem ele quiser. Sou sua.

Uma e outra vez… uma e outra vez, aqueles homens entram em mim impetuosamente, e eu deixo meu corpo ser manejado por eles. Os dois me movem, colocam-me como querem, fundem-se no meu interior, e eu aceito… Aceito tudo o que eles querem e sinto o pau duro de cada um dentro de mim. Minha respiração está carregada de prazer. Puro prazer.

Não sei quanto tempo dura.

Não sei quanto tempo ficamos assim.

Só sei que, quando o orgasmo chega, o espasmo é tamanho que o êxtase provocado pelo ato nos faz ter convulsões nos braços um do outro enquanto Justin suporta o peso dos nossos corpos e vive sua aventura particular.

Durante o resto da manhã, desfruto de todo o prazer, de toda a possessividade e de toda a luxúria junto do meu amor. Permito que manipulem meu corpo como se eu fosse uma boneca de pano. Tudo me agrada. Acho excitante ser sua escrava sexual, gosto de permitir o acesso e sei que Eric gosta de fazer o mesmo.

De um instante para o outro, estou sendo fodida de quatro, estou de barriga para cima, de bruços. Eles separam minhas nádegas, oferecem-me, acariciam-me, chupam-me, introduzem os dedos em mim, e eu consinto. Aprovo o que ocorre porque quem exige tudo isso sou eu.

Às duas da tarde, depois de várias horas de sexo exacerbado e febril, Justin vai embora. Assim que Eric e eu ficamos a sós no quarto, eu digo:

— Nunca tinha visto Justin. De onde você o conhece?

Eric, agora em pé ao meu lado, me olha.

— Eu o conheço há anos, mas por questões de trabalho ele se mudou para Berlim. Na semana passada, ligou dizendo que estava morando aqui de novo.

Levanto-me, pego o sutiã e afirmo:

— Então vamos nos encontrar no Sensations?

— Não. Você nunca vai ver Justin por lá.

— Por que não? — pergunto surpresa.

266

Eric me ajuda a fechar o sutiã e beija meu pescoço.

— Porque a discrição é fundamental para ele. Primeiro, porque a esposa não participa dos jogos. Segundo, porque é juiz do Tribunal Superior. Vocês só podem se encontrar em ocasiões como a de hoje.

Saber que se trata de um juiz me surpreende, mas pergunto:

— A mulher dele não participa?

— Não — Eric responde. Fechando o botão da calça, ele acrescenta: — Por isso Justin disse que você é a companheira que muitos homens querem ter, mas poucos conseguem. Lembra? — Faço que sim, e Eric me beija antes de prosseguir: — Pra minha sorte, você é minha mulher. Minha.

Essa sensação de propriedade me faz rir.

— E você, Iceman, é meu.

Nós dois sorrimos. Qualquer um a quem contássemos que temos prazer em nos oferecer para outras pessoas em determinados momentos não nos entenderia, mas isso já não importa mais. Não ligo para o que pensam. Sou feliz assim com Eric, e ponto final.

Estou abobada olhando para Eric, quando ele me diz durante um abraço:

— Por isso, pequena, tenho ciúmes quando você vai ao Guantanamera. Tenho tanto medo de te perder que acho que...

— Mas que bobagem é essa que você está dizendo?

Eric bufa.

— Jud, tenho consciência das minhas limitações, e você sabe.

Isso me faz rir. Eu afirmo:

— Olha, meu amor, não preciso que você dance comigo. Só preciso que fique feliz, sorria e confie em mim quando saio sem você ou quando vou me divertir no Guantanamera. O resto... é detalhe. Porque eu te amo e pra mim não existe ninguém além de você.

Seu sorriso se alarga. Eu o abraço e o beijo com todo o amor que sou capaz de lhe dar. Com os olhos nele, murmuro:

— Sou sua, assim como você é meu. Entenda de uma vez por todas, cabeçudo.

Depois de vários beijos e palavras de amor que só poderiam ser do meu louco e teimoso alemão, terminamos de nos vestir, deixamos o hotel e voltamos para casa.

Que manhã de quinta-feira mais deliciosa passamos!

30

O casamento de Marta chega.

Todos nos arrumamos, mas somos quem menos importa. A rainha da festa é ela, que está linda com um belo vestido de noiva e uma barriguinha.

Minha sogra passa toda a cerimônia agarrada à mão de Eric. Precisa disso, e eu a entendo. É seu filho e, por mais que seja adulto, será seu menino por toda a vida, assim como minha irmã e eu somos as meninas do meu pai.

Ao fim da cerimônia, distribuo saquinhos de arroz entre os convidados para que joguem nos noivos. Meus olhos encontram os de Ginebra, que me diz:

— Você está bonita, Judith. — Balanço a cabeça e rio. Ela prossegue: — Obrigada por permitir que eu viesse ao casamento.

Fico sem palavras.

— O quê?! — murmuro, boquiaberta.

Ela, que não dá ponto sem nó, sorri e sussurra:

— Judith, apesar dos meus esforços para criar uma boa relação entre nós, sei que continuo incomodando você. Sinto muito por isso, de verdade.

Não respondo, mas suas palavras tocam meu coração. Por fim, dou uma piscadela e digo:

— Fico feliz que você esteja aqui. Vamos aproveitar este casamento tão lindo.

Ginebra assente e não diz mais nada. Viro as costas e sigo em frente, sentindo-me uma bruxa.

Quando os pombinhos saem da igreja, Mel e eu atiramos um bom arsenal de arroz enquanto rimos da cara dos noivos. Eric e Björn afastam-se de nós. Não querem sujar o terno. Que bobos!

A recepção foi organizada em um hotel próximo à igreja, e tudo sai às mil maravilhas.

Só de ver a cara de Marta, dá para notar que está radiante. Aplaudimos a valsa escolhida pelos noivos. Ao lado de Eric, eu me sinto tão feliz quanto a noiva.

Nunca havia imaginado Marta dançando uma valsa no dia de seu casamento, mas sei que ela quer dar esse gosto à mãe e aos pais do agora marido. Aplaudo. Sonia merece e tenho certeza de que os pais dele também.

Uma hora depois, chega um grupo de jovens que sobe no palco com tambores, violões, bongôs e maracas. Feliz ao ver o rumo que a festa vai tomar, eu me aproximo da minha cunhada, que conversa com Reinaldo, Máximo e alguns amigos do Guantanamera.

— Que boa ideia, Marta — elogio.

Ela me olha e eu me dirijo aos rapazes.

— Muito bem — insisto. — Agora, sim, vamos dançar.

Vejo minha cunhada cravar o olhar nos músicos antes de cochichar sorrindo:

— Acredite se quiser, mas não sei o que estão fazendo aqui. — Depois de lançar um olhar aos amigos, ela pergunta: — Foram vocês que contrataram?

Todos negam com a cabeça, apesar da ideia os agradar muito. De repente, ouvimos às nossas costas:

— Fui eu.

Ao me virar, dou de cara com meu marido incrível e lindo. Sorrio, sorrio e sorrio, vendo Marta se atirar nos braços do irmão e o encher de beijos amorosos. Reinaldo, Máximo e o resto elogiam a gentileza e correm para os recém-chegados. Segundos depois, começam a soar os tambores e o pessoal começa a dançar.

Sem sair do lugar, continuo olhando para meu surpreendente marido e não sei se devo enchê-lo de beijos ou tirar sua roupa e fazer o que me der na telha com ele. Eric sabe no que estou pensando só de ver minha cara. O grande canalha se aproxima de mim e diz baixinho:

— Lembre, pequena: peça-me o que quiser e eu te darei.

Dou risada, é mais forte que eu. Antes de responder, abraço o homem que me deixa louca de desejo e de amor, entre outras coisas.

— Meu amor!

Contente, ele me envolve com os braços, aproxima meu corpo do seu e me beija. Eric me devora e eu me entrego, até ouvir a voz de Ginebra dizendo:

— Vamos dançar, casal!

Acho graça no convite. Eric? Dançar?

Ele, que continua me abraçando, como um urso, diz então com um lindo sorriso:

— Quero que dance, ria e grite aquele negócio de "*Azúcar!*", e quero que se divirta com seus amigos. Pode ficar tranquila, prometo que não vou ficar com ciúme.

Contente com o que acabo de ouvir, solto uma gargalhada bem na hora que a banda começa a tocar "537 C.U.B.A.".

— Meu Deus! — grito. — Amo essa música!

Eric sorri, vira-me e me dá um tapinha cúmplice na bunda, dizendo enquanto me empurra:

— Anda, vai curtir a música!

Dou uma piscadinha para ele e saio dançando com meus amigos. Curto sem parar durante horas. O grupo que Eric chamou para a festa é excelente, e nos divertimos muito gritando "*Azúcarrrr!*". Faço uma pausa de vez em quando para beber alguma coisa, para não desidratar. Cada vez que me vê, Eric, que bate papo com os amigos, oferece uma coca-cola fresquinha para mim. Como o canalha me conhece!

Minha sogra e suas amigas se encarregam das crianças e se divertem na companhia delas. Até mesmo Flyn está sorrindo. É bom de ver.

Numa das vezes em que paro de dançar e caminho até Eric, vejo que está afastado do grupo com uma expressão séria, conversando no celular. Tenho um mau pressentimento.

Ao me ver chegar, Björn me passa a coca fresquinha.

— Com quem ele está falando? — pergunto.

— Não sei — ele responde.

De repente, Eric desliga o celular, passa a mão no cabelo e, pela forma como mexe a cabeça, sei que tem alguma coisa acontecendo. Isso me deixa em alerta. Fico ainda mais ligada quando ele se vira e crava os olhos em mim.

Fico imaginando o que se passa na sua cabeça.

— O que foi? — pergunto.

Björn e Mel já estão ao meu lado. Eric me pega pela mão e diz:

— Era Norbert. Está com Susto na emergência.

De repente, a festa acabou para mim. Susto… Meu Susto! O que está acontecendo com ele? Pergunto com um fio de voz:

— O que foi?

Eric aperta minha mão.

— Parece que Norbert deixou o portão aberto quando tirou o lixo. Susto correu atrás dele e um carro… o atropelou.

No segundo em que ouço a última palavra, eu me solto de Eric e levo a mão direita ao coração, já sentindo os olhos se inundarem de lágrimas. Mel me segura e murmura:

— Calma, Jud… calma…

270

Mas não há como. Susto, meu Susto, sofreu um acidente. Desato a chorar. Sinto o corpo de Eric se aproximar do meu num abraço, e o ouço dizer mil e uma vezes que tudo vai ficar bem.

Ao me ver nesse estado, minha sogra vem rapidamente na minha direção. Eu me viro de costas para que ninguém mais me veja chorar. Peço que não digam nada a Flyn nem a Marta. Não quero estragar a festa de casamento da minha cunhada nem assustar meu filho.

Eric passa a mão com doçura no meu rosto. Björn e Mel me pedem sem parar para que fique tranquila, mas não enxergo mais nada… Estou histérica.

— O que mais Norbert contou? — pergunto, olhando para Eric.

Sua expressão está fechada.

— Querida, o veterinário está fazendo o que pode.

Fico sem ar. Não consigo respirar!

Flyn aparece e, ao me ver assim, pergunta:

— Papai, o que foi?

Eric me olha. Ele sabe que precisa ser sincero com Flyn.

— Um carro atropelou Susto e…

— Ele morreu? — pergunta Flyn, com um fio de voz, o que me faz chorar ainda mais.

— Não… não — Eric esclarece rapidamente. — O veterinário está com ele.

A angústia me corrói por dentro. Meu marido dá explicações ao nosso filho, que, apesar de nervoso, demonstra que é um maldito Zimmerman e mal se abala. Quero ir embora. Quero ir para a clínica, mas não consigo falar. Então Eric, que me conhece muito bem, crava os olhos na mãe dele e pergunta:

— Você pode levar Pipa e as crianças para sua casa?

— Claro, filho…

Eric balança a cabeça e agarra minha mão com força.

— Vamos, Jud. Vamos para a clínica.

— Vou com vocês — diz Flyn.

Eric consente.

— A gente também vai — afirma Mel.

Ele a encara.

— Não, Mel, é melhor que vocês fiquem com as crianças na festa, depois as levem para a casa da minha mãe.

Minha amiga, minha boa amiga, olha para mim em busca de confirmação. Balanço a cabeça afirmativamente. Eric tem razão.

— Não se preocupe, Eric — diz Björn. — A gente cuida disso.

— Está bem — Mel aceita. — Mas quero que me mantenham informada.

Balanço a cabeça de novo e Eric também. De mãos dadas, vamos para a saída. De repente, Eric se detém, olha para minha direita e vamos para perto de Félix e Ginebra.

— Félix, preciso da sua ajuda — ele pede.

— O que foi, Judith? — Ginebra pergunta ao ver o estado em que me encontro.

Eric explica o ocorrido às pressas. Félix, ao ouvir, diz:

— Vamos com vocês.

Nesse instante, lembro que Eric comentou comigo que Félix tinha várias clínicas veterinárias nos Estados Unidos. Sem falar mais nada, nós cinco nos dirigimos para a rua. Quero ver Susto o quanto antes.

Preciso vê-lo!

Vinte minutos depois, mal Eric estaciona o carro, eu literalmente salto e corro para a clínica.

A porta está fechada, porque é meia-noite e meia, mas Norbert me vê de onde está sentado e a abre para mim.

— Como ele está? — pergunto preocupada, vendo as manchas de sangue em sua roupa.

Ele me olha e murmura entristecido:

— Judith, desculpa. Não percebi que o portão tinha ficado aberto e…

— Norbert, como ele está? — insisto, nervosa.

Nesse instante, entram os outros. Norbert, tão preocupado como eu, responde com os olhos em Eric:

— Não sei. O veterinário me pediu para esperar aqui.

Então a porta do consultório se abre e o veterinário, ao ver tanta gente vestida com elegância, pergunta:

— Vieram todos por causa de Susto?

— Sim — confirma Eric, categórico.

— Sou a dona dele. Quero ver Susto — digo, angustiada. — Como ele está?

— É melhor que não o veja agora, porque…

— Eu disse que quero ver Susto — insisto.

Eric pega meu rosto entre as mãos e diz com os olhos nos meus:

— Escuta, querida, o importante agora é atender Susto. Você vai poder ver como ele está mais tarde.

Sei que tem razão, que não posso fazer nada. Porém, murmuro com um fio de voz:

— Ele deve estar assustado. Se me vir, com certeza...

— Ele está sedado para que não sinta dor — interrompe o veterinário.

Saber de seu sofrimento dilacera minha alma. O veterinário prossegue:

— Sofreu um trauma muito forte, mas está fora de perigo. Está com diversas contusões e fraturou a pata dianteira esquerda. A verdade é que, por mais que eu queira ser positivo, não vejo solução.

De repente, eu me assusto. Eric, que ainda não soltou minha mão, senta-me numa cadeira e murmura:

— Calma, pequena... calma.

Faço que sim. Ele tem razão. Preciso ficar calma. Devo me comportar como uma adulta, afinal, Flyn está com a gente.

— Susto pode ser operado agora? — Eric pergunta.

— Pode — afirma ele. — Estávamos esperando vocês chegarem para dar consentimento e assinar os papéis. Aqui estão explicados os riscos da anestesia e o valor da cirurgia. Mas preciso dizer que, mesmo com a intervenção, a pata pode não ficar boa.

Eric pega os papéis e Félix começa a falar com o veterinário. Eles se entendem perfeitamente.

Meu marido pega uma caneta do bolso, apoia-se em uma cadeira e assina os papéis sem ler. Algo que ele sempre me diz para não fazer, mas está fazendo por Susto.

Eric se levanta de novo e dá uma piscadinha carinhosa para mim. Ouço Félix dizer:

— A melhor coisa é operar. Pedi ao veterinário para ajudar na sala de cirurgia. Sou especialista nesse tipo de fratura. Tudo bem por vocês?

Eric me olha. Concordo, e ele então aperta a mão de Félix.

— Muito obrigado.

Os dois veterinários desaparecem atrás da porta. Ginebra, que até o momento permaneceu calada, senta-se ao meu lado, pega minha mão e diz:

— Tudo vai ficar bem. Fique tranquila, Judith. Félix não vai permitir que aconteça nada a Susto. Como ele disse, é especialista nesse tipo de fratura e já operou uma infinidade de bichos nas clínicas dele.

Ginebra me passa exatamente o que preciso: positividade. Tento sorrir. Flyn se senta na outra cadeira, pega minha mão livre e murmura:

— Mamãe, fique calma. Susto é forte e vai se recuperar.

Seu contato, suas palavras e, em especial, o "mamãe" (!) e sua preocupação comigo me fazem chorar de novo. Eu o abraço. Faz tanto tempo que não o sinto perto de mim que choro de felicidade, dentro da minha tristeza. Preciso de Flyn. Adoro-o e só quero que goste de mim.

Passados dez minutos, nos quais não consigo parar de chorar como se fosse a minha vida em jogo naquela sala, Flyn se levanta do meu lado e Eric se aproxima de Norbert.

— Acho que é melhor você voltar para casa — ele diz.

— Não, senhor. Prefiro ficar aqui. — Norbert me olha com pesar e sussurra: — Lamento, Judith. Lamento muito.

Sua expressão deixa claro que as palavras são sinceras. Coitado, está morrendo de remorso. Se tem alguém que sempre gostou de mim e que me demonstrou carinho desde que coloquei os pés em Munique, ele se chama Norbert. Levanto-me e o abraço.

— Você não tem culpa — asseguro. — Por favor, não se desculpe mais. Sabemos como Susto é inquieto e louco. Fique calmo, com certeza ele vai se recuperar.

Sorrimos. Eric insiste:

— Vamos, Norbert, vá pra casa. Simona deve estar nervosa. Prometo dar notícias quando voltarmos. — Virando-se, ele pergunta: — Flyn, quer ir com ele?

— Não — responde meu filho. — Prefiro ficar com vocês.

Norbert resiste, mas, ao final, nós o convencemos a ir. Assim que cruza a porta da clínica, Eric a tranca e se senta ao meu lado. Só nos resta esperar.

Uma hora depois, Félix e o veterinário aparecem na nossa frente.

— Saiu tudo como esperávamos — diz o veterinário. — Tivemos que dar pontos no focinho e vários dentes foram danificados. Quanto à pata, colocamos uma placa que vamos ter que trocar daqui a alguns meses, com uma segunda cirurgia.

— Tudo bem — consigo murmurar.

— Que bom — Flyn diz ao meu lado.

— Susto vai ter de ficar aqui por alguns dias — prossegue o veterinário. — Mas, fiquem tranquilos, está tudo bem.

Estou nas nuvens. Susto, meu lindo Susto, está fora de perigo. Eric continua conversando com o veterinário, então Félix se aproxima de mim.

— Seu cachorro é mais forte do que você imagina. Ele vai se recuperar, mesmo que manque pelo resto da vida. Você não liga pra isso, não é?

Seu comentário me faz sorrir. Claro que não! Eu o abraço e sussurro:

— Obrigada, obrigada, obrigada.

Félix sorri e ouço Ginebra rir quando ele acrescenta:

— De nada, mulher.

Minha felicidade está completa. Abraço Ginebra também. Ela não se afastou do meu lado e não parou de tentar levantar meu ânimo durante os momentos em que eu enxergava mais trevas do que luz.

Posso ser muito negativa às vezes!

Assim que me separo dela, abraço Eric, feliz da vida, então ouço o veterinário dizer:

— Judith, quer ver Susto agora?

Balanço a cabeça como uma garotinha. Deixo Félix com Ginebra e entro em uma sala ao lado de Eric e de Flyn.

Vejo jaulas com outros bichos que me olham curiosos, até que o veterinário se detém numa delas, que tem uma luz vermelha no teto. Abrindo a porta, ele diz:

— Ele está sedado e vai continuar assim por um bom tempo, mas está bem.

Fico sem ação. Vê-lo desse jeito me impressiona. Ele está com a cabeça e parte do corpo enfaixadas. Parece mais magro do que é. Aproximo-me dele, beijo a faixa sobre o focinho, e as lágrimas escapam dos meus olhos. Parece tão indefeso...

— Não se preocupe, meu bem... Mamãe está aqui e não vai deixar você — murmuro com o coração apertado.

Eu me esqueço do resto do mundo e me concentro em Susto, só nele. Dou-lhe um beijo. Faço carinho nele e lhe dedico as maiores palavras de amor e ternura que sou capaz de articular nesse instante.

Eric e Flyn continuam ao meu lado. Com jeito sério, eles me observam, até que meu filho dá um passo à frente e toca Susto com afeto. Nós nos entreolhamos e sorrimos. Estamos felizes por ter nosso cãozinho conosco. Eric nos observa em silêncio. Conhecendo-o como o conheço, sei que ver Susto assim o deixa arrasado. Se tem alguém que não suporta ver a dor ou a doença dos demais, é Eric.

— Susto vai ficar bem, querido, fique tranquilo — digo.

Minhas palavras o fazem sorrir. Ele se aproxima da jaula, dá um beijo suave na cabecinha do cachorro e diz:

— Susto ainda tem muitas batalhas pela frente.

Saímos da clínica por volta das três da madrugada. Levamos Ginebra e o marido para o hotel. É o mínimo que podemos fazer.

Assim que os deixamos, eu me apoio no encosto do carro e fecho os olhos. Estou contente, apesar do susto por Susto! Tudo parece estar bem agora.

Norbert e Simona nos esperam em casa junto ao pobre Calamar, que está triste sozinho. Rapidamente dizemos a eles que está tudo sob controle, e os dois vão dormir. Flyn sobe com Calamar para o quarto, para que o cachorro tenha companhia, e Eric me abraça e murmura, olhando nos meus olhos:

— Tudo vai ficar bem, pequena… prometo.

Balanço a cabeça. Quero que seja assim, e se é meu Eric Zimmerman quem diz, vou acreditar!

31

Às sete da manhã da segunda-feira, quando soou o despertador, Mel quer morrer, mas estica a mão, desliga o aparelho e continua dormindo.

Björn, que tinha ouvido, abre os olhos e observa, com um sorriso, Mel se aconchegar nas cobertas.

— Querida... — ele diz baixinho. — Você tem que levantar.

Mel, que não queria abrir os olhos, murmura em meio aos cabelos embaraçados:

— Cinco minutos... só mais cinco minutos.

Björn acaba deixando. Dá um beijo na ponta do seu nariz e diz, enquanto pega o despertador para programar o alarme:

— Vou te dar uma hora. Hoje me encarrego de acordar a Sami, tudo bem? Mas depois você levanta e vamos levar nossa filha juntos pra escola.

Com um sorriso, Mel concorda, balançando a cabeça. Dando um suspiro gostoso, diz:

— Você é o melhor, querido... o melhor.

Björn se levanta sorridente da cama e sai se espreguiçando para o quarto da menina, onde reinava a paz. Com carinho, ele se aproxima da cama, sorrindo ao notar que ela dormia com o cabelo emaranhado como o da mãe. Björn então se deita ao seu lado.

— Bom dia, minha princesa. Hora de levantar.

A menina abre um olhinho e protesta:

— Não quero, papi. Estou com soninho.

Björn sorri. Mel e Sami eram o centro de sua vida. Ele as adorava. Ele dá um beijo na cabeça loira da pequena e cochicha:

— Sabe, mami está dormindo. Se você se levantar agora, vai poder escolher a roupa que quiser para usar.

Os olhos da menina se abrem de imediato e, sentando-se na cama, ela afasta os cabelos do rosto e pergunta:

— A que eu quiser?

Björn ri diante da cara de espertinha da menina e confirma:

— A que você quiser, menos as fantasias de princesa e as coroas. Você sabe que só pode ir com elas para a escola quando tem festa à fantasia.

— Aaaaaaaaaaaaaaaahhh...

A cada segundo mais encantado com as reações dela, Björn dá uma piscadela e afirma num sussurro cúmplice:

— Mas pode ir com o vestido rosa com a cara das princesas que comprei pra você e os sapatos novos. Que tal?

— Siiim.

Como se tivesse sido impulsionada por uma mola, Sami salta da cama, abre o armário, pega a roupa e afirma com uma carinha engraçada:

— Mami vai ficar brava.

— Deixa que eu cuido dela — disse Björn, rindo e pegando a pequena nos braços. — Vem, vamos ao banheiro lavar o rostinho e escovar os dentes.

Uma hora depois, quando Björn e Sami estavam tomando café da manhã já vestidos — ele com um terno impecável e ela com o vestido novo —, Mel se levanta e os encontra na cozinha. Avistando a pequena, leva as mãos à cabeça, e murmura:

— Querido, por favor... Sami vai à escola, não à festa do Oscar.

A menina olha para Björn, que diz:

— Eu sei, mas ela é tão elegante quanto o papi.

Mel assente e, sorrindo, se dá por vencida.

— Está bem, vou me vestir. Se vossas majestades não se importarem, vou de jeans e camiseta.

Assim que Mel sai, Björn e Sami, cúmplices, batem as mãos em um cumprimento.

— Papi, você é o melhor — cochicha a pequena.

Feliz com o comentário, ele solta uma gargalhada e exclama em seguida:

— Pela minha princesa, faço tudo!

Meia hora depois, eles saem de casa, descem até a garagem e entram no carro.

Assim que chegam à escola, encontram Louise, Heidi e as outras mães. Mel fica tensa ao vê-las ali.

— Espero que não seja uma armadilha, ou você vai lamentar — ela murmura.

Björn olha para as mulheres e encolhe os ombros.

— Não sei de nada. Juro.

Sami estava de mãos dadas com os dois quando Heidi e as demais se aproximaram.

— Bom dia — ela cumprimenta. — Que alegria encontrar vocês aqui.

— É um prazer, Heidi — Björn cumprimenta, animado, enquanto lhe dava um beijinho.

— Heidi é uma vaca — Sami dispara de repente.

— Sami! — repreende Björn.

— Foi a mamãe e a tia Jud que disseram.

Sem saber onde se enfiar, Mel fita a filha sentindo o olhar acusador de Björn e das mulheres. Como pôde, ela sussurra:

— Sami, isso não se fala. — Em seguida, olhando para Heidi, que havia ficado perplexa, acrescenta: — Ela não está falando de você, Heidi. Desculpe a confusão.

Sem dizer mais nada, pega a filha nos braços e se afasta para deixá-la na escola antes que fechassem o portão, deixando Björn com as mulheres. Sem permitir que a filha abrisse a boca, Mel a beija e a entrega à professora, enquanto pensa em que explicação dar a Björn. Quando se vira e vê as mulheres sorrindo que nem bobas ao redor dele, ela aperta o passo.

— Nossa, esse terno é tão bem cortado, fica maravilhoso em você — diz Heidi.

Björn, um conquistador nato, sorri de um jeito que faz todas as mulheres ficarem vermelhas. Mel se aproxima e, incapaz de ficar calada, não hesita em provocar:

— Pois garanto que sem terno ele fica muito melhor.

O comentário deixa todas boquiabertas. Björn, por sua vez, olha para ela parecendo desconfortável. Por que tinha dito aquilo?

Então Heidi pergunta:

— Melania, você vem tomar café da manhã com a gente?

Björn fica em silêncio. Em seu olhar, Mel consegue ler o que ele queria que fizesse, ainda mais depois dos comentários infelizes, mas ela responde sem se deixar intimidar:

— Sinto muito. Daqui a meia hora tenho um compromisso que não posso perder por nada neste mundo.

Heidi balança a cabeça. Dissimulando a saia justa com seu melhor sorriso, diz:

— Não tem problema. A gente se vê uma outra manhã. Tchau, Björn.

Dito isso, o bando que incluía Louise dá meia-volta e se manda.

Björn olha incrédulo para Mel, mas ela se adianta aos seus protestos, dizendo:

— Odeio que me chamem de Melania. Me dá arrepio!

— Que negócio é esse de Heidi ser uma vaca?

Tentando não sorrir, Mel sussurra:

— Ai, querido, desculpa. Eu estava contando a Judith sobre quando...

— Pelo amor de Deus, Mel. Sami acaba de chamar a mulher de Gilbert Heine de vaca e você dá risada? E como pode passar pela sua cabeça dizer que fico melhor sem roupa?

— É a verdade, querido. A mais pura verdade.

— Mel... — ele grunhe.

Ao perceber o mau humor de Björn, ela muda a cara e murmura:

— Tá. Desculpa, querido. Você tem razão. Foi um comentário equivocado e...

— Que tal começar a ser mais agradável com Heidi e as outras mulheres?

— Impossível.

— Por quê? — ele pergunta.

— Porque não gosto delas. Não quero ter nada a ver com elas. Compreendo que seu sonho seja entrar nesse renomado escritório, mas entenda que nada disso me interessa. Portanto, se você quer representar o papel de bom moço para que queiram você, vá em frente! Só que *eu* não vou fazer nada. Eles não gostam de mim e pode acreditar que nunca vão gostar.

O advogado crava os olhos na morena descarada que o desafiava com o olhar, mas, antes que pudesse responder, seu celular toca. Björn atende e, depois de falar por alguns segundos, desliga e, fitando Mel, diz:

— Era a polícia.

— A polícia? O que aconteceu? — ela pergunta, surpresa.

— Encontraram o hacker que andava invadindo meu site. O inspetor Kleiber quer que eu vá para a delegacia.

Contente com a notícia, Mel pega sua mão e diz sem pensar duas vezes:

— Anda. Vamos juntos ver o desgraçado.

Rodam pelas ruas de Munique, estacionam o carro e entram na delegacia sem soltar as mãos. Perguntam pelo inspetor Kleiber e são informados de que sua sala era a segunda à direita.

— Juro que esse desgraçado de Marvel vai me pagar, com a polícia vendo ou não — sentencia Björn enquanto caminhava.

— Querido — murmura Mel —, fique calmo. Ele já foi preso e duvido que volte a invadir seu site.

Björn assente e tenta relaxar. No entanto, desejava enfiar a mão na cara daquele invasor da propriedade alheia. De repente uma porta se abre, e o inspetor Kleiber aparece diante deles. Assim que os avista, apressa-se a fechá-la novamente e diz:

— Acho melhor vocês passarem na minha sala antes.

Mel balança a cabeça, mas Björn, desobedecendo as instruções, abre a porta que acabara de ser fechada, disposto a acabar com o hacker. Porém, encontra uma mulher mais velha e um adolescente da idade de Flyn. Sua expressão contrariada passa da mulher ao garoto. Quando fica claro que o hacker era aquele menino de cabelo comprido e desgrenhado que não erguia o olhar, dá um passo para trás sem dizer nada e fecha a porta outra vez.

— Como eu disse, é melhor passar antes na minha sala — insiste o inspetor.

Mas Björn precisava que confirmassem o que estava passando pela sua cabeça, por isso pergunta sem arredar o pé:

— Esse moleque é o hacker?

— É — confirma o inspetor.

— Ele é Marvel? — indaga Mel surpresa, ao se dar conta de que o conhecia.

— É — o policial voltou a afirmar.

— Porra! E por que um moleque desses invadiu meu site?

O inspetor abre uma porta e indica com um gesto que entrassem.

— Temos que conversar.

Perplexos, eles entram e se sentam. O inspetor se senta também, coloca uns papéis diante deles e declara:

— Esse menino é um gênio da informática. Se estou dizendo isso, é porque alguns dos colegas dele o descreveram assim depois de ver as coisas que faz. Se não tivessem nos ligado da escola dele para nos informar das faltas desde a morte do avô, dificilmente a divisão de crimes cibernéticos poderia ter localizado o garoto pelas coisas que fazia. Ele é muito bom, acredite.

Mel e Björn se entreolham espantados. Sem dúvida, os hackers estavam cada vez mais jovens.

Na sequência, o inspetor abre uma pasta e pergunta:

— O nome Bastian Fogelman diz alguma coisa a você?

— Não — responde Björn.

— Tem certeza disso, sr. Hoffmann? — insiste o inspetor.

Björn ia responder quando o policial acrescenta:

— E Katharina? Uma moça suíça?

Ao ouvir isso, ele se remexe na cadeira. Claro que se lembrava dela.

— O que tem Katharina?

— Quem é ela? — pergunta Mel.

Sem entender o motivo de tudo aquilo, Björn olha para Mel e se apressa a responder:

— Era uma amiga. Uma vizinha. — Vendo a expressão dela ao encará-lo, acrescenta: — Faz muitos anos que não a vejo, não me olha assim.

Ao notar como os dois se encaravam, o inspetor explica:

— Katharina era filha de Bastian Fogelman, seu vizinho.

Björn arqueia as sobrancelhas e pergunta com os olhos fixos no policial:

— E?

— O rapaz que você viu e que anda invadindo seu site é filho dela, neto de Fogelman... — Ele conclui, entregando-lhe um papel: — E, pelo que diz, é seu filho também.

— O quê?! — Mel e Björn exclamam, chocados, ao mesmo tempo.

O inspetor ia dizer algo quando Björn se coloca em pé num salto.

— O que está dizendo? — ele dispara. — A única filha que tenho se chama Sami e é um toquinho de gente. Acabei de deixar a menina na escola.

Mel, ainda sem reação, olha para Björn quando ele pega o papel que o policial lhe passou e começa a ler, mal-humorado. Era uma certidão de nascimento, onde se lia claramente "Björn Hoffmann" no campo destinado ao pai. Sem entender nada, ele senta-se novamente na cadeira e deixa o papel sobre a mesa.

— Não sei o que é isso — murmura, olhando para Mel. — Não sei quem é esse garoto, mas não é meu filho.

— Senhor Hoffmann...

— Não me venha com besteiras! — interrompe Björn. — Se eu tivesse um filho, tenha certeza de que saberia.

Ao ver seu desconcerto, Mel o pega pelas mãos e fixa os olhos nos dele.

— Calma, querido — ela pede baixinho.

— Senhor Hoffmann, escute — insiste o inspetor Kleiber. — Ligaram pra nós da escola para registrar que, depois da morte do avô, um menor não estava indo à escola e devia estar morando sozinho. O menino nos viu na porta de casa, ficou assustado e passou a noite inteira vagando pelas ruas. Quando meus agentes o localizaram dormindo num parque, o menino suplicou que precisava passar em casa por causa da cachorra, antes de vir para a delegacia. Meus homens o acompanharam e, lá, depois de analisar seu quarto, perceberam que era ele quem invadia seu site.

Björn entendia cada vez menos. Era como se o inspetor estivesse falando chinês.

282

— De início, o garoto não abria o bico — prossegue o homem. — Não respondia às nossas perguntas, mesmo que houvesse provas, mas no fim se enrolou quando quisemos separá-lo da cachorra. Você morou no bairro de Haidhausen?

O advogado, confuso, confirmou:

— Morei.

O inspetor olha os papéis que tinha diante de si e informa:

— Devido a problemas com sua madrasta, você, seu pai e seu irmão foram embora da noite para o dia, certo?

Perdido em recordações, Björn assente.

— Minha madrasta se apaixonou por um norte-americano chamado Richard Shepard, e tivemos que ir embora.

— Björn — murmura Mel, consciente do quanto era difícil para ele falar sobre o assunto.

Ao sentir a mulher ao seu lado, o advogado a encara para confirmar que estava tudo bem. Na sequência, declara:

— Inspetor, não sei qual é o motivo de recordar meu passado, mas tudo o que disse está certo. Tudo o que tínhamos estava no nome daquela mulher horrível, e ficamos sem nada. Ela deixou a gente na rua e tivemos de ir embora do bairro de um dia para o outro.

Um silêncio incômodo os rodeia, até que o inspetor afirma:

— Pois tenho que dizer que, quando você foi embora, Katharina voltou para a Suíça grávida.

— O quê?! — exclama Björn, atônito. Durante alguns segundos, sua mente se inundou de recordações passadas. De repente, ele indaga entre os dentes: — Se é verdade, por que não me procurou para contar?

— Isso, sr. Hoffmann, eu não sei. Só sei o que o menino nos disse.

Zonzo como nunca na vida, Björn se apoia no encosto da cadeira. Mel sabia que era doloroso lembrar aqueles fatos. Ao vê-lo naquele estado, pega um papel e começa a abaná-lo enquanto sussurra:

— Calma, querido… calma.

Mas "calma" era o que menos passava pela cabeça de Björn. Só conseguia pensar naquilo que o policial havia dito. Tinha um filho e fica sabendo quase quinze anos depois?

O inspetor Kleiber coloca uma garrafinha de água diante de Björn. Mel a pega, abre e diz:

— Bebe, querido. Bebe.

Björn bebeu, bebeu e bebeu. Terminada a garrafa, ele a deixa sobre a mesa e levanta-se da cadeira.

— Não pode ser. É impossível que seja meu filho. Katharina teria me contado. Quero falar com ela, quero ver aquela mulher! Tenho certeza de que tudo vai ser solucionado.

— Sinto lhe dizer que Katharina morreu de câncer há oito anos na Suíça — informa o inspetor. — Desde então, o avô do menino o criou aqui, em Munique, até que morreu também, há pouco mais de um mês.

A cada instante mais atônito, Björn impõe:

— Quero ver o garoto. Exijo falar com ele e esclarecer tudo isso.

O inspetor então pega um telefone e diz:

— Vou pedir à assistente social que nos avise quando terminar de falar com Peter.

Björn passa as mãos nos cabelos. Aquilo era uma loucura. Como tinha um filho e não sabia?

— Querido, querido... É melhor você ficar tranquilo — insiste Mel, levantando-se para ficar da altura dele. — Antes de falar com o menino, acho que...

— Peter? Você disse que ele se chama Peter?! — Björn pergunta de repente ao inspetor, que assente.

Ao ouvir aquele nome, Mel murmura, sentando-se:

— Minha nossa.

Se tinha algo que Björn gostava era de seus discos de vinil e de suas revistas em quadrinhos do Homem-Aranha. Cuidava deles como se sua vida dependesse daquilo, e muitas vezes havia comentado com Mel que, se tivesse um filho, poria nele o nome do seu super-herói favorito: Peter.

A cada instante mais perdido, Björn não sabe o que pensar. Então, a porta da sala se abre e a mulher que estava com o menino segundos antes diz:

— Podem entrar agora para falar com ele.

Mel não se move. Olha para Björn à espera de sua decisão.

— Então vamos — ele diz enfim.

Mel se apressa em pegar sua mão. Ao se dar conta disso, Björn a encara e tenta sorrir. Mas o lindo, inquietante e maravilhoso sorriso do advogado não apareceu e, de mãos dadas, eles se dirigem à outra sala com o inspetor.

Quando entram, o menino — com calça jeans rasgada, moletom azul-escuro de capuz e tênis que, sem dúvida, já tinham visto dias melhores — não levanta a cabeça. Mantém o olhar fixo no chão. Mel então repara no skate vermelho e na cachorra branca e marrom que estava aos pés dele e tem absoluta certeza de que já o tinha visto antes.

284

Björn senta-se do outro lado da mesa, de frente para o menino, na esperança de que ele o olhasse. Era um grande advogado, um homem acostumado a lidar com todo tipo de situação, e queria ter o controle ali também.

Então, o menino se mexe. Levanta o rosto para observar, mas seu cabelo comprido não permitiu que vissem suas feições com clareza. Consciente de que já se conheciam, Mel cumprimenta:

— Oi, Peter, sou Mel.

— Eu sei.

— Você e eu já nos vimos antes, não é verdade? — ela diz, surpreendendo Björn.

O menino confirma.

— Já.

Mel se lembrava claramente quem era aquele garoto.

— No parque aonde levamos Sami, não é?

— É.

— E no supermercado... Você recolhe os carrinhos alguns dias.

— Sim — ele diz, encarando-a. Ao ver que Mel não comentava nada, Peter conclui: — Também nos vimos faz pouco tempo na porta da escola.

Ao ouvir aquilo, Mel apenas confirma com a cabeça. Peter entende que não deveria comentar o episódio com o homem.

— E o que você estava fazendo nesses lugares? Invadia meu site e queria fazer alguma coisa contra minha família? — pergunta Björn, que estava ficando histérico ouvindo os dois.

— Björn — protesta Mel.

— Não... não... Eu nunca faria mal a elas. Nunca — responde baixinho o garoto.

Por baixo da mesa, Mel coloca a mão sobre a perna de Björn, que não parava de se mexer, pedindo tranquilidade. O garoto estava assustado. Bastava observar como estava encolhido. Entendendo a mensagem, o advogado muda o tom e pergunta:

— Peter, por que você diz que é meu filho?

— Porque minha mãe sempre me dizia isso. Escreveu seu nome numa foto em que estão vocês dois. Desde pequeno, ela me disse que era meu pai. Meu avô também falava isso.

Perplexo e confuso, Björn olha para o adolescente. Como podia ter um filho e não saber?

— Então por que você não se aproximou de mim? — volta a perguntar.
— Por que invadiu meu site?

O menino não responde, apenas baixa a cabeça. Então, o inspetor dá um passo à frente.

— Se não responder, vamos ter que levar sua cachorra.

— Não! — grita o rapazinho, agarrando-se à vira-lata. — Não me separem da Leya. Por favor, ela é tudo o que tenho.

Aquela súplica pega todos de surpresa. Mel sente seu coração se partir.

Ouvir o menino dizer aquilo a fez se lembrar de algo que um bom amigo havia lhe contado muito, muito tempo antes... Emocionada, Mel pensa nele. Se estivesse ali, não permitiria que aquilo acontecesse.

Ela deveria permitir?

Björn olha para Peter. Antes que dissesse algo, o menino afastou os cabelos do rosto e explica:

— Um dia fui até seu trabalho, mas o porteiro me expulsou de lá. Pensei que, se aquele homem havia me mandado embora, era porque o senhor queria... Então eu fui embora. Não quis insistir.

Durante um bom tempo, o inspetor e Björn fazem perguntas ao garoto, que as vai respondendo educadamente, como podia. Em nenhum momento ele chora. Em nenhum momento desmorona. Em nenhum momento se mostra arrogante ou desagradável. Mel, que o observava, compreendia que por trás de toda aquela integridade havia um garotinho que, quando ninguém estivesse olhando, viria abaixo.

Confuso como nunca, Björn se levanta da mesa e, sem dizer nada, sai da sala. Mel o segue e, já no corredor, ouve o que ele dizia:

— Não pode ser. Como ele poderia ser meu filho?

— Björn...

— Não... Não pode ser, Mel. Eu não tenho filho.

— Escuta, querido... Olha pra mim, Björn — ela sussurra, tão impactada quanto ele.

O inspetor foi ao encontro deles.

— Acho que todos já tivemos o bastante por hoje — pondera. — A assistente social vai levar Peter a um centro para menores e...

— Não! — Mel exclama de repente.

Björn e o inspetor olham para ela.

— Não podem levar o menino — ela conclui. — Ele... ele tem a gente.

O advogado olha surpreso para Mel.

— Como assim?

— Björn — ela insiste. — Esse garoto pode ser seu filho.

— Mel, não tire conclusões precipitadas — ele diz, irritado. — Nunca ouvi falar dele e...

— Meu sexto sentido me diz que é verdade — ela insiste.

Björn a olha zangado.

— Eu bem que gostaria que você usasse seu sexto sentido quando preciso — replica.

Contrariada, Mel grunhe com os olhos fixos nele:

— Olha aqui, se você está dizendo isso por causa do bando de imbecis que vimos agora há pouco na porta do colégio, só vou dizer que...

— Deixa pra lá, Mel.

— Não. Não vou deixar — ela responde.

Logo o silêncio se faz. Sem dúvida, as coisas começavam a desandar entre eles. Desesperado com o que acabara de descobrir, Björn sibila:

— Pelo amor de Deus, Mel... Você quer que a gente leve um estranho para casa?

— Quero.

Diante disso, o inspetor Kleiber opina:

— Acho que vocês precisam conversar sobre isso em casa. Aqui não é o lugar. Enquanto isso, a assistente social pode levar Peter para o centro e...

— Não. Lá eles vão tirar a cachorra dele — Mel insiste.

A cada instante mais perdido, Björn crava os belos olhos nela e murmura:

— Mel, a situação está além do meu controle, mas o que menos entendo é sua reação. Esse menino é o maldito hacker que estava me deixando louco. Você pretende enfiar o moleque e a cachorra em casa com Sami?

A ex-militar confirma sem saber por quê.

— Sim.

— Por quê?

— Porque sim. Porque... porque é um menino e precisa de carinho.

— Pra mim isso não é suficiente, porra! — Björn protesta.

— Pois tem que ser.

— Mel...

Sem ceder, ela insiste:

— Eles vêm com a gente. Peter e Leya vêm com a gente.

— Como você é cabeça-dura — Björn grunhe.

— E você também, mas eles vêm com a gente pra casa.

Sem entender nada, Björn crava o olhar nela e pede num tom mais suave:

— Vamos lá, querida. Pode me explicar por que está insistindo tanto nisso?

Com os olhos vítreos, Mel suspira.

— Um grande amigo meu, chamado Robert Smith, o tenente que foi abatido no ar e que você sabe que eu amava como se fosse um irmão, perdeu os pais quando tinha doze anos. Por dois anos, ele ficou em um abrigo. Ele me contou sobre a tristeza de se sentir sozinho, como foi complicado assimilar que não era importante pra ninguém, e disse que não entendia por que o tinham separado do cachorro, a única coisa que restava de seu passado. — Tomando ar para não sucumbir às emoções, ela finaliza: — Eu me lembro de seu sorriso quando contou que o dia em que Nancy e Patwin o levaram para casa foi o mais feliz da vida dele, até ter conhecido a esposa.

— Não sabemos quem é Peter, ou os problemas que pode causar.

— Nancy e Patwin também não sabiam quem era Robert. Viram nele um menino que precisava de carinho; a mesma coisa que vi em Peter. Você não entende?

Björn passa as mãos nos cabelos, muito confuso. Queria sair da delegacia o quanto antes:

— Sinto muito, mas não — sentencia. — Esse menino não vai pra nossa casa.

— Björn...

O advogado, que não queria mais discutir, dá meia-volta e vai falar com o inspetor.

Com o coração apertado, Mel observa através da janelinha da porta como a assistente social tentava conversar com o rapazinho enquanto ele suplicava que não o separassem da cachorra. Sem saber o que fazer, Mel olha na direção de Björn e do inspetor até que, finalmente, entra na sala, onde o menino agora chorava desconsolado, abraçado ao animal de estimação.

— Peter... Peter... olha pra mim — murmura Mel, agachando-se para ficar na altura dele. Quando ele a encara com os olhos cheios de lágrimas, Mel lhe diz, enquanto a assistente social falava ao telefone: — Posso fazer umas perguntas? — O menino concorda. — Por que vi você em vários lugares, como no parque?

Peter engole o nó de emoções que tinha na garganta e responde:

— Porque queria conhecer minha irmã e gostava de ficar sentado observando vocês. Nunca incomodei. Só queria ver como brincava com Sami, para imaginar como teria sido comigo se minha mãe tivesse dito a ele que eu era seu filho.

A resposta calou fundo nela. O menino acreditava que Sami era filha de Björn. Mel não quis corrigi-lo e perguntou em seguida:

288

— O que você estava fazendo na porta da escola?

Peter olha para longe e, quando vê que Björn não podia ouvi-los, responde:

— Fui ver vocês, como fazia muitas manhãs. Adorava ver Sami contente. Mas, não se preocupe, não vou contar a Björn o que aconteceu com aquele cara. Mas a senhora devia contar. Não gostei do jeito como ele te agarrou.

Tocada pelo que ouviu, Mel suspira. Aquele rapazinho, sem conhecê-la, estava disposto a guardar um segredo por ela. Sem saber por quê, pergunta:

— Tem certeza de que é filho de Björn?

O menino enxuga as lágrimas com as mãos e responde:

— Era o que minha mãe sempre dizia. — Então, desesperado, viu a assistente social se levantar e murmura: — Por favor, não deixem que levem minha cadela. Ela vai para um canil, e se eu não for buscar em alguns dias vão sacrificar Leya e... e ela é a única coisa que eu tenho.

Mel sentia muita pena, mas não sabia o que responder. Ao ver o olhar do garoto, pega a coleira do animal e se oferece:

— Quer que eu cuide dela até que tudo esteja resolvido?

O garoto para de chorar e sussurra:

— Faria isso por ela? — Mel confirma, comovida. Estava a ponto de chorar quando o menino a abraça com desespero e diz baixinho: — Obrigado, obrigado. Sempre achei que a senhora era especial. Prometo que vou voltar pra buscar a Leya e...

— Pode me chamar de Mel, por favor.

O menino sorri tristemente.

— Obrigado, Mel.

— Escuta, Peter, tudo isso vai se resolver. Você vai ver.

O menino olha para o corredor, onde Björn estava conversando com o inspetor.

— Ele não acredita que eu seja filho dele, e não quer que eu seja... Não quero ser um incômodo. Quando conseguir sair do abrigo, vou buscar Leya e voltar para casa.

— Se você é filho dele, Björn vai te amar. Disso eu me encarrego — afirma Mel. — E, se não for, garanto que vou te ajudar a encontrar um lugar onde viver.

Peter abraça a cachorrinha e diz baixinho:

— Se comporte bem com a senhora e...

— Mel, lembra? Mel.

O menino sorri e repete:

— Leya, se comporte bem com Mel até eu voltar, tá bom?

A cachorra olha para ele e se levanta junto com Peter. Naquele instante, a assistente se dirige a ele:

— Vamos.

Angustiada, Mel olha para Peter, depois para a mulher e pergunta:

— Para onde ele vai?

Ela consulta os papéis que trazia na mão.

— A um abrigo na Neuhauser Strasse. O inspetor pode dar mais informações, se quiserem.

Peter toca a cabeça da cachorra, dá um abraço na mulher que ficaria com ela e murmura, aflito:

— Cuida dela, Mel. Vou voltar.

Enternecida, Mel assente. Depois que o menino se vai, percebendo que a cadela puxava a coleira e latia para ir atrás do dono, diz, para acalmá-la:

— Fique tranquila, Leya... Tranquila. Vou cuidar de você até Peter voltar.

O animal parece relaxar e, quando Mel tem certeza disso, se levanta, dando de frente com Björn, que entrava na sala. Com os olhos fixos nela, pergunta:

— O que você está fazendo com essa vira-lata?

— Ela vai com a gente pra casa.

— O quê?! — ele pergunta, surpreso.

Disposta a cumprir a promessa feita, Mel responde entre os dentes:

— Olha aqui, Björn. Prometi ao menino que cuidaria da cachorra, e é isso que vou fazer.

— Você pretende me contrariar em tudo hoje? — ele responde num grunhido, atônito.

— Sabe por que Peter estava no parque? — ela grita, furiosa, fitando Björn. — O coitado do menino acha que a Sami é irmã dele e só queria ver como você brincava com ela pra imaginar como teria sido se a mãe dele tivesse contado que você era pai. E, quanto à cachorra, prometi que vou cuidar dela porque, se for levada e ninguém a buscar em alguns dias, vão sacrificar a pobrezinha... Não vou deixar isso acontecer. Ficou claro ou quer que eu desenhe?

Boquiaberto, o advogado a encara e assente sem dizer nada. Era evidente: quer Peter fosse seu filho, quer não, a cachorra iria para casa com eles.

290

32

Assim que Eric sai para o trabalho, um pouco mais cedo que o habitual, ligo para o veterinário, que me diz que Susto está bem e que vou poder levá-lo para casa no dia seguinte. Desligo o telefone feliz da vida e volto para a cozinha.

Ali, Pipa se desdobra para dar o café da manhã ao meu monstrinho, que se empenha em mandar a comida por toda a parte, menos para dentro da barriguinha.

Flyn entra e nos entreolhamos.

Espero um sorriso. Afinal de contas, ele me abraçou e me chamou de "mamãe". Mas, ao que parece, a rebeldia está de volta. Como todas as manhãs, ele me desafia com o olhar. Quando me canso, desvio os olhos.

Ele sabe que vou acompanhá-lo à escola para a reunião com seu orientador. Finalmente!

A ideia o incomoda. O que ele não sabe é que me incomoda também.

Assim que Flyn termina de tomar o café da manhã, seguimos para o carro em silêncio. Dou a partida, cravo meus olhos nele e pergunto:

— Se tem alguma coisa que seu orientador possa me contar que eu ainda não saiba, é sua oportunidade de me dizer você mesmo...

Com toda a arrogância dos Zimmerman, meu filho responde, com os olhos em mim:

— Se você vai até lá, melhor deixar algo para ele contar.

Quero torcer o pescoço dele. Dois dias antes, estava me abraçando, mimando, chamando de "mamãe". Agora a frieza está de volta.

— Você precisa ser tão desagradável? — pergunto, cansada.

Flyn me olha de novo, mas, quando acho que vai dizer algo, ele se cala. Essa atitude desafiadora às vezes me deixa mais nervosa do que se me contestasse. Eu me calo também. Não digo nada. Não vou cair em suas provocações.

Dirijo em silêncio até o colégio. Estaciono o carro e Flyn desce, rapidamente se aproximando de um grupinho de garotos com quem bate as mãos. Não gosto nada desses "amigos" e de como ficam me olhando.

Por que meu filho se aproximou deles?

Ainda de dentro do carro, vejo a periguete com quem Flyn namora. Desço e, antes que ela se aproxime, chamo:

— Flyn, vem aqui.

Meu filho resiste. Está dividido entre me dar ouvidos e demonstrar aos novos "amigos" que é ele quem me domina. Mas, no fim das contas, quem ganha sou eu. Ele me conhece muito bem e, quando bato a porta do carro com uma pancada, baixa a crista e vem até mim antes que faça uso do meu lado espanhol e comece a descer a lenha nele na frente de todos.

Não nos encostamos, não dizemos nada e vamos para a secretaria. Ali, aviso que tenho uma reunião com o sr. Alves. Mandam então Flyn para a classe e me instruem a ir a uma salinha. Se for necessário, chamam o menino depois. Entro na sala, na qual há uma mesa e cadeiras, e me sento.

Enquanto espero a chegada do professor, eu me lembro de quando Flyn era pequeno e eu o defendia de algumas mães e de suas fofocas. Isso me faz sorrir, mas me entristece ao mesmo tempo. Amo tanto esse sem-vergonha, e ele me trata tão mal...

Olho no celular. Não tem nenhuma chamada. Escrevo uma mensagem para Eric:

Oi, lindo. Cheguei à reunião. Te amo.

Imagino meu alemão lendo a mensagem numa reunião com cara muito séria. Meu celular apita. Leio:

Oi, linda. Depois me conta. Também te amo.

Estou sorrindo quando a porta se abre às minhas costas e eu ouço:

— Bom dia, sra. Zimmerman.

Guardo o telefone rapidamente e, quando vou responder ao cumprimento, fico boquiaberta. O sujeito com óculos de armações grossas lembra alguém. Então percebo que não é apenas uma lembrança: eu o conheço!

— Puta que o pariu... — murmuro no meu perfeito espanhol.

Diante de mim está Dênis, o brasileiro bonitão do Sensations, que ensinou Mel e eu a dançar forró na noite em que fomos parar na delegacia. Sua expressão de surpresa é tão grande quanto a minha, e ele pergunta boquiaberto:

— Você é a mãe de Flyn Zimmerman?

Balanço a cabeça, aturdida. Após alguns instantes, consigo perguntar:

— E você é o sr. Alves?

Agora é ele quem confirma, sentando-se na minha frente e tirando os óculos de armação grossa. Após um instante de silêncio, ele diz:

— Não se preocupe, Jud. Somos pessoas maduras e temos juízo o suficiente para enfrentar essa situação, não acha? — Concordo e ele acrescenta, estendendo-me a mão: — Senhora Zimmerman, é um prazer conhecê-la.

Estendo a mão para ele, que a aperta. Esse contato tão decente me faz sorrir ao pensar que tive Dênis entre minhas pernas e sobre meu corpo.

Depois desse cumprimento frio e impessoal, Dênis, ou melhor, o sr. Alves, coloca os óculos, abre uma pasta e se concentra em Flyn. As coisas que me diz não são das melhores. Sem dúvida, meu filho passou de um garotinho a um encrenqueiro de marca maior que faz gato e sapato de mim e do pai.

Observo vários avisos de faltas e, fixando-me nas que têm minha assinatura, percebo que nunca os vi na minha vida. É evidente que Flyn os falsificou.

Fico piscando, confusa.

Quem é esse Flyn e o que fez com meu filho?

Estou concentrada nos documentos que estão na minha frente, quando ouço a porta e vejo Flyn entrar. Olho para ele com cara de poucos amigos. Enquanto se senta, o orientador diz:

— Flyn, você mostrou à sua mãe as provas que...

— Ela não é minha mãe, é minha madrasta — ele replica.

Ouvi-lo dizer isso na frente de Dênis dói muitíssimo. Madrasta?! Por que ele disse isso?

No entanto, sem mudar minha expressão, simplesmente sussurro:

— Flyn, por favor.

De cara feia, ele se larga de qualquer jeito na cadeira. O orientador diz, taxativo:

— Flyn Zimmerman, sente direito. — Meu filho não se mexe. Desafia Dênis, mas, diante de sua expressão dura, obedece. O orientador acrescenta: — Tenha o mínimo de respeito pela sua mãe. Se ela veio a esta reunião e está aqui suportando estoicamente tudo o que estou dizendo é porque gosta de você, se preocupa com você, respeita você. Não se esqueça disso. Agora volte para sua sala. Se vai se comportar assim, não tenho mais nada para falar com você.

Gosto da seriedade e do tom decidido que usa. Quando Flyn sai ofendido da sala, murmuro com os olhos em Dênis:

— Obrigada.

Ele sorri, tira os óculos e os deixa sobre a mesa antes de explicar:

— Gosto tão pouco desse tom categórico quanto ele, mas com esses garotos, nessa idade, a gente precisa ser assim para que escutem e respeitem.

Balanço a cabeça. Ele tem razão. Se Eric e eu fizéssemos o mesmo, tenho certeza de que tudo mudaria. Dênis me pergunta em seguida:

— Em casa a situação é a mesma?

Suspiro desesperada.

— É. O pai dele e eu tentamos impor respeito, mas, no fim das contas, sempre acabamos discutindo entre nós dois. Flyn nos manipula.

Ele assente.

— Isso é o pior que vocês podem fazer. Vocês precisam estar unidos e caminhar lado a lado com Flyn. Converse com seu marido, ou, se quiser, marcamos uma reunião com o psicólogo da escola. Outro dia eu o flagrei com outros três meninos fumando baseado no pátio, lamento dizer.

— Como?!

Ai… ai… ai… Sei que um baseado não o torna um drogado ou delinquente, mas, porra, ele só tem catorze anos! Começo a me abanar com as mãos e sinto meu pescoço pinicar. Não gosto nada do que estou ouvindo, e Dênis ainda não terminou:

— Seu filho não é um mau menino, mas a garota com quem está, Elke, e o grupinho deles são problemáticos. Vocês devem fazer o possível para separar Flyn deles, ou ele vai ter problemas graves. Vários desses novos amigos já nem estudam mais aqui. Todos são de famílias estruturadas, como a sua, que podem pagar este colégio. Infelizmente, muitos dos pais lavaram as mãos. Recomendo que não façam o mesmo.

Concordo, concordo e concordo.

Os olhos de Dênis, fixos em mim, fazem meus ouvidos zunirem. Ele se levanta e vai buscar um copo d'água. Quando volta e me entrega o copo, eu bebo. Em seguida, diz:

— Flyn acumulou advertências demais. Na próxima, sinto dizer que vai ser suspenso por uma semana. Se depois dessa suspensão tiver outra advertência, vai ser suspenso o mês inteiro e, depois, o resto do ano.

Minha nossa!

Suas palavras me deixam sem fala. Nem sei como vou explicar isso a Eric.

Conversamos durante mais vinte minutos. Depois, Dênis guarda os documentos que me mostrou, fecha a pasta e pergunta:

— Alguma dúvida?

Nego com a cabeça, então ele tira um cartãozinho do bolso e me entrega.

— Aqui estão meus telefones — ele diz. — Podem me ligar quando precisarem.

Balanço a cabeça como uma imbecil. Sem dúvida nenhuma, "quando precisarem" é muito amplo. Saímos para o corredor e caminhamos até a saída. Ouço-o dizer de repente:

— Foi um prazer ver você aqui. Eu nunca imaginaria.

— Nem eu — replico.

Damos risada. Um pouco mais tranquila, pergunto:

— Quanto tempo faz que você vive na Alemanha?

— Dois anos. Quando terminei os estudos, decidi conhecer o mundo. Vivi três anos no México e três na Suíça. Assim que completar três aqui, pretendo me mudar para Londres.

De novo, damos risada. Então ele baixa a voz e pergunta:

— Você está usando agora?

Ele quer saber se estou de calcinha. Respondo, evitando o riso:

— Claro. Só tiro quando meu marido está junto.

Dênis assente e completa, sem se inibir:

— Fico feliz em saber. Eric é um bom sujeito e vocês formam um casal incrível.

O último comentário indica que ele nunca tentaria nada comigo sem que Eric soubesse. Gosto disso. Coloco os óculos escuros, estendo a mão e me despeço:

— Foi um prazer, sr. Alves.

Dênis pega minha mão e responde:

— O prazer é sempre meu, sra. Zimmerman.

Sorrimos e nos despedimos. Cada um de nós volta a seus afazeres, mas, quando chego ao carro, observo um casalzinho sentado em um banco, mais se engolindo que se beijando.

Abro o carro, olho uma segunda vez para o casal e me dou conta de que se trata de Elke. Fico boquiaberta por vários segundos até que vou até eles e pergunto:

— Com licença, você é a Elke?

— Sou. E você, quem é? — pergunta a descarada.

A raiva toma conta de mim. Meu filho está desperdiçando a vida com essa vadia e ela ainda apronta com outro a poucos passos do colégio.

— Sou a mãe do Flyn. Conhece?

Diferente do que eu faria se tivesse sido pega no flagra, Elke sorri, levanta-se do colo do garoto e murmura:

— O China? Então você deveria dizer "madrasta".

Isso me enfurece.

Se ela tivesse sentimentos verdadeiros pelo meu filho, saberia muito bem que ele não gosta de ser chamado assim. Além do mais, a referência ao "madrasta" me incomoda. Antes que eu possa dizer qualquer coisa, ela acrescenta, com todo o descaramento:

— Olha só, o que eu faço com a minha vida não é da sua conta...

— Claro que não é da minha conta — interrompo furiosa. — A única coisa que é da minha conta é meu filho. Não gosto nada que você esteja com ele, mas, se está, não acho nada bonito encontrar você aqui se pegando com outro menino.

Elke e o garoto se entreolham e soltam uma gargalhada. Descarados! De repente, ela me empurra com violência e grita:

— E quem você tá achando que é pra falar comigo assim?!

Contenho minha vontade louca de devolver o empurrão. Sou adulta.

— E quem *você* tá achando que é pra me empurrar e gritar comigo desse jeito, sua mal-educada?

Sem poder evitar, acabo me envolvendo em uma discussão ridícula com aquela menina insolente, que só me deixa cada vez mais furiosa. Está provado que essa aí não recebeu educação em casa. Levo um terceiro empurrão, ao qual respondo por fim:

— Proíbo você de se aproximar de novo do meu filho. Desta vez estou falando muito sério, entendeu?

Ela solta uma gargalhada.

— Nem minha mãe manda em mim, e você acha que manda.

— Vai ver esse é o seu problema: sempre fez tudo o que quis, agora precisa aprender o significado da palavra "educação".

— Sua vaca!

— Vaca é você! — grito, fora de mim.

Assim que digo isso, sei que estou errada. Estou me metendo numa confusão que não vai acabar bem. Dou um passo atrás e suspiro, decidindo dar por encerrada essa discussão absurda.

Como não estou a fim de ouvir os insultos que a menina insolente e mal-educada grita atrás de mim, entro no carro, arranco e vou embora. É melhor. Tenho que me afastar dali, ou a menina vai se dar mal.

Vou direto para o veterinário, preciso ver Susto. Por sorte, sua recuperação está sendo boa. Quando o vejo, eu o encho de carinhos. Ele merece.

Saio da clínica e ligo para Mel. Nem deixo que fale "alô" e vou logo dizendo:

— Oi, Mel. Você vai surtar quando contar o que acabei de descobrir.

Ouço minha amiga bufar. Baixando a voz, ela me diz:

— Você, sim, que vai surtar quando eu contar o que descobri. Vem pra minha casa. Estou esperando.

Como a desgraçada não quis abrir o bico por telefone, a curiosidade toma conta de mim. O pessoal da empresa já sabe que não vou para o trabalho e não posso falar com Eric porque ele está em reunião, então vou para a casa dela. Quero saber por que vou surtar.

33

— Como é que é? Björn tem um filho?

Mel assente.

— Tem, Jud — ela afirma convencida. — Com os mesmos olhos e os mesmos traços.

Judith não se lembrava do menino que recolhia os carrinhos no mercado, apesar de Mel tê-lo descrito.

— Oi, Leya — ela cumprimenta, agachando-se para fazer carinho na cachorrinha, que não se separava de Mel. — Pelo que vejo, você é uma vira-lata, como Calamar, mas, agora que estou olhando pra você, acho que também tem os mesmos traços de Björn.

Diante do jeito brincalhão da amiga, a ex-tenente protesta, baixando a voz:

— Tá bom. Eles não se parecem. Mas, droga, a Sami também não se parece comigo e é minha filha. O pequeno Eric também não se parece com você, mas é seu filho.

Jud olha para Björn, que olhava pela janela enquanto falava ao telefone.

— Mas por que tem tanta certeza de que ele é mesmo filho do Björn? — ela pergunta.

Mel sorri. Judith parecia tão cética quanto Björn.

— É o que me diz meu coração — ela responde com um suspiro.

Jud bufou. Também já tinha sido muito intuitiva, por isso afirma:

— Olha, meu coração me dizia que morenões como Taylor Lautner, Keanu Reeves e Antonio Banderas eram meu modelo de homem e, de repente, surpresa! O homem dos meus sonhos é loiro, de olhos claros, cabeça-dura, alemão e se chama Eric Zimmerman.

As duas riem. Mel dá um gole na cerveja e explica:

— Björn me prometeu que vai fazer o teste de DNA, mas tenho certeza de que esse menino é dele!

A tranquilidade com que Mel estava tratando aquele assunto deixava Judith espantada.

298

— Você está bem?

— Por que está falando isso?

— Olha, talvez eu esteja me metendo onde não devo, você acabou de pedir Björn em casamento, quer ser segurança e agora... esse menino aparece na vida de vocês...

A ex-tenente suspira. Sabia que Jud tinha razão. Antes que respondesse, porém, a outra conclui:

— Você não conhece nada desse garoto. Pode ser um psicopata, um ladrão, Deus sabe o que mais. Como pode trazer o menino para a casa de vocês?

Mel assente. Entendia o que Judith queria dizer:

— Eu sei... eu sei... — ela responde. — Você está dizendo as mesmas coisas que Björn. Talvez eu esteja ficando totalmente louca, mas não quero que separem o menino da cachorra porque... Você se lembra do Robert?

— Seu amigo, aquele que morreu no acidente de avião?

— Esse mesmo — ela afirma. — Ele me contou como ficou mal quando perdeu os pais. E, mesmo que o cachorro fosse a única coisa que o unia ao passado, foi tirado dele. Robert me explicou como foi cruel se ver sozinho e perceber que não era importante para ninguém. Se eu puder evitar que uma criança como Peter sinta isso, acho que tudo vai ter valido a pena.

— Desculpa, mas, para mim, criança é Sami, não esses moleques como Peter ou Flyn. Eles são pequenos adultos cheios de espinhas e conflitos pessoais que decidem perturbar a vida da gente porque seus hormônios estão descontrolados. Você sabe onde está se metendo?

— Não.

— Exato, você não sabe! — insiste Judith. — Esse garoto vai tornar a vida de vocês impossível. Nessa idade, a única coisa que eles fazem é responder pros adultos e causar problemas. Tenho um desses em casa e você sabe como andam as coisas.

— Eu sei — suspira Mel. — Talvez queira abraçar mais do que sou capaz, talvez seja ingênua, mas acho que Peter é diferente. É o que sinto, e ele ainda pode ser...

— "Pode", você disse "pode". E se ele não for filho de Björn?

Mel encolhe os ombros e sussurra:

— Alguém vai ter que ajudar o menino a ser um homem de valor amanhã. Ele não tem culpa de nada.

Judith se dá por vencida. Não restava dúvida de que Mel queria dar uma oportunidade ao garoto.

— Está bem — ela cede —, não vou insistir. Estou aqui para tudo o que precisar, como mãe e como alguém que sofre com um adolescente. Mas não esqueça: se no fim das contas ele acabar nesta casa, não permita que aconteça nadinha de errado. Caso contrário, você vai estar perdida!

— Não vou esquecer — assente Mel. — Mudando de assunto encontramos Heidi e as comparsas dela na escola hoje. Sami chamou Heidi de vaca.

— O quê?! — exclama Judith, rindo.

Mel confirma balançando a cabeça e prossegue, com um sorriso:

— E ainda contou que a mamãe e a tia Jud tinham dito aquilo.

— Filha da mãe!

Elas ficam conversando sobre aquilo, rindo, até que Mel pergunta:

— Aliás, o que *você* tinha pra me contar?

Judith esquece a história de Sami na hora e responde, encarando a amiga:

— Você nem imagina quem é o orientador do Flyn.

— Não mesmo.

— Dênis.

Mel pisca algumas vezes.

— Dênis... Dênis? — sussurra. — O bonitão do Sensations, o que dança forró?

— Ele mesmo — confirma Judith.

— Caralho!

— Caralho digo eu! Nem te conto a cara de boba com que fiquei quando o vi.

Elas dão risada, e em seguida Jud explica tudo o que Dênis havia lhe contado.

— Com Flyn, é problema atrás de problema... O que você vai fazer?

— Por ora, vou falar com Eric. É óbvio que temos que fazer alguma coisa antes que piore. Para arrematar, quando saí do colégio encontrei a suposta namorada do Flyn dando uns amassos com outro.

Björn desligou o telefone. Fazia horas que falava com os serviços sociais e com o cartório de Munique para conseguir uma documentação. O que aconteceu naquela manhã o havia deixado sem chão. Era possível que tivesse um filho de quase quinze anos?

A mera suposição o deixava zonzo. Nem em seus sonhos nem em seus pesadelos poderia ter imaginado algo assim.

Depois que desliga, fica observando Mel e Judith cochicharem e rirem. Então seus olhos foram atraídos diretamente para a cachorra, que dormia placidamente aos pés delas. Ainda não entendia o que aquele animal estava fazendo na sua casa, mas, como não estava a fim de discutir, aproxima-se delas e diz apenas:

— Vou ficar no escritório.

— Quer comer alguma coisa? — pergunta Mel.

— Não — ele bufa, sem olhar para elas.

Então Björn se detém, pensando em lhes dizer algo. Sem dúvida, o que Sami tinha feito aquela manhã não tinha sido bom. Porém, ele decidiu que era melhor seguir seu caminho. Não tinha vontade de enfrentar as garotas naquele momento. Só iam tirá-lo ainda mais do sério.

Quando Björn desaparece, Judith, que o conhecia muito bem, sussurra:

— Que cara de bunda, hein?

Mel concorda.

— Nem me fala…

Dez minutos depois, Judith olha para a amiga e afirma:

— Vou ligar para o Eric vir. Acho que Björn precisa de um amigo.

Mel concorda e Judith liga.

Meia hora depois, soou a campainha da casa. Depois de beijar a esposa e cumprimentar Mel, Eric pegou duas cervejas com a expressão séria e foi ver Björn.

— E aí, papai? — ele cumprimenta ao entrar no escritório?

Björn ergue a cabeça, revira os olhos e protesta:

— Não me enche você também.

Apesar de ser um assunto delicado, Eric se aproxima do amigo, entrega--lhe uma das cervejas e se senta na frente dele.

— O que estava esperando para me ligar? — Eric pergunta.

Björn passa a mão pelos cabelos.

— Eric…

— Entendo que você esteja confuso, que não entenda nada e milhares de outras coisas, mas sabe que estou aqui para o que você precisar. E isso é uma bomba, não é? — Em seguida, ele baixa a voz: — Não gostei de ficar sabendo pela minha esposa. Você é meu melhor amigo, pra não dizer irmão.

— Porra, desculpa. Você tem razão.

Eric sorri. Ambos dão um gole na cerveja. Ele continua:

— O nome dele é Peter, né?

— É — confirma Björn.

Eles se entendiam com o olhar.

— Achei muita coincidência — pondera Eric. Björn fica em silêncio.

— Quem colocou o nome no menino sabia do que você gostava.

O advogado assente. Deu mais um gole na cerveja e contou absolutamente tudo o que havia acontecido naquela manhã e o que havia descoberto depois de algumas ligações. Eric ouviu paciente e, ao fim, pergunta:

— O que você vai fazer?

— Não sei. Esperava encontrar um hacker na delegacia, alguém pra encher de porrada. Em vez disso, encontrei um garoto que diz ser meu filho.

Eric suspira. Seu amigo só podia mesmo estar desconcertado.

— Ele poderia ser seu filho? — pergunta sem rodeios.

Björn se levantou com a pergunta. Andou pela sala com um passo intranquilo até que se sentou de novo e respondeu:

— Não... Sim... Não sei!

— Porra, Björn.

Desesperado, o advogado deixa a cerveja sobre a mesa e declara:

— Eu era moleque, não tinha consciência. Não tomava as devidas precauções. Você por acaso tomava quando era novo?

— Não — murmura Eric. — Também era um pouco inconsequente.

Eles se olham por um momento e então Björn diz, entre os dentes:

— Sabe por que isso me deixa puto? Se ele for meu filho, se tiver meu sangue, quer dizer que perdi parte da vida dele.

O silêncio predomina por uns instantes até Eric acrescentar:

— Tem razão, mas talvez ele não seja seu filho...

— Mel garante que é.

Eric não soube o que dizer. Com o passar dos anos, Judith havia lhe mostrado que o sexto sentido das mulheres era algo tremendamente poderoso e devia ser levado em consideração.

— Escuta, Björn. Se ele for seu filho, é bom que entenda que a adolescência não é uma fase boa. Você sabe a quantidade de problemas que Flyn está nos causando, e ainda nem conversei com Jud sobre a reunião com o orientador.

— Eu sei, eu sei... Pra piorar, Mel trouxe a cachorra do menino pra cá.

— Por que ela fez isso?

Desconcertado, Björn encara o amigo.

— Disse que um amigo dela viveu a mesma experiência que Peter na mesma idade. E que queria evitar que o menino sofresse ao ser separado do bicho.

Eles ficaram conversando a respeito até que, para fazer Björn sorrir, Eric pergunta:

— Uma vira-lata na sua casa?

Björn sorri ao entender o que o amigo queria dizer.

— Na sua casa tem dois, embora Judith diga que Susto não é. Aliás, ouvi que vai ter alta amanhã.

— Foi o que ela disse — responde Eric sorrindo.

O advogado sorri também e confidencia, com uma cara incrédula e desesperada:

— Como vou ser pai de um adolescente da minha altura?

Eric sorri. A coisa era complicada, mas, como não queria ser negativo, murmura, de bom humor:

— A vida surpreende a gente. Sua noiva marcou a data do casamento e de repente você tem um filho.

O comentário faz Björn bufar. Sua vida andava uma loucura. Ele balança a cabeça.

— Como é o Peter? — quis saber Eric.

Björn se ajeita na cadeira e responde:

— Tem o corpo comprido e desajeitado como o de Flyn. Cabelo abaixo dos ombros, roupas folgadas... É um excelente hacker, mas não sei muito mais que isso.

Um novo silêncio toma conta da sala. Finalmente, Björn diz:

— Amanhã vou fazer o teste de DNA.

Eric balança a cabeça.

— Perfeito. Se for seu filho, tenho certeza de que vai cuidar dele. Mas e se não for?

Essa pergunta dava voltas e voltas na cabeça do advogado. Sem saber o que responder, ele fala:

— Não sei. Mas uma coisa é certa: ele não pode ficar na rua.

Naquela noite, quando Judith chegou em casa, Flyn lhe destinou um olhar curioso. Aquilo dizia que Elke havia mencionado o encontro. Ela pensou em contar para Eric, mas no fim, preferiu se calar. Não queria mais confusão.

No dia seguinte, Björn fez os exames. Cinco dias depois, foi buscar os resultados e seu coração parou: Peter era seu filho.

34

Eric e eu vamos juntos de carro para a Müller, e disparo:

— Acho que a gente deveria marcar uma consulta com o psicólogo da escola.

— Não.

— O orientador recomendou, querido. Flyn precisa de uma ajuda que talvez a gente não seja capaz de dar.

— Já disse que não. Flyn foi a psicólogos demais quando era pequeno e não quero que volte a ir.

— Mas, Eric, você não vê que o problema está fugindo do nosso controle?

Ele não contesta. Sabe que tenho razão, mas sua obstinação não o deixa raciocinar. Finalmente, ele rosna:

— Já disse que não. Vou dar um jeito.

Fico quieta. É o melhor a fazer. Não sei como Eric vai resolver os problemas de Flyn trabalhando o tanto que trabalha, mas, como não tenho vontade de tocar nesse assunto, mudo o foco da conversa:

— Eric, você não está sabendo de muitas coisas. Ontem, quando cheguei em casa...

— O que foi?

Como sempre, sou a portadora das más notícias. O fato de Eric não passar muito tempo em casa faz com que não veja como Flyn se comporta com todo mundo.

— Quando cheguei em casa, Flyn estava discutindo com Norbert. Não gostei do tom que usava.

— Ele é um garoto, Jud... Não leve a mal tudo o que faz.

Sua resposta me surpreende.

— Claro que é um garoto! Por isso é a hora de educar Flyn!

Minha resposta faz Eric bufar. Depois de um silêncio tenso, ele pergunta:

— Se ele falou de um jeito tão ruim assim com Norbert, por que não me disse quando cheguei?

304

Eu o encaro. Escolho as palavras e digo com sinceridade:

— Porque queria ter uma noite de paz.

Sei que minha resposta o faz pensar. Eric suspira e assente.

— Que tal conversarmos com Flyn hoje à noite quando eu voltar?

— Você vai chegar cedo?

Eric sorri. Coloca a mão sobre meu joelho e responde:

— Prometo.

Saber que ele vai chegar cedo em casa me deixa sorridente.

— Perfeito.

Ficamos sem dizer nada por uns instantes, até que eu quebro o silêncio:

— Você não gostaria de fazer uma loucura como as que fazíamos antes? Pegar um avião e nos mandarmos pra Veneza, Berlim, Polônia, Dublin, qualquer lugar, só eu e você?

Eric sorri, mas logo em seguida nega com a cabeça.

— Não posso fazer uma loucura agora. Tenho muito trabalho.

Não é a resposta que eu esperava. Ficamos de novo em silêncio.

Algo está acontecendo entre nós que nos faz ficar em silêncio. Quero que esse clima desapareça o quanto antes.

— Você não ficou surpreso com o orientador do Flyn?

Eric não pisca. Olha para mim… Depois para a rua… Então para mim novamente, e enfim diz:

— Não. Por quê?

Eu pisco e o encaro.

— Ora, porque o orientador do Flyn… E você e eu… Por isso.

Eric sorri. Adoro vê-lo sorrir.

— Pequena, imagino que ele vá ser tão discreto quanto nós. — Eric me dá uma piscadinha e conclui: — Todos os que vão ao Sensations já encontraram com alguém de lá em outro contexto. Como eu sempre digo, a discrição predomina. Afinal, somos adultos.

Concordo. Ele tem razão. Por que vou ficar esquentando a cabeça?

Assim que chegamos à Müller, pegamos o elevador. Minha vontade é de beijar o homem que adoro, mas ele está concentrado, analisando uns papéis com a testa enrugada. O elevador para no meu andar e eu olho para Eric com esperança de que queira me beijar, porém ele só me olha e diz, com uma piscadinha:

— Tenha um bom dia, querida.

Sorrio, saio e as portas do elevador se fecham. Não beijo Eric, não o abraço, não faço nada!

O que está acontecendo com a gente?

Caminho para minha sala pensando que tenho saudades do Eric que se dedicava a mim cem por cento. Sinto falta de seus beijos e daquela vontade incessante que tinha de estar comigo. Sei que me ama, mas acho que a paixão que sente por mim está esfriando. Qual será o motivo?

Por que continuo querendo ter nossos momentos românticos e ele parece viver muito bem sem eles?

Quando chego ao meu departamento, Mika me entrega algumas pastas para que eu revise. Percebo que está angustiada, mas não pergunto a respeito. Apenas pego o que me entrega e me enfio na minha sala, disposta a trabalhar.

Estou imersa nos documentos quando meu telefone toca.

— Oi, fofaaaaaaaaa!

A voz da minha irmã é como um sopro de ar fresco. Cumprimento-a sorrindo:

— Oi, chatonilda.

Conversamos sobre coisas sem importância até que ela diz:

— Meu chuchuzinho me comprou um *aipodi* e não sei como funciona. Como você tem um, poderia...

— Ele comprou o quê? — pergunto, sem entender.

— Um *aipodi*, *aipedi*, não sei como fala.

Racho o bico quando entendo do que ela está falando.

— Um iPad, Raquel.

Minha irmã suspira, sorri e murmura com voz de riso:

— Ai, fofa... Você sabe que tecnologia nunca foi minha praia.

Sem parar de rir, explico algumas coisas do jeito que posso. Enquanto isso, imagino minha irmã com o iPad na frente dela, bloqueando tudo. Raquel é um caso raro... Quando já estou prestes a me jogar pela janela da Müller, ela me pergunta:

— O que você tem?

— Nada.

— Fofa... sou sua irmã mais velha. Conheço você e esse seu tom de voz está desanimado demais. Anda, desembucha. O que você tem?

Sorrio. Minha irmã poderia ser vidente.

— Além de estar frustrada por não conseguir te ensinar a usar o iPad, o que tenho é que às vezes gostaria que as coisas fossem diferentes.

— Explica melhor. Que coisas?

Inspiro fundo e solto o ar bufando. Já começo a me arrepender, porém, baixo a voz e confidencio:

— Estou falando do Eric. De repente é como se ele não sentisse mais necessidade de estar comigo. Sinto muita falta do cara que conheci há alguns anos, que era capaz de fazer loucuras por amor. Só isso.

Minha irmã ri. Eu suspiro.

— Bom, querida, acho que nesse quesito posso ajudar você, pois já fui casada com dois homens. Não sou nenhuma especialista, mas a loucura passional do "me joga na parede e me chama de lagartixa" que a gente sente no começo começa a evaporar a partir do quarto ano.

— Entendo — murmuro, pensando que já faz mais de quatro anos que conheço Eric.

— Olha, fofa, outro dia mesmo, li numa revista que o declínio da paixão começa no quarto ou quinto ano de relação, dependendo do casal. Parece que a loucura dessa primeira fase se transforma com o passar do tempo em uma paixão mais tranquila, num carinho e numa cumplicidade.

— Porra!

— Não fala palavrão, sua boca suja! — repreende-me minha irmã.

Tenho vontade de rir, mas ela prossegue:

— Com o avoado do Jesús, foi o que aconteceu. Com quatro anos começou o declínio e com oito a gente literalmente não se suportava. E meus chifres já estavam tão grandes que batiam no teto de meia Madri.

— Raquel... — murmuro, sem evitar o riso.

— Ai, bobinha, não se preocupe, superei isso faz tempo. É justamente com os erros que a gente aprende. Agora, com meu chuchuzinho, estou me certificando de que tudo seja diferente. Tento fazer com que os momentos que passamos juntos sejam os melhores.

A lembrança de Juan Alberto me faz sorrir. Sem dúvida, ele está muito mais apaixonado do que meu ex-cunhado Jesús jamais esteve.

— Não se preocupe com isso — respondo. — Juan Alberto vai fazer você feliz pelo resto da vida.

— E Eric vai fazer o mesmo por você. Não vê como te protege?

O comentário me faz rir. Claro que ele me protege, mas preciso de algo mais.

— Sim — respondo. — Você tem razão nisso. Sei que ele me ama, não duvido disso, mas também tenho consciência de que a empresa o consome demais, porque ele não delega tarefas a ninguém. Se outra pessoa fizesse parte do trabalho...

— Querida... Então não é que ele não queira ficar com você. É só que tem excesso de trabalho.

— E por que ele não passa para alguém, como fazia antes?

— Isso eu não sei, fofa... Talvez você tenha que perguntar a ele.

Minha irmã tem razão, mas falar com Eric sobre o trabalho é sempre complicado. Desde que tivemos filhos, sinto que se esforça em dobro sem se dar conta do quanto deles e de mim está perdendo.

— E outra coisa — diz minha irmã, tirando-me dos meus pensamentos. — Sei que talvez não venha ao caso, porque você sabe que sou conservadora, mas esses joguinhos sexuais que vocês fazem... não acha que podem piorar a relação?

— Ah, não fala bobagem — respondo sem paciência. — Isso não tem nada a ver.

— Tá bom, tá bom... Só por via das dúvidas, presta atenção se ele gosta de estar com você ou com as outras nesses momentos. Porque, se ele ficar mais tempo com as outras, sendo bem direta, maninha, acho que vai ter que dar um chute naquela bunda branca...

— Raquel! — rosno.

— Tá bom, tá bom... Bico calado.

Minha irmã só piorou a situação!

— Bom... Qual era o motivo da ligação? — pergunto.

— É o papai. Está enchendo o saco com a história da feira. Afinal, vocês vêm ou não?

Não falei mais sobre o assunto com Eric, com tudo o que temos discutido sobre Flyn. Como não quero dar desgosto ao meu pai, respondo:

— A gente vai.

No instante em que digo isso, fecho os olhos. Merda... merda... Eric não quer ir. Por que estou mentindo?

— Ai, fofaaaa, que bom! Então vou levar seus vestidos ao tintureiro, tá?

Penso nos meus lindos vestidos de flamenca. Concordo e afirmo sorrindo:

— Está bem, pode levar.

— Aliás, quanto a Pachuca...

— Ah, não... Não quero saber nada a respeito dela — interrompo. — Se estiver acontecendo alguma coisa, papai logo vai contar. Eu me recuso a fofocar. Não quero ouvir nem uma palavra a respeito, entendeu?

Ouço minha irmã bufar. Finalmente, ela diz:

— Tá bom.

Ai... ai... ai... Esse "tá bom" tão direto me incomoda. Caindo no jogo dela como uma boba, pergunto:

308

— O que você quer dizer com "Tá bom"?

— Sabe de uma coisa? Agora sou eu quem não tem nada pra contar. E preciso desligar, porque a máquina de lavar está apitando e quero estender a roupa antes de ir buscar Juanito e Lucía na escola. Tchau, Judith. Te amo.

Sem mais, a grande sem-vergonha desliga o telefone na minha cara. Já sei com quem se parece minha sobrinha Luz.

Sem querer pensar naquilo, volto a trabalhar. É o melhor que tenho a fazer. Assim esqueço os problemas familiares e sentimentais.

Na hora de sair, passo pela cafeteria para pegar uma coca-cola e encontro Eric tomando alguma coisa no balcão com a secretária e dois homens. Ele não me vê, e eu o observo à distância.

Que marido eu tenho!

Como sempre, está deslumbrante de terno cinza e camisa branca, mas pelo jeito como está mexendo as mãos alguma coisa o incomoda. Mesmo que possa parecer difícil de acreditar, adoro sua expressão zangada. O que seria de Eric Zimmerman sem sua cara fechada de valentão?

Ah, como me encanta... Não consigo evitar.

Depois da conversa com minha irmã, presto atenção na secretária. Gerta está com um vestido azul-marinho simples, mas é jovem e tem um corpo exuberante e nenhum grama de gordura. Começo a bufar. Por que não tenho um corpo assim?

Sem afastar os olhos dela, observo como olha para Eric. Dá para ver que o admira. Não acho a menor graça. Sou mulher e sei do que estou falando. Algum tempo depois, sem dizer nada, pego minha coca e vou embora. É melhor. Eric está no trabalho e assim paro de pensar em bobagem.

À noite, em casa, Flyn chega do colégio e me olha. Sabe que vou lhe dizer alguma coisa por causa dos gritos com Norbert no dia anterior. Estou convencida de que espera um ataque, mas não quero falar com ele até Eric chegar. Eu me limito a sorrir e dar uma piscadinha. Noto em seu rosto que isso o desconcerta. Ele vai diretamente para o quarto.

35

Em uma sala da assistência social, Björn estava preenchendo vários formulários enquanto Mel acariciava suas costas carinhosamente.

— Calma, querido — ela murmura. — Você está fazendo o que é certo.

Björn assente. Sabia o que estava fazendo.

— Eu juro que mato aquela vira-lata se ela mijar no carro, Mel... — ele diz baixinho.

— Isso não vai acontecer, querido. Leya é muito boazinha. Nem pense nisso.

Depois que Björn entregou todos os papéis assinados para a assistente social, o inspetor que havia conduzido o caso diz a ele:

— O garoto vai estar aqui dentro de cinco minutos. Uma viatura policial pode acompanhar vocês à casa dele para pegar o que precisar. A casa é alugada e o proprietário já pediu as chaves, que serão entregues depois de amanhã. Digam ao menino que tudo o que ele deixar lá vai para o lixo.

— Tudo bem — afirma Mel.

Peter surge ao fundo. Ela sorri e, sem saber por quê, vai até ele.

O inspetor e Björn ficam observando os dois se abraçarem.

— Se ele roubar vocês ou se der o menor problema, não pense duas vezes antes de entrar em contato comigo — sussurra o policial. — Não seria o primeiro nem o último a causar estragos no novo lar.

Björn assente. Consciente de que aquele garoto agora era sua responsabilidade, diz:

— Espero não ter que fazer isso.

Ele os observou se aproximar. Por natureza, era uma pessoa afetuosa. Estendeu a mão para o menino, que a aperta. Também trocou um aperto de mãos com o inspetor.

— Comporte-se, Peter — alerta o policial. — Não se meta em confusão, entendido?

O garoto faz que sim, sem tirar os olhos do chão. O olhar de Björn o assustava.

310

Assim que o inspetor se foi, o advogado olhou para Mel sem saber o que fazer.

— Venha. Vamos embora daqui — ela diz.

Quando saíram da delegacia, Mel explica a Peter que passariam na casa dele para pegar o que quisesse. O menino diz:

— Não preciso ir pra casa de vocês, posso ficar lá.

Björn até quis responder, mas Mel fala antes:

— Você é menor de idade, não pode viver sozinho.

— Mas sei me cuidar. Meu avô me ensinou. Não preciso de ninguém.

Comovida, Mel olha para Björn à espera de uma resposta. Ao ver que dali não saía nada, acrescenta:

— Tenho certeza de que seu avô te ensinou muito bem, Peter, mas você tem duas opções: ou vai para um abrigo ou vem com a gente. Garanto que com a gente você vai ficar muito bem — ela diz com uma piscadinha. — Temos um quarto lindo pra você e para Leya. Pode fazer o que quiser com ele.

O menino olha para Björn em busca de um sinal de que estava de acordo. Então o advogado se manifesta:

— Peter, o proprietário da casa onde você morava com seu avô já pediu o imóvel de volta. Se você não se sentir confortável com a gente pelo motivo que for, pode entrar em contato com a assistência social e ir embora.

— Promete?

— Prometo — confirma Björn.

Chegando ao carro, ele aciona o controle para destravar as portas.

— Surpresa! — Mel exclama.

Leya sai enlouquecida do interior do veículo e se atira sobre o garoto. Peter a abraça. Mel e Björn são testemunhas do quanto aqueles dois se adoravam.

Cinco minutos depois, com a cachorra mais tranquila, eles entram no carro. Björn olha para o assento traseiro, onde o animal havia esperado, e comprova que estava tudo em ordem.

— Muito bem, Leya — ele elogia. — Você se comportou direitinho.

O garoto diz em seguida:

— Eu mesmo eduquei Leya. Garanto que ela sabe se comportar.

O advogado concorda com a cabeça. Observando o animal de pelos bagunçados e porte médio, pergunta:

— De que raça é?

— Não sei. Vovô a encontrou uma noite quando ainda era um filhotinho.

— E quanto anos faz isso? — Mel pergunta.

— Três.

311

Pouco depois, enquanto circulavam por Munique, Mel diz, para romper o silêncio:

— Sami tinha um bichinho de estimação, uma hamster chamada Peggy Sue, que morreu faz alguns meses. Você nem imagina o quanto Sami e Leya já gostam uma da outra.

Peter assente, olhando pela janela. Não tinha a menor dúvida de que as duas tinham se dado bem.

Quando chegaram ao bairro do garoto, Björn levanta a cabeça e procura a janela do segundo apartamento à direita. Não tinha voltado àquele lugar depois de partir com o pai e o irmão.

— Está tudo bem, querido? — Mel pergunta, consciente do que se passava pela cabeça dele.

O advogado faz que sim. Os policiais já esperavam por eles. Caminham até a entrada e Peter tira as chaves do bolso. Abre e diz:

— Podem entrar.

Os policiais entram primeiro, depois Mel e Björn. A casa era pequena, tinha apenas quarenta metros quadrados, mas dava para ver que estava limpa. A cachorra correu para beber água em uma tigela que havia na cozinha.

— Coloque numa mochila ou numa mala tudo de que precisar — Mel diz ao menino.

Peter não se mexe.

— O que vai acontecer com o que eu deixar aqui? — pergunta.

— Como eu disse — Björn responde —, o proprietário pediu o imóvel. Tudo o que você deixar aqui vai pertencer ao dono depois que entregarmos as chaves.

O menino balança a cabeça, olha ao redor e diz baixinho:

— Vovô e eu não tínhamos muitas coisas, mas gostaria de guardar algumas.

Aquilo toca o coração de Mel. Ele precisava de suas recordações.

— Guarda agora o que você precisa em uma mochila — repete Björn. — Amanhã contratamos alguém para buscar o que você quiser e achamos um lugar para guardar, tudo bem?

Rapidamente, Peter se coloca em movimento e estende a mão para Björn, como havia feito na delegacia.

— Obrigado, senhor... Obrigado.

Mel olha para Björn, emocionada. Depois de um suspiro, o advogado pega a mão do menino e, tocando a outra na cabeça dele, murmura:

— De nada, Peter.

312

O garoto se separa de Björn e entra em um quarto à direita. Mel dava uma olhada ao redor, e o advogado foi atrás de Peter. Apoia-se no batente da porta e observa, pesaroso, aquele quarto triste e sua janelinha minúscula.

O lugar era pequeno. Sobre uma mesa velha que ocupava mais da metade do cômodo havia um monitor e várias torres de computador customizadas. Enquanto Peter colocava umas mudas de roupa na mochila, Björn pergunta da porta:

— Era daqui que você hackeava meu site?

O menino para o que estava fazendo e olha para o advogado.

— Era.

Björn balança a cabeça. Então vê uma foto sobre a mesa de cabeceira. Reconhece Katharina sorrindo, com um Peter menor. Sem desviar os olhos, continua com as perguntas:

— E por que fazia isso?

O menino torce o nariz, encolhe os ombros e responde:

— Porque estava bravo. Sei que minha mãe nunca falou de mim e o senhor não sabia da minha existência, mas eu estava bravo.

— E não está mais?

— Não.

— E por que não?

Peter olha para Björn por alguns segundos e responde finalmente:

— Porque, apesar de não gostar de mim nem da minha cachorra, está me ajudando e não me deixou na rua, como pensei que ia fazer quando soubesse de mim.

A resposta toca diretamente o coração do advogado. Ele se sente tão mal que não soube o que responder. Se tinha alguém que havia lutado para que aquilo não acontecesse, era Mel. Se ela não tivesse se empenhado em levar a cachorra para casa e o obrigado a fazer os testes de DNA, Björn não sabia o que poderia ter acontecido. Estava perdido em seus pensamentos quando o menino se manifesta:

— Senhor, posso levar meus computadores?

O advogado olha para o que Peter apontava e assente, ainda bastante sem jeito.

— Por favor, me chame de Björn. — Tentando ser amável, ele acrescenta: — Senão, vou ter que chamar você de "senhor" também. Isso seria estranho, não acha?

O garoto sorri. Björn gosta de ver as covinhas que se formaram em suas bochechas, tão parecidas com as suas e as de seu irmão.

— Amanhã a gente volta e leva, pode ser?

Vinte minutos depois, deixam a casa, despedem-se dos policiais e se dirigem para o novo lar de Peter. Ao descer do carro, na garagem, Peter puxa a coleira de Leya e ordena:

— Senta.

Ela obedece imediatamente. Mel, que tinha pegado a mochila com as roupas do garoto, diz:

— Vamos, Peter. Vamos subir.

Entram no apartamento espaçoso. O garoto, que não soltava Leya, sente-se intimidado.

Ali tudo era novo e moderno, não tinha nada a ver com sua casa, onde tudo era velho e antigo. Mel mostra o apartamento para que ele se familiarizasse, enquanto Björn se dirige à cozinha. Estava morrendo de sede.

Ela conduz Peter e Leya ao quarto de hóspedes.

— Este vai ser seu quarto — ela diz ao entrarem. — O que acha?

Peter olha o lugar com admiração. Era enorme. Tinha uma janela grande por onde entrava o sol, uma cama grande e um armário imenso. Ao ver que o rapaz não se mexia nem dizia nada, Mel explica:

— Você vai poder decorar como quiser. Vamos comprar uma mesa para o computador, trocar as cortinas e…

— Por que você é tão gentil comigo e com Leya?

A pergunta pega Mel de surpresa, mas ela responde:

— Porque gosto de vocês.

— Björn não está contente, está?

Ela volta os olhos para Peter. O comentário a entristece, mas, segura do que dizia, afirma:

— Engano seu, Peter. Björn está muito contente, mas não sabe como demonstrar. Eu o conheço muito bem e garanto que quer conhecer você. Só precisa de tempo. Vamos com calma e vai ver como tudo vai ficar bem.

— Obrigado — ele diz olhando para ela.

Mel sorri.

— Não precisa me agradecer, só faça tudo isso valer a pena. Não conheço você, mas tem alguma coisa no seu olhar que me diz que é um bom rapaz, apesar dos cabelos na cara, das roupas folgadas e, claro, da dor de cabeça que provocou no Björn com a história do site.

Peter sorri. Mel acrescenta:

— Coloca sua roupa no armário. Quando terminar, vou estar na cozinha com Björn.

314

Logo que ela se foi, Peter se senta na cama. Aquele lugar era o paraíso. O lar com que sempre havia sonhado, nada parecido com aquele no qual tinha vivido. Seu avô tinha lhe dado um teto, mas nunca poderia oferecer aquele luxo.

Ele passa delicamente as mãos na colcha. Era macia, extremamente macia. Olhando para Leya, pergunta:

— O que você achou?

A cadela deita no piso de madeira escura do chão. Peter sorri.

— Também achei incrível.

Quando Mel chega à cozinha, encontra Björn apoiado no balcão. Ele levanta os olhos e pergunta:

— O que vamos fazer com ele?

Ela se aproxima, pega a cerveja que ele segurava e dá um gole.

— Por ora, dar comida pra ele — responde. — Deve estar com fome.

— Mel... — protesta Björn, baixando a voz. — Não estou brincando. É sério. Esse menino é meu filho, e não sei o que fazer com ele.

Ela devolve a cerveja, dá-lhe um beijo e acrescenta:

— Também estou falando sério. Antes de tudo, precisamos fazer com que ele confie em nós...

— Mel, quer fazer o favor de se concentrar e encarar a realidade?! Porra... Não sabemos quem ele é, do que gosta, se tem algum tipo de vício...

— Fica tranquilo... Confia em mim.

— Droga. Se não ser casado já atrapalhava, imagina agora.

Ao ouvi-lo dizer aquilo, Mel o encara.

— Está falando daquele maldito escritório? — ela pergunta, franzindo as sobrancelhas. Björn não responde, mas Mel sabia que sim. — Vem cá, desde quando os outros controlam sua vida?

Björn entendia o que ela estava querendo dizer.

— Odeio que sempre diga "maldito escritório" — ele retruca. — E minha vida quem controla sou eu, mas fico puto quando surgem problemas.

— Peter, Sami e eu somos um problema?

Björn olha bem para ela, mas suas feições se suavizaram.

— Não, meu bem... Mas entenda que...

— Eu entendo mais do que você quer me dizer. Sabe o que eu acho desse escritório e dos requisitos absurdos que impõem. Se o fato de Peter estar na nossa vida incomoda os sócios, eles que se fodam!

— Parker... Você poderia ser um pouco mais educada.

Mel revira os olhos. Às vezes se esquecia de que o noivo era um elegante e renomado advogado de Munique.

— Meu comentário feriu seus ouvidos delicados, James Bond? Para seu governo, posso dizer coisa muito pior.

— Mel!

Ela sorri ao ver a cara dele. Björn se viu obrigado a sorrir também.

— Não acha que esse menino pode ser má influência para Sami? — o advogado pergunta.

Mel suspira. Sabia que ele tinha razão, em parte, mas, lembrando-se do modo como Peter havia tratado Sami, responde:

— Por que você é tão negativo? Por que não relaxa e vê onde ele estuda, quem são os amigos dele, do que ele gosta?

— Porque minha profissão ensina a ter cautela em casos assim.

A ex-tenente sorri.

— Olha, Björn, quando eu ia ao Afeganistão, sempre tinha que ficar alerta em relação a quem poderia se aproximar de mim com uma granada de mão. Mas nunca perdi a compaixão por causa disso. É a única coisa que você tem que ter por Peter agora: compaixão. Assim ele vai ver que você está lhe oferecendo uma oportunidade. O adulto é você, nunca se esqueça disso.

O advogado assente, surpreso com toda aquela positividade.

— Você me deixa maravilhado e assustado ao mesmo tempo.

— Por quê?

Pegando-a pela cintura para aproximá-la dele, Björn murmura:

— Porque, diante do adolescente cabeludo com pinta de rapper do Bronx, você está demonstrando uma faceta que eu não conhecia. Tudo bem, esse menino é meu filho, mas você não pode esquecer que a gente não o conhece e que ele pode nos roubar, nos atacar no meio da noite e até...

— Do que você está falando? — Mel pergunta, rindo.

— Não dê risada, querida. Estou dizendo tudo isso muito a sério. Ele tem a mesma idade que Flyn, e olha quanta dor de cabeça o menino está dando.

Mel concordava. Sabia que, no fundo, Björn tinha razão, mas se negava a admitir.

De repente, eles ouviram um ruído. Olharam para a direita e viram Peter passar discretamente pelo corredor com a cadela. Björn se apressou a soltar Mel e murmurou com os olhos fixos nela:

— Se ele estiver pensando em roubar alguma coisa de nós, vai sair desta casa imediatamente, por mais filho meu que seja.

— Björn... — ela protesta.

— Aonde ele está indo? — o advogado cochicha.

316

— Não sei, mas pare de pensar no pior — replica Mel.

Em silêncio, eles o seguiram. Na sala, viram que Peter tinha parado para olhar algumas revistas em quadrinhos na estante. Quando se deu conta da presença do casal, ele se vira e diz:

— Gostei da coleção do Homem-Aranha, que demais! Minha mãe sempre disse que você gostava muito dele, Björn. Tenho várias em casa. Posso mostrar depois.

O advogado se aproxima do menino e, sem saber por quê, tira um exemplar da estante e explica, cheio de orgulho:

— Comecei minha coleção nos anos 1980. Era meu pai quem comprava. Este exemplar aqui é o número um do *Espetacular Homem-Aranha*.

— Que legal! — exclama o garoto.

Mel e Björn se entreolham.

— Pode ler, se você quiser — diz Björn, sorrindo ao estender a revista para o garoto.

Peter afastou as mãos rapidamente. Björn insiste:

— Pega.

— Não.

Aquilo faz Björn cravar os olhos nele.

— Por que não?

O menino pensa.

— Não quero que rasgue. Se acontecer algo assim, não tenho dinheiro para pagar.

Ao ouvir aquilo o coração de Björn esquenta um pouquinho.

— Pegue as revistas sempre que quiser. Só cuide delas e depois coloque no lugar e na ordem em que estavam.

O garoto olha para aquilo maravilhado, como se fosse um tesouro, então pega a revista que o advogado lhe oferecia.

— Obrigado — ele agradece baixinho.

Ante a expressão satisfeita de Peter, Björn sorri. Mel pensa em seu amigo Robert. Sem dúvida, estava sorrindo do céu e dizendo: "Mel, você não vai se arrepender".

36

Estou entediada assistindo à televisão junto de Susto e Calamar quando Mel me liga para dizer que Peter já está em casa e que ele e Björn estão há horas conversando sobre revistas em quadrinhos.

Fico muito contente. Saber que a relação está começando com o pé direito é ótimo.

Antes de desligar, minha amiga me pede que guarde segredo e não diga nada a Klaus. Querem esperar uns dias antes de lhe dar a notícia. Mel quer que eu esteja junto quando a hora da verdade chegar. Aceito, contente.

Não perderia isso por nada no mundo.

Assim que nos despedimos, decido ligar para meu pai. Estou com vontade de falar com ele. Não me surpreende ouvir a voz da minha sobrinha Luz.

— Oi, titiaaaaaaa.

Sorrio. Ela sempre me faz sorrir.

— Oi, querida. Como vão as coisas?

— Então… Tô fodida, mas contente. Terminei com o idiota do meu namorado!

Não esperava essa resposta e não sei o que dizer.

— Sinto muito, Luz…

— Não precisa, tia. Já estou apaixonada por outro.

Ela me conta coisas de sua vida com total tranquilidade, enquanto eu, boquiaberta, balanço a cabeça, de novo e de novo. Se eu disser algo que ela não quer ouvir, vai parar de me contar, por isso me limito a escutar e assentir.

— E sabe o que mais?

— O quê?

— Semana que vem, Juan Alberto vai me levar para Madri com minhas amigas Chari e Torrija para ver o show do One Direction! Acredita?

Sei o quanto minha sobrinha gosta desse grupo que causa furor entre as adolescentes — e as mais velhas também.

— Que legal! — afirmo, sorrindo.

— Tia, posso perguntar uma coisa?

— Claro, meu bem.

— É verdade que Björn e Mel estão com um indigente em casa?

— O quê?! — pergunto, surpresa.

Que coisa... Minha sobrinha está na Espanha, Björn e Mel em Munique. Como é possível que a notícia tenha voado tão rápido? E, principalmente, como foi distorcida? Querendo ser o mais discreta possível, pergunto:

— Quem te disse isso?

— Jackie Chan Zimmerman.

— Flyn?!

— Foi, tia. Ele me mandou uma mensagem no Facebook.

Sem fôlego, ouço o relato da minha sobrinha. Nunca falei nada a ninguém sobre o perfil de Flyn. Mantive segredo para não revelar que Luz me contava essas coisas.

— Ele te disse isso? — perguntei.

— Disse. Como é esse menino?

Zangada que meu filho tenha falado assim, respondo:

— Antes de qualquer coisa, Luz, Peter não é um indigente. É um garoto de quase quinze anos que vivia com o avô. Depois que ele morreu, ficou sozinho. Portanto, essa história de...

— É, eu sabia que Flyn estava exagerando. — Ouço um suspiro. — Desde que arranjou aquela namorada e aqueles amigos, não é mais o mesmo.

Ao ouvir minha sobrinha dizer isso, fico em alerta. Deixo Peter de lado e pergunto:

— O que você sabe dessa namorada e dos amigos dele?

— Na verdade, pouco, tia. Até porque não entendo bem alemão... Mas vendo as fotos que publicam e certos comentários que jogo no Google Tradutor, sei que não são gente boa.

Converso com minha sobrinha por alguns minutos, até que meu pai pede para falar. Quem vence a disputa pelo telefone é ele.

— Essa menina é uma espertinha.

Sorrio. Meu pai e minha sobrinha juntos são hilários.

— Ai, papai, você adora isso — respondo.

Ele solta uma gargalhada.

— Adoro que todas as minhas meninas sejam espertinhas.

A positividade e o bom humor do meu pai rapidamente recarregam minhas baterias. Conversamos sobre Flyn e, como sempre, ele me dá bons conselhos. Sobre Eric e o tanto que andamos discutindo, não digo nada. Sei que vai deixar meu pai preocupado e não é o que desejo. Ele me fala de Flyn e ouço tudo o que tem a dizer.

* * *

Quando desligo o telefone meia hora mais tarde, sinto que tenho que falar com Flyn. Depois de me assegurar de que está no quarto, subo, bato na porta e entro, passando bem na frente da sua cara de valentão.

— O que você quer? — ele pergunta.

Já começamos muito mal. Sem me deixar levar por sua falta de educação, eu me sento na cama e digo, olhando para ele:

— Acho que temos que conversar. — Ele me olha e percebo que não sabe do que estou falando. — Que história é essa de Björn estar com um indigente dentro de casa?

Flyn enruga as sobrancelhas e resmunga:

— Sua sobrinha é uma fofoqueira.

"Sua sobrinha"?!

Até quatro dias atrás, Luz era uma das melhores amigas dele. Faço menção de protestar, mas ele diz antes:

— É inacreditável que aquela chata tenha...

— "Aquela chata" é sua prima, Flyn. Uma pessoa de quem você gostava muito.

Ele me encara. Em um primeiro momento, não diz nada, mas logo prossegue:

— Bom, é inacreditável que você confie nela e não em mim. Além do mais...

— Peter não é um indigente — esclareço. — É um menino que perdeu a mãe, foi viver com o avô, então perdeu o avô e ficou sozinho. Mas não tem nada de indigente nisso.

Flyn sorri. Não gosto de sua expressão.

— Pelo que meu pai me contou, ele vivia num lugar péssimo...

— Não sei o que seu pai te contou — interrompo, furiosa. — Mas ele vivia num subúrbio de Munique da mesma forma que eu vivia num subúrbio de Jerez. — Zangada, acrescento: — Nem todos nós temos a sorte de nascer numa família rica como você.

O descarado continua me olhando com uma expressão em que não vejo a menor graça. Antes de sair do quarto, olho pra ele e disparo:

— Quer saber? Pelo que me contaram, Peter tem duas coisas que você não tem, apesar de ter sido criado a pão de ló e de ter estudado nos melhores colégios: educação e juízo. Esse menino, a quem com certeza faltou tudo o que na sua vida sobrou, é...

— Não me enche o saco.

320

Ouvir isso me tira do sério. Furiosa, retruco entre os dentes:

— Não estou nem aí pro que seu pai diz. Vou levar você ao psicólogo e aonde mais for necessário para que...

— Não. Não vou ao psicólogo — ele me desafia.

Mordo a língua. É melhor.

— Quando seu pai chegar, vamos conversar sobre isso — acrescento em seguida.

Saio do quarto sem lhe dar oportunidade de dizer mais nada, porque se ficar ali mais um minuto vou soltar outro sopapo no moleque. Quem pensa que é?

Uma hora depois, Eric liga para dizer que vai chegar tarde.

Isso me deixa furiosa, mas, como não estou a fim de discutir com ele também, aceito e me calo. Depois que janto sozinha, porque Flyn se nega a comer comigo, subo para o quarto e recebo uma mensagem de Luz:

Flyn acaba de me bloquear no Facebook. Ele que vá à merda!

Fico olhando para a mensagem, boquiaberta. Estou prestes a ir até o quarto dele, mas desisto. Se fizer isso, a coisa vai pegar fogo e não é o que eu quero. Por fim, eu me deito na cama e pego no sono antes que Eric chegue.

No dia seguinte, quando saio do trabalho, vou à casa de Mel e Björn. Quero conhecer Peter. Chegando lá fico perplexa ao comprovar a educação e o comportamento do garoto. Mel não exagerou. Tinha razão.

Ele usa o cabelo comprido demais pro meu gosto e suas roupas são enormes, mas seus modos são impecáveis. Mais uma vez a vida demonstra que dinheiro não compra tudo, muito menos educação.

Depois do trabalho, Eric chega e acabamos jantando os quatro com o garoto e Sami, que demonstra a todos que é a rainha da casa e está felicíssima com Peter e Leya.

No carro, a caminho de casa, menciono o que Flyn disse a Luz. Eric não dá importância ao fato. Segundo ele, são coisas de garoto. Segundo eu, é péssimo. Toco no assunto do psicólogo e começa a discussão. Como sempre, se digo branco, ele diz preto. No fim das contas, resolvo ficar quieta. Assim como Flyn, Eric é contra a ideia do psicólogo.

Malditos Zimmerman!

Uma semana depois, numa manhã em que as poucas vezes que vi Eric ele mal me olhou, decido mandar uma mensagem para saber se devo esperá-lo para ir à casa de Mel e Björn. Eles vão dar a notícia a Klaus.

Meu telefone apita. É a resposta dele.

Tenho trabalho. Vou depois.

Trabalho... trabalho... Sempre trabalho!

Não estou a fim de polemizar, então decido ir para a casa deles sozinha. Lá eu me dedico a tranquilizar Björn. Está nervoso por causa da notícia que tem que dar ao pai, mesmo que eu o veja feliz na companhia de Peter. Sem dúvida, o garoto soube como ganhar a confiança dele, e vice-versa.

Curiosa, observo como conversam e logo me dou conta da cumplicidade que se estabeleceu entre eles. Isso me deixa muito feliz. De repente, Mel se aproxima de mim.

— Parece que vai tudo de vento em popa entre eles — cochicho.

Mel olha para os dois, que conversam tranquilamente, sentados à mesa, e diz:

— Nem no melhor dos meus sonhos imaginei que Björn fosse encarar isso tão bem e que Peter fosse tão ajuizado.

Nós duas sorrimos. Decido omitir o que o bobo do meu filho pensa de Peter.

— Pega uma coca-cola — diz Mel. — Vamos beber alguma coisa enquanto Eric não chega.

Pego a bebida e fico prestando atenção em como Björn e o filho se comunicam. Fica mais do que claro: os dois estão dando seu melhor. Isso me agrada tanto como sei que os agrada.

Apesar do desgosto inicial de Björn, noto a admiração que sente por Peter. Quem me diz isso é seu olhar, a forma como fala com ele e como cuida dele. É uma pena que não tenha conhecido o menino quando ele nasceu, mas me alegra saber que vai ser um grande pai pelo resto da vida.

Enquanto nós quatro conversamos na sala, chega Bea, a moça que cuida de Sami. Depois de ouvir as instruções que Mel lhe passa, ela vai à escola buscar a menina.

Olho no relógio. Eric está atrasado. De repente, soa o celular de Björn e ele se afasta para atender. Quando volta, diz:

— Era Eric. Teve um problema no escritório e vai direto ao restaurante.

Concordo com a cabeça, sem dizer nada. Eric e seus problemas no escritório... Esquecendo-me disso, saio de braço dado com Peter, do jeito que antes fazia com Flyn, e nós quatro deixamos a casa.

Ao chegarmos ao restaurante, apesar de tentar nos mostrar que está tranquilo, vejo que Björn está realmente nervoso. Por isso, enquanto Mel e Peter conversam perto do carro, eu me aproximo e sugiro:

— Que tal você entrar sozinho pra falar com ele? — Björn pensa e eu insisto: — A notícia pode deixar seu pai abalado. Acho que você deveria ir primeiro e falar com ele a sós, para lhe dar tempo de reagir. Depois que ele souber da existência de Peter, se você vir que está de acordo, podemos entrar.

Björn coça a cabeça, pensa no que eu disse e concorda.

— Você tem razão. É melhor assim.

Mel e Peter se aproximam de nós. Ao ver que Björn está mudo, explico:

— Ele vai entrar primeiro pra falar com o pai e vai nos enviar uma mensagem quando pudermos entrar. Tudo bem?

Mel nos observa. É uma mudança de planos, mas então o menino diz, demonstrando mais uma vez sua maturidade:

— É uma boa ideia. Acho que é melhor que ele conte sozinho. Se Klaus quiser me conhecer, eu entro.

Björn põe a mão no ombro dele e diz:

— Vai ser rápido. Eu prometo.

Peter está de acordo. Mel, pegando a mão de Björn, murmura:

— Eu vou junto.

Concordo, pego Peter e, olhando para um bar que há em frente, digo:

— Vem, vamos tomar uma coca-cola.

O garoto fica observando enquanto Björn e Mel se vão. Sem dizer nada, seguimos para o bar. Ali, com tranquilidade, conversamos sobre música e eu me surpreendo ao ver que gosta das mesmas coisas que Flyn. Estamos absortos na conversa quando, poucos minutos depois, toca meu celular.

— Muito bem, rapazinho — murmuro olhando para ele —, vamos entrar!

Peter se levanta e, sem pensar duas vezes, pega minha mão. Gosto disso. Sinto que sou importante para ele. Depois que lhe dou uma piscadinha, saímos dali e entramos no restaurante do pai de Björn. Mel nos espera na porta e diz com um sorriso:

— Estão no escritório.

A expressão dela me informa que tudo saiu como esperavam. Klaus aceita a vida como ela é. Quando abro a porta da sala, sinto como crava os olhos em Peter e, abrindo os braços, diz:

— Dá um abraço no vovô!

Eu me emociono. Sou uma boba, uma manteiga derretida. Mel e eu tentamos secar as lágrimas, ao mesmo tempo que rimos.

Que momento bonito acabamos de viver! E o idiota do Eric perdeu tudo!

Olho de novo no relógio. Meu celular soa e, ao ver quem é, atendo toda contente, envolvida pelos acontecimentos:

— Olha só, meu loiro preferido. Leu meus pensamentos?

— Por quê?

Sorrio como uma boba enquanto observo Klaus conversar com o neto, enquanto Mel e Björn trocam um beijo.

— Estou com Klaus, ele já conheceu Peter. Foi tudo lindo, porque...

— Querida — ele me interrompe. — Não posso falar. Estou no aeroporto, indo pra Edimburgo.

— O quê?!

Como assim, ele está indo para Edimburgo?

Antes que eu possa dizer qualquer coisa, Eric prossegue:

— Há um problema na filial e preciso ir pra lá. Devo voltar em uns dois dias. — Ao ver que não digo nada, Eric, que me conhece muito bem, diz: — Querida, gosto disso tanto quanto você, mas preciso ir.

O sorriso sumiu do meu rosto. Já não estou mais a fim de graça.

— Você passou em casa? — pergunto.

— Não, não deu tempo. Gerta fez uma mala com umas roupas do escritório. Um terno e duas camisas. Não preciso de mais.

Maravilha. O fato de Gerta ter feito a mala do meu marido abala meu moral, por isso pergunto, preto no branco:

— Ela vai com você?

O suspiro impaciente de frustração que ouço do outro lado da linha me mostra o quanto ele se aborrece com a pergunta.

— Jud... Pelo amor de Deus, é trabalho. Surgiu um imprevisto e eu tenho que ir.

Fecho os olhos e faço que sim. Ele tem razão. Não posso criar caso. Tento ser racional.

— Eu sei, Eric — digo num murmúrio. — Manda uma mensagem quando chegar a Edimburgo, está bem?

— Jud... eu te amo — ele diz baixinho, para que ninguém ouça.

— Também te amo.

Sem mais, interrompo a comunicação.

Ao ver minha cara, Björn e Mel rapidamente vêm até mim.

— Eric está indo neste exato momento para Edimburgo — explico.

Meus amigos sabem o que penso disso e me dizem durante um abraço:

— Liga pra Simona e avisa que vai jantar com a gente.

Concordo e sorrio. É o melhor que posso fazer.

324

* * *

Quando chego em casa, depois de cumprimentar Susto e Calamar, subo para ver as crianças. Todos dormem, incluindo Flyn.

Entro no meu quarto e, de repente, parece um lugar enorme. Quando Eric não está, tudo é enorme na casa. Como não quero pensar nisso, tiro a roupa e ponho uma camiseta. Odeio pijama.

Sem sono, pego o livro no criado-mudo e começo a ler. Meu celular toca. Mensagem. Eric.

Está acordada?

Rapidamente respondo:

Sim.

Alguns segundos depois, meu celular toca. Atendo e escuto:

— Oi, meu amor.

Com um sorrisinho bobo, ponho o livro de lado.

— Oi.

— Continua zangada comigo?

Sua voz é o bálsamo de que necessito.

— Não estou zangada. Mas me chateia você viajar assim, de repente.

Ouço sua risada. Safado...

— Era isso ou sair de madrugada, e você mesma diz que prefere que eu durma direto no hotel a sair no meio da noite.

Ele tem razão. Eu disse isso em outras ocasiões. Acomodando-me nos travesseiros, respondo sorrindo:

— Estou com saudades. A cama parece enorme sem você.

— Também estou com saudades, mas tinha que fazer esta viagem, querida. Bom, me conta como Klaus encarou quando descobriu que tinha um neto.

Durante um bom tempo, relato em minúcias o que aconteceu. Adoro ouvir seu riso. Ficamos assim até que bocejo e Eric diz:

— É melhor você ir dormir, ou amanhã vai ficar morrendo de sono.

— Aaaaah... Não quero desligar. Quando você não está aqui, demoro um monte para dormir. Preciso me abraçar ao meu chefe preferido para pegar no sono. — Só de ouvir Eric dar risada também dou. Consciente de que estou enrolando, afirmo: — Mas você tem razão. Tenho que ir dormir.

— Vou tentar acelerar tudo o que tenho que fazer aqui para estar amanhã à noite aí na cama com você. Tá bom, querida?

— Tá — concordo, com cara de boba.

— Um beijo, pequena. Vai dormir. Te amo.

— Te amo — respondo toda contente antes de desligar.

Assim que ponho o telefone no criado-mudo, eu me estico no lado onde Eric dorme e sinto seu cheiro. Não sei como explicar a tranquilidade que isso me proporciona, e pouco a pouco vou pegando no sono.

Na noite seguinte, depois de uma louca jornada de trabalho na qual recebo várias mensagens dele para me informar que está bem e pensando em mim, ainda tenho esperanças de que Eric volte para casa enquanto dou o jantar aos pequenos.

Minha inquietude é tal que volto a me sentir como a Jud sem filhos, e só espero que Eric volte a ser o Eric louco que me prensava contra as paredes e fazia amor comigo possessivamente.

Quando as crianças terminam de comer e Flyn vai para o quarto sem falar comigo, corro para tomar um banho e tirar a papinha que Hannah jogou no meu cabelo. Quero estar linda quando meu amor chegar. Às dez horas, enquanto estou assistindo à TV sozinha na sala e as crianças estão dormindo, recebo uma mensagem.

Sinto muito, amor. Problemas com o avião.

Nãããããããããããããooooooooo!

É um balde de água fria. Eu estava esperando por ele. O Eric pelo qual me apaixonei daria um jeito de estar comigo.

Olho para a droga da mensagem enquanto me convenço de que, se ele não vem, é porque não pode, não porque não quer. Por fim, respondo:

Tá. Não tem problema.

Mas tem, sim, é claro que tem!

Durante todo o dia eu me senti como uma garotinha de quinze anos esperando para ver seu amor, mas a decepção foi tão grande que, de nervoso, minha menstruação desce!

Ninguém merece o desgosto que sinto. E agora, ainda por cima, a cólica.

326

Às onze, depois de esperar à toa por uma ligação de Eric, passo de zangada a melancólica. E se for mesmo verdade que o amor que ele sentia por mim se apagou?

Morro de cólica, por isso vou até a cozinha e tomo um remédio. É disso que preciso. E parar de pensar em besteira.

Só que a tristeza me domina e, entre o desânimo e os malditos hormônios, surgem as lágrimas. Será que Eric não me ama mais?

Não quero chorar mais, por isso caminho pela casa escura como se fosse um fantasma até chegar ao meu quarto e me deitar na cama enorme.

Por sorte, com a ajuda dos analgésicos, a dor some uma hora depois, mas estou sem sono. Olho no relógio: meia-noite e vinte.

Durante duas horas, eu viro de um lado para o outro na cama. De um lado para o outro. De barriga para cima, de barriga para baixo. Por fim, cansada, às duas e cinco da madrugada, eu me levanto e desço no escuro até o escritório de Eric. É o refúgio dele. Onde me sinto melhor.

De repente, tenho uma vontade irrefreável de chorar.

Como diria minha irmã Raquel, chorar pode ser bom, porque limpa as vias lacrimais, mas dá uma dor de cabeça dos infernos. Quero despejar a culpa pelo meu desconforto em alguém, e a escolhida é a menstruação. Odeio isso!

Sempre que fico menstruada, um mal-estar sobrenatural toma conta do meu corpo. Desta vez, o que me domina é uma melancolia absoluta. Estou na fossa!

Encarnando a mulher dramática que resolveu chafurdar na lama, procuro o CD que mais me toca o coração. Encontro um que gravei para Eric há anos, com músicas de que nós dois gostamos.

Ponho para tocar e, quando ouço nossa música, "Blanco y negro", quero morrer!

Meus olhos parecem uma fonte.

Sento-me na cadeira de Eric e me acabo em lágrimas enquanto Malú interpreta essa música linda. Bons tempos aqueles em que ele queria estar sempre ao meu lado. Bons tempos em que me perseguia, rondava, só pensava em mim.

Bons tempos... Bons tempos...

Assim que acaba a música, enquanto seco as lágrimas e vejo que fiquei com o nariz vermelho como um tomate, eu me aproximo da lareira e a acendo. Adoro a sala de Eric, tão pessoal, tão dele. Sorrio entre as lágrimas.

Enquanto o fogo se aviva, eu me concentro nas fotos que Eric tem de todos nós. Sorrio ao ver uma que tiramos em Zahara de los Atunes. Que tempo bom!

Desesperada por tudo o que meu coração sente e precisando sofrer um pouco mais, pego um álbum de fotos na estante e começo a olhar. Faço caretas e choro olhando nossas fotos. Eu grávida, Eric e eu abraçados com o pequeno Flyn. Nosso casamento. Uma pescaria no lago. Morrendo de rir na Feira de Jerez.

Fotos... fotos... fotos...

Recordações... recordações... recordações...

Quando já não aguento mais, soluçando de tão emocionada, fecho o álbum.

Será que o amor tem prazo de validade, como o iogurte?

Exausta e com a cabeça explodindo devido a toda a dor que estou me causando, olho no relógio em cima da lareira. São dez para as três.

Sento-me no chão sobre o lindo tapete que há na frente da lareira. Por sorte, amanhã é sábado e não tenho que acordar cedo. Menos mal, ou estaria perdida.

Estou ali olhando para o fogo quando ouço uma música que adoro... bom, que nós dois adoramos. "You and I", do Michael Bublé. Miguelzinho Bolhas, como às vezes o chamo para fazer Eric rir.

Sei o quanto meu amor gosta desse cantor e dessa música. Fecho os olhos e fico ouvindo. A letra é linda, romântica e delicada. Sinto que as lágrimas enchem de novo meus olhos e as deixo cair descontroladamente pelo meu rosto enquanto observo o fogo.

A música diz coisas maravilhosas, fantásticas, dignas de um romance. Como estou arrebatada por tudo o que sinto ao ouvi-la, fecho os olhos e começo a me abanar com as mãos. Ai... Estou sem ar!

Somando minha tristeza, a menstruação, a música e a ausência de Eric, acho que vou ter um troço.

A música chega ao fim. Eu me encolho com a cabeça apoiada sobre os joelhos e então "You and I" começa de novo.

— Dança comigo, pequena?

Ao ouvir essa voz, a voz que tanto desejava ouvir, eu me viro. Fico surpresa com S maiúsculo quando vejo Eric, meu Eric, olhando-me com seus lindos olhões azuis.

Estou acordada ou é um sonho?

Minha cara e meus olhos devem estar tão desastrosos como o resto de mim, porque ele enruga a testa e pergunta, chegando mais perto rapidamente:

— O que foi, querida?

Com a ajuda dele, eu me levanto, abraço-o e murmuro ao mesmo tempo que colo meu rosto no seu peito:

— Você veio... você veio...

Durante alguns segundos, permanecemos calados enquanto Michael canta. Então desenterro o rosto do peito dele, subo na pontinha dos pés e sussurro:

— Você está aqui.

Eric me observa como alguém que olha para alguma coisa e não a entende.

— Querida, teve um problema com o jatinho. Quando recebi seu "Tá", seco, decidi pegar um voo comercial para chegar em casa nem que fosse de madrugada. O que você tem?

Sorrindo como uma boba ao saber que ele fez aquilo só para ficar comigo, eu o abraço.

— Eric, você ainda me ama?

Agora é a cara que não dá para entender. Eric franze as sobrancelhas, abaixa-se para ficar da minha altura e diz:

— Mas que pergunta idiota é essa?

Um soluço escapa da minha boca. A fossa voltou, e Eric, que me encara boquiaberto, sussurra:

— Como não vou amar você se é o que tenho de mais precioso na vida?

Choro com ainda mais sentimento.

Tento parar, vendo a angústia do pobre Eric, mas é impossível. Meu corpo, minhas lágrimas... Estou inteiramente descontrolada. Com uma cara confusa, ele murmura:

— Você está me assustando, querida. O que está acontecendo?

Não respondo. Não consigo!

Dez minutos depois, já sem chorar como uma louca, eu o beijo e o devoro. Eric me pega entre seus braços e me prensa contra a parede, disposto a me dar o que eu lhe peço sem dizer nada. Porém, tristonha sob a ameaça de mais lágrimas, digo baixinho:

— Não posso, estou menstruada!

Eric sorri, sem me soltar. Dá um beijo na ponta do meu nariz e sussurra com todo o carinho:

— Pequena, só de ter você comigo já é o bastante.

Ao ver que meus olhos transbordam de novo, ele me pega com mais segurança entre os braços e me leva para o quarto, onde, sem tirar a roupa, ele se deita na cama comigo e nós adormecemos um nos braços do outro.

37

No sábado, às sete da manhã, toca a campainha da casa de Björn.

Ding-dong… Ding-dong.

Alarmados ao ouvir o som, ele e Mel se levantaram correndo e foram abrir. Na porta, encontram Eric com os dois pequenos.

— Preciso que fiquem com estas duas ferinhas até amanhã — ele diz olhando para os filhos. — Hoje é o dia de folga da Pipa e eu queria sair com Judith. Vocês podem?

Ainda com sono, os dois olham para ele.

— Aconteceu alguma coisa? — pergunta Mel.

Eric sorri, nega com a cabeça e, depois de ver que Björn assentia disposto a aceitar o pedido, responde:

— Nada tão grave que uns dois dias só pra nós dois não resolvam.

— Excelente ideia — encoraja Mel.

— E Flyn? — indaga Björn.

— Vai ficar com Simona e Norbert. Ele já é grande, mas estes dois seriam trabalho demais.

Björn pega a adormecida Hannah nos braços e Eric sussurra:

— Desculpa não estar presente quando…

— Não tem problema — Björn responde sorrindo. — Tudo correu bem.

Os dois amigos se entreolham com carinho. Entre eles, as palavras não faziam falta. Eric se agacha e se dirige para o filho, que segurava sua mão.

— Comporte-se, está bem?

O menino faz que sim. Eric, dando uma piscadinha para os amigos, murmura:

— Obrigado. Fico devendo uma!

Assim que ele se vai, Mel pega o pequeno Eric e lhe pergunta:

— Quer tomar café da manhã, Superman?

— Quero. Biscoitos de chocolate.

Björn sorri e sussurra na sequência:

— Vou levar a monstrinha pra nossa cama. Com um pouco de sorte, vai dormir um pouco mais.

Por volta do meio-dia, a casa de Björn e Mel era uma autêntica loucura. Sami, Eric, Hannah e Leya não paravam de correr de um lado para o outro. A algazarra era tamanha que eles decidiram levar todos ao parque. Peter se ofereceu para ajudá-los com as crianças.

Chegando lá, Mel vê Louise com Pablo, mas ela pega o filho e vai embora imediatamente. Seguindo o olhar da noiva, Björn pergunta:

— Aquela é Louise, não é?

Mel faz que sim, mas não queria falar sobre ela, ou acabariam discutindo. Por isso, olha para Sami e grita:

— Não pega a Hannah no colo, senão você vai cair!

Segundos depois, já com as crianças controladas, Mel e Björn se sentam num banco para descansar enquanto Peter entrava com os pequenos em um castelinho colorido. Pareciam se divertir. As crianças faziam tudo o que ele propunha. Até mesmo Hannah havia parado de chorar para ir atrás dele, com a esperança de que a pegasse no colo.

Nesse instante, passaram duas mocinhas da idade de Peter perto de onde ele estava com as crianças. Elas se aproximaram e olharam para ele, jogando charme. Mel e Björn observavam a cena. Ela viu o sorriso maroto na cara do advogado e murmurou, achando graça:

— Nem pense em dizer uma só palavra do que está pensando.

Björn sorri. Quando as meninas vão até Peter e as crianças e começam a sorrir como bobas, passando as mãos pelos cabelos, ele diz:

— O moleque é boa-pinta. Só podia ser um Hoffmann.

Sem poder evitar, Mel solta uma gargalhada. Björn acrescenta:

— É um garoto incrível, não é?

Ela confirma com a cabeça.

— Tal pai, tal filho.

Björn mal podia acreditar que o rapazinho tão bem-educado era seu filho. As dúvidas que sentiu num primeiro momento tinham se dissipado. Dia a dia, Peter demonstrava quem era e, quanto mais Björn o conhecia, mais gostava dele.

Ele era um bom menino, que não dava trabalho e não pedia nada. Gostava de passar as tardes sentado na sala lendo revistas do Homem-Aranha ou jogando no computador.

Não era um garoto de sair com amigos nem com as meninas; era solitário, mas carinhoso com os que o rodeavam.

O advogado estava absorto em seus pensamentos quando Mel lhe disse:

— Björn, temos que conversar.

Ao ouvir isso, ele crava os olhos nela e responde:

— Se é sobre Gilbert Heine e o escritório, não é o momento.

Mel nega.

— Calma, não quero falar sobre isso.

— Se é sobre trabalhar como segurança, também não é o momento.

— Também não é isso.

Surpreso, Björn a encara com um sorriso no rosto e diz baixinho:

— Querida, se não quer falar de nada disso, estou pasmo. Que foi?

Ela sorri, pousa as mãos sobre as dele e diz:

— Talvez você não goste do que vou dizer, mas pensei que talvez agora, com a chegada de Peter, não seja o melhor momento para viajar para Las Vegas e casar.

— O quê?! Mas já preparamos todos os documentos…

Ao ver a cara dele, Mel levanta as mãos e esclarece:

— A gente vai se casar, querido, isso eu prometo. Mas faltam apenas duas semanas e acho que não devemos ir agora. Pensei que a gente podia adiar o casamento para setembro.

— Não.

— Escuta, amor — ela insiste. — Vão ser apenas alguns meses, tempo suficiente para tudo entrar nos eixos.

Björn bufa. A última coisa que queria era adiar o casamento, mas sabia que Mel tinha razão. Precisavam de tempo com o menino.

— Vamos nos casar e você sabe disso — continua Mel —, mas acho que devemos ser sensatos e integrar Peter à família primeiro.

Gostasse ou não, Mel tinha razão. Por fim, o advogado cedeu:

— Concordo.

— Concorda? Rápido assim?! Sem discutir?!

Björn sorri diante do comentário e da expressão de surpresa.

— Isso mesmo.

Mel fica satisfeita ao ver que ele tinha levado aquilo numa boa.

— Seu amiguinho Gilbert Heine vai achar muito ruim? — ela pergunta em tom sarcástico.

Björn nota a expressão brincalhona e disse num murmúrio:

— Você é terrível, Parker. — Depois, com um sorriso, completo: — Querida, vamos nos casar quando quisermos, não quando Gilbert Heine quiser. Adiamos o casamento para setembro, mas aí não vamos ter mais desculpas para postergar nem mais um mês. Está bem?

Mel lhe dá um beijo apaixonado.

— Eu prometo, meu amor… Não vamos ter que adiar mais.

Apesar de estarem em um parque, eles se entregam a demonstrações de carinho durante algum tempo. Para esfriar um pouco as coisas, quando as mocinhas começam a se afastar do filho, Björn diz:

— Estou pensando em mudar Peter de colégio.

— Por quê? — pergunta Mel.

— Gostaria de dar a ele tudo o que não pude oferecer todos estes anos. E sei que ele dá valor aos estudos.

Mel assente. Sem dúvida, Peter havia mudado todos os seus planos.

— Vou ficar com as crianças enquanto você fala com ele, pode ser? — ela oferece, já se levantando do banco.

Björn confirma e pega sua mão.

— Ei…

— O quê?

— Setembro, entendeu?

Mel sorri.

— Entendi, James Bond… Entendi.

Eles trocam um olhar cúmplice. Sem soltá-la, ele diz:

— Sabe, morena?

— O quê?

Apaixonado como um bobo por aquela descarada de cabelos curtos, o advogado crava os olhos azuis nos dela e fala baixinho:

— Ao seu lado sou capaz de qualquer coisa.

— Ah, é? E por que esse comentário?

Ele então olha para o adolescente que ria com os pequenos e, sem pensar duas vezes, responde:

— Porque, desde que estou com você, aprendi que as coisas que valem a pena nunca são simples. Graças a você, posso dar essa oportunidade a Peter.

Mel sorri e afirma, roçando o nariz no dele:

— E isso deixa todos felizes. Pensa assim.

— Eu penso, amor. Eu penso.

A ex-tenente o beija e em seguida confirma:

— Setembro! Já está marcado! — Os dois sorriem e ela acrescenta: — Agora fala com Peter sobre o colégio. Ele não é mais criança e não devemos forçar nada.

Björn assente e vê a mulher que ele adorava se afastar em direção às crianças. Quando chega, passa a mão carinhosamente no cabelo de Peter e diz algo a ele. O garoto olha para Björn, sorri e se aproxima dele.

O advogado o recebe com um sorriso.

— Quem eram aquelas meninas? — pergunta, quando o menino se senta ao seu lado.

Peter responde dando de ombros:

— Umas amigas do colégio.

Björn o olha como quem entendia das coisas. Peter devolve o olhar. Eles se compreendiam sem precisar de palavras.

— Peter, você gostaria de mudar de escola? — pergunta Björn.

— Não sei. Por quê? — responde o garoto, surpreso.

Björn entendia. Pouco a pouco ia conhecendo Peter e suas inquietudes.

— Pode ter uma educação melhor do que a que recebeu até agora — ele responde. — E acho que você dá valor a isso, não?

— Claro.

Björn queria conhecer tudo a respeito do filho e lhe faz mil perguntas. O garoto responde e faz suas próprias perguntas. Depois que a curiosidade foi saciada, o advogado o olha fixamente e diz:

— Você tem que me prometer uma coisa.

— O quê?

Björn se aproxima e diz baixinho:

— Não vai mais hackear nada. Sei que você entende muito de informática, mas não quero confusão.

Peter sorri, troca um toque de mão com o pai, como Mel fazia, e concorda:

— Tá bom.

Björn adorava a relação que estava se estabelecendo entre os dois.

— Já pensou no que gostaria de estudar? — ele pergunta. — Já sabe o que quer ser quando crescer?

Peter faz que sim. Sempre teve certeza do que queria ser.

— Quero estudar bioquímica clínica — ele diz, olhando Björn nos olhos.

O advogado faz cara de espanto. Esperava que dissesse algo relacionado a informática. Antes que comentasse, Peter explica:

— É o ramo da química dedicado à pesquisa com seres vivos. Sei que aqui na Alemanha é uma especialidade. Tenho que me formar em medicina.

Boquiaberto ao ver a segurança com que falava o menino, Björn afirma:

— Pode contar comigo pra isso, rapaz.

Peter balança a cabeça, feliz.

— Obrigado — responde sorridente.

334

Emocionado com os sentimentos e o orgulho que aquele garoto provocava nele, o advogado passa o braço por cima dos ombros dele e declara, puxando-o mais para perto:

— Quero que saiba que estou muito feliz por ter encontrado você, e só espero que a gente possa recuperar todo o tempo perdido.

Peter assente. Tinha a mesma vontade de tornar aquilo possível. Passando o braço por cima do ombro do pai, ele sorri.

— Vai ser demais, James Bond — ele diz, fazendo o pai rir.

38

Na segunda, depois de um fim de semana dos sonhos, no qual Eric fez uma de suas loucuras de amor e programou uma viagem surpresa comigo a Veneza para provar o quanto me ama e como sou idiota por ficar pensando besteira, eu digo, quando entramos no elevador da Müller:

— Nos vemos esta noite em casa.

Ele faz que sim, puxa-me para junto dele com um sorriso maroto e me beija. Devora minha boca com absoluta devoção, esquecendo até onde estamos.

— Não duvide, pequena — ele diz, quando nos separamos.

Apaixonada como estou, digo baixinho ao me lembrar do nosso fim de semana em Veneza:

— *Arrivederci, amore.*

— *Addio, mia vita.*

Era desse olhar sem-vergonha, dessas palavras românticas e desse beijo apaixonado que eu sentia falta. Estou sorrindo quando as portas do elevador se abrem. Dou uma piscadinha antes de sair.

Sem olhar para trás, sei que meu amor me observa até as portas se fecharem e saio caminhando feliz e segura até minha sala.

Estou de bom humor. O mundo é maravilhoso. Então Mika entra toda acelerada e anuncia:

— Temos um abacaxi.

Ai, ai… Minha bolha de felicidade cor-de-rosa se desvanece e volto minha atenção total para ela.

É o primeiro abacaxi com que vou lidar desde que comecei a trabalhar na Müller. Tento tranquilizá-la e faço com que se sente.

— O que está acontecendo? — pergunto em seguida.

A coitada rapidamente me conta sobre a feira farmacêutica que estamos organizando e murmura:

— Meus pais decidiram comemorar as bodas de ouro no próximo sábado e tenho que ir à Feira de Bilbao. Agora preciso escolher entre trabalho e família.

Ouvir isso me surpreende. Rapidamente digo:

— É claro que você vai escolher a família. Como você não vai nas bodas de ouro dos seus pais?

Mika suspira, revira os olhos e explica:

— Ano passado houve um problema na Feira de Bilbao com um dos nossos representantes comerciais. O idiota se agarrou com a filha do diretor do evento no banheiro. Alguém avisou o pai dela, os dois foram pegos no flagra e a notícia chegou até Eric.

Balanço a cabeça. Lembro quando ele comentou isso comigo.

— Depois de muito batalhar com a organização para que não tirassem a Müller da feira, Eric e eu prometemos que eu ficaria no estande responsável pela equipe. Só que agora meus pais decidiram anunciar a festa e vão receber muito mal a notícia de que não posso ir.

Sua angústia é palpável. Quero ajudar Mika, e não só porque é parte do meu trabalho, mas também porque essa mulher desesperada à minha frente nunca reclamou que eu só trabalhe de manhã e não viaje. Isso significa mais trabalho e mais viagens para ela.

Por isso, mesmo consciente de que Eric vai achar ruim, proponho:

— O que você acha de falar com o diretor? Como ele se chama?

— Imanol. Imanol Odriozola.

Balanço a cabeça. Penso com rapidez e digo:

— Vamos ligar pra ele e dizer que você não pode ir, mas que eu vou no seu lugar. Sou a mulher do chefão, então talvez ele goste da ideia.

Na hora que digo isso, Mika me olha.

— Você não pode viajar. Foi a primeira condição que Eric me impôs quando começou a trabalhar. Nada de viagens!

— Ele impôs essa condição?!

De repente, vejo que se dá conta da bomba que acabou de soltar. Ao ver minha cara, rapidamente se dispõe a esclarecer:

— Bom, não. Não foi assim. Ele me...

— Mika — interrompo. — Não minta pra mim. Conheço o Eric.

Fico fora de mim. Como Eric pôde fazer uma coisa dessas?

Acabou o passeio nas nuvens com meu marido!

Adeus viagem a Veneza!

Uma coisa é o que a gente conversa e combina em casa, outra muito diferente é o bobalhão impor condições às pessoas que trabalham comigo. Observo Mika e comprovo que está assustada. Sabe que falou o que não devia. Tentando tranquilizá-la, digo:

— Sei que gosta de mim tanto quanto gosto de você, mas também sei que meu trabalho de meio período não é o suficiente. Não sou boba, Mika. Sei que se eu também viajasse facilitaria seu trabalho e...

— Judith, por favor, não se preocupe. Estou acostumada a viajar e...

— Sei que você está acostumada, porque faz parte das atribuições do seu cargo, mas o que me deixa chateada é meu marido impor certas condições a você para que eu trabalhe aqui. Não acho a menor graça nessa história toda.

A expressão de Mika é indecifrável.

— Você vai às bodas de ouro dos seus pais e eu vou a Bilbao, ou não me chamo Judith Flores — declaro.

Ela me olha desconcertada. Sorrio, embora o que tenha mesmo vontade de fazer seja assassinar um loiro chamado Eric Zimmerman.

Ao fim do meu expediente, pego o telefone e ligo para a sala dele. Sua secretária diz que está almoçando. Eu desligo, recolho os papéis que estão sobre a mesa e me despeço de Mika, que me suplica de novo que mude de ideia. Eu a tranquilizo; é o que deve ser feito. Saio, pego um táxi e volto para casa.

Quando chego e abro o portão, Susto, meu louquinho, tenta sair correndo.

Será que não aprendeu?

Assim que fecho o portão, Susto e Calamar me dão as boas-vindas. Um festival de latidos e lambidas, como se não nos víssemos há meses!

Enquanto nos enchemos de beijos, agradecida pelo carinho que sempre demonstram, penso nos desalmados que são capazes de abandonar ou maltratar animais. Eles não têm cabeça, coração ou sentimentos.

Acompanhada pelos dois cachorros, chego até a entrada. Simona abre a porta e me diz que os pequenos ainda estão na casa da minha sogra. Feliz por saber que Sonia deve estar mimando os dois, eu me sento na cozinha para comer um sanduíche.

— Sabe com o que sonhei esta noite? — pergunta Simona.

Olho para ela à espera de que continue.

— Com a novela *Loucura esmeralda*! Lembra?

Soltamos uma gargalhada. A recordação de quando ficamos vidradas no dramalhão de Esmeralda e Luis Alfredo é hilária. Acabamos lembrando as cenas que mais nos causaram impacto, como o final, em que os protagonistas e os filhos saíam montados a cavalo rumo ao horizonte. Ainda estamos em meio às risadas quando toca o telefone. Simona atende e anuncia:

— É do colégio de Flyn.

Minha risada evapora. Outro problema?!

Levanto-me, pego o fone e ouço sem nem piscar o que a mulher me conta. Quando desligo, olho para Simona e explico, pegando meu blazer:

— Vou buscar Flyn.

— O que aconteceu?

— Brigou com um menino.

Simona sacode a cabeça e eu amaldiçoo todos os antepassados de Flyn a caminho da garagem. Enfio-me no carro e saio para buscá-lo.

Vinte minutos depois, entro no colégio e vou direto para a diretoria. Nem bem entro e já vejo Flyn e outro menino. Meu filho está com o supercílio e com o lábio inchados. O outro garoto, com o lábio e a maçã do rosto no mesmo estado. Flyn me olha e vou às pressas em sua direção. Agacho-me, cheia de preocupação, e pergunto com a mão em seu rosto:

— Querido, você está bem?

Minha demonstração de afeto não o agrada. Ele afasta minhas mãos com grosseria.

— Flyn... — murmuro.

— Caralho... — ele diz entre os dentes.

Suas palavras me entristecem.

— Flyn, isso tem que acabar.

Mas o moleque insolente, que não faz a menor questão de esconder que meus sentimentos não lhe interessam, insiste:

— Me deixa em paz.

A grosseria dói em mim, e o fato de não me chamar de "mamãe" me corta a alma. Não consigo segurar as lágrimas que se formam em meus olhos. Por que resolveu lançar toda a sua crueldade contra mim?

De repente, uma voz masculina que conheço ressoa às minhas costas.

— Flyn Zimmerman, não se trata nem se fala com a mãe desse jeito.

O menino não diz nada. Olho para Dênis, que me observa. Notando minha expressão e meus olhos marejados, ele pede:

— Tem um segundo, sra. Zimmerman?

Faço que sim e entro onde ele indica. Assim que fecha a porta de sua pequena sala, aceito seu abraço enquanto ele murmura:

— Calma... Calma...

— Não sei por que ele fala assim comigo — balbucio. — Não sei o que fiz.

— Calma — ele insiste. — Os adolescentes às vezes são assim com as pessoas de quem mais gostam. O psicólogo do colégio diria a mesma coisa.

— Mas não fiz nada pra ele, Dênis. Não sei por que toda essa agressividade.

— Judith, vocês precisam levar Flyn ao psicólogo. Ele pode ajudar.

Engulo as lágrimas e faço que sim. A última coisa que quero é dar um showzinho de mãe chorona e histérica. Bem nessa hora a porta se abre. Nós nos separamos às pressas e Dênis pega uns papéis que uma mulher lhe entrega.

— Sente — ele me diz.

Como um robô, atendo ao pedido. A porta volta a se abrir e entra um homem com o diretor do colégio. É o pai do outro garoto, e Dênis nos explica que eles brigaram por causa de uma menina. Sem dizer o nome, sei que se trata de Elke.

O outro pai e eu nos entreolhamos. Não sabemos o que dizer. Malditos filhos!

Pelo menos não me pareceu um desses pais que acreditam que tudo aquilo que o filho faz está certo. Segundos depois, entram os garotos, e tanto o orientador como o diretor lhes dão um sermão dos bons. Por fim, o pai e o menino vão com o diretor. Dênis nos acompanha até a porta.

Caminhamos em silêncio, mas sinto o apoio moral de Dênis e fico grata por isso. Preciso saber que alguém está ao meu lado e entender que não estou fazendo nada de errado.

Quando chegamos à porta do colégio, Flyn segue até o carro sem se deter. Dênis, ao notar esse fato, murmura:

— Lamento a suspensão. Eu já havia comentado na reunião que, se ele tivesse outra advertência, seria suspenso. De qualquer forma, pense na ideia do psicólogo. Acredito que possa fazer bem.

Suspiro. Sei que tem razão, só preciso convencer o cabeça-dura do meu marido. Por isso, tentando sorrir, respondo:

— Obrigada, Dênis.

Assim que digo isso, eu me despeço com um último olhar e vou em direção ao carro, onde um adolescente comprido de sobrenome Zimmerman me espera apoiado, com cara de poucos amigos. Com quem será que ele parece?

Aciono o controle do carro e os faróis se acendem. Flyn abre a porta dianteira e se senta.

Dois segundos depois, também me sento. Quando o vejo cumprimentar todo seguro de si uns rapazes mais velhos que estão sentados em um banco do parque, olho para Flyn e digo em tom comedido:

— Pensei que você era mais esperto. Brigando por causa da Elke?

Ele crava os olhos em mim, afasta a franja dos olhos e começa a mexer com o rádio. Zangada com sua atitude arrogante, digo rosnando:

— Você não vai pôr a cara nem pra fora de casa, Flyn. Você foi suspenso!

340

— Ah, não me enche!

Vou matá-lo. Contenho a vontade louca que tenho de enfiar a mão na cara dele e abro a boca para responder, mas Flyn fala antes:

— Me leva pra minha casa.

A sensatez me faz calar, apesar da vontade que tenho de perguntar se a casa dele não é a mesma que a minha.

Dirijo por Munique em silêncio. Quando chegamos em casa e estaciono, vejo Flyn se livrar de Calamar com um empurrão.

— Nunca mais trate Calamar assim! — grito.

Ele nem liga. Segue seu caminho e desaparece enquanto eu cumprimento Susto, que está cada dia melhor. Calamar também vem em busca de carinho.

Deixo meus cachorros, entro na casa e vejo que Simona caminha em minha direção, preocupada.

— Ai, meu Deus, Judith — diz ela. — Viu como está machucado? O sr. Zimmerman vai ficar nervoso.

É verdade. Nem imagino o que vai acontecer quando Eric vir isso, mas tento fingir que não é grande coisa e replico:

— Calma. Está tudo bem. Você já sabe que esses garotos são de ferro.

Na sequência, ouço passinhos correndo e vejo o pequeno Eric vindo em minha direção. Feliz, pego o menino no colo e digo, enquanto o beijo:

— Como está meu Superman?

Não vejo Flyn o resto da tarde. Ele fica trancado no quarto e não sai. Consigo controlar meu desejo de ligar para Eric e contar o ocorrido. Se ligar, vou deixá-lo nervoso, e o melhor é que fale com ele quando estiver em casa.

Não resta dúvida de que a noite promete. Quando Eric chegar e souber da viagem que penso fazer a Bilbao para que Mika possa ir às bodas de ouro dos pais dela e o que aconteceu com Flyn, vai começar!

Conto o episódio com o menino para Mel, e ela tenta me consolar. Quanto à história de Bilbao, apressa-se em dizer:

— Eric está de acordo com essa viagem?

Não estou a fim de polemizar, por isso minto:

— Está. Não tem problema nenhum.

— Então vou com você e aproveito para ver minha avó, que mora a apenas duzentos e cinquenta quilômetros de Bilbao.

— É sério?

— Claro.

— E Björn?

A pergunta faz Mel sorrir.

— Psicologia feminina, Jud. Vou dizer que a ideia é contar para ela do casamento. Ele vai ficar tão feliz!

— E Sami e Peter? — insisto.

— Podem ficar com o pai, meu bem. Peter é grandinho. Sami vai se encarregar de deixar os dois malucos.

Damos risada, muito contentes. Como é pequena, Sami vai se proclamar a rainha da casa e colocar Björn e Peter a seus pés. Feliz com a companhia de Mel, sorrio e afirmo:

— Preciso estar na feira na quinta à tarde, na sexta o dia inteiro e no sábado só pela manhã. Voltamos no domingo.

— Não se fala mais nisso: se você vai para Bilbao, vou junto. Também preciso relaxar um pouco com as amigas! No domingo alugamos um carro e vamos para as Astúrias ver minha avó, que tal?

— Perfeito.

Passo o resto da tarde com o pequeno Eric e com Hannah na piscina. Logo que Pipa os leva para o banho, Eric entra em casa. Ele me dá um beijo rápido (merda, voltamos ao de sempre!) e corre escada acima para dar uma olhada nos pequenos. Está morrendo de vontade de vê-los. Vinte minutos mais tarde, desce, olha para mim e pergunta de cara feia:

— Por que não me falou sobre Flyn?

Droga… Deve ter passado pelo quarto dele. Do jeito que posso, conto o que aconteceu no colégio. A expressão de Eric se endurece. Onde está meu marido do nosso maravilhoso fim de semana? Quando acabo o relato, seu comentário me deixa totalmente sem chão:

— Pode me explicar por que o orientador de Flyn abraçou você?

Isso me pega de surpresa. Não percebi que Flyn tinha visto, e ele não disse nada. Sem dúvida, o menino quer guerra.

— Eric… — começo a dizer —, Flyn me tratou mal quando cheguei ao colégio, e Dênis…

— Dênis?! — ele diz com um grunhido furioso. — Vocês são assim próximos? Deveria dizer sr. Alves, não?!

Bufando, mas recuperando a tranquilidade, respondo:

— Querido, ele…

— Estou cagando pra ele — Eric interrompe. — Por que esse cara abraçou você?

Ofendida por ser repreendida assim, eu grito:

— Porque eu precisava de um abraço ou ia começar a chorar depois da maneira como Flyn me tratou! E, mesmo que você ache ruim, eu o abraçaria de novo, porque esse "cara" como você o chama, não avançou nenhum sinal comigo, só estava tentando me acalmar!

A caixa de Pandora se abre e, como sempre, não discutimos somente por isso, mas por tudo.

Brigamos durante mais de uma hora. Ele me repreende, eu o repreendo e, quando não aguento mais, grito:

— Flyn vai ao psicólogo quer você queira, quer não! — Sem deixar que ele responda, prossigo: — E odeio que você tenha dito a Mika que não podia me deixar viajar. Quem você acha que é?

Eric me olha, me olha, me olha. Seu olhar de Iceman enfurecido me perfura. Por fim, ele sibila:

— Seu marido e o dono da empresa. Parece pouco?

Essa resposta é a gota d'água. Maldito alemão arrogante! Disposta a falar no mesmo tom, eu contesto:

— Pois da mesma forma como surgem imprevistos no seu trabalho, dessa vez surgiu um no meu. Quinta-feira vou para a Feira de Bilbao.

— O quê?! — ele brada, só faltando me devorar com os olhos.

— Isso que você ouviu. Mika não pode ir, e eu vou no lugar dela.

— O combinado era que você não viajaria.

Sorrio com malícia, o que o tira do juízo perfeito, e acrescento:

— E o combinado sempre é que você vai voltar logo para casa, e então tem que ir para Edimburgo. Imprevistos acontecem.

Eric começa a me dizer cobras e lagartos. Sua língua é afiada quando fica zangado! E olha que quem está dizendo isso sou eu! Ele se recusa a aceitar que eu viaje, mas não dou o braço a torcer.

— Eu vou, sim, e nada do que você disser vai me fazer mudar de ideia.

Furioso, ele usa sua tática mais suja, para me tirar do sério. Ele me lembra da detenção na delegacia, no dia em que saí com Mel. Incapaz de entender por que é tão insuportável, eu o encaro e grito:

— E o que isso tem a ver?!

— Não falamos sobre esse dia. Sobre como você cortou o contato comigo e terminou presa.

— Olha, Eric — interrompo, cansada de ouvir sua voz —, vá à merda!

Minha raiva, minha cara e meu tom de voz são prova de que ele já conseguiu o que procurava. Não falo mais. Só o observo enquanto se limita a olhar para mim com sua cara de valentão. Quando já respirei e contei até duzentos, porque cem era pouco, concluo:

343

— Sabe, Eric? O pior de tudo é que você e eu deveríamos estar conversando sobre Flyn. — E, antes que ele abra a boca, digo: — Mas, como sempre, ele se encarregou de mudar o foco, não foi?

Eric não responde. Sabe que tenho razão. Ele sai do escritório e o ouço chamar Simona e pedir que mande Flyn descer.

Meu marido volta ao escritório e se senta em sua cadeira. Não nos falamos. É sempre a mesma história: o menino pisa na bola, rebate e Eric fica bravo comigo.

Quando isso vai mudar?

Cinco minutos depois, Flyn entra, Eric se levanta da cadeira de chefão, aproxima-se dele e lhe pergunta, examinando seu olho e sua boca:

— Está doendo?

Meu filho nega com a cabeça, e meu marido se dirige a mim:

— Por que não o levou para o hospital?

Sem poder acreditar na pergunta, respondo:

— Porque não é grave. É só superficial.

— Agora você também é médica?

Sua provocação diante do menino me deixa louca da vida e me irrita mais um tanto.

— Sabe de uma coisa, Eric? Não fui eu quem brigou no colégio e foi suspensa.

Minhas palavras parecem despertá-lo. Eric volta o olhar para o garoto, que nos observa em silêncio. Por fim, começa a dar uma boa bronca nele. Flyn merece. Eu me sento, impassível. Observo e escuto sem me mexer. Não tenho nada a dizer.

Quando Eric para, Flyn me olha e dispara:

— Está gostando disso tudo?

Ai... ai... ai... Qual é a desse moleque?

Cravo meus olhos em Eric, em busca de alguma palavra de apoio. Ao ver que ele nem se abala, eu me levanto, aproximo-me do menino e, com todo o meu atrevimento, respondo:

— Você nem imagina.

— Judith e Flyn, já basta! — Eric diz num grunhido.

Meu filho lança em minha direção o olhar frio dos Zimmerman e eu, que não tenho como ficar mais nervosa, murmuro:

— Sabe de uma coisa, Flyn? Quem ri por último ri melhor.

— Judith! — Eric protesta.

344

Meu nível de paciência e tolerância está no zero. Como não quero arrancar a cabeça de nenhum dos dois, dou meia-volta, saio do escritório e me encaminho para o quarto. Preciso de um banho para clarear as ideias e esfriar.

Quando saio do chuveiro, encontro Eric sentado na cama. Como sempre, sua cara já não é a mesma de minutos antes, mas não quero nem saber de fazer as pazes com o inimigo, então não olho para ele.

— Jud, vem aqui — ele chama.

Eu me faço de surda. Ao ver que não penso em lhe dar atenção, ele se levanta, caminha até mim e faz menção de me tocar, mas respondo com frieza:

— Nem pense em colocar as mãos em mim, porque é a última coisa que eu quero agora. Não sei o que está acontecendo com você ou com a gente, mas é evidente que tem alguma coisa errada, e eu já estou farta de obedecer às suas ordens como uma idiota.

— Jud...

— Estou muito irritada com você! — digo, raivosa. — Achei que depois do fim de semana lindo que passamos em Veneza nosso mundo às vezes complicado poderia melhorar; mas não, tudo continua igual! Você continua se comportando como um energúmeno em relação a qualquer coisa que diga respeito a Flyn. Porra, ele foi suspenso! Você não me respeita como uma mulher independente, capaz de tomar uma decisão como a de ir à Feira de Bilbao. Então não encosta em mim! E me deixa em paz, porque a última coisa de que eu preciso neste momento é de você.

Ao me ouvir dizer isso com tanta dureza, Eric recua. Agradeço a gentileza. Coloco meu vestidinho azul e meias e saio do quarto pisando duro e sem olhar para trás, sob seu olhar atento, desconcertado e frio.

Fecho a porta e respiro. Com passadas largas, desço até a cozinha. Está escura. Não tem ninguém. Simona e Norbert já foram para casa, e eu me sento numa cadeira para ficar no escuro sentindo pena de mim mesma.

Como é possível que há vinte e quatro horas estivéssemos nos beijando apaixonadamente e agora estejamos assim?

Por que no fim de semana ele parecia entender todas as coisas que eu disse sobre Flyn e o meu trabalho e, agora, tudo voltou a ser igual a antes?

Durante um bom tempo, observo o jardim pela janela e me lembro de como fica bonito na primavera. Penso no meu pai. Tento imaginar o que me aconselharia a fazer numa situação como essa. Respiro fundo e solto o ar bufando de frustração.

345

Pelo resto da semana, somos frios como gelo. A pobre Simona nos observa e não diz nada, mas percebe tudo e, com os olhinhos repletos de experiência, me pede calma... muita calma.

Ficamos assim até quinta de manhã. Saio do banho e Eric está me esperando.

Trocamos um rápido olhar, até que ele se vira e nota minha mala em cima da cama.

— Liguei para Mel e pedi pra ela passar aqui — diz ele.

— Por quê?

Sério, Eric me observa, calibra as palavras e comunica:

— Cancelei o voo comercial de vocês. Vão diretamente para Bilbao com o nosso jatinho. Norbert vai levar vocês duas ao aeroporto.

Tento responder, mas ele diz antes:

— É besteira ir daqui até Barcelona para depois tomar outro voo até Bilbao. Mas pode reclamar — ele diz, cravando os olhos nos meus. — Já espero isso de você.

Ambos nos entreolhamos, em desafio.

Passamos dias ruins, muito ruins, e decido morder a língua mesmo correndo o risco de me envenenar.

De certo modo, gosto da ideia de ir de jatinho diretamente para Bilbao. Não cheguei a pedir, mas ele pensou naquilo por mim. Segundos depois, quando vê que não vou dizer nada, Eric acrescenta:

— Me liga ou me envia uma mensagem quando tiverem aterrissado.

— Está bem — afirmo.

Sem mais, ele dá meia-volta e sai do quarto com passos rápidos e decididos, deixando-me boquiaberta. Não me mexo por vários segundos.

Ele se foi sem nem me dar um beijo?

Sua indiferença me mata cada dia mais. Termino de me vestir, determinada a não me abater. Logo ouço Mel chegar e desço com minha mala. Dou um beijo nos meus pequenos e partimos. Vou embora sem olhar para trás.

39

Ao sair do avião, depois de aterrissar no aeroporto de Bilbao, Mel e Judith não se surpreenderam quando um homem de meia-idade e expressão amável olha para elas e pergunta a Jud:

— Senhora Zimmerman?

Ela assente, e ele se apresenta com um sorriso encantador, estendendo a mão:

— Sou Antxo Sostoa. Seu marido, o sr. Zimmerman, ligou para a filial e informou que as senhoras viriam à feira e que precisavam de um carro para ir e voltar do hotel Carlton.

As mulheres trocam um olhar. Como sempre, Eric estava no controle de tudo. Sem titubear, sobem no carro para seguir até o luxuoso hotel.

No trajeto, Mel liga para Björn e, enquanto falava e ria com ele, Judith manda uma mensagem no celular:

Já estou em Bilbao.

Pouco tempo depois, recebeu um frio:

Ok.

Ela suspira e olha pela janela. Odiava ficar brigada com Eric, mas não podia fazer nada. Só precisava extravasar e aproveitar um fim de semana com Mel. Não pedia mais.

Assim que chegaram ao lindo hotel e Antxo lhes informou que as esperaria na porta para levá-las à feira, subiram rapidamente para o quarto, deixaram as malas e desceram. Não queriam perder nada.

Na feira, Judith pôde ver que a Müller tinha um estande maravilhoso com seus produtos. Ela cumprimentou várias pessoas que conhecia de quando trabalhava em Madri. Seus colegas mostraram surpresa ao encontrá-la como representante do marido.

Pouco depois, após cumprimentar todos os colaboradores da Müller, Mel foi dar uma volta pela feira. Judith, por sua vez, preocupou-se em procurar o diretor para cumprimentá-lo.

Enquanto dava um passeio, Mel viu um rosto conhecido e foi até ele.

— Amaia?!

A mulher se virou ao ouvir seu nome e exclamou sem acreditar:

— Minha nossa, Melania! O que você está fazendo aqui, mulher?

As duas então se abraçaram com carinho e começaram a conversar.

Enquanto isso, Judith encontrou o diretor da feira, o sr. Imanol Odriozola, ao qual se apresentou como esposa do sr. Zimmerman, dono da Müller. Ela conversou com ele, omitindo o incidente do ano anterior, e se encarregou de lhe deixar muito claro como era importante para a empresa estar ali. O homem ficou satisfeito com os comentários, e Judith logo soube que o tinha na palma da mão.

Ao meio-dia, ela comeu um sanduíche com o resto dos funcionários da empresa; afinal, estava ali a trabalho. À noite, depois de encerrada a feira, o diretor passou no estande da Müller e amavelmente convidou Judith e Mel para jantar em um restaurante lindo de Casco Viejo, onde degustaram pratos deliciosos.

Ao fim do jantar, o homem as acompanhou ao hotel. Ele tinha ficado muito contente com o fato de a esposa do superchefão ter comparecido como representante da empresa. Assim que se foi, Judith comentou com a amiga:

— Acho que os problemas da Müller com ele foram solucionados para todo sempre.

Mel sorriu e afirmou, agarrada ao braço de Jud:

— Você é uma excelente relações-públicas, sabia? — Jud riu e ela acrescentou: — Eric vai encher você de beijos quando voltar.

Judith forçou um sorriso. Não havia contado à amiga nada do acontecido.

— Com certeza — respondeu ela, dando uma piscadinha.

Ambas conversaram sobre a feira até que Mel comentou:

— Acredita que encontrei uma velha amiga?

— Aqui em Bilbao?

Mel faz que sim, satisfeita.

— Foi namoradinha de um primo meu das Astúrias, mas se separou dele porque era muito bobo. Ao que parece, trabalha para não sei qual laboratório. Amanhã apresento vocês.

— Claro — diz Jud, sorrindo.

* * *

No dia seguinte, Judith madrugou para ir à feira, porém Mel ficou um pouco mais na cama. Iria só mais tarde.

Durante todo o dia, como esposa do chefão, Jud atendeu a todos que se aproximaram do estande da Müller. Quando Mel chegou, encarregou-se de distribuir folhetos para os visitantes. Às oito, quando a feira estava prestes a ser encerrada, uma moça loira se aproximou delas.

— Judith — disse Mel —, esta é Amaia.

— Tudo bem? — disparou a loira. Depois de trocar dois beijinhos com Jud, acrescentou: — Ora, ora... Então quer dizer que seu marido é o todo-poderoso da Müller...

Jud fez que sim. Amaia as pegou pelo braço e disse:

— Vamos... Vou levar vocês para comer.

Elas riram, comeram e beberam durante horas. Se existia algo que se fazia bem em Bilbao era comer. Tudo estava delicioso. A cozinha basca era uma maravilha, e tanto Judith como Mel desfrutaram de tudo.

Naquela noite, quando chegaram ao hotel, antes que fosse embora, Amaia disse:

— Escuta, por que vocês não vêm comigo amanhã à minha cidade? — As meninas olharam para ela, que explicou: — Marquei com uns colegas da empresa e com alguns amigos de ir a um vilarejo que fica ali perto, Elciego, para uma harmonização estelar.

— Harmonização estelar? — Mel perguntou rindo. — O que é isso?

Amaia soltou uma gargalhada e, com um sorriso maroto, cochichou:

— Ah, não... isso eu não conto, porque aí vocês vão ficar curiosas e vão topar ir.

Mel e Judith trocaram um olhar. Amaia insistiu:

— Venham com a gente. Vocês podem passar a noite na minha casa, em Elvillar. Tenho espaço de sobra de lá.

Judith sorriu. Parecia uma boa ideia.

— Então combinado! — Mel cedeu ao ver a expressão da amiga.

As três riram e Judith, animada, comentou:

— Podemos alugar um carro e ir de lá para as Astúrias no domingo de manhã, que tal?

— Perfeito! — concordou Mel, toda feliz.

Naquela noite, enquanto a amiga tomava banho, Judith ligou para casa.

Simona atendeu depressa e, depois de cumprimentá-la com carinho, informou que as crianças estavam bem e já dormindo. Ela perguntou a Jud se queria falar com Eric, que estava no escritório. De início, Jud ficou na dúvida. Deveria falar com ele? A necessidade que sentia de ouvir a voz dele era tão grande que ela concordou.

Alguns segundos depois, a voz rouca de Eric soou:

— Fala, Judith.

Estava de novo chamando a mulher pelo nome completo. Seu tom era frio e impessoal. Na tentativa de transmitir o calor que necessitava sentir, mas que ele recusava a oferecer, Jud o cumprimentou:

— Oi, querido. Como estão as coisas por aí?

— Bem. Aí?

Ela suspirou. Eric não ia ser jogo fácil.

— A feira está indo de vento em popa. O sr. Odriozola mandou lembranças.

Eric havia conversado naquela tarde com Imanol Odriozola, que não parara de dizer como sua esposa era encantadora e estava fazendo um bom trabalho na feira. Ele não comentou o fato com Judith, pois não queria que ela se sentisse vigiada e achasse ruim.

Logo o silêncio se apoderou da linha telefônica. A distância entre eles ficava cada vez maior. Judith disse:

— Amanhã, quando a feira acabar, Mel e eu vamos com uma amiga dela a uma cidadezinha que...

— Que cidadezinha?

Ela pensou. Não se lembrava do nome.

— Deu branco...

— Como você pode ir a um lugar se nem sabe o nome? — perguntou Eric num grunhido.

Judith fechou os olhos. Falar com ele não tinha sido boa ideia. Já sem forças, murmurou:

— Bom, a verdade é que...

— Olha, é melhor nem continuar — ele a interrompeu.

Cansada daquela frieza, Judith se sentou na cama.

— Eric, não gosto desse clima entre a gente.

— Foi você quem provocou.

Ela suspirou. Ele não era jogo fácil.

— Quando você viaja e liga pra casa, por mais zangada que eu esteja, procuro ser amável com você e...

— Se ligou para discutir, não estou a fim. Quer falar mais alguma coisa?

350

A insensibilidade de Eric partiu o coração de Judith.

Ele não seria nem um tiquinho carinhoso?

Não sentia saudade dela como ela sentia dele?

Sem vontade de prolongar aquilo, Jud murmurou:

— Só liguei para saber como você estava. Tchau.

Sem dizer mais, desligou o celular e o lançou sobre a cama. O que Judith não sabia era que, a muitos quilômetros de distância, ele se arrependia por sua falta de tato e praguejava. Seu orgulho o impedia de ligar de volta para a mulher que amava.

Ao sair do chuveiro e ver a amiga com cara de preocupação, Mel foi até ela.

— O que você tem?

Judith precisava desabafar, então contou tudo a Mel.

— Por que você não me disse antes o que estava acontecendo? — ela perguntou, olhando fixo para a amiga.

Judith afastou o cabelo do rosto e suspirou.

— Não sei. Se evitasse falar a respeito, talvez acabasse esquecendo o assunto, e as coisas esfriariam até eu chegar em casa. Só que, depois de falar com Eric, sinto que tudo vai de mal a pior. Já não é só por causa de Flyn, não posso colocar a culpa nele...

— Jud, olha pra mim — interrompeu Mel, pegando suas mãos. — Se existe uma relação entre duas pessoas que sempre considerei boa e verdadeira, é a sua e de Eric. É só uma fase ruim. Todos os casais, em um momento ou outro, acabam passando por isso, mas estou convencida de que vão superar. Você vai ver só.

Judith sorriu e respondeu, meneando a cabeça:

— Amo Eric e sei que ele me ama também, mas ultimamente somos incapazes de nos comunicar.

— E vocês ainda têm aquele aborrecente causando uma infinidade de problemas. Não poderia ser melhor.

Jud suspirou. Mel, tentando animar a amiga, acrescentou:

— Vamos... Toma um banho. Você vai ver que logo vai estar se sentindo melhor.

Com um sorriso triste, Judith se levantou, pegou uma toalha limpa, deu uma piscadinha e desapareceu atrás da porta do banheiro.

Mel esperou alguns segundos e, ao ouvir a água caindo, pegou o telefone e ligou.

— Oi, Eric, é a Mel. Como você pode ser tão babaca?

40

No dia seguinte, depois de Judith ter passado a manhã e a tarde trabalhando na feira, Amaia e Mel a esperavam na saída com as malas em um carro alugado.

Entre risos e brincadeiras, as três se dirigiram à cidadezinha natal de Amaia, Elvillar de Álava, enquanto ela ria contando que lá havia um ditado: "Com o vinho de Elvillar, é beber e calar". Antes de chegar, ainda dando risadas, Amaia fez um desvio e disse:

— Vou mostrar pra vocês uma coisa aqui que me fascina.

Mel e Judith sorriram. Estavam batendo papo quando, de repente, Amaia parou o carro. Desceram, e Judith e Mel, com os olhos arregalados, apontaram para algo em frente.

— Caramba, que legal — murmura Judith.

— Mas o que é aquilo? — pergunta Mel.

Amaia sorriu. Era uma das curiosidades do povoado. Com orgulho, ela anuncia:

— É um dólmen, ou como diriam os especialistas no assunto, um monumento megalítico funerário. Aqui sempre foi chamado de Cabana da Feiticeira.

Espantadas ao ver uma coisa tão antiga e rara, as amigas se aproximaram do monumento.

— E por que o nome? — pergunta Judith.

Amaia dá de ombros e responde tocando uma das pedras lendárias:

— Segundo minha avó me contava, invoca uma lenda que relacionava esse lugar a uma feiticeira que era ouvida cantando e pregando na Noite de São João.

— Nossa... Me deu até arrepios — diz Mel, mostrando o braço.

Judith suspira e pensa em Eric. Ele teria adorado ver e tocar aquelas pedras. Gostava muito de ler sobre monumentos megalíticos. Judith se entristece ao sentir que não poderia compartilhar a descoberta com ele.

— A Cabana da Feiticeira foi descoberta, se não me engano, em 1935, apesar de ser pré-histórica — prossegue Amaia. — Depois foi restaurada. —

Em seguida, baixando a voz, sussurra: — Muitos dos que vivem aqui, inclusive eu, já viemos aqui dar uns amassos.

As mulheres dão risada, e Amaia continua:

— Agora, falando sério, é um dos dólmens mais importantes do País Basco, e o mais bem conservado da região. É até estudado em algumas universidades dos Estados Unidos.

— Que legal — murmura Judith, tocando as pedras.

— Vocês precisam vir em agosto — afirma Amaia. — É quando acontece um sabá pagão com uma encenação com um bode, desfile de bruxas e fantoches. Fazemos também uma grande fogueira, tudo ao som da *txalaparta* e outros instrumentos tradicionais bascos.

— Que demais. Acho que Björn ia gostar — afirma Mel, passando a mão nas pedras pitorescas.

Ao ouvi-la, Amaia brinca:

— Que nome mais esquisito tem seu namorado...

Mel ri e responde:

— Você pode falar "Blasinho", como minha avó.

Amaia e Judith gargalham, e a basca replica:

— Sua avó é impagável! Cuidado com o *mokordo*!

Mel e Jud se entreolham. *Mokordo?*

Diante da cara das duas, Amaia aponta um monte de esterco de vaca.

— Na minha terra isso se chama "bosta"! — diz Judith.

— Que assunto mais nojento, hein? — diz Mel, rindo.

Elas conversam ao pé do dólmen sobre a infinidade de diferenças entre as comunidades autônomas da Espanha, até que Amaia olha no relógio e diz:

— Acho que é melhor a gente ir andando, ou vamos nos atrasar.

Tristonha, Judith olha para aquelas pedras pela última vez, pega o celular e tira uma foto. Algum dia poderia mostrá-las a Eric. Com certeza ele gostaria de ver aquele lugar.

Vinte minutos depois, descarregam as malas na casa de Amaia. Enquanto tirava a roupa, Judith viu que Mel conversava com Björn pelo telefone. Era gostoso ouvi-la brincar com ele: pelo menos a vida amorosa de alguém ia bem.

Olhando-se no espelho, ela tira o jeans e a camisa e troca por uma saia longa preta e uma camiseta rosa-choque. Como não estava a fim de se pentear, prende os cabelos num rabo de cavalo alto, experimenta uma jaqueta jeans para ver como ficava, olha-se no espelho, sorri e murmura ao ver a Judith do passado.

— Sim, senhor, esta sou eu!

Assim que as três terminam de se vestir, sobem no carro alugado e se dirigem a Elciego, um povoadinho lindo localizado a poucos quilômetros de Elvillar. Lá encontram os amigos de Amaia. Depois das apresentações, vão todos para as Bodegas Valdelana.

Judith olha tudo naquela adega incrível com curiosidade. Como diria seu pai, o lugar tinha seu valor e sua história. Que maravilha!

Minutos depois, um homem reúne o grupo e conta a história da adega, numa visita guiada.

Ao fim, eles pegam os carros e seguem na direção indicada pelo guia. Eram aguardados em outro lugar onde a experiência continuaria.

Ao chegar, encontram um enólogo muito gentil e vão com ele até um lugar impressionante chamado Balcão de Variedades.

Todos se divertem passeando pelos vinhedos, até que chegam a um lugar onde havia diversas mesas postas, com toalhas branquíssimas e cadeiras.

— Que lugar mais bonito — comenta Mel ao deparar com aquilo. Judith concorda.

Os visitantes se sentam para assistir ao entardecer.

O pôr do sol ali era lindo. Quando a escuridão se fez e as estrelas foram aparecendo pouco a pouco, começou aquilo de que Amaia tinha lhes falado. O enólogo explica então que a harmonização estelar consistia em conjugar cinco taças luminosas, cinco vinhos e cinco lendas relacionadas a estrelas e constelações.

Escutam o homem falar das quatro estrelas chamadas Arturo, Vega, Altair e Polar, e das que configuram a Coroa Boreal. Além de todas terem lendas incríveis relacionadas a elas, haviam marcado o mundo dos vinhos. Quando colocam diante deles as taças iluminadas, todos sorriem ao ouvi-lo dizer:

— Senhoras e senhores, a partir deste instante, relaxem e recebam os prazeres do vinho, da noite e das estrelas.

Judith olha então com travessura para Mel e cochicha:

— Se você vir que estou exagerando no vinho, me para. Sou fraca pra essas coisas.

Mel assente e confidencia com uma piscadinha:

— Digo o mesmo.

Com a ajuda de um programa de computador, o enólogo capturou a imagem daquelas estrelas e as projetou em uma grande tela posicionada estrategicamente. A cada estrela ou grupo de estrelas, ele narrava uma lenda. Judith, ao terminar de ouvir a história de Vega e Altair, olha emocionada para a amiga e sussurra:

354

— Que história linda e triste. Pobre Vega, pobre Altair. Que pena!

Ao ver aquilo, Mel tira a taça de vinho da mão da amiga e pergunta com divertimento no rosto:

— Judith, você está bem?

Ela assente e, recuperando a taça de vinho, cochicha para que ninguém ouça:

— Não é nada. Só estou com saudade do meu cabeça-dura.

Mel sorri. A história triste de Altair e Vega também havia tocado seu coração. Fazendo tim-tim com a amiga, ela diz:

— Liberta a mente, como disse o enólogo, se entregue aos prazeres do vinho, da noite e das lendas e esqueça todo o resto, incluindo o cabeça-dura.

Ela assente. Sua amiga tinha razão. Deveria desfrutar daquela experiência incrível e esquecer o resto. Por isso, presta atenção na lenda seguinte, sobre a estrela Arturo. Sem dúvida, nenhuma lenda envolveria uma vida feliz. Que coisa!

41

Com uma taça de vinho nas mãos, olho para o céu.

A incrível experiência de harmonização estelar terminou, e agora estou relaxada.

Está friozinho, mas agradável. É uma delícia ficar sentada ao ar livre curtindo a tranquilidade em uma noite de lua cheia neste lugar tão especial.

Nunca gostei de vinho. Quem me conhece sabe que prefiro uma coca--cola com gelo, mas adorei os dessa adega.

Acho que vou levar algumas garrafas para Eric. Tenho certeza de que ele vai aproveitar muito mais que eu e, se ele deixar, vou contar a experiência incrível da harmonização.

Penso nos meus filhos e sorrio. Pensar neles me deixa feliz, embora me lembrar de Flyn tire o sorriso do meu rosto. Sinto falta de passar horas com ele falando sobre música ou qualquer outra coisa. Mas a situação é essa e me resta pouco a fazer até que o menino decida me incluir de novo na sua vida. Se é que um dia vai fazer isso.

Também penso em Eric. No meu alemão loiro e grandalhão. O que estará fazendo a uma hora dessas? Estará pensando em mim?

Gargalhadas me devolvem à realidade. Sou contagiada pelas risadas de Mel a dois metros daqui, ouvindo a história de uma amiga de Amaia.

— Esse lugar e o vinho são maravilhosos, mas sei que você está morrendo de vontade de tomar uma coca-cola com muito gelo.

Assim que ouço isso, minha respiração falha. Não, não pode ser... Virando-me, tenho uma das maiores surpresas da minha vida. A meros centímetros de mim, em pé, vestido com uma jaqueta azul e calça jeans, vejo o homem capaz de me dar a vida ou tirá-la de mim.

Eric está ao meu lado. Sem ação, consigo murmurar:

— Mas... o que você está fazendo aqui?

Meu alemão, ampliando seu sorriso ao ver como estou perplexa, se senta na cadeira livre à minha direita e, sem responder à minha pergunta, aproxima os lábios cálidos dos meus, sugando primeiro o superior, depois o inferior, e dando uma mordidinha ao final. Em seguida, ele sussurra:

— Vim ver minha pequena e pedir desculpas por ser tão babaca.

Ai, como ele é lindo... Ai, como é liiiiiiiinnnnnnndo!

Quando ele quer me surpreender, sabe fazer isso muito bem. Não me sinto capaz de abrir a boca para articular duas palavras seguidas, então ele diz:

— Querida, algumas coisas que aconteceram continuam me aborrecendo, e vamos ter que conversar sobre elas depois que você voltar pra casa, mas você tinha razão quanto ao fato de que, sempre que estou viajando e falo com você pelo telefone, você é mil vezes mais agradável do que eu. Então vim resolver esse problema.

Sorrio, encantada com essas palavras. Esses momentos delicados e bobos são o que fizeram eu me apaixonar por Eric.

— E as crianças? — pergunto.

— Em casa. — Depois de lançar um olhar para o relógio, ele afirma: — Imagino que dormindo, a esta hora.

Esqueço-me das pessoas ao nosso redor, agarro meu loirão pelo pescoço e o beijo. Eu o devoro e desfruto dele. Quando, por fim, sinto que tenho que me separar de Eric ou vou tirar suas roupas ali mesmo, pergunto:

— Como você sabia onde me encontrar?

Com um sorriso maroto, ele olha na direção de Mel. Ela, ao ver que a estamos observando, dá uma piscadinha.

— Uma tenente de pavio muito curto que me ligou ontem à noite e me fez enxergar como estava sendo idiota com minha linda mulher — explica Eric. — Depois que desliguei, decidi resolver isso. Hoje de manhã falei com o piloto do jatinho e ele me levou até Bilbao. Lá, fiz uns contatos e um amigo que tem uma empresa de helicópteros me conseguiu um piloto particular que me trouxe até aqui e vai me levar de volta a Bilbao daqui a três horas para que eu volte para casa antes que as crianças acordem e saibam que o pai delas fez esta loucura pela mãe delas. — Sorrio... É mais forte do que eu. Ele acrescenta: — Aliás, sabia que aqui perto tem um heliporto?

Sou a mulher mais feliz do mundo com essa notícia.

— Não — sussurro.

Nós nos comunicamos com o olhar, como sempre fizemos. Apaixonada, passo a mão com delicadeza pelo rosto que tanto amo.

— Estava com saudades — digo.

Meu alemão, porque é meu alemão, embora às vezes eu queira arrancar sua cabeça, sorri, aproxima-se de novo dos meus lábios e responde delicadamente:

— Tenho certeza de que tanto como eu de você, meu amor.

Como dois ímãs, nossos lábios se selam novamente.

Ai, Deus… Que prazeeeeeeeer… Nós nos separamos quando Mel pigarreia do nosso lado e, brincando, diz:

— Estou feliz por vocês, mas a inveja me corrói.

Damos risada e Eric agradece:

— Obrigado por ter ligado e pelo que disse. Eu merecia. Quanto a Björn, ele teria vindo, você sabe, mas esta noite tinha planos com Peter e Klaus.

— Eu sei, bonitão… Ele está perdoado — diz Mel, rindo.

Feliz, dirijo o olhar para minha grande amiga e digo com uma piscadinha:

— Obrigada.

Mel ri, meneando a cabeça.

— Fique sabendo que foi difícil esconder que ele estava a caminho.

De novo, trocamos um sorriso. Mel tira as chaves do carro de dentro do bolso e diz:

— Até mais, pombinhos. É meia-noite e dez. Amaia e eu vamos ficar aqui tomando umas. Até que horà você fica, Eric?

Meu alemão me solta e responde:

— Marquei três e meia com o piloto. Nós nos vemos no heliporto?

— Perfeito! — afirma Mel. Eric pega as chaves e, sem soltá-las, Mel nos olha e acrescenta: — Aproveitem o tempo e não discutam.

Nós sorrimos. A última coisa que queremos é discutir.

— Às suas ordens, tenente — diz Eric ao se levantar. — Não vamos perder mais tempo.

— Tchau! *Agur!* — grita Amaia com um sorriso.

De mãos dadas e às pressas, meu homem e eu queremos sair da adega. Quando chegamos à porta, Eric para, olha para mim e pergunta:

— Aonde vamos?

Começo a dar risada. Nenhum dos dois sabe aonde ir, mas, de repente, algo passa pela minha cabeça. Tiro as chaves das mãos dele, pisco e peço:

— Entra no carro. Vou te levar a um lugar que você vai adorar.

Meia hora depois, após me perder pela estrada que vai para Elvillar, chego à Cabana da Feiticeira, o monumento megalítico. Eric o contempla surpreso e sussurra ao vê-lo iluminado pelo luar e pelos faróis.

— Que maravilha.

Fascinada, puxo o freio de mão e apago os faróis do carro. Quando saímos, observo que, ao fundo, há outro veículo estacionado com as luzes apagadas. Sorrio. Devem estar fazendo o mesmo que eu quero: sexo!

De novo olho para Eric, vidrado naquelas pedras.

— Sabia que você ia gostar — comento, satisfeita.

Com felicidade no olhar, ele agarra minha mão. Chegamos mais perto do dólmen e o tocamos. Em silêncio, nossas mãos passeiam por aquelas pedras mágicas enquanto lhe explico as curiosidades que Amaia nos contou horas antes. Eric me ouve até que seu desejo leva a melhor e ele me puxa para perto num beijo.

Depois que nossos lábios se separam, ele me encara e diz:

— Não sei o que anda acontecendo, mas não quero que aconteça mais. Eu te amo. Você me ama. Por que isso? — Não respondo. Eu me nego a fazê-lo, então ouço o que ele diz: — A partir de agora, eu é que vou cuidar do Flyn. Ele vai ao psicólogo e…

Respiro fundo e solto o ar bufando. O que menos me interessa agora é Flyn.

— Acho que é melhor a gente deixar esse assunto para quando estivermos em casa — replico. — Vai que a gente fala alguma coisa desagradável e estraga o momento? Nós dois somos especialistas nisso.

Ele concorda. Passa os dedos nos meus cabelos escuros, de que tanto gosta, e diz:

— Você tem razão, mas prometo que…

Não o deixo continuar. Cubro sua boca com a mão e digo:

— Não, Eric. Não prometa coisas que depois, no dia a dia, não vai poder cumprir. Se fizer isso, se me prometer alguma coisa agora e depois não fizer, vou jogar na sua cara. Não quero pensar nisso agora. Não quero pensar em outra coisa que não você e eu. Não quero falar. Só quero que você cuide de mim, que me beije e que a gente faça amor como precisamos e como gostamos.

Ele assente, passa os lábios pela minha testa, pelo meu pescoço, pelo meu rosto e, quando já conseguiu elevar meus batimentos a um milhão, murmura, soltando meu rabo de cavalo:

— Desejo concedido, pequena.

A partir desse instante, sei que tanto ele como eu vamos perder o controle.

Para nós não importa quem nos veja na escuridão da noite. Desejando meu marido, apoio as costas no dólmen e nos beijamos. Sinto as grandes mãos de Eric entrarem na minha camiseta, tirarem meus seios do sutiã e começarem a me acariciar.

Minha ansiedade cresce tão depressa como a dele, enquanto vou sentindo o prazer dos beliscões nos meus mamilos e sua língua explora minha boca em busca do próprio desejo. Acabado o beijo, com uma cara que me deixa louca, ele ajoelha na minha frente, sobe minha camiseta e, sem titubear, levo meus seios até sua boca aberta, que os espera.

Perco o fôlego... O prazer de sentir os lábios de Eric mordendo meus mamilos é imenso. Em seguida, ele os suga e lambe. Extasiada, entrelaço meus dedos em seus cabelos loiros e solto um gemido. Gemo de tal maneira que os sons me excitam mais e mais a cada segundo.

Ficamos assim uns bons minutos até que o ar frio da noite me faz tremer. Eric, ao se dar conta disso, levanta-se do chão e murmura, olhando para mim:

— Eu deixaria você pelada e te comeria inteira, mas está frio e não quero que você acabe doente. — Sorrio em resposta à sua preocupação. Então, ele enfia a mão debaixo da minha saia, começa a tocar minhas coxas e diz: — Mas vou fazer amor com você e...

— Então faz... — exijo descontrolada, abrindo a braguilha do seu jeans.

Achando graça da minha urgência, ele me olha e sorri para mim enquanto sinto suas mãos chegarem à minha calcinha. Eric me toca e me enlouquece. Morrendo de desejo de enlouquecê-lo também, ponho a mão dentro de sua cueca.

— Nossa... — sussurro ao sentir seu pau duro e ereto, pronto para mim.

— Você quer, pequena?

— Quero... Claro que quero...

Eric se move, e minha mão se move com ele. Com um puxão, arranca minha calcinha. Isso! Ele percebe meu sorriso radiante.

— Moreninha... — Eric diz baixinho. — Agarra meu pescoço e se abre pra me receber.

Como se eu fosse uma pluma, Eric me pega nos braços. Em momentos assim, é uma delícia ter um marido tão alto e forte. Adoro! Ele pode fazer isso comigo e faz. Só comigo.

Estou mordendo o lábio inferior quando guio seu pau até minha boceta molhada. Nós nos olhamos com intensidade e Eric vai se introduzindo lenta e pausadamente em mim.

— Preciso de você... — ele diz com a voz carregada.

Gememos ao sentir que nossos corpos estão totalmente cravados um no outro. Quando vejo que treme e tomba a cabeça para trás, exijo:

— Olha pra mim, Eric... Olha pra mim.

Obediente, ele faz o que peço. Ao ver a loucura instalada em suas pupilas, sussurro e sinto seu membro rígido dentro de mim:

— Te amo.

Com as mãos ao redor do meu corpo, Eric me movimenta, enfia o máximo que consegue dentro de mim. Estremecemos. Seus quadris se movem para a frente e para trás em busca do prazer mútuo, e eu ofego sabendo que meus gemidos o excitam mais e mais.

De repente, um ruído o faz parar. Ele não sai de dentro de mim, mas o vejo olhar ao nosso redor. Passados alguns segundos, ele diz sorrindo:

— Tem um casal escondido nos observando atrás da terceira árvore à direita. Devem ser os donos do carro estacionado ali na frente.

Disfarçadamente, olho aonde ele indica e vejo os dois com tesão. Sorrindo, murmuro, movimentando os quadris para a frente:

— Pois então vamos dar o que eles querem.

Eric ri. Diferente de outros casais, não nos importamos com os olhares indiscretos; eles nos excitam. Continuamos o que estamos fazendo. Com a mão debaixo da minha bunda, Eric me sustenta; com a outra, protege minhas costas para que não me arranhe na pedra do dólmen.

Beijo sua boca. Seus dentes se cravam suavemente no meu lábio inferior e então ele começa a meter com mais força, ao mesmo tempo que solto gemidos cada vez mais altos, pedindo mais e mais.

Nossos olhos, nossa boca e todo o nosso ser se conectam como sempre. Não é só sexo; o que compartilhamos é prazer, carinho, respeito, amor, cumplicidade. Nossos corpos se chocam e se chocam. Eric me segura com força entre seus braços e o dólmen, e, quando o clímax nos arrebata de uma maneira brutal, nós dois gritamos e liberamos toda a tensão acumulada.

Apoiados na pedra, retomamos o fôlego. O que acabamos de fazer é a nossa vida. Olhando um para o outro, começamos a rir. Precisamos rir.

Passados alguns segundos, Eric me coloca no chão e diz, ainda com cara de riso:

— Desculpa ter rasgado sua calcinha.

Não posso evitar a gargalhada.

— Não tem problema — sussurro. — Não esperava outra coisa de você.

Não conseguimos segurar o riso, como dois bobos. Então abro minha bolsa e tiro um pacotinho de lenços de papel. Nós nos limpamos e depois guardo os lenços embolados no bolso da jaqueta. Mais tarde podemos jogar no lixo.

Sinto calor e começo a me abanar com a mão. Então me dou conta de que o casal que estava nos observando entra rapidamente no carro, arranca e se manda. Isso me faz rir. Vejo que Eric observa o carro se afastar.

— Ainda bem que a gente não mora aqui — digo baixinho —, ou estaríamos na boca do povo amanhã.

Damos risada juntos e, quando começo a juntar meu cabelo despenteado em um rabo alto, Eric me detém e fala com os olhos em mim:

— Adoro seu cabelo.

— Eu sei.

— E te amo. Também sabe disso? — ele murmura, para me deixar louca.

— Por mais que a gente discuta, nunca duvide disso.

Com um sorriso travesso, faço que sim e respondo, dando uma piscadela:

— E eu amo você.

Às três e dez, seguimos para o heliporto. Eric precisa voltar a Bilbao, de onde o jatinho vai levá-lo de volta a Munique. Assim que chegamos ali, vejo que Amaia e Mel estão nos esperando, conversando com o piloto do helicóptero. Eric para o veículo, vira-se para mim e recomenda:

— Tenham cuidado amanhã com o carro. Quando chegarem às Astúrias, mande uma mensagem para eu saber que estão bem, tá?

Sorrio com seu comentário. O instinto protetor de Eric aflora de novo. Desejando que ele vá despreocupado, eu afirmo:

— Prometo, querido... Vamos ter cuidado e eu vou enviar uma mensagem.

Eric me beija. Ele me devora a boca. Quando se afasta de mim, diz baixinho:

— Não pense que gosto de deixar você aqui, ainda mais sem calcinha.

O comentário arranca um sorriso de mim enquanto descemos do carro e caminhamos de mãos dadas até os três.

Cinco minutos depois, após vários beijos e abraços carregados de paixão, observo o helicóptero se afastar com o amor da minha vida.

— Que bom gosto você tem — comenta Amaia. — Muito gostoso! — Eu sorrio. Amaia, que é engraçadíssima, me olha com cara de riso e pergunta: — Tem certeza de que esse pedaço de mau caminho não é basco? Que eu saiba, só nesta terra existem homens tão impressionantes.

Caímos na risada e depois seguimos para a casa de Amaia. Temos que descansar.

42

Às dez da manhã, Mel e Judith já se despediram de Amaia, prometendo que voltariam com a família ou que ela ia visitá-las na Alemanha.

Em seguida, as duas pegaram a estrada para Bilbao e, dali, até Santander. Em Torrelavega pararam para esticar as pernas e, por fim, Mel dirigiu até chegar a La Isla, o vilarejo nas Astúrias onde morava sua avó.

Quando chegam ao casarão de Covadonga, Mel desliga o motor do carro e fala para a amiga:

— Como disse, chegamos em três horas e meia.

Judith olha em volta encantada. Aquele lugar era lindo. Então, a porta da casa se abre de repente e surge uma senhora com as mãos nos quadris, perguntando-se quem estaria ali.

— Quem é?

Ao ver sua avó, Mel desce do carro e exclama:

— Surpresa!

A expressão da mulher suaviza ao reconhecer a neta. Abrindo os braços, ela grita:

— Ah, minha vida... Minha menina!

Feliz por ver a emoção da avó, Mel corre para abraçá-la. Quando a mulher para de falar, ela olha para Judith e as apresenta:

— Vovó, esta é minha amiga Judith. Ela mora em Munique, mas é espanhola. Judith, esta é minha avó Covadonga.

A mulher dá uma piscadinha e, voltando-se para Judith, que as observava com divertimento, cumprimenta:

— Me dê um abraço, linda. Que alegria é ter você na minha casa junto da minha menina.

Judith não pensa duas vezes em ir até a mulher e atender o pedido. Durante o abraço, diz:

— É um prazer conhecer a senhora. Sempre me falaram muito bem de você.

— E quem te falou de mim?

— Björn — responde Judith. — Ele tem um grande carinho pela senhora.

A mulher sorri ao ouvir aquele nome.

— Ah, meu Blasinho, que belezura de rapaz.

As amigas riem.

— Vamos, entrem em casa para comer alguma coisa — manda a mulher. — Saco vazio não para em pé.

Judith olha para amiga com divertimento nos olhos.

— Prepare-se — diz Mel. — Minha avó é muuuito exagerada com comida.

Assim que entram, a mulher para e pergunta, olhando para a neta:

— Onde você deixou Sami e Blasinho?

— Em Munique, vovó.

— Mas por que não trouxe os dois com você?

Sem muita vontade de se explicar, Mel responde:

— Vim com a Judith a trabalho. Eles mandaram muitos beijos.

A mulher balança a cabeça, decepcionada. Adoraria ver os dois.

— Você é tão sem-vergonha quanto seu pai, o Ceci — ela resmunga.

— Vovó... É Cedric... você já sabe — corrige Mel, sorrindo. — Posso saber por que sou tão sem-vergonha quanto ele?

Com as mãos de novo nos quadris, Covadonga encara a neta e a amiga dela e diz:

— Por que não ligou para dizer que vinha?

— Porque queria fazer surpresa.

— Está vendo? É como o Ceci! Sempre quer me surpreender.

Judith ri, então a mulher continua:

— Agora quase não tenho comida para vocês duas. Se tivesse ligado, poderia ter preparado *fabes*, ou um ensopado delicioso, ou folhas de nabo com batatas, ou...

— Vovó... Não se preocupe. Judith e eu comemos qualquer coisa.

Covadonga abre a despensa e declara:

— Tenho *pitu de caleya* pronto e vagem. E bolinhos *preñaos*, pastel de peixe, queijo de cabra e frutas. É suficiente?

As amigas trocam um olhar e Judith diz:

— É até demais.

Mais que depressa, a mulher se pôs a trabalhar e elas foram lavar as mãos. Judith aproveitou para enviar uma mensagem a Eric.

Já estou nas Astúrias. Te amo.

Segundos depois, o celular apita e ela sorri ao ver uma foto de Eric com Hannah e Superman, rindo felizes na piscina da casa. A mensagem dizia:

Te amamos e estamos com saudades.

Judith sorri ao vê-los juntos. Eles eram sua vida. Só o fato de Flyn não estar na foto a entristeceu. Mel, que saiu do banheiro nesse momento, vê a foto da amiga, pega o próprio celular e diz, brincando:

— Olha a foto que o Blasinho me enviou:

Björn e Peter usavam coroas de princesa, ao lado de Sami. Judith ri alto.

— Temos sorte, não temos? — comenta.

Compreendendo o que sua amiga quer dizer, Mel faz que sim.

— Temos, Jud. Muita sorte.

Quando voltam para a cozinha, as duas ficam assombradas de ver a mesa que Covadonga havia preparado.

— Quem mais você convidou, vovó? — Mel pergunta em tom de brincadeira.

— Sentem e comam, senão esfria! — apressa a mulher.

Durante o almoço, Mel conta à avó sobre o casamento, e a mulher aplaudiu entusiasmada. Era um grande evento para ela e, embora tivesse resmungado quando foi informada de que teria de pegar um avião para a cerimônia em Munique, no final ela sorriu toda emocionada.

Sua menina ia se casar!

A tarde passa voando e, quando deram por si, já tinham que partir para o aeroporto. Agradecida pela visita inesperada, Covadonga diz, ao entregar umas sacolas:

— Aqui tem *preñaos* para a família.

— Obrigada, foi um prazer conhecer a senhora — diz Judith, abraçando-a.

— Igualmente, linda… Igualmente.

Mel coloca as sacolas no carro, abraça a mulher e diz:

— Não chore, vovó.

Covadonga seca as lágrimas com um lenço e, olhando bem para a neta, responde:

— Venha me ver mais vezes, então vou chorar menos.

Emocionada, Mel abraça a avó de novo e a enche de beijos, até que ela ri e a chama de chata. Mel dá uma piscadinha e entra no carro.

365

Assim que arranca, espia pelo espelho retrovisor com os olhos cheios de lágrimas. Judith pega suas bochechas e murmura:

— Não chore, menina.

Aquilo faz Mel rir.

— Tá bom — ela diz.

Aos risos, chegam ao aeroporto das Astúrias. Entregam o carro alugado e se encaminham para o hangar onde o impressionante jato particular de Eric Zimmerman esperava para levá-las de volta à Alemanha.

43

Depois de receber as boas-vindas, o que me deixa tremendamente feliz, Eric e eu vamos juntos para a Müller na segunda-feira. De novo parece que estamos em sintonia.

Quando chego à empresa, Mika está esperando por mim.

— O diretor da feira me ligou na sexta e me disse que você foi maravilhosa — ela anuncia com um grande sorriso.

Feliz, eu respondo:

— Ele também foi.

Durante dias, tudo anda às mil maravilhas em casa, e eu me alegro ao ficar sabendo que Flyn está vendo o psicólogo do colégio. É claro que ele não acha a menor graça nisso, e faz questão de que eu saiba.

Eric me envia mensagens carinhosas todos os dias no celular ou por e--mail quando estamos no escritório, e isso demonstra que está tentando me dar o que eu preciso.

Na quinta, saio do trabalho e vou direto para casa. Quero ficar com meus filhos e aproveitar a companhia deles antes que saiam para o aniversário de uma amiguinha. Assim que Flyn chega da escola, vou cumprimentá-lo e vejo que Eric está com ele. Isso me surpreende e pergunto:

— O que foi?

Meu marido olha para mim e, depois que o menino sobe para o quarto sem falar nada, diz:

— Me ligaram do colégio. Ao que parece, nosso filho não estava a fim de ver o psicólogo. Falei com o diretor e com o orientador e consegui marcar um novo horário.

"Nosso"... Ele disse "nosso filho"?

Pela primeira vez em muito tempo, quando Flyn faz algo errado, Eric não diz "seu filho"! Gosto disso. Sem dúvida, Eric está começando a entender.

Não sei o que dizer. De praxe, é para mim que a escola liga. Curiosa para saber por que ligaram para Eric, penso em perguntar a ele, que parece intuir isso e se adianta:

— Eu disse que resolveria a situação. A partir de agora, devem ligar para mim.

Surpresa por essa decisão inesperada, pergunto:

— Por quê?

Eric inclina a cabeça e responde com frieza:

— Já disse. Quero evitar problemas pra você.

De repente, ele toca os olhos, depois a testa, e já sei o que é. Está com dor de cabeça.

Observo seus olhos e noto o direito mais avermelhado do que o normal. Antes que diga alguma coisa, ele dispara:

— Não me pressione, Judith.

Ora, ora, ora… Isso significa que a dor de cabeça é considerável, caso contrário, ele não daria importância.

Tento me tranquilizar, mas, no fundo, estou assustada. Sei que a doença de Eric é degenerativa e que isso, de certo modo, é normal devido à tensão a que ele é submetido, mas não consigo ficar calma. Cada vez me pareço mais com ele quando o assunto é doença.

Em silêncio, eu o acompanho até a cozinha e observo que pega dois comprimidos de diferentes frascos. Assim que os toma, ele olha para mim e, antes que diga qualquer coisa, eu me manifesto:

— Deita um pouco, fecha os olhos e relaxa.

Eric balança a cabeça, aceitando meu conselho.

O fato de não resistir é suficiente para me informar o quanto está mal. Ele sai da cozinha e se fecha no escritório. Sei que vai descansar.

Logo depois, Norbert leva Pipa, o pequeno Eric e Hannah para a festa de aniversário. Simona sai para o jardim com Susto e Calamar, e eu fico a ponto de ter um infarto. Estou preocupada com Eric e aborrecida com Flyn.

Será possível que esse menino não tem juízo nenhum?

Furiosa, decido subir ao seu quarto. Bato à porta e entro. Desafiando-o com o olhar, digo com voz severa e baixa:

— Pode ficar bravo o quanto quiser e não falar comigo se não tiver vontade, mas faça o favor de lembrar que o estresse provoca dores de cabeça homéricas no seu pai. Que droga, Flyn! Ele teve que tomar dois comprimidos, dois! Por acaso não sabe da doença dele?

O garoto me encara, encara e encara. Desesperada, continuo:

— Estou falando sério, e muito sério. Você tem que entender.

368

Por fim, ele concorda, balançando a cabeça. Bom, estava demorando para compreender alguma coisa do que eu falo.

— O que aconteceu no colégio? — pergunto na sequência.

Mal termina de me ouvir, ele muda a cara e diz:

— Você não tem que se preocupar comigo, quem faz isso agora é o meu pai. Sai do meu quarto.

Pronto, voltou o atrevimento!

Tratando de informá-lo de que o amo e não sou o inimigo, tento conversar, mas minhas palavras entram por um ouvido e saem pelo outro. De repente, ele começa a gritar de um jeito tão atroz que acabo gritando também.

Aonde esse moleque está querendo chegar?

Discutimos durante um bom tempo até que, de repente, a porta do quarto se abre e Eric entra com cara de poucos amigos.

— Posso saber o que você está fazendo aqui? — ele diz para mim.

A pergunta me pega tão desprevenida que não sei o que responder. Preocupada com ele, digo:

— Você está bem? A cabeça está doendo menos?

Ele faz que sim. Vejo que seu olho está menos vermelho.

— Judith — ele diz —, se sou eu quem vou cuidar de Flyn, que tal me deixar fazer isso?

Olho para ele boquiaberta.

— Ai, ai, ai... Acho incrível que você cuide dele, mas também posso falar, ou quando a responsabilidade era minha eu proibia você?

O menino nos olha. Como sempre, parece gostar do que vê.

— Pelo visto você não cuidou dele muito bem — sibila Eric.

E aqui estamos nós de novo!

Esse babaca mal-agradecido!

Eu o encaro, pronta para soltar uma das minhas pérolas. A cada segundo mais alterado, Eric continua:

— Olha, Jud, não quero discutir com você. Estou com dor de cabeça. Como sou eu quem vai cuidar dele, peço, por favor, que a partir de agora se limite a ver, ouvir e calar.

Oraaaaaaaaaaa, oraaaaaaaaaaaa...

Quem esse babaca pensa que é? Acha que não passo de um macaquinho amestrado?

Esquecendo seus olhos, sua cabeça e seu mal-estar, grito, zangada:

— O que você disse?!

Eu me dou conta de que Eric acaba de compreender seu erro. Já em plena ebulição, olho para ele e disparo:

— Sabe o que eu quero, Eric? Que vocês dois se danem!

Sem mais, saio do quarto batendo a porta com força.

Com o coração pulando pela boca, agarro as chaves do carro, saio de casa e vou ao aniversário da amiguinha dos meus filhos. Preciso me animar, e em casa não vou conseguir.

Na volta, Pipa e eu damos banho nos pequenos e servimos o jantar. Logo que ela os leva para cama, eu me tranco no banheiro para me depilar. Não quero ver ninguém.

Um pouco depois, Eric vem me avisar que o jantar está pronto, mas, por incrível que pareça, não estou com fome. Grito que não vou comer e ele se vai.

Ao fim da depilação, eu me olho no espelho e murmuro:

— Macaquinho amestrado… Imbecil!

Digo uns palavrões e amaldiçoo toda a linhagem dele. Olho-me no espelho de novo e me repreendo:

— Jud, relaxa… relaxa. Os Zimmerman não podem com você.

Fecho os olhos e conto até duzentos, porque cem não dá nem pro cheiro. Quando desço para a cozinha, Simona me diz:

— Deixei seu jantar no forno.

Concordo com a cabeça. A última coisa em que penso é em jantar, mas noto que ela me observa com preocupação, então digo carinhosamente:

— Já é tarde, Simona. Vá pra casa. Norbert está esperando você.

A mulher, que é a discrição em pessoa, me dá um abraço e diz baixinho:

— Come alguma coisa. Não é bom ir dormir de estômago vazio. E não se preocupe, o sr. Zimmerman está bem. Não tomou mais nenhum comprimido.

Aquilo me agrada. Assim que ela se vai, saio e ouço a televisão ligada.

Entro e vejo Flyn e Eric calados, assistindo a uma série policial que eles adoram. Decido não me sentar com eles. Pego as coleiras de Susto e Calamar, visto um casaco comprido por cima da minha camisetona de algodão, calço as botas e vou dar um passeio com eles.

Saio de casa e caminho com os dois pelas ruas iluminadas por belos postes de luz, até que recebo uma mensagem no celular. É Eric.

Onde você está?

Logo respondo:

Passeando com Susto e Calamar.

Meu celular não apita mais. Que bom, ele se deu por satisfeito.

Continuo meu passeio e, quando estou cansada, volto para casa. As luzes estão apagadas, mas, ao entrar, encontro Eric sentado ao pé da escada.

— Por que não me avisou que ia sair? — ele pergunta.

Eu o amo, juro que amo, mas estou tão zangada por ter chamado minha atenção na frente de Flyn que respondo, encarando-o enquanto tiro o casaco e as botas:

— Olha, querido, fico feliz em saber que já não está mais com dor de cabeça e que está se sentindo melhor, mas estou nervosa e um pouco chateada com o que aconteceu. A verdade é que não quero discutir, porque prefiro ser um macaquinho amestrado. Sabe, alguém que só vê, ouve e cala? Por que você não vai para o quarto descansar e me deixa em paz?

No instante em que as palavras saem da minha boca, tomo consciência da arrogância com que falei. Eric me olha, me olha e me olha. Por fim, assente e diz, enquanto sobe a escada, abatido:

— Tá bom, Jud. Sei que enfiei os pés pelas mãos e agora é você quem manda.

Eu que mando? Eu que mando?!

Mas ele não me disse que prefere que eu seja um macaquinho?

Merda, merda e merda… Como isso me irrita.

É claro que Eric assumiu uma postura conciliadora, mas eu não. O maldito alemão e o maldito coreano-alemão vão me deixar louca. Tento não pensar mais nisso e vou para a cozinha. Preparo um sanduíche, pego uma coca na geladeira e vou para a sala, onde me acomodo para assistir a um filme.

Por volta da meia-noite, sinto sede. Levanto-me, vou até a cozinha e, ao abrir a enorme geladeira de portas duplas, vejo uma garrafinha de rótulo rosa no fundo. Fico olhando para ela. Será que abro? Será que não abro? No fim, pego a garrafa dizendo:

— Não estou nem aí!

Com ela em mãos, eu me sento numa cadeira da cozinha. Abro e, sem pensar duas vezes, dou um primeiro gole na garrafa mesmo.

— Hum… que geladinho — comento.

Sem poder evitar, eu me lembro da primeira vez que provei essa bebida, e um sorriso se desenha no meu rosto. Eric havia me levado ao restaurante Moroccio. Dou um segundo gole, um terceiro, depois dou risada e falo sozinha:

— Brindo a você por ser tão besta, Eric Zimmerman!

Sem soltar a garrafa, saio da cozinha e retorno à sala. Depois que fecho a porta para não incomodar ninguém, eu me estico no sofá e procuro no escuro entre os zilhões de canais que temos. Começo a assistir a um documentário sobre aves.

Se minha filha Hannah visse isso, diria: "Piu-piu! Piu-piu!".

Continuo vendo enquanto o líquido da garrafa vai entrando pouco a pouco no meu estômago. Quando o documentário chega ao fim, começa outro sobre hipopótamos, depois um programa com um veterinário e seus pacientes.

De repente, surge a imagem de uma mamãe pato seguida por seus filhotes. Que fofos!

A cena me faz sorrir, até que os vejo cruzar uma estrada por onde passa um rali. Com o coração apertado, observo um veículo se aproximar e atropelar o último patinho da fila. O veterinário entra em cena, mas, infelizmente, o animal morre. Desato a chorar como uma manteiga derretida.

Por que algo assim tem que acontecer?

O pobre patinho só estava atrás da mãe e dos irmãos. Por que precisava morrer?

Soluço ao ver a mamãe pato dar voltas e mais voltas. Não entende nada, como não entendo por que de repente sou a madrasta de Flyn. Então ouço às minhas costas:

— O que foi, Jud?

Mesmo sem olhar, sei que é Eric. Sem soltar a garrafa, balbucio em meio ao mar de lágrimas:

— O pato...

— O quê?!

— Ai, Eric. — Aponto a televisão, com meus cabelos sobre a cara e os olhos inchados — O patinho estava atravessando a estrada atrás da mãe dele e dos irmãos e... foi atropelado.

Eric se agacha ao meu lado e vejo que olha para a televisão. Depois tira a garrafa das minhas mãos e, ao comprovar que só resta um golinho, diz:

— Não é de estranhar que você esteja chorando por um pato.

— Pobrezinho...

— Você está gelada, querida.

— Por quê? Por que isso teve que acontecer com o pato? — insisto. — O coitado só estava atravessando a rua com a mãe e os irmãos, que injustiça! — Puxando a garrafa das mãos de Eric, dou um último gole. — Ai... Acho que estou meio bêbada.

Sinto que Eric sorri. Depois ele diz:

— "Meio bêbada"? Levanta que vou levar você pra cama.

Cama? Me levar para cama?

Ah, não… Isso eu não quero. Estou zangada com ele. Eu o encaro e digo entre os dentes:

— Nem se atreva a me tocar ou me seduzir, espertinho! — Antes que ele responda, lembro: — Que fique claro que não estou bêbada o bastante para esquecer como você foi babaca comigo hoje na frente do seu filho quando disse que preferia que eu fosse um macaquinho amestrado, que só vê, ouve e cala.

Eric não contesta. Agora fui eu quem disse "seu filho".

Seus olhos, voltados para mim, transmitem a informação de que sabe que tenho razão. Sem deixar que diga nada, eu me atiro em seus braços. Dou-lhe uma cabeçada com força e, juntos, caímos sobre o tapete. Passamos a mão na testa. Foi uma cabeçada de respeito.

Eric protesta com a mão na cabeça:

— Não dá pra entender você. Com a mesma rapidez que me fala pra não te tocar, não te seduzir, se joga em cima de mim.

É verdade. Ele tem razão. Não dá para me entender mesmo.

Mas agora estou com tesão. Sem deixá-lo continuar com as queixas, aproximo minha boca da sua, beijo-o, devoro-o, engulo-o. A garrafinha de rótulo rosa, além de me fazer chorar, me faz querer outras coisas, e imediatamente!

Eric responde. Aproxima-se o momento do beijaço da noite. Quando tiro a camiseta e fico só de calcinha, ele murmura:

— Querida, estamos na sala…

— Não me interessa onde a gente está.

Vejo que minha resposta o faz sorrir.

— Pequena… qualquer um pode entrar.

Para mim tanto faz. Entre quem quiser!

— Está doendo a cabeça? — pergunto, em seguida.

— Não, já passou.

Que bom! Fico feliz em saber, porque preciso dele. Eu o desejo e vou possuí-lo aqui mesmo. Não o deixo dizer mais nada e o beijo de novo para demonstrar meu ardor, meu apetite e minha impaciência.

Ai, que tesão!

Mais que depressa, ele capta a mensagem. Como meu alemão é espertinho quando quer!

Suas mãos percorrem minhas costas com luxúria. Sua respiração acelera como a minha. Seus dedos se cravam ao chegar na minha cintura. Quando sinto que baixa a mão até minha bunda, sei o que vai fazer. Olho para ele. Faço exigências com o olhar, porque desejo meu marido com todas as minhas forças.

Sem se fazer de rogado, Eric, esse homem impetuoso que eu adoro, embora às vezes queira matar, agarra minha calcinha e, num puxão seco e contundente, a arranca.

— Isso! — ofego apaixonada.

— Era o que você queria?

Sim... e sim...

— Era. Isso e muito mais.

Nossas bocas se encontram novamente. Eu, pegando fogo de tesão, subo no meu marido. Sei que o tenho à minha mercê e que, nesse instante, ele vai fazer qualquer coisa que eu peça. Afasto sua boca da minha e sorrio com malícia. Introduzo a mão entre nossos corpos, pego seu pau rígido de dentro da calça preta do pijama e exijo:

— Olha pra mim.

Eric olha. Obedece. Com os olhos claros incríveis cravados nos meus em meio à escuridão, começa a introduzir seu membro dentro de mim.

— Odeio quando você dá uma de tirano comigo, mas...

— Querida...

Não paro de falar. Cubro sua boca e prossigo:

— Mas neste instante, neste segundo, neste momento, quem manda sou eu. Você é meu... Sou sua dona e vou fazer o que eu quiser com você, mesmo que amanhã, quando voltar a se comportar como um babaca, eu me arrependa.

Seu olhar cheio de luxúria e desejo atiçam minha loucura crescente. Só de ver como seu lábio inferior treme em resposta ao que digo, sinto que tenho razão. Eric é meu. Mesmo que babaca. Isso ninguém vai mudar.

Com seu pau dentro de mim, montada sobre ele, eu o encaro. Eric está deitado no chão à espera dos meus caprichos. Movimento os quadris como sei que ele gosta e noto que seu corpo se arqueia.

— Vai gozar pra mim, amor? — pergunto quando paro. — Só pra mim?

— Vou — ele responde num grunhido, atiçado pela minha luxúria.

Continuo movimentando os quadris. Eric enlouquece.

Não me detenho. Continuo, com movimentos suaves e comedidos (porra, que delícia!). Quando o sinto tremer e palpitar, digo baixinho:

— Me mostra o quanto você está gostando. Me seduz com seus gemidos e talvez eu deixe você chegar ao clímax.

A cada palavra que digo, ele vibra e se excita mais e mais. Eu me sinto poderosa, além de um pouco bêbada, tenho que admitir... Apesar disso, gosto da sensação que isso me provoca.

— O que eu falo e faço excita você? — pergunto.

Ele abre a boca para responder, mas o tremor de seu corpo não deixa. Insisto:

— De verdade?

— Sim... Sim, pequena.

Sorrio com luxúria e penso: Espanha 1 x 0 Alemanha.

Como estou disposta a dar uma bela goleada que ele não vai esquecer por muito tempo, digo baixinho:

— Você não vai gozar até eu permitir.

O gemido frustrado de Eric em resposta à minha ordem me deixa louca, perturba-me, instiga-me. Seu corpo estremece debaixo do meu e seu olhar, submisso aos meus caprichos, não me abandona.

— Hoje seu prazer está subordinado ao meu. Sou egoísta e quem manda sou eu.

— Jud...

— Só pode gozar quando eu permitir, entendeu?

Seu rosto, seu lindo rosto, reflete seu prazer e sua frustração com uma mordida no lábio inferior. Eric precisa chegar ao clímax, anseia gozar dentro de mim, mas está segurando porque eu pedi. Está adiando porque eu quero.

Como adoro saber disso!

Em um tom carregado de erotismo, falo das nossas experiências. Lembro nossos momentos excitantes com outros homens e lembro num sussurro quando ele me amarrou à cruz, no México. Durante vários minutos eu o martirizo, deixando-o louco e desfrutando o prazer que seu pênis provoca em mim, mas o ritmo dos nossos corpos inevitavelmente se acelera, e meu prazer com ele.

Seus gemidos se tornam mais ruidosos, e os meus, mais escandalosos. Vamos acordar toda a casa. Quando sinto que vou explodir e entendo que não posso exigir que demore nem um segundo mais, murmuro:

— Agora, apesar de estar brava pelo que aconteceu hoje, quero esse orgasmo e quero já!

Em décimos de segundos, Eric pousa as mãos na minha bunda e se crava dentro de mim, partindo-me em duas. Estremecemos, levados pelo tsunami que assola nossos corpos quentes.

— Isso... assim... — ofego ao sentir os espasmos dentro de mim.

Eric se contrai e me empala de novo totalmente. Repete o movimento três vezes até que nossos corpos se dobram e, com gemidos abafados que contemos para não acordar a casa inteira, nós nos entregamos, nossas mentes voam de prazer e nossos corpos se encontram uma vez mais.

Esgotada, caio sobre ele. Sobre Eric. Meu alemão loiro.

Diferente de mim, que estou completamente nua, ele está vestido. Sinto seus braços me aprisionarem. Eric me embala. Beija minha testa e eu fecho os olhos, ouvindo sua voz extasiada:

— Não quer que eu abra outra garrafinha de espumante?

Sorrio. Que safado! Sem olhar para ele, ao me lembrar do quanto estou brava, sussurro:

— Te odeio, Eric Zimmerman.

Então sinto que ele sorri e, beijando minha testa, afirma:

— Pois eu te amo loucamente, srta. Flores.

44

Na quarta-feira, Mel estava abrindo a porta do carro após deixar Sami na escola quando ouviu alguém dizer:

— Bom dia, Melania.

Ao se virar, dá de cara com Gilbert Heine. Sabia que, se o advogado estava ali, era porque queria algo dela.

— Caramba, Gilbert, o que você está fazendo aqui?

O homem sorri àquela informalidade, aproxima-se e diz baixinho:

— Querida, acho que você e eu temos que conversar.

Ao ver a expressão dele, Mel sabe que nada de bom sairia dali.

— Fala — ela responde, encarando-o.

Então, sem o menor escrúpulo, o homem dispara:

— Faz anos que seu futuro marido tenta fazer parte do meu escritório. O sonho dele sempre foi ler na fachada "Heine, Dujson, Hoffmann e Associados". Se você é inteligente como acho que é, não vai estragar isso.

Mel não podia acreditar no que estava ouvindo.

— Aonde você quer chegar? — indaga ela.

Gilbert sorri com malícia.

— Johan comentou comigo o que aconteceu com Louise, apesar do que minha esposa...

Incrédula e zangada ao ver como aquela gente era intrometida, Mel grunhe:

— Olha aqui, tem um limite! Vocês querem parar de se intrometer na minha vida? Louise me contou o que estava acontecendo com ela e eu simplesmente dei minha opinião. Por acaso não pode me contar o que tem vontade?

Sem perder o controle, o homem replica:

—Björn é o candidato perfeito para o escritório. Pena que é azarado.

— Azarado?

Gilbert a encara, balança a cabeça e diz baixo:

— Entre o filho que tirou da cartola e o relacionamento com uma mãe solteira problemática que bebe cerveja e permite que a filha mal-educada insulte a...

— Pra falar da minha filha, você tem que lavar a boca antes! — Mel interrompe furiosa.

— Acha que Björn é um homem de sorte? — pergunta ele, sem se abalar.
— Pois eu não acho. Só se você desaparecesse da vida dele. Nunca vai estar à altura de ser a esposa de Björn Hoffmann.

Mel fica furiosa ao ouvir aquilo. Queria dizer coisas terríveis, mas se conteve para não prejudicar Björn mais ainda. Por fim, responde:

— Escuta, você e seu escritório podem ir à merda. Quem você pensa que é? Uma coisa é Björn querer trabalhar com vocês, outra muito diferente é ter que...

— Aliás, o fato de ter sido presa por prostituição não ajuda — interrompe ele.

Mel quis protestar, mas o sujeito entrou no carro e se mandou, deixando-a para trás boquiaberta e furiosa.

Ela não sabia o que fazer. Por fim, pega o celular e liga para Björn.

— Oi, linda — atende ele.

Seu tom de voz... Sua alegria fazia sua alma doer.

— Björn, aquele desgraçado do Gilbert apareceu na porta da escola e...

— Pelo amor de Deus, Mel, quer fazer o favor de parar de insultar as pessoas só porque você não vai com a cara delas? — Sem deixá-la falar, ele continua em um tom severo: — Estou com meu pai e Peter e não tenho tempo pra discutir.

A ex-tenente toma fôlego e, sem querer armar um barraco, apesar de estar furiosa, diz antes de desligar:

— Vá à merda. Depois a gente conversa.

Em seguida, sobe no carro zangada. Ela pensa no ocorrido, nas coisas desagradáveis que Gilbert Heine havia lhe dito. Precisava falar com alguém que lhe desse forças, que a entendesse, por isso liga para Judith:

— Onde você está?

— No escritório — responde a amiga. — Aconteceu alguma coisa?

Mel olha em volta e pergunta:

— Posso ir aí?

— Claro. Se me trouxer um frappuccino de chocolate branco, vou amar você. — Jud nota que sua amiga não riu com o comentário, por isso acrescenta: — Ei, o que foi?

Para não a deixar angustiada, Mel responde:

— Não se preocupe. Só quero comentar uma coisa com você.

— Espero você aqui.

Quando desliga, Mel dá a partida no motor e sai com o carro.

Meia hora depois, após estacionar, para na Starbucks, compra dois frappuccinos e sobe ao escritório da amiga. Precisava falar com ela.

Quando Jud a vê, levanta-se da cadeira e, com um sorriso, diz ao abrir os braços:

— E não é que você trouxe mesmo o frappuccino de chocolate branco? Te amo, te amo!

Mel sorri com aquele entusiasmo todo. Judith era pura vitalidade. Depois de cumprimentá-la com um beijo e de Jud ter lhe roubado o copo das mãos, senta-se em uma cadeira e anuncia:

— Tenho um problema.

Judith pega um pouquinho do chantili com o canudo e o enfia na boca. Omitindo os problemas que ela mesma tinha, comenta pensativa:

— Desse jeito nunca vou emagrecer, mas chantili é tão gostoso... — Depois se senta junto da amiga e pergunta: — Muito bem. Conta, o que foi?

A ex-tenente dá um gole na bebida e, sem esperar um segundo mais, explica o que tinha acontecido. Jud passa da surpresa à incredulidade e à indignação.

— Mas esse cara é idiota ou o quê? Você não o mandou à merda?

— Mandei, depois mandei Björn também.

Judith a olha sem entender, mas depois acrescenta:

— Você precisa contar tudo isso pra ele.

— Eu tentei, Jud. Mas cada vez que menciono o assunto ele fica bravo e não me deixa falar. Não suporto essa gente, e Björn não suporta me ouvir a respeito.

Judith pega o telefone e diz, olhando para Mel:

— Vamos ligar pra ele agora mesmo e você fala tudo, ponto a ponto. Isso não pode continuar assim.

Mel fecha os olhos por um instante, pega o telefone das mãos da amiga e explica:

— Agora não, Jud. Ele está com Peter e com o pai. Acho que não é o momento. Além do mais, logo vamos ter a festa de noivado. Uma coisa dessas estragaria tudo.

— Mas, Mel, esse cara é...

— Um desgraçado — ela completa. — Mas agora não posso falar com Björn, e não preciso nem dizer: nenhuma palavra para Eric.

Jud suspira e, ao ver a cara séria da amiga, diz:

— Tudo bem. Mas se isso sair do controle e você não contar a Björn, quem vai contar sou eu.

Mel sai da Müller e vai direto para casa. Assim que entra e ouve risadas, dirige-se para a sala, onde encontra Björn e Peter. Ver a felicidade no rosto deles a faz se sentir mal. Se falasse naquele momento o que estava acontecendo, tudo ia mudar. Então, suspirando, decide deixar o assunto para outro dia.

Ela os observa do sofá jogando video game na frente da TV. Quando soube que conseguiria ser comedida, fala:

— Você não tem que trabalhar? E você não tem que estudar?

Peter se cala. Björn para o jogo e se levanta.

— Oi, querida — cumprimenta. — Esta manhã Peter e eu fomos tomar café da manhã com meu pai e depois fomos os três a uma entrevista em um colégio.

— E? — Mel pergunta.

O garoto ia responder, mas Björn pede um segundo e puxa Mel de canto.

— Antes que eu responda, por que você estava tão mal-humorada hoje de manhã? E onde você viu Gilbert? Odeio que você desligue na minha cara, e mais ainda que me mande à merda.

Mel pondera sobre a resposta. Tinha que contar o que estava acontecendo. Precisava ser sincera com ele em relação ao assédio que estava sofrendo por algo que um dia Louise havia comentado com ela. Apesar disso, incapaz de tocar nesse assunto, então responde, mudando a cara:

— Vi Gilbert na escola da Sami. Aliás, mandaram lembranças pra você.

— E seu mau humor?

— Um babaca no trânsito me irritou. Só isso.

Björn fitou seus olhos. Tentou ler o que eles queriam lhe dizer, mas não queria pôr em dúvida o que ela havia dito, por isso, assente e, sorrindo de novo, volta com ela para junto de Peter e fala:

— Como eu dizia, fomos a um colégio de que Peter gostou muito, não é mesmo, campeão?

Com um sorriso que descongelaria o polo Norte, o garoto faz que sim e afirma, cheio de entusiasmo:

— Achei o colégio irado! Eles têm um laptop por aluno. Não é como no antigo, com um computador só para a turma toda, e ainda por cima velho.

Mel sorri. Tocando o cabelo dele com ternura, ela diz:

— Só queremos o melhor pra você, querido. Se você gosta desse colégio, vamos tentar de todas as formas matricular você.

Peter e Björn se olham e trocam um toque de mãos. O advogado diz:

— Também fomos fazer compras. Eu trouxe o iPhone 6 que você queria, mimada!

Toda feliz, Mel aplaude ao ver a caixinha sobre a mesa de centro. Finalmente podia se livrar do aparelho antigo que tinha ressuscitado depois que o seu tinha ido parar dentro de uma jarra de água.

— Também comprei para Peter um computador na loja do meu amigo Michael. Por acaso, esse jogo estava em uma das máquinas. Começamos a jogar e acabei comprando também. Você vai ver que legal!

Achando graça e deixando de lado o que tinha acontecido naquela manhã, Mel olha para ele. Como se fosse a mãe daquele gigante de olhos azuis e cabelos pretos, pergunta:

— E você não tinha trabalho?

Com um sorriso travesso, Björn se senta de novo com Peter e responde, dirigindo-se a ela:

— Tinha umas visitas para fazer, mas Aidan se encarregou delas. Não eram importantes.

A ex-tenente concorda com a cabeça. Era evidente que Peter estava mudando a vida de Björn. Feliz com isso, ela se senta entre os dois e, olhando para eles, declara:

— Muito bem, espertinhos. Quero jogar. Quem está a fim de perder primeiro?

45

Mel e Björn estão felizes com a festa de noivado, e eu estou feliz por eles.

Hoje de manhã, depois de falar com ela pelo telefone durante quase uma hora, decidimos que as crianças vão ficar na minha casa. É melhor. Pipa e Bea vão cuidar delas.

Depois daquela noite da garrafa de rótulo rosa, não discuti mais com Eric, mas não tenho ilusões: sou uma macaquinha adestrada. Tenho consciência de que alguma coisa está fermentando em nossa casa e, no dia em que explodir, vai ser um salve-se quem puder.

Quando Mel aparece com Peter e Bea, que vai cuidar de Sami na minha casa, Flyn, que já foi avisado por Eric, desce para receber o garoto.

Sem dizer nada, observo como Sami, depois de dar um beijinho em mim e outro no meu marido, corre atrás do pequeno Eric, e como Flyn não se mexe e observa Peter com curiosidade.

— Este é Flyn — Mel diz a Peter. — Vocês têm mais ou menos a mesma idade e tenho certeza de que vão ter muito assunto.

Os dois adolescentes fazem que sim com a cabeça, mas não dizem nada.

Não abro a boca e só espero que meu maldito filho se comporte bem.

Ao ver que Flyn não diz nada, Eric olha para Simona e instrui:

— Peter pode dormir no quarto de hóspedes. Está arrumado?

— Sim, senhor — diz a mulher com um sorriso. Aproximando-se do garoto, ela murmura: — Bem-vindo, Peter. Sou Simona. Se precisar de qualquer coisa é só pedir, está bem?

— Pode deixar. Obrigado — ele diz.

Peter é muito educado.

Isso me lembra, mais uma vez, de que não é necessário ser criado em uma família endinheirada para ter educação. Sem dúvida, Peter é um grande exemplo disso. Tomara que Flyn perceba.

— E Björn? — pergunto.

Mel afasta o cabelo do rosto e responde com um jeito brincalhão:

— Foi pro restaurante, esperar os convidados.

Conhecendo Björn, tenho certeza de que o jantar vai ser dos bons. Faço menção de comentar algo, mas ouço Eric dizer:

— Flyn, Peter gosta muito de computadores, e parece que joga os mesmos jogos que você.

Os dois adolescentes trocam um olhar.

— Você joga *League of Legends*? — Flyn pergunta.

— Jogo.

— E *World of Warcraft*?

Peter pega o laptop novo da mochila e diz:

— Sou muito bom nesse. E você?

Flyn sorri. Isso enche meu coração, como sempre. Enquanto os dois sobem correndo a escada, Eric diz:

— Não vão dormir muito tarde.

— Tá bom, pai — responde Flyn.

Mel, Eric, Simona e eu nos entreolhamos e sorrimos. O que será que esses jogos têm que unem desconhecidos?

Depois de beijarmos os pequenos, que estão na piscina com Pipa e Bea, vamos embora. Temos uma grande noite pela frente.

Quando chegamos ao restaurante, encontramos vários amigos, mas minha felicidade atinge o pico no momento em que ouço dizerem às minhas costas:

— Surpresa!

Eu me viro e encontro Frida e Andrés. Ao vê-los, grito enlouquecida e os abraço.

Dizer que adoro os dois é pouco! Quando consigo me acalmar, pergunto:

— E Glen?

Sorrindo e sem soltar minha mão, Frida responde:

— Ficou na casa dos meus pais.

Abraço-os de novo. Estou emocionada por tê-los com a gente. São da família, como Mel e Björn. Amigos que conheci de uma maneira incomum e que, de início, me escandalizaram com seu comportamento. Mas, para mim, são especiais. Muito especiais.

Agarrada ao futuro marido, Mel conversa com Eric e Andrés, mas então observo que sua expressão se altera. Apresso-me a olhar na direção da porta e vejo entrar Gilbert Heine e sua mulher, junto a outros sujeitos de terno que presumo serem advogados.

Rapidamente, caminho até Mel e me coloco a seu lado, pois sei o que está pensando. Björn, sem tirar o sorriso do rosto, vai cumprimentar os recém-chegados.

— O que esse bando de idiotas está fazendo aqui? — cochicho.

— Não sei. Ele não me disse que viriam — responde Mel.

Instantes depois, Björn se aproxima de nós com aquelas pessoas e, olhando para Mel, anuncia:

— Querida, Gilbert, Heidi e os outros sócios acabaram de chegar.

Observo minha amiga mudar a expressão da água para o vinho e sorrir falsamente. Depois de trocar beijinhos com eles, ela diz:

— Obrigada por virem.

— Não perderíamos por nada — afirma Gilbert, com um sorriso de ratazana.

— Um futuro enlace é sempre motivo de felicidade — acrescenta a vaca da Heidi.

Gilbert, que está com o braço sobre o ombro de Björn, diz então:

— E estamos felizes por termos sido convidados para um acontecimento tão especial como a festa de noivado de uma pessoa que pode vir a ser nosso próximo sócio majoritário.

— Quem sabe? — ecoa Dujson, outro advogado.

Mel prende a respiração quando Gilbert olha para ela e, com uma piscadinha, acrescenta:

— Björn, você é um dos melhores e Gilbert, Dujson, Hoffmann e Associados é um bom nome, não acha?

Björn sorri, agarra Mel pela cintura e afirma, enquanto ela o observa:

— Sem dúvida soa muito bem, não é, querida?

Mel, que tenho certeza de que está com vontade de armar um barraco, retribui o sorriso e responde:

— Sim, querido, soa muito bem.

Björn apresenta os colegas a Eric e a Andrés. Mel pede licença, pega minha mão e vamos as duas para o banheiro. Eu me certifico de que não tem ninguém lá dentro, então noto como minha amiga está pálida.

— Respira — murmuro. — E não deixe que aquele babaca estrague este momento tão bonito.

Mel faz que sim, joga água na nuca e, com segurança, concorda comigo:

— Você tem razão. Eu consigo. Vamos voltar para o jantar.

Dez minutos depois, vejo que ela está se divertindo normalmente. Frida se aproxima de mim e diz baixinho:

— Ainda não consigo acreditar: Björn é pai de um adolescente e de uma menininha e ainda por cima vai se casar!

O comentário me faz rir. Deixo o assunto de Peter de lado e digo:

384

— Ele encontrou a mulher que precisava ter ao seu lado. E, se dependesse só dele, Björn já teria se casado há mais de um ano, mas Mel demorou a aceitar.

Frida arregala os olhos, surpresa.

— Pode acreditar — insisto. — Foi isso mesmo.

Frida sorri e olha para Mel, que, ao ver que estamos olhando pra ela, se aproxima de nós.

— Minha orelha está quente. Estavam falando de mim?

Frida e eu soltamos uma gargalhada.

— Só estava dizendo que estou surpresa por Björn finalmente subir ao altar — diz ela.

Mel faz que sim e, sem perder o bom humor, confidencia:

— E é ainda mais surpreendente que a pessoa que vá subir ao lado dele seja eu. Quando liguei para minha mãe e contei, a primeira coisa que ela perguntou foi: "O que você bebeu, Melania?". — Todas rimos. Mel acrescenta, muito feliz: — A verdade é que Björn tem tudo o que sempre procurei num homem.

Nesse instante, o garçom nos diz que o salão está preparado. Björn procura Mel com o olhar e ela acompanha o noivo, depois de nos dar uma piscadinha.

— Adorei ela! — murmura Frida.

Concordo, balançando a cabeça. Mel é um amor.

— E vai adorar mais ainda quando a conhecer melhor — afirmo. — Você vai ver.

Frida assente, mas não saímos do lugar. Ela então me pergunta, interessada:

— Mel e você alguma vez…?

Ao entender do que ela está falando, rapidamente nego com a cabeça.

— Não, nunca.

— Por quê? Ela é lindíssima…

O comentário me faz rir.

— Porque não gosto de mulheres do jeito que você gosta…

— Mas já brincamos juntas, e eu já vi você brincar com outras…

Confirmo balançando a cabeça. Ela está coberta de razão.

— Digamos que adoro que brinquem comigo — explico. — Só isso.

Ambas rimos. Mel então volta ao nosso lado e pergunta:

— Minhas orelhas esquentaram de novo. Do que estavam falando?

Frida e eu trocamos um olhar e ela responde:

— Eu estava perguntando à Judith se você e ela... sabe?

Mel me olha, eu sorrio e ela responde:

— Não. O sentimento que temos uma pela outra vai além do sexual e nos impede de fazer certas coisas.

— Totalmente de acordo — afirmo, batendo minha taça na dela. — Mel é como uma irmã, e com ela eu não poderia fazer certas coisas, da mesma forma que não poderia fazer com Raquel.

Frida compreende.

— Para mim, Jud é intocável em todos os sentidos — Mel afirma.

— Uaaaaau — brinco.

— Só Jud? — pergunta Frida, com um sorriso maroto.

Entendendo ao que ela se refere. Mel sorri e assegura:

— No sentido em que você está perguntando, sim.

Encantada com a declaração, Frida, que é uma loba arrebatadora, dá uma secada em Mel que dá calor até em mim, então levanta a taça e conclui:

— Fico feliz em ser amiga de vocês, e não irmã. Viva a amizade!

Fazemos um brinde em meio às risadas. Como diria minha irmã, nos falta um parafuso!

O jantar transcorre de modo agradável. Amigos conhecidos e desconhecidos brindam pelos noivos felizes, e o casal se beija ao som dos aplausos. Enquanto isso, observo Gilbert e seus capangas e os amaldiçoo em pensamento.

Eric, que está ao meu lado, não me solta. É uma daquelas noites em que sinto sua possessividade com força total. Quando o jantar chega ao fim e vamos para o salão tomar um drinque, ele me olha e murmura:

— Björn propôs ir ao Sensations quando alguns dos convidados forem embora. Está a fim?

Confirmo, toda contente. Era o que eu esperava. Não tem nada de que eu esteja mais a fim.

Durante algumas horas, batemos papo até que Björn, depois de se despedir dos últimos convidados, incluindo Gilbert e os demais advogados e esposas, olha os nove que restam e diz:

— Vamos continuar com a festa.

Concordamos e, muito contentes, seguimos para o Sensations. Mal chegamos lá e o dono da casa vai até Björn e anuncia:

— Como você pediu, a sala do fundo está reservada.

Björn concorda com a cabeça. Enquanto estou conversando com Frida, ouço:

— Que surpresa boa, Eric e Judith!

Eu me viro e encontro Ginebra e seu marido. Vou cumprimentá-los, mas, surpreendentemente, Frida, que está ao meu lado, diz em alto e bom som:

— O que essa vaca está fazendo aqui?

— Querida… — murmura Andrés ao ouvi-la.

Fico petrificada, mas Ginebra, em lugar de se abalar, se aproxima.

— Não vai me cumprimentar, Frida? — ela diz.

Frida, de personalidade fortíssima, olha para Eric e para o marido, que nos observam, depois crava os olhos em Ginebra, deslumbrante num vestido verde-claro.

— Dou valor ao meu tempo e não o perco cumprimentando cretinas — Frida diz.

Sem mais, ela agarra Andrés, ambos dão meia-volta e vão embora, deixando-nos todos surpresos.

O clima fica pesado, mas Ginebra, sem mudar o semblante, diz:

— Tem umas figuras que nunca mudam, né?

Figuras?!

Ela chamou minha Frida de "figura"?

Quero calar sua boca, mas, quando vou falar, Eric agarra meu braço para me impedir.

— Ginebra, se você não se importa, estão nos esperando em uma festa particular.

Adoro que Eric tenha dito "particular"! Agarro o braço do meu marido, viro as costas e vou embora com meus amigos.

Entramos na sala e um garçom nos oferece bebidas, que aceitamos ansiosamente. Frida se aproxima de mim e de Eric.

— Desde quando aquela cretina está aqui? — pergunta ela.

Eric sorri, dá um gole na bebida e responde:

— Frida… não fale assim.

Ela olha para ele e adverte em tom severo:

— Tenha cuidado com aquela vaca, não confie nela.

Sua sinceridade me faz rir. Sempre gostei disso em Frida.

Durante vários minutos, enquanto ela fala mal de Ginebra, observo para ver se Eric vai tocar no assunto da doença; ele não diz nada, e eu também fico quieta. Se Eric prefere ser discreto, também vou ser. A saúde de Ginebra não é brincadeira.

Andrés se aproxima de nós. Eric e ele começam a conversar com outro sujeito. Frida me olha e diz:

— Tenha cuidado com ela. A bicha é ruim e pode dar o bote quando você menos esperar.

— Não se preocupe, ela é um amor comigo — respondo sorrindo. — Não fez nada com que eu tenha de me preocupar.

— Tenho nojo dela... — prossegue Frida. — Pelo menos deixei isso bem claro antes que ela fosse embora com aquele tal de Félix. Se bem que, sendo sincera, acho que foi a melhor coisa que aconteceu com Eric. Depois ele conheceu você.

Balanço a cabeça concordando, mas não quero que Frida me influencie a implicar com Ginebra.

— Então vamos deixar isso pra lá — afirmo com positividade.

Frida e eu brindamos e não falamos mais no assunto.

A música toca e logo algumas pessoas começam a dançar. Digo algumas porque Eric não dança, nem louco! Para ele basta ficar me observando, apoiado no bar improvisado que o dono do Sensations instalou na nossa sala.

Enquanto danço "Talk Dirty", de Jason Derulo, junto de Mel, fico observando Eric. O lugar onde estamos é provocador, ele é sexy e a música é excitante. Cravo o olhar em seus olhões azuis e mexo os quadris enquanto vou cantarolando "Vai falar sacanagem pra mim?".

Sacanagem... nunca gostei dessa palavra, mas, aqui onde estou, ela tem um significado especial. Gosto disso, deixa-me louca.

A música é tão provocativa que, enquanto balanço os quadris diante do olhar de Eric, solto o coque. Quando meu cabelo escuro e ondulado cai em cascata ao redor do meu rosto, jogo-o para cima de um jeito provocador e observo meu marido sorrir.

A poucos metros de onde estou dançando, Andrés tira a roupa de Frida em uma cama enorme. Björn e Mel já pararam de dançar e começaram a fazer o mesmo. Pronto, o jogo acaba de começar.

Observo de novo Eric, que não afasta o olhar de mim. Sabe que gosto dessa música e que a provocação nela é dirigida única e exclusivamente para ele. Aproximo-me de onde está, sem parar de rebolar para seduzi-lo, esfrego-me nele e sussurro em seu ouvido, como na música:

— Vai falar sacanagem pra mim?

Ele responde com um sorriso:

— Falo do jeito que você me pedir.

Rimos. Envolvo os braços em seu pescoço e o beijo, enquanto ele enreda as mãos no meu cabelo.

Durante um bom tempo, ouço a música agarrada a ele, enquanto observo os outros brincarem, e me excito ao ver Frida em ação. Ela é uma pantera!

A música muda, e a voz de Norah Jones inunda o reservado cantando "Love Me". Eric suspira e me pergunta, ao me agarrar:

— Vamos dançar?

Meu sorriso diz tudo.

Abraçada a ele, começo a dançar a música que ouvi tantas vezes em nossa casa e que dançamos a sós no escritório dele.

Compenetrados, cantamos enquanto nos olhamos nos olhos.

Gosto de tudo nele.

Sei que ele gosta de tudo em mim.

Estou excitada e sinto sua ereção crescente através do tecido que nos separa. Sem pudor, nossos corpos se tocam, desejosos de fazer algo mais durante a dança.

Discutimos, nos amamos e voltamos a discutir, mas estou tão convencida como ele de que fomos feitos um para o outro e de que nosso amor vai perdurar.

Ouvi-lo cantar — ele, que é o homem mais sério do mundo — me enche de emoção. Eric mudou nesses anos e fez isso por mim. Já não é raro vê-lo cantarolar ou dançar comigo a sós, algo impensável quando o conheci. Mas, por mim, ele faz essas coisas. E eu abandonei a Espanha por ele.

Nós nos olhamos nos olhos e eu me calo, apaixonada, enquanto meu amor canta: "A única coisa que peço é que, por favor... por favor, você me ame".

Como não vou amá-lo se estou completa e loucamente apaixonada por ele?

Abraçada a Eric, fecho os olhos e desfruto desse momento mágico, consciente de que ele não tem interesse em outra mulher. Só tem olhos para mim.

Não sei se Eric sabe o quanto preciso dele. Às vezes me faz duvidar, quando prioriza o trabalho, mas, em momentos como este, em que dança comigo, sei que está fazendo de coração. Gosto de como sempre me faz sentir especial, como neste instante, neste segundo. Sou a mulher mais feliz do mundo dançando com ele essa música romântica maravilhosa.

Logo que termina, começa outra e eu continuo abraçada a Eric, dançando e curtindo o momento. Ao redor, ouvimos os gemidos dos outros, que se deixam levar livremente pelo sexo.

Excitante!

De repente, mãos que não as do meu marido me agarram pela cintura e ouço alguém dizer ao meu ouvido:

— É a nossa música.

Eric e eu nos entreolhamos e sorrimos. Sem dúvida, "Cry Me a River" é uma música especial para Björn, para Eric e para mim.

— Como nos divertimos naquela noite na casa de Björn quando você possuiu nós dois ao som dessa música – murmura meu marido.

Concordo. Sorrio e fecho os olhos enquanto dançamos… Nós nos devoramos… nos excitamos.

Lembranças. Lindas e excitantes recordações tomam minha mente enquanto sinto que a cumplicidade que nos uniu anos atrás continua presente e que, por sorte, Mel, a futura esposa de Björn, não a rejeita e a respeita.

Nós três dançamos a música sensual interpretada por Michael Bublé. Eric devora minha boca e Björn passa as mãos pelo meu corpo.

Inconscientemente, olho ao redor em busca de Mel e observo que ela está nua na cama se divertindo com Frida e Andrés. Nossos olhares se cruzam e minha amiga sorri. Sua expressão me informa que ela aprova o que está prestes a acontecer e, sem pensar duas vezes, pego as mãos dos dois, olho-os nos olhos e os levo até a cama enorme onde os outros estão.

Eric e Björn se sentam um de cada lado, sem falar nada. Meu amor volta a tomar minha boca enquanto abre minha blusa, e Björn abre minhas pernas e beija a parte interna das minhas coxas.

Minha respiração não demora a acelerar. Eric, que está prestando atenção em mim, sorri e murmura:

— Aproveite, e a gente vai aproveitar também.

Eu sei. Eu sei que é assim. O prazer que esses homens sabem me proporcionar nunca nenhuma outra dupla conseguiu. Eric e Björn, Björn e Eric se entendem quanto à arte de me dar prazer.

Eles tiram minha roupa como dois especialistas. Tocam, chupam e me fazem aproveitar. Björn já está nu e faz com que eu me sente sobre ele. Passando os braços por baixo das minhas coxas, sussurra enquanto Eric tira a roupa:

— Deixa a gente cuidar de você.

A voz dele no meu ouvido e o olhar do meu amor são tesão puro. Quando Eric se agacha e passa a boca pelo meu sexo úmido, tremo. Björn, que está me segurando, abre bem minhas pernas e diz ao meu ouvido:

— Quem vai comer você primeiro é ele, depois eu. Está preparada, linda?

Sim. Sim e sim. Preparadíssima!

Estou sempre preparada para eles dois. Então Eric se levanta, olha para mim e me beija, deixando na minha boca meu próprio gosto. Enlouquecido, ele enfia o pau duro em mim, muito lentamente, até o fundo, e eu solto um gemido.

— Geme... grita... deixa a gente louco de prazer — murmura Björn.

Ao me ouvir, Eric mexe os quadris e se crava de novo no meu interior. Eu grito. Com movimentos secos e contundentes, ele entra e sai sem parar. Meus gemidos os deixam loucos. Minha respiração ofegante os excita. Quando sinto que as mãos deles me imobilizam totalmente, sei que estou à sua mercê.

Meus gritos intensos e prazerosos incitam o desejo deles. Em seguida, Eric, me agarrando pela cintura com força, levanta-se da cama comigo nos braços. Björn se levanta também e, enquanto meu amor me segura para se encaixar em mim de novo, sei que Björn coloca um preservativo.

Eu me mexo nos braços deles até que Eric grita cheio de prazer e sei que chegou ao clímax. Ele me olha exausto e, sem sair de dentro de mim, sussurra:

— Tudo bem, querida?

Faço que sim. Melhor que bem.

Com cuidado, ele sai de mim, senta na cama e, fazendo-me sentar sobre ele, abre minhas coxas da mesma forma que Björn acabou de fazer. Depois, beija meu pescoço e, enquanto observo Björn devorar os lábios de Mel, que está ao nosso lado curtindo com Frida e Andrés, Eric me diz ao ouvido:

— Você é minha.

Extasiada por suas palavras, por sua voz e pelo momento, vejo Björn abandonar a boca de sua mulher e se aproximar de nós. Ele me limpa um pouco, pega-me pela cintura, aproxima o membro duro da minha vagina molhada e me empala de uma só vez.

Eric segura minhas pernas abertas para Björn e não para de me dizer como sou linda, o quanto me ama e o quanto o excita me ver desse jeito.

Ah... Que delícia... Que calor!

Björn, tão excitado quanto eu, não solta meus quadris e, com movimentos certeiros e precisos, me empala de novo e de novo. Eu vou me perdendo nas sensações e me deixo levar.

As acometidas não param até que Eric peça. Sem sair de dentro de mim, Björn me levanta e eu sinto meu marido se aproximar com seu pau duro.

— Posso? — ele murmura no meu ouvido.

Sim... Claro que pode. Excitada com a expectativa, afirmo:

— Sou sua.

A língua de Eric passeia pelo meu pescoço quando o ouço dizer com a voz trêmula:

— Devagar, Björn...

Björn me segura com controle enquanto Eric força a entrada de seu pau dentro da minha vagina já repleta. Afinal, ele consegue. Os dois paus se fundem num só e o prazer que sinto é indescritível, incrível. Eu arquejo.

O que meus deuses gregos fazem comigo me enlouquece. Quando estou empalada pelos dois membros duros e enormes, eles começam a se mover, e meus gemidos se transformam em gritos de puro prazer. Logo vejo Mel se aproximar de Björn. Ela o abraça e o beija.

Louca. Eric e Björn me deixam louca, possuindo-me completamente. Jogo a cabeça para trás. Sinto minha vagina cheia, repleta. O prazer é tão intenso, tão imenso, que não quero que essa sensação acabe.

Sinto a respiração de Eric nas minhas costas enquanto suas mãos exigentes me movem em busca do nosso prazer. Eric e Björn. Björn e Eric. Não param. São insaciáveis. Sua respiração e seus movimentos me enlouquecem, e eu me deixo manejar como se fosse uma boneca. Gosto de ser seu brinquedinho, e é isso que sou, pois deixo que se divirtam comigo e que me agradem da nossa maneira particular.

Queria olhar para meu marido e beijá-lo como Mel beija Björn. Como se estivesse lendo minha mente, ele sussurra ao meu ouvido:

— Depois, amor da minha vida… depois.

Calor… tenho muitíssimo calor sentindo o sangue correr descontrolado pelo meu corpo. Todas as minhas terminações nervosas sinalizam que vou gozar.

Quatro mãos me seguram, dois corpos me possuem, e minha vagina está totalmente dilatada e molhada.

Prazer… prazer… O prazer me toma e, quando já não posso mais aguentar, eu me deixo levar e meu corpo é manipulado por Eric e Björn, que, instantes depois, gozam por mim e para mim.

Passados alguns segundos, Björn sai, pisca para mim e vai com Mel para um dos chuveiros. Quando Eric sai de mim também, eu me viro e ele murmura, olhando-me nos olhos:

— Agora me beija, moreninha.

46

Na terça, os amigos combinaram de jantar na casa de Judith e Eric, mas decidiram antes brincar com as crianças na piscina coberta.

Flyn e Peter foram para o quarto vestir o calção de banho, já que eram recatados demais para fazer aquilo no vestiário da piscina.

Enquanto Eric, Björn e Andrés se ocupavam dos pequenos, Frida, Mel e Judith foram por o biquíni. Enquanto tiravam anéis, relógios e colares e os deixavam sobre uma espreguiçadeira, Frida comenta:

— Na Suíça existem umas boates muito legais; vocês precisam ir!

— A gente vai — afirma Judith, e Mel sorri.

Minutos depois, os três casais estavam na água com os pequenos. Flyn e Peter apareceram e pularam como bombas. Todos riram. Ao ver Björn se divertindo com Sami e Peter, Mel se aproxima de Judith e sussurra:

— Ele não está muito sexy?

Judith olha na direção de Björn e pensa que sim, ele estava sexy. Então olha para o marido, que estava com o pequeno Eric nos ombros, e responde:

— Sou mais chegada nos loiros, desculpa.

A diversão durou um bom tempo, até que decidiram sair da piscina e se secar. Simona não demoraria para anunciar que o jantar estava servido.

Depois que as mulheres pegaram as joias da espreguiçadeira, Judith comenta:

— Não encontro meu anel.

— Deve ter caído — diz Mel, olhando em volta.

Todos começam a olhar ao redor da piscina em busca do anel perdido.

— O que você está procurando? — pergunta Eric, ao se aproximar.

Judith mostra o dedo vazio e enruga as sobrancelhas.

— Meu anel preferido.

Ele assente. Era o anel no qual estava escrito "Peça-me o que quiser agora e sempre". Ele havia lhe dado fazia anos, e era especial para ela. Olhando para o chão, Eric murmura:

— Não se preocupe, meu bem. Vai aparecer.

Durante um bom tempo, todos ficaram procurando, mas o anel não apareceu em lugar nenhum. Olhando para a piscina, Eric diz por fim:

— Talvez tenha caído lá dentro. Amanhã a gente procura.

Judith faz que sim. Mas, ao ver a forma como Flyn a observava, seu sexto sentido a deixou em alerta. Aproxima-se dele e pergunta com total discrição:

— Você viu alguma das crianças chegar perto da espreguiçadeira?

O garoto coça o pescoço e responde com um sorrisinho:

— Não.

Pelo sorriso dele, ela compreendeu na hora que era mentira. Judith o conhecia bem demais.

— Você não tem nada a ver com isso, né? — pergunta em seguida, baixando a voz.

O menino dá um passo para trás e grita:

— Você acha que eu peguei seu anel?!

— Flyn… — ela diz entre os dentes, ao ver que Eric os observava.

— E pra que eu ia querer seu anel?

— Flyn, abaixa a voz.

— Por que eu tenho que abaixar a voz se você está me acusando? — insiste ele, consciente de que Eric estava vendo tudo.

Ele os observava, e o garoto grita zangado:

— Por que você não pergunta ao Peter?

— Por quê?

Então todos olham para o menino. Enquanto Mel se aproximava deles, Flyn responde:

— Porque ele também estava aqui comigo. E precisa desse anel mais do que eu.

— O quê?! — protesta Mel ao ouvir aquilo.

— Não diga besteira, Flyn — grunhe Judith.

Confuso, Björn crava os olhos em seu filho, que estava com Sami no colo e se defende:

— Eu não toquei no anel. Se quiserem, podem revistar minhas coisas.

— É claro que ele não tocou — afirma Mel, colocando-se junto dele.

Ao ouvir isso, Eric se aproxima para apaziguar as coisas. Zangada pelo comentário de Flyn, Judith dispara:

— Por que você acusa os outros? Só fiz uma pergunta.

— Já chega — intromete-se Eric. — Essa conversa acabou.

Flyn, que sempre queria ver o circo pegar fogo, olha para o pai e exclama:

— Papai, por que ela me acusou de pegar o anel?

394

— Talvez porque vi você olhando para mim com um sorrisinho na cara — diz Judith.

— Eu disse que já chega! — insiste Eric. Tentando suavizar o tom, ele se dirige até uma Judith exasperada e sugere: — Com certeza o anel caiu dentro da piscina. Vamos jantar e amanhã vou pedir para alguém procurar. Vamos!

Frida e Andrés se olham. Sem dúvida, a relação de Judith com o garoto não estava passando por uma boa fase.

Todos saíram dali e se dirigiram para a sala de jantar, onde se sentaram ao redor da mesa. Tratando de disfarçar o mal-estar com Flyn, Judith se recompôs para demonstrar que o que havia acontecido na piscina não tinha importância, mas Mel, que a conhecia muito bem, diz a ela, quando se levantou para ir à cozinha:

— Jud, sinto muito pelo que aconteceu, mas ponho minha mão no fogo pelo Peter.

Judith concorda balançando a cabeça e sorrindo. Ela, por outro lado, não podia dizer o mesmo por Flyn.

— Não pense mais nisso — fala, olhando para a amiga. — Com certeza o anel está na piscina.

No dia seguinte, Judith se levanta antes de todo mundo e percorre a piscina com óculos de natação de ponta a ponta duas vezes. O anel não aparece.

47

Frida e Andrés passaram os dias em Munique com a família e os amigos. Ficar com eles era divertido. Na sua última noite, todos se despediram com pesar.

Björn falou com Peter a respeito do episódio do anel, e o garoto deixou muito claro que não tinha nada a ver com aquilo. O pai acreditou.

Uma noite, depois de Sami e Peter terem ido dormir, Mel entrou no quarto e olhou para o homem moreno que tantos bons momentos lhe proporcionava. Ele estava lendo na cama.

— Crianças e cadela dormindo.

O advogado sorri e, depois de ganhar um beijo de Mel, murmura:

— Só falta você pelada ao meu lado para a noite ser fenomenal!

— Me dá cinco minutos para uma chuveirada e você vai ter o que quer — ela diz.

— Uaaaaau, que interessante! — brinca Björn, vendo-a sair.

Mel entra no banheiro, tira o celular do bolso traseiro do jeans e vê que tinha uma mensagem do comandante Lodwud.

Preciso de uma resposta sobre o emprego. Estou sendo pressionado.

Falar sobre aquele assunto com Björn era complicado. Ela deixa o celular de lado e entra no chuveiro. Precisava refrescar as ideias.

Ao voltar do banheiro, ela se surpreende ao não ver Björn na cama, onde o havia deixado. Depois de secar os cabelos com uma toalha, ela o procura por toda a casa, vestida apenas com um roupão. Encontra-o no escritório.

— O que está fazendo aqui?

Björn sorri ao vê-la.

— O expediente deste caso estava incompleto e vim ver se os papéis que faltavam estavam aqui.

— E estavam? — pergunta ela, apoiando-se na mesa.

Diante daquela pose, Björn assente. Puxa um pouco o roupão para ver a perna dela e afirma com voz rouca:

— Tentadora.

Na sequência, pega Mel nos braços, coloca-a sentada sobre seu colo com uma perna de cada lado e a beija. Quando se separa dela, diz:

— Não sei se vou conseguir esperar até setembro...

Mel ri.

— Vai, sim... Claro que vai.

De repente, ele se lembra de algo.

— Mel, tenho que te dizer uma coisa e espero que você não ache ruim. — Ao ouvir isso, ela franze o cenho, mas ele prossegue: — Hoje à tarde Sami me disse, toda contente, que tinha canais de desenhos animados novos na televisão e...

— Tá... tá... sei o que você vai dizer — interrompe ela. — Mas, querido, Peter só precisou colocar uma chave do computador dele e...

— Mel, não quero que ele pirateie nada. De que adianta eu proibir alguma coisa e você permitir?

Mel suspira. Sabia que ele tinha razão e, sem vontade de discutir, assente.

— Está bem. Amanhã vou dizer ao Peter que tire os canais de desenho e esportes.

— Esportes? — repete Björn.

Mel sorri e confirma:

— Sim, meu bem... um montão de canais de esportes.

Ao ver aquela cara travessa, Björn concorda com a cabeça. Depois pega o controle do som, liga e começa a tocar "A Change Is Gonna Come".

— Seal?

— Nunca falha com você — responde ele, beijando-a.

A ex-tenente esquece o que estavam conversando enquanto a música incrível soava e esquentava seus corpos e suas almas, segundo a segundo. Eles se adoravam, precisavam um do outro, mas, se com Sami seu tempo se via reduzido, agora com Peter ainda mais.

Mel pensa na mensagem que acabara de receber de Lodwud. Tinha que falar com Björn sobre aquilo. Embora soubesse que não era o melhor momento, separa-se dele e começa:

— Querido, tenho que falar com você.

Já totalmente envolvido pelo que havia se proposto a fazer com ela, Björn assente.

— Depois, linda... depois.

— Björn...

397

— Depois... agora estou muito ocupado.

Mel sorri, mas, parando de novo, explica:

— Recebi uma mensagem de Lodwud no celular. Preciso dar uma resposta. A vaga de segurança é minha se eu quiser.

Ao ouvir isso, o advogado afasta as mãos dela, incomodado.

— E o que você vai dizer?

Mel suspira. Sabia que o clima bom acabara de chegar ao fim.

— Escuta, meu bem, estou tentando conversar com você — ela responde.

— Então a resposta é não. Não quero que minha esposa seja a porra da segurança de ninguém.

Seu tom, a forma como disse aquilo e a raiva que Mel detecta nas palavras fazem com que ela olhe para ele e rosne:

— O que você está pensando? Que sou pau-mandado como aquelas mulheres? Acha que vai controlar minha vida e o que eu quero fazer?

— Quer parar de falar mal do escritório de uma vez por todas? Estou farto de só ouvir você dizer coisas desagradáveis sobre eles. Olha, Mel, faz anos que tento realizar esse sonho e, desta vez, está ao meu alcance. Não me atrapalhe!

Ela suspira. Por nada no mundo queria atrapalhar o sonho dele, então volta ao assunto que lhe interessava:

— Querido, fizemos um trato. Eu me casaria com você e você aceitaria que...

— Você já se casou comigo?

A ex-tenente o encara e, soltando faíscas pelos olhos, responde:

— Björn... isso não é justo.

O alemão não se mexe. Sabia que estava errado.

— Escuta, querido — insiste ela —, a gente precisa conversar. Tem coisas que você não sabe em relação a...

Björn a solta, fora de si e, afastando-a para se levantar, sibila sem deixar que ela fale:

— Olha, você matou minha vontade de fazer qualquer coisa. Boa noite.

Em seguida, caminha até a porta e sai do escritório. Mel, boquiaberta, não se move enquanto aquela música maravilhosa continuava soando.

48

Minha relação com Flyn ainda é a mesma. Eric agora cuida dele, mas o menino continua sem me dirigir uma palavra. Sou como os três macacos sábios: não ouço, não vejo e não falo. Sinto falta das nossas conversas e risadas.

Será que ele não sente?

Meu anel não apareceu e isso me deixa triste. Significava muito para mim. Eric prometeu que encomendaria outro igual e sei que deve chegar com ele qualquer dia desses.

Na quinta, depois de chegar do trabalho na Müller, tomo um café na cozinha enquanto converso um pouco com Simona.

Flyn entra, seguido pelo pequeno Eric. Meu pequenininho vem para o meu colo, e eu me desfaço em carinhos. Saio da cozinha de mãos dadas com ele para ver o que deseja me mostrar.

Quando volto para a cozinha, não há ninguém: nem Flyn nem Simona. Abro o armário, pego uns biscoitinhos e como com o café.

Que delícia!

Umas duas horas depois, começo a me sentir mal. Meu estômago está se revirando e tenho que correr para o banheiro.

Eric chega do trabalho, mas não janto com ele. Estou me sentindo péssima.

Ao me ver nesse estado, ele fica preocupado e faz de tudo por mim. Sem dúvida, se alguém quer a atenção de Eric Zimmerman, só precisa estar doente. Mãe do céu!

Acordo de madrugada e vou correndo para o banheiro.

Enojada, fico pensando no que posso ter comido para meu estômago estar tão revoltado comigo.

Tenho muita sede, então desço até a cozinha. Pego uma garrafinha de água na geladeira e fico sentada no escuro, sem sono. Pego o iPad de cima do balcão e começo a fuçar o Facebook.

Quando já xeretei o suficiente, entro no perfil de Jackie Chan Zimmerman e leio: "Correria em casa. As gotinhas funcionaram sem sombra de dúvida. Rssss!".

Filho da mãe!

Já sei por que estou me sentindo mal. Ele foi mesmo capaz de fazer uma coisa dessas comigo?

Aborrecida, faço uma captura da tela, levanto, saio da cozinha, subo a escada, entro no quarto de Flyn e dou um tapão na cama. Ele se levanta assustado e eu disparo:

— O que você me deu?

Flyn pisca. Estava dormindo. Furiosa, colo minha testa na sua e digo entre os dentes, disposta a lhe dar um tapa se me responder atravessado:

— Não acredito que você fez isso. Como pode ser tão cruel?

— Do que você está falando? — ele pergunta.

— Riu bastante com seus amiguinhos por causa das gotinhas, foi?

Ele não responde. Sabe que o peguei. Antes de sair do quarto, disparo:

— Me escuta bem, Jackie Chan Zimmerman: me dói na alma ter que dizer isso, mas agora quem não quer saber de você sou eu.

Volto para a cama e deito sem acordar Eric.

Na manhã seguinte, não digo nada. Se puder evitar desgostos a Eric, vou. Fico preocupada que ele tenha dor de cabeça e isso piore sua visão. O moleque vai ter que se ver é comigo.

No domingo, três dias depois, após ter visto uma partida de basquete de Eric e Björn — que os pobrezinhos perderam —, observo surpresa Flyn e Peter conversarem. Sem dúvida, Peter tem uma grande capacidade de perdoar comentários maldosos, e um magnetismo que conquista a todos dia a dia, incluindo Flyn.

Enquanto estou com Mel e os pequenos, vejo, curiosa, os dois rindo e conversando com Eric e Björn, a poucos metros de nós. Ao se dar conta de que os observo, ela diz:

— Gosto de ver como se dão bem, você não?

Concordo. Claro que gosto! Respondo sem mencionar o que meu filho fez contra mim:

— Claro que sim.

Hannah estende os braços para o pai e ele a pega no colo. Decidimos ir tomar alguma coisa no restaurante de Klaus. Estamos indo para os carros quando, de repente, alguém agarra meu cotovelo. Ao me virar, pisco várias vezes. Flyn!

Espero para ver o que ele quer. Ele fala em voz baixa:

— Desculpa pelo outro dia. Não devia ter colocado nada no seu café.

Ora, ora, ora... Flyn se desculpando por alguma coisa!

Fico tão sem ação que não sei o que fazer. Abraçá-lo, não. Beijá-lo, muito menos. Sei que ele vai recusar as duas coisas, por isso, digo simplesmente:

— Aceito suas desculpas.

Flyn concorda com a cabeça, olha-me nos olhos de um modo diferente e se afasta de mim.

Eu me emociono como uma boba.

À noite, quando chegamos em casa e estacionamos o carro, Susto e Calamar vêm nos receber. Simona, que está com Norbert esperando por nós, me diz que fez compras e preparou uma torta de carne, que está no forno. Agradeço enquanto faço carinho na cabeça de Susto. Simona e Norbert vão embora de mãos dadas.

Eric se enfia no escritório com Flyn, deixando-me de fora da conversa.

Quando Pipa sobe para dar banho nos pequenos, depois que eu os encho de beijos, eu me dirijo ao escritório. Estou pronta para abrir a porta, mas sei que, se fizer isso, as chamas voltarão a se acender. Por fim, dou um passo para trás. Penso em Eric e decido deixar as coisas em suas mãos. É o melhor.

Precisando me ocupar, vou para a cozinha e me ponho a descascar batatas. Vou fazer uma das minhas maravilhosas tortilhas. Todos gostam, incluindo Flyn. O fato de que tenha me pedido desculpas mexeu tanto comigo que quero fazer algo em troca. Não posso errar com a tortilha.

Durante um bom tempo, eu trabalho na cozinha. Faço uma salada de tomates com cubinhos de muçarela e duas tortilhas deliciosas com um aroma divino, e abro um dos pacotinhos de presunto cru que meu pai nos envia todos os meses. Ele sabe que adoro e me faz esse mimo, apesar da distância.

Assim que coloco o presunto sobre um pratinho e o ponho na mesa com a salada e as tortilhas, sigo para o escritório. Encosto a orelha na porta e comprovo que continuam ali. Abro-a com o melhor dos sorrisos e Eric e Flyn param de falar, olhando para mim como se não devesse estar ali. Então pergunto:

— O que foi? Não posso entrar?

Flyn desvia os olhos e Eric responde:

— Claro que pode, querida.

Sua resposta me agrada, tranquiliza e demonstra que ele quer que eu continue participando dessas reuniões. Sento em uma cadeira e me dedico a ouvir o que Eric fala. Quando finalmente acaba, ele pergunta:

— Jud, quer acrescentar alguma coisa?

Pela minha cabeça passam mil coisas, mas, como Flyn me pediu desculpas e quero paz, em especial por Eric, que não pode ficar nervoso, nego com a cabeça. Levanto e murmuro:

— Não.

O garoto me olha. Vejo que se surpreende por eu não botar a boca no mundo quanto a seu último feito. Mas eu digo apenas:

— Vamos pra cozinha? Preparei um jantar delicioso.

Eric sorri ao perceber minha alegria.

— Mas Simona não tinha deixado uma torta de carne?

Confirmo com a cabeça, mas insisto, sem querer revelar a surpresa:

— Anda. Vamos descer e depois vocês me dizem se preferem a torta ou o que preparei.

Eric e Flyn caminham na minha frente. Quando entramos na cozinha, meu amor diz todo contente:

— Tortilha, salada e o presunto cru delicioso do seu pai. O que estamos comemorando?

De repente, toca o celular de Eric. Ele o tira do bolso da calça, dá uma olhada no visor e diz, levantando a mão.

— Um segundo. Já volto.

Assim que sai da cozinha, o silêncio se apodera do lugar. Flyn caminha até a geladeira, abre e pega uma coca-cola. Quando volta para a mesa, olho para ele e digo:

— Também quero uma.

Sem fazer grande alarde, mas deixando claro que detestou meu pedido, ele coloca sua lata sobre a mesa, abre a geladeira, pega outra, coloca diante de mim e diz:

— Aqui está.

Ele se senta, abre sua lata e dá um gole. Com a mesma arrogância, pego a minha e a abro. A coca-cola espirra no meu rosto, na minha camiseta, no meu cabelo e em tudo ao meu redor.

— Merda! — protesto.

Flyn dá uma gargalhada. Furiosa ao ouvi-lo, enfio a mão na salada e esfrego com todo o mau humor na cara dele.

A risada do moleque para na hora.

— Por que você fez isso? — ele pergunta num grunhido.

Ensopada de coca-cola, eu o encaro.

— Aqui se faz, aqui se paga. Ou, melhor dizendo, quem ri por último ri melhor, Jackie Chan.

Zangado, ele se levanta. De repente, a porta se abre e Eric, ao ver nossa cara, exclama assombrado:

— O que aconteceu?

Seco meu rosto e os cabelos com uma toalha de papel antes de responder:

— Pergunta pra ele.

— Pra mim? Por quê, se eu não fiz nada? — protesta o menino.

— Claro — respondo com sarcasmo. — A coca que *você* trouxe da geladeira pra mim explodiu na minha cara por acaso, não foi?

Eric só nos observa... Flyn insiste:

— Papai, juro que só tirei a coca da geladeira e a coloquei em cima da mesa. O que ela está insinuando é mentira. Juro!

— Está jurando como jurou outras coisas em outros momentos? — retruco.

— Não estou falando com você, estou falando com meu pai — ele diz rosnando.

— Está falando com seu pai? — pergunto levantando a voz. — E eu o que sou, um móvel? — O menino não responde, e eu prossigo: — Que eu me lembre, até pouco tempo eu era sua mãe e seu sobrenome era Flores! Pode me dizer o que fiz pra você não gostar mais de mim?

— Eu não disse que não gosto de você — o garoto solta entre os dentes.

Sua resposta me surpreende. Ah, então ele me ama! Mas, com o sangue à flor da pele, respondo:

— Pois então falamos idiomas muito diferentes, Flyn, porque sua atitude de não me chamar de "mamãe" e não parar de aprontar pegadinhas dá muito o que pensar, você não acha?

— Jud, já chega! — grita Eric.

Ouvir isso me irrita. Por que ele nunca se coloca no meu lugar? Por quê? Quando Flyn dá meia-volta e sai da cozinha todo bravinho, Eric acrescenta:

— Muito bem, Jud. Está cada dia melhor.

Dito isso, ele também sai da cozinha. Eu me sento na cadeira, olho o pardieiro ao meu redor, com tomate e coca-cola por toda parte, e murmuro com raiva do mundo:

— Você também, Eric. Está cada dia melhor.

49

Na segunda, Eric vai para o escritório antes de mim. Recebeu um telefonema e sai rapidamente. Nem pergunto de quem era. Depois da semana desagradável que passamos, prefiro que vá sem mim.

Pego meu carro e, com tranquilidade, dirijo até a Müller. Entro na minha sala e encontro uma planta. Penso que, se for do meu marido, vou subir até sua sala e jogá-la na cabeça dele. O energúmeno quase não me dirige a palavra desde ontem e uma planta só vai me deixar mais zangada.

Durante um bom tempo, ignoro o cartão no vaso. Quando já não consigo me segurar, pego e leio:

> *Espero que tudo tenha se solucionado. Com certeza Eric e Flyn já não estão mais bravos. Com carinho,*
> *Ginebra e Félix*

Ginebra e Félix?!

Como Ginebra e Félix?!

Por que eles sabem que Flyn e Eric estão bravos comigo?

A cada instante mais nervosa, pego o bilhetinho e me dirijo ao elevador. Eric vai me ouvir. Com o passo firme e seguro, chego até seu andar e, antes que a secretária me veja, abro a porta da sala e fico paralisada ao vê-lo com as pessoas que me enviaram a planta.

— Aí está você — comemora Ginebra. — Eu ia descer agora mesmo pra te ver. Queria saber como estava e se tinha recebido nossa planta.

Quero que ela vá para o inferno! E, como diria meu pai, toda a sua família também!

A expressão de Eric me indica que, além da minha língua, devo segurar meus pensamentos. Então fabrico rapidamente um sorriso e respondo:

— Muitíssimo obrigada. Foi uma grande delicadeza.

Félix sorri e, aproximando-se de mim, murmura enquanto toco meu dedo sem o anel:

— Fico feliz em saber que gostou. Ginebra teve a ideia depois de Eric nos contar no café da manhã que vocês tinham passado um fim de semana agitado.

Fim de semana agitado? Por que eles precisam saber de alguma coisa? Tentando não deixar o babaca do meu marido em uma situação difícil, ainda que ele mereça levar um chute, digo apenas:

— Um presente lindo!

Estou parada ali no meio, sem saber o que fazer, e então Eric pergunta:

— Queria alguma coisa, Jud?

Olho para ele. Claro que queria alguma coisa, mas agora quero arrancar seus olhos. Reagindo rapidamente à pergunta, digo:

— Não. Só saber se você tinha chegado bem.

Ele sabe perfeitamente que é mentira.

— Mas vejo que você não podia estar melhor, então vou trabalhar — acrescento. Olhando para os dois convidados, digo: — Foi um prazer ver vocês novamente e obrigada pela planta.

Sem dizer mais nada, dou meia-volta e caminho para a porta. Assim que saio da sala, como se flutuasse em uma bolha, vou até o elevador. Alguém segura meu cotovelo. Ao me virar para ver quem é, encontro Eric.

— Jud...

— Eu te odeio — sussurro sem que ninguém nos ouça.

Ele sabe muito bem por que digo isso e, pegando minha mão, puxa-me com elegância e me leva a uma salinha. Assim que fecha a porta, diz:

— Escuta, querida. Foi um simples comentário. Eu não disse que...

— Não me interessa — insisto, furiosa. — Você contou a eles que tínhamos discutido e não me disse que ia encontrar os dois. Por quê?

Percebo em seu olhar que minha pergunta o incomoda, mas ele diz:

— Porque não era importante, Jud. Foi por isso que não comentei.

Não acredito. Pela primeira vez em muito tempo, não acredito no que ele me diz. Com raiva, pensando nas advertências de Frida, sussurro:

— O que os dois estão fazendo na sua sala?

Eric não me diz nada. Dá um passo para a frente para se aproximar de mim, mas não estou disposta a cair no jogo dele e dou um passo para trás, vendo que não vai responder minha pergunta.

— Preciso voltar — digo. — Tenho muito trabalho.

Sem mais, caminho até a porta e vou embora.

Eric não vem atrás de mim.

Depois de uma manhã caótica, eu me pergunto: o que mais poderia dar errado hoje? Saio da Müller e sinto um grande alívio quando o telefone toca. É Marta, minha cunhada.

Quer encontrar comigo. Estar com Marta é sempre um sopro de ar fresco. Nem parece irmã de Eric. Ela é toda positividade, e ele é o contrário disso.

Falamos de sua gravidez e do quanto está feliz, até que, olhando para mim com aquela cara que tanto me faz rir, ela diz:

— Ai, meu Deus... ai, meu Deuuuus, vou fazer xixi nas calças de novo!

Solto uma gargalhada ao vê-la sair correndo para o banheiro. Ainda me lembro de quando eu estava grávida e ia ao banheiro o tempo todo. Estou rindo disso quando ouço:

— Não me diga que hoje também vou ser obrigado a prender você...

Eu me viro e encontro Olaf.

— Senhor policial, pedi uma porção dupla de salsicha. Pode me prender! — respondo.

Ele sorri, acomoda-se ao meu lado e, depois de pedir uma cerveja ao garçom, diz:

— Ei, sinto muito sobre seu anel e sobre Flyn.

Ai, ai... Lá vem... Sem mudar a cara para que Olaf não perceba que eu não sabia de nada, murmuro:

— Coisa de moleque. Quanta confusão!

Olaf faz que sim. O garçom serve a cerveja e ele dá um gole. Vou ter um infarto se Olaf não disser mais nada, então ele acrescenta:

— Quando Eric me contou, enviei a foto do seu anel para casas de penhores em Munique. Quando me enviaram a confirmação de que estava em uma delas, só tive que ver a fita do circuito de segurança para comprovar que Flyn o tinha levado, embora a venda tenha sido assinada por um amigo dele, maior de idade.

Ai, minha mãe... ai, minha mãe... Flyn roubou meu anel e o levou a uma casa de penhores?

Que calor! Que falta de ar!

Balanço a cabeça como se fosse meio boba, mas finalmente consigo murmurar:

— Por sorte, conseguimos recuperar o anel.

— Sim — afirma Olaf. — Mas você não imagina o desgosto de Eric quando viu a gravação.

Como se eu estivesse a par de tudo, balanço a cabeça de novo como uma idiota. O celular de Olaf toca e ele atende. Depois que desliga, ele se vira, e eu

406

vejo duas moças sorrindo para ele. Então Olaf diz, deixando umas moedas sobre a mesa:

— Preciso ir. As pessoas que eu estava esperando chegaram. Mande lembranças pro Eric.

Sorrio, tentando disfarçar, mas xingo o maldito Jackie Chan Zimmerman e meu marido mentalmente. Dois mentirosos!

Depois de passar um tempo com Marta sem lhe contar o que descobri, vou diretamente para casa.

Que dia cheio de desgostos!

Ali, tento esquecer a notícia desagradável e passo uma tarde maravilhosa com meus pequenos na piscina, até que Flyn entra e pergunta olhando para mim:

— Posso trazer um amigo em casa?

Por mim, não. Ele deveria ficar de castigo até completar cem anos.

— Liga pro seu pai e pergunta pra ele — respondo, muito séria.

— Já liguei e ele me disse pra perguntar pra você.

Merda, merda, merda... Detesto quando Eric faz isso.

Não era ele o responsável pela droga do filho?

Como não estou a fim de confusão, ou melhor, para não sair da piscina e arrancar a cabeça de Flyn de tão furiosa que estou, respondo:

— Faça o que você quiser. No fim das contas, é sempre assim.

À noite, quando Eric chega em casa, não digo nada sobre o anel, esperando para ver como as coisas se desenrolam. Meu marido nem abre a boca.

No dia seguinte, depois de uma manhã espinhosa no trabalho e de passar a tarde com as crianças, vou dar um passeio com Susto e Calamar assim que Pipa as leva para a cama. Os dois adoram esses passeios.

Na volta, Calamar se deita na garagem, esgotado, mas Susto, que nunca quer se separar de mim, entra comigo na casa. Achando graça, continuo brincando com ele. Ao chegar à cozinha, observo que Simona está descascando batatas para fazer uma salada alemã.

Vejo os ingredientes que ela vai usar sobre a mesa: salsichas, picles, cebolinha, maionese, salsinha, sal e mostarda dijon. Sabendo que vai sair uma delícia, murmuro:

— Que vontade, Simona!

Ela sorri e balança a cabeça. Estou lhe ensinando muitas coisas da Espanha, e a principal é que os espanhóis adoram comer! Sorrindo, vou até a geladeira e pego uma lata de coca-cola. Quando vou abrir, Simona me diz:

— Cuidado!

Eu paro, olho para ela e pergunto:

— Por quê?

Simona tira a lata das minhas mãos e coloca um pano em cima para abri-la.

— Norbert deixou cair algumas latas no chão outro dia antes de colocar na geladeira. Pode explodir na sua cara.

Merdaaaaaaaaaaaaaaaaaaa!

Merdaaaaaaaaaaaaaaaaaaa!

E merdaaaaaaaaaaaaaaaaaa!

De repente me dou conta de que acusei Flyn sem motivo.

De repente me sinto a maior bruxa de todo o universo.

De repente, compreendo que estraguei tudo, porque ele não tinha feito nada.

Sentindo calor e cheia de remorsos pelo escândalo que fiz, pego a coca--cola que Simona me oferece. Não paro de olhar o relógio até que Flyn chega. Preciso lhe dizer que me enganei. Sou assim idiota, embora ele não mereça.

Estou angustiada olhando pela janela quando vejo que ele entra pelo portão. Decido esquecer a história do anel. Vamos resolver esse assunto em outro momento, mas tenho consciência de que tenho que lhe pedir desculpas pelo que aprontei.

Sem pensar duas vezes, ponho um casaco e vou em direção a Flyn. Calamar e Susto já estão com ele, que me vê e faz cara feia. Antes que ele diga qualquer coisa, eu me adianto:

— Desculpa, Flyn. Pela história da coca-cola. Simona comentou que Norbert deixou cair algumas latas antes de colocar na geladeira e…

— Eu disse que não tinha feito nada — Flyn afirma com o semblante sério, sem olhar para mim.

Confirmo com a cabeça. Ele tem razão e insisto com todo o carinho que posso:

— Eu sei, meu bem, eu sei, e por isso peço desculpas. Posso estar chateada ou irritada com você por outras coisas, mas fui injusta quanto a isso e precisava que soubesse e me perdoasse.

Seus olhos se cravam nos meus e sinto uma vontade terrível de abraçá-lo. Pularia nele e o encheria de beijos, mas sei que não devo. Ele não quer. Então me limito a escutá-lo.

— Que bom que você sabe que não fui eu.

Dito isso, ele se vira. Fico observando Flyn desconsolada. Quando acho que ele não vai falar mais nada, ele solta a mochila, olha para mim e diz entre os dentes:

— Por que você teve que falar com Elke?

Olho para ele, perplexa.

Que história é essa? Falei com ela só uma vez e já faz muito tempo.

— Por que você teve que se meter na minha vida?

— Do que você está falando? — consigo murmurar.

Flyn se mexe com nervosismo. Olha para os lados e, aproximando-se de mim, sussurra com irritação:

— Jud, não se faça de boba. Você sabe muito bem do que estou falando.

Aturdida pelo que ouço, eu o pego pelo cotovelo.

— Não sei, não. Se está se referindo ao dia em que a encontrei na saída da escola beijando outro garoto, só disse que você era um bom menino e que não sabia das coisas que ela andava fazendo. Flyn, sou sua mãe e...

Ele aperta os dentes. Sua mandíbula se contrai e, aproximando o rosto do meu, ele me interrompe:

— Você não é minha mãe. Minha mãe morreu quando eu era pequeno. Você só é a mulher do meu pai, minha madrasta. Cai na real!

Ai, Deus... O meu coração vai sair pela boca!

O que eu fiz para ele ficar tão agressivo comigo?

Sem querer continuar e com expressão furiosa, Flyn me olha e aponta para minha cara, rosnando:

— Por culpa sua, Elke terminou comigo. O que mais você vai fazer para atrapalhar minha vida? E se prepara, porque eu vou fazer o mesmo com a sua.

Fico piscando. Sinto uma dor na alma por ele não me considerar sua mãe, com o tanto que o amo. Depois que assimilo tudo, olho para ele e murmuro:

— Tá bom, Flyn. Não sou sua mãe. Mas você está me dizendo que está zangado comigo porque Elke não quer mais ficar com você? — Ele não responde. Então, com o coração apertado, pergunto: — É por isso que você está fazendo Eric e eu discutirmos tanto?

Sem responder, ele pega a mochila do chão, dá meia-volta e vai embora, deixando-me sem saber no que pensar.

Horas depois, quando vejo o carro de Eric chegar, espero por ele na garagem. Assim que desce, vou a seu encontro.

Ele me vê e logo anuncia a notícia maravilhosa:

— Olha só o que eu trouxe.

Curiosa, olho em sua mão e encontro o anel. Pego e pergunto, fazendo-me de boba:

— Onde estava?

Eric sorri, dá uma piscadinha e diz:

— Encontrei no porta-malas do carro quando fui guardar uns papéis.

Olho para ele boquiaberta. No porta-malas do carro? Mas esse sujeito acha que nasci ontem? Antes que eu diga qualquer coisa, ele acrescenta:

— Você deve ter deixado cair ali e nem percebeu.

Balanço a cabeça. Melhor fechar o bico, porque não quero piorar as coisas. Ainda assim, não compreendo por que está mentindo para mim sobre um assunto tão importante.

É evidente que deixamos o menino fazer gato e sapato de nós dois, o que é péssimo. Ele nos manipula como quer.

Conto até dez. Depois, até vinte. Preciso deixar esse assunto para outro momento. Coloco o anel no dedo e conto a Eric tudo o que realmente aconteceu com a coca-cola e por que acho que Flyn me odeia tanto. Omito o que ele me diz em relação a não ser sua mãe. Isso faria Eric sofrer.

A cara do meu marido se contrai ao ouvir minhas palavras e, quando acabo, ele pergunta:

— Flyn está assim com você porque Elke o deixou?

— Foi isso que ele falou — murmuro, de saco cheio.

Eric solta um palavrão, anda pela garagem como um leão furioso e, cravando seus olhos azuis em mim, diz entre os dentes:

— Jud, por que você nunca me falou sobre esse encontro com a menina?

Filho da mãe!

Ele está mentindo para mim sobre o anel e tem a pouca vergonha de me repreender por não ter mencionado o episódio.

Se não fiz isso foi para não botar mais lenha na fogueira. Aproximo-me com toda a fúria do mundo e digo entre os dentes:

— Olha aqui, Eric, deixando de lado eu não ter contado que peguei a namorada de Flyn se agarrando com outro e disse umas poucas e boas pra ela, acho que devemos falar com Flyn.

Desconcertado, ele me olha. Chegar em casa e ser recebido por más notícias não é nada agradável. Apesar disso, disposta a solucionar de uma vez por todas o que atormenta Flyn, estendo a mão para meu marido e digo:

— Vamos.

Eric pega minha mão, aperta e, com um puxão, aproxima-me dele para me dar um beijo. Assim que faz isso, ele me olha com segurança e confirma:

— Vamos.

410

De mãos dadas, subimos até o quarto de Flyn.

Eric bate na porta e, quando ouvimos a voz do menino, entramos. Como sempre, está na frente do computador. Ao nos ver, fecha o chat, sem me deixar ver com quem falava. Eric começa a falar e a falar...

Comenta tudo o que lhe contei, e Flyn responde na defensiva. Era só o que faltava!

Um bom tempo depois, quando vejo que Eric já está perdendo sua pouca paciência, ele sentencia:

— Flyn, talvez sua mãe não tivesse que dizer nada pra essa menina, mas garanto que, se eu tivesse visto a cena, teria reagido como ela.

— Você é mais discreto que ela.

— Obrigada pela parte que me toca, Flyn! — exclamo, ofendida, comprovando mais uma vez que na frente de Eric ele não diz que não sou sua mãe.

O menino não responde. Eric me olha com cara de "boca fechada!", e eu decido seguir seu conselho. Então Flyn se pronuncia:

— Papai, eu...

— Não — Eric interrompe furioso. — Estou bravo, muito bravo com você! Só vou pedir uma coisa: me dê um pouco de tranquilidade e comece a se comportar como o menino que eu criei e a quem dei educação. Se você não fizer isso, eu juro, Flyn, você vai se arrepender. Vai direto para um colégio militar.

Flyn não abre a boca. Essa história de colégio militar mostra que tudo ficou muito sério. Eric prossegue enquanto eu me mantenho caladinha durante todo o tempo:

— Você e eu já tínhamos assuntos pendentes. Estou farto e não vou aceitar mais nenhuma das suas.

Flyn não diz nada. De repente, vejo que presta atenção no anel, que já está no meu dedo, então desvia o olhar. Sem acrescentar nada, Eric pega minha mão e saímos do quarto. Vamos para o nosso e, quando Eric fecha a porta, solta minha mão e vai para o chuveiro.

Não o sigo, dando-lhe alguns minutos. Entendo que chegar em casa e ser recebido por mim com uma serenata de chateações todos os dias é irritante. Flyn e seus problemas estão matando nossa relação conjugal.

Disposta a fazê-lo esquecer, eu me aproximo do equipamento de som, procuro um CD e, quando começa a soar nossa música, planto-me na frente do banheiro. Em poucos segundos, Eric sai e, com o melhor dos meus sorrisos, passo as mãos por seus ombros e murmuro:

— Agora você vai relaxar.

411

Como sempre dizia minha mãe, a música amansa as feras, e eu quero amansar a fera loira que tenho na minha frente. Sorrio. Então, sem se importar com meus sentimentos, Eric tira minha mão de seus ombros ao som de "*Te regalo mi amor, te regalo mi vida*" e diz:

— Sei que faço mil coisas erradas, Judith, que piso muito na bola com você, mas, por favor, me deixe respirar, me dê espaço. Vocês dois estão me deixando louco com essa história.

Devo mandá-lo à merda por ser tão babaca?

Ouvir isso é doloroso, parte meu coração. Eu me afasto dele, desligo a música e murmuro, sem vontade de discutir:

— Tá bom, Eric, vou te dar espaço.

Sem um pingo de compaixão, ele abre a porta e sai do quarto. Não vou atrás. Eric não merece. Deito na cama, apago a luz e passo horas olhando para o teto enquanto toco meu anel recuperado.

Já de madrugada, a porta se abre, Eric entra, tira a roupa, deita do meu lado e adormece.

Recuperei meu anel, mas estou perdendo meu amor.

50

Dois dias depois, ao sair do trabalho, Judith foi ver Mel. Precisava falar com ela ou ia ficar louca. A situação em casa andava insuportável. Eric estava taciturno. Flyn se escondia pelos cantos. Ninguém falava com ela.

— Calma, Judith. Isso vai passar.

— Eu sei. Sei que vai passar. Mas a sensação de solidão que sinto na boca do estômago quando estamos em casa é desesperadora.

— Eu sei — murmura Mel.

Ela e Björn tinham ficado sem se falar só um dia pelo que acontecera na outra noite, mas Björn não tinha a cabeça-dura de Eric, e quando pôde resolveu o assunto. Não suportava sentir a indiferença de Mel.

Sem querer falar disso, ela olha para Jud e sussurra:

— Tudo vai entrar nos eixos, você conhece o Eric. Aliás, que bom que encontraram o anel.

Judith olha para o dedo. Não havia contado para ela o que sabia. Dando de ombros, murmura:

— Sim.

A porta se abre e Leya, a cadela, se levanta e corre. Björn chegava com Sami sobre os ombros. Tanto Mel como Judith a enchem de beijos.

Björn cumprimenta a amiga, contente de vê-la, mas, como a conhecia bem, percebeu que tinha alguma coisa errada só de ver a tristeza em seu olhar.

— Está tudo bem? — ele pergunta.

Judith sorri ao ouvi-lo e, com uma piscadinha, murmura:

— Está, não se preocupe. Só umas discussões bobas entre mim e seu amiguinho.

Björn suspira. Eric, Jud e suas discussões... Depois, olhando em volta, pergunta:

— Peter não chegou do colégio?

Mel olha no relógio.

— Ainda falta um pouquinho para ele chegar.

413

O advogado assente. Seu telefone toca quando ia dizer algo, e ele se afasta para atender. Ao se despedir, diz:

— Está bem, Gilbert, vou tentar passar amanhã pra ver você.

As duas se olham e Björn vai para o escritório.

— Você já contou a ele sobre aquele babaca? — pergunta Judith.

— Não.

— E o que está esperando?

Mel sorri.

— Eu é que pergunto por que você não contou ao Eric sobre a discussão que teve com Elke? Ou sobre Flyn ter dito que você não é a mãe dele?

Jud pisca algumas vezes.

— *Touché.*

Mel ri.

— Olha, eu decidi. Não vou dizer nada e seja o que Deus quiser. Ele sabe o que eu penso daquela gentalha, e isso basta.

De repente, Sami pergunta:

— Tia Jud, quer ver o pônei rosa que o papi comprou pra mim?

Jud assente, encantada.

— Claro! Me mostra, meu amor.

Peter chega do colégio uns minutos depois e abraça Judith com carinho, como sempre fazia quando a via. Era um menino afetuoso, o que a emocionava. Por que Flyn não a abraçava daquele jeito?

Depois de ficar um pouco com elas, o menino se retira para o quarto para fazer a lição de casa.

Uma hora depois, quando Mel e Jud estavam bebendo uma coca-cola na cozinha, Björn abre a porta e anuncia:

— Olhem só quem veio.

Judith e Eric se olham e se cumprimentam, sem muito entusiasmo da parte dela.

— Björn queria falar comigo de trabalho — explica Eric.

Sem se mover, Jud balança a cabeça e fala:

— Legal.

Quando os dois foram para o escritório, Mel cochicha, boquiaberta:

— Uaaaaau… Nem o polo Norte é tão frio.

Jud dá de ombros e, como não queria mais falar daquele assunto, que não saía da sua cabeça, diz:

— Vamos, me mostra os canais que o Peter colocou na televisão de vocês. Quero ver se tenho ou não.

Uma hora depois, Eric e Björn saíram do escritório, onde não tinham conversado só sobre trabalho, e se sentaram com elas para tomar alguma coisa.

O bom humor reinava no ambiente, mas ninguém deixou de notar que Judith estava mais calada que o normal. Conscientes do clima tenso entre os dois amigos, Björn e Mel se entreolham sem saber o que fazer. Então ela se levanta e diz:

— Vocês ficam pra jantar, decidido! Vou pedir pizza.

Durante o jantar, a presença de Peter e Sami faz com que tudo seja mais ameno, mas Eric se sentia mal. Ver Jud tão desanimada pelo que estava acontecendo com Flyn e com ele mesmo partia seu coração.

O assunto já tinha passado dos limites. Ficar sabendo que ele tinha roubado o anel que Judith tanto adorava abriu os olhos de Eric para como estava equivocado. Sem dúvida, ele era o culpado. Se toda a dureza que às vezes dedicava à Judith tivesse sido dedicada a Flyn, não teriam chegado àquele ponto.

Pensou em contar a ela sobre o que o filho tinha feito, mas foi incapaz. Não queria que ela soubesse a verdade e, mesmo sabendo que estava errado, mentiu. Teve uma conversa com o filho, como nunca tivera, e decidiu que aquilo tinha de chegar ao fim. Na próxima vez que aprontasse, Flyn iria para o colégio militar.

Eles terminaram de jantar, despediram-se dos amigos e entraram no carro em silêncio.

— Quer ouvir música? – pergunta Eric, olhando para ela.

— Tanto faz.

Desejando que aquilo acabasse, Eric escolhe um CD para tocar. Quando surge a voz de Ricardo Montaner em "Convénceme", ele pergunta:

— Você gosta dessa música, não gosta?

Judith bufa. Ele sabia muito bem que ela gostava.

— Sim.

Ela não olhava para o marido. Eric precisava que Jud virasse para que olhasse em seus olhos, então começa:

— Escuta, Jud...

— Não quero escutar.

Chateado por ter criado todo aquele mal-estar e sem poder aguentar nem mais um segundo, ele insiste:

— Até quando vai durar isso?

Sem olhar para Eric, Judith responde:

— Só estou dando o espaço que você pediu.

Eric balança a cabeça. Arranca com o carro e dirige em silêncio até chegar em casa. Tinha falado demais, e merecia que Jud o tratasse daquele jeito.

Eric estaciona na garagem e desliga o motor do carro. Antes que Jud saia, a pega pelo pulso e a puxa junto de si, abraça-a e promete que, a partir daquele momento, tudo ia ser diferente. Ela não se afasta. Sem dúvida, precisava dele tanto quanto ele dela, e Judith o escuta.

51

Na sexta-feira, depois de deixar nossos filhos, Sami e Peter com Simona, Norbert, Bea e Pipa sem olhar para trás, ou desistiríamos, fomos passar um fim de semana repleto de sexo e prazer num hotel.

Chegamos e passamos pela recepção para fazer o check-in. Em seguida, nos dirigimos ao quarto.

O hotel é bonito. Quando Eric e eu fechamos a porta da suíte, nós nos entreolhamos, falando com o olhar como sempre fizemos, garantindo que está tudo bem.

Quero me divertir com ele. Então, vejo uma garrafinha de rótulo rosa dentro de um balde de gelo junto a duas taças e dou um sorriso, segura do meu desejo, sabendo que também é o dele.

— Tira a roupa — Eric me pede.

Longe dos filhos e dos problemas, meu marido e eu fazemos amor sem reservas.

Precisamos um do outro…

Amamos um ao outro…

Adoramos um ao outro…

Quando, de madrugada, desabamos exaustos na cama, Eric murmura:

— Acho que precisamos de mais fins de semanas como este.

Sorrio, contente. Não tenho a menor dúvida disso. Montada sobre ele, afirmo:

— Vamos ter todos que você quiser.

Na manhã seguinte, depois de ligar para casa e garantir que tudo está sob controle, vamos para a casa de Alfred e Maggie. Ao ver que Björn e Eric conversam, Mel se aproxima de mim e cochicha:

— Tenho que falar com você.

— O que foi?

Ela faz sinal para eu ficar quieta e murmura:

— Depois a gente conversa.

Confirmo com a cabeça. Mel sorri e, olhando para o enorme casarão diante de nós, pergunta:

— Os anfitriões têm tanto dinheiro assim?

Eric e eu trocamos um olhar. Ele responde:

— São donos de metade de Munique e têm ações de algumas produtoras de cinema nos Estados Unidos.

Mel se surpreende ao ouvir isso, e fica mais surpresa ainda quando eles nos recebem em sua casa com ar campestre.

A grande festa vai acontecer à noite. Maggie nos mostra os preparativos por alto, enquanto caminhamos pelos vários ambientes. Mel murmura:

— Meu Deus. Devem ter gastado um dinheirão para fazer tudo isso.

Sorrio. Sem a menor dúvida, os anfitriões podem gastar muito mais que isso. Só é preciso olhar em volta para ter ideia. Não posso nem imaginar como vai ficar tudo lindo à noite, com a iluminação.

Alfred encomendou colunas entalhadas e pedestais para a ambientação, além de bustos e estátuas de homens e mulheres. A mesa principal do salão de jantar é enorme.

Depois de sair do salão gigantesco, entramos em outro espaço cheio de mesinhas baixas, rodeadas por grandes e macios almofadões coloridos. Maggie nos dá um sorriso maroto e diz que é para quem quiser continuar comendo em público depois do jantar.

Dali passamos para outro salão enorme em que uns empregados trabalham nos últimos detalhes. Os homens nos observam curiosos, mas seguem trabalhando. Passamos por balanços de couro presos ao teto e, ao encontrar várias jacuzzis cobertas por trepadeiras para dar um efeito diferente, nós nos entreolhamos, e Maggie murmura que era um desejo de seu marido. Damos risadas quando passamos para outra sala, onde vemos cruzes de santo andré acolchoadas, troncos de tortura com algemas, jaulas e artefatos.

Mel crava seus olhos em mim. Sabendo o que está pensando, dou risada e murmuro:

— Não entro aqui nem louca.

Assim que saímos, Maggie nos mostra vários quartos pequenos com cama sem porta. Um deles tem uma cortina na entrada, um balanço de couro no centro e um grande espelho. É o quarto escuro. Ela explica que algumas pessoas não gostam de ficar rodeadas na hora da troca de casais. Finalmente, vamos a outra sala grande, cheia de camas com lençóis dourados e prateados.

Acabada a visita, saímos do enorme casarão e seguimos até um jardim, onde os rapazes estão nos esperando com outros convidados. Passamos grande parte da manhã ali e, depois de um almoço improvisado em um dos restaurantes do povoado, nós nos despedimos e voltamos ao hotel. Temos que nos preparar para a festa da noite.

Entre risadas, eu me arrumo com Mel e, quando me olho no espelho, lembro-me de Frida e Andrés. Com saudades, recordo minha primeira festa com eles, vestidos como nos anos 1920. Infelizmente eles não poderiam vir à festa por causa do trabalho de Andrés. Embora sinta sua falta, sorrio. Sei que estão bem e felizes. É a única coisa que importa.

Assim que Mel termina de prender meu cabelo num coque, ela se abana e eu pergunto:

— O que foi?

Mel murmura rapidamente:

— Estou com muito calor. Você não está?

Digo que sim. A verdade é que faz muitíssimo calor no hotel. Eu me olho no espelho e gosto do aspecto juvenil e viçoso que o penteado me dá. Depois que coloca uma coroa de louros na minha cabeça, Mel diz:

— Você ficou lindíssima.

Feliz por ouvir isso, passo gel nos seus cabelos curtos e escuros e afirmo:

— Você é que está bonita, com essa coroa de louros e as bochechas vermelhas de calor.

Rimos e, em seguida, vestimos nossas sandálias estilo gladiador com salto.

Olhamos para o espelho e assobiamos. Estamos sexy e tentadoras em vestidos curtos brancos e dourados de romanas. Sem dúvida, foram uma boa escolha.

— Mesmo que você não me dê nenhum tipo de tesão, reconheço que está impressionante vestida assim.

Mel dá uma gargalhada e beija minha bochecha, então sussurra:

— Adoro não te dar tesão nenhum. — Olhando para mim, ela acrescenta: — Escuta, eu quero cont...

Nesse instante, batem na porta do quarto. Sabemos quem é, e com um sorriso travesso fazemos cara de deusas do Olimpo ao dizer:

— Entrem.

A porta se abre e aparecem nossos lindos gladiadores. Björn está impressionante, mas não consigo desviar o olhar do meu alemão. Vestido de gladiador com um saiote de couro marrom, capa e sandálias romanas... Ai, ai... pelo amor de Deus, como é sexy!

Ao ver nossas fantasias, os rapazes sorriem. Gostaram tanto quanto gostamos das deles. Então, de um jeito provocador, levanto a saia curta do vestido e mostro a Eric meu púbis depilado para a ocasião.

— Sem nada, do jeito que você gosta.

Ele assente, e eu vejo seu pomo de adão subir e descer ao engolir. Estou perdida em seus olhos quando ouço Mel dizer diante do olhar de Björn:

— Já eu estou de calcinha. Não gosto de ficar sem.

Meu amigo solta uma gargalhada, Eric sorri e eu, disposta a lhe demonstrar que me sinto uma deusa vestida assim, me mexo com movimentos premeditados, sorrateiros e travessos.

— Gostou do meu vestidinho de romana, Iceman? — pergunto.

O pomo de adão dele volta a se mover quando assente. Sei o que vai acontecer quando meu loiro caminha em minha direção. Ele abre o cinto que repousa sobre seus quadris e deixa a espada cair no chão.

— Pequena… tira esse vestido se não quiser que eu o arranque de você.

— Agora?

Meu amor faz que sim e eu sorrio, satisfeita por tê-lo provocado, mas então vejo que Björn murmura, olhando para Mel:

— Você também está demorando para tirar a roupa, linda.

Sem um pingo de vergonha e excitadas pelas ordens dos dois deuses, Mel e eu trocamos um olhar e um sorriso maroto e abrimos os prendedores sobre o ombro. Os vestidos caem em décimos de segundo.

Eric me devora com o olhar.

Ai… A cara de mau que ele faz!

Seus olhos me demonstram o quanto me deseja. Aproximando-se de mim, ele sussurra antes de me beijar:

— Vou ser o primeiro e o último a te fazer minha esta noite.

Em seguida, Eric me derruba na cama e o observo tirar a cueca boxer. Ele me cobre com o corpo e, separando minhas pernas com as suas delicadamente, me possui. Meu amor me aperta contra si e eu me deixo levar, curtindo ao máximo seu fogo.

Com Eric sobre mim e minha vontade anulada pela loucura, não sei quanto tempo se passou quando tomo consciência de que Mel está deitada ao meu lado enquanto Björn a beija e eles se movem em uníssono entre gemidos e sussurros.

Como digo, nossa amizade é especial, diferente. Compartilhamos intimidades e momentos passionais que outros não compartilham. Gostamos disso. Nós quatro mergulhamos no prazer sobre a cama, fazendo amor com desejo.

Assim que esse louco primeiro ataque chega ao fim, os dois gladiadores se levantam da cama e nos levantam também. Entre risos, vamos ao banheiro nos limpar e, no momento em que olho no espelho, resmungo:

— Merda... meu cabelo está um desastre.

Eric, que adora meus cabelos castanhos, coloca-se atrás de mim, beija-os e diz:

— Deixa solto.

Atendo ao pedido, feliz. Saímos do banheiro e ficamos esperando que Björn e Mel voltem. Eric diz enquanto prende o cinto com a espada:

— Não se separe de mim na festa, combinado, querida?

Concordo. Nem louca eu me separo dele. Não quero saber de nenhuma assanhada indo pra cima dele!

Agasalhados com capas grossas que compramos para a ocasião, entramos no carro de Björn. Faz frio, e ele se apressa em ligar o aquecedor. Animados, nós nos dirigimos à festa, mas ao pegar a estrada que leva à mansão, alguns homens a cavalo vestidos de romanos nos param e dizem que devemos deixar o carro ali.

Descemos e logo percebemos que dos dois lados há várias quadrigas puxadas por cavalos. Vamos nelas até a casa. Adoramos essa chegada. Ambientação desde o primeiro minuto. Sem dúvida, Alfred e Maggie sabem dar festas.

As quadrigas nos deixam na entrada e nos apressamos a tomar o caminho da enorme mansão. Ficamos boquiabertos de imediato. Realmente parece a Roma Antiga. Por toda parte há homens e mulheres vestidos como naquela época, e a caracterização do lugar é fantástica. Mais tarde, fico sabendo que uma das equipes que ajudou na decoração trabalhou no filme *Gladiador*. É realmente incrível.

De mãos dadas com meu amor, caminho para o casarão convertido na antiga Roma e me concentro nas tigelas cheias de uvas, nas jarras finas de vinho e nas lindas taças. Nessa festa não há cerveja, não há coca-cola, não há champanhe.

As paredes estão decoradas com frisos delicados, archotes e lampiões a óleo.

— Incrível. Maggie e Alfred sempre se superam — afirma Björn, dando uma olhada ao redor.

Assentimos, espantados, enquanto aceitamos vinho, que ficamos sabendo mais tarde que é aromático. Bebemos enquanto vamos cumprimentando muitos conhecidos.

Todos os presentes querem se divertir. A grande maioria se conhece de outras festas ou de boates de swing. Ninguém está aqui por engano. De repente, ouço:

— Que alegria ver vocês aqui!

Eu me viro e encontro Ginebra e seu marido. O que eles estão fazendo aqui?

Eric se apressa a me pegar pela mão.

— Eric, não sei se você conhece meu grande amigo Félix — diz Alfred se aproximando de nós.

Ah, tá… Alfred é amigo de Félix…

Sinceramente, não acho estranho. O tipo de sexo que agrada os anfitriões, Ginebra e o marido é muito parecido.

Eric sorri e afirma:

— Sim. Conheço Félix e Ginebra.

A dita-cuja sorri, e eu retribuo.

Enquanto falamos, percebo que Ginebra não se aproxima de Eric nem olha para ele de um jeito que possa me incomodar. A verdade é que sempre mantém certa distância, mas quando se afastam de nós, eu me alegro.

De repente, soam trompetes e um canhão de luz foca o alto das escadas. Ali estão Alfred e Maggie, com suas belas fantasias. Como anfitriões, dão as boas-vindas a seus convidados. Eles nos contam que somos cento e trinta pessoas escolhidas a dedo para a festa. Em seguida, empregados romanos bonitões nos entregam um mapa da casa, explicando as salas e suas temáticas.

Assim que dão todos os detalhes, com um sorriso agradecido, Alfred convida todos os presentes a seguir para o salão de jantar. De bom grado, nós nos encaminhamos para lá. Os lugares na mesa são marcados e me alegra ver que Maggie nos colocou junto de Björn e Mel.

Quando nos acomodamos, os garçons nos servem mais vinho e depois começamos a degustar os manjares que, supostamente, eram comidos na Roma Antiga.

De entrada, servem um delicioso purê de lentilhas com castanhas. No início, acho que não vou gostar, mas está divino! Mel, por outro lado, não suporta nem o cheiro.

Enchem minha taça com algo que não conheço e, quando pergunto, o garçom me diz que é *mulsum*. Olho para ele de novo. Não sei o que é. De forma muito precisa, ele explica:

— É um vinho típico da época do Império Romano, feito com uma mescla de vinho e mel. É servido morno com as entradas.

Dou um golinho. Mel, olhando para mim, afirma:

— Estou morrendo de vontade de tomar um chope. Não tem?

— E eu, uma coca-cola.

422

Nós quatro chegamos à conclusão de que aquela bebida não é nossa preferida, e então nos trazem vinho de rosas e de tâmaras. Repito várias vezes! São incríveis.

Eric sorri.

— Não beba muito. Tem uma garrafinha de rótulo rosa esperando por você no hotel.

Dou uma risada cúmplice ao ouvi-lo. Eric sabe que, por sua culpa, adoro Moët & Chandon rosé. Ele me fez bebê-lo no nosso primeiro encontro no Moroccio e se tornou um companheiro habitual nosso.

— Não se preocupe, amor — sussurro. — Sempre tem lugar pra minha garrafa de rótulo rosa.

Os garçons trazem patê de azeitonas, *moretum*, vários tipos de queijos, gergelim e pinhão. O prato principal é um incrível leitão assado com massa folhada e mel.

Mel e eu lambemos os dedos. Tudo está maravilhoso. Quando trazem as maçãs assadas com frutos secos, acho que vou explodir.

Por que meu pai me ensinou que a gente sempre precisa comer tudo o que tem no prato?

Ao fim do jantar, enquanto todos batemos papo tranquilamente e estou tomando uma bebida que chamam de hidromel, Alfred se levanta. A ele são levados quatro carrinhos de servir vazios e, depois de pegar o microfone para que todo mundo possa ouvir, ele anuncia:

— Amigos, na Roma Antiga, depois de comer em banquetes concorridos como este, sempre se organizava algum tipo de espetáculo. Eram variados, mas sempre sangrentos. Um pobre homem podia ser amarrado a uma estaca para que uma fera faminta o despedaçasse enquanto os convidados viam, por exemplo.

Todos os presentes enrugaram as sobrancelhas. Que nojo!

Os romanos faziam isso e não vomitavam o que tinham comido?

Ao ver nossa cara, Alfred sorri e continua:

— Em nosso caso, pensei em um espetáculo chamado "sobremesa compartilhada". Consistirá em três mulheres e três homens voluntários que serão amarrados a esses carrinhos e oferecidos para todo mundo durante uma hora. Depois, eles vão ser soltos, todos vamos sair da sala de jantar e poderemos nos dirigir aos diferentes ambientes para continuar com a festa.

Os convidados riem e aplaudem. Mel me olha, e, aproximando-se de mim, murmura:

423

— Nem louca eu me submeteria a isso.

Sorrio e afirmo:

— Então somos duas.

Eric e Björn, que estão ao nosso lado e nos ouviram, concordam.

Encantada por comprovar que todos pensamos a mesma coisa, beijo meu loiro. Ouço risadas e não me surpreendo ao ver Ginebra se levantar. Félix, seu marido, lhe dá um beijo e um tapa na bunda, que faz os homens ao redor deles darem risadas. Ginebra se afasta com um grande sorriso.

Atrás dela vão duas mulheres e três homens. Eles se vão com os empregados, que levam os carrinhos. Os demais continuamos sentados à mesa. Um momento mais tarde, os trompetes soam, as portas se abrem e entram de novo os criados com os voluntários pelados e de mãos atadas sobre os carrinhos.

Boquiaberta, observo a cena.

Já presenciei coisas excêntricas na minha vida, mas isso para mim é surreal.

Os voluntários estão atados, uns de barriga para cima, outros de barriga para baixo.

Concentro-me em Ginebra, que está de bruços. Seu peito está colado à bandeja, seus pulsos e tornozelos estão amarrados ao carrinho e ela está completamente exposta para todos. Os garçons deixam o carrinho em diferentes pontos da mesa e, a partir de então, os convidados os movimentam conforme desejam.

Os oferecidos riem com o que os homens e as mulheres presentes fazem, mas só consigo olhar para Ginebra. Dão-lhe tapas na bunda até que um homem, que está junto a Félix, se coloca em pé, levanta seu saiote de romano, joga hidromel no pau e o introduz na vagina dela. Félix o encoraja e, finalmente, levantando-se também, enfia o membro na boca da mulher. O público aplaude o que vê, enquanto observo tudo de olhos muito arregalados.

Ginebra grita e geme enquanto Félix, de olhos fechados, continua seu baile particular na boca da mulher.

Mel me olha. Encolho os ombros e, aproximando-me de Eric, murmuro:

— Se Ginebra está tão doente, por que faz isso?

Eric, que parou de assistir ao espetáculo, crava os olhos em mim e responde:

— Porque eles gostam, querida, e Félix nunca diz não pra ela.

Algumas pessoas se levantam e se reúnem ao redor de Ginebra e dos outros que estão nos carrinhos para aproveitar, tocar e fazer tudo o que tiverem vontade. Ficamos no grupo que não se levanta. Não nos interessa esse tipo de jogo.

424

Esquecendo o que está acontecendo a poucos metros daqui, conversamos com outros convidados até que soam os trompetes. Nesse instante, todo mundo se senta. Quando os garçons entram para buscar os voluntários e os levarem, fico sem fala: estão sujos, cobertos de comida e outras coisas, mas, por incrível que pareça, parecem felizes. Fica claro que se divertiram com algo que me deixa horrorizada.

Os convidados continuam sentados à mesa quando, dez minutos depois, as portas voltam a se abrir e os seis voluntários retornam de banho tomado e com os trajes de romanos impecáveis. O público aplaude e dá vivas, e eles sorriem.

Pouco depois, é Maggie quem se levanta, pega o microfone e diz:

— Amigos, o jantar acabou. Agora convido vocês para as várias salas temáticas que há na casa, para que gozem do seu tesão, da sua sexualidade e desta grande festa. Lembrem-se das regras e aproveitem!

Todos nos levantamos e saímos do salão de jantar. A primeira sala que encontramos é a que está repleta de mesinhas baixas e almofadões. Sentamos ali e conversamos durante um bom tempo com conhecidos, até que meu loiro murmura no meu ouvido:

— O que você acha de ir num daqueles balanços de couro? Gostamos quando experimentamos.

— E muito — afirmo.

De mãos dadas, caminhamos até as salas onde estão os balanços, enquanto Mel e Björn permanecem conversando com outros convidados sobre as almofadas.

Ao chegar, vemos que não há nenhum balanço livre, então me dirijo para o quarto escuro com o espelho. Por sorte, está vazio. Nós nos beijamos e, em seguida, vejo que um homem que não conheço está nos observando. Eric pede permissão com o olhar e eu sorrio, e então meu amor diz:

— Querida, este é Josef.

Com muito prazer, sorrio para ele, que faz o mesmo. Eric, que está atrás de mim, pede que ele feche as cortinas para que ninguém nos incomode e, depois disso, murmura no meu ouvido:

— Vou tirar seu vestido, posso?

Olho para ele com um sorriso brincalhão e dou uma piscadinha. Eric sabe que estou dizendo "sim". Em seguida, solta a presilha que segura meu vestido e ele cai aos meus pés. Fico nua, exceto pelas sandálias romanas de salto. Josef sorri. Não me toca, só observa. Eric me pega nos braços, coloca-me no balanço, passa as correias pelos meus tornozelos e minhas coxas e, quando se certifica de que estou presa, me solta, fazendo meus peitos balançarem.

— O que você quer fazer, minha moreninha linda? — ele sussurra, balançando-me.

Excitada com a pergunta, sorrio. Quero sentir meu loiro de mil maneiras, em mil posições, com mil gemidos. Noto Josef nos observando, à espera de instruções. Finalmente, sem desviar os olhos do gostoso do meu marido, eu respondo:

— Quero todo o prazer possível.

Ele faz que sim. Sorri, tira a fantasia de gladiador, que cai ao chão junto com a minha, aproxima-se e murmura:

— Então vamos curtir.

Ele procura minha boca com a sua e, com uma sensualidade que me deixa sem palavras, chupa meu lábio superior, depois o inferior, então abro os olhos e ele finaliza o ritual me dando uma mordidinha e introduzindo sua língua incrível na minha boca.

Nós nos beijamos...

Nos devoramos...

Nos excitamos...

E, quando nossos lábios mal se separam uns milímetros, Eric sussurra:

— Abre os olhos e olha pra mim, querida... olha.

Sem pensar duas vezes, faço o que ele me pede. Não tem nada que eu goste mais do que observá-lo enquanto, amarrada ao balanço do prazer, mal consigo me mover. Quase sem separar a boca da minha, Eric introduz a ponta do pau na minha abertura molhada e sinto como, pouco a pouco, ele mergulha em mim.

Um gemido sai da minha boca ao mesmo tempo que sai outro da boca de Eric. Agarrado às cintas de couro sobre minha cabeça, sem permitir que se movam, ele sussurra no meu ouvido enquanto vou sentindo seu poder no meu interior:

— Isso, assim, pequena... Segure e se abra para mim.

Os quadris do meu alemão começam a girar. Ai, Deus, que prazer!

Seus movimentos são assombrosos, inesperados, chocantes, perturbadores.

Eric faz amor comigo e, como sempre, me surpreende, me deixa louca e me faz querer mais e mais.

Suas penetrações são certeiras, profundas, sagazes e inteligentes. Para mim, não existe ninguém como ele no sexo. Ninguém é como meu Eric Zimmerman.

Meus gemidos ficam mais altos enquanto me deixo manipular como uma boneca pelo homem que amo, ainda suspensa no ar pelo balanço. Josef

426

continua nos olhando, mas me dou conta de que já não está mais vestido com a fantasia de romano. Meu amor me abraça sem parar o ritmo das penetrações fortes e passionais. Enlouquecida, mordo seu ombro, e me agrada comprovar como Josef nos observa. Seus olhos e os meus se encontram e ele me diz coisas com o olhar enquanto coloca um preservativo. Josef me deixa saber o quanto deseja estar entre minhas pernas e o quanto quer me foder.

Já não me assusta dizer "foder" como no início. Quando brincamos, gosto que Eric fale essas coisas para mim, e ele gosta que eu fale para ele: isso nos excita. A linguagem que às vezes usamos nesses momentos ardentes é quente, fogosa, tórrida. Muito, muito tórrida.

Ao sentir como cravo os dentes em seu ombro e as unhas em suas costas, Eric ofega e acelera as investidas. Ele aproxima sua boca do meu ouvido e o ouço murmurar:

— Toda minha. Minha e só minha, inclusive quando Josef comer você para mim.

Sua voz e o que diz me enlouquecem. Eric sabe disso, ele me conhece e prossegue, arrebatado pela paixão:

— Vou gozar, pequena. Vou jorrar tudo em você e depois vou sair e te oferecer para Josef. Vou te abrir para ele e te encaixar no corpo dele como você está encaixada no meu agora.

— Sim... sim... — consigo balbuciar.

Isso nos excita...

Isso nos deixa loucos. Quando sinto que meu amor se contrai, grito de prazer, e com uma última empalada ele se funde a mim totalmente. Ao fim de suas convulsões, sai de mim. Com a respiração sufocada, nós dois nos entreolhamos e, em seguida, ele convida:

— Josef...

Nossa testemunha já tem nas mãos uma garrafinha de água e uma toalha limpa. Sem perder tempo, ele me lava, me toca e me provoca até que Eric, colocando-se atrás de mim, move o balanço para que a gente veja nosso reflexo no grande espelho. Agarrando pelas coxas, Eric me abre ainda mais, antes de dizer:

— Ela está molhada, preparada e aberta.

Observo no espelho minha desinibição e minha falta de vergonha, e sorrio quando Josef deixa a garrafa e a toalha de lado e pergunta, apontando para a tatuagem em espanhol:

— O que quer dizer?

Eric e eu trocamos um olhar e sorrimos.

— "Peça-me o que quiser" — diz meu amor.

Josef balança a cabeça. Com certeza achou graça e, ajoelhando-se na minha frente, diz:

— Peço que você abra as pernas pra mim e se posicione na minha boca.

Seu pedido é excitante e, abrindo-me mais para ele, eu o provoco e mostro o néctar que ele deseja degustar. Eric, com os olhos conectados nos meus através do espelho, empurra o balanço até que minha vagina esteja na boca dele. Meu amor oferece o que Josef pede e o que nós, de boa vontade, estamos dispostos a compartilhar.

Durante vários minutos, aquele estranho me chupa, me lambe, dá mordidinhas no centro do meu desejo, e eu simplesmente me mexo e desfruto daquilo sem afastar os olhos do meu amor. Eric sorri. Gosta do que vê. Meu fogo o excita e, com as mãos na minha bunda, ele me move na boca de Josef.

Adoro que faça isso. Fico louca que dirija nosso jogo. Excita-me sentir que tem poder sobre mim como, em outros momentos, gosto de saber que tenho poder sobre ele.

O volume dos meus gemidos sobe enquanto Eric me beija, para engolir cada um deles. Seus olhos estão totalmente conectados nos meus e, cada vez que ele me sussurra algo como "Bem aberta, meu amor, deixa ele experimentar o que é só meu", eu me contraio de prazer.

Perco a noção da hora. Não sei quanto tempo ficamos brincando assim. Só sei que me entrego a meu amor, e ele me entrega a outro homem cheio de prazer. Depois de um último orgasmo que me faz convulsionar, Josef se levanta, coloca-se entre minhas coxas abertas, guia o membro rígido na minha abertura encharcada e me penetra. Arquejo e fecho os olhos. Eric, que está atrás de mim, murmura então ao meu ouvido:

— Assim, pequena, não se iniba e aproveite nosso prazer.

Deito a cabeça para trás e meu amor me beija enquanto a instabilidade do balanço me deixa louca. Eric faz amor comigo usando a língua enquanto sinto Josef agarrar com as mãos a corda que passa pelo meu traseiro para se introduzir mais e mais em mim.

Já estou totalmente excitada; então Eric abandona minha boca e, buscando meu olhar através do espelho, murmura:

— Me fala o que está sentindo.

Os golpes secos que Josef me dá, unidos ao modo como Eric me abre para ele e a suas palavras me fazem sentir mil coisas. Quando consigo, respondo:

— Calor… prazer… tesão… entrega…

Não consigo continuar. Josef encontrou a posição correta e começa a meter dentro de mim com enorme intensidade. Solto gemidos… grito… tento me mover, mas Eric não me deixa. Observo a cena através do espelho e enlouqueço. Eu, suspensa no ar, nua e entregue, com meu amor atrás de mim abrindo minhas penas e Josef na frente, me fodendo. Gosto de ver no espelho a bunda do estranho se contrair cada vez que entra em mim, assim como Eric.

Josef se transforma em uma máquina, entrando e saindo, e eu mal consigo respirar, mas não quero que pare. Não quero que acabe. Não quero que Eric solte minhas pernas. Não quero que meu amor pare de me beijar. Então, de repente, Josef estremece, dá um gemido e, após algumas investidas potentes, se entrega ao clímax. Eu o acompanho.

Quando sai de mim, Eric pega a garrafinha de água e a toalha e me lava, depois me seca.

— Agora quero que você se sente no balanço — digo.

— Eu?

Confirmo. Sei muito bem o que quero fazer e, uma vez que Eric me ajuda a tirar as cintas, convido-o a se sentar. Eric sorri. Ele acha engraçado estar no meu lugar.

Assim que se senta e faz menção de dizer algo, apoio os pés sobre suas coxas, subo e, olhando para ele de cima para baixo, flexiono as pernas para me oferecer.

Encantado, ele começa a me dar mil beijos, numa trilha linda que vai desde meus joelhos até minhas coxas. Isso me deixa louca. Depois ele morde meu púbis e eu fico até zonza. Por fim, introduz o nariz entre minhas pernas e, segurando-me com força pela cintura para que eu não me mate nem caia para trás, sua boca quente, inquietante e brincalhona chega até o centro do meu prazer. Ao senti-lo, tremo e me abro para ele.

Ele me morde...

Me chupa...

Me suga...

Quando acho que vou explodir de calor, agarro Eric pelos cabelos, faço com que me olhe e, como uma deusa do pornô, me deixo resvalar por seu corpo até ficar sentada sobre ele. Meus calcanhares apertam sua bunda e, enfeitiçada pelas sensações que ele me provoca, agarro seu pau duro e firme com a mão e, separando as pernas, o enfio em mim. Eric ofega e murmura ao sentir minha entrega:

— Te amo, srta. Flores.

Eu sei. Sei que me ama, embora briguemos todo dia ultimamente.

Nós nos beijamos enquanto o balanço se move. Adoro seus beijos saborosos carregados de amor, erotismo, cumplicidade. Adoro sua boca exclusivamente minha.

Apesar disso, quando abro os olhos e olho no espelho que há na frente do balanço, eu me encontro com o olhar de Ginebra, que nos observa do canto direito da cortina. Quanto tempo faz que está ali?

Não quero arruinar o momento pensando nela. Ponho minha parte safada em prática, giro os quadris para me encaixar mais no meu marido e, quando o sinto estremecer, sussurro com sensualidade:

— Te amo, sr. Zimmerman.

As palavras fazem Eric jogar a cabeça para trás. Agora sou eu que tenho o poder e sei o quanto ele se excita que o chame assim. Ambos sabemos, mas gosto mais de saber que ele sabe. Suas mãos estão na minha cintura, mas eu as pego e faço com que segurem no balanço.

A respiração de Eric acelera. Ele fica louco quando sou safada.

— Agora quem manda aqui sou eu, e você vai tremer de prazer — digo baixinho.

Ele sorri. Adoro vê-lo dessa maneira e, disposta a cumprir o que disse, faço um movimento rápido com a pélvis e meu amor estremece. Estremece por mim.

Orgulhosa por ter mostrado a Judith travessa que tenho dentro de mim, prossigo com meus movimentos; primeiro doces e compassados, depois duros e arrítmicos. Eric vai curtindo, deixando-se levar. Quando olho de novo no espelho, vejo que Ginebra não está mais lá.

Consciente do poder que tenho sobre meu marido, rebolo os quadris em busca de seus gemidos, que não demoram a chegar e aumentam quando passo a língua lentamente por seu pescoço. Ao final, olhando-o nos olhos, exijo:

— Goza pra mim.

Minha voz, meu olhar, meu pedido. Tudo isso unido faz Eric tremer e estremecer. Volto a chupar seu pescoço.

Adoro seu sabor. Adoro seu cheiro. Mas, verdade seja dita, o que não adoro nele?

Eu o observo assim, com os olhos fechados. O homem que fez eu me apaixonar há quase cinco anos continua sendo sexy, lindo, másculo e complacente na intimidade. Ninguém é como Eric. Ninguém é como Zimmerman.

Sua boca, seus doces lábios me chamam, gritam para que eu o beije, que o devore, mas eu me aproximo do seu queixo e o chupo com delicadeza ao mesmo tempo que aperto a pélvis contra a sua e sinto seu pau pressionando meu interior. Sua respiração indica que ele está gostando dos meus movimentos, e eu contraio a vagina um pouco mais. Eric vibra, ofega, e quando repito aquilo mil vezes quem começa a ofegar e a vibrar sou eu.

430

Todo mundo sabe que no interior do corpo está o chamado ponto G, mas, com meu alemão severo, além dele sinto que tenho o ponto H, K, M... Deus, acho que tenho o alfabeto inteiro dentro de mim!

Um ruído abafado sai então da garganta do meu marido e eu sei que é de gozo total. Sem conseguir evitar, ele me agarra pela cintura e, depois de um movimento brusco, nós dois gememos em uníssimo. Ah... que prazer!

Meus pés tocam o solo. Eu gostaria de repetir o movimento brusco, mas não tenho forças. Não sou tão corpulenta como Eric, por isso, procuro por ajuda.

Rapidamente eu a encontro: Josef continua ao nosso lado, olhando-nos. Sem pensar duas vezes, comunico-me com ele através do olhar. Não é necessário falar: ele sabe o que quero, o que peço e o que exijo. Posicionando-se atrás de mim, ele coloca uma das mãos na minha bunda e outra na minha cintura e me move com força.

Eric abre os olhos ao sentir a força do movimento e depois de um novo gemido dos dois, pergunto:

— Gosta assim?

Ele confirma com a cabeça enquanto as mãos de Josef, que me seguram e me movem para me encaixar a ele de mil maneiras, levam-nos ao sétimo céu. Entre um gemido e outro, Josef introduz um dedo no meu ânus. O gesto potencializa meu prazer. Já não quero apenas que me aperte sobre o pau de Eric: quero que enfie seu dedo em mim.

A brincadeira continua e Eric busca minha boca, embora não me beije, só a posiciona sobre a minha para que ambos nos afoguemos nos gemidos um do outro. De repente, um grunhido rouco e varonil sai da sua garganta. Ele me agarra pela cintura possessivamente e me empala por completo, fazendo-me gritar.

O clímax chega e eu desabo derrotada sobre o corpo do meu amor. Encostado no balanço, Eric separa minhas pernas, abre minhas nádegas com suas mãos grandes e, segundos depois, Josef passa lubrificante no meu ânus e termina com o pau o que tinha começado com o dedo.

Seus movimentos fazem com que eu me mova em cima de Eric enquanto ele continua segurando minhas nádegas abertas. Meus gemidos voltam a encher o local e Eric murmura, sem me soltar:

— Assim... assim... grita pra mim.

Calor... o calor que sobe pelos meus pés e chega à minha cabeça é imenso. Quando Josef, por fim, goza e sai de mim, caio sobre Eric esgotada. Completamente.

Instantes depois, Josef me ajuda a descer do balanço e, na sequência, Eric desce. Meu marido rapidamente me abraça e pergunta:

— Tudo bem?

Sorrio e confirmo. Tudo mais que bem.

Acalorados, nós três vamos para os chuveiros, onde o frescor da água percorre nossos corpos e faz o suor nos abandonar. Depois de nos secarmos, vestimos outra vez as fantasias, despedimo-nos de Josef e decidimos procurar algo para beber. Estamos morrendo de sede.

De mãos dadas, caminhamos pelos salões onde os convidados praticam sexo com total liberdade. Admiro o jogo das pessoas e sorrio ao sentir que também estão curtindo à sua maneira.

Muito bem!

Ao passar pela sala onde estão as cruzes e as jaulas, nós nos detemos. Entendo que é outra forma de sexo e respeito isso, mas não gosto. Observo que em uma das jaulas há um homem preso, enquanto outro pratica sexo anal com ele. Os dois parecem estar gostando, então onde está o problema?

Depois olho para uma das cruzes. Nela há uma mulher amarrada pelos pés e pelas mãos, a uma mesma tábua. Curiosa, contemplo um casal colocar pregadores de roupas em seus mamilos e na vagina. A mulher da cruz grita. Ai, que dor!

Para mim, é uma tortura, mas Eric me diz que, para ela, é um prazer tão respeitável como o que acabamos de experimentar no balanço com Josef.

Os acompanhantes dela sorriem e colocam mais pregadores, que tiram passados alguns poucos minutos. Instantes depois, diante dos meus olhos, eles a desamarram e a amarram de novo, mas, dessa vez, prendem suas mãos e pernas em tábuas diferentes. Depois, passam uma corda ao redor do corpo dela, introduzem uma parte entre suas pernas e puxam, até que fique encaixada entre seus lábios vaginais.

— Isso não machuca? — cochicho com Eric.

Ele, que não solta minha mão, sorri e murmura, aproximando-me:

— Se ela está assim é porque gosta e porque lhe proporciona prazer, querida. Aqui ninguém faz nada que não queira ou de que não goste.

Sei que Eric tem razão. Então, risadas me fazem olhar para trás. Vejo Félix junto a um grupo de gente. Puxo meu marido para ir olhar e, quando chego aonde estão, vejo Ginebra totalmente nua, amarrada a uma cadeira ginecológica. Seus seios, visivelmente vermelhos e arroxeados, estão envoltos por uma corda, mas ela parece se divertir, apesar dos gritos, enquanto é penetrada por um dos homens.

432

Ao redor dela, há três pessoas além do sujeito que a penetra: uma mulher que a segura pelo pescoço e a beija, um homem que dá toquinhos de vara nos seios dela e outro que se masturba, à espera de seu momento.

Félix, que está junto deles, anima os outros para que se aproximem e a toquem. Vários dos presentes fazem isso. Olho para Eric e noto que ele se incomoda com essa cena tanto quanto eu, mas então Félix nos vê, aproxima-se de nós e diz:

— Vocês gostariam de brincar com minha dócil mulher?

Tanto Eric como eu negamos com a cabeça. Ele insiste:

— Eric, você sabe que Ginebra permite qualquer coisa, ainda mais se tratando de você.

Boquiaberta, quero protestar, mas meu amor responde por mim:

— Félix, acho que esta última foi demais.

Ah, sim. Também acho que foi demais.

Félix rapidamente pega uma jarra de vinho de uma mesa auxiliar e umas taças limpas, enche-as da bebida e nos oferece.

— Desculpa — diz. — Foi um comentário inadequado.

Com seriedade, Eric pega uma taça, olha para Félix com uma cara que faria tremer até o mais valente do universo, entrega-me a taça e, depois de pegar a outra, replica com voz neutra:

— Não se preocupe, não tem problema nenhum.

Félix me olha, esperando meu perdão. Eu finalmente digo:

— Desculpas aceitas.

— Obrigado — ele murmura, olhando para o grupo que ri enquanto se ouvem os gritos prazerosos de Ginebra. Então ele acrescenta: — Sei que vocês pensam que minha esposa não deveria estar aqui, mas... ela quer aproveitar enquanto pode.

Ouvir isso me entristece.

— Ainda assim, acho que você poderia fazer com que aproveitasse de outra maneira — diz Eric.

Félix se mexe. Sem dúvida alguma, o olhar duro de Eric o incomoda. Ele começa a falar:

— Eric, eu...

— Deixa pra lá, Félix. Vocês sabem as regras de vocês. Mas garanto que, se fosse a minha esposa que estivesse doente, ela não estaria aqui. Isso posso te assegurar.

— Por Ginebra sou capaz de qualquer coisa, Eric. Se ela quiser isso, ou se quiser a Lua, vai ter.

Meu amor, que não me soltou todo esse tempo, crava os olhos nele e finalmente responde:

— Para tudo há limite nesta vida, mas em uma coisa concordo com você: se minha esposa quer a Lua, ela também terá.

Eles se encaram. Meu sexto sentido me grita que eles estão se comunicando com o olhar e penso em pedir explicações a Eric quando tiver oportunidade.

Nesse instante, vejo Björn e Mel saírem das duchas e caminharem em nossa direção. Quando chegam ao nosso lado, Félix volta ao seu grupo.

— Vamos beber alguma coisa que não seja vinho de tâmara — convida Eric.

— Conte com a gente! — exclama Björn, rindo.

Quando começamos a andar em direção a um lado da casa onde sabemos que podemos tomar algo que não tenha nada a ver com o Império Romano, Mel pergunta:

— Estão gostando da festa?

Encantada por tudo o que experimentei, faço que sim, e ela cochicha:

— Alguma coisa me caiu mal.

Assim que ela diz isso, eu paro. Olho para ela, que, baixando a voz, diz:

— Calma, já estou começando a me sentir melhor.

Isso me preocupa. Björn, que sabe como Mel se sente, pergunta:

— Querida, quer voltar para o hotel?

— Não, coração, está tudo bem. Mas estou chateada por você. Não está aproveitando a noite como esperava.

Björn me olha. Sorrio e o ouço dizer:

— Só de estar com você já está bom pra mim.

Nós duas rimos. James Bond é muito galanteador.

Continuamos caminhando pela casa e penso na minha irmã. Se ela estivesse aqui, vendo o que vejo, pensaria muitas coisas, além de que nos faltam mais de trezentos parafusos.

Duas horas depois, estamos estirados nos almofadões da grande sala. De bom humor, batemos papo com mais gente e Mel sussurra:

— Tenho que ir ao banheiro, você vem comigo?

Concordo. Também tenho que ir e, depois de dar um beijo no meu lindo marido, me afasto com ela. Passamos por várias salas, alguns homens nos dizem algumas gracinhas e nos convidam para suas brincadeiras, mas sorrimos e negamos com a cabeça: temos claro que, sem Eric e Björn, não brincamos com ninguém.

434

Ao chegar ao banheiro, como sempre, descobrimos que tem fila para usar. Por que o banheiro feminino está sempre lotado?

Acostumadas a esperar, nós nos apoiamos na parede. Mel cochicha:

— Jud... quando chegarmos ao hotel, tenho que...

— Como está a noite, garotas?

Ginebra nos interrompe. Recordo o que vi dela e o que ela viu de mim e respondo:

— Muito boa. A sua também, não?

Ginebra sorri, acena para uma mulher que passa ao nosso lado e sussurra:

— Por enquanto, maravilhosa. Se bem que a noite é uma criança.

Mel sorri, e eu faço o mesmo. Durante mais de dez minutos, esperamos pacientemente nossa vez. Quando Mel entra no banheiro, Ginebra diz, olhando para mim:

— Vi vocês no quarto escuro.

— Eu sei.

Ginebra assente e murmura:

— Você vai me odiar, mas preciso dizer que, quando vi vocês no balanço, minha mente recordou muitas coisas do passado e eu quis ser a pessoa lá sobre ele, beijando sua boca quente. Ver aquela cena tão doce e erótica me excitou como há muito tempo não acontecia... Pensei em te pedir que me oferecesse ao seu marido.

Surpresa, eu a encaro. O que ela está pensando? Como não quero me zangar, respondo apenas:

— Ginebra, você sabe que ele não quer nada com você.

— Obrigue-o.

O quê?! Ela disse isso? Atônita, eu declaro:

— Não.

— E se quem obrigar for eu?

Ai... ai... As coisas que eu sinto quando a ouço dizer isso... Sem conter o mau humor que, em segundos, cresceu no meu interior, eu lhe dirijo o pior dos meus olhares e rosno terminantemente:

— Eu te mato.

Ginebra sorri e, com uma cara que não me agrada nada, diz:

— Tenho pouco a perder e muito a ganhar, não acha?

Ora, ora, ora... A bruxa se revela!

Minha parte racional de mãe, mulher casada e adulta me diz: "Jud... respira... respira", mas minha parte irracional de espanhola de Jerez e catalá me grita: "Jud... pega essa mulher pelos cabelos".

Passo a mão no rosto — ou toco meu rosto ou soco a cara dela — e, quando consigo digerir o que ela acaba de me dizer, replico, cheia de maldade:

— Pra quem está quase morrendo, você está me saindo uma bela de uma vaca.

— Que coisa horrível de se dizer! — ela se defende.

Sim, Ginebra tem razão. Não devo me sentir orgulhosa pelo que disse, mas, usando minha parte barraqueira, concluo:

— Sinto muito pela sua doença, mas fique longe do Eric se não quiser ter um problema grave comigo. E, quando digo grave, é gravíssimo. Quando fico nervosa, perco as estribeiras e não me interessa quem seja, o que está acontecendo ou o que possa acontecer, entendeu?

Ao ver minha reação, Ginebra abre a boca e, pela primeira vez, vejo nela alguém que não conheço. Por fim, apareceu a Ginebra de quem Frida me falou.

— Eric foi meu antes de ser seu — ela diz entre os dentes, furiosa.

Com a rapidez de um raio, eu me mexo. Agarro Ginebra pelo pescoço e, diante dos olhos surpresos de algumas mulheres, esclareço:

— Tenha cuidado com o que diz e não se aproxime do Eric, ou garanto que vai se arrepender.

Nesse instante, a porta do banheiro se abre. Mel sai e, ao nos ver discutindo, grita:

— Ei… ei… O que está acontecendo aqui?!

Rapidamente solto Ginebra, que recompondo-se em décimos de segundo enfia-se no banheiro e fecha a porta. Boquiaberta, respondo em espanhol para que ela não me entenda:

— E a vaca ainda por cima foge. Cretina!

Mel, a única que me entendeu, sorri e insiste:

— O que aconteceu?

Sem papas na língua, relato o ocorrido. O sorriso se apaga do rosto dela e de sua boca saem insultos piores que os meus. É evidente que Mel e eu estávamos predestinadas a nos conhecer e nos tornar amigas. Somos brutas, bocas sujas e impulsivas do mesmo jeito.

Quando Ginebra sai do banheiro, Mel faz cara de poucos amigos. Ao ver que a mulher me olha, sibilo com desagrado:

— Fique longe do meu marido.

Dez minutos depois, voltamos para junto dos rapazes e não conto nada sobre o ocorrido. Quanto menos Eric souber do nosso encontro com aquela imbecil, melhor.

Vejo que Félix aparece algumas vezes e toma algo em nossa companhia. Observo para ver se Ginebra lhe contou o acontecido no banheiro, mas ele parece tranquilo e sossegado, e olha e sorri para mim com cumplicidade. Isso me tranquiliza. Significa que ela não falou do nosso encontro desafortunado e de seus comentários horrendos.

Alfred e Maggie, convencidos por vários dos convidados, cedem e põem música que não seja harpa, e todos nós agradecemos.

Estamos de saco cheio daquele som!

O pessoal quer dançar e se divertir.

Dançamos e rimos. Na verdade quem dança sou eu, porque Eric é dos que segura o copo junto do bar, embora se divirta — menos mal!

O grupo cresce e cresce, e nos divertimos muito. Converso com Linda, mulher de um amigo de Eric, quando ouço os primeiros acordes de "Thinking Out Loud", de Ed Sheeran. Sorrio. Eric e eu adoramos essa música.

Sem que estivesse esperando, sinto uma mão pousar na minha cintura. Ao me virar, meu lindo e loiro marido convida:

— Vamos dançar?

Aceito, feliz da vida.

Esses detalhes bobos, quando sei que ele odeia dançar em público, são os que demonstram o quanto ele me ama.

Agarrada à sua mão, caminho até a pista improvisada e me deixo abraçar por ele. Com minha cabeça perto de seu ombro, fecho os olhos aspirando seu perfume, o perfume pessoal de Eric Zimmerman.

Dançamos em silêncio ouvindo cada frase maravilhosa, até que Eric quebra o silêncio:

— Como diz a música, vou continuar te amando até os setenta. E sabe por quê, pequena? — Emocionada, nego com a cabeça, e ele explica: — Porque, apesar das nossas brigas e dos nossos desencontros, eu me apaixono por você todos os dias.

Socorro!

Socorro que estou tendo um treco!

As palavras incrivelmente românticas vindas do frio e duro Eric Zimmerman me fazem sorrir como uma boba, uma imbecil, uma tonta. Apaixonada até o infinito e além, murmuro:

— Te amo… babaca.

Eric sorri, aperta-me contra seu corpo e, em silêncio, continuamos dançando até que a música chega ao fim e voltamos para junto do grupo.

437

Minutos depois, vejo Félix falar com Björn, Eric e outros homens. Disfarçadamente, eu os observo. Parecem estar se divertindo enquanto bebem, próximos do bar. Por sorte, Ginebra não aparece. Se vejo aquela vaca, pulo direto na jugular.

Mais uma vez a música muda. Ouço "Uptown Funk", de Mark Ronson, e saio para a pista com Mel, que já se sente melhor, e outras mulheres.

Adoro a batidinha funk desse cara. Toda contente, vou dançando ao ritmo de sua voz quando me agarram pela cintura e, ao me virar, vejo que se trata de Eric.

Olho para ele e dou risada vendo que mexe o quadril no compasso da música. Surpresa como nunca na vida, danço com ele e digo:

— Querido, juro que vou tatuar a data de hoje na minha pele.

— Por quê? — ele pergunta, rindo um pouco.

A cada instante mais pasma vendo meu amor dançar, respondo:

— Porque você está na pista.

Eric dá risada, pega-me em seus braços no melhor estilo *A força do destino* e me beija. Sem dúvida, meu amor quer curtir.

Quando termina a música, Eric sai da pista e eu continuo dançando com Mel e Linda, até que voltamos para perto do grupo, com sede. Então me dou conta de que Eric não está ali. Vou até Björn e pergunto:

— Cadê o Eric?

— Não sei. Deve ter ido ao banheiro — ele diz.

Volto para junto de Linda e retomo a conversa. Começamos a falar dos filhos e, quando me dou conta, já passou um bom tempo e meu marido ainda não apareceu. Acho estranho. Em uma festa, Eric nunca me deixa sozinha por mais de dois minutos. Procuro Björn e Mel com o olhar e vejo que estão entretidos na pista.

Observo ao meu redor para ver se Eric está conversando com alguém e não percebi, mas nada, não o encontro. Decido ir procurá-lo. Eu me aproximo do bar para ver se está lá, mas não. Passo pela sala das almofadonas e o procuro durante um bom tempo, o que vai me deixando mais intranquila a cada segundo. Então eu me detenho de repente, e meu coração começa a bater com força.

Algo está acontecendo. Eu sinto. Eric nunca me deixaria sozinha ali.

Parece que meu coração vai sair pela boca. Dirijo-me para outras salas, onde as pessoas continuam brincando e curtindo. Não quero acreditar que possa ser verdade o que estou pensando. Eric não faria algo assim comigo.

Entro em uma sala e vejo diferentes grupos. Um observa um homem que está amarrado a uma mesa desfrutando de tudo o que quer. Outro aplaude ao redor de uma jaula onde uma mulher e um homem são possuídos por vários homens. O terceiro se concentra diante de uma mulher amarrada a uma cadeira de um jeito que, só de ver, sei que eu não conseguiria ficar.

Esses jogos duros não me atraem. As expressões faciais e os modos me agradam ainda menos, mas eu os respeito, como sei que essas pessoas respeitam o que eu gosto no que tange ao sexo.

Penso em Ginebra, mas rapidamente a tiro da cabeça. Eric não a tocaria nem com um graveto.

Prossigo meu caminho e entro em uma segunda sala. Ali, vários casais transam sobre camas e outros sobre os balanços de couro. Fico mais calma por não encontrar Eric ali. Sorrio.

Sou uma boba… Como posso desconfiar dele?

Sem dúvida, deve estar conversando com alguém, penso. De repente, ao passar pela sala escura, observo que a cortina está puxada. Um gemido faz eu me deter.

Olho para a cortina preta. O fato de estar fechada significa que não querem que ninguém entre. Meu coração desembesta quando ouço um novo gemido. Fecho os olhos. Não. Não. Não. Não pode ser.

Incapaz de sair dali sem ver o que está acontecendo do outro lado da maldita cortina, eu a puxo com cuidado e perco todo o ar ao ver e encontrar o que eu nunca… nunca… nunca na minha vida queria ter visto.

Sobre o balanço, está Eric, meu Eric, com Ginebra em cima dele. Levo a mão ao pescoço. O impacto me sufoca.

Vou ter um infarto!

O homem no qual confio e pelo qual colocaria minhas mãos no fogo crava os dedos nas costas daquela mulher enquanto respiram ofegantes em busca de prazer.

Vou vomitar!

Boquiaberta, não consigo desviar os olhos, e vejo que ela aproxima a boca da dele e o beija. Eles se devoram com avidez, com urgência, com paixão, enquanto eu, como uma imbecil, a observo mover os quadris sobre Eric e ele tremer enlouquecido.

Cerro os punhos e minha respiração acelera. Vou matar os dois!

É uma tortura ver aquilo.

Quero ir até eles, mas minhas pernas estão cravadas no chão e só sou capaz de olhar, olhar e olhar. De repente, sinto que meus olhos se enchem de lágrimas com a grande decepção que sofri.

Como ele pôde fazer isso comigo?

Eric não me vê. Ginebra também não. Estão tão concentrados em dar prazer um ao outro que minha alma se despedaça. A vontade que tenho de matá-lo, de armar um barraco, de arrancar a cabeça dele se multiplica e, de repente, eu o odeio. Eu o odeio com todas as minhas forças, por ter violado nossa primeira norma, de sempre estarmos juntos no sexo, e por estar com Ginebra.

Tenho consciência de que as lágrimas correm pelo meu rosto e de que não posso matá-lo. Eu o amo demais.

Todas as minhas forças, meu moral e minha bravura se dissipam e me deixam feita um trapo. Eu me sinto mal, muito mal, e quando minhas pernas, por fim, se desbloqueiam solto a cortina. Dou meia-volta para ir embora e encontro Félix atrás de mim.

— Desculpe, Judith — ele murmura. — Desculpe, mas ela...

— Ela o quê? — consigo rosnar, furiosa.

— Ela o desejava.

Não quero nem consigo ouvi-lo. Eu o empurro, afasto-me dali antes que meus instintos assassinos voltem e o massacre da serra elétrica aconteça em Munique.

Deus... Deus... Deus... Preciso sair daqui!

Procuro uma saída, ainda sem acreditar no que aconteceu. Não posso acreditar no que vi. Não posso acreditar que meu amor me traiu.

Como isso pôde acontecer?

Por que Eric fez algo assim?

Atônita por meus sentimentos e pela frustração, observo como as pessoas riem ao meu redor e se divertem, até que Mel e Björn veem minha cara e perguntam:

— O que aconteceu?

Sem conseguir responder, dou meia-volta e caminho em direção à porta. Preciso sair daqui. Então, sinto uma mão me deter. É Björn.

— O que foi, Judith?

Zangada com o mundo, eu me desvencilho de sua mão e grito:

— Você sabia!

Björn e Mel trocam um olhar. Não entendem o que está acontecendo comigo.

— O quê? O que eu sabia? — o coitado me pergunta.

Um gemido sai da minha boca e, em seguida, eu a cubro com as mãos. Não quero chorar. Não posso chorar. Eric não merece que eu chore por ele. Com a maior tristeza da minha vida, murmuro:

— Fala pra ele que nunca vou perdoar o que ele fez comigo. Nunca!

440

De novo, vejo que os dois se olham.

Num primeiro momento, nenhum deles entende o que estou falando. Como uma panela de pressão, explodo:

— Aquele… aquele babaca está com a Ginebra!

— O quê?! — exclamam os dois em uma só voz.

Desesperada, afasto os cabelos do rosto e grito sem me importar com quem possa me ouvir:

— Vi os dois no quarto escuro e… e… Ai, Deus! Quero ir embora daqui. Quero desaparecer. Não… não quero ver Eric nunca mais na minha vida.

Björn franze o cenho alucinado e, dirigindo-se para Mel, sentencia:

— Fique com ela.

Sem mais, ele dá meia-volta e sai dali com o passo acelerado. Mel tenta me consolar, levando-me até um canto do salão. Em um mar de lágrimas, consigo dizer:

— Eric e Ginebra… eu vi os dois, Mel… eu vi.

Ela me abraça. Preciso disso e deixo que ela me envolva.

Mel me embala. Ela me dá alento, tenta me consolar. Passados alguns minutos, vejo Björn aparecer com o semblante furioso. Aproximando-se de nós duas, ele diz:

— Vamos.

Em seus olhos, vejo a decepção pelo que presenciou, da mesma forma que eu presenciei. Abraçando-me, ele murmura:

— Isso tem uma explicação, Judith, você vai ver.

Não falo. Não posso.

Que explicação pode ter o que vi?

Que explicação pode ter para que o homem que eu amo loucamente esteja com aquela mulher?

Assim que pegamos as capas na chapelaria, saímos da festa.

O ar gélido da noite me atinge na cara e consigo finalmente respirar. Já não há mais quadrigas. Menos mal.

Sem falar, nós três entramos no carro. Mel entra atrás comigo.

— Quero ir pra minha casa — consigo dizer.

Björn, tão surpreso como eu, olha para mim e diz:

— Escuta, querida, vamos para o hotel.

— Não! — grito fora de mim. — Não quero ir para lá.

Mel e Björn se olham e ela me abraça de novo.

— Judith, é tarde, e acho que o melhor é ir para o hotel.

Eu me sinto como se estivesse em uma nuvem. Incapaz de reagir, aceito e me calo. Não posso esquecer o que vi. Ainda não acredito.

Eric, meu Eric, o homem pelo qual daria minha vida, me traiu debaixo do meu nariz. Na porra da minha cara, com aquela vaca, e eu não fiz nada a não ser fugir.

Chegando ao hotel, peço outro quarto, porque me recuso a dividir um com Eric. Para minha desgraça, o hotel está cheio. Então, consulto o relógio e digo ao recepcionista:

— Preciso de um táxi. Vou voltar para Munique.

Björn protesta. Entramos em uma discussão e grito descontrolada, enquanto ele tenta me tranquilizar. Ao final, Mel toma as rédeas da situação e diz, olhando para mim:

— Agora você não vai a lugar nenhum. Vai dormir com a gente e amanhã voltamos para Munique, entendeu, Judith?

— Não quero ver Eric — suplico.

— Você não vai ver, não é, Björn? — confirma Mel.

Ele faz que não e, tão confuso como eu, murmura:

— Prometo.

Acho que vou desmaiar por causa de toda a tensão que sinto, então me deixo guiar por eles. Uma vez no quarto, sem pudor diante dos meus amigos, tiro a fantasia curta de deusa romana, visto uma camiseta e uma calcinha que Mel me empresta e me enfio na cama.

Com a cabeça debaixo do travesseiro, volto a chorar. Meus olhos são como as cataratas do Niágara. Meu coração está partido.

Eles tentam me consolar, fazer com que eu tire o travesseiro de cima da cabeça, falam de tudo. Eu os escuto e, quando não aguento mais, replico:

— Não quero ver Eric. Björn, quando ele vier, não quero que entre, ou juro que o mato.

Ele assente e, olhando para Mel, murmura antes de sair do quarto:

— Deita com a Judith. Quando perceber que ela não está na festa, Eric vai me ligar. Conhecendo o cara como conheço, é até estranho que ainda não tenha se dado conta. Não acho que vai demorar muito pra ligar ou vir ao hotel.

Recostada na cama, observo Mel ao meu lado. Na escuridão do quarto, olhamos uma para a outra e eu murmuro:

— Quanta razão tinha minha irmã!

— Do que você está falando?

Seco minhas lágrimas, que não param de brotar descontroladamente, e sussurro:

442

— Raquel disse que quem brinca com fogo, cedo ou tarde, se queima, e eu... eu me queimei.

— Não, Jud... não. Não é assim.

Suspiro, bufo e aponto:

— Então por que ele fez isso?

Mel não responde. Está tão desconcertada como eu. Finalmente, diz:

— Não sei, mas Eric te ama e...

— Ele não me ama — interrompo de forma categórica. — Se me amasse, nunca teria feito isso, muito menos com ela. A boca... a boca dele já não é mais só minha, nem seu corpo e seu coração.

Ficamos quietas. É melhor assim. Sem me dar conta, adormeço.

Não sei quanto tempo passou, mas desperto sobressaltada.

Mel dorme ao meu lado. Com cuidado, eu me levanto da cama, pego o celular e vejo que são quase cinco da madrugada. Cinco horas e Eric ainda não me ligou?

Sem dúvida alguma, está se divertindo horrores com aquela mulher para quem tanto faz se é um cara ou outro. Já não sou mais importante para ele. Furiosa, desligo o celular.

Tenho sede. Levanto-me para pegar água e, ao sair para a sala anexa à suíte, encontro Björn sentado no sofá com a cara fechada. Já não está mais vestido de gladiador romano. A festa acabou. Está com uma roupa normal: camisa e jeans.

Fazemos contato visual e, sem poder evitar, pergunto:

— Eric já chegou?

Ele nega com a cabeça, e isso me surpreende ainda mais. Ele está mesmo se divertindo tanto com aquela vagabunda que não se deu conta ainda de que fui embora?

Vou ao frigobar, pego uma garrafa de água, dou um gole e me sento junto a Björn.

— Por quê? Por quê? — Ele não responde, e eu acrescento: — Achei que Eric me amava, que eu era especial pra ele. Achei que...

— Ele te ama e você é especial, nunca duvide disso. Não sei o que...

— Björn — interrompo, afastando o cabelo embaraçado da cara —, para de defender Eric, ele não merece. Acreditei que dava tudo do que ele precisava em nível afetivo e sexual, mas isso não era verdade. Ficou provado que Eric Zimmerman, o poderoso e comedor Eric Zimmerman, nunca vai mudar.

Björn passa a mão pelos cabelos castanhos. Não sabe o que me dizer. Está tão desconcertado quanto eu e, quando abre a boca, seu celular toca. Olhamos para o visor e lemos "Eric"!

443

Meu coração acelera. Björn atende, escuta por alguns instantes e diz:

— Está... Sim... está aqui. E... não... não... me escuta, Eric. É melhor que... porra, me escuta! Ela está com a gente e é melhor que você não a incomode esta noite. — Ele volta a ouvir, sua expressão muda e, levantando a voz, ele diz: — Como assim, por que ela está comigo?

Angustiada por ouvir sua voz, tiro o telefone de Björn e digo:

— Confiei em você, seu maldito filho da puta. Confiei no que a gente tinha, mas ficou claro que você não é a pessoa que eu achei que era.

— Jud... querida... me escuta...

Sua voz parece desesperada apesar de ele estar visivelmente bêbado. Atormentada pelo que sou incapaz de tirar da cabeça, digo entre os dentes:

— Não. Não vou escutar, porque você não merece. Eu te odeio.

E, sem mais, passo o telefone a Björn e volto para junto de Mel na cama. Tenho que descansar.

444

52

Björn, consciente da dor que viu nos olhos de Jud quando ela desapareceu atrás da porta, levanta-se e pergunta:

— Que porra você fez, seu babaca?

Do outro lado da linha, Eric grita desesperado, olhando em volta.

— Não sei, Björn. Quer me fazer o favor de contar o que aconteceu? E por que a Jud não está aqui comigo?

Convencido do amor incondicional que Eric sentia pela mulher e de que tudo aquilo tinha uma explicação, Björn pergunta:

— Onde você está?

— Na festa. Onde mais?

O advogado assente e, consciente de que aquela não era a voz de alguém sóbrio, disse antes de desligar:

— Não saia do lugar. Vou buscar você.

Em seguida, entra no quarto e, ao ver Judith com os olhos fechados, pega as chaves do carro e sai.

Com toda a serenidade que consegue, dirige de volta para a festa. Ao chegar lá, encontra, na escadaria da entrada, um gladiador todo descomposto chamado Eric Zimmerman. Sua cara dizia tudo. Assim que estaciona, Björn sai do carro, aproxima-se dele e, antes que pudesse dizer qualquer coisa, dispara um direto com o punho fechado que faz Eric cair contra a parede.

Eric olha para ele furioso, e Björn diz entre os dentes:

— Como você pôde fazer isso? Como pôde fazer isso com a Jud?

Eric, consciente de que havia pisado na bola grandiosamente, embora não se lembrasse como, crava os olhos no amigo e grita, sem dar importância ao lábio que sangrava:

— Não sei o que eu fiz para Jud, mas está claro que aconteceu alguma coisa muito grave! — Olhando fixamente para Björn, ele afirma: — Acredite em mim ou não, acordei agora há pouco sentado no balanço do quarto escuro.

— Como?!

— Alguém deve ter colocado alguma coisa na minha bebida — explica Eric. — Não me lembro de nada. — Desesperado, tocando a testa, ele insiste: — Você sabe o que aconteceu?

Björn tira então um lenço do bolso, entrega para que Eric limpasse o sangue da boca e responde:

— Jud viu você com Ginebra na sala em que acordou. Eu também vi, e se não te disse nada na hora foi porque você estava muito animado e eu não queria dar um escândalo na festa.

Ao ouvir isso, Eric fica paralisado. Depois de um grito de frustração, atira o lenço ao chão com fúria, dá meia-volta e entra na mansão. Björn vai atrás dele e, quando Eric sente sua presença ao seu lado, diz entre os dentes:

— Ginebra e Félix... vou matar os dois! Vou matar os dois!

— Eric...

— Eles me manipularam, porra! E eu caí como um imbecil.

Sem entender o que Eric dizia, Björn o para do jeito que conseguiu e questiona:

— Do que você está falando?

Com os olhos vítreos pela raiva que fervilhava em seu interior, Eric olha em volta à procura dos dois e murmura:

— Ginebra está morrendo...

— O quê?!

— Ela está morrendo e pediu para ter uma última vez comigo. Eu disse que não, então Félix começou a me pressionar e suplicar, porque não podia negar aquilo a ela. Tentei falar com eles um montão de vezes, para fazer com que entendessem que não ia acontecer, mas, pelo que vejo, aquele velho vagabundo e a vagabunda da mulher dele jogaram sujo para conseguir o que queriam. Frida tinha razão, porra! — Passando a mão na cabeça, acrescenta: — O copo de uísque que Félix me ofereceu... Ele deve ter colocado alguma coisa na bebida.

— O quê?!

Horrorizado, embora não pelo que tinham feito com ele, Eric se lamenta:

— Deus, nunca vou me perdoar pelo mal que isso deve estar fazendo a Jud.

— Você deveria fazer uns exames — diz Björn. — Precisamos saber com o que eles te drogaram para...

— Estou cagando para o que eles me deram.

— Se queremos processar os dois...

— Só Jud me importa, Björn... só ela — replica Eric.

Depois de dar um soco na parede que faz os nós de seus dedos sangrarem, faz menção de continuar falando, mas então Alfred e Maggie passam a seu lado.

— Tudo bem por aqui?

Eric olha para eles e pergunta:

— Onde estão Ginebra e Félix?

— Foram embora agora há pouco — responde Maggie.

— Caralho! — xinga Eric, desesperado.

Assustados, os anfitriões insistem:

— Aconteceu alguma coisa?

— Aconteceu que aqueles dois quebraram a regra principal da festa: o respeito, e eu garanto que eles vão pagar por isso.

Sem dizer mais nada, porque sua mente só enxergava a palavra "vingança", Eric dá meia-volta e caminha em direção à saída. Depois de se despedir do casal, Björn corre para o amigo e se apressa em dizer:

— Jud não quer ver você.

— Não me interessa o que ela quer.

Embora tivesse consciência de que seria impossível deter Eric, Björn insiste:

— Precisamos fazer os exames antes que os efeitos do que deram a você desapareçam do seu organismo. Pense que...

— Björn, me leva para o hotel. Só quero ver Jud. É a única coisa que me interessa.

Chegando ao carro, Björn insiste:

— Eric...

Enojado, furioso e alterado, ele olha para o amigo. Tinha sido um erro terrível. Ele havia sido enganado, mas conhecia Jud e sabia que ela o faria pagar.

— Preciso ver minha esposa, Björn — ele sibila. — Jud tem que me ouvir.

Os dois sobem no carro, e Björn arranca.

— Ela está muito aborrecida — ele insiste —, e prometi que não permitiria que você se aproximasse.

— Amo minha esposa acima de todas as coisas — afirma Eric. — Se tiver que passar por cima de você para que ela me escute, vou fazer isso, entendeu?

O advogado esboça um sorriso e pisa no acelerador.

— É o mínimo que eu esperava de você.

Vinte minutos mais tarde, quando chegam ao hotel e deixam o carro, os dois sobem para o quarto em silêncio. Entram na sala e encontram Mel sentada. Ela vê Eric, depois olha para Björn de cara feia e diz entre os dentes:

— Você sabe que a Jud não quer Eric aqui.

— Ela é minha esposa — ele insiste.

Mel ia detê-lo quando Björn, segurando-a pelo braço, impede.

— Eles têm que conversar.

— Mas você é idiota...? — ela reprova, ao ver Eric entrar no quarto. — O que eles têm para conversar? Por acaso ele vai contar como foi gostoso o sexo com aquela mulher?

Björn nega com a cabeça.

— Eric diz que Ginebra e Félix o drogaram.

— O quê?!

O advogado assente.

— Devem ter colocado alguma coisa na bebida, porque ele não se lembra de nada do que aconteceu. Só de ter acordado sentado no balanço e pouca coisa mais.

Mel cobre a boca, horrorizada. Esse tipo de coisa acontecia mesmo. Apesar disso, olha para ele e insiste:

— Se foi isso, lamento. Mas você prometeu a Jud que não permitiria que...

— Eu sei o que prometi — ele a interrompe. — Mas também sei que Eric está dizendo a verdade. E sei porque ele a ama demais para fazer esse tipo de coisa. Se confio em alguém cegamente, além de você, é no Eric, e ainda mais em se tratando da Jud.

Mel bufa. Ia haver uma confusão das boas.

53

Sinto alguém passar a mão no meu cabelo.

Que gostoso!

O prazer que essa massagem suave proporciona me faz suspirar. Acomodo-me melhor sobre o travesseiro, então, de repente, abro os olhos e viro a cabeça. Ao ver quem está me fazendo carinho, minha mente é reativada. Dou um salto na cama e sentencio, olhando para ele fixamente:

— Desgraçado.

Eric me olha. Continua vestido de gladiador e vejo que seu lábio está machucado. Espero que esteja doendo!

Durante alguns segundos, nós nos encaramos, até que ele se levanta da cama e sussurra:

— Querida...

— Ah, não, seu babaca... — interrompo com toda a arrogância de que sou capaz. — Já não sou sua querida.

Sua expressão é conciliadora, embora o que acabo de dizer doa nele.

— Querida... Não fale bobagem. Você tem que me ouvir.

Esse pedido me embrulha o estômago.

Ouvir, eu? O que tenho de ouvir dele?

Ah, não... ele é que vai me ouvir.

O que esse imbecil está pensando?

Segurando os sentimentos que pulsam dentro de mim, digo entre os dentes:

— Você me decepcionou, humilhou, envergonhou, ofendeu, insultou, desprezou e pisoteou. Está pensando que agora vou ouvir você?

— Jud...

— Eu te odeio... te odeio com todo o meu ser.

— Não diga isso, amor — ele sussurra, trêmulo.

Amor? Agora ele se lembrou de que sou o amor dele?

Com o poder que sinto ter sobre a situação, afirmo:

— Vou dizer tudo o que me der na telha, babaca... tudo!

Eric se mexe, aproximando-se de mim, mas sou rápida e me coloco atrás do sofá onde está jogado meu vestido de romana.

— Me escute — insiste ele. — O que aconteceu tem uma explicação.

Nego com a cabeça. Não quero ouvir. Não quero que me humilhe mais, por isso sussurro, pegando um sapato de salto:

— Claro que tem uma explicação. Ginebra te procurou e, como um bom garanhão, você não recusou, não foi? — Ele fecha a cara e eu sussurro, raivosa: — Você é um filho da puta. Como pôde fazer isso comigo? Como pôde me trair? No mesmo lugar onde eu e você tínhamos transado? Isso te deu tesão? Excitou vocês dois?

— Não, querida… não…

— Então por quê? Por que você fez isso?

Eric me olha, me olha, me olha. Eu o conheço, e sei que está tentando me dar uma explicação lógica. Então, quando não aguento mais, grito, sem deixá-lo falar:

— Neste instante, eu te odeio, Eric! Te odeio como nunca te odiei! Juro que torceria seu pescoço sem piedade! Mas acho que isso não tiraria a raiva e a frustração que estou sentindo neste momento! — Toco as têmporas. Estou com dor de cabeça. — Sai desse quarto e desaparece da minha vista antes que meus instintos assassinos aflorem.

— Pequena…

— Não me chame de "pequena"! — berro, sem me importar que nos ouçam.

Eric levanta as mãos, mostrando as palmas para que eu me acalme, e repete:

— Jud, querida, por favor, me escute. Me deixe explicar o que aconteceu.

Incapaz de segurar o sapato um segundo mais, eu o atiro furiosa, mirando na cara dele. Acerta na testa, mas Eric não se preocupa com o golpe recebido e insiste:

— Não fiz por vontade própria aquilo que você viu…

Com raiva por me lembrar do que vi, pego o outro sapato e o atiro também. Passa raspando pela orelha, mas não acerta.

— Jud, eles colocaram alguma coisa na minha bebida. Não me lembro de nada, querida. Juro que não me lembro de nada, só de acordar sozinho no balanço do quarto escuro. Nunca faria algo que pudesse magoar você, sabe disso. Eu sei que você sabe!

Isso me detém. Lembro-me da discussão que tive com Ginebra e do Eric dançarino. Logo, as palavras de Frida cruzam minha mente, prevenindo-me contra aquela vagabunda. Dou um grito de frustração.

Louca de raiva e sem vontade de escutá-lo, pego o controle da TV de cima do criado-mudo e o arremesso. Depois, jogo tudo o que pego dali de cima, e Eric se esquiva dos objetos, gritando para que eu pare. Só que eu não paro. Não consigo. Quando só sobrou um abajur de cerâmica, eu o agarro e ouço Eric dizer:

— Você não seria capaz.

Ouvir isso, de certo modo, me dá vontade de rir. Depois de arrancar o cabo da parede como se estivesse possuída, eu atiro o abajur, que cai no chão e se desfaz em pedaços.

A barulheira é atroz. A porta do quarto então se abre e aparecem Mel e Björn. Olho para eles e, antes que eu abra a boca, Mel grita em direção ao noivo:

— Eu disse que ela não queria ver Eric, eu disse!

Meu olhar e o de Björn se encontram.

— Você prometeu que não o deixaria entrar — rosno, furiosa. — Não posso confiar em você. — Sei que minhas palavras doem nele e, quando vejo que vai responder, insisto: — O que ele está fazendo aqui?

Convencido de que tenho razão, Björn apenas sussurra:

— Desculpa, Jud, mas...

— Mas o quê?! — grito como uma desvairada diante do olhar de Eric.

— Eu conheço Eric — Björn prossegue. — Somos amigos há muito tempo e acredito no que ele falou. Eu te disse que tudo isso tinha que ter uma explicação, e não duvido da palavra dele. Eric te adora, Jud, e eu sei que nunca te trairia.

Como uma gazela, eu me aproximo do criado-mudo e arranco o telefone da parede, gritando:

— E por que você acredita nele eu devo acreditar também?

Mel caminha até mim. Não me toca. Sei que veio para perto para me fazer entender que está do meu lado.

— Você pretende destruir o quarto? — pergunta Björn.

Com raiva, lanço o telefone nele. O aparelho atinge a parede quando Björn se esquiva.

— Parece que sim — Eric assegura.

Olho em volta. O quarto que se dane. Meu querido marido tem dinheiro para pagar pelos danos causados ao hotel inteiro se precisar. Sentindo-me a cada instante mais furiosa, olho para ele e digo entre os dentes:

— Destruo o quarto para não destruir você, seu babaca!

O homem que acaba de partir meu coração dá um passo à frente.

— Sai daqui — eu exijo, estendendo as mãos. — Neste momento, a última coisa que eu quero é ver ou falar com você.

Mas Eric, meu Eric, não se dá por vencido. Agarrando o celular, eu insisto:

— Juro que vou quebrar seu nariz se você não desaparecer da minha vista.

Ele para. Olha para mim... olha e olha. Eric me conhece e sabe que, quando eu fico assim, é impossível me fazer ser racional.

— Vou sair do quarto para você se tranquilizar, mas temos que conversar — ele diz, finalmente.

Não respondo. Sei que temos que conversar. Eu sei.

Eric olha para mim e diz:

— Eu te amo mais que minha própria vida, Jud, e antes de te fazer mal eu me mataria ou arrancaria meu coração.

Dito isso, ele vira as costas e vai embora. Eric e suas frasezinhas de efeito.

Sinto a tentação de arremessar o telefone na minha mão em sua cabeça, mas me contenho. Posso machucá-lo bastante, e só um covarde ataca por trás; faço tudo pela frente.

Assim que Eric sai do quarto, Björn me olha. Eu o conheço e sei que vai dizer algo, mas ele também me conhece e, ao ver minha cara de poucos amigos, resolve dar meia-volta e ir embora.

Quando os dois saem da suíte, minhas pernas tremem. Perco minhas forças, a arrogância e o poder que segundos antes eu tinha, e Mel rapidamente me abraça e me senta na cama.

De novo, as lágrimas transbordam. A raiva me consome e a tristeza com todo o ocorrido me desespera. Choro e me aperto contra Mel. Passados uns minutos, quando meu pranto seca, ela murmura, afastando meus cabelos do rosto:

— Sei o quanto você deve estar magoada.

— Muito — afirmo.

— Se eu visse Björn na situação em que você viu Eric, tenho certeza de que estaria tão zangada como você, mas acho que, quando estiver mais tranquila, deveria falar com Eric. Se realmente é verdade o que ele diz, acho que...

— Vou falar com ele. Vou falar — asseguro. — Mas não sei se vou ser capaz de esquecer o que vi.

Mel balança a cabeça. Entende o que quero dizer e me abraça. Sabe que preciso de carinho, e é isso que ela me dá.

54

Viajamos de volta a Munique em silêncio, no carro de Björn.

Depois de pagar os danos feitos ao quarto, Eric tenta sentar ao meu lado, mas eu o rejeito. Não quero contato. Ele se senta na frente, ao lado de Björn.

Refugiada atrás dos óculos escuros, sinto que a viagem dura uma eternidade. Eric olha para trás o tempo todo para tentar estabelecer contato. Quer conversar, eu sei. Mas não quero saber dele.

Quando chegamos em casa, meu cachorro, Susto, vem logo nos receber. Já está totalmente recuperado do acidente, apesar de mancar um pouco.

O amor que esse cachorro tem por mim não é normal. Como se tivesse um radar para saber do meu estado de ânimo, ele se concentra em me lamber, demonstrando que está cem por cento ao meu lado. Emocionada, eu me sento no chão e permito que Susto me dê todo o seu carinho. Preciso dele.

Eric nos observa e não diz nada. Em outras circunstâncias, teria me dito para não sentar no chão nem deixar o cachorro me lamber inteira. É o melhor que pode fazer, o grandessíssimo babaca.

Calamar não demora a chegar também e nos cumprimenta com carinho, enquanto Susto continua comigo. Em dado momento, Susto para e nos comunicamos com o olhar. Com ele, as palavras são desnecessárias. É o cachorro mais inteligente e intuitivo do mundo. Gosto da nossa conexão.

Instantes depois, a porta da casa se abre e aparecem Simona e Pipa com o pequeno Eric, Hannah e Sami, que corre ao ver seus pais. Meus filhos, por sua vez, correm em nossa direção.

Sentada no chão, sinto seus corpinhos sobre o meu e sorrio. Sem dúvida, meus pequenos me enchem a alma, embora seu pai tenha destroçado meu coração.

Levanto do chão com Hannah no colo. Eric se aproxima de mim com o menino nos braços e murmura:

— Querida… temos que conversar.

Como não quero armar um circo na frente de todo mundo e consciente de que Eric tem razão, sussurro:

453

— Esta noite, depois que as crianças dormirem.

Eric concorda e sorri. Não faço isso. Não tenho vontade e sei que isso parte o coração dele. Porém, seu coração não me importa. Já é trabalhoso demais fazer com que o meu continue batendo, apesar da tristeza imensa que sinto.

Entramos em casa, felizes ao menos com os pequenos. Instantes depois, aparecem Flyn e Peter, que vem até mim e me dá um abraço. Eu o aceito, muito contente. Quando dirijo o olhar a Flyn, ele me encara e desvia os olhos para o chão.

Tá bom… ele não quer me abraçar.

Segundos depois, os garotos sobem de novo para o quarto, a fim de continuar jogando.

Sonia, minha sogra, que ficou no controle de tudo no fim de semana, me observa e pergunta:

— Judith, você está bem?

Fabricando um sorriso bonito para ela, digo que sim. Não quero que ninguém perceba o grande problema que Eric e eu temos. Assim eu a abraço e asseguro:

— Cansada, mas melhor impossível. — Sorrindo, pergunto: — Como a turma se comportou no fim de semana?

Sonia e Simona sorriem. Olhando para os pequenos, Simona responde:

— Todos foram muito bonzinhos, incluindo os maiores.

Gosto de saber disso. Em seguida, ouço Sonia dizer:

— Eric, filho, você está com a cara péssima. Está tudo bem? Parece que está com o lábio um pouco inchado.

Eu me apresso a olhar para ele. De fato, sua cara não está nada boa. Mas isso me importa bem pouco. Mel então se aproxima de mim e cochicha:

— Björn acaba de me dizer que Eric tomou dois comprimidos. Ao que parece, está morrendo de dor de cabeça.

Só podia. Lamento por ele, mas isso não muda nada.

Eric se aproxima de nós depois de falar com sua mãe e, de repente, noto sua mão rodear minha cintura. Olho para ele com desagrado.

— Desculpa, mas se não abraçar você minha mãe vai suspeitar — diz ele, baixando a voz. — E já é difícil o suficiente sem eu ter que lidar com ela também.

— Tudo bem.

Sinto que ele gosta da minha docilidade e me aperta contra seu corpo. Seu cheiro, que me deixa louca, inunda rapidamente minhas fossas nasais. Dirigindo-me a ele, eu alerto:

— Não avance o sinal, babaca.

Eric me olha e, antes que eu possa pará-lo, me dá um beijo nos lábios. Sua pele, seu contato e seu sabor me dão vida. Apesar disso, furiosa pelo que fizeram esses lábios horas antes, sussurro irritada, quando vejo que ninguém me observa:

— Se fizer isso de novo, chuto seu saco, mesmo que seja na frente da sua mãe.

Certo. Acabo de me exceder grandiosamente, mas fui espontânea.

Eric crava os olhos em mim e eu levanto as sobrancelhas. Quando Sonia vai embora, ele afrouxa o abraço e faz com que todos passemos para a sala a fim de tomar alguma coisa.

Assim que entramos, eu me desvencilho bruscamente e me afasto dele. Minutos depois, entra Simona com refrigerantes e cervejas. Rapidamente, todos pegamos algo. Antes de ir embora, ela se vira para mim e diz:

— Vou estar na cozinha, se precisarem de alguma coisa.

Faço que sim e, quando ela sai, sento-me junto a Mel e às crianças. Durante instantes, tento me concentrar nos meus filhos. Eles são os únicos que merecem ser tratados como reis. Enquanto isso, observo disfarçadamente Björn e Eric, que conversam perto da janela.

Ao ver que os estou observando, Mel se aproxima de mim e murmura:

— Você vai falar com Eric?

— Vou. Esta noite, quando as crianças estiverem dormindo.

— Jud...

— Estou bem, Mel. Fodida, mas bem — digo. E, pegando as mãos dela, acrescento: — Você sabe que te amo, mas por que vocês não vão pra casa?

Mel me olha, morde o lábio inferior e responde:

— Ai, Judith, fico tão preocupada de deixar você aqui...

— Fique tranquila — afirmo com segurança. — Não vou matar ninguém.

— Eu sei, mas me dá meia hora. Depois prometo que nós vamos.

— Está bem — respondo, sem muita convicção. De repente, lembro que Mel queria me contar uma coisa. — O que você queria me dizer?

Minha querida amiga nega com a cabeça. Está preocupada comigo, vejo em seu rosto.

— Nada que não possa esperar, não se preocupe.

Nessa hora, ambas vemos que Björn segura Eric. Rapidamente, sem que ninguém me diga, sei o que ele quer fazer. Quer ir atrás de Félix e Ginebra, e a raiva me invade de novo.

— Vou ao banheiro — digo.

É mentira. Não vou ao banheiro, mas preciso desaparecer, ou meu lado mau vai explodir de tal maneira que não vai poupar ninguém!

Sinto que meu coração destroçado bate em alta velocidade. Minha mente não deixa de pensar na vaca da Ginebra e em seu marido. Quando entro no quarto, ligo para o hotel onde sei que estão hospedados. Quero matá-los antes que Eric os localize. Isso não pode ficar assim. O recepcionista me diz que eles acabam de sair para o aeroporto.

De novo, meu coração dispara.

Aquelas ratazanas indecentes vão embora assim, sem mais nem menos?

Penso, penso, penso. Não sei que voo vão tomar, mas tenho uma ideia! Corro para a sala e, depois de fazer um sinal para que Mel se aproxime, murmuro:

— Preciso de ajuda.

Ela me olha.

— O que você quiser.

Sei que o meu pedido não é razoável, mas falo assim mesmo:

— Preciso que Peter entre nos computadores do aeroporto de Munique e me diga qual voo Ginebra e Félix vão pegar.

Mel me contempla boquiaberta. Sem dúvida, deve pensar que estou completamente pirada. Quando acho que vai me dizer que preciso ser internada, ela sussurra:

— Se Björn ficar sabendo que pedimos isso a Peter, vai nos matar! Esse tipo de coisa foi mais que proibida. Mas ele que se dane!

Disfarçadamente, saímos da sala e subimos ao quarto dos garotos. Mel chama Peter e, quando estou lhe explicando o que preciso, Flyn sai e nos olha.

Como não quero contar nada com ele, digo:

— Por favor, pode nos deixar a sós?

O desconcerto em seu rosto é total, e ele desaparece dentro do quarto. Peter se volta para mim e, sem fazer perguntas, diz:

— Em cinco minutos você vai saber.

Sua eficiência me espanta. Mel volta para a sala enquanto vou com Peter ao meu quarto e lhe entrego o laptop. Ele faz sua mágica e, depois que digo os nomes daqueles desgraçados, escreve em um papel e me diz:

— O voo para Chicago sai daqui a duas horas.

Olho no relógio. Se eu me apressar, consigo alcançá-los. Entrego meu cartão de crédito e digo:

— Compra uma passagem pra mim.

De novo, o menino faz o que eu peço. Quando o cartão de embarque chega no meu celular, dou um beijo em Peter.

— Obrigada. Agora volta e inventa qualquer coisa para o Flyn, pode ser? Ele me dá um beijo e, sem perguntar nada, desaparece do quarto.

Como uma louca, saio de casa. Para que não ouçam o motor do carro, pego um táxi. Para minha sorte, não demoro a encontrar um. Recebo uma ligação a caminho do aeroporto. É Mel.

— Você está maluca? Está indo pra Chicago?

— Calma... calma. Não vou pegar o avião. Só comprei o bilhete para poder entrar e encarar os dois.

— Jud... Eric já se deu conta da sua falta e parece um louco procurando por você...

De repente ouço um barulho e, segundos depois, a voz de Eric:

— Jud, onde você está?

Não quero falar com ele, então desligo o telefone. Não estou a fim de dar explicações.

O trânsito de Munique está parado. O tempo passa depressa e eu fico olhando no relógio com nervosismo. Tenho que chegar a tempo!

Quando o táxi me deixa no aeroporto, corro como uma louca. Não vou chegar... não vou chegar! Deixo para trás o controle de segurança e procuro nos painéis pelo voo em que vão aqueles dois, então volto a correr pelo aeroporto. É tarde. Não vou chegar.

Aperto o passo. Maldito engarrafamento. Quando chego ao portão de embarque, vejo que está fechado. Sinto o coração pesar. O embarque foi encerrado.

Furiosa, vejo que, a escassos metros de mim, o avião onde eles estão dá marcha a ré. A cólera me domina e dou um soco no vidro blindado. As pessoas me olham e tenho consciência de que, por mais raiva que tenha, por mais frustrada que me encontre, não posso dar um barraco. Por fim, eu me limito a me sentar para ver o avião taxiar em direção à pista, decolar e se afastar.

Durante uma hora, fico ali sentada, perdida nos meus pensamentos, convencendo a mim mesma de que, se as coisas saíram assim, é porque Ginebra já tem seu verdadeiro castigo.

Decido voltar para casa. Saio do aeroporto, pego um táxi e ligo o celular. Como era de esperar, tenho mil chamadas perdidas de Eric, mas ligo para Mel.

— Tudo bem? Onde você está? — pergunta ela.

Sua voz soa angustiada e, para tranquilizá-la, eu murmuro:

— Estou bem e vou pra casa.

— O que aconteceu?

— Nada — reconheço com raiva. — Quando cheguei, já tinham embarcado.

Ouço o suspiro de Mel e, convencida de que sabe que estou bem, ela diz:

— Você quer que eu não esteja mais aqui quando voltar, né?

— Sim, por favor — respondo, sem vontade de mentir.

— Está bem — ela afirma. — Estamos indo pra casa, e o Eric...

— Não quero saber do Eric. Agora não.

— Jud...

— Pode ir tranquila — asseguro com um sorriso triste. — Amanhã eu ligo e a gente se vê.

Assim que desligo, recosto-me no assento do táxi e me limito a olhar pela janela. Preciso recobrar as forças para enfrentar Eric Zimmerman.

Quando o táxi chega em casa, pago e desço. Tiro as chaves da bolsa e, ao abrir o portão, ouço os passinhos de Susto e Calamar. Cumprimento os dois carinhosamente e, devagar, vou até a porta da casa. Da minha linda casa.

É tarde e, ao entrar, sei que os pequenos estão dormindo. Agradeço. Eu os adoro, mas estou tão mal que a última coisa que desejo é vê-los. Caminho até a cozinha, abro uma coca-cola e, no momento em que estou dando um gole, ouço às minhas costas:

— Jud, o que você fez?

Sem me virar, eu termino de beber. Por fim, viro e olho para o homem que consegue me fazer a mulher mais feliz ou a mais infeliz do planeta.

— Nada do que eu pensava fazer.

Eric não diz nada. Movendo-me com rapidez, eu falo:

— Vou tomar banho.

Passo perto dele e vejo sua tristeza. Penso em perguntar se está melhor da dor de cabeça, mas não, não vou fazer isso. Sentindo-me ferida, eu me encaminho ao andar de cima. Lá entro no quarto dos meus filhos e lhes dou um beijo enquanto dormem.

Não vou ver Flyn. O papaizinho dele que vá.

Saio do quarto das crianças e me dirijo ao meu. Olho para minha mala fechada. Sem parar para pensar, eu a abro e a primeira coisa que vejo é minha fantasia de romana. Sento-me na cama e, com a mala aberta sobre ela, respiro fundo e solto o ar bufando. Inconscientemente eu me recordo de Eric e Ginebra se beijando e se tocando, dando prazer um ao outro. Não posso esquecer.

Zangada comigo mesma por pensar nessas coisas, eu me levanto, entro no meu lindo banheiro e decido tomar uma chuveirada. Preciso de uma.

458

Tiro a roupa, pego o iPad e ponho música. Olho para as músicas que tenho e, embora minha mente peça algo dançante, meu coração pede algo romântico.

Fico na dúvida. Debato internamente sobre o que fazer e, ao final, quem ganha é minha parte apaixonada. Preciso me fustigar, flagelar, chicotear e maltratar ouvindo essa música. Por que faço isso? Por que, em momentos assim, preciso ouvir o que vai me fazer sofrer mais?

Eu me olho no espelho. A mulher refletida ali sou eu.

— Judith, você é muito idiota... — murmuro.

Quando começam a soar os primeiros acordes da nossa música, tenho que me apoiar na pia. A dor, a tristeza e o tormento me dobram em duas, ao ouvir a bonita voz de Malú cantando "Blanco y Negro".

Incapaz de conter as lágrimas, eu me sento sobre o vaso e choro. Choro de impotência e solidão, como não pude fazer antes. Ouvindo a letra da música, sinto que não vou conseguir parar de chorar nunca.

Dei minha vida a Eric e ele sempre me disse que me dava a dele.

Como vou superar isso?

Quando a música acaba e a voz de Luis Miguel começa a soar com "Si nos dejan", eu me levanto e, num mar de lágrimas, lembro-me de nossa lua de mel no México.

— Que pena, Eric... que pena — murmuro, olhando-me de novo no espelho.

De coração partido, entro no boxe.

Abro a torneira e deixo a água jorrar sobre meu corpo. Esgotada, angustiada e abatida, eu me apoio na parede e fecho os olhos cantarolando, sem perceber, a música que está tocando. Logo começa a tocar "Thinking Out Loud", do Ed Sheeran. Eu me sento no chão do boxe, encolhida, e lembro que essa foi a última música que dancei com Eric ontem à noite, enquanto ele me dizia, olhando nos meus olhos, que ia continuar me amando até os setenta porque se apaixonava por mim todos os dias.

Mentiroso!

Minha cabeça dá voltas e voltas.

Eric não parou de me dizer que tinha sido enganado. Que deviam ter colocado alguma coisa na bebida dele. Estou tão aborrecida que sou incapaz de pensar racionalmente e me colocar em seu lugar. Não consigo. Só posso pensar de novo e de novo em Ginebra em cima dele no balanço e nos dedos de Eric se cravando em suas costas durante o beijo, devorando a boca dela como fazia comigo. Essa imagem me deixou totalmente cega.

459

Quando, por fim, consigo voltar a ser eu mesma, depois de curtir meu desespero, eu me levanto e percebo que estou tremendo de frio. Não sei quanto tempo passei sentada no chão do banheiro chorando e tentando me recompor.

Começa a tocar "Ribbon in the Sky", do maravilhoso Stevie Wonder. Que música mais linda. Sem poder evitar pensar nas vezes em que Eric e eu dançamos no escurinho do nosso quarto, visto meu roupão e me sento de novo no vaso sanitário. Penso em como eles se beijavam. Penso que a boca dele já não é mais só minha, e xingo quando a porta do banheiro se abre.

— Você está bem? — Eric me pergunta com expressão preocupada.

Olho para ele com ódio e respondo:

— Não.

Ele fecha os olhos. Sabe do que estou falando. Depois de me levantar, furiosa, desligo a música e digo entre os dentes:

— Fora da minha vista.

Meu estado de ânimo é instável. Com a mesma rapidez com que choro desconsolada, sinto uma vontade desesperada de assassiná-lo, e Eric sabe disso, pois me conhece muito bem. Finalmente, ele diz:

— Quando você quiser, podemos conversar no escritório.

Balanço a cabeça, mas não digo nada.

Ao ver que não vou lhe dirigir a palavra, ele fecha a porta de novo e vai embora. Eu fico olhando para a frente, até que me enxugo com movimentos enérgicos, passo hidratante no corpo e me penteio.

Metida em um vestido de algodão rosa e com minhas botas de andar em casa, desço devagar sem secar o cabelo. Quando estou na frente do escritório, paro.

Quero fugir do que vai acontecer ali, mas sei que preciso entrar. Reunindo forças, aciono a Judith arrogante que tira aquele alemão do sério e, sem pensar duas vezes, entro.

Eric está junto da lareira contemplando o fogo. Essa imagem sempre me encantou, mas hoje eu a detesto. Minha fúria me faz detestar tudo, até o ar que respiro.

Ele volta o olhar para mim. Depois de uns instantes em silêncio, Eric murmura:

— Sinto muito, Jud. Sinto muito, querida, mas juro que…

— Não jure. Sei o que eu vi.

Eric faz que sim. Sabe que aquilo me destroçou e, caminhando em minha direção, sussurra:

— Se você me conhece, sabe que eu nunca faria isso.

— Eu sei — interrompo, com a voz falha por causa da dor. — Mas vi você. Beijando Ginebra. Vi... vi...

Desesperado, ele tenta me agarrar, mas eu o afasto com um tapa. Eric me olha.

— Eu não estava consciente do que fazia. Não me lembro de nada, mas sei que...

— Você não sabe nada — digo, elevando a voz. — Nem se passa pela sua cabeça o que senti ao ver aquilo. Você não pode imaginar.

Sua expressão atormentada revela que posso pisoteá-lo, matá-lo e maltratá-lo. Ele está disposto a tudo por mim.

— Há apenas algumas horas — insisto, apesar disso —, você e eu estávamos naquela sala curtindo e... e...

— Pequena, escute.

Raivosa, olho para ele, dou um sorriso malicioso e respondo baixinho:

— Não quero escutar. Agora não.

— Jud, não diga isso.

O que digo o irrita, o envenena: é isso que me dizem seus olhos. Mesmo assim, sem se deixar levar pela raiva, ele suplica:

— Me perdoa, Jud, eu não sabia o que estava fazendo.

Perdoar? Vou ser capaz de perdoar e esquecer o que vi? Olho para ele com fúria e digo de novo num murmúrio raivoso:

— E se fizermos uso do que chamamos de olho por olho e agora eu que...

— Nem pense nisso! — ele vocifera, perdendo as estribeiras.

Volto a rir com malícia. A última coisa em que penso é em estar com um homem, mas, como quero magoá-lo, insisto:

— Seria justo. Que eu procurasse o homem que mais te desse raiva e que você ficasse olhando, não acha?

— Não... — ele murmura, cerrando os dentes.

Quero feri-lo. Quero que sofra como estou sofrendo.

— Babaca! — grito. — Como não se deu conta? Como, do jeito que é esperto, foi incapaz de se dar conta do que ia acontecer com aquela gentalha?

Eric me olha. Não sabe o que dizer.

Ele percebe que tenho razão em tudo o que eu digo e não consegue me dar uma explicação.

O silêncio invade o local. Eric não se mexe. Nós nos olhamos nos olhos e eu murmuro:

— Estou irritada, muito irritada, e quero que você vá embora.

— Pra onde?

— Para fora desta casa! — berro, descontrolada.

A expressão de Eric se inflama e, sem se mexer, ele se apressa a dizer em tom baixo:

— Esta casa é minha.

Sua declaração raivosa me demonstra que ele está começando a perder a paciência.

— Então quem vai sou eu — retruco.

Sem mais, dou meia-volta, mas, antes de chegar à porta, Eric já me agarrou. Ele me vira, aperta-me contra si e protesta:

— Jud, você não vai a lugar algum.

— Me solta! — grito.

— Não até que você recupere a razão.

A raiva me consome e, sem pensar no que estou fazendo, levanto o joelho e o acerto com força naquela parte que adoro e que, em outros momentos, me deu prazer. Eric, que não esperava esse ataque tão brutal, cai de joelhos no chão. Ele se encolhe de dor na minha frente e eu, fora do meu juízo perfeito, ameaço:

— Nunca mais, na porra da sua vida, me toque sem permissão.

Ele não responde. Continua se retorcendo de dor no chão enquanto eu o observo, impassível.

Merda... merda, como sou idiota!

Passam-se alguns minutos e, quando vejo que sua respiração se normaliza, abro a porta e saio. Sigo para a escada, mas ele me levanta no ar e, vermelho de fúria, dispara na minha cara:

— Na porra da sua vida, nunca mais faça o que você fez.

Grito. Tento me soltar, xingo-o de tudo quanto é nome, e voltamos a entrar no escritório, onde, assim que fecha a porta com um chute, ele me solta no chão.

— Eu te odeio! — digo aos brados. — Te odeio com todas as minhas forças!

— Pode me odiar o quanto quiser — ele devolve, furioso. — Mas temos que conversar.

A partir desse momento, não falamos, apenas gritamos.

Jogo na cara dele tudo o que eu quero e mais, e ele faz o mesmo. Levantamos a voz, gritamos, berramos. O desespero é tamanho que nenhum dos dois está disposto a ouvir o outro. E então, de repente, a porta do escritório se abre e Flyn aparece. Devemos tê-lo acordado com nossos gritos. O garoto olha para Eric e pergunta:

— Papai, o que está acontecendo?

— Flyn, volta para o quarto — Eric responde.

Mas eu, que estou enlouquecida, sorrio e murmuro:

— Não, deixa o moleque ficar aqui. Também tenho coisas pra dizer a ele, posso aproveitar. No fim das contas, ele é seu filho e só se preocupa com você.

— Jud... querida.

Dentro de mim se formou um tsunami e sinto que não vou ser capaz de freá-lo, especialmente porque não quero. Tenho à frente minhas duas fontes de problemas e conflitos, e preciso gritar e protestar. Preciso que esses dois imbecis me ouçam e, sem me importar com o jeito nem com nada, digo:

— Vocês dois por acaso combinaram de arrancar o pior de mim? Porque, se foi isso, conseguiram.

Como já não me importo com mais nada, prossigo:

— Dei meu sangue por vocês e só posso dizer que são dois malditos mal-agradecidos. Você como marido e você como filho. E sabe, Eric? Eu desisto! Tomei a decisão de que, se Flyn não me quer como mãe, eu não o quero como filho. Já chega de disparates, de cara feia e de falta de educação. Estou farta, *farta*, de ter que andar sempre pisando em ovos com vocês. Estou tão brava com os dois que não quero ser racional, simplesmente quero que me deixem em paz para poder viver. Lógico que essa casa é sua, Eric Zimmerman, mas os filhos que estão dormindo no andar de cima são *meus* também! E não vou permitir que...

— Jud — Eric me interrompe. — O que você está dizendo?

Como um redemoinho incontrolável, olho para ele e sentencio:

— Que quero o divórcio. Que quero ir embora daqui. Que meus filhos vêm comigo e que...

— Jud, para!

Seu corte faz eu me dar conta de que Flyn está chorando. Ainda que suas lágrimas devessem me atormentar, estou sofrendo tanto que já não sinto nada. Em seguida, quando me disponho a acrescentar algo, ouço Eric dizer para o menino:

— Flyn, vai pra cama.

— Não...

— Flyn — insiste ele.

O garoto seca as lágrimas e pergunta:

— Vocês vão se separar?

— Não — responde Eric.

— Vamos. Não era isso o que você queria? — digo.

Eric me olha. Seu olhar lança farpas de gelo, mas não me importo, já que o meu é puro fogo.

— Não… vocês não podem se separar — Flyn diz, chorando. — Não podem ficar assim por minha culpa. Eu… eu…

Reconheço que vê-lo tão desesperado faz meu coração doer um pouco. Olhando para ele, respondo:

— Seu comportamento ajudou bastante. Obrigada, Flyn!

— Jud! — grita Eric.

— Jud o quê? Por acaso é mentira? — replico, desafiando-o.

Eric me olha com fúria, fora do sério com o que estou disparando. Olho para ele com raiva e arrogância quando pega o menino pelo braço e murmura, para tentar acalmá-lo:

— Flyn, não se preocupe com nada. Mamãe e papai estão discutindo por algo que…

— Mamãe?! — ironizo, ofendida. — Desculpa, mas ele mesmo me deixou muito claro uma infinidade de vezes que não sou a mãe dele, que sou apenas a mulher do pai dele, sua madrasta, não é, Flyn? — O garoto não responde, e eu prossigo: — Vamos, seja corajoso e diga ao papaizinho o que me disse mil vezes quando ele não estava.

— O quê?! — pergunta Eric, surpreso.

— Ah, e agora que não há mais nada para esconder… — prossigo, abrindo minha própria caixa de Pandora. — Que tal se você disser ao seu pai como foi divertido me provocar diarreia com as gotinhas que seus amiguinhos te recomendaram?

— Como?! — exclama Eric, perplexo. Lançando uma olhada feia para o menino, ele pergunta: — Do que ela está falando?

Mas eu não o deixo responder e falo em seu lugar:

— Segredos, segredos. Entre a gente há segredos demais. — Tiro o anel que tanto adoro e jogo em cima da mesa do escritório, gritando: — E falando nisso… Achei muito errado você esconder que foi seu filho quem levou meu anel para vender numa casa de penhores e dizer que o encontrou no porta-malas do carro! Por acaso acha que sou idiota? Que eu não ia descobrir a verdade? Fiquei sabendo e me calei pra não criar problema com ele e com você. Vocês são farinha do mesmo saco. Os malditos Zimmerman!

Eric empalidece. Sei que não é pelas palavras de baixo calão, mas porque nunca imaginou que eu fosse descobrir.

464

— Jud… querida… eu… — murmura.

— Agora não quero explicações. Já não servem pra nada.

O menino continua chorando. Eric, consciente de que as coisas estão saindo de controle, insiste:

— Por favor, Flyn. Vá para o quarto.

O garoto me olha boquiaberto. Nunca me viu perder as estribeiras dessa forma.

— Mamãe… desculpa… me perdoa — ele sussurra, aproximando-se de mim.

Mamãe?! Com expressão amarga, olho para ele e retruco, fora de mim:

— Me deixa em paz. Não sou sua mãe.

Eric o tira do escritório. Fico sozinha e sinto vontade de gritar. Estou furiosa.

Logo, Eric retorna. Assim que fecha a porta, caminha até mim e diz:

— Você está descontando no Flyn e…

— Eric — corto. — Sinto muito, mas cheguei ao meu limite. Em todos os sentidos. E… e o que aconteceu, quer a gente goste ou não, fez com que existisse um antes e um depois na nossa relação. Quero acreditar que aqueles filhos da puta te drogaram para conseguir o que queriam, mas não posso fingir que não vi. Por acaso você fingiria se tivesse sido o contrário? Se Eric Zimmerman me visse sobre um balanço, pelada, entregando minha boca e meu corpo a outro homem, você não ficaria zangado comigo? Não gritaria comigo? Não ficaria louco de raiva? — Ele não responde, e eu acrescento: — O Eric Zimmerman que eu conheço estaria tão nervoso como eu, e o Eric Zimmerman que eu conheço precisaria de seu tempo para digerir o acontecido, por mais que me amasse.

Por fim, parece que minhas palavras o tocam.

Em vez de se aproximar, ele assente, apoia-se na mesa e, depois de alguns segundos de silêncio, murmura:

— Se eu tivesse visto o que você viu, sem dúvida estaria me comportando pior.

— Eu sei, Eric. Eu sei.

Ele balança a cabeça. Sabe que o que estou dizendo é verdade. A situação seria devastadora se fosse o contrário. Cravando os olhos cansados em mim, ele diz baixinho em seguida:

— Jud, não me deixe. Não encorajei o que aconteceu.

Suas palavras me paralisam. Por minha cabeça já passou de tudo, mas realmente sou capaz de viver sem ele?

Ao ver que não digo nada e não me movo, Eric caminha até mim e, derrotado pela minha indiferença, o grandalhão que todos temem cai aos meus pés e repete com desespero:

— Não me deixe, meu amor. Por favor, pequena, me escuta, eu não estava no controle. Não sabia o que fazia naquele momento.

Sua súplica...

Seu olhar...

Seu medo...

Tudo despertava o melhor de mim.

— Me castigue, fique zangada comigo, me fustigue com seu desprezo, mas não fale em divórcio — insiste ele. — Não fale em se separar de mim, porque minha vida sem você não teria sentido. Sem você e sem as crianças, eu...

Ao ver seus olhos carregados de lágrimas, como a manteiga derretida que sou, mordo o lábio inferior e murmuro:

— Levante, por favor, levante. Não quero ver você assim.

Eric se levanta com pesar e, quando dou um passo atrás para que não me toque, encaminha-se cabisbaixo para sua cadeira e, olhando para mim, sussurra:

— Estou disposto a fazer tudo o que você quiser, Jud. A tudo.

Faço que sim. Sei que agora quem tem o poder sou eu. Estou convencida de que, se eu lhe pedisse para cortar um braço, ele o faria.

— Dentro de uns dias vou para a Feira de Jerez — digo. — Vou sem você e vou levar Eric e Hannah.

— Sem mim?

Ao ouvi-lo dizer isso, sinto uma vontade irrefreável de assassiná-lo. Mas ele não tinha dito que não tinha tempo para essas bobagens? No entanto, eu me contenho e repito:

— Vou a Jerez com as crianças, e nem você nem Flyn vão junto.

— Querida... por favor...

Sorrio segura de mim e replico:

— Não há "querida" que resolva. Não quero você comigo. Quero ir sozinha com meus filhos para curtir minha terra e, com você ao meu lado, não vou me divertir.

Seus olhos...

Sua voz...

Seu olhar...

Conheço Eric Zimmerman e sei que o que está acontecendo vai atormentá-lo pelo resto da vida. Ele se aproxima de mim, pega-me em seus braços e, me prensando contra a estante de livros, diz num sussurro:

— Jud, não brinque com fogo ou você vai se queimar.

Somente alguns milímetros nos separam. Meus olhos focam sua boca. Quero beijá-lo. Preciso beijá-lo, como sei que ele precisa me beijar. Porém, passa então pela minha cabeça a imagem de Ginebra tomando o que eu considerava meu. Depois de empurrar Eric com todas as minhas forças para afastá-lo de mim, respondo a caminho da porta:

— Eu já me queimei. Agora tenha cuidado para não se queimar você.

55

No dia seguinte, Judith liga para Mel e pede um tempo.

Precisava de uns dias sozinha para pensar se estava fazendo o certo ao ficar com o homem que amava, mas que havia partido seu coração em milhares de pedacinhos. Consciente de tudo o que estava se passando, a amiga concordou.

Uma semana depois, Judith ficava calma em alguns momentos. Fisicamente estava bem, mas psicologicamente estava abalada e magoada, algo que Eric não podia evitar notar, e por isso sofria a cada segundo do dia.

Jud falou com seu pai. Não contou nada do ocorrido, mas confirmou que no dia 9 de maio chegaria a Jerez com as crianças. Como era lógico, Manuel perguntou por Eric e Flyn, e ela se apressou a explicar que Eric tinha muito trabalho e que Flyn estava de castigo, porque estava indo muito mal no colégio. Ele não perguntou mais nada e se alegrou com a vinda de sua moreninha.

Eric fazia todo o possível para se aproximar de sua mulher. Chegava cedo do trabalho, passava os fins de tarde e as noites com as crianças, mas Jud não voltava atrás. Limitava-se a sorrir na frente dos pequenos, mas, quando eles iam para a cama, mergulhava em sua própria bolha, e tudo o que se passava ao seu redor deixava de existir.

Eric convocou uma reunião na Müller e, sem pensar duas vezes, reorganizou seu trabalho. Precisava de tempo para reconquistar sua mulher, e por isso delegou tarefas a vários diretores, como fazia antes, algo que Judith sempre havia pedido, mas que ele não atendia.

As recordações o atormentavam. Deveria ter dado mais atenção a seus desejos, e em especial aos problemas com Flyn. Por que havia sido tão babaca e cabeça-dura?

Flyn, assustado com a dimensão que os acontecimentos haviam adquirido, tentava se aproximar de Judith. Chamava-a de "mamãe", pedia perdão, propunha saírem de moto, sentava com ela para ver televisão, mas Jud parecia não assimilar seus esforços.

Judith ouvia perfeitamente em seu silêncio, mas estava tão chateada com todo o ocorrido que havia decidido ignorá-lo, como Flyn a havia ignorado nos meses anteriores. O castigo era a única maneira de fazer Flyn enxergar que já não era uma criança e que, como ela sempre dizia, todas as ações tinham uma consequência. No caso, a indiferença.

Simona e Norbert, cientes da situação em casa, tentavam ajudar em tudo o que podiam, mas Judith continuava castigando os dois Zimmerman com seu desapego.

Passados alguns dias, ela decide ir à casa de Mel. Assim que a vê, a amiga a abraça. Quando a solta, constata num sussurro:

— Nossa, que cara horrível.

Judith assente. Tinha consciência de que estava um desastre e até havia perdido aqueles quilos dos quais não conseguia se livrar.

— Garanto que estou pior por dentro — ela replica com um sorriso.

Mel revira os olhos e a pega pela mão.

— Venha — diz. — Temos que conversar.

Elas vão para a sala de jantar. Ali, durante mais de duas horas, Judith fala tudo o que precisava falar. Quando, por fim, ela se cala, Mel dá sua opinião:

— Entendo o que você diz, mas o que aconteceu não foi culpa do Eric.

— Eu sei — admite Jud. — Mas se ele sabia que Ginebra queria aquilo, por que não se afastou deles? Por que permitiu que ficassem tão próximos de nós? Por que não cortou o mal pela raiz?

Mel faz que sim. Sem dúvida, Judith tinha sua razão. Apesar disso, como antes havia conversado com Björn, diz:

— Eric não é uma má pessoa e nunca pensou que eles fariam uso de algo tão sujo pra conseguir o que queriam. Apesar de não querer saber deles, Eric se compadeceu. Ginebra está morrendo. Por isso Eric baixou a guarda.

Jud bufa. Conhecia Eric melhor do que ninguém e, se uma doença já o deixava abalado, a proximidade da morte o transtornava. Elas continuaram falando durante várias horas até que Mel disse:

— Agora que você está mais tranquila, tenho que contar uma coisa.

— O que foi?

Ela se levanta, pega Judith pela mão e a leva até o quarto. Ali dentro, abre uma caixa e mostra alguns testes de gravidez.

— Faz três semanas que estou esperando para fazer, mas não tenho coragem — confidencia.

A surpresa faz Judith despertar de sua letargia. Fazendo biquinho, Mel acrescenta:

— Recusei o cargo de segurança e acho... acho que estou grávida.

Rapidamente, Judith se coloca ao seu lado, segura seu queixo com a mão e diz:

— Por que você não me contou antes?

Ela desmorona como um castelo de cartas. Sentando-se na cama, responde:

— Quando? Havia uma coisa nova toda vez e... e... Eu até levei a merda dos testes no fim de semana em que... bom, em que essa história com o Eric aconteceu, mas depois tudo virou uma confusão e eu não queria te preocupar mais ainda. Agora estou com mais de um mês de atraso e sou incapaz de fazer a merda do teste. E depois... tem a questão de que eu já engravidei e sinto que tenho todos os sintomas e...

— Björn sabe de alguma coisa?

— Nããããããããããão — sussurra Mel. — Vou matar Björn se estiver grávida. A culpa é dele.

— Meu Deus, Mel — diz Jud, sorrindo. — Ele vai ficar louco quando souber.

— Fecha o bico!

— Ele está em casa? — pergunta, emocionada.

— Não. Está no escritório, mas, porra, Jud, como eu posso estar grávida?

Com um sorriso fofo, ela responde, gesticulando:

— Björn plantou uma sementinha e...

— Juuuuuuuuuuud...

Achando graça, ela afasta a franja do rosto da tenente mais corajosa que havia conhecido em toda a sua vida.

— Outra vez! Por que isso tem que acontecer comigo? — protesta Mel, afastando-se. — Com Sami fui mãe solteira; desta vez queria ter feito tudo certo para não ter que ouvir meu pai ou minha avó. Eu teria gostado de ter me casado antes de ter outro filho...

— Mas aí apareceu um menino chamado Peter e você decidiu adiar o casamento, para que estivesse integrado à família antes de se casar com o pai dele. Isso foi muito altruísta, Mel.

— Meu Deus... vamos ter três... três filhos!

— Óbvio.

Ao ver a expressão da amiga, Judith sorri e, disposta a ajudá-la em tudo o que pudesse, insiste:

— Olha, querida, se você tem ao seu lado o homem que te ama, que te faz feliz e que você ama, um bebê é uma coisa linda. É o resultado desse amor. Pense assim e seja positiva.

470

— Ai, Deus... eu quero ser positiva, mas não consigo!

Jud começa a dar risada. Era mais forte que ela. Vendo isso, Mel grunhe:

— Se não tirar da cara esse sorrisinho, juro que a primeira que vou matar vai ser você.

Judith para de sorrir, pega o arsenal de testes de gravidez que sua amiga tinha nas mãos e diz:

— Vamos. Temos algo pra fazer.

Quando entram no banheiro, Mel tranca a porta e, apontando os cinco testes que havia deixado sobre o balcão, explica:

— Comprei dos digitais. Desses que anunciam a semana em que a gente está.

— Ótimo! — responde Jud. Ao ver que a amiga não se movia, ela diz: — Anda, faz um.

Mel olha para ela, depois olha para os testes e sussurra:

— Não consigo, Jud... não consigo.

Seu nervosismo lembrou Judith da própria primeira gravidez. Ainda se lembrava dos milhares de testes que comprara e de se ver trancada no banheiro, sozinha e com os pés para o alto, tamanho o enjoo que sentia. Por isso, sabia que tinha de fazer o que fosse preciso para que Mel se tranquilizasse. Pega um teste, abre, destampa, baixa as calças e a calcinha e, depois de fazer xixi em cima dele, fecha-o e o deixa sobre o balcão.

— Você só tem que fazer isso — disse ela. — Vamos, não é tão difícil.

Em seguida, Jud se senta no chão e apoia as costas na porta, à espera de que Mel se animasse a fazer o que, irremediavelmente, teria de fazer.

Sem vontade, ela pega um teste e abre o jeans. Judith fica olhando e, finalmente, quando sua amiga baixa a calcinha, faz xixi sobre o teste, fecha-o e o coloca sobre o balcão, murmura:

— Muito bem.

A ex-tenente sorri, abre a torneira, toma um gole de água e, após secar os lábios, afirma:

— Vou matar o Björn se eu estiver grávida.

— De beijos, né?

Mel ri. Dessa vez, foi ela que não se segurou e, sentando-se no chão junto da amiga, apoia as costas na porta e diz baixinho:

— Ele vai ficar louco se eu estiver grávida.

— Muito louco — acrescenta Judith com um sorriso triste ao se lembrar de quando Eric ficou sabendo da sua gravidez.

— Mas não vamos poder chamar o bebê de Peter. Já temos um Peter na família e...

— Calma, existem milhares de nomes. Garanto que sem nome o bebê não fica. Sami vai pensar em algum.

Mel bufa, então permanecem em silêncio por uns instantes até que Judith diz:

— Acho que chegou o momento da verdade, não é?

A ex-tenente fecha os olhos e, levantando a mão, pega os testes de gravidez que tinham usado. Olha para os dois e ao ver que eram idênticos, pergunta:

— Qual é o meu?

Com cara de riso, Judith dá de ombros e, pegando um deles, responde:

— É o que der positivo.

As duas amigas tiram a tampa dos testes de gravidez ao mesmo tempo e Mel murmura:

— Eu mato ele.

Judith sorri olhando para o teste que estava em sua mão e afirma:

— Positivo.

Ela ainda sorria quando Mel coloca o teste que estava segurando na frente da cara de amiga e diz:

— Jud...

Ao ver o que Mel mostrava, ela de repente larga o teste que tinha entre as mãos, como se estivesse queimando, e diz:

— Merda! — Levantando-se, repete: — Merda!

Mel se levanta também e, depois de pegar o teste que Judith havia jogado, verifica-o e sussurra:

— Caralho, Jud... Você está grávida?

— Náááááoooo.

Tão perplexa quanto ela, Mel mostra o teste e afirma:

— Eu fiz xixi em um e você fez xixi no outro e os dois deram positivo.

Judith se abana. O que estava acontecendo?

— Não pode ser — sussurra, horrorizada. — Como posso estar grávida?

Sem saber se ria ou se chorava, Mel olha para sua amiga e responde:

— Eric plantou uma sementinha e...

— É impossível. Eu... não posso... Eric e eu não queremos mais filhos. Não, Mel, não...

A amiga observa de novo os dois testes que tinha nas mãos e afirma:

472

— Não quero colocar o dedinho na ferida, mas um deles marca de duas a três semanas e o outro marca de quatro a seis semanas.

Judith os fitava boquiaberta. Mel entrega-lhe um novo teste e instrui:

— Faz de novo. Se o teste realmente deu errado, este aqui vai confirmar.

Judith não respirava. Não piscava. Como podia estar grávida? Ao ver que estava atônita, Mel a agarra pelo queixo e diz com cara de riso:

— Querida, pensa que esse bebê que está crescendo dentro de você é o resultado de um lindo amor. Sei que vocês dois não estão passando pelo melhor momento, mas... pense nisso e seja positiva.

— Fecha essa boca enorme — Judith manda, bufando em seguida. Ela pega o teste, baixa de novo as calças e a calcinha, faz xixi sobre o teste, fecha e garante, ao deixá-lo de lado: — Isto vai resolver tudo. Não estou grávida.

Mel também faz outro teste, mas, para não trocá-lo com o da amiga, fica segurando-o nas mãos.

— Jud... faz pouco tempo, Björn me disse que as coisas que valem a pena na vida nunca são fáceis e...

— Não diga mais nada. Agora não, por favor — interrompe ela, seguran-do a testa com preocupação.

Em silêncio e em meio à tensão, esperam passar os minutos que indicava o folheto e, em seguida, Judith abre a tampa.

— Deve ser um falso positivo. Agora não... agora não pode acontecer isso.

Depois de abraçar a amiga até que ela parasse de tremer, Mel reune forças para abrir seu teste e, ao ler a telinha, afirma:

— Estou de quatro a seis semanas... Vou matar Björn Hoffmann.

Ambas se olham sem saber se choravam ou se riam e, de repente, ouvem a voz do advogado, que estava batendo na porta:

— Mel, com quem você se trancou no banheiro?

Rapidamente as duas amigas recolhem as embalagens dos testes. Jud guarda o seu na bolsa enquanto Mel coloca o seu no bolso do jeans. Quando comprovam que não havia nenhuma prova do delito à vista, Jud murmura:

— Nem uma palavra sobre o meu teste ao Eric nem ao Björn, nem uma palavra!

— Mas, Jud... não dá para esconder uma gravidez.

— Prometa!

Ao ver a cara da amiga, Mel finalmente assente.

— Prometo, mas só se você prometer o mesmo.

Judith suspira; não era a mesma coisa, mas confirma com a cabeça mesmo assim.

Quando, segundos depois, Mel abre a porta do banheiro, Björn olha para elas com surpresa e protesta:

— Ora, se não é a mulher que aliciou meu filho menor de idade e invadiu a lista de passageiros do aeroporto de Munique. Como você pôde pedir isso a Peter? Por acaso ficou louca?

Judith bufa. Sem dúvida, Björn andava desejando vê-la para jogar aquilo na sua cara. Durante alguns minutos, Mel e Jud ouvem em silêncio o quanto tinha sido errado terem utilizado o garoto para fazer aquilo, até que Mel, não querendo mais que ele pressionasse Jud, se colocou na frente dele e diz:

— Tenho que te contar uma coisa.

Consciente da cara feia de Judith, Björn se arrepende de tudo o que havia dito em décimos de segundo e, olhando para a morena de cabelos curtos que estava chamando sua atenção bem na sua frente, bufa e diz:

— Surpreenda-me.

Mel toma fôlego, olha para Judith e, sem que sua voz tremesse, diz alto e claro:

— Estou grávida e não vou trabalhar como segurança!

Sua amiga a encara. Ela não tinha pedido para guardar segredo?

Ao ouvir isso, o advogado pisca várias vezes e pergunta:

— O que você disse?

Ela tira da calça o teste que tinha feito minutos antes e mostra.

— Surpresa! — afirma, séria.

Björn crava os olhos no teste de gravidez. Pisca, pisca e pisca. Olha para Judith e balança a cabeça para cima e para baixo. Depois olha para Mel e, quando ela também balança a cabeça, apreensiva, ele leva as mãos à sua e sussurra:

— Acho… acho que estou ficando enjoado.

Mel e Jud pegam Björn uma em cada braço e, rindo, sentam-no na cama. Judith se ajoelha na frente dele e murmura, enquanto Mel o abanava:

— Calma, James Bond, respira… respira… você está ficando verde.

Durante uns segundos, Björn faz o que ela pedia até que conseguiu raciocinar.

— Vamos ter um bebê? — pergunta para Mel, surpreso.

Ela confirma sorrindo e dá de ombros.

— Vou matar você — Mel diz. — Um bebê vai colocar nossa vida de pernas para o ar; mas, sim, vamos ter um bebê.

474

Trêmulo, Björn a abraça, beija e embala, enquanto Judith observava emocionada aquela demonstração maravilhosa de amor e sentia que seu coração ia sair do peito. Björn amava Mel sem nenhum tipo de reserva, adorava Sami e Peter. Orgulhosa de ser sua amiga, Jud só consegue dizer:

— Felicidades, papai. Pela terceira vez.

Seu amigo, ao entender o que aquilo queria dizer, sorri como um bobo e, levantando-se da cama, pega Mel nos braços e começa a dar saltos de alegria.

Ia ser pai!

Judith se emociona com a alegria deles e quando, minutos depois, Björn começa a festejar, ela decide ir embora e deixá-los com a boa notícia. Antes, olha para Mel e murmura:

— Nem uma palavra do meu.

Com o coração apertado pela amiga, Mel confirma. Ia guardar segredo.

56

A semana está sendo uma tortura.

Grávida... Como posso estar grávida?

Não consigo deixar de pensar nisso, mas me convenço de que não estou. Não pode ser.

Em casa, vejo Eric passar na minha frente e me dói saber o que sei e não compartilhar com ele. Não sei como vai reagir e, se estiver mesmo grávida, não sei se devo ter o bebê do jeito que as coisas estão entre a gente.

Penso, penso, penso e, quando vejo Eric e Hannah, sinto um aperto no coração. Pensar que no meu ventre talvez esteja crescendo uma nova vida, como essas duas diante de mim, que sorriem e me fazem sorrir, acaba comigo.

Na quarta-feira, sem poder aguentar um segundo mais, vou ao médico. Preciso saber se estou grávida ou não, para decidir como agir. Faço um exame de sangue e outro de urina. Quando, horas depois, vou buscar os resultados e vejo aquele positivo tão positivo, acho que vou morrer.

Como isso pode estar acontecendo comigo?

Eric chega cedo do trabalho e tenta ficar perto de mim e das crianças. Quando posso, sumo e mergulho na minha bolha de dúvidas. Devo ou não levar a gravidez em frente?

Em silêncio, passeando com Susto e Calamar à noite pelo bairro, eu penso, penso, penso... E me dou conta de que já não estou me sentindo mal só pelo que aconteceu com Eric, mas também por causa do bebê e da minha frieza com ele.

Por incrível que pareça, durante o jantar, Flyn puxa conversa. Eric responde, mas eu me mantenho calada. Agora, sim, sou uma macaquinha adestrada. Simplesmente janto e, quando acabo, levanto e desapareço de cena.

Se os Zimmerman sabem fazer cara feia, os Flores não ficam atrás!

Na quinta, depois de um dia caótico de trabalho, quando estou deitada à noite no sofá da sala, totalmente apática, com Susto e Calamar aconchegados ao meu lado, Eric entra de repente com um sorriso. Mostra algumas pizzas

476

congeladas e, sem reclamar que os cachorros estejam ali, apesar de não gostar que deixem pelos, anuncia:

— Esta noite vou fazer o jantar.

Certo... colocar pizza congelada no forno não é fazer o jantar, mas, como não quero dizer algo inapropriado, faço que sim e respondo sem muito entusiasmo:

— Que bom!

Continuo assistindo à televisão enquanto, com o canto do olho, vejo que Eric está me observando parado onde está, à procura de uma conexão, então finalmente dá meia-volta e vai embora.

Vinte minutos depois, ele entra de novo na sala e, ao ver que estou assistindo a *The Walking Dead*, diz:

— Jud, a pizza já está pronta. Quer que a gente jante aqui ou na cozinha?

Quero dizer "aqui". Sei que ele e Flyn ficam horrorizados com a série e, apesar disso, jantariam ali sem reclamar, mas não quero que a comida caia mal para eles, por isso, faço uma pausa.

— Na cozinha — respondo.

— Então vamos! Flyn já está lá esperando.

Eu me espreguiço no sofá. Sei que Eric está me olhando, à espera de um sorriso. Mas não. Não vou sorrir. Vou privá-lo do meu sorriso como ele me priva mil vezes do seu. Que se dane e sofra!

Com carinho, beijo a cabeça dos cachorros e digo que esperem por mim ali, porque não vou demorar muito.

Quando entro na cozinha, vejo três pratos sobre a mesa, duas cocas e uma cerveja. Flyn já está sentado. Quer eu goste ou não de reconhecer, nos últimos dias sua atitude mudou. Simona até me disse que ele voltou a conversar com Josh, o vizinho.

Será que foi o perigo à vista?

Sem muita vontade de jantar, eu me aproximo da mesa e, então, o moleque com o nariz cheio de espinhas me pergunta:

— Quer gelo na coca-cola?

Minha nooooossa... Flyn sendo gentil comigo? Com ironia, olho para ele e questiono:

— Quanto seu pai pagou?

Ele me olha desconcertado.

— Pra quê?

Começo a rir. Sinto-me como a Cruela Cruel observando um doce cãozinho indefeso.

— Pra você falar comigo — respondo, com atrevimento.

477

Vejo que Flyn procura o olhar do pai e, sem um nada de humanidade, murmuro:

— Vocês são farinha do mesmo saco.

Eric não diz nada. Não me repreende, o que é raro. Por isso, pego meu copo, vou até a geladeira, encho-o de gelo, sento-me na cadeira e abro minha coca. Não preciso deles.

Pela primeira vez em muito tempo estou mostrando que também sei pensar por mim e para mim. Que também posso ser egoísta... e estou adorando!

Vejo Eric e Flyn se entreolharem incomodados diante do meu silêncio e sinto vontade de rir, embora não o faça.

Onde ficaram aqueles nossos jantares nos quais eu fazia gracinhas e eles riam?

Depois de um gole de coca-cola, pego uma fatia de pizza e como em silêncio enquanto eles tentam manter uma conversa animada sobre futebol. Ouço-os falar do meu time, o Atlético de Madri, mas não entro no jogo. Não quero ser gentil com eles.

Depois da segunda fatia de pizza, sem muito apetite, eu me levanto como uma mal-educada e, olhando para eles, digo:

— Continuem comendo. Vou ver meus mortos-vivos. São mais interessantes que vocês.

E, assim, saio da cozinha com meu copo de coca na mão. Eles não dizem nada, e não tenho como saber o que estão pensando.

Um instante depois, ouço Eric entrar na sala, chegar perto de mim e perguntar:

— Você vem pra cama?

Eu adoraria dizer que sim. Não tem nada que eu gostaria mais do que abraçá-lo e fazer amor com ele, mas mantendo minha força de vontade intacta e respondo sem olhá-lo:

— Estou sem sono. Vai você.

Quando ele sai da sala, eu me sinto péssima, mas tudo bem. Faço isso porque quero. Ninguém me obriga. Continuo assistindo à série e reconheço que cada vez que Michonne aparece com sua catana e corta a cabeça dos mortos, eu vibro. Era isso que queria fazer com duas pessoas que vivem em Chicago.

Quando me levanto do sofá, são quatro da madrugada e, com o pescoço dolorido por causa da postura, coloco os cachorros na garagem e vou para a cama. Preciso descansar.

Na sexta, encontro com Eric várias vezes na Müller e, sempre que posso, me faço de distraída para não o cumprimentar, apesar de saber que está me observando. Sentir como ele me acompanha com o olhar me excita e me faz recordar daqueles momentos na sucursal espanhola, quando ele me procurava continuamente e me conquistou.

Que tempos!

É meu último dia. Meu contrato acabou e estou triste, mas de certo modo quero me afastar tanto da Müller como de seu dono. Acho que vai me fazer bem, ainda mais porque vou a Jerez. Preciso dos mimos do meu pai.

Às oito, quando Pipa leva os pequenos para dormir, estou tão entediada que vou para a garagem olhar minha moto. No dia seguinte, quero sair com ela. Sei que, no meu estado, não é recomendável, mas estou tão confusa com tudo que pouco me importa. Não sei o que vou fazer com o bebê.

Ouço música na garagem pelo celular, pensando em tudo o que está acontecendo comigo. Quando começa a tocar "Aprendiz", do meu adorado Alejandro, meus olhos se enchem de lágrimas e penso que, se estou me comportando com essa dureza, é porque Eric me ensinou que a indiferença dói. Ele foi meu professor em muitas áreas, e agora sou eu quem não quer falar de amor.

Ponho a música para tocar mais uma vez. Quero que acabe com minhas lágrimas. Sempre fui masoquista assim. Quando já a ouvi várias vezes, desligo e remoo em silêncio minhas tristezas. Como estou infeliz!

De repente vejo chegar o carro de Eric. Olho no relógio e me surpreendo. A cada dia ele chega mais cedo.

Susto, que é o relações-públicas da casa, vai recebê-lo assim que abre a porta do carro. Durante alguns segundos, ouço Eric falar com o cachorro e isso me agrada.

— Oi, querida — ouço-o dizer ao se aproximar de mim.

— Oi — respondo.

O silêncio toma a garagem de novo, e Eric, ao ver que não vou dizer mais nada, dá meia-volta para entrar na casa. Contudo, ele acaba entrando no carro e, de repente, começa a tocar uma música.

Não... não... não faça isso!

Continuo agachada, fingindo que checo a pressão dos pneus da moto, quando sinto Eric se aproximar de mim e perguntar:

— Você gosta dessa música, não gosta?

Não é que eu gosto, sou apaixonada por ela! Ed Sheeran e sua "Thinking Out Loud".

— Você sabe que sim — respondo.

Eric, meu loiro, me pega pelo cotovelo e faz eu me levantar.

— Dança comigo, pequena?

Ai, ai, ai... vou cair na sua lábia! Nego com a cabeça e digo:

— Não.

Ele, que já conseguiu contato visual, não me solta e insiste:

— Por favor.

Ai... minha mãe... ai, minha mãáááááááãeeeeeee, que eu me acabo!

Antes que eu possa dizer algo, o grandalhão aproxima o corpo do meu e, me envolvendo com os braços para me fazer sentir pequenininha, murmura:

— Vamos, querida, me abraça.

Sua proximidade, seu cheiro e os batimentos de seu coração me fazem fechar os olhos. Quando sinto sua boca na minha testa, já sei que estou total e completamente perdida diante dele.

Em silêncio, dançamos enquanto Susto e Calamar se sentam e nos contemplam no meio da garagem.

— Sinto sua falta, Jud — Eric sussurra de repente. — Sinto tanto sua falta que acho que estou ficando louco.

Sua voz...

Sua voz terna tão próxima do meu ouvido faz com que todas as minhas terminações nervosas se coloquem em alerta. Incapaz de não acariciar o homem que eu adoro, subo minha mão suja de graxa até sua nuca.

Ao me ver tão receptiva, ele me aperta contra seu corpo.

— Sinto muito, pequena.

Olho para ele... olho e olho. Cada vez me pareço mais com ele nisso.

— Peça-me o que quiser — ele diz então — e...

Ele para quando a porta da garagem se abre. Norbert aparece de repente.

O coitado, ao nos ver desse jeito, fica plantado no lugar com cara séria. Eric se apressa a me soltar e, vendo o constrangimento dos dois, pergunto com normalidade:

— Já vai para casa?

— Vou. Simona acabou de ir — responde Norbert, sem saber para onde olhar.

Faço que sim e, como se não estivesse acontecendo nada, passo junto dele e digo saindo da garagem:

— Então boa noite, Norbert.

Quando, cinco minutos depois, Eric entra no quarto, trocamos um olhar. A frieza retornou a mim. Volto a controlar minha mente e meu corpo. A Jud malvada voltou e, depois de olhar o anel que Eric deixou sobre o criado-mudo com a esperança de que eu voltasse a colocá-lo, sussurro:

— Não faça mais o que você fez, ou vou embora desta casa.

480

57

Naquela noite, Mel assistia a um filme de ação, estirada no sofá, de calcinha e camiseta.

A pequena Sami e Peter dormiam, e Leya estava deitada aos pés dela.

Entediada, pega o celular e vê a hora. Eram dez e vinte. Björn havia saído para jantar com os idiotas do escritório. Olha para a aliança de noivado que ele havia lhe dado e bufa. Ainda não havia lhe contado as coisas que aqueles idiotas tinham dito. Cada vez que tentava, acabavam discutindo e, embora sua personalidade fosse forte e combativa, decidira se calar.

Ia se manter longe deles e de Louise para que Björn pudesse realizar seu sonho. Assunto encerrado.

Uma hora depois, bem no momento em que o filme chegava ao fim, a porta da casa se abre e, instantes depois, aparece Björn. Ele a cumprimenta com uma piscadinha.

— Oi, linda.

Ela sorri. Ajoelhando-se na frente dela, o advogado a beija nos lábios e depois na barriga e, de um jeito engraçadinho, murmura:

— Oi, pequenininho. Papai já está aqui.

Ao ver aquilo, Mel sorri de novo. Björn não poderia ser mais carinhoso desde que soube que ela estava grávida. Ao ver que ele estava com a mão nas costas, ela pergunta:

— O que está escondendo?

Björn dá de ombros, tira a mão e revela uma cesta de morangos, dizendo:

— Pra você, meu amor.

Mel dá uma gargalhada. Quando foi pegar aqueles morangos incríveis, ele os afasta com um olhar travesso.

— Parker, temos que conversar — murmura.

— Que booooooooooooom — brinca ela.

— Querida, a gravidez mudou tudo — prossegue ele. — Não podemos esperar até setembro. Quero uma data.

Mel suspira e protesta:

— Já encheram o seu saco no jantar...

Ao ouvir isso, Björn ri e responde:

— Não, amor. Você está enganada. Isso é entre mim e você.

— Então tá — ela diz. — Você quer que eu me case parecendo uma bola?

Disposto a conseguir o que desejava, o advogado afirma:

— Eu te amo e só quero que você se case comigo.

Mel não responde.

Durante vários segundos, eles se entreolham em silêncio, até que ela bufa e murmura:

— Você não vai parar até que eu dê uma data, não é?

— É — confirma Björn. — Acho que esperar até setembro já não é uma boa ideia. Temos a documentação preparada há meses, um amigo no cartório que pode reservar o dia que a gente quiser, e posso organizar uma lua de mel linda pra nós dois em Paris. Imagina você e eu na Champs-Élysées de mãos dadas? — Mel sorriu e, em seguida, ele disse baixinho: — Já assimilei a ideia de que você nunca vai querer uma festa de arromba, por isso estou disposto a me casar no cartório de calça jeans. Vamos!

A ex-tenente dá risada. Sem dúvida, ele não ia parar até conseguir realizar seu propósito. Ela se dá por vencida e, morrendo de amor pelo homem que a adorava e que fazia seus dias maravilhosos, cede:

— No dia 2 de maio, no cartório, mas só com a família e os amigos mais íntimos.

— Combinado — afirma Björn com um fio de voz.

— Íntimos mesmo... — esclarece Mel.

Ele a entendia perfeitamente e dá um sorriso.

Só faltavam dez dias. Assim que entrega os morangos para a mulher que ele adorava, Björn tira do bolso do paletó a cobertura de chocolate.

— Está bem, no dia 2 de maio, só os mais íntimos. Aceito! Que tal a gente comemorar?

Entrando na brincadeira, Mel morde o lábio com sensualidade e, ao recuperar os morangos, afirma:

— Esse é meu James Bond.

Ele a beija, muito contente. Os beijos começam a esquentar, motivo pelo qual Mel deixa os morangos sobre a mesinha, levanta-se e corre até o banheiro do quarto. Björn a seguia. Não queriam acordar Peter ou Sami, e sabiam que lá não os ouviriam.

482

Assim que fecham a porta, excitado pela entrega da mulher, Björn vira-a de costas, cola o rosto dela na porta e murmura, passeando as mãos pela parte interna das suas coxas.

— Vou castigar você por ser tão travessa.

Mel ri.

Adorava os castigos apimentados. Se dependesse dela, seria castigada por seu maravilhoso advogado dia sim e outro também.

Ele pega então o cinto do roupão, passa pelos punhos dela, junta um no outro e os amarra no gancho da porta.

Com Mel sem possibilidade de fuga, Björn beija sua nuca, o topo da sua cabeça e suas costas.

— Assim, não para… — Mel sussurra com uma voz que demonstrava seu prazer.

— Querida… não vamos machucar o bebê, né?

Mel dá uma gargalhada.

— Não, nadinha — ela responde. — Vamos… não para.

Os beijos foram ficando mais intensos, até que, aproximando a boca do ouvido dela, Björn sussurra:

— Você está grávida, é preciso ter cuidado.

— Não para e esqueça a gravidez — ela responde, excitada e acalorada.

Björn sorri. Com prazer, sua boca continua descendo até que Mel a sente sobre os glúteos e leva uma mordidinha brincalhona. A ex-tenente grita, afasta-se e, virando o rosto para a direita, olha para Björn pelo espelho e exclama:

— Seu canibal!

Ele sorri, coloca a língua úmida para fora e passa pela parte interna das coxas dela, para fazê-la estremecer. De olhos fechados, extasiada, ela murmurava:

— Não para, seu canibal… continua… continua.

Ofegante, ela entrega seu corpo ao prazer. O calor a havia tomado e, quando viu que ele se sentava no chão, apoiava as costas na porta do banheiro e se colocava entre suas pernas, achou que ia morrer de prazer, que só aumenta quando ele diz:

— Vamos ver o que temos por aqui.

Excitada e sem poder olhá-lo nos olhos devido à posição em que se encontrava, Mel rebolava os quadris.

— Björn… — ela geme.

Ele pousa as duas mãos nas nádegas dela e vai baixando a calcinha.

— Isso, assim… assim… que coisa linda.

Mel estremece. Seu corpo todo reagia àquelas palavras, enquanto ele puxava a calcinha até os pés.

As mãos grandes a agarram com força pela bunda e, quando sentiu o hálito quente tocar sua vagina, ela se arrepia toda. O toque e a intenção excitante a estavam deixando louca. No momento em que a língua molhada a toca, ela vibra descontrolada.

Sem descanso, o advogado começa a chupá-la deliciado, com desespero e lascívia, e os fluidos não demoram a aparecer.

A respiração de Mel acelera como uma locomotiva e, enfiando o rosto nos roupões pendurados na porta, ela ofega, grita e treme, totalmente entregue a seu amor, que continuava a invasão.

O prazer que Björn proporcionava era incrível. O fato de Mel estar amarrada era um incentivo para ele. Quando ela acha que não ia mais aguentar, que estava prestes a explodir, aquele amante especialista no prazer sai de suas pernas e murmura em seu ouvido:

— Olha a gente no espelho.

Mel olha para a direita e seus olhos se encontram. Ela observa como Björn, com evidente prazer e demonstrando uma sensualidade que deixaria qualquer uma fora de órbita, tira a camisa e a deixa cair no chão. Em seguida, abre o botão da calça, lentamente, desce o zíper, tira a ereção impressionante de dentro da cueca boxer e a exibe com descaramento. Sério e sensual, ele pergunta:

— Está preparada, menina travessa?

A ex-tenente se mexe com ansiedade. Não estava preparada: estava preparadíssima!

Com o mesmo tesão, sem afastar os olhos azuis do espelho através do qual se olhavam, Björn começa a passar o pau duro pelas nádegas, pelas coxas e pela vagina dela, para fazer com que sentisse seu poder. Mel se arrepia. O que ele fazia e o que ela queria estavam se unindo para deixá-la enlouquecida.

Durante vários minutos, a brincadeirinha continuou, até que, sem falar, Björn coloca o pau na abertura mais do que molhada e, lentamente, para não a machucar nem machucar o bebê, ele entra nela.

O gemido rouco de Björn, provocado pelo contato eletrizante, não demora a chegar. Mel estava acoplada em seu amor. Permaneceram imóveis por alguns segundos, até que ele começa a movimentar os quadris muito devagar, aumentando o ritmo depois. Mel mal conseguia se mover; ele não permitia. Só podia se abrir para ele e deixar que se fundisse nela uma e outra vez, até sentir que um grito de prazer lutava para sair de sua boca. Para não ser ouvida, ela enterra o rosto nos roupões pendurados.

Como dono e senhor da situação, Björn sorri ao ouvi-la e murmura:

— Assim... gosto de sentir você assim.

Presa com o cinto no gancho da porta, Mel puxa o ar. Não queria que aquilo acabasse. Gostava de se sentir possuída por Björn. Desejava muito mais e, durante um bom tempo, cede a todos e cada um dos desejos do alemão.

— Isso... goza pra mim — ele dizia em seu pescoço, com a voz agitada.

Ela sorri. Girou a cabeça de novo para a direita e, rapidamente, a boca de Björn a aprisionou. Suas línguas faziam amor enquanto seus corpos não se separavam, envolvendo-se sem parar com gosto e desespero.

Nenhum deles queria que chegasse ao fim. Nenhum queria terminar.

Tinham certeza de que, se estivessem sozinhos em uma ilha deserta, viveriam continuamente nessa onda de prazer e satisfação. O calor inundava seu corpo, mas ambos sabiam que não podiam adiar mais o momento, e o clímax os possuiu.

Quando acabaram, estavam ofegantes. Sua respiração ruidosa era ouvida com força no banheiro. Em seguida, Björn a beija no pescoço e murmura:

— Você me deixa louco, menina travessa.

Mel faz que sim. Do jeito que consegue, seca o suor da testa nos roupões à sua frente.

— Você é incrível querido — murmura ela. — Incrível.

Feliz com o comentário, que elevava sua autoestima, Björn termina de tirar a roupa, abre o cesto de roupas sujas e joga as peças ali dentro. Quando Mel vê que ele ia entrar no chuveiro, pergunta:

— O que está esperando para me desamarrar?

Com cara de riso, o advogado abre o chuveiro e diz:

— Você está de castigo.

— Björn!

Ele se coloca debaixo do jato d'água.

— Vou deixar você amarrada por umas horinhas, por ter demorado em me dar uma data de casamento.

Boquiaberta, ela olha para ele através do espelho e estreita os olhos.

— Nem pense nisso. Estou grávida! — Mel diz entre os dentes:

Sem responder, Björn se vira de costas e começa a se ensaboar enquanto cantarolava. Ela olha para as mãos atadas no gancho, sem acreditar.

— Me solta agora mesmo! — grita.

Mas, como única resposta, ele fecha a porta de correr do boxe e continua cantando.

A cada segundo mais perplexa, a ex-tenente tenta se desamarrar, mas não consegue. Björn havia feito um nó muito apertado.

O mau humor começa então a tomar seu corpo.

Ele estava brincando?

Instantes depois, Mel ouve a água do chuveiro ser interrompida e vê a porta de correr se abrindo. Ele sai molhado e fresquinho, não suado como ela estava. Mel sussurra com ferocidade:

— Juro pela minha avó que, quando me soltar, vai engolir os morangos com chocolate e que, no dia 2 de maio, quem vai casar com você é seu pai!

— Uaaaaaau, que interessante! — brinca ele.

Mel dá uns puxões no cinto que a mantinha presa, mas só consegue apertar ainda mais o nó. Björn sorri ao ver aquilo. Colocando-se ao lado dela, pega a maçaneta da porta e diz:

— Vou pra cama. Estou exausto.

— Björn, me solta! — Mel grita.

Sem considerar o pedido, ele lhe dá um beijo rápido nos lábios e abre a porta, fazendo com que ela tivesse que se afastar e acrescentando:

— Boa noite, meu amor. Isso é o que você ganha por ser tão combativa.

E, sem mais, saiu do banheiro, fecha a porta e a deixa ali amarrada como um pedaço de presunto.

Gritar era inútil. Se elevasse a voz, acordaria as crianças e era a última coisa que queria. Mel estava pensando nisso quando a porta se abre de novo e ela teve que se mexer. Björn aparece e ela esperneia furiosa.

— Você me irritou, e muito! Me solta!

Björn sorri. Olha para ela com cara de divertimento e, assim que a solta, impede Mel de lhe acertar um direto no rosto com a voz carregada de erotismo:

— Bom… aqui está minha menina fera.

— O quê?!

O advogado sorri, pega-a nos braços, entra com ela no boxe e, sem dar opção, sussurra, abrindo o registro:

— Vamos, ferinha, me faça engolir os morangos com chocolate. Mas no dia 2 de maio, por favor, case comigo.

Sem conseguir ficar irritada, Mel o beija e o empurra até que seu corpo encostasse na parede. E então mostra que tipo de fera era. Ele ia ver só!

58

Está fazendo um dia lindo no casamento de Mel e Björn.

Ver meus queridos amigos tão felizes, junto de Sami, que está uma fofa em seu vestidinho rosa, e Peter, tão bonito de terno cinza, me emociona mais do que pensava.

Dos Estados Unidos vieram os pais e a irmã de Mel; das Astúrias, sua avó Covadonga; de Londres, o irmão de Björn. Entre os amigos íntimos estamos nós, Fraser e Neill, com as famílias. Também convidaram minha sogra Sonia e minha gravidíssima cunhada Marta, com Drew.

Frida, Andrés, Dexter e Graciela não puderam vir, já que o casamento foi marcado tão em cima da hora, mas prometeram que da próxima vez que nos juntarmos vamos comemorar. Coitados. Não sabem da minha situação com Eric e eu me entristeço de pensar que talvez não esteja presente nessa comemoração.

Mel está linda, de vestido branco. Eles não se casaram na igreja, já que não é seu estilo, mas ela quis surpreender Björn aparecendo com um vestido longo branco e lindo. Fiquei emocionada com a expressão no rosto dele quando a viu.

Björn está muito bonito com um terno azul-escuro. Observando os amigos que tanto amo, só desejo que sejam incrivelmente felizes pelo resto da vida.

Eric fica ao meu lado durante a cerimônia. Como sempre, está impressionante com o terno escuro, mas em seus olhos vejo a tristeza que sente pelo momento que estamos passando. Nem nos encostamos, mas disfarçamos o mal-estar na frente de todo mundo. É o grande dia dos nossos melhores amigos e por nada no mundo queremos estragá-lo.

Depois da celebração no cartório, todos nos dirigimos ao restaurante de Klaus, que foi fechado para a ocasião. É onde vai ser realizado o banquete.

Björn está radiante e encantado, e não para de brindar e de beijar Mel. Está feliz, muito feliz, e não consegue esconder.

Eric, por sua vez, tenta tornar a celebração agradável para mim, cuidando dos pequenos e de Flyn para que eu não fique angustiada, mas isso é difícil.

Quando Klaus liga o som e temos que dançar uma música romântica a pedido de Sonia, sinto minha alma cair ao chão.

Flyn me procura com o olhar e me chama de "mamãe" na frente de todos. Sinto como ele me olha à espera de que lhe dê uma piscadinha ou sorria, mas me limito a ser cordial, a interpretar um papel. Quando ninguém nos vê, a encenação chega ao fim.

É difícil. Tremendamente difícil.

Toco o tempo todo no meu dedo nu. Não usar o anel que Eric me deu de presente, com tanto amor, é doloroso para mim, mas preciso me moldar à nova situação.

Estou bebendo uma coca-cola quando Sonia, minha sogra, e Marta, minha cunhada grávida, se aproximam de mim. Sonia diz discretamente:

— Vejo que Flyn voltou aos eixos. Que bom.

Olho para ela com um sorriso inocente. Se soubesse...! Disfarço e faço que sim.

— Acabou seu tempo na Müller? — ela volta a me perguntar.

— Acabou — afirmo, vendo Eric se colocar ao meu lado. Sem dúvida se deu conta de que preciso de reforços. — Voltei a ficar desempregada.

Sonia, que é um amor, sorri e sussurra:

— Não se preocupe. Meu filho dá tudo o que você precisa, não dá?

Eric e eu nos olhamos e, sem mudar a expressão, balanço a cabeça e confirmo sorrindo:

— Sim. Ele me dá tudo.

— Quando você vai a Jerez? — pergunta Marta.

— Semana que vem.

Minha sogra acena com a cabeça, olha para mim e finalmente diz:

— Mande lembranças minhas ao seu pai. Se Marta não estivesse tão grávida, iria com você à feira.

— Vá, mamãe. Divirta-se. Ainda falta um mês e meio.

— Não, querida, os bebês são imprevisíveis, e você é ainda mais — murmura Sonia.

— Mamãe... — protesta Marta com carinho.

Sonia e eu nos olhamos.

— Vou mandar lembranças suas ao meu pai — afirmo. — Ele vai ficar muito contente.

— E você — minha sogra reprova o filho loiro e alto — deveria ir com Judith. Férias juntos sempre são muito boas para os casais. Por que não vai?

Eric me olha. Ele se mexe no lugar com incômodo e, por fim, responde:

— Mamãe, não posso. Vou ficar com Flyn. Ele precisa estudar.

— E por que ele não fica comigo, como das outras vezes?

— Mamãe — insiste Eric —, é melhor que eu fique. Acredite em mim.

Minha sogra se volta para Flyn, que está rindo no fundo do salão com Peter enquanto olham no celular e diz baixinho:

— Flyn Zimmerman, que ano complicado!

Sentir-me rodeada pelos Zimmerman me deixa inquieta e, cada vez que sinto a mão de Eric agarrando minha cintura, minha respiração paralisa e eu fico nervosa; não… pior!

Nos cinco anos desde que nos conhecemos, é a primeira vez que, estando tão perto, estamos tão distantes um do outro. Que momento mais estranho e triste estou vivendo. Sinto-me asfixiada por tudo isso e não vejo a hora de chegar a Jerez. Sei que lá vou poder respirar. Colocar distância física entre mim e Eric vai resolver tudo.

Nesse meio-tempo, pensei em tudo o que passou, e cheguei à conclusão de que Eric não teve nada a ver com o que aconteceu, foi enganado por aqueles crápulas. No entanto, sou incapaz de esquecer. Cada vez que fecho os olhos, minha mente se inunda com o que vi e não sei se vou ser capaz de me recompor e esquecer.

Tampouco consigo esquecer que estou grávida. Não paro de pensar nisso durante todo o dia. Um novo Zimmerman está se formando no meu interior, mas ainda não consigo digerir essa noção e pensar com clareza no que fazer.

Não tenho nenhum sintoma. Nem enjoos nem vômitos. Minhas duas gestações anteriores não se pareceram nada uma com a outra, e esta também parece diferente. Que medo!

Não queria mais filhos, sou feliz com os que tenho, e estou quase certa de que Eric também não.

Querer, eu não queria nem o primeiro, mas agora não poderia viver sem eles e, com certeza, viveria tudo de novo para que Eric e Hannah estivessem comigo e com seu pai.

Por incrível que pareça, pensar no novo bebê me faz sorrir ao mesmo tempo que me deixa infeliz. É bem provável que meus hormônios já estejam começando uma revolução, e meus olhos se umedecem mais do que eu queria. Mas não vou me angustiar. Tudo pelo que estou passando é muito para digerir sozinha, mas sei que vou conseguir. Sou forte o bastante para passar por isso.

Meu único apoio é Mel. Porém, para ela não está sendo fácil ver como todos a parabenizam pela gravidez e não me dizem nada. Seu olhar demonstra que está sofrendo por mim, mas, com uma piscadinha, mostro que estou bem.

Em uma das ocasiões em que nos encontramos no banheiro, Mel, toda sensível pela gravidez e pelo casamento, olha emocionada para a aliança em seu dedo e chora de felicidade. Eu a consolo. Como rapidamente me solidarizo com qualquer choro, abro as torneiras também.

Adoro um drama!

Assim que conseguimos que nossos olhos parem de transbordar, eu me olho no espelho para retocar a maquiagem e pergunto:

— Quando vocês vão a Paris?

— Na sexta, e voltamos na outra. Na segunda, dia 18, temos que estar de volta. Björn tem umas audiências.

— Vocês vão se divertir muito. Vai ver como Paris é bonita — digo, e sorrio com tristeza ao me lembrar de uma viagem surpresa que Eric programou.

Mel faz que sim, afasta a franja do rosto e comenta:

— Espero que Sami e Peter se comportem bem com meus pais.

— Com certeza eles vão se comportar — respondo, suspirando. — Só lamento que sejam justamente os dias que vou passar em Jerez, mas...

— Não lamente nada e aproveite a feira, você merece — ela diz. E depois, olhando para mim, pergunta: — Jud, você não vai sentir saudades dele?

Sem que ela pronuncie o nome, sei a quem se refere.

— Muitíssimo — afirmo —, mas agora preciso me afastar dele.

Mel balança a cabeça mostrando que compreende. Sabe como estou magoada e, por isso, me abraça.

Dez minutos mais tarde, depois de sairmos do banheiro, Klaus, o pai de Björn, que está feliz da vida com a celebração, abre garrafas de champanhe e, após encher algumas taças, diz orgulhoso:

— Faço um brinde a que o casamento do meu filho Björn com Mel seja muito feliz, por minha neta Sami, por meu neto Peter e pelo novo Hoffmann que está a caminho.

Todos levantamos as taças e, quando Mel vai beber, Björn tira a dela e murmura:

— Amor... brinda com suco.

Ela me olha. Sabe que eu também não deveria beber. Então sorrio ao ver a cara dela, solto a taça e digo:

— Vou brindar com suco também, em solidariedade.

— Por quê? — protesta Björn.

— Não se preocupa, Jud, já estou bebendo suco também — diz minha cunhada sorridente, abraçada ao marido.

— Anda, Jud, beba o champanhe! — insiste o irmão de Björn, que é um brincalhão.

Eric me olha. Crava os dedos na minha cintura e, sorrindo, esclarece para todos:

— Judith nunca gostou muito de champanhe.

Ao ouvir isso, eu também sorrio e apoio a cabeça em seu peito. Ao me dar conta do que fiz, eu me separo lentamente dele e acrescento:

— Exato. Não sou muito chegada em champanhe. — Enchendo minha taça limpa com suco de abacaxi, digo com bom humor, ao levantá-la: — Vamos brindar pelo bebê de Mel e Björn.

— E pelo meu — exclama Marta rindo e tocando a barriga proeminente.

De novo, todos levantam as taças. Mel, que está na minha frente, acrescenta com os olhos enchendo-se de lágrimas:

— E por todos os bebês que vão nascer no mundo.

— Mas, querida, o que você tem? — pergunta Björn, ao vê-la tão emocionada.

Eu a encaro. Com o olhar, volto a insistir que estou bem, mas Eric, comovido, se manifesta:

— Ora, ela está grávida e com os hormônios à flor da pele.

59

Dois dias depois do casamento, os pais de Mel e sua irmã partem para as Astúrias com a avó. Covadonga queria regressar ao lar. Mel os acompanha ao aeroporto e, depois de receber mil beijos dela, combina com os pais que voltariam em alguns dias para que ela e Björn pudessem viajar a Paris de lua de mel.

Naquela tarde, quando ela volta do aeroporto, busca Sami no colégio e a leva diretamente ao parque para brincar.

Estava olhando para a filha e pensando na viagem quando Louise aparece a seu lado:

— Parabéns pelo casamento — cumprimenta ela.

Mel tenta sorrir e responde:

— Obrigada.

Louise se senta e, após alguns segundos de silêncio, declara:

— Peço desculpas por todos os problemas que causei pra você.

Mel dá de ombros.

— Não se preocupe — responde. — Pra minha sorte, parece que finalmente me deixaram em paz.

Desesperada, Louise toca a cabeça e insiste:

— Foi… sem querer. Discuti com Johan e, sem me dar conta, comentei o que você havia sugerido. Ele achou que eu tinha te contado mais coisas do que contei.

— Louise, de verdade, esquece — repete Mel. Olhando para ela, assegura: — Não tem problema nenhum.

Ambas trocam um olhar, e então Louise afirma, chorosa:

— Eu vou fazer.

— O quê?

— Vou me separar do Johan.

Mel pisca. Tinha ouvido bem? Antes que pudesse abrir a boca, Louise explica:

— Acabou. Não posso continuar vivendo assim. Johan já não é quem ele era e eu não o quero mais. Se tiver que lutar por Pablo com unhas e dentes, vou lutar. — Ela reúne forças e prossegue: — E não... não vou permitir mais que Heidi me domine como faz com o resto das mulheres. Sei que posso perder muitas coisas, sei que vão se voltar contra mim, mas estou decidida a enfrentar aquele bando de abutres, seja como for. Se querem jogar sujo, também posso jogar. Se vão tentar me prejudicar, que se preparem, porque também posso fazer isso. — Cravando os olhos em Mel, que estava boquiaberta, ela pergunta: — Você acha que Björn poderia me assessorar?

Surpresa com a força que de repente enxergava em Louise e convencida de que Björn poderia ajudá-la no que precisasse, Mel afirma:

— Claro, Louise. Claro.

A mulher cobre o rosto com as mãos e começa a chorar de alívio.

Naquela tarde, depois de deixar os filhos em casa com Bea, Mel entra no escritório de Björn com Louise. O advogado lança um olhar para elas. O que aquela mulher estava fazendo ali? Mas ele se compadece e a escuta.

No dia seguinte, Mel passa a manhã com Judith para tentar levantar seu ânimo. Mais tarde, Mel e Bea esperavam Sami na porta da escola, porque iam levá-la a um aniversário em um parque de piscinas de bolinhas, quando a ex--tenente recebe uma mensagem:

Vem pra casa, já!

Surpresa pela urgência, Mel informa a Bea onde era a festa, dá um beijo na pequena e volta para casa.

Ao entrar na cozinha, Leya, a cadela, corre para Mel, que a recebe com entusiasmo. Björn entra pela porta, olhou para a mulher e diz:

— Deixei de ser o candidato perfeito para o escritório, e sabe por quê? — Mel não responde e ele prossegue: — Porque sua amiguinha Louise veio ontem ao escritório e, ao que parece, isso chegou aos ouvidos de Gilbert Heine.

Afastando a franja do rosto, Mel sente vontade de perguntar se aquele mafioso da advocacia os vigiava, mas deixa isso de lado e se concentra no homem que amava.

— Que pena — murmura. — Sinto muito, querido.

Ele balança a cabeça sem muito entusiasmo. Mel sentiu que o marido cheirava a álcool.

— Quem sai perdendo são eles. Você é um advogado fantástico e...

— E não consegui. Essa é a realidade.

Mel se adianta para abraçá-lo. Sentia na alma que seu sonho tivesse evaporado. Ao ver que ele se afastava dela, franze o cenho.

— O que foi, Parker? — pergunta Björn, ao ver sua expressão. — Por que essa cara? Não foi você quem colocou tudo a perder?

— Björn... não...

— Não o quê? Você não sabia o quanto isso era importante pra mim? Mas, claro, a namorada do Thor é incapaz de entender que alguns de nós se esforçam para conseguir as coisas, enquanto outros só precisam ligar pro papaizinho.

Suas palavras tocam mais que só o coração de Mel. Cravando os pés no chão, ela diz entre os dentes:

— Björn, você está me testando. Entendo sua decepção e que você bebeu demais, mas...

— Cala a boca! — ele grita, perdendo o controle.

— Cala a boca você!

O que aconteceu com ele?, pensa Mel.

Zangada com seu péssimo comportamento, ela dispara:

— Olha, cabeça de bagre, antes que você continue dizendo coisas absurdas porque bebeu demais, não tenho culpa que esses cretinos sejam uns merdas e tenham recusado você. — Omitindo o que Gilbert Heine havia lhe dito, para não piorar as coisas, grita: — E que fique muito claro que, na minha opinião, a melhor coisa que aconteceu foi eles terem feito isso. Você é um advogado incrível, o melhor que conheço, e não precisa de outros pra ter um escritório maravilhoso. Você é um profissional mil vezes melhor que aqueles mafiosos e agora o que tem de fazer é mostrar isso pra eles, e não se embebedar, com pena de si mesmo porque eles não quiseram você.

— Não fica tentando encher minha bola. Não preciso que diga coisas boas de mim depois da pouca ajuda que tive da sua parte. Agora, não.

Mel bufa e fala raivosa:

— Meça suas palavras ou vai ter muitos problemas comigo.

Björn vê Mel de punhos cerrados e estava prestes a responder quando Peter entra na cozinha e pergunta:

— O que está acontecendo?

O advogado olha para o garoto e grita:

— Estou falando com minha esposa; fora daqui!

— Björn! — exclama Mel.

Peter, colocando-se junto dela, murmura zangado:

— Você não está falando, está gritando.

494

Pela primeira vez desde que o garoto havia chegado naquela casa, a tensão era palpável no ambiente. Mel se aproxima então do marido e, tentando entendê-lo, responde:

— Querido, você bebeu demais e é melhor a gente conversar sobre isso em outro momento.

Pegando-os de surpresa, Leya entra na cozinha com uns papéis coloridos amassados na boca. Ao vê-la, Björn diz ao garoto em tom de advertência:

— Para o seu bem, espero que isso não seja o que eu acho que é.

Sem olhar para trás, o advogado anda até a sala, seguido por Mel e Peter. Ao entrar e ver várias de suas histórias em quadrinhos aos pedaços, vocifera:

— Não acredito!

O garoto, que tinha acabado de deixar as revistas ali para ir à cozinha ver o que estava acontecendo, fica branco. Björn, furioso e fora de si, grita, encarando-o:

— Eu disse pra ter cuidado! Foi a única coisa que pedi!

Piscando assustado ao ver as revistas destruídas, Peter olha para a cadela e depois fixa o olhar em Mel, que o observava com semblante triste. Quando olha para Björn, só pôde dizer:

— Desculpa... Eu... eu... sinto muito...

Furioso, o advogado rosna, passando as mãos no cabelo escuro:

— Claro que sente muito, como não vai sentir? Maldito moleque e maldita cadela.

Pegando as revistas destruídas com a voz trêmula, Peter murmura:

— Eu... eu... vou procurar e vou substituir. Desculpa... eu... eu...

— Ah, cala a boca! — bufa Björn.

— Calma, meu bem... calma — sussurra Mel ao notar como os olhos do garoto se enchiam de lágrimas em décimos de segundo.

O que Björn estava fazendo?

— Quero que essa maldita cadela vá embora desta casa agora mesmo! — berra o advogado.

— Björn! — grita Mel. — O que você está dizendo?

Quando ele volta a gritar, o menino mais que depressa se coloca junto de Leya.

— Eu disse que quero essa vira-lata fora da minha casa!

Paralisado, Peter olha para Mel em busca de ajuda. Ela pede com os olhos que o menino não se mexesse, então vira para o marido e diz:

— Ela não sabia o que estava fazendo. Faça o favor de se comportar como o adulto que é, e não como um idiota que perdeu um brinquedinho.

Furioso, ele encara Mel.

— Idiota? — exclama. — Bêbado? Do que mais você vai me chamar hoje?

Confusa, Mel se aproxima dele e sussurra ao ver que o menino saía da sala com a cadela:

— Olha, Björn, posso chamar você de mil coisas e garanto que não vai gostar de nenhuma.

Com o rosto sombrio devido à frustração que sentia, ele diz exasperado:

— Você está me irritando, Mel. Está me irritando muito e não vou consentir que...

— Quem não vai consentir que você avance um milímetro mais sou eu. Então quer me dizer que esses quadrinhos imbecis são tão importantes que valem deixar Peter magoado? — O alemão não responde e ela acrescenta: — Olha, sou adulta e sei reagir frente a um problema. Mas ele é só um menino, por mais maduro que pareça às vezes.

— Se ele é maduro, sabe que...

— Björn! — grita ela, sentindo vontade de vomitar. — Raciocina! Você acaba de se casar comigo e eu estou grávida. Como pode se comportar assim? Pelo amor de Deus, pensa! Você está decepcionando todos nós.

Sem mais, a ex-tenente sai da sala, vai ao banheiro e vomita. Quando Björn aparece atrás dela, Mel o empurra, tirando-o do banheiro e fechando a porta. Precisava que ele ficasse longe de vista.

Quando sai e não vê Björn, ela se dirige à cozinha. Precisava beber água e relaxar, mas assim que deixa o copo em cima do balcão, o silêncio que havia na casa chama sua atenção. Não se ouviam os passinhos rápidos de Leya. Ela vai procurar Peter no quarto e não o encontra lá. Após uma rápida olhada pela casa, pega o celular e liga para ele, que não atende. Corre para a sala, onde Björn olhava para as revistas rasgadas.

— Não fale comigo se não quiser — ela dispara —, mas fique sabendo que seu filho sumiu.

A noite chega e Peter não aparece. Ligam para Judith e Eric, que rapidamente vão até eles para ajudar na busca, mas Peter sabia muito bem onde se esconder.

A bebedeira de Björn já tinha passado. Agora ele dava voltas com Eric em Munique e, desesperado, não parava de se perguntar o que tinha feito.

Às duas da manhã, os dois voltam para casa a fim de ver se o garoto tinha aparecido, mas não havia notícias dele. Pouco depois, ao ver chegar Olaf, Mel se aproxima e pergunta, olhando-o nos olhos:

496

— Alguma notícia?

O policial nega com a cabeça. Mel fica desesperada. Onde ele estava?

Björn tenta abraçá-la, mas ela se afasta; continuava zangada. Judith é quem consola a amiga, depois de trocar um olhar com Eric para que ele segurasse o advogado. Com carinho, ela a leva para o quarto e a faz se deitar.

— Escuta… você precisa descansar.

— Você também — soluça Mel.

Judith assente. Ela tinha razão. Consolando-a, toca seus cabelos e diz:

— Por ora, vou preparar outro chá, e você vai tomar. Você fica esperando na cama, pode ser?

Exausta e se sentindo mal, Mel concorda. Com um beijo na cabeça dela, Judith sai do quarto e se dirige para a sala, onde os homens conversavam.

— No momento em que souberem na delegacia que o garoto desapareceu, os assistentes sociais vão entrar em cena e…

— Isso não pode acontecer — Judith corta Olaf. — Eles não podem saber.

— Por isso estou aqui. Björn me pediu ajuda para encontrar o garoto antes que o serviço social fique sabendo que o garoto fugiu, ou vamos ter problemas. Por isso, relaxem e me deixem fazer meu trabalho.

Quando Olaf se vai, Eric manda que Björn se sente em um dos sofás. Judith, aborrecida com os acontecimentos, aproxima-se do advogado e diz:

— Olha, não deveria ser eu a te contar isso, mas tendo chegado a este ponto e considerando a forma como você se comportou hoje com Peter e Mel, tem algumas coisas que você precisa saber.

Pela expressão no rosto deles, Jud entende que tinha toda a sua atenção. Prossegue:

— Esse tal de Gilbert teve a coragem de dizer a Mel que ter descoberto um filho do nada e se apaixonado por uma mãe solteira problemática era um grande azar.

— O quê?! — exclama Björn.

— Ele sugeriu a ela que desaparecesse da sua vida, porque você ficaria melhor sem ela. Acha bonito o que esse imbecil, pra não dizer outra coisa, fez?

— Como é? — berra Björn, confuso.

— Isso que você ouviu, Björn.

O advogado se altera ainda mais e, depois de dizer impropérios de todo tipo, pergunta:

— Por que a Mel não me disse nada?

— Ela tentou, mas você não quis ouvir, e ela decidiu ficar quieta.

— Caralho… caralho… — murmura ele, desesperado, enquanto Eric lhe pedia calma.

— Falar sobre o escritório sempre fazia vocês discutirem — continua Jud. — Você ficou obcecado por esse maldito sonho, sem se dar conta do que estava acontecendo ao seu redor. Esse tal de Gilbert é um criminoso, e a mulher dele, Heidi, é uma vaca. No dia em que aquelas imbecis levaram Mel para tomar café da manhã, elas se intrometeram na forma como Mel se veste, criticaram seu cabelo e até sugeriram que ela fizesse um tratamento a laser para tirar a tatuagem! Aquela bruxa queria que Mel usasse até a mesma marca de absorvente que elas. Ah… e já que contei isso, vou contar tudo. Peter, antes que você o conhecesse, saiu em defesa de Mel na porta da escola quando Johan a ameaçou.

— Johan fez o quê? — ofega Björn, atônito.

Sem querer olhar para o marido, que observava tudo tão perplexo quanto Björn, Jud prossegue:

— E na noite em que nos prenderam por prostituição, Johan curiosamente apareceu na delegacia para dizer a Mel que aquilo não voltaria a acontecer se ela se afastasse da mulherzinha dele. Foi culpa dele!

Quando Jud termina de dizer isso, Björn explode. Queria ir atrás daqueles filhos da puta e arrancar a cabeça deles. Por que Mel não havia dito nada? E, principalmente, como podia ser tão cego?

Vinte minutos depois, quando conseguiram tranquilizar o gigante moreno, Judith fala, nervosa pela proximidade de Eric:

— Escuta, Björn, agora não é o momento de arrancar a cabeça de ninguém, mas de encontrar Peter e, depois, com tranquilidade, de falar com Mel e resolver juntos essa história.

— Vou falar com ela agora.

— Não. Agora, não — replica Judith. — Ela está descansando.

Björn faz menção de ir, apesar da advertência, mas Eric o segura pelo braço.

— Sente. Mel não vai sair de onde está e precisa descansar. Ela está grávida e precisa de cuidados e tranquilidade.

Ao ouvir isso, Judith suspira. Se ele soubesse! Mas, ao sentir seu apoio num momento como aquele, vira-se com um sorriso triste e diz:

— Vou preparar um chá. Acho que todos nós precisamos.

Ela dá meia-volta e desaparece na cozinha.

Acalorada por tudo o que havia contado e pela proximidade de Eric, Jud estava pegando os saquinhos de chá quando ouviu:

— Por que você não me contou o que estava acontecendo? Eu poderia ter feito alguma coisa.

Ela fecha os olhos. Eric estava a poucos passos dela.

— Mel me proibiu — responde sem olhá-lo.

Em silêncio, continuou o que fazia, mas, de repente, sentiu aquele gigante se aproximar de suas costas e ficou tensa, ainda mais quando ouviu:

— Jud, preciso de você.

Ela fecha os olhos. Também precisava dele, mas rapidamente as imagens de Ginebra e Eric sobre o balanço, beijando-se, tocando-se, inundaram sua mente. Jud se vira e, sem olhar para ele, replica:

— Afaste-se de mim pra eu poder sair.

O alemão não se mexeu. Crava os olhos nela e murmura:

— Jud...

— Eu disse pra você se afastar — insiste.

Convencido de que havia perdido a batalha, Eric faz o que ela pedia. Judith, sem querer encará-lo, vai embora.

Desesperado, Eric se apoia no balcão da cozinha de Björn. Precisava dela tanto como de ar, mas, consciente de sua situação e de que estava ali para ajudar o amigo, volta para o lado de Björn na sala, senta-se e murmura:

— Calma. Tudo vai se solucionar.

As horas passavam e Peter não aparecia. Onde havia se metido?

Björn e Eric estavam na sala e Mel e Jud, no quarto. Conversavam divididos em dois grupos: eles e elas. À diferença de outras ocasiões, não estavam unidos quando confrontados por um grande problema, e aquilo era evidente para todos.

O que estava acontecendo?

Judith estava deitada na cama junto a Mel, tocando o dedo desnudo, quando a amiga disse:

— Não quero nem pensar na lua de mel. Pra mim, Peter é mais importante do que essa frivolidade. E se ele não aparecer? E se não quiser mais morar com a gente?

— Calma — insiste Judith. — Não pense nisso e seja positiva. Positividade chama positividade.

Desesperada, Mel limpa as lágrimas que corriam por seu rosto.

— Você tinha que ver o olhar dele. Peter estava horrorizado com os gritos de Björn. O coitado pediu desculpas, mas Björn estava tão fora de si que não deu ouvidos e...

— Ele tinha bebido, Mel. Não quero justificar, mas Björn normalmente não bebe e...

— Eu sei. É a primeira vez que o vi assim, e espero que seja a última, ou este casamento está fadado ao fracasso.

O silêncio se instala de novo, até que Mel pergunta:

— Que dia é hoje?

— Terça — sussurra Judith.

Mel fecha os olhos e pensa. Lembrava-se de ter conversado com Peter sobre os lugares aonde ele costumava ir quando vivia com o avô. Olhando para Jud, comenta:

— Conversei mil vezes com ele, mas agora não consigo recordar onde ele disse que... Estou totalmente perdida.

— Calma, Mel... calma.

O iPhone de Mel vibra. Havia recebido uma mensagem. Elas se entreolham ao ver a foto de Peter na tela. A ex-tenente apressa-se em abrir a mensagem.

Estou na porta com Leya. Podemos entrar ou Björn continua bravo?

Olham uma para a outra e seus olhos se enchem de lágrimas. Apesar de tudo, o garoto os amava e precisava deles. Abraçando-se, sorriem e se levantam da cama às pressas.

Björn e Eric veem as duas. Mel vai até o advogado e diz, mostrando a mensagem:

— Peter voltou. Agora tudo depende de você.

Ele lê e, emocionado, levanta-se rapidamente, abraça-a e diz baixinho:

— Querida, desculpa. Eu falo demais e...

Cobrindo sua boca, Mel assente. Ela já o havia perdoado e, com um sorriso, diz:

— Vamos. Vá até ele.

Sem perder um segundo, Björn Hoffmann corre até a porta e sai em busca do garoto. Ao ver o amigo sair e as duas mulheres emocionadas, Eric as abraça e murmura:

— Calma, tudo vai se resolver.

O advogado pega o elevador apressado e, quando sai para a rua, seu coração estava batendo a mil por hora.

Ao ver Peter parado na calçada com a cadela, uma estranha paz se apodera dele. Ambos se olham e Björn, sem perder um segundo, caminha até o menino.

— Desculpa — diz Peter, ao vê-lo se aproximar. — Prometo que vou conseguir repor as revistas e...

Mas não pôde dizer mais nada. Björn o abraça e, com todo o amor, murmura:

— Não me peça mais desculpa. *Você* é quem tem que me perdoar. Esta é a sua casa e a de Leya, não duvide disso, entendeu, filho?

Com um sorriso cálido, o garoto faz que sim e sussurra pela primeira vez em sua vida:

— Tá bom, papai.

As palavras fazem Björn se emocionar. Ambos prometem centenas de coisas um ao outro e sobem para casa, onde são recebidos por todos com abraços e palavras carinhosas.

Já amanhecia quando Jud e Eric foram embora e Peter se deitou. Bea, que havia ficado para passar a noite cuidando de Sami, disse que levaria a menina para a escola no dia seguinte.

Esgotados, Mel e Björn assentem e, quando fecham a porta do quarto, Mel caminha até seu lado da cama. Ao levantar o olhar e encontrar com o do marido, declara:

— Sinto muito que seu sonho não…

— Querida — interrompe Björn —, garanto que vou acabar com a raça daqueles caras, não por não terem me aceitado naquele escritório, mas pelo mal que fizeram a você, aos meus filhos e a Louise.

Ao ouvir isso, Mel sorri. Sem dúvida, Judith havia contado tudo o que, havia meses, ela guardava para si. Recordando-se de algo dito por Louise, ela murmura:

— Johan achava que eu sabia mais do que sei. Faz tempo que Louise me disse que ele guarda no computador documentos que comprometeriam o escritório e fotos de festinhas particulares com Gilbert e…

— Você tem certeza do que está dizendo?

Mel dá de ombros e afirma:

— Foi o que Louise me disse. Eu não vi. Ontem, quando vocês conversaram, ela disse que tinha um ás na manga, lembra?

Björn assente. Lembrava-se muito bem das palavras dela e, ainda que tivessem chamado sua atenção, não quis se aprofundar no tema. Depois de pensar alguns segundos naquilo, ele afirma:

— Pra nossa sorte, temos o melhor hacker do mundo em casa.

— Björn! — exclama ela, sorrindo.

— Acho que vou ter que pedir ajuda do meu filho para acabar com aqueles idiotas.

Ambos riem, até que ele, sem poder esperar um segundo mais, murmura abatido:

— Mel... eu...

— É... é... é... — interrompe ela. Quando viu que ele a observava, diz: — O que aconteceu hoje não pode se repetir, ou garanto que, do mesmo jeito que casei com você, eu me separo, entendeu? — Ele assente e Mel aproveitou para dizer: — E, quanto à viagem a Paris, está cancelada. Não quero ir, não acho que seja o momento. Com o que acaba de acontecer, o que menos convém é a gente sair de viagem e deixar Peter com meus pais, que são estranhos para ele. Não acha?

O advogado sorri. Ele também havia pensado nisso, mas, como não estava disposto a renunciar à viagem, propôs:

— E se levarmos Peter e Sami com a gente? — Ao ouvir isso, Mel o encara, e ele acrescenta: — Poderíamos trocar Paris pela Euro Disney. Pode ser divertido, não acha?

Mel pisca algumas vezes, sorrindo. Björn, ao sentir que tudo estava bem com a mulher que adorava, insiste:

— Vamos deixar nossa viagem romântica de lua de mel mais para a frente. O que você acha?

— Acho que é uma ótima ideia — diz ela.

Durante alguns segundos, ambos se olham nos olhos.

— Desculpa, amor — sussurra o advogado, pesaroso pelo ocorrido. — Sinto muito por tudo o que eu disse e...

— Esquece. Não vale a pena.

Atormentado pelas informações de Judith, mas disposto a solucionar tudo, desliza pela cama, coloca-se ao lado dela e, pegando seu rosto entre as mãos, murmura:

— Meu sonho é você. Nada, absolutamente nada, é tão importante como você e as crianças, e eu garanto que amanhã Gilbert Heine vai ter que ouvir umas poucas e boas de que não vai gostar. Depois vou acabar com eles. Agora, por favor, me prometa que nunca, nunca, nunca mais você vai esconder de mim algo como isso que aconteceu.

Mel acena e, com um sorriso inocente, sussurra:

— Eu prometo, mas agora me beija e cala a boca, idiota.

Ao ouvir isso, Björn soube que estava tudo bem. Pegando entre os braços a mulher que amava, fez o que ela pedia, sabendo que, no dia seguinte, quando se levantasse, Gilbert Heine e seu maldito escritório ficariam sabendo quem era Björn Hoffmann.

502

60

Depois de um estranho dia em que durmo e acordo várias vezes, quando enfim me levanto, Simona diz que Eric saiu muito cedo.

Ligo para Mel e, às risadas, ela me diz que Björn, Eric e ela foram ao escritório Heine, Dujson e Associados e que o que aconteceu por lá foi no mínimo impressionante!

Imaginar Björn e Eric juntos em um momento assim irremediavelmente me enche de orgulho, porque sei que esses dois gigantes, o loiro e o moreno, são indestrutíveis e perigosos. Muito perigosos.

Que raiva de ter perdido!

Mel também me diz que, antes de ir ao escritório, falou com Louise, que lhe passou uma informação importante, e que Peter invadiu sem problema algum o computador de Johan, e que o que eles encontraram ali, sem dúvida, vai dar muito pano pra manga. Isso me faz rir de novo. É evidente que os babacas não sabem com quem se meteram, e eu não duvido que Björn vá derrubar todos eles.

Durante o resto da manhã, aproveito a companhia dos meus filhos. São tão maravilhosos que tudo, absolutamente tudo, vale a pena só para vê-los sorrir. Quando estou com Eric montando um quebra-cabeça, meu telefone toca. Vejo que se trata da minha sogra e atendo.

— O que você está fazendo, filha?

Olho para meu loirinho, tão parecido com o pai e respondo. Então Sonia me diz:

— Por que você não vem à casa de Marta? Estamos montando um berço lindo e das duas uma: ou somos muito burras, ou estão faltando peças.

Acho graça e, assim que desligo, peço a Pipa que fique com o pequeno. Subo para o quarto, visto uma calça jeans e uma camiseta e, quando chego à garagem, fico olhando para a linda moto BMW de Eric. Esquecendo a gravidez, eu sussurro:

— Vamos passear, sua linda.

Sem pensar duas vezes, pego o capacete cinza e as chaves, dou partida no motor e saio do terreno a toda a velocidade, pisando no acelerador.

A sensação é maravilhosa. Adoro pilotar uma moto. Sorrindo, eu me dirijo para a casa de Marta. Assim que estaciono, a porteira do prédio sai e vem até mim.

— Não se assuste, Judith, mas uma ambulância acaba de levar Marta e a mãe para o hospital.

— O que aconteceu? — pergunto, angustiada.

Confusa, a mulher murmura:

— Parece que estourou a bolsa.

Fico comovida e preocupada. Marta só está de sete meses e meio. Depois de agradecer pela informação, dou meia-volta, corro para a moto e tomo o caminho do hospital a mil por hora.

Quando chego, entro às pressas e a primeira pessoa que encontro é Eric. Ao seu lado está a mãe. Para variar, meu alemão está todo descomposto. Como hospitais o assustam... Ao me ver, ele caminha até mim e explica:

— Marta está tendo o bebê. Estão fazendo uma cesárea.

A angústia é latente em seu rosto. Eu gostaria de abraçá-lo, mas contenho meus impulsos e apenas ponho a mão sobre seu braço quando digo:

— Calma. Tudo vai dar certo.

— Mas ela só está de sete meses e meio — ele insiste.

Faço que sim, sei muito bem de quanto tempo está. Tentando fazer com que não pense no pior, exijo:

— Eric, olha pra mim. — Ele crava os olhos em mim e sinto arrepios monstruosos, então falo do jeito que consigo: — Marta está no melhor lugar do mundo e tudo vai sair bem, tá?

Meu alemão balança a cabeça. Nesse momento, minha sogra se aproxima correndo e murmura:

— Ai, meu Deus, que angústia...

Abraço Sonia e, depois de tranquilizá-la como fiz com seu filho grandalhão instantes antes, consigo levar os dois para a sala de espera. É evidente que não podemos fazer outra coisa.

Durante o tempo em que estamos ali junto a outros familiares, cada vez que sai um pai com cara de orgulho por ter visto seu bebê minha sogra murmura emocionada:

— Não há nada como o nascimento de um bebê, não é?

Confirmo com a cabeça. Eric me olha e, quando as portas se abrem de novo, sai meu cunhado com cara de felicidade. Dirigindo-se a nós, ele anuncia:

— Marta está bem e a pequenininha também, mas só pesa dois quilos e duzentos.

Sonia o abraça, eu sorrio e, sem pensar, abraço Eric. Sentir seu cheiro e sua proximidade me dá mais ânimo. Quando me separo dele, Eric fica me encarando até que eu desvie os olhos.

Felicito o pai orgulhoso, esperamos uns minutos e, finalmente, avisam que podemos ver a pequenininha, que está na incubadora.

Quando nos dizem quem é a pequena Ainhoa, com a felicidade estampada no rosto, sorrimos como idiotas. Começamos a falar a língua dos bebês como se a menina nos ouvisse.

Que mania os adultos têm de fazer isso!

Através da janelona, gravo um vídeo da pequena para que Eric e Hannah conheçam a prima. É muito pequenininha, mas não para de se mexer e, pelo que consigo ouvir, parece ter bons pulmões. Outra Hannah!

Eric, que está ao meu lado, emocionado por conhecer a sobrinha, se agacha e diz:

— Ela não é linda?

Concordo e sorrio, de bom humor.

— É uma Zimmerman, querido.

Querido? Por que eu disse algo tão íntimo?

Ambos damos risada, então nos avisam que Marta já está no quarto. Quando entramos, minha cunhada chora; quer ver sua pequena, mas não a deixam se levantar. Ela passou por uma cesárea e está muito debilitada. Eu me aproximo e mostro a gravação que fiz da menina. Marta assiste ao vídeo, emocionada, uma vez depois da outra.

Depois de passarmos várias horas no hospital, Eric e eu decidimos ir embora. Marta está exausta e precisa descansar. O pai de primeira viagem e minha sogra ficam com ela.

Em silêncio, Eric e eu saímos do quarto e nos encaminhamos para o elevador. Uma vez lá dentro, rodeados por mais gente, nossos corpos se chocam e, ante o olhar de Eric, eu me movo e deixo que uma senhora mais velha se coloque entre nós.

A proximidade dele, como sempre, me desconcerta. Continuo tremendamente abalada e, embora consiga entender que ele não se entregou de forma voluntária àquilo, sou incapaz de esquecer.

Assim que chegamos ao térreo, caminhamos rumo à saída. Na porta, Eric para e diz:

— Estacionei ali.

Balanço a cabeça e o encaro, sentindo o coração dar um salto, então afirmo:

— A moto está no fundo.

— Você veio de moto?

Faço que sim de novo e dou de ombros, travessa.

— Peguei sua BMW.

Eric sorri. Nunca achava ruim que eu pegasse a moto. Com os olhos espetaculares fixos em mim, murmura:

— Vá com cuidado.

Balanço a cabeça… Ele sorri e me chama depois que me viro:

— Jud…

Nossos olhos se encontram. Ele pede:

— Janta comigo?

Um arrepio percorre meu corpo todo. No passado, eu nunca teria recusado um convite assim dele, mas nego com a cabeça.

— Não.

— Por favor… — ele insiste. — A gente vai aonde você quiser.

— Não, Eric. Não é uma boa ideia.

Sua expressão decepcionada diz tudo, mas ele não insiste e, assentindo, se vira e vai até o carro abatido, com as mãos nos bolsos.

Acalorada, caminho até a moto. Sem parar para pensar, abro o baú traseiro, pego o capacete, coloco na cabeça e arranco, saindo do estacionamento sem olhar para trás.

Estou confusa. Amo Eric, mas também o odeio. Minha mente é incapaz de esquecer como eles se beijavam, como se possuíam, e isso me atormenta e me deixa louca.

Quando paro em um semáforo, um assobio chama minha atenção de repente. Olho para a direita e vejo Eric me observando do carro e sorrindo. Sorrio também. O semáforo fica verde e eu acelero a moto, consciente de que o carro que vai para trás é conduzido pelo homem que eu adoro e que continua observando cada um dos meus movimentos.

Paro em outro semáforo. Olho para a direita a fim de encontrar de novo a cara de Eric, mas em seu lugar vejo um rapaz que não deve ter mais de vinte e cinco anos. Ao ver que sou mulher, diz:

— E aí, linda?!

— Oi — respondo.

O rapaz avança um pouco mais com o carro para me ver melhor. Pelo retrovisor, observo que Eric está parado atrás de mim e, ao ver seu rosto, eu sorrio. Já está de cara fechada.

— Sabe de uma coisa? — diz o rapaz. Olho para ele, que, com um sorriso travesso, murmura: — Queria ser essa moto no meio das suas pernas.

Dou risada. Que descarado!

Menos mal que Eric não ouviu, ou arrancaria a cabeça dele. Encarando--o, dou uma piscadinha e murmuro com o mesmo descaramento:

— É máquina demais para pouco motor.

O cara dá uma gargalhada. Sem dúvida, tem senso de humor.

Quando o semáforo fica verde, eu acelero e, cada vez mais veloz, me afasto. Pelo retrovisor, observo Eric e, quando vejo que ultrapassa o rapaz e se coloca à minha direita, dou risada. Não esperava menos dele.

De novo, um semáforo nos detém. Desta vez é Eric quem está à minha direita e, por sua expressão séria, já sei o que pensa, ainda mais quando o rapaz, agora atrás de mim, buzina para chamar minha atenção.

Meus olhos e os de Eric se encontram. Nós nos comunicamos assim e, sem me controlar, demonstro o quanto sinto sua falta. Olho para ele como olhei centenas de vezes quando vamos fazer amor e, ao ver sua expressão, eu me assusto. Quando o semáforo abre, acelero repreendendo a mim mesma pelo que acabo de fazer.

Por que eu o provoco assim?

Meu olhar e meu sorriso lhe deram esperanças. Ao ver que ele segue atrás de mim pela rua, sei que tenho que desaparecer. Não podemos chegar juntos em casa, ou vai acontecer o que desejo com toda a minha alma, mas não quero que aconteça.

Deus, não há quem me entenda!

Diminuo a marcha e pego a faixa da direita. Eric se coloca atrás de mim e, alguns metros adiante, quando ele já não pode reagir com o carro, faço uma manobra bastante arriscada com a moto, saindo da pista e desaparecendo a toda a velocidade, sem que possa me seguir.

Não vejo a cara dele. Não consigo olhá-lo, mas, sem dúvida, deve estar num mau humor colossal.

Sem saber para onde ir, saio da rodovia e me deixo levar pela minha loucura. Corro como fazia tempos que não corria, sem pensar em mais nada, porque não quero.

Fico assim até que, em uma estrada, dou meia-volta e mudo de sentido. Por sorte, a polícia não me parou, mas com certeza vou receber alguma multa por excesso de velocidade. Os alemães são ótimos nisso. Mas não estou preocupada. Eric tem grana para pagar minhas multas e muito mais.

Paro em um semáforo, olho no relógio. É cedo. São apenas seis da tarde. Vagando pela cidade que adoro, chego perto do colégio de Flyn, paro e, sem guardar o capacete no baú, decido ir a um bar para tomar alguma coisa.

Peço uma coca-cola. Estou morrendo de sede. Então noto um homem sentado a uma das mesas e sorrio. É Dênis, o coordenador de Flyn. Eu me aproximo dele, que não me viu, e pergunto:

— Posso sentar com você?

Ele está corrigindo provas, mas sorri ao me ver, tira uma pasta de cima da cadeira e murmura:

— Claro.

Assim que me sento, nós nos olhamos e ele pergunta, ao notar meu capacete:

— Você pilota?

Faço que sim, orgulhosa. Apontando a impressionante BMW 1200 RT preta e cinza que está parada na porta, respondo:

— Sim.

Dênis parece surpreso.

— E você aguenta sozinha essa máquina? — ele pergunta.

Ao ouvir isso, enrugo a testa e respondo:

— Acredita que você acaba de me perguntar a mesma coisa que Eric me perguntou da primeira vez que pedi pra dar uma volta? — Dênis sorri e eu esclareço: — Meu pai me ensinou muito bem a montar numa moto. Sou pequena, mas tenho força.

Dênis balança a cabeça e volta a sorrir. Ao ver que me calo e fico olhando para a moto, pergunta:

— Tudo bem com Flyn em casa?

Confirmo. Não quero falar do garoto, mas ele insiste:

— Fico feliz em saber. Acho que ele deu uma guinada para o bem. Vejo que está mais integrado com os colegas e longe das más companhias. Acho que vocês conseguiram, Judith. A união de colégio, psicólogo e pais conseguiu fazer Flyn reagir e se dar conta de seu erro.

O comentário me agrada. Fico feliz em saber que seu comportamento na escola mudou, embora eu tenha a intuição de que a mudança brusca possa ter se originado por outro motivo.

— O que aconteceu, Judith? — Dênis pergunta então.

— Nada — respondo. Dou um gole na coca-cola e mudo logo de assunto: — Você tem namorada?

Assim que digo isso, lembro-me da minha irmã. Como posso ser tão bisbilhoteira?

Então, vejo Dênis sorrir. Com uma piscadinha, ele responde:

— Tenho amigas. Inclusive, marquei de encontrar uma aqui para tomar algo. Sendo sincero, sou um cara complicado demais para que uma mulher se apaixone por mim.

Isso me faz rir. Complicado, ele? Sem parar para pensar, respondo:

— São os caras complicados que enlouquecem as mulheres.

— Hum... é bom saber — ele brinca. Depois de recolher uns papéis que estão sobre a mesa, diz: — Faz tempo que não vejo vocês no Sensations...

— É verdade — interrompo. — Não estamos passando pelo melhor momento da nossa relação.

Dênis me observa. Não esperava que eu dissesse isso e, cravando os olhões negros em mim, murmura:

— Vocês formam um casal fantástico, e casais fantásticos precisam de diálogo para se entender. — Eu bufo, e ele acrescenta: — Quando a gente encontra uma pessoa especial, não quer deixar escapar, ainda mais no mundinho em que a gente circula. E...

— Oi, Dênis, demorei?

Ao levantar os olhos, encontro uma loira nos observando. Deve ser a amiga com quem ele marcou. Dênis se coloca em pé, dá um beijo nela e responde:

— Não se preocupe, Stella. Você chegou na hora.

A mulher me olha. Não entende o que estou fazendo sentada ali, então Dênis fala:

— Stella, essa é Judith. Judith, esta é Stella.

Nós duas nos cumprimentamos com cordialidade, mas vejo em seus olhos o mesmo que outras devem ver nos meus quando se aproximam de Eric. Então Dênis pega a pasta e me diz:

— Preciso ir, Judith. Foi um prazer ver você.

— Digo o mesmo — respondo sorrindo e olhando para ele.

Eles se vão, e eu continuo tomando a coca-cola. Pelas janelas, vejo os dois saírem do bar e se dirigirem a um carro vermelho. Dênis o abre, a garota entra e ele, depois de lhe dizer algo, caminha de volta para o bar. Dênis entra e me diz:

— Conheci poucos homens realmente apaixonados, mas acredite em mim quando digo que Eric é um deles. Conversem e resolvam seja lá o que esteja acontecendo entre vocês, porque estou convencido de que a gente não encontra uma história como essa todos os dias.

Dito isso, ele pisca para mim e vai embora, deixando-me com cara de boba.

Será que Eric me ama tanto quanto todo mundo acha?

De repente, sem saber o motivo, levo as mãos à barriga.

Claro que minha história com ele é especial, tão especial quanto o bebê que cresce dentro de mim e do qual tenho que começar a cuidar. Sem poder remediar, sorrio e murmuro, olhando para a barriga inexistente:

— Calma, querido. Mamãe te ama.

Quando acabo a bebida, vou em direção à moto. Olho para ela e a admiro, mas me arrependo de tê-la pegado no estado em que estou. Em que eu estava pensando? Como não estou disposta a deixá-la ali, subo com cuidado e volto para casa sem correr nem fazer loucuras.

Chego, estaciono e estou tirando o capacete quando Eric aparece. Sem desviar os olhos de mim, ele diz:

— Estava preocupado com você.

Olho para ele. Quero abraçá-lo. Ele é minha linda história de amor, mas algo me freia e dou um passo para trás. Por incrível que pareça, ele não me repreende pela peça que preguei na estrada com a moto para despistá-lo. Dou de ombros e respondo com um simples:

— Já estou aqui.

Eric não fala. Em seus olhos vejo que lhe dói a distância que imponho. Ele me deixa entrar em casa sem me provocar, e eu me dirijo para a cozinha. Eric continua seu caminho e eu ouço que entra no escritório e fecha a porta. Não está sendo fácil para nenhum dos dois.

Simona entra na cozinha e me olha. Não diz nada sobre a minha cara ou a de Eric, mas comenta:

— Os pequenos estão dormindo.

Sorrio contente. Abraço Simona e murmuro:

— Obrigada. Obrigada por estar sempre ao meu lado.

Ela me abraça, emocionada. Aperta-me contra seu corpo e eu sorrio. Ainda me lembro de quando cheguei a essa casa, onde os abraços eram uma espécie de tabu.

Saio da cozinha e passo na frente do escritório, então me aproximo da porta e, ao escutar Norah Jones cantando "Love Me", sinto um aperto no coração.

Apoio a testa na porta escura enquanto ouço essa doce música e minha mente voa até a última vez que dancei com meu amor. Meus olhos se enchem de lágrimas, as recordações inundam minha mente e o choro transborda. Eric, meu Eric, está atrás da porta sofrendo como eu estou sofrendo, mas sou incapaz de entrar e esquecer.

510

O que acontece comigo? Por que estou sem ação desse jeito?

Estou perdida na minha desgraça quando ouço às minhas costas:

— Mamãe.

Rapidamente eu me viro e encontro Flyn olhando para mim. Seco as lágrimas que correm pelo rosto e, quando vou dizer um dos meus impropérios, ele murmura:

— Tá bom, sei que não mereço chamar você assim, mas...

Afastando-me da porta do escritório, eu me aproximo dele e, cochichando para que Eric não nos ouça, afirmo:

— Exato, você não merece. Agora, se não se importa, não quero falar com você.

Com dor no coração pelo que sinto pelos dois Zimmerman, eu me encaminho à sala e fecho a porta. Quero ficar sozinha. Eu me sento no sofá perto da lareira, então ouço que a porta se abre e, segundos depois, Flyn, sem me dar opção, senta-se ao meu lado.

Como me ensinaram os Zimmerman, eu olho para ele, olho e olho e finalmente pergunto:

— O que você quer, Flyn?

O menino retorce as mãos com nervosismo.

— Desculpa. Agora que você não gosta mais de mim, eu me dei conta de como me comportei mal, quando você só estava tentando me proteger e me ajudar.

Eu o observo boquiaberta. Como eu não gosto dele? Eu o amo mais do que minha própria vida, só estou muito chateada. Vou responder, mas Flyn prossegue:

— Fui bobo. Eu me deixei levar pelas novas amizades e estraguei tudo... com você, com papai, com todo mundo. Eu gostava muito da Elke e me deixei levar por ela. Queria impressionar e fiquei arrogante. Ela odeia a madrasta, nunca tiveram uma boa relação e eu... eu... quis odiar você para que ela visse que estávamos em sintonia.

Saber a verdade permite que eu respire. Finalmente entendo o porquê de tudo aquilo, mas Flyn prossegue:

— Eu roubei, fiz coisas horríveis contra você e gritei que não era minha mãe, quando você é, sim. É a única mãe que eu tenho, porque sempre me amou incondicionalmente, apesar da maneira como eu me comportei com você. Conversei com o papai, contei toda a verdade, e ele me aconselhou a falar com você. Disse que, mesmo que não me perdoe, eu tinha que falar e... e... Por favor, mamãe, se não quiser me perdoar, não perdoe, mas, por favor, faça as

511

pazes com o papai. É por minha culpa que vocês estão mal, e isso me... me... por favor — ele suplica. — Vocês não podem se separar, vocês se amam, muito, e, se fizerem isso por minha culpa, Eric e Hannah nunca vão me perdoar.

Com a pulsação a dois mil por hora, ouço o que o adolescente que eu tanto amo diz enquanto meu pescoço começa a pinicar. A súplica nos olhos dele me atormenta.

— O que está acontecendo entre mim e seu pai não é culpa sua.

— É, sim — ele afirma enquanto as lágrimas começam a escorrer. — Tudo é culpa minha. Eu perturbei vocês, tentei levar os dois ao limite, tudo porque o pai da Elke se separou da madrasta dela e eu pensei que, se conseguisse o mesmo, ela me...

— Meu Deus, Flyn — murmuro ao ouvir isso.

O menino chora desconsolado, suplicando que eu faça as pazes com seu pai. Olho para ele. Quisera eu que as coisas fossem tão fáceis como ele pensa.

Dez minutos depois, incapaz de permitir que ele continue pensando que tudo é culpa sua, como o fiz acreditar em minha fúria, suspiro e digo baixinho:

— Flyn, escuta...

— Não, mamãe, por favor, escuta você. Eu... não posso permitir que se separem por minha culpa e...

Não o deixo continuar. Preciso abraçá-lo. Amo Flyn com toda a minha alma, apesar do que ele me contou. É meu filho, sou sua mãe, e tudo é perdoável quando se trata dele. Vejo que meu abraço o surpreende tanto quanto a mim e, quando sinto que me aperta contra si com força demais, murmuro:

— Flyn... você está me sufocando.

O menino diminui a força, mas, sem me soltar, sussurra:

— Eu te amo, mamãe... Desculpa, por favor... Vou para um colégio militar se vocês quiserem, mas me perdoa.

Suas palavras e a forma como o sinto tremer mexem comigo. Acredito que a vida, com o que aconteceu a Eric e a mim, provocou uma reviravolta no menino que abriu seus olhos. Como sou uma manteiga derretida, finalmente faço que sim.

— Você está perdoado, querido. Nunca duvide disso.

Minhas palavras nos emocionam e meus hormônios, que não estão muito serenos, se revoltam. Para descontrair, cochicho apontando meu pescoço:

— Agora pare... ou vou me encher de brotoejas.

Flyn me olha e vejo em seus olhos tranquilidade. Coço o pescoço, que está me incomodando uma barbaridade. Então Flyn afasta minha mão das manchas vermelhas e diz:

512

— Não coça, ou vai ficar pior.

Isso me faz sorrir. Pego meu filho pelo queixo e murmuro:

— Flyn, você já é grandinho e acho que entendeu a dor de cabeça que causou. — Ele assente e eu sentencio: — Isso não pode voltar a acontecer. Se amanhã você se apaixonar por outra garota, tem que ter personalidade, porque ela tem que gostar de você por quem você é, não por se ver em você. Entendeu?

— Aprendi a lição e prometo que isso não vai acontecer, mamãe. Nunca mais.

Faço que sim e o abraço de novo.

— Agora você tem que falar com o papai — diz Flyn. — Você não está bem, ele não está bem, e vocês têm que conversar. Você sempre diz que conversando a gente se entende.

Sorrio com tristeza.

— Escuta, querido. Dá um tempinho pra mim e pro seu pai e, aconteça o que acontecer, nunca duvide de que nós dois te amamos com todo o nosso coração e desejamos o melhor pra você. Você não teve nada a ver com o que está acontecendo com a gente. Os adultos, apesar de se amarem, às vezes têm problemas e...

— Mas não quero que vocês se separem.

Suspiro. Meu pescoço queima. Também não quero que isso aconteça e, quando vou responder, ouço Eric dizer:

— Flyn, escute sua mãe. Vamos fazer todo o possível pra solucionar nossos problemas, mas vamos fazer o que for o melhor para todos e você vai ter que respeitar isso.

A voz de Eric e suas palavras atingem diretamente o meu coração. Eu não o vi antes. Não sei quando entrou na sala. Flyn acena com a cabeça, volta a me abraçar e murmura:

— Adoro que você seja minha mãe.

Ele se levanta, dá um abraço em Eric e sai da sala, deixando-nos sozinhos e sem jeito. Meus hormônios estão à flor da pele e sinto que vou chorar como uma louca. Preciso disso!

— Obrigado por ouvir e perdoar o Flyn — sussurra Eric, sem se aproximar de mim.

Faço que sim. Não posso fazer outra coisa. Ele insiste:

— Agora só falta você me perdoar.

A angústia me domina. Se abro a boca, vou me debulhar em lágrimas. Eric, que sabe disso, me olha com tristeza ao ver que não digo nada e, finalmente, se vira e vai embora. Quando ouço a porta da sala se fechar e sei que estou sozinha, pego uma almofada, ponho na boca e choro por dois motivos: de felicidade por ter recuperado meu filho e de tristeza pelo meu amor.

Na manhã seguinte, vou com Mel e os pequenos ao parque. Entre risos e lágrimas, conto a ela o que conversei com Flyn. Mel também chora. Estamos muito sensíveis.

Nós nos despedimos, porque ambas vamos viajar — ela com toda a família para a Euro Disney e eu para Jerez. Quando chego em casa, Eric já está lá. Sai para nos receber, e as crianças correm para vê-lo. Flyn, que está com ele, caminha até mim e me abraça. Eu aceito o abraço, muito feliz.

Eric me olha à espera de que eu diga ou faça alguma coisa, mas me limito a sorrir e a entrar em casa. Quero dar banho nas crianças e colocá-las na cama cedo. No dia seguinte, vamos viajar.

Depois de dar-lhes o jantar, Pipa os leva para cama e eu decido fazer as malas.

Quero que meus filhos estejam lindos em Jerez e dou risada ao pensar na roupinha de flamenca que meu pai comprou para Hannah, rosa com bolinhas brancas. Vai ficar tão fofa que vai dar vontade de morder.

Enquanto separo a roupa, ouço meu Alejandro. Sua música e suas letras são parte da minha vida. Quando soa "A que no me dejas", eu me deixo cair na cama e cantarolo, sentindo um apertinho no coração ao dizer coisas como "vou fazer você se apaixonar uma vez mais antes de chegar à porta".

Ai, Deus… Como essa parte da letra me toca. Eric me ama. Ele me adora e me protege, e estou convencida de que, como diz a música, até conta meus cílios enquanto durmo.

Nem preciso dizer que o amo e o adoro, mas estou tão chateada e tão confusa com tudo o que aconteceu que preciso fugir dele e sentir saudades.

O duro Eric nas últimas semanas voltou a ser o Eric por quem me apaixonei. Claro que me dou conta disso, mas existe algo em mim, teimosia, decepção ou sei lá o quê, que não me permite dar um passo atrás e tentar de novo.

O que acontece comigo?

— Oi.

Eric entra.

— Oi — respondo, olhando para ele.

— Falei com o piloto do jatinho e combinei com ele às nove. É uma boa hora?

— Perfeita! — concordo. — Quanto mais cedo a gente sair, mais cedo chega.

Eric se senta em uma das cadeiras. Vejo que está olhando para o chão, então une as mãos e diz, enquanto meu Alejandro continua cantando com sua voz rouca:

— A gente sempre gostou dessa música, né?

— É.

Ai… meu pescoço. Já começa a arder.

— Jud… eu…

Começo a tremer e, antes que ele diga qualquer coisa que parta de novo meu coração já abalado, olho e replico:

— Não, Eric… agora não.

— Por que você não me deixa tentar? Você sabe que te amo.

— Agora não, Eric — repito.

— Por que você não me perdoa? Por que faz de tudo pra não entender que não tive culpa? — ele pergunta, cravando o olhar doloroso em mim. — Por acaso não me ama como eu te amo?

Eric me pergunta isso quando meu Alejandro está dizendo "não me deixa"… Vou explodir!

Se estou segura de uma coisa nesta vida é de que sou total e completamente apaixonada por Eric e sei que, se ele me abraçar, se me tocar, como diz a música, todas as muralhas vão cair. Mas não, não posso consentir. Estou magoada, muito magoada pelo acontecido. Ainda assim, olhando para ele, afirmo:

— Claro que te amo.

— E então?

— Eric, cada vez que fecho os olhos, a imagem de Ginebra e você juntos, se beijando, aparece na minha mente e… não… não me deixa…

Eric me olha, me olha e me olha e, finalmente, dando-se por vencido, mexe a cabeça para cima e para baixo.

— Não tem nem só um instante com você que eu gostaria de esquecer. Fecho os olhos e sinto você ao meu lado, me beijando com amor e doçura. Fecho os olhos e vejo você sorrir com nossa cumplicidade de sempre, então abro os olhos e me desespero, sabendo que nada disso acontece mais.

Suas palavras tocam minha alma.

Eric Zimmerman me emociona e eu sei que a música toca seu coração tanto quanto o meu. Antes que eu responda, ele se levanta, caminha até mim, ficando a escassos milímetros do meu corpo e, sem encostar em mim, sem roçar em mim, murmura:

— Como diz a música, vou fazer todo o possível pra que você se lembre do nosso amor e aprenda a esquecer. Preciso que só existam você e eu na sua cabeça. Só você e eu, meu amor.

515

Abobada, eu confirmo. Seu cheiro... sua proximidade... sua voz... seu olhar... suas palavras... a música... tudo isso unido, para mim, que sou uma romântica incorrigível e uma bomba-relógio, diz tudo o que tanto preciso ouvir. Apesar disso, cravando as unhas nas palmas das mãos, volto à realidade e murmuro:

— Não sei se você vai conseguir.

Eric levanta a mão e a passa pelo meu rosto, então pega meu queixo com delicadeza e, quando acho que vai me beijar, me encara. Ele murmura antes de se afastar:

— Você é minha, pequena. Eu te amo e vou conseguir.

Quando aquele deus loiro desaparece, o ar até me falta, e eu preciso me abanar.

Ai, socorro... É agora!

Sei que o Eric Zimmerman por quem eu me apaixonei está ali e, sem entender por quê, eu sorrio.

Está decidido, sou uma babaca!

Na manhã seguinte, às oito e meia, já estamos no hangar. Eric fala com o piloto e observo que não sorri. Não tem motivos para isso.

Após o pai trocar um aperto de mãos com o piloto, o pequeno Eric corre até ele, que o pega nos braços fortes, beija e vem caminhando em minha direção. Ouço-o dizer:

— Comporte-se e não dê muito trabalho para a mamãe, entendeu?

— Tá bom — responde o macaquinho.

Em seguida, Eric solta meu pequeno, que sobe no avião com Pipa. Com Hannah dormindo nos braços, vou subir também quando Eric me para, crava os olhos nos meus e diz:

— Divirta-se.

— Pode deixar — afirmo, tentando sorrir.

Sinto como nossos corações se chocam quando nos olhamos. Ele sussurra:

— Vou sentir saudades.

— Eu também — afirmo, sem querer esconder.

Nós nos olhamos... nos olhamos... nos olhamos... até que meu marido sexy sussurra:

— Estou morrendo de vontade de beijar você, mas sei que não devo fazer isso.

— Não mesmo.

Pipa sai do avião, tira Hannah dos meus braços e, quando a leva, Eric, que não se afastou do meu lado, insiste:

— Me liga quando chegar a Jerez.

— Tá — respondo, como uma idiota.

Deus... Por que o erotismo do meu marido me domina desse jeito?

Certo. Preciso de sexo e a gravidez não está ajudando. Assim que subo os primeiros degraus rumo ao avião, sinto as mãos de Eric na minha cintura. Ele me vira, aproxima a boca da minha e me beija. Dura apenas uma fração de segundo e, quando nossas bocas se separam, imediatamente começo a piscar, boba. Ele apoia a testa na minha e diz:

— Desculpa, querida, mas eu precisava fazer isso.

Balanço a cabeça para cima e para baixo como uma imbecil. Sem dizer nada, eu me viro, subo o resto da escada e ouço soarem trombetas no céu.

Repito: sou uma idiota!

Minutos depois, com todos acomodados no avião, observo pela janelinha meu imponente marido apoiado no carro com os braços cruzados e expressão séria. Sem saber por quê, sorrio entre as lágrimas que rolam pelo meu rosto.

61

Viva a Espanha! Viva Jerez!

Cheguei à minha terra! Quando desço do jatinho e vejo meu pai me esperando com minha sobrinha Luz, sorrio e corro para eles. Preciso abraçá-los. Preciso deles.

— Minha moreninha chegou — murmura meu pai enquanto me abraça, feliz.

Seu toque cheio de amor e segurança faz eu me sentir bem. É disso que preciso para restaurar as forças.

— Como você está magra, tia.

Eu me separo do meu pai, abraço a louca da minha sobrinha Luz, que já é uma mulher, e cochicho, tentando sorrir:

— Você acha que é a única que quer ficar bonita?

Luz me abraça até que vê meus filhos, então corre para eles. O pequeno Eric se agarra a seu pescoço: ele a adora. Hannah, nos braços de Pipa, fica só olhando.

Minutos depois, quando estamos todos no carro do meu pai, pego o celular e escrevo:

Chegamos.

Não passam dois segundos e Eric responde:

Te amo e estou com saudades.

Ler isso me emociona. Meu pai, ao ver que enxugo as lágrimas, olha para mim e pergunta:

— O que foi, moreninha?

Engolindo as lágrimas, eu sorrio, guardo o celular e, depois de colocar os óculos escuros, respondo:

— Nada, papai. Só estou feliz por estar com você.

Ele aceita a resposta e eu começo a cantar músicas espanholas. Todos acabam cantando também.

Quando chegamos à casa dele, encontramos minha irmã com seu marido maravilhoso e os filhos. Ela corre para me abraçar. Ao me soltar, murmura:

— Mas, fofa... você está ficando seca. Agora só tem peitos.

Ai... minha irmã e seus comentários infelizes.

Olho para ela, que também me olha e, sorrindo, conserta:

— Pensando bem, assim os vestidos de flamenca vão ficar incríveis em você, que andava meio cheinha para eles.

Sorrio. Raquel e suas cutucadas.

Meu cunhado, o grandalhão mexicano, me olha e murmura de braços abertos:

— Que linda você está!

Encantada, eu o abraço e sorrio. Preciso disso. Mimos e positividade, apesar de saber que minha cara não está das melhores.

Meu pai, como sempre, faz de tudo para nos agradar. A mesa do almoço parece de uma festa de casamento. Não falta nada. Apesar disso, quando vejo o presunto cru, de que tanto gosto e que meu pai manda para mim, sinto algo na boca do estômago.

Não brinca... Não brinca que, com a gravidez, vou ficar com nojo do que mais gosto.

Olho para o presunto, decidida. Não vou permitir que isso aconteça. Pego um pedacinho e o como. Meu pai passa ao meu lado dizendo:

— Sabia que você ia cair direto no presunto.

Tem um gosto esquisito... Minha irmã, que está ao meu lado e vê minha cara, pergunta:

— O que você tem?

— Esse presunto não está com um cheiro muito forte?

Raquel dá uma gargalhada e, colocando um pedaço na boca, responde:

— E a que você queria que ele cheirasse? A camarão?

O que acabo de dizer é uma autêntica asneira, por isso dou risada. Só espero que minha irmã não toque mais no assunto.

Depois do almoço e do cafezinho, quando Lucena e Bichão se unem a nós e as crianças fazem a *siesta*, decido dar uma olhada na Vila Moreninha, a casa que Eric e eu temos em Jerez.

Minha irmã me acompanha até a garagem e, aproximando-se de uma das motos que meu pai guarda ali, diz:

— Eu te acompanho.

Olho para a moto. Estou com o estômago um pouco embrulhado por causa do presunto e, apontando o carro, eu digo:

— Pensei em ir no carro do papai.

Raquel ergue as sobrancelhas. Acho que é a primeira vez que me recuso a subir em uma moto e, dando-me conta rapidamente disso, afirmo:

— Tá bom, vamos de moto.

Quando vou pegar os capacetes vermelhos das prateleiras, meu pai entra na garagem.

— Melhor ir de carro. Outro dia o sobrinho do Bichão pegou a moto e ficou na mão. Melhor levar o carro.

Salva pelo meu pai!

Quero enchê-lo de beijos por ter dito isso quando Raquel, sorrindo, pega as chaves, lança para mim e diz:

— Dirige você.

Aceito. Nós nos despedimos do meu pai e entramos no carro, contentes. No curto trajeto, vamos conversando sobre mil coisas, mas, quando estamos diante da porta, sinto algo no estômago de novo.

Estou na frente da casa que Eric comprou para mim. Leio na placa "Vila Moreninha", e abro um sorriso. Ele e seus presentes loucos. Sem dizer nada, aciono o controle. O portão de ferro começa a abrir. Raquel, bisbilhoteira como sempre, pergunta:

— Por que Eric não veio?

Observando o lindo e bem cuidado jardim que surge na minha frente, entro com o carro e respondo:

— Ficou com Flyn. Estava em época de provas.

Paro o veículo e, ao descer, minha irmã diz baixinho:

— Espero que ele vá bem.

Concordo. Também espero, mas as coisas ficaram difíceis. Ele colocou todo o ano a perder por causa de sua paixonite, e parece que vai repetir. Eric e eu contamos com isso.

Com segurança, vou até a porta da casa, tiro as chaves do bolso da frente e abro a porta blindada. Sou banhada pela luz das janelas panorâmicas.

— Ontem à noite, Juan Alberto e eu passamos pra ver se estava tudo bem, e papai veio hoje de manhã pra abrir as janelas. Ele imaginou que você viria dar uma olhada e queria que estivesse iluminada — explica Raquel. Olhando por uma das janelas, ela murmura: — Aiii…

Esse "aiii" chama minha atenção. Ao me aproximar, vejo que sobre a espreguiçadeira da piscina há dois copos usados. Ver aquilo me faz rir e, olhando para minha irmã com um sorriso, pergunto:

520

— Ora, ora... não me diga que você e seu chuchuzinho andaram usando minha casa pra dar uma rapidinha. Que safados!

Raquel abre a boca, coloca uma mecha de cabelos atrás da orelha e se afasta de mim, bufando.

— Safada é você.

Descemos juntas para a piscina e, após pegar os copos, ela os cheira e diz:

— Isso é conhaque e isso... é licor de ameixa. Quem bebe isso?

Achando graça, dou de ombros. Raquel desaparece de vista.

Sem vontade de continuar pensando em quem bebe licor de ameixa, entro de novo na casa e olho ao meu redor.

Este lugar está impregnado de Eric. Nossa história, de certo modo, começou nessa linda casa e, aproximando-me da lareira, pego uma foto em que estamos sorrindo em nossa lua de mel.

— Como a gente se divertiu aqui — murmuro.

Emocionada, deixo a foto e observo outras que há ao lado. Sorrio ao ver Hannah e o pequeno Eric divertindo-se com meu marido na praia, outra de Flyn com meu pai e outra em que Eric e eu dançamos melosos em uma festa. Recordações... recordações... tudo ali são bonitas recordações.

Afasto-me da lareira e me dirijo para o quarto. Ao chegar, sinto a presença de Eric novamente. Fecho os olhos e sou capaz de vê-lo correndo atrás de mim pelo cômodo ou rindo quando, no nosso aniversário de um mês, levei um bolo para ele, que acabou debaixo da minha bunda.

Meus olhos se enchem de lágrimas. Ouço a aproximação da minha irmá, então as enxugo e saio para o jardim. É melhor ir embora.

À noite, quando terminamos de jantar, Pipa leva as crianças e Luz sai com os amigos. Meu cunhado, que é um santo e um doce de pessoa, olha para nós e diz com o habitual bom humor:

— Tenho uma surpresa pra vocês!

Meu pai, minha irmá e eu olhamos para ele. Juan Alberto tira uns papéis do bolso e diz:

— Comprei ingressos para o show do Alejandro Fernández no dia 12, em Sevilha.

— Eu te amo! — grita minha irmá.

Raquel adora esse cantor maravilhoso. Sorrio. Ele tem mesmo músicas lindas. Meu pai, que não sabe de quem estamos falando, dá de ombros e pergunta:

— Eu também vou?

Juan Alberto, que está sentado ao lado dele, diz:

— Claro que vai. Vamos nós quatro. Conversei com Pachuca e Luz. Elas vão ficar com Pipa e as crianças. Vamos, vai ser divertido!

Todos rimos. Sem dúvida, o mexicano pensou em tudo.

No dia 10 de maio, começa a Feira de Jerez e eu me divirto como uma criança.

O reencontro com alguns dos meus velhos amigos, todos com filhos, é divertidíssimo. O pequeno Eric é um terremoto e Hannah está linda com seu vestidinho de flamenca.

Durante o dia, as crianças nos acompanham, mas à noite meu pai e Pipa os levam e eu fico com meu antigo grupo de amigos, sem conseguir parar de rir. Encontramos Pachuca em um dos estandes, e minha irmã me faz sinal para indicar que ela está tomando licor de ameixa.

Tá bom. Eu admito.

Meu pai tem alguma coisa com Pachuca. Ele não me disse nada. Mas quem sou eu para me meter nisso?

Meus amigos me apresentam a amigos deles e, rapidamente, eu me dou conta de que um cara lindo chamado Gonzalo não tira os olhos de mim.

Com meu vestido vermelho e preto de flamenca, participo das danças típicas como havia muito tempo não fazia. Quando nos cansamos da farra, vamos tomar alguma coisa em um barzinho afastado da feira. Pedimos ao garçom que coloque "Satisfaction", dos Rolling Stones, e pulamos como desvairados.

Exausta, vou ao balcão e sinto que tem alguém atrás de mim. Fico arrepiada: e se for Eric? Ao me virar, encontro os olhos verdes de Gonzalo. Com um sorriso, ele me pergunta:

— Por que vocês gostam tanto dessa música velha?

Achando graça, conto que ela nos acompanhou todos os verões. Sinto que ele me olha com interesse, então me ponho em alerta e me afasto. Não sei o que estou fazendo, só sei que continuo furiosa com Eric. Fazer algo errado talvez seja a única maneira da minha fúria passar.

Meus amigos pouco a pouco vão embora, até que só ficamos Gonzalo, meu cunhado, que já está bem alto depois de tanto vinho branco, minha irmã e eu. Quando vê que Gonzalo vai ao banheiro, Raquel, que me viu conversando com ele, se aproxima de mim e cochicha disfarçadamente:

— Olha, fofa, sei que você não está fazendo nada de errado, mas também sei que...

— Ai, Raquel, um sermão agora? — protesto.

Como sempre digo, de boba, minha irmã não tem nada, mas minhas palavras a aborrecem.

— Tá bom — ela sussurra. — Você sabe o que faz. Vou levar meu chuchuzinho pra casa, porque ele já está pra lá de Bagdá. Você vem?

Penso a respeito. Estou me sentindo um pouco estranha, mas consigo aguentar o sermão que seguramente minha irmã vai me dar no carro por ter flertado com Gonzalo, então digo:

— Podem ir. Vou ficar um pouco mais.

— Judith, se o Eric ficar sabendo que...

— O que o Eric vai ficar sabendo? — pergunto, incomodada.

Minha resposta deve ter indicado que algo não vai bem. Minha irmã sabe que o adoro.

— Judith... Tenha cuidado com o que você faz. Não seja louca.

Sem mais, ela dá meia-volta, pega meu cunhado pela mão e os dois vão embora.

Gonzalo volta do banheiro, olha para mim e, com uma expressão que entendo logo de cara, pergunta:

— Estamos sozinhos?

Faço que sim e dou um gole na coca-cola, sorrindo como uma mulher fatal.

— Sim. Você e eu.

Ele balança a cabeça. Sorrio outra vez e ele murmura em seguida:

— Que tal se a gente for também?

— Aonde você quer ir?

Ele deve ter mais ou menos a idade de Eric. Aproxima-se um pouco mais de mim e responde:

— Quer ir ao meu hotel e tomar a saideira lá?

Fico na dúvida. Não sei o que fazer. Não deveria aceitar. Eu amo Eric. Mas tenho tanta sede de vingança, que digo:

— Vamos. Não ao seu hotel, mas sei aonde.

Entramos no carro dele, que tem um belo Mazda vermelho. Eu o guio até um lugar que conheço nos arredores de Jerez. Quando chegamos, Gonzalo para o carro, olha para mim e, quando vejo que começa a se aproximar, abro a porta e desço. Ele sai pela outra porta e caminha até mim. Sem falar nada, chega perto e, em décimos de segundo, me prensa no carro e me beija. Gonzalo enfia a língua na minha boca e eu, fechando os olhos, permito que a invada, sentindo suas mãos percorrerem meu corpo por cima do vestido de flamenca.

O beijo dura vários segundos, e eu fico sem ação. De repente, Gonzalo aperta seu pau duro contra o meu corpo para me mostrar seu desejo crescente, então eu tomo consciência do que vai acontecer se não o parar.

Meu Deus... o que estou fazendo?

Não somos crianças. Não precisamos de rodeios em termos de sexo, e sei o que estou permitindo em pleno juízo. Penso em Eric. Penso em Eric quando me disse que não era dono de seus atos no episódio com Ginebra.

Num piscar de olhos, vejo com clareza que ele não procurou aquilo, como estou fazendo agora. Eu sou dona dos meus atos. Não tenho desculpa! Então, com um empurrão, tiro Gonzalo de cima de mim. Olhando bem para ele, falo baixinho:

— Desculpa, mas não posso.

Ele me olha. Fico alerta, caso tenha que lhe dar uns sopapos. Surpreendendo-me, ele pergunta, sem se aproximar de mim:

— E por que você me trouxe aqui?

Ele tem razão. Sou a pior!

Acabo de cometer o maior erro da minha vida.

Por que beijei esse cara?

Minha expressão deve ser de total desconcerto, pelo que vejo no rosto dele quando me olha. Respiro fundo e digo:

— Gonzalo, desculpa. É tudo culpa minha. Não estou num bom momento com meu marido e...

— E quis se vingar dele comigo, não é?

Ouvi-lo dizer isso faz eu me dar conta de como sou idiota. Balanço a cabeça afirmativamente e digo:

— Sinto muito, de verdade.

Durante alguns segundos, ambos permanecemos calados, até que ele dá a volta no carro e diz:

— Entra, vou levar você para casa.

Sem titubear, eu o obedeço, sentindo-me péssima. Voltamos a Jerez em silêncio, e eu indico a casa de meu pai. Não falamos mais nada. Quando ele para, eu o encaro.

— De verdade, desculpa por...

— Não se preocupa — ele me interrompe. — Você deve ter suas razões pra fazer o que fez, mas tenha cuidado. Você pode topar com um cara que não te respeite.

Aceno com a cabeça. Ele tem toda a razão. Então sorri e me diz:

524

— Anda. Vá descansar e esqueça o que aconteceu. Amanhã a gente se vê na feira.

Sorrio também. Abro a porta do carro e desço. Quando fecho, Gonzalo acelera e se vai.

Sentindo-me uma idiota, caminho para a porta e encontro meu pai me esperando ali. Vejo que observa o carro se afastar. Ele diz:

— Fiquei preocupado quando vi sua irmã voltar com o mexicano arrastado e sem você.

Entramos em casa. Eu me sento junto dele à mesa de jantar e, ao ver sua cara de preocupação, digo:

— Calma, papai. Eu sei me cuidar.

Ele faz que sim e coça o topo da cabeça. Então me olha e pergunta:

— O que está acontecendo, moreninha?

A pergunta faz meus olhos se encherem de lágrimas, sem que eu possa evitar. Tem muita coisa acontecendo! Engulo as lágrimas e tento sorrir. Levanto, dou-lhe um beijo e respondo:

— Nada, papai. Só estou cansada.

Sem olhar para trás, saio da sala. Passo para ver meus filhos e vejo que estão dormindo como anjinhos. Passo no quarto da minha irmã. Entro na escuridão e me aproximo dela, então dou uns toquinhos em seu ombro e murmuro:

— Raquel… Raquel.

Ela rapidamente abre os olhos e, levando a mão ao coração, sussurra:

— Que susto você me deu!

Começo a chorar. Desmorono.

Como pude ser tão idiota?

Como pude fazer isso com Eric?

Minha irmã se assusta e, sentando-me na cama junto dela, me consola, enquanto meu cunhado ronca e dorme feito pedra. Conto a Raquel que Eric e eu estamos mal, falo da gravidez e da bobagem que acabo de fazer. Omito o motivo da briga. Se Raquel ficar sabendo, não sei como vai reagir. Tudo bem que ela viu algumas coisas no México, mas sei que a verdade vai chocá-la.

Raquel me ouve, me abraça, me abana quando fico com calor, tira minha mão do pescoço para eu não me coçar e, quando vou vomitar, corre comigo para o banheiro e segura minha cabeça. Ponho tudo para fora, exceto a tristeza.

— O que está acontecendo?

Ao me virar, vejo que meu pai está na porta observando a gente. Sinto que o decepcionei.

— Não é nada, papai — minha irmã se apressa a responder. — Sua moreninha só bebeu demais.

Ele não diz nada. Olha para mim, sacode a cabeça e sai. Eu me alegro por Raquel guardar segredo e por meu pai não fazer mais perguntas.

Poucos segundos depois, ele aparece de novo e entrega à minha irmã um chá de camomila, dizendo para mim:

— Beba. Vai acalmar o corpo.

Sua expressão séria me parte o coração. Sei que ele intui que está acontecendo alguma coisa com Eric, mas não posso contar o que é, então começo a chorar de novo. Raquel solta o chá e ficamos sentadas no chão do banheiro da casa que adoro, abraçadas.

Quando me tranquilizo, vamos juntas para o meu quarto, onde, durante horas falamos aos sussurros. Raquel rapidamente tira suas conclusões e acredita que estamos assim porque, entre mim e o trabalho, Eric escolheu o trabalho.

Com cuidado e paciência, minha irmã, a dramática da família, me faz relaxar e sorrir. É impossível não rir com Raquel e as coisas que ela diz.

— Judith — ela cochicha —, você tem que contar a Eric sobre a gravidez.

Concordo, balançando a cabeça. Ela tem razão. Eu me sinto péssima por mil coisas.

— Vou falar — afirmo. — Mas também tenho que contar da cagada que acabei de fazer.

— Você está louca? Pra quê?

Sei que tem razão. Contar só vai piorar as coisas, mas não posso mentir para Eric. Não para ele.

— Vou me sentir melhor comigo mesma — pondero. — Não posso esconder algo assim.

Minha irmã meneia a cabeça e suspira.

— Você tem razão, fofa… Em primeiro lugar, a sinceridade.

Suspiro também. Se fiz algo errado, tenho que ser adulta e assumir. Foi um grande erro, que talvez custe muito, muito caro.

Depois destas últimas palavras, nós duas nos deitamos na cama e adormecemos de mãos dadas.

No dia seguinte, quando acordo, estou um trapo. Minha irmã levou todas as crianças para passear com meu cunhado, para que eu possa descansar.

Quando me levanto, a casa está em silêncio. Meu pai também não está, e decido tomar um banho. Uma chuveirada sempre cai bem.

À tarde, animada por Raquel, coloco outro vestido de flamenca — azul e amarelo — e vamos para a feira. É o melhor que posso fazer. Lá encontro Gonzalo e meus amigos, embora dessa vez ele se mantenha à distância. Conversamos e nos divertimos, mas ele não põe mais um dedo em mim nem se insinua. Agradeço-o imensamente por isso.

Na segunda-feira de manhã, Fernando aparece na minha casa e nos abraçamos. Gostamos muito um do outro, apesar do que aconteceu entre nós no passado e de ele ter custado a aceitar minha relação com Eric.

Todo contente, ele me apresenta sua esposa e dou os parabéns ao ver a barrigona que exibe. Suspiro. Ela está de sete meses, e daqui a pouco vou estar assim também.

Fernando brinca com as crianças e, quando eles vão embora correndo atrás do meu pai e sua esposa também se afasta, me pergunta:

— E Eric?

Com o melhor dos sorrisos, respondo rapidamente:

— Ficou em Munique. Está atolado de trabalho.

Fernando me olha e eu arqueio as sobrancelhas quando ele diz:

— Manda lembranças. Seu marido é um grande homem.

Faço que sim e continuo sorrindo. Sem dúvida, Eric é isso mesmo.

Nessa tarde, recebo várias mensagens e sorrio ao ver Mel e Björn com Sami e Peter, rodeados por Bela, Mickey Mouse e Pluto na Euro Disney. A felicidade deles me faz feliz também.

Na terça, depois de deixar Pachuca, Pipa e Luz com mil telefones caso precisem falar com a gente, meu pai, minha irmã, meu cunhado e eu vamos a Sevilha, para o show de Alejandro Fernández.

Assim que estacionamos, nós nos dirigimos ao Estádio Olímpico de La Cartuja. Meu pai não costuma ir a esse tipo de evento e está perplexo. Nunca viu tanta gente junta.

Quando começa o show, minha irmã e eu desatamos a cantar como loucas. Rimos, gritamos, cantamos, pulamos, aplaudimos e nos divertimos. Muito.

Alejandro Fernández começa a falar sobre uma linda música que fez em parceria com um importante músico, e eu fico sem palavras quando surge no palco o meu Alejandro.

— Fofinha! — grita minha irmã. — É o Alejandro Sanz!

Aplaudo emocionada.

É uma grande surpresa para mim e para todos os presentes, que aplaudem enlouquecidos. Quando começa a tocar "A que no me dejas", meu corpo se descontrola. Canto a plenos pulmões, submersa na minha própria bolha de sentimentos conflitantes.

Meus olhos se enchem de lágrimas, parecendo um rio! Sou as cataratas do Niágara transbordando. A letra magnífica toca diretamente minha alma e meu coração despedaçados.

Tenho consciência de que não posso deixar Eric, como diz a música. Chorar pela minha existência sem ele é doloroso, inconcebível e impossível. Minha vida sem Eric não seria vida, e sei que ele pensa o mesmo. Estamos irremediavelmente presos um no outro por um louco amor.

Ele, Eric Zimmerman, é o amor da minha vida.

Quero que me acaricie a cada manhã, que vigie meu sono, que me cubra quando durmo e, claro, que me beije a alma e o coração. Navegar contra a corrente é impossível. Eu amo Eric acima de tudo, e tive que fazer a maior besteira do mundo para perceber isso. Tive que traí-lo com Gonzalo.

Como posso ser tão idiota?

Por quê? Por que precisei traí-lo para enxergar a realidade?

Quando a música acaba e meu Alejandro deixa o palco sob os aplausos, olho para meu pai com os olhos cheios de lágrimas e, ao ver sua cara de maravilhamento, começo a rir. Choro e rio. Rio e choro. Não há quem me entenda. Meu pai me abraça e murmura no meu ouvido:

— Quando quiser, pode me contar o que está acontecendo, moreninha.

Balanço a cabeça. Sem dúvida, meu pai precisa de uma explicação e sei que preciso dá-la. Com meu comportamento, deve pensar que estou louca e, embora seja verdade, não é do jeito que ele imagina.

O show continua e me divirto, mesmo que não tenha como minha tristeza ser maior.

Depois de cantar várias músicas, Alejandro Fernández troca de roupa e aparece no palco vestido de *mariachi* com outras pessoas. Meu cunhado, como bom mexicano, assobia e grita:

— Viva o México!

Minha irmã, meu pai e eu sorrimos. Sem dúvida, dependendo de onde a gente está, a música toca nosso coração com maior ou menor intensidade. No caso dele, pelo fato de estar na Espanha, ouvir a música de sua terra toca fundo.

Durante uns instantes, Juan Alberto se descontrola cantando músicas populares e folclóricas mexicanas. Quando Alejandro Fernández começa a can-

528

tar com seu vozeirão "Se Deus me tira a vida antes da sua", minha irmã e eu nos olhamos. Ai... ai...

Cravamos os olhos no meu pai e, ao ver seu semblante emocionado, cantarolando a música que minha mãe adorava e que ele sabe de cor, não podemos evitar nos emocionar também.

Raquel e eu o abraçamos e nós três cantamos, sentindo mamãe ao nosso lado.

Emocionada com meu pai cantando com os olhos cheios de lágrimas, choro. Só penso que, se Deus me tirasse Eric, eu morreria, só para ir atrás dele.

Meu cunhado, ao nos ver tão emocionados, sorri e grita para que a gente ouça por cima da música:

— Esse filho da puta canta pra caralho!

Suas palavras nos fazem rir e nos tiram da nossa nostalgia. Minha irmã solta meu pai e protesta:

— Chuchuzinho, não seja tão boca suja.

Juan Alberto dá uma piscadinha para meu pai, abraça minha irmã e continua cantando essa música maravilhosa enquanto Raquel se derrete por ele.

Alejandro Fernández canta muito, que música maravilhosa!

Ver minha irmã e seu marido tão... tão... tão apaixonados me faz rir. É incrível como a letra de uma música mexe com a gente. Tenho bem claro que, se Eric aparecesse neste instante, eu me lançaria em seus braços e o beijaria tanto que não nos separaríamos nunca.

Após duas horas e dez o show termina e nós quatro saímos felizes e encantados. Quando chegamos a Jerez, a primeira coisa que faço é ir ver meus filhos. Eric e Hannah dormem docemente. Dou um beijo em cada um. Por mim e pelo pai deles.

62

Na quarta-feira, em Munique, Eric estava sentado na cadeira de seu escritório olhando para o infinito.

Sem dizer nada a ninguém, ele havia feito uma viagem relâmpago a Chicago e acabara de voltar.

Lá havia deparado com algo que não esperava: Ginebra estava hospitalizada. A doença atroz finalmente tinha dado as caras. Porém, ele não teve nem um pingo de piedade pelo arrasado Félix: puxou-o de canto e disparou com dureza tudo o que tinha que lhe dizer. O homem não respondeu, apenas assentiu. Quando Eric terminou, sem esperar que ele abrisse a boca e demonstrando o ódio que sentia, deu meia-volta e foi embora.

Esgotado, o alemão tentava se esquecer de seus problemas e se concentrar em seu trabalho. Mas era impossível, pois só conseguia pensar em Judith, a mulher que adorava e que não estava esperando por ele em casa.

Vestido com seu imponente terno cinza e uma camisa branca, gira a cadeira para olhar a rua através da janela, mas em sua cabeça só havia espaço para uma coisa: sua pequena Jud.

Antes da viagem a Chicago, todas as noites, quando chegava em casa depois de trabalhar mais horas do que deveria e encontrava Susto, um sorriso iluminava seu rosto. Aquele cachorro era o queridinho de sua pequena e, com carinho, Eric o acariciava tanto quanto podia agora que ela não estava ali. Ele até mesmo o levava para cozinha para lhe dar presunto, ou para sala para lhe fazer companhia.

Desde que Judith havia partido, depois que Flyn ia dormir e Simona e Norbert iam embora, Eric passeava pela casa procurando algo que não estava ali. Era incrível como tudo ficava vazio sem Jud.

Ele saía para a garagem e, sentando-se com uma cerveja na mão junto de Susto e Calamar, ficava observando a moto dela. Irremediavelmente, sorria ao imaginá-la com a cara cheia de graxa ou saltando como uma louca.

Assim que entrava em casa, as recordações o matavam. Judith a havia transformado completamente com sua chegada. Antes era uma casa cinza e chata como ele. Jud havia enchido aquele lugar de risos, luz e cor.

Ela havia lhe ensinado a confiar nas pessoas, a dar segundas chances e a ouvir. Jud era tudo. Era sua vida.

Naquela noite, sentado na cadeira do escritório observando a rua, Eric olha no relógio. Eram oito horas. Apesar disso, não tinha nenhum incentivo para voltar para casa. Seu celular toca e, ao ver que se tratava de Björn, ele atende com um sorriso.

— E aí, cara?

Enquanto Mel dava banho em Sami e Peter jogava GameBoy no quarto do hotel, Björn pergunta:

— Tudo bem?

Eric suspira e murmura:

— Bem... bem...

— Bem fodido, não? — diz o amigo.

Eric sorri. Era incrível como Björn se preocupava. Eric diz:

— Não se preocupe. Estou bem.

— E como foi em Chicago?

Precisando falar com alguém, Eric conta tudo. Sem querer colocar o dedo na ferida, Björn pergunta:

— Onde você está?

Eric olha em volta. Pensou em mentir, mas para quê? Observando uns papéis que tinha sobre a mesa, responde:

— No escritório.

Björn olha no relógio e pergunta irritado:

— E que merda você ainda está fazendo aí? — Eric bufa e Björn acrescenta: — Estou em lua de mel, não me irrite...

— Relaxa! Deixa de ser chato!

O advogado sorri ao ouvir isso: era a frase de Judith. O próprio Eric diz:

— Já estou até falando como ela.

Sua voz desesperada deixava claro como estava mal. Numa tentativa de fazê-lo esquecer os problemas, ao menos durante alguns minutos, Björn começa a lhe contar coisas divertidas sobre Sami na Euro Disney.

Eric ouve. Aquilo ao menos o fazia sorrir.

— Preciso desligar, Björn — ele diz instantes depois. — Dê um beijo na Mel e nas crianças por mim.

Sem mais, ele desliga deixando o amigo falando sozinho do outro lado da linha.

Eric larga o celular e estava passando a mão no pescoço quando o telefone toca de novo. Ao ver que era o pai de Judith, fica preocupado e atende.

— Oi, Manuel. Aconteceu alguma coisa com Jud e as crianças?

Manuel, que havia esperado as filhas saírem com as crianças para a feira para ligar, responde sentado no sofá da sala:

— Calma, Eric. Judith e as crianças estão bem.

Sua resposta faz com que o alemão volte a respirar. Acomodando-se na cadeira de couro, ele pergunta:

— Vocês estão se divertindo na feira?

— Estamos, rapaz. Embora eu ache que minha filha ficaria melhor se você estivesse aqui.

Ao ouvir isso, Eric se arruma no assento. O pai de Judith prossegue:

— Não sei o que aconteceu entre vocês, mas sei que algo a está atormentando e não gosto de ver minha moreninha assim.

Eric passa a mão pelos cabelos loiros, fecha os olhos e murmura:

— Manuel, eu…

— Eric, não — interrompe o sogro. — Não estou ligando pra você me contar o que aconteceu. Só queria dizer que, se você a ama, ela precisa saber. Sei que minha moreninha pode ser irritante e deve tirar você do sério, mas…

— Ela é a melhor coisa da minha vida, Manuel.

O homem gosta de ouvir isso.

— Então por que você não está aqui, rapaz? — ele pergunta.

Eric suspira, sacode a cabeça e responde:

— Ela não quer me ver e não acho que esteja errada. Mereço isso por ser… um babaca, como ela diria.

Manuel ri e, pensando na felicidade da filha, diz, jogando um pouquinho de lenha na fogueira:

— Se fosse você, eu tomaria uma atitude antes que outro mais esperto tome.

Era isso que Eric precisava ouvir. Sentando-se muito ereto na cadeira, ele pergunta:

— O que você está querendo dizer?

Manuel dá um sorriso de experiência e sabedoria e toma um gole de cerveja, então responde:

— Não estou querendo dizer nada, mas minha moreninha é muito bonita e se a virem sozinha na feira… você sabe, dancinha aqui, dancinha acolá e…

— Amanhã estarei aí — determina Eric.

Manuel assente e, antes de desligar o telefone, comenta:

— Eu não esperava menos de você, rapaz. Aliás, esta ligação nunca aconteceu, ouviu?

Eric sorri e responde, entrando no jogo:

— Que ligação, Manuel?

Ao desligar, o alemão respirava com dificuldade. Imaginar Judith com outro homem era intolerável. Olha para a foto dela que tinha na mesa e murmura:

— Você não pode ter me esquecido, meu amor.

Ao dizer isso, sorri sem saber por quê. Essas palavras só podiam ter sido aprendidas com ela, sua pequena. Disposto a recuperá-la, pega o telefone e disca um número.

— Frank, amanhã, depois do almoço, voamos para Jerez.

Naquela noite, quando chega em casa, Eric vai até Flyn no quarto. O garoto olha para o pai e sorri ao ouvi-lo dizer:

— Amanhã avisa no colégio que você vai faltar na sexta. Vamos a Jerez.

— Legal! — aplaude o menino.

Em Jerez, naquela noite, Judith se diverte com os amigos. No entanto, por volta das dez, fica cansada e volta com as crianças e Pipa para casa. Tanta dança e tanta festa deixam qualquer um exausto, ainda mais uma mulher grávida.

Depois de colocar as crianças, que estavam acabadas, na cama, Judith tira o vestido de flamenca. Ao olhar pela janela, vê seu pai no balanço do jardim, junto dos lindos hibiscos que sua mãe havia plantado tantos anos antes.

Ela veste uma roupa confortável, passa pela cozinha, pega uma coca-cola da geladeira e sai para o jardim. Sorri ao ver que o pai a observava.

Aproxima-se dele e, divertindo-se ao comprovar que estava ouvindo música, diz baixinho:

— Nossa, papai. Não sabia que você usava meu presente de Natal. — Ao ouvir quem cantava, ela ri. — Alejandro Fernández, ora, ora… vejo que gostou do show de ontem.

Manuel sorri e abre espaço para a filha no balanço.

— Como foi na feira? — ele pergunta.

— Como sempre, incrível.

— E sua irmã?

Judith dá um gole na coca-cola e responde:

— Ficou na feira com Juan Alberto e as crianças.

— E você, que é a maior festeira de todas, o que está fazendo em casa tão cedo?

— Eric e Hannah estavam cansados, e prefiro guardar forças para o fim de semana.

Manuel assente e, olhando para a filha, acrescenta:

— Não vai me contar o que está acontecendo com Eric?

Ao ouvir isso, Judith revira os olhos. Quando ia dizer de novo que não estava acontecendo nada, vê como ele a observava. Finalmente, diz:

— Não é grave, papai. É só uma discussão.

O homem assente e, depois de um golinho de conhaque, apoia a cabeça no balanço e murmura:

— Sei que Eric não gostaria de saber que você voltou pra casa outra noite no carro de um homem, e não com a sua irmã.

— Papai, não seja antiquado. Não aconteceu nada — protesta ela, sentindo-se culpada.

— Sabe, moreninha? Sua mãe e eu discutíamos todos os dias. Havia momentos em que ela me tirava tanto do sério que... Nossa, como era cabeça-dura! — Sorri. — E, quando não era ela, era eu. Nossos temperamentos se chocavam continuamente. Imagine uma catalã e um andaluz. — Ambos sorriem, e ele sussurra: — Mas eu daria o que fosse pra ela continuar ao meu lado com sua cabeça-dura.

— Papai...

— Escuta, querida, a vida conjugal é feita de momentos bons e ruins. Se os ruins são tão terríveis que você é incapaz de superar, o melhor é cortar o mal enquanto é tempo e parar de sofrer, por mais difícil que seja; mas se nada é tão terrível... Meu conselho é que você não deixe de aproveitar nem um só dia da sua vida, porque nosso tempo neste mundo é limitado e, quando você não tiver essa pessoa que adora, vai se arrepender de ter desperdiçado seu tempo com aborrecimentos e cara feia.

Judith sorri. Seu pai sempre acertava no ponto.

— Você tem razão, papai, mas às vezes, mesmo sabendo que a gente não pode viver sem essa pessoa, a raiva deixa a gente sem ação e...

— Não permita que a raiva faça isso com você — corta Manuel. — Seja esperta e aproveite cada instante da sua vida, porque nunca... nunca vai recuperar os momentos perdidos. Virão outros instantes, mas aqueles nunca serão recuperados. Olha, não sei o que aconteceu entre Eric e você, nem quero saber, mas sei que vocês se amam. Só tenho que ver os dois juntos para compreender a conexão que existe entre vocês. Ou por acaso você não quer ficar com ele?

Judith suspira e, sorrindo, murmura:

— Papai, eu amo Eric loucamente.

Ao ouvir isso, Manuel se tranquiliza. Se ele a adorava e ela o adorava, o problema tinha solução. Sorrindo, ele confidencia:

— Os homens são complicados, filha. Falam isso das mulheres, mas também temos nossas coisinhas. E sabe de uma coisa? Não há nada que um homem goste mais do que de uma mulher difícil. Mas, cuidado, não seja difícil demais, porque você pode perder a batalha.

— Como conselheiro matrimonial você não tem preço, papai! — brinca Judith.

Ambos riem e, aproveitando o momento, ela pergunta:

— Bom, e você e Pachuca?

Manuel fica vermelho como um tomate. Sua filha o encara e diz baixinho:

— Escuta, papai. Sei que você amava mamãe e que vai continuar amando pelo resto da vida, mas já se passou muito tempo desde que ela morreu e eu entendo que você siga em frente com sua vida. Por isso, seja lá o que você tem com Pachuca, não vejo problema, e garanto que Raquel também não. Aliás, é melhor tornar isso público, senão ela vai usar seus dotes de investigadora e pegar vocês na cama um dia.

63

Continuo sem enjoos matinais, embora à noite meu estômago fique embrulhado. Mas, claro, do jeito que eu danço todos os dias na feira, só podia embrulhar!

Para minha desgraça, quanto melhor o presunto cru, pior é para mim: o cheiro me faz passar mal.

Por que sou tão azarada? Não poderia enjoar com alface?

Às seis da tarde, eu e Luz levamos as crianças para o parque de diversões, e elas se divertem. Gosto de observá-las. Quando sorriem vejo que são felizes e isso, para mim, é um grande motivo de alegria.

Eric não me liga. Só envia mensagens para perguntar se está tudo bem. Eu, lacônica, respondo "sim" ou "não".

Estou morrendo de vontade de ouvir sua voz, e tenho certeza de que ele quer ouvir a minha, mas tenho tanta vergonha de falar o que aconteceu com Gonzalo que não mexo um dedo para ligar pra ele. Não quero mentir. Se eu ligar e esconder meu erro, vou me sentir péssima. Por isso, decido deixar a conversa para quando eu voltar a Munique. Também vou precisar ser perdoada.

No parque, observo minha sobrinha Luz. Ela já é uma moça linda, e fico boquiaberta ao ver como se comporta entre os jovens da sua idade. Eles a observam fascinados.

Onde se meteu a menina que jogava futebol e dizia palavrões?

Sorrio ao me dar conta do que minha irmã vai padecer com Luz. A garota se aproxima de mim com seu vestido de flamenca azul-celeste e branco e diz a um rapaz que olha para ela abobado:

— Você é o fim da picada, Pepe.

Dou risada, mas não pergunto o que aconteceu. Melhor não saber.

— Mas, maricooooooooota, o que está fazendo aqui, *miarma*?

Ao ouvir o grito, dou meia-volta e vejo meu amigo Sebas. Como sempre, está impecável, vestido e penteado. Nós nos abraçamos, e em seguida ele me pergunta, olhando para os lados:

— Onde está o gostosão do Ken?

Solto uma gargalhada.

— Em Munique. Não pôde vir.

Sebas suspira e, com uma piscadinha para mim, cochicha:

— Que pena. Mais uma vez meus olhos verdes são privados daquele deus grego loiro e sedutor.

Durante um tempo, conversamos sobre mil coisas. Cada vez que vê passar um cara bonito, Sebas pisca para mim e grita:

— Tesouro, vem aqui que eu te desenterro!

Divertindo-me, observo como os outros olham para ele. Sebas é uma figura.

Agora que está solteiro de novo, faz o que bem entende e que se dane o que os outros pensam, como ele sempre diz. Meus filhos continuam dando voltas nos carrinhos até que, de repente, passa um andaluz bonito todo arrumado como Sebas e, quando olha para nós, meu amigo diz:

— Preciso te deixar, *miarma*. O dever me chama.

Consciente do que ele chama "dever", agarro Sebas pelo braço e cochicho, brincando:

— Que cavalo espanhol você encontrou, hein?

— Ele tem classe e sabe o que é bom, menina — Sebas afirma, com uma piscadinha.

Sorrimos e, segundos depois, ele vai atrás do rapaz. Sem dúvida, vai se divertir mais que eu.

Quando as crianças deixam os carrinhos e entramos no estande onde sei que estão nos esperando, vejo que Raquel caminha até mim. Ela pega minha mão e diz:

— Confirmado. Papai e a Pachuca, juntos!

Olho para onde seus olhos indicam e sorrio ao ver meu pai com aquela grande amiga da vida inteira, em meio a uma dança típica, mais melosos um com o outro que o normal.

Caramba... Meu pai não dorme no ponto!

Gosto de ver que nossa conversa serviu para alguma coisa. Em seguida, olhando para minha irmã, pergunto:

— Raquel, papai está viúvo há muitos anos e merece ter alguém ao seu lado pra alegrar os dias, assim como você e eu. Onde está o problema?

Minha irmã exagerada treme o queixo. Sei que é difícil ver meu pai com outra mulher. Tudo bem... eu a entendo, mas pensando no meu pai e sem dar opção para a chorona contestar, prossigo:

— Escuta, você se apaixonou pelo Jesús, casou e o amor acabou. Quando se separou e ficou sozinha, dizia que sua vida era insossa e patética, até que, um dia, apareceu seu casinho selvagem. Você acha que não valeu a pena dar essa oportunidade a você mesma?

— Ai, fofa... claro que valeu.

— Papai também merece uma nova oportunidade no amor, Raquel. Ambas sabemos que ele vai amar a mamãe pelo resto da vida e que vai se lembrar dela por meio de nós e de mil coisas mais, mas ele precisa de alguém ao seu lado, assim como eu, você e meia humanidade. E se essa mulher é a Pachuca, alguém que sempre gostou da gente e que sabemos que é boa e que vai cuidar do papai, você não acha que deveríamos estar contentes?

Raquel olha para eles. Seu queixo continua tremendo, até que, finalmente, ela faz que sim.

— Você tem razão. Claro que sim! Quem melhor que Pachuca?

Sorrio. Adoro minha irmã e, abraçando-a, eu afirmo:

— Exato, bobinha, não há ninguém melhor para ele do que Pachuca.

Ainda estamos abraçadas quando meu pai, que parou de dançar, aproxima-se de nós com a namorada. Assim que a vê, Raquel passa dos meus braços aos dela e murmura, fazendo todos nós rirmos:

— Bem-vinda à família, Pachuca.

Muito feliz, a mulher olha para mim, que dou uma piscadinha. Em seguida, enquanto abraça minha irmã, ela murmura:

— Obrigada.

Em seguida, meu pai me abraça, dá um beijo na minha testa e diz com os olhos em mim:

— Parei de perder meus momentos, agora é sua vez.

Concordo. Ele tem razão. Mas tenho que voltar a Munique para resolver uma bela dor de cabeça.

É noite de quinta, a feira está pegando fogo e eu danço como uma louca. Chegam mais amigos que fazia muito tempo que eu não via, e os reencontros são divertidos e cheios de felicidade.

De onde estou, observo meu pai com Pachuca, ocupando-se de Eric e Hannah. Fico feliz de ver todos juntos.

Uma hora depois, após muita dança com meus amigos, pedimos algo para comer e, rapidamente, colocam diante de nós tomatinhos, queijo curado, batatas, atum, sopa de legumes, lula frita e presunto cru.

Tudo parece maravilhoso, mas, quando olho para o presunto, meu estômago dá um salto e xingo em pensamento. Por que tenho que ficar enjoada?

538

Minha irmã se aproxima de mim e, ao ver que tenho um copo na mão, ela me olha feio. Cochicho, para que ninguém me ouça:

— É a mais pura coca-cola.

Raquel faz que sim, tira o copo das minhas mãos, dá um gole e, após comprovar que estou falando a verdade e antes que eu proteste, replica:

— Olha, fofa. Tem um bebezinho dentro da sua barriga e, se eu ficar sabendo que você tomou alguma coisa com álcool, juro que você vai engolir o copo.

— Shhh — reclamo, encarando minha irmã. — Você quer calar a boca e ser discreta? E, antes que continue surtando, se tenho um copo nas mãos é pra não levantar suspeitas. Se eu não beber, as pessoas vão perguntar e não quero mentir.

Minha irmã se contenta e, depois de me olhar com sua pior cara, repete:

— Fique avisada.

Quando se afasta com o marido, eu brindo e rio com meus amigos. Enquanto circulam garrafas de Canasta, Solera e Pedro Ximénez, começamos a bater palmas e a cantar "*Vámonos, vámonos, pa Jerez, pa Jerez, de la Frontera, que la feria del caballo llega en mayo como flor de primavera*".

Meu Deus, como eu me divirto com eles. É disso que preciso para reunir forças. Ainda estou cantando quando ouço gritarem:

— Vovô!

Essa voz...

Ao me virar, fico perplexa ao ver Flyn, que corre em direção a meu pai.

Pisco... pisco e, apertando o copo que tenho nas mãos, volto a piscar. Confirmo que o que estou vendo é realidade, e não uma alucinação. Logo ouço minha sobrinha Luz dizer ao meu lado:

— Cara, é o Jackie Chan Zimmerman em pessoa. — Antes que eu possa reagir, ela solta: — Vou dizer pro merdinha que, se ele acha que fiquei chateada por ter me bloqueado no Facebook, está muito enganado... Tio Eric!

Ouvir "Tio Eric" me deixa sem ar.

Ai, é agora... Vou ter um troço de verdade!

Eric está mesmo aqui?

Olhando na direção para onde minha sobrinha correu, encontro o amor da minha vida junto do meu pai e de Pachuca, pegando Eric e Hannah, enquanto Flyn beija minha irmã e meu cunhado. Minha respiração acelera e paro de ouvir tudo o que está soando ao meu redor. Já não ouço meus amigos cantarem, nem as palmas, nem os violões, nem nada. Só a batida enlouquecida do meu coração.

Eric. Meu Eric está em Jerez.

Gosto da ideia, muito, mas rapidamente isso me deixa perdida. O que ele está fazendo aqui? Ainda não pensei em como vou dizer o que fiz, não estou preparada para isso.

Enquanto observo meu cunhado e minha irmã o cumprimentarem com afeto, meus hormônios se revoltam e sinto calor. Começo a suar loucamente quando tomo consciência de que ele me localizou e não afasta o olhar de mim.

Ai, que falta de ar!

Minha irmã vem até mim e murmura com toda a dissimulação de que é capaz:

— Ai, fofinha... ele veio.

Sim... sim... Meu pescoço começa a coçar e eu meto a mão nele. Minha irmã segura minha mão e me entrega uma tacinha de vinho La Ina.

— Beba. Esta aqui o bebezinho perdoa.

Faço que sim, mais de uma vez. Pego a taça que minha irmã me entrega e bebo de um gole só. Deus, que delícia!

— Anda. Agora respira. Eric, seu marido, está aqui e...

— Meu Deus, Raquel... — interrompo. — Eric veio e não estou preparada. — Ao ver como umas moças nos observam ao fundo do estande, acrescento num sussurro nervoso: — Nem estou preparada para ver como elas olham pra ele. Se continuarem assim, vou arrancar o coque da cabeça delas.

— Fofa... relaxa, que eu te conheço. Em cinco minutos, isso tudo passa.

Ela tem razão. Sem dúvida, a gravidez mexe loucamente com meus hormônios e a presença de Eric mexe loucamente comigo.

Penso rapidamente no que fazer e, quando acho que tenho uma boa ideia, digo:

— Eric não pode suspeitar da minha gravidez, então não me deixa chegar perto de presunto cru e faz de tudo pra que eu tenha um copo do que seja na mão.

— Mas, Judith... você não pode beber mais!

— Não vou beber — sussurro vendo que Eric não desvia os olhos de mim. — Mas pelo menos assim ele não vai suspeitar nem vai perguntar por que não estou bebendo em plena feira... Eric é muito esperto, Raquel.

— Tá... tá... vou ser sua fornecedora de bebidas.

— Tenho que fazer com que acredite que estou muito contente, assim não vai querer falar comigo dos... nossos problemas.

— Ai, mãe do céu... ai, mãe do céu... — suspira minha irmã.

540

Ao olhar para o grupo, vejo que Flyn também me viu e faz menção de se aproximar de mim, mas então me dou conta de que meu pai o detém enquanto Eric se aproxima.

— Desculpa, fofa... mas você vai ter que enfrentar o touro sozinha — murmura minha irmã, afastando-se rapidamente de mim.

Quero falar, quero respirar, mas estou tão atônita com a presença dele aqui depois de uma semana sem vê-lo que devo parecer um peixinho abrindo e fechando a boca.

Eric, que é pura sensualidade vestido com uma camisa branca e calça jeans, se aproxima... se aproxima... e se aproxima. Quando já está bem na minha frente, só me ocorre dizer:

— Oi, babaca.

Droga, fui eu que disse isso?

Minha mãe... Quero morrer!

Devo parecer meio bêbada, não mal-educada.

Malditos hormônios!

Por que o cumprimentei assim?

Por sorte, a expressão séria de Eric não muda. Ele veio preparado para isso e muito mais. Quando vejo que sua mão vai direto para minha cintura, murmuro:

— Nem pense nisso.

Ele sorri e, sem olhar para trás, o grande canalha cochicha enquanto dá uma olhada nos meus amigos:

— Querida, metade da feira está olhando pra nós. Quer começar um boato que vai dar dor de cabeça ao seu pai?

Não. Não quero. Por esse motivo, deixo que ele me aproxime de si e me beije.

Ai, Deus, que momento!

Uno meus lábios aos dele e, de repente, uma embriaguez venenosa entra no meu corpo e tomo consciência de que Eric é meu lar. Minha casa. Fecho os olhos e aproveito o beijo apaixonado que o amor da minha vida me dá diante de centenas de olhos que nos observam curiosos. Quando ele se separa de mim, meus amigos aplaudem e assobiam. Sou uma boba. Só posso murmurar:

— Tá... tá...

Nesse instante, Fernando, Rocío e os amigos que o conhecem se aproximam para cumprimentá-lo. Meus olhos e os de Gonzalo se encontram, mas ele nem se abala. Dá por certo que aquele grandalhão loiro é meu marido e não quer problemas. Agradeço.

Eric cumprimenta meus amigos e então olha para o copo que tenho nas mãos e pergunta:

— O que você está bebendo?

— Neste momento, um Solera.

Eric balança a cabeça e, quando vai pedir um uísque, meus amigos o animam a tomar um Tío Pepe.

A ocasião merece!

A festa segue. Tento continuar com meu grupo barulhento, mas nada é igual. Eric está aqui tentando se integrar a algo de que sei que ele não gosta.

Durante meia hora ele fica com a gente, até que vejo em seu rosto que não aguenta mais e se afasta para se sentar com meu pai e as crianças. Coitado!

Minha irmã, que se uniu à farra, a cada quinze minutos me traz uma bebida, tal como combinamos. Seguro o copo, consciente de como Eric me olha, mas, quando ele dirige a vista para o outro lado, eu o esvazio numa planta de plástico ao meu lado.

A noite avança e mil copinhos passam pelas minhas mãos. Estou rindo da história de um amigo quando ouço:

— Não acha que está bebendo demais?

Sua proximidade e sua voz rapidamente me enlouquecem. Olhando-o com um dos meus sorrisos espetaculares, respondo, fingindo-me de embriagada:

— Não se preocupa, estou no controle.

Eric faz que sim, com um olhar que me deixa saber que ele não gosta que eu beba tanto. Ele dá uma volta e reaparece com meu pai.

Que bom! Estou conseguindo enganar Eric.

Meus amigos pedem outra rodada de comida. Afinal, quem quer beber tem que comer. A questão é que, azarada que sou, deixam o presunto cru bem na minha frente. O cheiro maravilhoso que desprende dele e que agora não posso tolerar inunda minhas narinas e meu estômago dá um salto.

Ai, ai, ai… vou vomitar!

Rapidamente, levo a mão à boca e, antes que alguém possa fazer qualquer coisa, pego uma garrafinha de água e saio do estande com pressa. Em seguida, num canto onde não há ninguém, dou uma bela vomitada.

Não passam nem dois segundos e meu alemão já está atrás de mim, segurando-me e se preocupando comigo.

Quando, por fim, paro, pego o guardanapo que Eric me estende. Limpo a boca, abro a garrafinha de água que tenho nas mãos e enxaguo a boca.

— Coitado do presunto — murmuro.

Eric afasta meu cabelo do rosto, sustenta-me ante minha fragilidade e diz, olhando para mim:

— Acho que por hoje você bebeu o bastante.

Sem poder remediar, sorrio. Se ele soubesse que não bebi nada além de água e coca-cola — e uma tacinha de vinho para os nervos —, surtaria. Disposta a sustentar a farsa, eu me faço de ébria.

— Do que está falando? A noite é uma criança!

Eric acena com a cabeça. É evidente que não pensa como eu e, quando vai dizer algo, minha irmã Raquel chega até nós com a cara séria. Eric me pega nos braços e pede a ela:

— Raquel, você pode ficar com Eric e Hannah? — Minha irmã confirma e ele acrescenta: — Obrigado. Diga ao seu pai que Judith foi comigo para a Vila Moreninha.

— Não… não… não… nem morta! — replico.

Minha irmã me olha. Olho para ela. Não posso ficar a sós com Eric ou vou ter que contar tudo sem estar preparada. Assustada, tento me safar de seus braços. Raquel murmura, aproximando-se de mim:

— Aiii, fofa… mas o que você bebeu?

— Tudo — grunhe Eric.

Ao ouvi-lo, minha irmã sorri e diz:

— É melhor você levar Jud e colocar a fofa direto na cama, até a bebedeira passar.

— Sim, é melhor — afirma Eric.

A louca da minha irmã pisca para mim. Mas que bruxa!

Quando chegamos à linda BMW cinza-claro que não conheço, brinco:

— Que sagacidade, Iceman! Alugou um carro bem discreto!

Eric não responde. Abre o carro e me coloca sentada no banco do carona. Ao fazer isso, a flor que levo na cabeça afrouxa e cai na minha testa. Rapidamente ele põe o cinto de segurança em mim e fecha a porta.

Em silêncio, vejo Eric dar a volta no carro e se sentar ao meu lado. Depois que põe o cinto, olho para ele e digo:

— Você acabou de cortar meu barato, coleguinha. Estamos na feira e quero me divertir.

Eric não responde. Arranca e eu me apresso a ligar o rádio. Preciso de música e me concentro em encher os ouvidos dele com meus gritos.

Por sorte, a Vila Moreninha não fica muito longe da feira e, quando Eric usa o controle para abrir as portas da nossa bonita mansão, assobio e pergunto:

— Você não trouxe Susto e Calamar, né?

— Não — responde Eric, com um meio sorriso.

543

Resmungo. Fantástico.

Ele estaciona e eu tiro o cinto. No momento em que vou sair do carro, Eric me detém e, com expressão séria, diz:

— Não se mexa. Eu ajudo você.

Ai, coitado. Acredita mesmo que estou bêbada?

Sou uma boa atriz ou não sou?

Sem me mover, espero que ele me tire do carro e, agarrada a ele, caminhamos até a casa. Seu cheiro, sua proximidade e suas mãos na minha cintura me excitam. Eric abre a porta e entramos. Desejando seu contato, eu o abraço. Aprisiono-o contra a porta da entrada e murmuro:

— Tá bom. Estou meio bêbada com tanto vinho vai e vinho vem.

— Só meio?

Suas palavras me fazem rir e, com um sorriso maquiavélico, pergunto, sentindo minha vagina se lubrificar com a proximidade dele:

— Você vai se aproveitar de mim? Vai tirar minha roupa, arrancar minha calcinha e fazer tudo o que está com vontade de fazer? Porque isso seria ruim... muito ruim...

Ele fica me olhando. Sem dúvida, tem vontade, mas responde:

— Não, querida. Só vou levar você pra cama.

Sorrio. Até parece que é nisso que ele está pensando. Aproximando minha boca da sua, passo meus lábios pelos seus com desespero e sussurro, para deixá-lo tão atacado como estou:

— Não quer me comer?

— Jud...

— Não quer abrir minhas pernas e meter sem parar até me fazer gritar de prazer?

Ele não responde; não consegue. Enfeitiçada pelo que me faz sentir, acrescento:

— Você seria um menino muito mau caso se aproveitasse de mim, não acha?

Eric não se move. Não desvia os olhos de mim. Gostando dessa proximidade de que tanto preciso, com todo o descaramento do mundo, levo a mão até o volume entre suas pernas. Tocando-o, eu murmuro:

— Você me deseja... eu te conheço, babaca... você me deseja.

A respiração de Eric fica irregular. Ele fecha os olhos até que, de repente, agarra minha mão, afasta da ereção pulsante e, pegando-me pelos braços, diz:

— Pra cama. Não quero passar o dia de amanhã me sentindo ainda mais culpado.

544

Dou risada. Largo o corpo para trás, e Eric tem que fazer malabarismos para que não terminemos estatelados no chão.

Sem acender as luzes, chegamos ao quarto, esse quarto tão lindo no qual curtimos tanto fazendo amor. Em seguida, sentando-me na cama, ele diz, depois de tirar minhas botas:

— Deita, querida.

Meu corpo aceso se nega a dar ouvidos a ele e, olhando-o com a flor em cima do olho, murmuro, mexendo-me como uma bêbada:

— Tenho que tirar o vestido. — Enrugando o nariz, acrescento: — Está fedendo a vômito, não está?

Eric dá uma olhada na mancha enorme que tenho sobre o seio direito e, suspirando, se dá por vencido.

Ele me levanta, vira e começa a abrir o zíper. Como em outras ocasiões, sei que seus olhos estão cravados nas minhas costas e, quando o zíper chega até embaixo, deixo que o vestido deslize pelo meu corpo. Em seguida, eu me viro e olho para ele, vestida apenas de calcinha e sutiã.

— Me beija… — sussurro.

Eric pensa novamente… pensa e pensa. O que eu pedi deve ser uma urgência para ele, porque aproximar seus lábios dos meus e me beija.

Meu corpo seminu se cola ao seu.

Deus… que prazer!

Mais que depressa eu me moldo a ele e, quando sua língua devora todos os cantinhos da minha boca e suas mãos rodeiam minha cintura, dou um salto, enlaço minhas pernas em sua cintura e, tão logo sinto que me segura, o ataco. Eu o devoro como uma tigresa.

O calor inunda meu corpo e eu o beijo possessivamente, com devoção e necessidade, enquanto sou sustentada por suas grandes mãos e sinto sua respiração acelerar mais e mais a cada segundo.

Ele me deseja. Eu sei. Eric me deseja tanto quanto eu o desejo.

Passados alguns minutos, quando nossas bocas se separam para tomar ar, na escuridão do quarto, eu murmuro tirando a merda da flor do cabelo, que ameaça a nos deixar caolhos:

— Eric… eu quero agora!

Ele pensa na minha proposta. Não sabe o que fazer. Finalmente, me solta e diz:

— Não, Jud. É melhor você se deitar e dormir.

Tento abraçá-lo de novo, mas ele me para e repete:

— Amanhã, quando conversarmos, se você estiver de acordo, faço amor com você, mas agora não. Não quero que me jogue na cara que forcei você porque está bêbada. Não quero piorar as coisas, querida.

Ouvir isso faz meus olhos se encherem de lágrimas. Também estraguei as coisas e continuo estragando, com essa mentira absurda. Envergonhada, eu me deito na cama e não digo mais nada.

Eric senta-se na poltrona na frente da cama. Em silêncio, eu o observo através das minhas pestanas durante um bom tempo. Eric me olha, me olha e me olha, e sei que está pensando no que me falar no dia seguinte. Ficamos assim até que caio nos braços de Morfeu.

Quando a luz entra pela janela, abro os olhos e olho em volta. Tomo consciência de onde estou. Eric não está no quarto. Olho para mim mesma e vejo que continuo de calcinha e sutiã. Xingo, xingo e xingo. O que eu fiz?

Estou perdida em dúvidas quando a porta se abre e o homem que faz meu sangue ferver em todos os sentidos aparece, tão lindo como sempre como uma bandeja de café da manhã.

— Bom dia, pequena — ele diz com um sorriso.

Sua alegria me fere. Sou uma péssima pessoa. Como posso enganá-lo assim? Cobrindo-me com o lençol, eu pergunto, para disfarçar:

— Você pode me dizer o que estou fazendo aqui?

Eric rapidamente deixa a bandeja de café da manhã sobre a mesa de cabeceira, observa-me por alguns instantes e responde com tranquilidade:

— Escuta, querida, ontem você passou mal na feira, vomitou e eu te trouxe pra casa, mas juro que não fiz nada.

Olho, olho e olho. Sei que ele não me fez nada, mas, interpretando meu papel, pergunto:

— Você tem certeza?

— Absoluta — ele se apressa a confirmar.

— E por que estou sem roupa?

Eric pega meu vestido de flamenca, que está um nojo, e mostra a mancha quando fala:

— Porque cheirava a vômito.

De repente, eu me fixo na camiseta que ele está vestindo. É a que eu comprei para ele no Rastro de Madri, aquela que traz escrito "O melhor de Madri... você".

— Quanto tempo fazia que você não vestia essa camiseta? — pergunto, tentando não me emocionar.

546

Ele sorri. Senta-se na cama e, afastando meu cabelo do rosto, responde:

— Tempo demais.

Sua voz e a maneira como me olha mostram que posso fazer com ele o que eu quiser. Quando vê que não digo nada, declara:

— Escuta, querida, estou aqui porque não posso ficar sem você e garanto que vou fazer todo o possível pra que nossas recordações inundem sua mente e você esqueça o que nunca deveria ter acontecido. — Sem me dar tempo para responder, ele acrescenta: — Falei com seu pai e sua irmã e eles vão ficar com as crianças até amanhã, quando voltarmos.

— O quê?! Como assim, até amanhã, quando voltarmos?

Eric sorri e, apontando uma sacola sobre a poltrona, ele fala ao mesmo tempo que pega a bandeja do café da manhã para deixá-la na minha frente.

— Come. Depois coloca a roupa que Juan Alberto trouxe pra você e, se ainda me amar e acreditar que nossa relação vale a pena, gostaria que você me acompanhasse a um lugar.

Minha respiração acelera. Claro que o amo e acho que nossa relação vale a pena, mas o que tenho que contar a ele estraga esse momento tão lindo.

— Eric... — digo —, temos que conversar e...

Ele põe a mão sobre minha boca e não me deixa continuar.

— Vamos conversar — assegura. — Claro que vamos, mas hoje me deixa fazer você recordar.

Aceito. Com isso ele já me ganhou, e decido me deixar levar. Eric sai do quarto.

Quando termino o café da manhã, que, aliás, estava maravilhoso, levanto, tomo uma chuveirada rapidinha e me visto. Minha irmã me mandou um jeans, uma camiseta, tênis e uma jaqueta. Para onde vamos?

Quando chego à mesa de jantar, Eric está esperando por mim. Está informal, como eu, e, pegando-me pela mão, pisca e murmura:

— Preparada?

Fico até meio boba de ver sua vontade de me agradar.

— Sim — afirmo sorrindo.

Saímos de mãos dadas, entramos no carro e, quando ele dá partida, soa a voz do meu Alejandro Sanz. Sorrindo, Eric diz:

— Uma vez, uma jovenzinha linda me disse que quem canta seus males espanta.

Suas palavras me fazem sorrir. Sem dúvida, Eric sabe como fazer isso. Quando, vinte minutos depois, pegamos a estrada e vejo uma placa, solto, surpresa:

— Não me diga que a gente vai para Zahara de los Atunes...

Ele acena, sorri e murmura:

— Acertou.

Muito contente, eu me arrumo no banco do carro e sorrio por estar indo para esse lugar lindo.

Uma hora depois, quando chegamos, deixamos o carro em um estacionamento na praia. É o mesmo lugar onde deixei o carro na noite em que saí com Frida há anos e tive que dar uma surra em uns bêbados. Lembrando isso, Eric e eu damos risada e, de mãos dadas, vamos até um restaurante da região.

Caminhamos pela rua e passamos ao lado de uma floricultura, então paro para olhar as flores. São hibiscos, a flor que meu pai tem no jardim de casa e que adoro.

— O que você está olhando?

Ao ouvir a voz de Eric, mostro as flores coloridas.

— Essas flores... minha mãe as plantou no jardim de casa há muitos anos e, ainda hoje, continuam lá, desabrochando.

— São muito bonitas — afirma Eric.

Nós dois sorrimos. Então meu loiro se aproxima do florista, que nos olha, e diz:

— Um buquê de hibiscos para minha esposa, por favor.

O florista, um homem mais velho, me olha com um sorriso e pergunta:

— De alguma cor especial?

Feliz pela delicadeza, sorrio e afirmo:

— Vermelha.

O homem faz um buquê bonito com os hibiscos vermelhos. Feliz, olho para Eric e murmuro com o coração a mil por hora:

— Obrigada.

Meu amor me olha, me olha e me olha. Sei que deseja me beijar tanto quanto eu desejo beijá-lo, mas não se atreve. Está esperando que eu dê o primeiro passo, mas, por enquanto, fico na minha. É melhor que a gente converse antes.

Dez minutos depois, com um lindo buquê de hibiscos vermelhos nas mãos, nós nos dirigimos a um restaurante. Ali comemos um delicioso cação frito com molho e uma maionese espetacular, então Eric propõe pedir uma porção de presunto cru. Só de ouvir a palavra "presunto" meu estômago já embrulha e, do jeito que posso, tiro a ideia de sua cabeça. Ele me olha surpreso, mas não insiste. Está claro que não quer me contrariar.

Quando terminamos de comer, tiramos os sapatos e caminhamos pela praia. Eric se propôs a me fazer recordar nossos lindos momentos e, assim que

548

me fala do Moroccio e de quando eu me fiz passar por sua mulher e comi um monte com meu amigo Nacho, deixando a conta para ele, nós dois rimos. Que momento!

Lembramos instantes impagáveis, como quando minha irmã entrou na minha casa em Madri com minha sobrinha e nos pegou no flagra no corredor, e a pequenina Luz nos deu um sermão, ou quando o enganei no circuito de Jerez, fazendo-o acreditar que eu não sabia pilotar uma moto.

Lembranças...

Lembranças lindas nos inundam e não podemos deixar de falar delas. Deixo o buquê na areia e nos sentamos na praia. Lembramos de novo, aos risos, da gravidez complicada que tive do pequeno Eric e da primeira vez que vimos a carinha dele e de Hannah, e de quando Flyn deu seu primeiro salto na moto.

Que lembranças lindas!

Também pensamos em Björn e Mel, e em suas facetas de James Bond e namorada do Thor. Como eram engraçados!

Tudo de que nos lembramos foram momentos únicos e inigualáveis que nos fizeram felizes. Com isso, meu bom humor cresce, cresce e cresce, até que não aguento mais e, sem aviso prévio, eu me sento sobre o colo dele com uma perna para cada lado e, aproximando sua boca da minha, beijo-o. Com desejo e amor.

Preciso de sua proximidade...

Preciso de sua boca...

Preciso do meu amor...

Diferente da noite anterior, Eric não recusa nada do que peço ou lhe ofereço e, encantada, eu aproveito, sentindo aquelas memórias que nunca mais vão se repetir e que fizeram a gente se reencontrar.

Beijos... beijos... centenas de beijos se apoderam de nós e, quando paramos, Eric me olha com seus lindos olhos celestes e murmura:

— Eu nunca trairia você, meu amor. Te amo tanto que, para mim, é impossível estar com outra. Garanto que o que passou com Ginebra é a última coisa que eu teria desejado que acontecesse.

— Eu sei... eu sei, meu amor — murmuro ao enredar os dedos em seus cabelos loiros e me perder em seu olhar.

Ai, Deus, como senti falta disso!

— Fui um idiota ao não me dar conta do plano dela. Frida tinha razão. Acreditei que Ginebra havia mudado, mas estava errado. Continua jogando sujo. Sujo demais. Ela me usou sem permissão e fez mal a você. Só posso te pedir perdão pelo resto da minha vida pelo que viu e nunca deveria ter acontecido. — Eric pega minha mão e prossegue: — Esta semana fui a Chicago e encontrei os dois.

— Você foi a Chicago? — Eric confirma e eu pergunto: — Por quê?

Ele meneia a cabeça e, depois de pensar na resposta, diz:

— Porque eu queria causar o mesmo mal que causaram a nós. Ao chegar, encontrei Ginebra internada em péssimo estado, mas nem liguei: disse a Félix o que tinha pra dizer sem me importar com seus sentimentos, assim como ele não se importou com os meus.

Ouvir isso me tira de mim. Estou com Eric: se os tivesse visto, teria feito a mesma coisa.

Aquela mulher horrorosa e seu marido cretino usaram a mim e Eric do jeito que quiseram para um fim que nunca vou perdoar. As questões pessoais não me interessam, como eles não se interessaram pelas minhas. É duro dizer isso, mas é o que penso.

Estar na posição de Eric não deve ser fácil.

Eu não gostaria que nenhum homem me drogasse pelo simples fato de querer me comer sem levar em conta meus sentimentos e meus desejos. Odeio Ginebra e Félix e vai ser assim pelo resto da minha vida.

Mas, como desejo deixar de lado o que tanto sofrimento causou a mim e ao meu marido, sorrio e murmuro:

— Escuta, meu amor, não tenho nada para perdoar. Como me disse uma grande amiga, as coisas que valem a pena na vida nunca são fáceis. Vamos esquecer essas pessoas horríveis. O quanto nos amamos, nossas lembranças e os momentos juntos são muito mais fortes e verdadeiros do que qualquer coisa que possa ter acontecido.

— Eu te amo...

— Eu também te amo, Eric, mas fiquei obcecada por aquilo que vi, sem me colocar no seu lugar nem por um instante. Fiquei louca. Ver vocês se beijando, se...

— Sinto muito, meu amor... sinto mesmo — ele murmura, encostando sua testa à minha para me calar.

Sentados na areia, nós nos abraçamos.

Nossos corpos unidos são capazes de se recompor.

Nossas almas unidas são capazes de se amar.

E nossos corações unidos são capazes de conseguir o inimaginável.

Só precisamos nos abraçar, nos entender e dialogar. Só isso.

Dou-lhe um beijo apaixonado. Ele me beija de volta. Nós nos devoramos, famintos de carinho, amor, doçura, e tenho consciência de que agora sou eu quem tem algo a confessar. Disposta a fazer isso, murmuro, sentindo-o ainda com o nariz nos meus cabelos:

— Eric, eu tenho que...

Ele põe a mão na minha boca e, encarando-me, diz:

— Estou morrendo de vontade de fazer amor com você e, mesmo que não me importa que me olhem, podemos terminar presos por atentado ao pudor. — Rio diante disso, e ele acrescenta: — Atrás de nós há um hotel e...

— Sim — afirmo, categórica.

Rapidamente nos levantamos. Sabemos o que queremos. Assim que apanho o lindo buquê de hibiscos, meu amor me pega em seus braços e, fazendo-me rir, corre para o hotel. Sem dúvida, está com tanto desejo quanto eu.

Na recepção, ele pede uma suíte para a noite. O recepcionista olha no computador e ambos sorrimos quando nos entrega os papéis para assinarmos. Mostramos nossas identidades e ele nos dá um cartão com o número trezentos e vinte e seis. Caminhamos para o elevador. Uma vez lá dentro, começamos a nos beijar, em uma preparação para o quarto. A urgência nos domina.

Ao fechar a porta, jogo o ramo de flores sobre a cama e começamos a tirar as roupas sem que nossas bocas famintas se separem.

Nós nos beijamos e nos devoramos até que Eric para e me mostra algo, dizendo:

— É seu. Coloca.

Ao ver meu lindo anel, sorrio. Pego e, sem duvidar, coloco no dedo. Então, Eric arranca minha calcinha num puxão.

— Agora, sim, pequena. Voltamos a ser você e eu.

Entre risos, caímos sobre a cama e sinto as mãos dele percorrerem meu corpo e se deterem nos meus seios, acabando entre minhas pernas.

A gente se olha. A gente se tenta. A gente se provoca. Quando Eric arranca um hibisco do buquê e começa a passar a flor suavemente pelo meu corpo, eu ofego, ofego e ofego, e mergulho no momento.

Sem parar, ele a passeia por todo o meu ser e, quando noto que o cabinho roça meu sexo, abro a boca para tomar ar. Nossos olhares se chocam, e meu amor fala baixinho:

— Peça-me o que quiser e eu te darei. Mas só eu, meu amor. Só eu.

Suas palavras me enchem de loucura, fogo e esperança.

Meu alemão veio para me reconquistar, para me fazer recordar o tanto que me ama, para me fazer esquecer o que nunca deveria ter acontecido. E conseguiu.

Sei que ele vai me dar o que eu pedir. Ele me ama tanto como eu o amo. Desejando tê-lo dentro de mim, eu peço:

— Me fode.

Eric sorri. Deus, que sorriso safado!

Eu o seguro pelos cabelos e sussurro com a voz trêmula de paixão:

— Me fode como um animal. É isso que eu quero.

Meu amor me beija. Minhas palavras são o que ele precisa ouvir para saber que está tudo bem. Esquecendo-se do hibisco, Eric assola minha boca e meu corpo e eu me entrego a ele completamente, desejosa de que faça comigo o que quiser.

Nossa estranha exclusividade é algo que só a gente entende.

Nossa exclusividade louca é algo que só a gente curte.

Abro as pernas para ele com descaramento e me agarro à cabeceira da cama, arqueada para Eric. Sem tempo a perder e contente pelo convite, ele introduz seu pau duro na minha vagina molhada com uma só estocada que faz nós dois gemermos.

Um, dois, três... sete... Eric entra e sai sem perder o ritmo, e eu grito de prazer. Estava sentindo falta dele, muita... muitíssima... Adoro a forma como ele me toma, como me fode, como me faz sua. Extasiada, fecho os olhos quando o ouço dizer:

— Olha pra mim, pequena... olha.

Faço o que ele pede. Olho para ele, que aproxima seus lábios dos meus.

— Sua boca é só minha e a minha é só sua, e vai ser sempre assim.

— Sim... sim... — consigo dizer, sentindo todas as terminações nervosas do meu corpo desfrutarem do que está acontecendo.

Meu tsunami particular chamado Eric toma minha boca possesivamente, mas de repente o sentimento de culpa pelo que fiz com Gonzalo cruza minha mente.

Deus... Deus... não contei a ele o que aconteceu, mas deveria ter contado.

Por que sou assim?

Em meio ao prazer, num piscar de olhos eu me esqueço de tudo aquilo. Só estamos meu amor e eu no quarto, meu marido e eu, meu homem e eu, e nada nem ninguém vai estragar o momento.

Agarrada à cabeceira da cama, sinto as investidas de Eric. Ele se enterra em mim com sua força animal e eu grito de prazer com sua força, submersa em uma cadeia de orgasmos intensos que me fazem perder a noção do tempo e da realidade.

Eu gozo...

Ele goza...

Gozamos de tudo o que acontece, mergulhados no calor intenso do nosso elixir; Eric não para de me possuir incessantemente, e sinto seus testículos baterem na minha bunda.

Calor… o calor é intenso até que o clímax não pode ser retardado um segundo mais e nos atinge ao mesmo tempo, provocando gritos majestosos sem que nos importemos em sermos ouvidos até na China.

Depois desse primeiro ataque, vêm outros mais, no chuveiro, na mesa, contra a parede. Como sempre, voltamos a ser os insaciáveis Eric e Jud, que precisam fazer amor mais do que respirar. Sorrimos. Estamos felizes.

Depois de uma noite em que nos comportamos como os dois animais sexuais que somos, abraçados na cama e suados após o último assalto, Eric pergunta:

— Tudo bem, pequena?

Isso me faz sorrir. Não há uma única vez em que ele não diga isso depois do sexo.

— Melhor impossível — respondo.

Estou abraçada a ele quando meu estômago ruge. Sinto Eric rir ao meu lado. Levantando-se, ele me olha e brinca:

— Acho que tenho que dar de comer à leoa que existe em você, ou da próxima vez vai me devorar.

Sorrio. Adoro vê-lo tão feliz.

— A verdade é que estou com uma fominha — confirmo.

Pelado, meu homem se levanta. Santa mãe do céu, que bunda mais dura e firme ele tem. Fico olhando descaradamente, com lascívia, e sorrio. Eric Zimmerman é meu. Só meu.

Sem se dar conta dos meus pensamentos mais que luxuriosos e libidinosos, meu homem pega um papel sobre o criado-mudo e, depois de voltar para a cama, onde estou sem roupa, senta-se ao meu lado, passa o braço pela minha cintura para me aproximar dele e pergunta:

— O que você está com vontade de comer?

Hum… Sei de que tenho vontade. Meus hormônios estão descontrolados. Sorrindo, decido dar uma olhada no cardápio para deixar que meu marido se recomponha, ou vou acabar com ele depois da nossa incrível reconciliação.

— *Salmorejo*, peito de frango ao molho branco com batatas fritas e, de sobremesa, sorvete de baunilha com chantili e calda de chocolate — enumero.

Eric faz que sim. Sorri. Sem dúvida percebeu meu grande apetite, mas surpreso, pergunta:

— Não quer um presuntinho?

— Ai, Deus, presunto!

Rapidamente meus sucos gástricos me dão um nocaute só de pensar nesse manjar que minha gravidez rejeita. Sem querer demorar um segundo mais, eu me sento na cama, olho para ele e digo:

— Eric, tenho que contar uma coisa.

Meu amor me olha. Ao ver minha cara, ele se alarma, pois me conhece muito bem. Esquecendo-se do cardápio, diz baixinho:

— O que foi, querida?

Respiro fundo e solto o ar bufando. Meu pescoço começa a coçar e, com uma expressão séria, murmuro:

— Presunto me dá enjoo. Um enjoo que você nem imagina.

Eric pisca. Não entende de onde vem isso. Finalmente, eu anuncio:

— Estou grávida.

Ele fica paralisado. Nem pisca. Sinto que para de respirar.

Ai, coitado!

Eric me olha, me olha e me olha e, quando não estou aguentando mais, disparo de uma vez só:

— Desculpa… desculpa… desculpa… eu não sabia quando contar. Sei que é algo que a gente não estava esperando, que não foi programado e que é uma loucura ter outro filho. Meu Deus, Eric, vão ser quatro filhos, quatro! — Desesperada, coço o pescoço. Quando ele afasta minha mão, murmuro olhando para ele: — Fiquei sabendo da gravidez depois de tudo aquilo ter acontecido e eu… eu…

Não consigo dizer mais nada. Meu Iceman me levanta da cama, abraça-me e, com todo o cuidado do mundo, murmura:

— Querida… querida… você está bem? — Balanço a cabeça para dizer que sim. Meu amor, sem me soltar, pergunta: — Mas como você não me disse antes?

— Eu não podia, Eric. Estava tão chateada e confusa com tudo o que estava acontecendo que não raciocinava.

— Outro bebê?

Ao ver a felicidade em seu rosto, dou-me conta de que está radiante com a notícia. Sorrindo, afirmo:

— Sim, querido, outro bebê. E já te digo que…

— Litros e litros de peridural… eu sei — ele termina minha frase.

Ambos soltamos uma gargalhada. Feliz, sem parar de me abraçar, Eric murmura:

— Vou te matar de beijos, srta. Flores. — Não digo nada. Ele acrescenta:
— Eu estava te fodendo como um animal. Como você permitiu?

Agora quem sorri sou eu.

— O bebê é muito pequeno, e eu preciso de você — respondo. — Além
do mais, você mesmo me disse "Peça-me o que quiser e eu te darei", e eu simplesmente pedi o que eu queria.

Eric me beija. Está nervoso. Ora, mas nem que fosse o primeiro filho!

De repente, penso de novo que tenho que lhe contar sobre minha enfiada
de pé na jaca, mas o vejo tão feliz e estou tão contente, que não consigo.

Abraçado a mim e assimilando a ideia de ser pai de novo, Eric só sorri.
Penso no que minha irmã sugeriu: talvez seja melhor não dizer nada. No final
das contas, foi só um beijo. Nada mais.

No sábado, depois de passar uma noite incrível em que nossos problemas
se resolveram e Eric descobriu que vai ser pai outra vez, voltamos a Jerez. Meu
amor vai ficar comigo até segunda, dia em que eu pensava em voltar a Munique com as crianças. Saber disso me deixa feliz da vida. Adoro que ele queira
estar comigo.

Ao nos ver aparecer tão radiantes, meu pai e minha irmã sorriem e eu
sinto que respiram aliviados.

Coitados, como dou trabalho para eles às vezes!

É claro que eles estavam preocupados com a gente. Todos, exceto Raquel,
ficam boquiabertos quando damos a notícia do bebê. Flyn, meu filho, meu tesouro, me abraça e me aperta contra si, enquanto minha sobrinha me olha e diz:

— Tia, você é pior que uma coelha.

Depois de passar o dia com as crianças na feira e de deixá-los com Pipa
para que durmam na casa do meu pai, Eric e eu vamos para a Vila Moreninha.
Ali eu visto meu traje de flamenca vermelho e branco e, quando apareço na sala
de jantar, onde meu marido maravilhoso está à espera, eu me aproximo dele e
murmuro:

— Senhor Zimmerman, poderia fazer a gentileza de fechar meu zíper?

Eric suspira, deixa o copo de água sobre a mesa e me olha com desejo.
Quando dou meia-volta, passeia a mão pelas minhas costas e pergunta:

— Senhorita Flores, tem certeza de que não quer que eu tire pra você?

Sorrimos. Adoramos esse jogo de sobrenomes, que tantas lembranças
boas nos trazem. Depois de sentir que ele beija meu ombro nu, digo:

— Prometo que, quando voltarmos, eu deixo.

Sinto que Eric sorri. Ele me beija no ombro de novo e, subindo meu zíper, afirma:

— Vou cobrar.

Satisfeita pela forma como tudo se solucionou, dou um gole no copo de água sobre a mesa. Eric então me mostra algo e diz:

— Meu amor, com esse vestido de flamenca não pode faltar a flor no seu cabelo.

Ao olhar para sua mão, vejo um hibisco vermelho. Meu Deus, vou devorá-lo!

— Colhi do jardim do seu pai – explica Eric diante da minha surpresa.

Sorrio, não posso remediar. Pego a flor, ajeito no cabelo e prendo com dois grampos, que tirei da bolsa. Como andaluza que sou, pergunto:

— Que tal, *miarma*?

Meu loiro me olha, me olha e me olha, até que diz enfim:

— Você vai ser a mais bonita da feira.

Encantada, eu o beijo. Aiii, adoro que ele me agrade assim.

Felizes e contentes, dirigimos para a feira. Marcamos com minha irmã e meu cunhado no Templete. Quando chegamos, Raquel e Juan Alberto já estão lá e, juntos, vamos para o estande onde sei que se encontram nossos amigos.

Durante horas, bato palmas, danço músicas típicas e me divirto com meu homem ao meu lado. Como sempre, ele não dança, mas não ligo. Só por tê-lo ao meu lado, sei que está tudo bem.

Sebas aparece com seu cavalo espanhol e, depois de dar um grito ouvido pela feira inteira, ele se lança sobre seu Ken para enchê-lo de beijos. Eric, como sempre que o vê, é gentil e atencioso, e Sebas, também como sempre, faz elogios, dá cantadas e provoca sorrisos.

Depois, os homens vão em busca de algo para comer e eu aproveito para ir com minha irmã ao banheiro, mas, ao chegar, obviamente, o lugar está bombando. Tem uma fila enorme!

— Vamos ao banheiro lá fora — diz minha irmã, dando saltinhos. — Talvez tenha algum livre.

Sem pensar duas vezes, acato a sugestão. Raquel é uma mijona e, quando se mija, se mija!

Chegamos até os banheiros químicos. Há vários e, por sorte, alguns deles estão livres. Raquel entra em um, mas dois segundos depois ela sai e diz:

— Fofinha, entra e me ajuda a desamarrar a faixa.

Solto uma gargalhada, entro no banheiro junto com ela, e fazemos a maior confusão naquele cubículo mínimo para afrouxar a droga da faixa, com nossos vestidos de flamencas. Quando termino, abro a porta, já sentindo calor, e ela, ainda rindo como uma boba, pede:

— Segura a porta. Não fecha direito e não quero que vejam minha periquita.

— Tá — respondo, dando risada ao ouvir a louca da minha irmã.

Com paciência, espero cantando com a música que toca a todo volume e bato palmas. Como sou afinada quando quero!

Depois que minha irmã sai, com sua faixa e o vestido arrumados, entro. Faço malabarismo para não encostar na privada e não sujar o vestido. Quando saio, Raquel comenta:

— Ora, ora... vejo que vai tudo bem com seu alemão, não é?

Contente, eu afirmo, pensando nele:

— Às mil maravilhas.

Raquel sorri e pergunta sem se mover:

— Vejo que ele levou a gravidez numa boa, mas e a história do cara na outra noite? Já sei que foi um beijo e pouco mais que isso, mas do jeito que seu marido é ciumento e possessivo... O que ele disse?

Ouvir isso me destroça. Eu me sinto péssima por não ter tocado no assunto com Eric. Desejando esquecer, respondo:

— Não contei. A gente estava tão contente com a reconciliação e o bebê que não consegui.

— Ai, fofinha...

— Estou me martirizando por isso, Raquel — resmungo. — Me sinto péssima. Perdi a cabeça. Quis me vingar do Eric por tudo o que estava acontecendo e, bom... rolou o lance do beijo. Depois ele... veio me reconquistar e eu pensei que talvez...

De repente se abre a porta do banheiro junto do nosso e, ao olhar, perco o fôlego. Eric, meu Eric, meu loiro enfurecido, olha-me fixo com sua cara fechada e rosna à espera de que eu diga algo:

— Judith...

Meu coração bate descontrolado. Ferrou!

Olho para ele, que olha para mim. Fico tão nervosa que só consigo dizer:

— Foi uma besteira, querido, eu...

— Cala a boca! — grita Eric.

Sem me dar tempo de dizer mais nada, ele sai do banheiro e começa a caminhar para o estacionamento onde deixamos o carro. Assustada, olho para minha irmã. A coitada está branca como cera e murmura:

— Papai está certo quando diz que eu falo demais.

— Merda... merda... — murmuro, quase chorando.

— Desculpa — diz Raquel. — Eu não sabia que ele estava aí.

Bufo. Meu pescoço pinica e, sem pensar duas vezes, seguro o vestido de flamenca e começo a correr atrás do meu amor. Tenho que explicar o que aconteceu. Ele tem que me ouvir.

Eu o alcanço quando já está quase chegando ao carro e me coloco na frente dele.

— Escuta, querido — digo sem fôlego. — Foi… foi uma besteira. Se eu não contei, foi… foi porque…

— Uma besteira… Uma besteira! — ele grita, fora de si. — Você ficou brava comigo e quase terminou com o casamento, sabendo muito bem que eu não procurei o que aconteceu e o fiz inconscientemente. E em troca, como vingança, você faz algo conscientemente e ainda por cima esconde de mim. Que tipo de pessoa você é?

Mãe do céu, mãe do céu, mãe do céu. Olha a confusão que armei!

Eric está coberto de razão. É normal que fique zangado comigo e grite. Fiz uma coisa errada e ainda por cima escondi.

— Eric, querido.

— Estou indo embora. Vou voltar pra Munique.

— Por favor… por favor… me ouve.

Mas não, ele não quer me ouvir. Afastando-me do seu lado com força, diz entre os dentes:

— Me deixa em paz, Judith. Agora, não.

Sem mais, sobe no carro e arranca, deixando-me no estacionamento sem saber o que fazer.

Fico assim durante vários minutos, até que decido que tenho que ir atrás dele. Eric não pode ir embora sem falar comigo. Vejo um amigo pegando o carro e peço que me leve até a Vila Moreninha. Lá eu consigo localizá-lo. Sem saber o que passa, ele me leva.

Quando chegamos à casa, eu me despeço e vejo que estou sem chave.

Digo um palavrão. Que droga, que merda, que bosta!

Como ninguém pode me parar nem estando grávida, seguro a barra do vestido e decido pular a cerca. Não é a primeira vez que pulo um muro. Quando estou lá no alto, eu me dou conta de que o carro não está ali. Xingo de novo e desço.

Eric deve ter ido para a casa do meu pai.

A rua está escura e não se vê nenhum carro. Decido correr. De novo, agarro a saia de babados e, do jeito que consigo, corro. Por sorte, para a feira sempre calço botinas para poder dançar, o que me permite correr com maior facilidade.

558

Em um par de ocasiões, tenho que parar. Recuperando o fôlego, disco o número de celular do Eric, mas ele não me atende de jeito nenhum.

Maldição!

A angústia cresce mais e mais no meu interior a cada segundo que passa, mas continuo correndo. Tenho que chegar aonde ele está.

No momento em que viro a esquina da rua do meu pai e vejo o carro estacionado ali, respiro. Paro, dobro o corpo no meio para recuperar o fôlego e, quando sinto que posso continuar, continuo. Rapidamente, abro a porta de entrada e meu pai me olha com estranhamento.

— O que o Eric tem?

Vou responder quando meu marido aparece na sala com Flyn e Luz. Minha sobrinha rapidamente se coloca junto ao meu pai, sem dizer nada. Depois de entregar uma sacola a Flyn, Eric manda:

— Vá para o carro. Eu já vou.

O menino me olha. Procura uma explicação para aquilo e pergunta, enquanto Eric fala no celular:

— Mamãe, o que foi?

Sem saber o que responder, eu o olho, beijo sua cabeça e digo, consciente de que nem Deus segura Eric:

— Faça o que seu pai pediu. Calma, não foi nada.

— Mas mamãe...

Sem deixá-lo acabar, seguro seu queixo e, tentando fazê-lo ver meu rosto, insisto:

— Querido, não se preocupe. Vejo você em Munique.

Meu pai, que está tão desconcertado quanto Flyn e Luz, faz menção de falar, mas eu digo antes:

— Papai, você pode acompanhar Flyn até o carro? Luz, vá com eles.

Meu pai pensa, mas, no fim, sacode a cabeça, pega pela mão minha sobrinha boquiaberta e desaparece da sala com os dois adolescentes.

Eric vira as costas para mim e eu o ouço falar no celular. Bom, falar, não, berrar! Sabe que estou atrás dele, mas não quer nem me olhar. Sinto-me péssima.

De repente, a conversa termina. Virando-se para mim, ele me encara com olhos acusadores. Quando vou dizer algo, atira as chaves da Vila Moreninha sobre a mesa de jantar e fala de um jeito raivoso, na sua pior versão de Iceman:

— Eu levaria Eric e Hannah comigo, mas não quero que acordem assustados.

— Eric...

— Você me decepcionou como nunca pensei que pudesse decepcionar.

Meu peito sobe e desce. O pescoço arde e com certeza está cheio de brotoejas. Tento tocá-lo e murmuro do jeito que posso:

— Eric, não vá. Vamos conversar. Cometi um erro, mas...

— Erro! — ele exclama entre os dentes, afastando-se de mim. — Você fez isso de forma consciente e depois não me contou.

Balanço a cabeça. Sei que ele tem razão e, tentando tocar seu coração, insisto, colocando-me em seu caminho:

— O que aconteceu foi uma besteira, querido. Só peço que reflita e entenda que, se eu consegui esquecer o que aconteceu, você também vai.

A raiva no rosto de Eric me faz saber que não quer me ouvir. Entendo seu desconcerto. Não faz muito tempo, eu estava como ele.

Eric sente-se traído por mim. Sem um pingo de piedade, aproxima o rosto do meu, crava os olhões azuis impactantes em mim e grunhe:

— Você disse que eu havia te queimado e, sem dúvida, agora você me queimou. Sim, Judith, estou muito zangado. Tão zangado que é melhor que eu vá embora antes que a gente arme um escândalo dos bons na frente dos nossos filhos e da sua família. Se você sair do caminho, vou embora, porque quem não quer ver você agora sou eu.

Não me mexo, não consigo. Ao final, o amor da minha vida me tira da frente e sai da casa do meu pai, e eu sinto que me falta o ar. Eric está muito, muito zangado, e fui eu que estraguei tudo.

Poucos minutos depois, meu pai e Luz entram e me olham. Minha sobrinha murmura:

— Tia, como se diz por aí, ele é uó!

Isso me faz bufar. É evidente que eu me ferrei bem ferrada. Meu pai, que não está para brincadeiras, manda Luz para o quarto e, quando ficamos só nos dois, ele me olha fixo e diz:

— Não sei o que aconteceu, mas imagino que desta vez a culpada é você.

Meus olhos se enchem de lágrimas em décimos de segundo, e eu desmonto sobre uma cadeira. Meu pai me abraça e não me permite chorar.

560

64

De madrugada, quando acordo na minha cama, Raquel está deitada comigo.

Tão logo vê que abro os olhos, seu queixo começa a tremer.

— Desculpa... desculpa. Foi tudo culpa minha por ser tão fofoqueira.

Eu me espreguiço e a abraço.

Se alguém tem culpa, sou eu. Só eu.

Fui eu quem beijou Gonzalo e quem não contou a Eric. Sou uma péssima pessoa e eu vou ter que carregar esse erro idiota pelo resto da vida.

Estamos abraçadas até que sinto que ela adormece. Eu me levanto lentamente. Ao fazer isso, cai a flor do meu cabelo que, horas antes, Eric me deu de presente. Pego-a e a beijo com amor antes de deixá-la sobre o criado-mudo.

Quando chego à sala, não tem ninguém. São seis e meia da manhã e penso que Eric e Flyn já devem ter chegado a Munique.

Olho o celular. Não tem nenhuma mensagem. Tenho vontade de morrer. Quero ligar para Eric, mas não sei o que dizer.

Ainda com meu traje de flamenca, caminho para a cozinha do meu pai como uma leoa enjaulada e, quando vejo as chaves da Vila Moreninha sobre a mesa, eu as pego, assim como as chaves do carro do meu pai. Saio sorrateiramente, para que ninguém me ouça e dirijo para lá.

Ao entrar no terreno e estacionar o carro, suspiro. Não faz nem doze horas eu era a mulher mais feliz do mundo com o homem da minha vida. Com pesar, abro a porta da casa e entro.

O silêncio me destrói, mas entro na sala linda e grande e a primeira coisa que vejo é o copo de água que Eric deixou sobre a mesa quando lhe pedi que fechasse o zíper do meu vestido de flamenca. Atraída como um ímã, caminho até ele, pego e, sem pensar duas vezes, passo a borda pelos os lábios e bebo. Saber que a boca dele roçou a borda desse copo e que suas mãos tocaram o vidro me reconforta.

Assim que a água acaba, deixo o copo sobre a mesa e caminho para nossa cama. Está desarrumada, como deixamos, e eu me sento nela.

Como pude para fazer isso com Eric? Como?!

Seu perfume chega então a mim e, ao me agachar, eu me dou conta de que vem dos lençóis. Jogo-me sobre eles, aspiro o odor e fecho os olhos, permitindo-me chorar. Preciso fazer isso sem que ninguém me detenha. Pouso a mão sobre a barriga e peço perdão ao bebê pelo que o estou fazendo passar.

Não sei há quanto tempo estou ali quando abro os olhos e encontro minha irmã sentada na poltrona na frente da cama. Nós nos entreolhamos durante alguns segundos, até que ela diz:

— Oi, meu bem.

— Oi — murmuro, levantando-me. Ao me dar conta de tudo o que aconteceu, volto a deitar e pergunto: — Que horas são?

— Três e vinte da tarde — ela diz. Com um fio de voz, acrescenta: — Desculpa... desculpa por ser tão linguaruda e...

— Eu sei, Raquel — interrompo. — Pare de se desculpar, você já está desculpada. Como diria mamãe, a mentira tem perna curta e, no fim, tudo vem às claras.

— Mas se eu não tivesse tocado no assunto, não teria acontecido nada.

Suspiro. Ela tem razão, mas respondo:

— Nem se eu não tivesse feito o que fiz com Gonzalo. Mas as coisas aconteceram, saíram como saíram e, meu grande erro foi não contar a verdade. Se tivesse feito isso, sei que ele teria ficado bravo, mas teria me perdoado. O problema é que agora não sei se vai.

Raquel se levanta, caminha até mim, olhando-me, e afirma:

— Ele vai perdoar você. Eric te ama.

Que ele me ama, eu sei. Claro que sei; disso nunca duvidei. Como não estou a fim de continuar falando desse assunto, murmuro:

— Acho que vou ficar o resto do dia na cama.

— Até parece, fofa. Você vai se levantar e comer alguma coisa, porque se você esqueceu, tem um bebê aí dentro que precisa de comida.

Esquecer... Como me esquecer disso? Sem apetite, olho para minha irmã e pergunto:

— O que eu faço, Raquel? Estou tão confusa que não sei como agir. Tenho tanto medo de que ele não queira me ver, que...

— Não fala bobagem. Como ele não vai querer ver você?

Lembrar o semblante duro com que Eric me olhou antes de ir me faz suspirar.

— Você não o conhece. Quando fica bravo é muito cabeça-dura.

— Cabeça-dura? E você não é?

Olho para minha irmã e sorrio. Ela diz, com a cara tristonha:

562

— Você tem que voltar pra sua casa e conversar com Eric. Se ele não quiser te ouvir, juro que eu vou lá e armo o maior barraco. Não sei o que aconteceu para Eric ter que vir até aqui só para que você o perdoasse, mas se o perdoou, por que ele não pode te perdoar?

Não dou nem um pio. Minha irmã não vai entender o que aconteceu. De repente, meu celular toca.

— Oi, Mel — atendo, depois de ver o nome dela na tela.

— Você e Eric estão tentando nos deixar todos loucos?

Ouvir isso me faz sorrir. Não sei por quê, mas é o que acontece. Peço à minha irmã um pouco de privacidade e ela sai do quarto.

— Mel, fiz algo terrível — respondo.

— Eu sei.

— Estava furiosa com o Eric e beijei outro homem uma madrugada. Mas foi só um beijo, e eu juro pelos meus filhos que, quando fiz isso, me dei conta do erro que estava cometendo e parei.

Ouço minha amiga suspirar do outro lado da linha. Finalmente, ela pergunta:

— Você volta amanhã?

— Volto. Se bem que não tenho para onde ir.

— Não fala bobagem. Eric pode ser cabeça-dura, mas não é irracional.

Faço que sim, pois sei que ela tem razão. Eric nunca me deixaria no meio da rua, mesmo que não quisesse me ver.

— E como foi sua viagem? — pergunto por educação.

— Boa. Depois te conto. — Mel não quer falar sobre ela, só quer saber como estou, então pergunta: — Você está bem?

A resposta é não. Estou péssima.

— Não — respondo. — Você o viu? — pergunto em seguida.

— Não, meu bem. Eu não o vi, mas Björn viu. O telefone tocou às seis da madrugada. Era Flyn assustado. Ao que parece, quando chegaram de viagem, Eric decidiu redecorar o escritório.

Fecho os olhos ao saber disso. Coitado do Eric e coitado do Flyn. Meu filho devia estar assustado. Sem dúvida, a fúria tomou conta do meu marido. Horrorizada, penso em dizer algo, mas Mel fala antes:

— Mas não se preocupe, porque Björn foi pra lá e, depois de falar com ele, Eric se tranquilizou. Faz umas horas que foi pra Müller trabalhar, e Flyn está comigo e com Peter em casa. Björn voltou faz um tempinho com ele, então fiquei sabendo o que aconteceu.

A angústia cresce e cresce dentro de mim.

Sou uma idiota vingativa.

Depois de conversar uns minutos com Mel, combino de vê-la no dia seguinte. Em seguida, ligo para o piloto do nosso jatinho particular e peço que me pegue no aeroporto de Jerez às oito da manhã do dia seguinte. Quando desligo, saio para a sala, olho para minha irmã e, sentando-me numa cadeira, afirmo:

— Volto amanhã para Munique para tentar resolver isso.

Na manhã seguinte, às sete e vinte, já estou com meu pai, minha irmã, Pipa e as crianças no aeroporto. O pequeno Eric está agarrado ao meu pai, enquanto Hannah dorme no carrinho.

Quando por fim nos deixam entrar no hangar particular, meu pai beija os pequenos. Em seu rosto vejo a tristeza ao se separar deles. No momento em que Pipa e Raquel os colocam no jato, ele me olha e diz:

— Escuta, minha vida. Estou seguro de que vocês vão resolver isso, mas, se por um acaso você vir que não vai dar certo, não esqueça que aqui continua tendo uma casa, entendeu?

— Entendi, papai.

Ele me observa com seus olhos bonachões e, abrindo os braços, murmura:

— Te amo, moreninha.

Balanço a cabeça, abraço-o e não digo nada, ou vou chorar como uma criança.

Minha irmã desce do avião e aproxima-se de nós. Decido dar por finalizada a despedida. Nunca gostei desses momentos. Então, depois de dar um beijo em cada um, caminho para o jato no qual se lê "Zimmerman". Subo a escadinha, viro-me, sorrio para essas duas pessoas que tanto me amam e que eu amo e desapareço no interior do avião. Preciso voltar a Munique.

65

A chegada a Munique me provoca certa alegria apesar da tempestade. Raios, chuvas e trovões assolam a cidade, e eu suspiro pensando que o céu se confabulou com o estado de ânimo de Eric.

Quando desço do jatinho particular no hangar onde ele costuma deixar o avião, sorrio ao ver Mel apoiada no carro junto a Norbert. Sua barriguinha já começa a aparecer. Ela caminha até as crianças e as abraça, enquanto eu abraço Norbert, que, como sempre, fica parado no início, embora logo reaja e me abrace com carinho.

— Bem-vinda de volta, Judith — diz ele.

Enquanto Pipa e ele colocam as crianças no carro, Mel me olha e murmura sorrindo:

— Anda, me dá um abraço, sua tonta.

Sem titubear, eu me atiro nos braços da minha querida amiga. Não querendo tocar no assunto na frente de Norbert e Pipa, Mel me olha e diz:

— Vem, vamos pra sua casa.

Faço que sim. Nem consigo falar.

Quando chegamos e entramos, sorrio ao ver Susto e Calamar correndo até o carro. Norbert estaciona na garagem e eu abro a porta, aceitando encantada os beijos melados de Susto, enquanto Calamar dá voltas como um louco de tão contente que está por ver todos nós.

Feliz com o regresso, olho para Susto e, quando nossos olhos se encontram, murmuro:

— Oi, Susto, estava morrendo de saudade de você.

Como era de esperar, levo uma lambidona na cara e sorrio feliz para meu fofinho.

Quando entramos em casa, Simona vem até nós de braços abertos. Meus filhos correm para ela, que os abraça e beija. Ao terminar, ela me olha e me abraça também. Feliz, aceito seu carinho.

— Outro bebê — ela murmura com os olhos em mim. — Isso é maravilhoso, parabéns!

Surpresa por ela saber, encaro Simona, que me explica com uma piscadinha:

— Flyn nos disse. Está muito contente com a chegada do novo irmão.

Sorrio e passo a mão na barriga. Como sempre dizemos, um bebê é motivo de felicidade, mas só dou desgostos ao coitadinho desde que o concebi.

Depois que passo pela cozinha para beber alguma coisa e que Pipa leva as crianças, Simona se aproxima de mim e diz:

— Ai, filha, o escritório do Eric está como se tivesse acontecido um terremoto, mas ele me proibiu de entrar lá e arrumar as coisas. Ontem à noite, quando ele chegou, depois de conversar com Flyn e o menino ir dormir, Eric passou horas sentado na entrada com os cachorros.

— Simona, não seja fofoqueira — repreende Norbert.

Ao ouvir isso, olho para o homem que tanto amo e digo:

— Isso não é fofoca. Ela só está me contando como andam as coisas.

Norbert resmunga alguma coisa e, quando sai da cozinha, Simona murmura, olhando para ele:

— Homens, quem entende?

Esse comentário me faz sorrir. Segundos depois, ela desaparece. Eu me levanto, pego Mel pela mão e digo:

— Vamos.

Caminhamos até o escritório de Eric. Quando abro a porta, vejo o caos. Antes que eu diga alguma coisa, Mel assobia e fala:

— Sem dúvida, como decorador de desastres ele é impagável.

O escritório de Eric está um Deus nos acuda: papéis no chão, computador quebrado, copos de vidro em pedaços e cadeiras de pernas para o ar.

Imaginá-lo furioso fazendo isso me parte o coração. Agacho-me para começar a recolher a bagunça e digo:

— O que eu faço, Mel? Não sei como agir. Tenho tanto medo de que ele não queira perdoar que sou incapaz de ligar ou de enviar uma simples mensagem.

Sem pensar duas vezes, ela me ajuda a arrumar o desastre e murmura:

— Acho que você tem que dar um tempo a ele. Conversem dentro de uns dias.

— E se ele não quiser falar?

— Vai ter que falar.

Concordo. Ela tem razão. Eric tem que falar comigo.

Em silêncio, recolhemos e limpamos as coisas. Quando, por fim, o escritório volta a estar ao menos sem cacos de vidro e papéis no chão, declaro:

— Mel, pela primeira vez na vida, perdi a coragem.

Ela me olha e, colocando as mãos nos quadris, discorda:

566

— Não acredito em você, Judith. E sabe por quê? — Nego com a cabeça e ela prossegue: — Porque se tem algo que te caracteriza e te faz especial é que você é uma guerreira, que não se rende nunca, diante de nada. E, se ama esse homem como sei que ama, tem que lutar por ele, como em outros momentos Eric lutou por você. Tudo bem, você cometeu um erro, beijou aquele cara e não contou, mas depois que ele tiver uns dias para refletir você precisa descobrir o que Eric pensa, o que quer e o que pode esperar dele. Ou pretende voltar a viver como estavam vivendo: mal se falando e mal se olhando na cara?

— Não. Claro que não quero isso.

Só de imaginar viver assim de novo me aperta o coração. Não seria bom nem para as crianças, nem para a gente. Não é vida, muito menos para duas pessoas tão temperamentais como nós.

Durante alguns segundos eu penso, penso e penso. Penso com meus botões e eles pensam comigo. Avalio os prós e contras de tudo o que aconteceu e tomo uma decisão. Preciso pegar o touro pelos chifres para sair do atoleiro. Se Eric me ama, e sei que ama, vai falar comigo. Se não falar, pelo menos vou saber em que pé estamos.

Por isso, olhando para minha amiga, balanço a cabeça e digo:

— Vou até a Müller falar com ele.

— Agora?!

— Sim, agora — confirmo, decidida.

— Mas estamos no meio de um dilúvio…

— Não importa.

Mel me olha e, perdendo parte da força que tinha segundos antes, diz:

— Você não acha que seria melhor deixar passar alguns dias pra que…?

— Não. Eu não acho.

Ela assente, encolhe os ombros e, abraçando-me, murmura:

— Está bem. Vamos almoçar e depois seguimos para a Müller.

Meia hora depois, estamos cruzando Munique. Há um trânsito considerável. A tempestade deixa tudo mais lento, exceto minha ansiedade. Olho no relógio e vejo que são duas da tarde. A essa hora, Eric já almoçou e deve estar no escritório. Não vou ajudar sua digestão.

Nervosa, retorço os dedos e giro o anel que tanto significa para nós e que ele me levou em Jerez, enquanto Mel dirige e eu penso em que dizer para não estragar tudo.

Quando chegamos à Müller, passamos direto e colocamos o carro em um estacionamento público. Se deixo meu carro na empresa, vão avisar rapidamente Eric que estou lá.

Caminhamos pela rua, refugiadas debaixo do guarda-chuva. Mel, que está tão nervosa como eu, fala e fala. Ela me dá ânimo e repete mil vezes que estou grávida e devo canalizar as emoções para não fazer o bebê sofrer.

Balanço a cabeça em confirmação. Não deixo de considerar que estou esperando um filho, mas neste momento, minha prioridade é outra.

Quando chegamos ao saguão da Müller, Mel para e me diz:

— Acho que é melhor eu não subir. Vou ficar na recepção. Eric não vai gostar de falar dos problemas de vocês na minha frente.

Sorrio. Ela tem razão.

— Me deseje sorte.

Minha amiga me abraça, apertando-me contra seu corpo.

— Você vai ver. Eric te ama tanto quanto você o ama.

Convencida de que é verdade, eu sorrio e dou meia-volta. Gunnar, o segurança, sorri ao me ver.

— Entre por aqui, sra. Zimmerman — ele diz, abrindo uma porta para mim.

Rapidamente entro por onde ele me mostra e, olhando-o com um dos meus sorrisos mais encantadores, cochicho:

— Gunnar, não avise a secretária do meu marido. Quero fazer uma surpresinha.

O vigilante concorda e, com uma piscadinha, eu me dirijo aos elevadores.

Uma pilha de nervos, entro no elevador com outras pessoas. Aperto o botão do andar presidencial. No trajeto, vou ouvindo a música ambiente e sorrio ao identificar "Garota de Ipanema", que vou cantarolando mentalmente.

Quando enfim o elevador chega ao andar de Eric, tomo ar, empino o queixo e me encaminho para sua sala. Por sorte, sua secretária está escrevendo algo e, quando me vê, passo sem lhe dar tempo para raciocinar.

— Não precisa avisar Eric, Gerta. Eu entro sozinha.

Sem mais, agarro a maçaneta da porta e abro.

Eric levanta a cabeça e vejo sua cara fechada. Ruim… ruim… Quando percebe que sou eu, seu semblante endurece ainda mais. Sinto uma falta de ar dos infernos, mas empino o queixo, fecho a porta da sala e caminho até ele.

— O que está fazendo aqui?

Minhas pernas tremem, eu inteira tremo. Quando Eric quer me intimidar, consegue, mas reúno toda a força interior que sei que tenho, aproximo-me da mesa, paro na frente dela e digo, observando a chuva pelas janelas:

568

— Eu sei. Não precisa falar. Não devia ter aparecido aqui, mas...

— Se você sabe — ele me interrompe —, por que veio?

Nós nos encaramos por alguns segundos e vejo o sofrimento em seus olhos.

— Eric, temos que conversar.

O amor da minha vida fecha os olhos e se levanta da cadeira como um leão enfurecido. Antes que abra a boca, endureço o tom e digo entre os dentes, apontando para ele:

— Se você pensar em me enxotar da sua sala, juro que vai lamentar. Pra mim é difícil estar aqui tanto quanto pra você, ainda mais sabendo que não quer me ver, mas não estou disposta a passar novamente pela tortura de viver na mesma casa sem que a gente se fale ou se olhe na cara. Você só vai conseguir me tirar daqui à força, e não acho que vai gostar que seus funcionários te vejam mandando sua mulher pra fora da sua sala.

O corpulento loiro cerra a mandíbula e, após se sentar de novo, recosta-se na cadeira imponente de couro preto. Seu humor é tão sombrio como o dia que está fazendo lá fora e, olhando para mim, ele diz:

— Muito bem. Fala.

Durante alguns segundos, fico paralisada na frente dele.

O que eu falo? O que posso dizer para fazê-lo não me olhar mais assim? Reflito por alguns instantes e começo:

— Eric, você tem toda a razão do mundo pra estar bravo comigo pelo que fiz e escondi. Mas acredite que foi fruto do despeito e que, na hora em que beijei Gonzalo, eu me dei conta do meu grande erro e o afastei. Juro por nossos filhos que não aconteceu mais nada. Só precisei de um maldito beijo pra me dar conta de tudo.

Eric não contesta. Ele me olha, me olha e me olha, com sua cara de poucos amigos. Eu, com os nervos à flor da pele, prossigo:

— Você me disse aquilo de "Peça-me o que quiser e eu te darei". Pois o que eu quero é que você me perdoe. Você foi a Jerez disposto a me reconquistar e me fazer esquecer e, pra isso, fez com que eu me lembrasse de todas as coisas boas que vivemos. É isso que pretendo fazer agora também. Vim disposta a fazer você me perdoar e se lembrar dos nossos momentos mais bonitos pra esquecer algo que nunca deveria ter acontecido.

Meu amor continua sem dizer nada. Ele sabe como me torturar, mas eu, como uma locomotiva, prossigo:

— Eric, eu te amo. Eu te amo como nunca vou amar outro homem na minha vida. É por acreditar que nossa relação vale a pena que estou aqui.

Quando estava em Jerez, uma noite, conversando com meu pai, falamos que a vida muitas vezes é injusta e que não há nada pior do que perder alguém e depois lamentar o que se poderia ter feito e não fez por causa de aborrecimentos e orgulhos absurdos. Sei que sou osso duro de roer, sou teimosa, obstinada, cabeça-dura, tola, persistente, incorrigível, mas também sei que sou tolerante, transigente, terna e carinhosa.

Estou com a boca seca. Eric, com seu impoluto terno escuro, não diz nada. Olhando para um copo que está ao lado dele, pergunto:

— É água? — Ele confirma e eu insisto: — Posso beber?

Eric, por fim, se mexe, pega o copo e me entrega.

Nossos dedos se tocam quando o pego e, exaltada pelo mau momento que estou passando, eu bebo, bebo e bebo, e acabo com o copo inteiro.

Assim que o deixo sobre a mesa, sem afastar os olhos do homem que se propôs a não dizer nem uma palavra, sentindo que o mau humor começa a crescer dentro de mim, digo ao mesmo tempo que soa um trovão:

— Quer saber? Acho que a vida colocou obstáculos para a gente se encontrar. Você nasceu na Alemanha, eu na Espanha. Mas o destino quis que acontecesse, apesar de sermos pessoas tão diferentes. Desde que estamos juntos, já nos aconteceu de tudo, aprendemos muitas coisas um ao lado do outro, e nossa vida como casal sempre foi cheia de amor e paixão, apesar de, como diz nossa música, você dizer "branco" e eu respondo "preto". — De novo tomo ar e, disposta a terminar o monólogo, murmuro: — Eric, agora sou eu quem estou dizendo "Peça-me o que quiser e eu te darei". Pensa em todos os lindos momentos que vivemos juntos, fecha os olhos e se pergunta se vale a pena me perdoar pra continuar criando momentos incríveis comigo e Flyn, Eric, Hannah e o bebê.

Fico quieta. Espero que diga algo, mas meu alemão duro não fala.

Porra, fico louca quando ele faz isso.

Simplesmente me olha com sua cara de Iceman zangado.

— Te dou uma hora — digo de repente.

Minha proposta o surpreende.

— Me dá uma hora?

Confirmo, balançando a cabeça. Não sei por que fiz isso.

Como sempre, falo sem pensar. Mas não quero voltar atrás, então afirmo com a maior segurança que posso, olhando no relógio:

— Quando eu sair da sua sala, vou pra cafeteria esperar, e você vai pensar se eu valho a pena ou não. — A cara de Eric é indecifrável. — São duas e meia da tarde. Se, às três e meia, você não tiver dito nada, significa que não quer solucionar o problema e então vou descer pra recepção, onde Mel está me esperando, e vou embora da Müller e da sua vida pra sempre.

Seu semblante endurece.

Minha nossa... Minha nossa... Estou jogando duro.

Sem dar o braço a torcer depois de toda a minha convicção, insisto, caminhando para a porta:

— Você tem uma hora.

— Judith.

Ele me chama pelo meu nome inteiro. Nada bom.

Não me viro. Se quiser, ele que se levante e saia atrás de mim.

Fecho a porta e espero que a maldita se abra de novo e ele apareça. Quando vejo que isso não acontece, com o coração transbordando pela loucura que acabo de propor, eu me despeço de Gerta com um sorriso e me encaminho para o elevador. Entro e desço para a cafeteria.

Ao chegar lá, cumprimento com afeto alguns dos funcionários que conheço. Espero que não notem como estou me sentindo mal. Acabo de arriscar o resto da minha vida. O que foi que eu fiz?

Com a pouca segurança que me resta, vou até o balcão e peço uma coca-cola com gelo. Estou morrendo de sede.

Eu me sento em uma das mesas junto da grande janela, pego o celular, deixo sobre a mesa e olho para ele pensando se Eric vai ligar ou vai vir.

Angustiada, observo os minutos passarem e Eric não aparecer.

Olho lá fora. O céu tem uma tonalidade cinzenta, como a droga do meu dia.

Às três da tarde estou soltando fogo pelas ventas. É sério que ele não vai vir?

Às três e quinze, meu pescoço está coberto de brotoejas. Maldito cabeça-dura!

Às três e vinte e cinco, olho para a porta. Ele tem que aparecer de uma hora para a outra, tem que aparecer!

Meu mau humor aumenta, aumenta e aumenta, e eu me sinto uma idiota, uma imbecil pelo que fiz. Sou tomada por uma vontade irrefreável de chorar, mas aguento. Não vou ceder.

Às três e meia, sem esperar um segundo mais, eu me levanto e, com a dignidade que me resta, tomo o rumo do elevador amaldiçoando Eric Zimmerman e toda a sua casta.

Vejo que um dos elevadores está fora de serviço.

Merda. Vou ter que esperar pelo outro.

Enquanto isso, sou incapaz de raciocinar. O amor da minha vida acaba de marcar um golaço dos terríveis e devastadores cruzando todo o campo. Abri meu coração ao grande babaca e ele não está nem aí.

O elevador chega. Está lotado, e eu aperto o botão do térreo, mas já está acionado.

A vontade louca de chorar volta a mim e eu engulo de novo as lágrimas, com um turbilhão de perguntas sem respostas na mente. Sinto meu coração bater mais devagar com a dor da dura realidade.

De repente, o elevador para entre dois pisos, as luzes se apagam e acendem, e as mulheres ao meu redor se assustam.

Merda... E ainda mais essa?

Durante alguns segundos, esperamos que volte a funcionar, mas, passados uns trinta segundos, uma das mulheres começa a apertar todos os botões, em desespero.

Ao ver que ela está prestes a ter um ataque, olho para ela e digo:

— Calma. Como você se chama?

— Lisa.

Não me lembro de seu rosto.

— Você trabalha na Müller? — pergunto.

— Não. Eu vim... vim pra uma entrevista.

Várias das pessoas que estão ali começam a comentar que vieram para essa entrevista. Ao ver que já começaram uma conversa, eu digo:

— Escutem. O elevador deve ter parado porque acabou a energia, com essa tempestade. Com certeza os funcionários da manutenção já devem ter se dado conta e logo vão resolver isso.

A mulher está tremendo. Pobrezinha. Mas parece que pouco a pouco se tranquiliza.

Passam alguns minutos e, quando me dou conta de onde estou, como estou, e ainda por cima presa, sinto que vou explodir a qualquer momento. Ficar encerrada em um elevador nunca me agradou. Começo a suar. Por sorte, estou com a mesma bolsa que trouxe de Jerez e dentro está o leque de flores que Tiaré, uma amiga, me deu de presente. Rapidamente eu o pego e começo a me abanar.

Mãe do céu... mãe do céu, que calorão estou sentindo, e que angústia!

Merda... merda... Será que vou desmaiar?

— Você está bem?

Ao ouvir essa voz, eu me abano mais devagar. Giro no lugar para olhar e fico sem fala quando encontro o homem que já não sei se me partiu o coração, a alma ou sei lá o quê.

Durante alguns segundos, eu o observo com uma cara sombria. Quero que note o quanto estou decepcionada com ele. Ao ver que não diz nada mais, giro de novo e continuo me abanando. Coço o pescoço e ouço no meu ouvido:

— Não, pequena… isso só vai piorar.

Sinto como ele tira minha mão e sopra meu pescoço.

Isso… O ar que sai de sua boca atinge minha pele e eriça todos os pelinhos do meu corpo.

— Há alguns anos — ele diz —, o destino quis que eu conhecesse você em um elevador exatamente como este, na Espanha. Em pouco menos de cinco minutos eu me apaixonei loucamente, enquanto você me contava que, se ficasse nervosa, era capaz de espumar pela boca e se transformar na menina de *O exorcista*.

Ouvir isso me dá vida.

Eric, o meu Eric, volta a lançar uma das nossas recordações. Ainda assim, eu não digo nada. Não consigo.

Sinto que meu alemão se aproxima um pouco mais de mim e, depois de soprar de novo no meu pescoço avermelhado, prossegue:

— Você me deu filhos lindos e vai me dar outro, mas sem dúvida o melhor da minha vida é você. Minha pequena. Minha morena linda que adora me desafiar todos os dias e que eu adoro ver sorrir. — Noto que ele respira fundo e continua: — Você me disse que as coisas que valem a pena nunca são fáceis. E tem razão. Nem eu nem você somos fáceis, mas nos amamos, e tanto que já não podemos viver um sem o outro.

Ai, que é agora… Entre o calor que faz aqui e o ataque de romantismo que deu nele, definitivamente vou desmaiar. De repente, sinto uma de suas mãos me segurar pelo braço e me virar para que eu o olhe. Mostrando-me um pacote de chiclete de morango, ele diz:

— Quer um?

Como uma boba, sem me importar como nos olham, aceito. Com um sorriso encantador, Eric pega um chiclete, tira a embalagem e o coloca diretamente na minha boca.

Em seguida, pego outro, abro e o coloco na boca dele. Que linda recordação. Ambos sorrimos, e ele afirma:

— Agora, sim. Esse é o sorriso em que penso a cada momento do dia.

Pronto, ele já me ganhou. Estou onde ele queria. Então pergunto:

— O que está fazendo aqui?

Apoiando o ombro na parede do elevador para ficar mais próximo do meu rosto, ele murmura:

— Queria fazer algo impactante depois do que você me disse, e faz mais de meia hora que estou dentro do elevador subindo e descendo. Estava com medo de que você fosse embora antes da hora, por isso mandei que parassem um dos elevadores, para que você não escapasse de mim. — Chegando mais perto, afirma: — Aliás, fique sabendo que, quando eu sair daqui, Björn vai me degolar.

— Por quê? — pergunto curiosa.

Meu alemão sorri e, aproximando-se ainda mais, cochicha com cuidado para não ser ouvido:

— Como você me disse que Mel estava esperando você na recepção, liguei pra ela e pedi que trouxesse Peter para piratear o software dos elevadores para eu poder ficar aqui preso com você.

Isso me faz rir. Mas o que esse louco acabou de fazer? E eu pensando que tinha sido a tempestade.

De repente, do alto-falante do elevador começa a soar nossa música. Malú canta "Blanco y Negro", e Eric me olha com um sorriso, pisca e murmura:

— Se isso desse errado, sem dúvida nossa música me daria outra oportunidade.

Sorrio de novo. Eric, meu amor, o homem da minha vida e dono do meu coração está fazendo o que preciso. O que qualquer mulher necessita ver para sentir que o homem que ama está tão apaixonado como ela.

— Eu não precisava de uma hora pra saber que não quero viver sem você — sussurra então com a voz rouca —, mas, sim, pra preparar tudo isso. Por nada do mundo vou deixar que saia da minha vida, porque eu te amo e as recordações que temos juntos e vamos guardar num lugar lindo durante nosso caminho são muito mais importantes que as pedras idiotas que temos de saltar pra continuar.

— Tá… — murmuro boquiaberta por suas palavras, enquanto Malú relata nossa incrível história de amor.

A verdade é que, quando meu Iceman quer, tem o dom impressionante da palavra e da improvisação.

— Aliás — ele continua, sem se importar com as pessoas que nos olham e cochicham —, eu já tinha feito isso antes de ir a Jerez, mas quero que saiba que deleguei funções a vários dos meus diretores e, de agora em diante, você e eu vamos curtir a vida, porque, como bem disse agora há pouco, de que serve o dinheiro se não podemos aproveitar? E, por último, mas não menos importante, quero dizer que, na minha sala, você se esqueceu de mencionar que você também é amorosa, apaixonada, beijoqueira, maternal, boca suja, louca, interessante, deliciosa, dura, divertida, sexy, guerreira, passional... Eu poderia continuar dizendo milhões de coisas boas e positivas sobre você, mas agora preciso te beijar. Posso?

Fico olhando para ele com cara de apaixonada. Somos farinha do mesmo saco. Negando com a cabeça, eu digo baixinho:

— Não.

Sua cara de surpresa me faz rir.

— Por que não? — ele pergunta.

Sorrio alegre. Meu coração vai explodir de felicidade. Aproximando-me dele, sussurro, levando minha boca à sua:

— Porque quem vai te beijar sou eu, babaca.

Nossas bocas se encontram.

Nossos corpos se recuperam.

Nossos corações voltam a bater em uníssono e, quando nossas línguas se chocam e se devoram com autêntica paixão, sufoco. Afasto-me dele e sussurro:

— Merda, engoli o chiclete.

Eric solta uma gargalhada. A gente se abraça na frente de todos os que estão olhando, e logo ele murmura disfarçadamente:

— Acho que é melhor eu avisar o Peter pra liberar o elevador.

Abobada pela loucura que fez por mim na empresa, esqueço o chiclete e afirmo:

— É, vamos tirar essas pessoas do elevador.

Eric aperta um botão no celular e, passados alguns segundos, o elevador se move e as pessoas ao nosso redor se entreolham com surpresa, batendo palmas.

Assim que o elevador chega ao térreo e todos saem, Eric me dá a mão, eu a agarro com força e segurança e, encantados e felizes, saímos também, sabendo que, a partir de agora, unidos, somos indestrutíveis e nada nem ninguém pode ameaçar nosso autêntico, louco e apaixonado amor.

Epílogo

Munique, um ano depois

Como eu gosto de festa...

Se tem algo que adoro é ter minha casa repleta de gente celebrando o que for. A primavera, o Natal, ou até mesmo uma espinha na orelha.

Qualquer comemoração é sempre bem-vinda!

Neste caso, estamos celebramos o batizado de Paul, meu pequenininho, e de Jasmina, filha de Björn e Mel.

Em um canto da sala, observo emocionada todas as pessoas que estão aqui e que são tão importantes para mim.

Flyn, Peter e Luz riem perto da lareira. Eles têm mais ou menos a mesma idade e não se separam, confabulam, cochicham. Já os apelidamos de "trio parada dura".

O pequeno Eric, Hannah, Sami, Glen, Lucía e Juanito correm pela sala atrás de Susto, Calamar e Leya, que adoram toda a atenção. São crianças, travessas, inocentes, e suas carinhas alegres são das coisas mais bonitas que vi na vida. Os lindos gêmeos de Dexter dormem no carrinho.

Meu pai e a Pachuca brindam com minha sogra, o pai e o irmão de Björn. A felicidade que vejo em seus olhos nesse momento, rodeados pelas crianças, é tão gratificante que me emociona.

Sentados no sofá, minha irmã e Juan Alberto riem com Dexter e Graciela. Os dois mexicanos são dois brincalhões. Björn e Mel cochicham com Frida e Andrés e, por suas risadas, já imagino o que estão planejando.

Simona e Norbert conversam com meus cunhados Drew e Marta, e minha linda sobrinha está no colo do pai. Proibimos Simona e Norbert de trabalhar hoje. São convidados da festa, embora nos tenha custado convencê-los. Apesar disso, no fim, eles se deram conta de que são tão da família quanto os outros.

— No que você está pensando?

A voz de Eric me faz voltar à realidade. Deixando-me abraçar por ele, respondo:

— Na grande família que temos.

Eric, meu amor, meu grande amor, olha ao nosso redor. Depois do episódio do elevador da Müller, nossa vida melhorou. Tanto ele como eu sabemos que nos amamos e que amamos estar juntos, apesar das brigas. O que seria de nós sem brigas e reconciliações?

Estou muito contente de tê-lo ao meu lado. Ele me beija no pescoço e afirma:

— E tudo isso graças a você, pequena. Se não tivesse entrado na minha vida, nada disso teria virado realidade.

Apaixonada, eu me viro, olho para ele, dou-lhe um beijo e afirmo:

— Graças a nós dois.

Eric sorri e vai dizer algo, então Björn o chama. Ele dá uma piscadinha e se afasta, prometendo regressar.

Nesse instante, minha sobrinha Luz se aproxima de mim.

— Minha nossa, tia, o Peter é lindo!

Raquel, que se aproxima também, diz num grunhido, ao ouvi-la:

— Luz, pelo amor de Deus, baixe a voz e não seja tão descarada.

Minha irmã e minha sobrinha. Minha sobrinha e minha irmã. Não tenho dúvida de que as duas são uma história à parte. Quando vou dizer algo para que haja paz, a sem-vergonha da Luz, que não se detém por nada no mundo, cochicha:

— Mamãe, mas ele é igualzinho ao Harry Styles do One Direction. — Dando um suspiro teatral, ela acrescenta: — Muito lindo!

Solto uma gargalhada, não posso evitar. As duas embarcam numa conversa de mãe e filha e eu decido sair do meio para não sobrar para mim.

Morrendo de sede, eu me aproximo da mesa principal, onde está um grande banquete, com o bom e velho presunto cru como protagonista. Aquele é o meu território. Viva o presunto!

Pego um copo, encho de gelo e coca-cola. Feliz, dou um gole. Hum, que delícia! Se me perguntarem quais são os grandes prazeres da minha vida, tenho muito claro que o primeiro é Eric Zimmerman, e o segundo é a coca-cola. Estou me deliciando com o segundo quando o primeiro volta, passa a mão pela minha cintura e me cola ao seu corpo. Feliz, vou beijá-lo, mas nesse momento Björn e Mel chegam até nós e o brincalhão do meu amigo nos interrompe:

— Pessoal, pessoal… que tal deixar um pouco pra hoje à noite?

Eric e eu sorrimos. Mel me dá uma piscadinha e cochicha:

— Esta noite a festa acaba no Sensations. O que vocês acham?

Olho para Eric, ele olha para mim e pergunta:

— Tá a fim, moreninha?

Encantada, balanço a cabeça e confirmo:

— Claro que sim, loirinho.

A porta da sala se abre e nesse instante aparecem Pipa com o pequeno Paul e Bea com Jasmina. Os pais orgulhosos Eric e Björn os tiram dos braços das babás e começam a falar na língua dos bebês. Os pequenos caem na risada.

Com certeza pensam que falta um parafuso nos dois.

Ao ver aquelas duas lindezas, todos os convidados se reúnem ao redor. Mel e eu sorrimos, orgulhosas. Nossos filhos são lindos e umas miniaturas dos lindos pais. Paul é loiro como Eric e Jasmina é morena como Björn; ambos têm lindos olhões azuis como os pais.

Raquel, que adora crianças, se aproxima de Mel e de mim e murmura:

— Que paizões são esses dois alemães.

Nós duas assentimos — ela não sabe como! De repente, o brincalhão do meu cunhado se aproxima de nós, entrega uma taça de champanhe para minha irmã e diz, sem se abalar:

— Minha rainha, esta noite, quando a festa acabar, quero que você me espere toda *caliente* na cama. Só o champanhe quero gelado.

Raquel o encara, boquiaberta, pisca e murmura:

— Juan Alberto, pelo amor de Deus, o que acontece com você?

Meu cunhado, que já deve ter se inteirado de que vamos ao Sensations, agarra minha irmã pela cintura e sussurra como um bom mexicano:

— Estou louco pelo seu corpo, minha rainha.

Ele a solta e vai embora, deixando Mel e eu sem saber o que falar. Quando acho que minha irmã vai reclamar do descaramento, a grande diva me olha, dá um golinho na taça de champanhe e murmura, afastando-se da gente:

— Ai, que criatividade e que poder tem meu casinho selvagem.

Mel e eu caímos na gargalhada, e vejo que minha irmã também ri. Filha da mãe!

Durante um bom tempo, minha amiga e eu conversamos. Ela me conta que Louise, depois do divórcio, encontrou um bom trabalho em uma empresa de seguros e que Björn, com a ajuda de um amigo de Eric do Tribunal Superior, está acabando com aquele escritório. De repente, ela para e cochicha:

— Jud… Jud… Olha a princesa em ação, não perde.

Rapidamente procuro a pequena pela sala e a encontro parada, observando Björn dizer coisas para a pequena Jasmina. Björn é mesmo um paizão.

Sami se afasta do grupo das crianças, que continuam correndo e se aproxima dele.

— Papi, papi... — chama.

Vejo que na hora ele para de olhar a bebê que tem nos braços e pergunta:

— O que foi, princesa?

A menina faz biquinho, olhinhos de dar pena e, quando Björn se agacha para ficar da altura dela, diz, apontando o joelho:

— Está doendo aqui, papi.

Mel e eu damos risada. Sami está achando difícil dividir o trono com a pequena Jasmina. O papi era só seu, e ela ainda não sabe como fazer, embora a gente tenha certeza de que vá superar.

Depois de trocar um olhar divertido com Mel e comigo, o advogado entrega a bebê a Pachuca, que a pega mais que depressa, e levanta no colo a loirinha, que olha para ele com cara de triunfo. Então, ele a senta em uma cadeira, pega um band-aid das Princesas da Disney do bolso da calça e diz:

— Lembre, Sami: a Bela Adormecida vai fazer você sarar, num passe de mágica a dor vai passar, tchan... tchan... tchan!, para nunca mais voltar!

A cara da menina muda na hora. Só queria a atenção de seu papi, e conseguiu. Depois de lhe dar um abraço e de Björn a encher de beijos, ela vai de novo brincar com os outros. É o que as crianças fazem!

Mel e eu nos olhamos e sorrimos. Björn aproxima-se de nós e cochicha, abraçando Mel:

— O que posso fazer? Todas me querem.

— James Bond, não seja tão convencido! — diz Mel, rindo.

De repente, começa a soar nos alto-falantes da sala, a todo volume, "September", de Earth, Wind & Fire, uma música cheia de positividade, alegria e encanto.

Nossa, como eu a adoro!

Olho para minha sogra: foi ela quem colocou para tocar e aumentou o volume, sei o quanto gosta dessa música. Ela pisca para mim. Ao ver que começa a dançar, não penso duas vezes. Como em outras ocasiões, danço com ela sem nenhuma inibição. Ao nos ver, Marta dá um grito de felicidade e se junta a nós. Poucos segundos depois, juntam-se Mel, Raquel, Graciela, Luz, Pachuca e até Simona! Pipa e Bea desaparecem com os bebês, apavoradas.

Todas as mulheres, rodeadas pelas crianças, começam a dançar, até que minha sogra, que é um terremoto, olha para aos homens e exige aos gritos:

— Isso é uma festa, todo mundo dançando!

Fazendo-me surtar como sempre, o primeiro a se aproximar balançando os quadris é meu marido. Meu lindo, atraente e sensual Eric Zimmerman faz com que todos aplaudam, e eu sorrio até não poder mais.

Meu Deus, como eu o amo!

Depois dele, todos os homens começam a se mexer e, quando todos, absolutamente todos na sala estão dançando, incluindo Dexter e Graciela, sentada sobre ele, eu me agarro ao pescoço do meu amor e murmuro encantada:

— Eu te amo, babaca.

Dizer isso é pouco, muito pouco, mas o melhor é saber o quanto ele me ama também.

Está claro que as coisas importantes na vida nunca são fáceis. Mas nós nos amamos e desejamos continuar somando lindas recordações à nossa vida. Sem dúvida, o que estamos vivendo agora é mais uma, principalmente quando meu amor me encara e, com um de seus sorrisos incríveis, diz antes de me beijar:

— Pequena, peça-me o que quiser e eu te darei.

1ª EDIÇÃO [2016] 6 reimpressões

ESTA OBRA FOI COMPOSTA PELA ABREU'S SYSTEM EM ADOBE GARAMOND
E IMPRESSA EM OFSETE PELA LIS GRÁFICA SOBRE PAPEL PÓLEN NATURAL DA
SUZANO S.A. PARA A EDITORA SCHWARCZ EM NOVEMBRO DE 2022

A marca FSC® é a garantia de que a madeira utilizada na fabricação do papel deste livro provém de florestas que foram gerenciadas de maneira ambientalmente correta, socialmente justa e economicamente viável, além de outras fontes de origem controlada.